Laurin

2. Auflage 2016
© Ueberreuter Verlag GmbH, Berlin 2016
ISBN 978-3-7641-7058-5

Alle Rechte vorbehalten. Das Werk darf – auch teilweise –
nur mit Genehmigung des Verlages wiedergegeben werden.
Übereinstimmungen und Ähnlichkeiten mit lebenden Personen
oder Familien sind rein zufällig und nicht beabsichtigt.

Umschlaggestaltung: Favoritbuero GbR, München
unter Verwendung von Fotos von © Nejron Photo / Melkor 3D /
Serz_72 / Zita / shutterstock.com

Druck und Bindung: Brüder Glöckler, Wöllersdorf
Gedruckt auf Papier aus geprüfter nachhaltiger Forstwirtschaft.

www.ueberreuter.de

Wolfgang und Heike Hohlbein

LAURIN

Roman

ueberreuter

»Also ich finde, du bist eindeutig zu groß«, führte Didi den Gedanken zu Ende, den er vor seinem letzten Bissen begonnen hatte. Dabei hatte er bestimmt eine Minute auf seinem Hühnchen herumgekaut, als wäre es eine alte Schuhsohle.

Wenn Laurin ehrlich war, schmeckte es auch ungefähr so.

»Hm?«, machte sie lahm, riss ihren Blick von seinem dümmlichen Erstklässler-Grinsen los und musste die Augen zusammenkneifen, als sie aus dem Fenster und in das ungefilterte Licht einer Augustsonne blickte, die sich offenbar fest vorgenommen hatte, die ganze Welt in Grund und Boden zu brennen.

Man hätte auch sagen können: Es war unerträglich heiß. Draußen flimmerte die Luft über dem Hof und senkte sich so schwer wie geschmolzenes Blei auf die Haut. Wenn es an diesem altehrwürdigen Kloster etwas gab, das sie noch mehr vermisste als einen Swimmingpool und Menschen, die nicht als Pinguine verkleidet und mit einem bescheuerten Dauergrinsen im Gesicht herumliefen, dann war es eine Klimaanlage.

Und natürlich Tablets.

Und Fernsehen.

Facebook, nicht zu vergessen.

Und das iPhone, das sie sich ein halbes Jahr lang praktisch vom Mund abgespart hatte und das jetzt zu Hause in Einzelhaft in ihrem Spind auf ihre Rückkehr wartete.

Ja, es war ein wirklich traum-haf-ter Urlaub.

»Dein Name«, plapperte Didi fröhlich weiter. »Du bist eindeutig zu groß für eine Laurine.«

Michael, der neben ihm saß, kicherte und bewahrte Didi auf

diese Weise zumindest davor, zum alleinigen Ziel des Ärgers zu werden, der allmählich in Laurin erwachte.

Sie fragte sich, warum überhaupt. Sie hatte Didi und seinen idiotischen Freund schon in der ersten Sekunde als ausgemachte Hirnis eingestuft, und an diesem Urteil hatte sich bis heute nichts geändert. In weiteren vier Tagen war er wieder aus ihrem Leben verschwunden, und zehn Minuten später vergessen. Es lohnte sich nicht, sich auch nur über ihn zu ärgern.

Sie tat es trotzdem.

»Es heißt Laurin, nicht Laurine«, antwortete sie. »Und einen Laurin, nicht eine.«

»Echt?« Didi legte angestrengt die Stirn in Falten und sah prompt noch ein bisschen bescheuerter aus. Eigentlich war das schade, denn er war im Grunde ein gut aussehender Junge. Groß für seine knapp vierzehn Jahre und von athletischem Wuchs, mit strahlend blauen Augen, der nachtfarbenen Haut und dem leicht gelockten, beinahe blauschwarzem Haar, das er gegen jeden herrschenden Trend fast schulterlang trug, hätte sie sich ihn in ein paar Jahren gut auf dem Cover eines Hochglanz-Modemagazins vorstellen können. Aber so weit würde es niemals kommen, denn er war zwar ein gut aussehender, trotzdem aber ein Depp.

Wenn auch ein verdammt gut aussehender. Sie konnte sich nicht erinnern, jemals einen so gut aussehenden Jungen getroffen zu haben.

Aber sie hatte auch noch nie von einem gehört, der Didi hieß.

»Du meinst, deine Eltern haben dir einen Jungennamen gegeben?«

Laurin schluckte die Antwort herunter, die ihr dazu auf der Zunge lag; etwas in der Art: Na, deine dir ja offenbar auch nicht. Wie sehr sie dieses Gespräch hasste, das sie schon eine Million Mal geführt hatte!

»Laurin ist nicht unbedingt nur ein Jungenname«, belehrte

sie ihn, vielleicht nicht ganz korrekt, aber in dafür umso überzeugterem Ton, auf den er ganz bestimmt hereinfallen würde. »Es ist der Name eines mythologischen Zwergenkönigs.«

»Mythologisch?«, fragte Michael. »Wo liegt das denn?«

Laurin verdrehte lautlos die Augen.

»Also doch ein Jungenname«, sagte Didi triumphierend. »Wenn er ihr König war!«

»Vielleicht hatten sie ja auch eine Königin«, antwortete Laurin. »Wo steht denn geschrieben, dass alle Zwerge männlich gewesen sind?«

Sie bedachte Michael, der fast einen Kopf kleiner war als sie, dabei mit einen beredten Blick, den er allerdings ignorierte.

Mit einem schmutzigen Grinsen krähte er: »Eben! Irgendwie müssen sie sich schließlich fortgepflanzt haben!«

»Egal ob König oder Königin«, plapperte Didi weiter, »wie sind deine Eltern auf die Idee gekommen, die einen so be… sonderen Namen zu geben?«

Er hatte eigentlich ein anderes Wort benutzen wollen, das spürte sie deutlich. »Ich werde sie fragen«, sagte sie spröde und stand mit einem Ruck auf. »Sobald ich herausgefunden habe, wer sie waren.«

Didi wirkte plötzlich betroffen, und er sagte auch irgendetwas, doch Laurin hörte gar nicht mehr hin, sondern fuhr auf dem Absatz herum und stürmte aus dem Speisesaal. Ohne innezuhalten, eilte sie hinaus und über den Hof und ins Halbdunkel des Säulengangs auf der anderen Seite, an dessen Ende ihr Zimmer lag.

Missmutig stapfte sie zu der brettharten Pritsche, von der einer der Pinguine hier in einem Anfall von Größenwahn behauptet hatte, es wäre ein Bett, lehnte sich mit angezogenen Knien gegen die weiß getünchte Wand dahinter und beschäftigte sich für eine ganze Weile damit, sich selbst leidzutun.

Das war eigentlich gar nicht ihre Art … aber vor einer Woche hätte sie sich auch nicht träumen lassen, die kostbarsten

Tage des Jahres freiwillig in einem Kloster zu verbringen, das vor fünfhundert Jahren wahrscheinlich schon als unbequem, spartanisch und bestenfalls öde durchgegangen wäre.

Es begann mit diesem Zimmer, das seinen Namen ebenso wenig verdiente wie das Bett, auf dem sie saß. Seit sie hier war, wusste sie immerhin, warum man die Unterkünfte von Nonnen und Mönchen Zellen nannte, und nicht Zimmer. Sie waren es. Laurin hätte ohne zu zögern mit einer richtigen Gefängniszelle getauscht. Welcher Teufel hatte sie eigentlich geritten, es für eine gute Idee zu halten, die Sommerferien in einem Kloster zu verbringen?

Nicht, dass sie die Wahl gehabt hätte ...

Es klopfte, und die Tür ging auf, noch bevor sie »Herein« sagen konnte. Einer der weiblichen Pinguine trat ein. Prompt meldete sich Laurins schlechtes Gewissen wegen dem, was sie gerade gedacht hatte. Soweit sie das nach zwei Tagen sagen konnte, war Schwester Rosie wirklich nett und alles andere als eine Fanatikerin. Laurin schätzte sie auf allerhöchstens fünfundzwanzig.

»Ich wollte nur nachsehen, ob alles in Ordnung ist«, begann Rosie lächelnd. »Du bist so schnell hinausgerannt.«

»Ich bin nicht gerannt«, behauptete Laurin unfreundlicher, als sie es eigentlich wollte. »Und was soll nicht in Ordnung sein?«

»Du bist nur sehr schnell hinausgegangen, ich verstehe«, sagte Rosie. »Hat dich dieser Junge geärgert?«

»Didi?« Laurin schüttelte heftig genug den Kopf, um sich beinahe selbst zu überzeugen. »Ein Depp wie der kann mich gar nicht ärgern.«

»Das ist genau die richtige Einstellung«, sagte Rosie, während sie näher kam und sich neben Laurin auf die Bettkante setzte. Das baufällige Möbel knarrte, als würde es gleich zusammenbrechen. »Es ist nicht so, als hätte ich gelauscht, aber ich habe gleich am Nebentisch gesessen und ihr wart laut genug.«

»Sie haben uns gehört?«, fragte Laurin.

»Ich saß am Nebentisch, gleich hinter euch«, antwortete Rosie. »Und du.«

»Du?«

»Rosie«, bestätigte die Ordensschwester. »So viel älter als du bin ich nun auch wieder nicht, also ist es albern. Und wir duzen uns hier sowieso alle. Oder bestehst du darauf, dass ich ab sofort Fräulein Laurin zu Ihnen sage?«

Laurin musste gegen ihren Willen lächeln, und genau das hatte Rosie natürlich beabsichtigt. Sie bedauerte es fast ein bisschen, Schwester Rosinante wohl nie besser kennenzulernen. Sie konnte sich vorstellen, dass sie gute Freundinnen gewesen wären. Hätte sie nur nicht dieses Pinguinkostüm getragen.

»Du hast übrigens wirklich einen ganz außergewöhnlichen Name«, fuhr Rosie fort.

Laurin zog eine Grimasse. »Ja, der Meinung war Spatzenhirn Didi auch.«

Rosie konnte ein amüsiertes Funkeln nicht mehr aus ihren Augen verdrängen. »Ich glaube, er weiß ganz genau, was dein Name bedeutet und welche Geschichte dahintersteckt«, sagte sie, »sonst hätte er das nicht gesagt. Er wollte dich nur hochnehmen. Möchtest du, dass ich mit ihm rede?«

»Das lohnt nicht«, antwortete Laurin. »In einer Woche bin ich hier weg und sehe ihn nie wieder.«

»Es hat ihm leidgetan. Du hättest sein Gesicht sehen sollen, als du hinausge…gangen bist. Ich würde mich nicht wundern, wenn er sich bei dir entschuldigt. Bestimmt hat er es nicht böse gemeint.«

Als ob es sie interessierte, wie Didi und sein dusseliger Freund irgendetwas meinten, oder …

Moment mal – dachte sie gerade schon wieder über diesen Blödmann nach?

Rosie räusperte sich plötzlich unecht und stand auf. »Entschuldige. Ich wollte dich nicht in Verlegenheit bringen. Eigentlich bin ich auch nur gekommen, um dich an den Ausflug zu erinnern. Wofür hast du dich eingetragen? Die Brauerei oder das Bergwerk?«

Wenn Laurin ehrlich war, interessierte sie weder eine pleitegegangene Bierbrauerei noch ein Bergwerk, das schon vor einem halben Menschenalter aufgegeben worden war. Aber alles war besser, als einen weiteren Nachmittag herumzusitzen und Löcher in die Luft zu starren.

Hatte sie schon erwähnt, dass es eine schlechte Idee gewesen war, Urlaub in einem Kloster zu machen?

»Bergwerk«, sagte sie einsilbig.

»Eine gute Wahl«, lobte Rosie. »Der Rosengarten ist fantastisch.«

»Rosengarten? Ich dachte, wir besichtigen ein Bergwerk?«

Rosie drohte ihr spielerisch mit dem Zeigefinger. »Jetzt nehmt Ihr mich auf den Arm, Majestät«, sagte sie. »Ihr wollt mir nicht weismachen, dass Ihr hierher nach Tirol kommt und nicht einmal wisst, wie der Berg heißt, in dem sich Euer Königreich befindet?«

»Nein«, antwortete Laurin. »Ich meine: Ja, genau das will ich sagen. Der Rosengarten ist ein Berg?«

Rosies spöttisches Lächeln machte einem Ausdruck von Verwunderung Platz. »Ja«, sagte sie. »Die Rosengartenspitze, um genau zu sein. Wenn du aus dem Tor gehst, siehst du direkt zu ihr hoch. Die Leute haben dort oben schon vor Tausenden von Jahren nach wertvollem Erz gegraben. Aber das wird euch euer Führer bestimmt viel besser erklären, als ich es könnte. Immerhin dauert die Fahrt eine gute Stunde.«

»Eine Stunde?«, stöhnte Laurin. »Hat der Bus wenigstens eine Klimaanlage?«

»Das weiß ich nicht«, sagte Rosie. »Hast du dich denn gar nicht vorbereitet, wenn du schon deine Ferien hier verbringst?«

Laurin schüttelte nur den Kopf. »Waren Sie ... warst du schon einmal da?«

»Im Bergwerk?« Rosie schauderte. »Gott bewahre! Aber jedes

Jahr gehen mindestens zehn unserer Gruppen dort hinunter und natürlich erzählen sie immer ganz aufgeregt davon.« Sie blinzelte ihr verschwörerisch zu. »Ich hoffe doch, du hast gute Nerven. Angeblich soll es dort unten spuken.«

Laurin lächelte nur zur Antwort. Rosie schien es jedoch zu reichen, denn sie erinnerte sie nur noch einmal daran, dass der Bus pünktlich abfuhr, und ging.

Fünf Minuten bevor die Frist abgelaufen war, setzte Laurin ihre Sonnenbrille auf und trat wieder auf den Hof und in die unerträgliche Hochsommerhitze hinaus.

Sie schien noch schlimmer geworden zu sein. Laurin hatte das Gefühl, schon nach dem ersten Schritt am ganzen Leib in Schweiß gebadet zu sein. Das Licht war so grell, dass sie trotz der Sonnenbrille kaum etwas sehen konnte.

»Was für eine Affenhitze«, sagte eines der anderen Mädchen.

»Und es wird noch schlimmer«, fügte eine Stimme hinzu. »Das ist erst der Anfang, glaubt mir.«

Laurin drehte sich herum und sah direkt in ein verdrießlich dreinblickendes Gesicht, das Hartwig gehörte, einem der Betreuer, die die Feriengruppe auf Schritt und Tritt begleiteten, als wären sie Vorschulkinder. Davon abgesehen fand sie ihn eigentlich ganz nett.

»Was?«, fragte sie.

»Jetzt sag mir nicht, dass du noch niemals etwas vom Klimawandel gehört hast«, maulte Hartwig. »Globale Erwärmung, abschmelzende Polkappen und so weiter? Das ist nicht nur ein Verbrechen an der Umwelt, sondern auch ziemlich dumm. Es ist nämlich die einzige, die wir haben!«

Laurin hütete sich, irgendetwas zu antworten und ihm so einen Vorwand zu liefern, wieder zu einem seiner gefürchteten Vorträge über die Dummheit des Menschen und die Zerbrechlichkeit der Welt anzusetzen. Vorsichtshalber wechselte sie das Thema und rückte demonstrativ ihre Sonnenbrille zurecht. »Bin ich die Letzte?«

»Die Letzte?« Hartwig blinzelte. »Ach so, die Bergwerkstour. Nein, zwei fehlen noch. Ich wollte gerade losgehen und sie holen. Warum wartest du nicht im Bus? Da ist es auf jeden Fall kühler.«

»Gibt es eine Klimaanlage?«, fragte Laurin hoffnungsvoll.

»Nein«, antwortete Hartwig. »Aber immer noch besser als in der prallen Sonne zu stehen, oder? Und sobald der Motor erst einmal läuft und das Gebläse anspringt, wird es rasch kühl.«

»Gebläse?«, ächzte Laurin. »Ist denn so was noch erlaubt?«

Hartwig hatte sich bereits umgedreht und schlurfte davon, und Laurin wandte sich ergeben um und erlebte prompt die nächste unangenehme Überraschung. Der Bus stand – natürlich mit offenen Türen, damit die Hitze auch schön hereinkam – nur ein paar Schritte entfernt da. Wenn man es genau nahm, war es nicht wirklich ein Bus, sondern allenfalls ein zu groß geratener Lieferwagen mit acht oder zehn Sitzen. Laurin verstand herzlich wenig von Autos, aber in ihren Augen sah er so aus, als stamme er eindeutig aus der Zeit *vor* der Erfindung des Automobils.

Vier der acht Plätze waren besetzt. Drei von einem zarten Mädchen namens Iris und den Schwedenzwillingen, die quasi unzertrennlich waren, auf dem vierten saß Schwester Rosie, komplett in ihrem Pinguinkostüm und mit einem breiten Überraschung!-Lächeln im Gesicht.

Laurin nahm ihr gegenüber Platz und versuchte mit wenig Erfolg, sie anzuschmollen. »Sie haben ... du hast mich reingelegt«, sagte sie. »Du wusstest die ganze Zeit, dass du dabei bist.«

»Nein«, antwortete Rosie. »Das war gar nicht geplant. Aber für die Brauereibesichtigung haben sich so viele angemeldet, dass sie eine dritte Begleitperson brauchten, also fehlt hier jetzt jemand.«

»Und da hast du dich großzügig angeboten einzuspringen«, stichelte Laurin gutmütig. »Das hat nicht zufällig etwas damit zu tun, dass Hartwig ein richtig niedlicher Bursche ist?«

»Ich bin Ordensschwester!«, antwortete Rosie leicht empört, doch Laurin meinte zu sehen, dass sie errötete. »Während unserer Unterhaltung ist mir klar geworden, wie wenig ich eigentlich über meine Heimat weiß. Und da schien es mir eine gute Gelegenheit zu sein, das Angenehme mit dem Nützlichen zu verbinden.«

Laurin dachte sich nur ihren Teil und nickte den drei anderen zu, die mit wenig Erfolg so zu tun versuchten, als hätten sie die kurze Unterhaltung nicht mit gespitzten Ohren belauscht. Zu ihrer Erleichterung kam Hartwig in diesem Moment auch schon zurück, und Laurin staunte nicht schlecht, als sie sah, wen er mitbrachte.

»Na, wenn das nicht eine Überraschung ist«, sagte sie. »Mit euch hätte ich wirklich nicht gerechnet.«

»Aber ich bitte Euch, Prinzessin«, antwortete Didi scheinbar vollkommen ernst. »Eure Untertanen würden Euch doch niemals allein auf eine so gefährliche Mission gehen lassen.«

»Habt ihr denn gar keine Angst, dass euch der Himmel auf den Kopf fällt?«, fragte Laurin.

Didi setzte sich ihr gegenüber. »Ich bin eher überrascht, *dich* hier zu sehen«, sagte er. »Hätte ich nicht erwartet. Vielleicht hab ich dich falsch eingeschätzt.«

Laurin verstand nicht so genau, was er meinte, und war beinahe erleichtert, dass Hartwig in diesem Moment einstieg und hinter dem Lenkrad Platz nahm. Er startete den Motor, und ganz wie er es versprochen hatte, zischte aus den Lüftungsschlitzen sofort ein spürbarer Luftstrom.

Er war warm und stank nach heißem Öl und verschmortem Plastik.

»Schnallt euch an«, sagte Hartwig. Alle gehorchten – abgesehen von Didi und Michael – und er legte krachend den Gang ein und fuhr los.

»Also ehrlich, ich hätte nicht gedacht, dass ihr euch unserer Gruppe anschließt«, wandte sich nun auch Rosie an die beiden Jungen. »Anscheinend habe ich euch ebenfalls falsch eingeschätzt.«

»Ach ja?«, fragte Didi lauernd.

Rosie nickte. »Ihr habt die richtige Wahl getroffen, glaubt mir. Gerade bei dieser Hitze.«

»Wieso?«, erkundigte sich Michael.

»Du weißt anscheinend nicht, wie heiß es in einer Brauerei werden kann«, sagte Hartwig vom Fahrersitz aus. »Dort drinnen wärt ihr einfach weggeschmolzen. Die anderen werden euch beneiden, wenn wir zurück sind.«

»Hä?«, machte Michael.

»Was soll das heißen?«, fragte Didi. »Wenn wir von wo zurück sind?«

»Aus dem Bergwerk«, sagte Laurin.

»Bergwerk?« Michaels Augen wurden groß.

»Aber wir fahren in die Brauerei!«, behauptete Didi.

»Nein«, sagte Hartwig, »tust du nicht. Wir fahren zum alten Bergwerk unter der Rosengartenspitze.«

»Aber wir wollen in die Brauerei!«, protestierte Didi. »Was soll ich denn in einem verdammten Loch im Boden?«

»Warum hast du dich dann für die Bergwerkstour eingetragen?«, fragte Hartwig. Er klang ein bisschen schadenfroh, fand Laurin.

»Das habe ich nicht!«, widersprach Didi. »Halt sofort an! Wir steigen aus und warten auf den anderen Bus!«

»Selbst wenn ich es dürfte«, antwortete Hartwig und schüttelte den Kopf, »würde es dir nichts nutzen. Der andere Bus ist längst weg.« Er betrachtete Didi einen Moment lang nachdenklich durch den Innenspiegel. »Ehrlich gesagt habe ich mich auch schon gewundert, als ich die Liste gesehen habe. Aber du hast ganz eindeutig die Bergwerkstour angekreuzt. Und dein Freund ebenso.«

»Ich habe gar nichts an…«, begann Didi, brach dann mitten im Satz ab und drehte mit einem Ruck den Kopf, um Michael mit funkelnden Augen anzustarren. »Das warst du, du Blödmann!«

»War ich nicht«, beteuerte Michael. »Ich bin doch nicht doof!«

»Ach nein, bist du nicht?«, fauchte Didi. »Und wieso sitzen wir dann im falschen Bus?«

Michael zog es vor, nicht darauf zu antworten.

Laurin hätte es niemals laut zugegeben, schon gar nicht in Didis Hörweite, aber der *Kulturnachmittag* kam bei ihr genauso gut an wie bei allen anderen, Schwester Rosie und Hartwig vielleicht einmal ausgenommen.

Es begann damit, dass das Bergwerk eigentlich kein Bergwerk war. Jedenfalls nicht so, wie sie sich ein Bergwerk vorgestellt hätte. Wie die meisten hatte sie ohnehin nur eine eher vage Vorstellung davon, wie ein Bergwerk aussah. Ein sehr tiefes Loch im Boden eben, in das saubere Bergleute hineinfuhren und erschöpft und schmutzig wieder herauskamen. Vielleicht noch ein großer Förderturm mit mächtigen Streben, der schon von Weitem zu sehen war.

Das Einzige, was man hier sah, war ... eigentlich nichts. Das Loch in der Bergflanke, zu dem Hartwig sie brachte, nachdem sie den Wagen abgestellt und sich einen steilen Trampelpfad hinaufgequält hatten, war zwar groß, aber trotzdem eher unspektakulär. Hätte Hartwig ihnen nicht bedeutet, im Schatten des natürlichen Torbogens auf ihn zu warten, wären sie vermutlich achtlos daran vorbeigegangen.

Hartwig verschwand hinter einer kaum anderthalb Meter hohen Holztür, die im Halbdunkel der Höhle nur zu erahnen war, und schärfte ihnen noch einmal ein, auf ihn zu warten und nichts anzufassen. Laurin fand das überflüssig. Keiner von ihnen wäre auf die Idee gekommen, freiwillig wieder in die brütende Hochsommerhitze hinauszugehen, und anzufassen gab es hier rein gar nichts; es sei denn, man stand auf Steine.

Sie bezweifelte längst, dass es eine gute Idee gewesen war, überhaupt herzukommen. Wie ein Bergwerk sah das hier nun wirklich nicht aus, vielmehr wie ein natürlicher Höhleneingang, der zu einem Gutteil mit Gestrüpp und Unkraut und halb versteinerten Wurzeln zugewuchert war, die ihr wie ein Knäuel kämpfender Schlangen vorkamen. Der dazugehörige Baumstamm mochte den Höhleneingang einst fast komplett verdeckt haben, war nun aber nur noch ein kaum kniehoher Stumpf. Zu Lebzeiten musste er gewaltig gewesen sein, wie sein Umfang verriet.

»Na, findest du unseren famosen Bildungsausflug auch so spannend?«

Schon weil die Auswahl nicht besonders groß war, erkannte sie die Stimme sofort, selbst wenn sie sich nicht erinnern konnte, Didi schon einmal so versöhnlich gehört zu haben. Sie drehte sich nicht zu ihm herum, sondern ließ sich mit einem erschöpften Seufzen auf den Baumstamm sinken und hoffte, dass Didi ihr nicht freiwillig in die Hitze heraus folgen würde.

Natürlich vergebens. Didi kam ihr nicht nur nach, sondern setzte sich ganz unverfroren dicht neben sie. Was wollte der Bursche nur von ihr?

»Das muss einmal ein … äh … beeindruckender Baum gewesen sein«, begann Didi schließlich unbeholfen. Seine flache Hand landete klatschend auf dem Baumstumpf. »Bestimmt zwanzig Meter hoch, wenn nicht mehr.«

»Ja«, antwortete sie einsilbig. »Wahrscheinlich eine Eiche. Die werden so groß.«

Didi schüttelte heftig den Kopf. »Das war eine Esche.«

Was sollte denn das sein? Laurin hatte das Wort noch nie gehört, und sie bezweifelte auch, dass man den Unterschied an einem Baumstumpf erkennen konnte. Wahrscheinlich wollte er sich nur wichtigmachen.

Als hätte er ihre Gedanken gelesen, nickte Didi so heftig, dass ihm die Sonnenbrille auf die Nasenspitze rutschte und er sie mit dem Daumen zurückschob. »Ich kenne mich da aus. Das war eine Esche. Eine Schande, einen so prachtvollen Baum umzubringen.«

Einen Baum umzubringen? Solche Sprüche hätte sie eher von Hartwig erwartet, aber nicht von einem Klotzkopf wie Didi. »Vielleicht war er krank«, antwortete sie. »Oder der Sturm hat ihn abgeknickt.«

»Stürme entwurzeln Bäume«, behauptete er. »Das hier ist ein sauberer Schnitt. Und man sieht auch, dass der Baum kerngesund war. Ein Verbrechen.«

»Warum tust du dich nicht mit Hartwig zusammen?«, fragte Laurin.

»Weil er es übertreibt«, antwortete Didi ernst, »wie die meisten. Sie begreifen einfach nicht, dass man nichts erreicht, wenn man den Fanatiker gibt und sich lächerlich macht.«

Laurin war nun wirklich verwirrt. Konnte es sein, dass Didi die ganze Zeit über nur den Dummkopf gespielt hatte? Aber warum?

Wieder war es, als hätte er ihre Gedanken gelesen, denn für einen Moment sah er sie auf eine Weise an, die erneut um Haaresbreite an dämlich vorbeischrammte.

»Also wegen vorhin«, begann er unbeholfen.

Laurin klimperte mit den Augenlidern. »Ja?«

»Im Speisesaal, also … äh … beim Frühstück …«

»Ja«, antwortete Laurin, »ich erinnere mich. Es war ganz lecker. Also für ein Kloster.«

»Das meine ich nicht.«

»Sondern?«, erwiderte sie mit Unschuldsmiene. Ein Teil von ihr fragte sich, warum sie eigentlich so gemein zu ihm war, aber ein weitaus größerer genoss es in vollen Zügen.

»Das, was ich … gesagt habe«, fuhr Didi fort.

»Über Zwerge?«, erkundigte sie sich harmlos.

»Über deine Eltern«, brachte er schließlich heraus.

»Was soll damit sein?«, erkundigte sich Laurin.

»Also, ich wusste ja nicht, dass du so empfindlich auf das Thema reagierst.« Didi begann sich zu winden. »Es tut mir echt leid, wenn ich einen wunden Punkt getroffen habe. Das wollte ich nicht. Echt.«

»Wenn wir schon einmal dabei sind«, begann sie unbehaglich, »also ... äh ...«

»Ja?« Didi legte den Kopf auf die Seite. Seine Miene war vollkommen ausdruckslos, aber tief in seinen Augen meinte sie ein spöttisches Funkeln zu erkennen.

»Es ist mir ein bisschen peinlich, aber da gibt es ... äh ... etwas, was ich dich schon die ganze Zeit fragen wollte ... also ähm ... seit ich dich das erste Mal ... gesehen habe.« Sie spürte selbst, wie sie rote Ohren bekam, und wenn sie noch einen Augenblick so weiterstammelte, bekam sie wahrscheinlich kein gerades Wort mehr heraus. Sie begann sich zu ärgern. Vor allem über sich selbst.

»Das macht mir nichts aus«, sagte Didi. »Ich bin es gewohnt, weißt du?«

»Nein«, sagte sie. »Was?«

»Dass du mich angestarrt hast«, sagte Didi. »Das tun alle.«

Angestarrt? Wie kam er denn auf das schmale Brett? Sie hatte ihn nicht angestarrt! Laurin war empört. »Aber das habe ich nicht«, sagte sie lahm.

Didis Gesichtsausdruck wurde gönnerhaft, was sie noch mehr ärgerte. »Es muss dir nicht peinlich sein. Ich weiß, was ich bin.«

Ein Trottel? »Und was?«

»Ein Neger«, antwortete er.

Laurin schrak zusammen. »So etwas sagt man nicht!«, sagte sie erschrocken.

»Warum nicht?«, fragte Didi amüsiert.

»Weil dieses Wort – «

»Erst mal nicht mehr als ein Wort ist«, unterbrach sie Didi, immer noch lächelnd, aber trotzdem zugleich auf eine seltsam eindringliche Art, die das amüsierte Funkeln in seinen Augen zu etwas anderem machte, das sie nicht richtig deuten konnte. »Ich weiß, es ist politisch nicht korrekt, aber das ist Blödsinn, weißt du?« Er verdrehte die Augen. »Du glaubst ja gar nicht, wie mir das auf die Nerven geht! Das ist nichts anderes als Gedankenpolizei und es ändert überhaupt nichts! Ganz im Gegenteil!«

»Wieso?«, fragte Laurin verwirrt.

»Weil es die größte Lüge von allen ist«, behauptete Didi. Er tippte sich gegen die Schläfe. »Wer immer sich diesen Quatsch mit der Political Correctness ausgedacht hat, hat entweder nicht mehr alle Latten am Zaun oder sich einen Spaß daraus gemacht, die ganze Welt zu verarschen. Mittlerweile schreiben sie Bücher um, nur damit bestimmte Wörter nicht mehr darin vorkommen!«

Laurin verstand nicht genau, worauf er hinauswollte – und davon abgesehen hatte sie auch was ganz anderes fragen wollen –, aber sie spürte, dass ihm dieses Thema auf der Seele brannte. Also sah sie ihn nur fragend an und sagte vorsichtig: »Worte, die nicht in Ordnung sind.«

»Ach ja?«, polterte Didi. »Und du meinst, nur weil man bestimmte Worte nicht mehr benutzen darf, ohne gleich schräg angesehen zu werden, ändert sich was?« Er beantwortete seine eigene Frage mit einem abfälligen Schnauben und einem so heftigen Kopfschütteln, dass seine Haare flogen.

»Wichtig ist doch, was die Menschen *denken*, nicht was sie sagen! Wer glaubt denn ernsthaft, dass sich irgendetwas ändert, nur weil man ein bestimmtes Wort nicht mehr benutzt? Die Leute, für die ›Neger‹ etwas Abfälliges ist, meinen auch ›dunkelhäutiger Mitbürger‹ oder irgendeinen anderen Quatsch so, und die, für die es bloß ein Wort ist, finden es einfach nur albern.«

»So … habe ich das noch gar nicht gesehen«, antwortete Laurin zögernd.

»Solltest du aber«, antwortete er, immer noch aufgebracht, aber jetzt eher mürrisch als verärgert. »Sonst findest du dich bald auf derselben Bank wie die Hartwigs dieser Welt wieder, weißt du? Man erklärt ein paar Wörter zum Tabu und schaut jeden schräg an, der es noch wagt, sie zu benutzen. Auf diese Weise kann man sich als was Besseres fühlen, nicht wahr? Als ob irgendetwas besser wird, wenn man den Leuten vorschreibt, wie sie zu reden haben! Aber man kann sich ganz wunderbar sicher sein, dass sich niemand zu widersprechen traut.«

»Vielleicht doch«, antwortete Laurin zögernd – und im Grunde nur, weil sie irgendwie das Gefühl hatte, es zu müssen. Warum eigentlich?

»Klar«, antwortete Didi spöttisch. »Es ist ja auch alles besser geworden, seit die Gedankenpolizei auf die korrekte Sprache achtet, nicht wahr? Niemand wird mehr schief angesehen, weil er die falsche Hautfarbe hat oder den falschen Namen oder die falsche Religion ... wolltest du das damit sagen?«

»Natürlich nicht, aber –«

»Na, da bin ich aber froh, dass du wenigstens das gemerkt hast«, unterbrach sie Didi, offenbar fest entschlossen, sie keinen einzigen Satz zu Ende sprechen zu lassen. »Es ändert sich nämlich gar nichts, wenn man die Leute einfach nur zwingt, auf eine bestimmte Art zu reden. Ich meine: Was kommt als Nächstes? Darf man demnächst nicht mehr sagen: Das macht *man* eben so, weil man sonst angezeigt wird, weil man damit alle Frauen diskriminiert?«

»Hm, ja«, murmelte Laurin. »Also vielleicht. Ich weiß nicht ...« Sie räusperte sich, straffte die Schultern und sah ihn dann so fest an, wie sie konnte. »Aber das habe ich eigentlich gar nicht gemeint.«

»Sondern?«

»Ehrlich gesagt wollte ich dich nur fragen, wie du zu diesem Namen kommst«, sagte Laurin. »Didi ist schon ein bisschen ungewöhnlich für ... also ... ich meine ...«

»Ja?«, fragte Didi und grinste nur noch breiter.

Bevor Didi sie noch weiter foltern konnte, winkte ihnen Schwester Rosie zwischen dem versteinerten Gebüsch hindurch zu, wieder hereinzukommen, und nicht nur Didi hatte es plötzlich sehr eilig, aufzustehen und das immer unangenehmer werdende Gespräch zu beenden.

Hartwig war zurück und er unterließ es natürlich nicht, ihnen einen strafenden Blick zuzuwerfen. Er machte eine Geste auf den Mann neben sich. Bei all den Schatten hier drinnen konnte Laurin ihn nur als verschwommenen Umriss erkennen, aber sie sah immerhin, dass er ein gutes Stück kleiner war als Hartwig.

»Schön, jetzt, wo alle da sind …« Diese kleine Spitze konnte Hartwig sich nicht verkneifen. »… kann es ja losgehen. Das hier ist Etsch.« Der Schatten nickte, und nun fiel Laurin auf, dass er ungemein breitschultrig war, wie um seine fehlende Größe auszugleichen. »Etsch ist der verantwortliche Ausgrabungsleiter hier. Zugleich ist er mein Doktorvater, und ihm liegt eine Menge daran, junge Leute für Wissenschaft und Forschung zu begeistern.«

Was für ein seltsamer Name, dachte Laurin, und Michael murmelte: »Doktorvater? Was soll das denn sein?«

Hartwig schenkte ihm einen bösen Blick, fuhr aber fort: »Aus diesem Grund hat er sich bereit erklärt, euch etwas zu zeigen, das vor euch nur sehr wenige Menschen zu Gesicht bekommen haben.«

»Eine Hobbithöhle?«, fragte Michael.

»Ich muss euch bitten, ganz genau das zu tun, was ich euch sage«, fuhr Hartwig ungerührt fort. »Fasst nichts an, es sei denn, wir erlauben es euch ausdrücklich, und entfernt euch vor allem nicht von der Gruppe. Sind wir uns da einig?«

Täuschte sich Laurin, oder sah er Didi und vor allem sie dabei deutlich länger an als die anderen?

»Gut«, sagte Hartwig, obwohl er gar keine Antwort bekommen hatte. »Dann kommt.« Etsch und er drehten sich um und verschwanden wieder hinter der Holztür.

Als sie ihnen folgten, gelangten sie in einen niedrigen, aber unerwartet großen Raum, dessen Wände nur zum Teil aus natürlichem Fels bestanden. An manchen Stellen erkannte Laurin Spuren nachträglicher Bearbeitung, wo das Gestein mit Meißeln oder Spitzhacken geglättet worden war, und an mindestens einer Stelle auch uraltes verwittertes Mauerwerk, wobei die einzelnen Steine mindestens einen Meter maßen und Tonnen wiegen mussten. Die Luft roch nach Staub und Alter, und überall standen Kisten und halb aufgeweichte Pappkartons mit Werkzeugen und anderen Dingen, deren Sinn sich Laurin nicht erschloss. Nur eines wurde ihr immer klarer: Mit einem Bergwerk hatte das hier nur sehr wenig Ähnlichkeit.

»Ihr habt ja gehört, was Hartwig gesagt hat«, begann Etsch. Er hatte eine tiefe, knarrende Stimme, die zu seinem Äußeren passte. Er war sogar noch ein Stück kleiner als Michael, aber so breitschultrig wie zwei normale Männer, hatte Hände wie Schaufeln, ein Gesicht, das nur aus Runzeln, tief eingeschnittenen Falten und einer gewaltig geschwungenen Nase zu bestehen schien, und eine Haut wie dunkles Sandpapier. Laurin behielt ihn aufmerksam im Auge, und so entging ihr – abgesehen von Didi selbst vermutlich als Einziger – auch nicht sein fast unmerkliches Stocken, als sein Blick über Didis nachtschwarzes Gesicht tastete. Aber er fuhr ungerührt fort: »Jetzt setzt ihr erst mal die hier auf.«

Wie durch Zauberei hielt er plötzlich ein halbes Dutzend leuchtend gelber Schutzhelme in den Händen, die er verteilte, und die auch alle aufsetzten.

Außer Michael. »Das ist doch albern«, sagte er. »Das zieh ich nicht an!«

»Dann bleibst du eben hier«, sagte Hartwig gelassen. »Die Höhle draußen ist groß genug. Du kannst gern warten.«

»Der Helm ist Vorschrift«, fügte Etsch hinzu. »Hier ist es absolut ungefährlich, sonst wärt ihr gar nicht hier. Aber wir steigen gleich tief in die Erde hinab. Du möchtest doch nicht, dass dir ein Stein auf den Kopf fällt, oder?«

»Würde aber kein wichtiges Körperteil beschädigen«, sagte Didi, was ein allgemeines Kichern und Glucksen zur Folge hatte. »Setz das Ding auf. Ich will hier keine Wurzeln schlagen.«

Michael gehorchte.

»In Ordnung. Und jetzt hört mir einen Moment zu.« Etsch sprach nicht besonders laut, aber seine durchdringende Bassstimme verlieh ihm trotzdem augenblicklich Gehör. »Ich nehme an, ihr wundert euch alle ein bisschen, weil das hier so gar nicht wie ein Bergwerk aussieht. Kein Aufzug, keine Schienen für die Loren, keine Streben und Grubenlampen ...« Er sah sich Beifall heischend um und erntete nur verständnisloses Glotzen, genau wie Laurin erwartet hatte. Ihr selbst erging es nicht viel besser.

Etsch schien das jedoch nicht zu stören. »Das liegt daran, dass das hier kein normales Bergwerk ist«, fuhr er unbeirrt fort.

»Warum?«, fragte Laurin.

Etsch strahlte. »Weil es sehr alt ist. Mindestens tausend Jahre, wenn nicht älter. Damals gab es natürlich all die moderne Technik noch nicht und auch keine Arbeitsschutzregeln. Ob ihr es glaubt oder nicht, die Leute haben all diese Gänge und Stollen mit nichts anderem als Hammer und Meißel und ihrer Muskelkraft aus den Felsen gehauen.«

»Wie spannend«, murmelte Didi und tat so, als müsste er ein Gähnen unterdrücken.

Etsch redete unverdrossen weiter, und Laurin bemühte sich auch wirklich, ihm zuzuhören. Aber wenn sie ehrlich war, fand sie es genauso langweilig wie Didi. Vielleicht wäre die Brauerei doch die bessere Wahl gewesen.

Etwas bewegte sich in ihrem rechten Augenwinkel, und zugleich meinte sie ein Huschen zu hören, vielleicht auch ein Trappeln, wie von winzigen eisenharten Krallen auf Fels.

Erschrocken drehte sie den Kopf und strengte die Augen an, sah aber nicht mehr als Schatten. Ihr Herz klopfte, und sie erinnerte sich an Rosies Warnung. *Angeblich soll es dort unten spuken.*

»So, jetzt wisst ihr schon einmal das Wichtigste«, sagte Etsch. »Dann kommt mit. Und seid vorsichtig. Wir müssen eine ziemlich lange und ziemlich steile Treppe hinunter. Bitte kein Herumgetobe. Und es ist weder eine Schande noch ein Zeichen von Feigheit, das Geländer zu benutzen.«

Sie gingen durch eine weitere Tür, hinter der sie die Treppe erwartete. Laurin begann an ihrem eigenen Mut zu zweifeln, als sie die schmalen Holzstufen sah, die in halsbrecherischem Winkel in die Tiefe führten. Der Treppenschacht war von zahlreichen starken Lampen taghell erleuchtet, aber das Ende war trotzdem nicht zu erkennen.

»Bei der Heiligen Jungfrau Maria, wie tief geht es da nach unten?«, entfuhr es Schwester Rosie.

»Beinahe hundertfünfzig Meter«, sagte Etsch.

»Und das haben Menschen vor mehr als tausend Jahren mit bloßen Händen gegraben?«

»Das und noch viel mehr«, bestätigte Etsch. »Das Bergwerk geht dort unten erst richtig los. Aber wir steigen nur ungefähr dreißig Meter hinab.«

Er nickte Hartwig zu, der nicht nur auch jetzt wieder die Führung übernahm, sondern die Stufen regelrecht hinabhüpfte, als ginge er über ebenen Boden. Alle anderen – Laurin und Didi eingeschlossen – folgten ihm weitaus vorsichtiger. Laurin nahm an, dass sie nicht die Einzige war, die es insgeheim längst bedauerte, sich auf diesen Jules-Verne-Ausflug zum Mittelpunkt der Erde eingelassen zu haben.

Nach vielleicht dreißig Metern tauchte ein schweres Eisengitter aus daumendicken Stäben vor ihnen auf, das den Treppenschacht auf ganzer Breite blockierte. Natürlich ließ es sich Michael nicht nehmen, mit beiden Händen an den Gitterstäben zu rütteln, aber genauso gut hätte er versuchen können, den Berg mit bloßen Händen niederzureißen.

Laurin wäre trotzdem wohler gewesen, er hätte das nicht getan. Michaels Schütteln ließ lang anhaltende, scheppernde Echos aus der Tiefe zu ihnen heraufwehen, und waren da Schatten, die im Zwielicht am unteren Ende der Treppe huschten?

»Lass das!«, sagte Etsch streng, während er die Gruppe unter heftigem Gestikulieren in einen Seitengang scheuchte. Die Luft wurde immer stickiger und merklich kühler. Als sie eine große, halbrunde Höhle erreichten und anhielten, hatte nicht nur Laurin eine Gänsehaut auf den Armen.

»So, und hier fängt das eigentliche Bergwerk an«, begann Etsch, nachdem sich alle in einem lockeren Halbkreis um ihn formiert hatten und wenigstens so taten, als würden sie ihm aufmerksam zuhören. »Seht euch in Ruhe um, und wenn ihr Fragen habt, dann stellt sie ruhig. Aber fasst nichts an.«

»Ich habe eine Frage«, meldete sich Michael. »Wie lange dauert das hier noch?«

Rosie schenkte ihm einen empörten Blick, aber Etsch lächelte, als hätte er nur darauf gewartet. »Genau das haben sich die meisten Leute früher sicher auch gefragt«, sagte er. »Das Leben damals muss unglaublich hart gewesen sein. Stellt euch vor, wie es war, zehn oder zwölf Stunden hier unten zu arbeiten, und das jeden Tag! Es gab kein elektrisches Licht, sondern lediglich Grubenlampen und Fackeln, und sie hatten keine modernen Werkzeuge wie Presslufthämmer oder auch nur anständige Schaufeln. Es war abwechselnd bitterkalt und unerträglich heiß. Schaut mal dorthin. Was glaubt ihr, was das war?«

Er deutete auf eine Anzahl kniehoher Löcher, die in den Wänden gähnten.

Als Laurin sich bückte, um hineinzusehen, erkannte sie, dass sie tief in den Fels führten.

»Fluchttunnel?«, vermutete Didi.

Etsch schüttelte lachend den Kopf. »Nein, das da waren die eigentlichen Stollen, ob ihr es glaubt oder nicht.«

»So niedrig?«, wunderte sich Schwester Rosie.

»Ich sagte doch, es war kein angenehmes Leben«, bestätigte Etsch. »Sie haben zum Teil auf dem Bauch gelegen, um das Gestein abzubauen, und das Tag für Tag. Manchmal sind die Stollen eingestürzt und die, die Glück hatten, sind erschlagen worden.«

Die Glück hatten?

»Und die weniger Glücklichen?«, fragte Laurin.

»Wurden verschüttet und sind qualvoll erstickt«, antwortete Etsch. »Oder noch qualvoller verhungert und verdurstet.«

»Also das ... ist keine schöne Geschichte«, sagte Rosie schaudernd.

»Ich wollte auch keine schöne Geschichte erzählen, sondern die Wahrheit«, erwiderte Etsch. »So gut waren die guten alten Zeiten nie, wie manche glauben.«

Irgendwie, dachte Laurin, klang es so, als wüsste er genau, wovon er sprach. Was natürlich Unsinn war.

»Warum haben sie keine Zwerge buddeln lassen?«, fragte Didi.

»Genau das haben sie«, behauptete Etsch. »Was glaubt ihr denn, woher der berühmte Gartenzwerg kommt?«

»Von hier?« Michael bedachte Laurin mit einem Blick, für den sie ihn am liebsten kräftig auf die Nase geboxt hätte.

»Gewissermaßen«, erwiderte Etsch. »Seht euch um. Große Menschen haben hier Probleme. Jeder Zentimeter weniger Körpergröße ist ein Zentimeter weniger Fels, den man aus dem Berg meißeln muss. Also haben sie lieber kleinwüchsige Männer in den Berg geschickt, dafür aber besonders kräftige.«

Wenn das stimmte, dachte Laurin, dann hätte Etsch vor tausend Jahren wohl den perfekten Bergmann abgegeben.

Didi grinste breit. »Klar, daher die Gartenzwerge samt Zipfelmütze.«

»Die sie tatsächlich getragen haben«, warf Etsch ein. Ungläubiges Murmeln und Raunen wurde laut, doch der Wissenschaftler nickte nur wissend, drehte sich um und kam nach einem Moment mit einem zusammengeknüllten Stoffstreifen in der Hand zurück. Mit den Knöcheln der anderen Hand klopfte er gegen seinen Schutzhelm.

»So was gab es vor tausend Jahren noch nicht«, sagte er, »sehr wohl aber Steine, die von der Decke fallen. Also haben sie ...« Er nahm den Helm ab und stülpte sich mit der anderen Hand das Stück Stoff über, das sich als breitkrempiger spitzer Gartenzwerghut entpuppte. »... das hier benutzt.«

Der Anblick war verblüffend und zugleich komisch. Die meisten lachten, aber Rosie – und auch Laurin – starrten ihn nur verdattert an.

»Ich weiß, es sieht seltsam aus«, sagte Etsch, nachdem sich die erste Belustigung gelegt hatte. »Aber glaubt mir, es funktioniert.«

»Eine Zipfelmütze?«, fragte Michael.

»Sie ist aus dickem Filz gemacht und schützt nicht nur vor Kälte und Wasser, sondern auch vor Steinschlag«, erklärte Etsch.

»Glaub ich nicht«, sagte eines der Mädchen.

Laurin sah Etsch an, dass er nur auf dieses Stichwort gewartet hatte. Lächelnd bückte er sich nach einem faustgroßen Stein, warf ihn wuchtig gegen die Decke und fing ihn mit dem Kopf wieder ab, als er zurückkam. Es gab ein sonderbar weiches »Plopp«, und der Stein prallte ab und verschwand in den Schatten.

Aber nicht sofort.

Es war das Seltsamste, was Laurin jemals erlebt hatte: Der Stein verschwand zwar, aber es war, als tauche er in nachtfarbenes Wasser, das lautlos Wellen schlug. Etwas Unsichtbares und Waberndes huschte in einer Bewegung davon, die Laurin irgendwie ... empört vorkam, so absurd ihr der Gedanke auch selbst erscheinen mochte.

Laurin sah genauer hin, doch es blieb dabei: Der Stein war verschwunden. Hinter Etsch befand sich rein gar nichts. Und dennoch bewegte sich da etwas. Etwas, das nicht da war. Zum zweiten Mal musste sie an das denken, was Schwester Rosie über das alte Bergwerk gesagt hatte. Angeblich sollte es hier spuken.

»Sie ist fast so stabil wie ein moderner Helm«, beendete Etsch seine kleine Demonstration. »Dieses Modell wurde nach einer Originalmütze gefertigt, die fast tausend Jahre alt ist.«

»Ich bezweifle, dass unser moderner Plastik-Plunder nach tausend Jahren noch was taugt«, fügte Hartwig hinzu. Natürlich tat er das.

Laurin hatte Mühe, der Unterhaltung zu folgen. Ihr Blick suchte immer noch die Höhle hinter Etsch ab. Irgendetwas war dort. Sie konnte es nur nicht sehen.

»Was hast du?«, wisperte Didi neben ihr.

»Nichts«, behauptete sie wenig überzeugend.

Didi sah lange genug in dieselbe Richtung wie sie, um klarzumachen, was er von dieser Antwort hielt, und Laurin tat ihre Gedanken endgültig als Unsinn ab und zwang sich, Etschs ach-so-spannendem Vortrag zu folgen.

»… eine ganz erstaunliche Industrie«, sagte er gerade. Anscheinend war sie länger in Gedanken versunken gewesen, als ihr bewusst war. »Schon im frühen Mittelalter. Das glaubt man kaum, wie? Aber das Allerspannendste habe ich euch noch gar nicht gezeigt. Kommt!«

Ohne eine Antwort abzuwarten, ging er los, und Laurin war heilfroh, die große Höhle mit ihren unheimlichen Schatten verlassen zu können. Sie betraten eine weitere runde Höhle, von der wieder etliche niedrige Stollen sternförmig abzweigten, aber auch eine massive Holztür sichtbar jüngeren Ursprungs, hinter der Etsch wortlos verschwand.

»Er ist gleich wieder da«, sagte Hartwig, als schon unwilliges Murren aufkommen wollte. »Das Interessanteste kommt erst noch.« Sein Blick suchte Laurin. »Vielleicht kann uns ja in der

Zwischenzeit jemand etwas über diesen Berg erzählen? Der ist nämlich auch etwas ganz Besonderes.«

Laurin tat so, als hätte sie nicht verstanden, worauf er hinauswollte, und wünschte ihm insgeheim die Pest an den Hals. Schwester Rosie kam ihr zu Hilfe.

»Die Rosengartenspitze hat ihren Namen nicht von ungefähr«, begann sie. »Nach der alten Legende soll hier der Eingang in das verborgene Reich des berühmten Zwergenkönigs Laurin liegen.«

Alle starrten Laurin an. Auch Didi.

»Nein, das ist eine andere Geschichte«, sagte Rosie. »Der mythische Laurin soll über ein verzaubertes Reich voll der herrlichsten Rosen und faszinierendsten Geschöpfe geherrscht haben. Die Grenze bildete ein unsichtbarer Zauberfaden, den niemand zu zerreißen wagte. Und wer es doch tat, dem soll Laurin zur Strafe einen Arm und ein Bein ausgerissen haben.«

»Ein Zwerg?« Michael machte ein abfälliges Geräusch. »Pah!«

»Oh, täusch dich nicht«, antwortete Rosie. »Der Herr des Rosengartens konnte sich nicht nur mithilfe eines Zaubermantels unsichtbar machen, sondern hatte auch einen Gürtel, der ihm die Kraft von zwölf Männern verlieh.«

»Also pass lieber auf, was du sagst«, warnte Michael grinsend, während er abwechselnd Didi und Laurin und dann wieder Didi ansah. Laurin streckte ihm die Zunge heraus.

»Ich sehe hier keine Rosen«, sagte eines der anderen Mädchen.

»Das ist jetzt der weniger märchenhafte Teil«, räumte Rosie ein. »Wahrscheinlich ist es schlichtweg ein Übersetzungsfehler. Ist euch die riesige Schutthalde an der Nordflanke des Berges aufgefallen?« Da niemand antwortete, tat sie es selbst mit einem Nicken. »Die Einheimischen nennen sie Gartl, in Anspielung auf den Rosengarten. Aber in einem alten slawischen Dialekt heißt *ruza* eigentlich nur Schutt oder Geröll.«

»Das klingt ein bisschen wie Rose«, sagte Hartwig.

Rosie nickte. »Die meisten alten Legenden gehen irgendwie auf reale Ereignisse zurück. Und je öfter die Menschen sie erzählen, desto fantastischer werden sie natürlich.«

»Aber Sie glauben nicht an Märchen oder Zwerge oder Zauberwesen?«, fragte Didi.

»Das fragst du eine Nonne?«, erkundigte sich Rosie gespielt empört. Dann lächelte sie jedoch nur umso wärmer. »Märchen sind etwas ebenso Wichtiges wie Wertvolles, doch es sind trotzdem nur Märchen.«

»Ich verstehe. So wie die Geschichte von dem Typen, den sie ans Kreuz getackert und umgebracht haben, und der danach wiederauferstanden ist«, murmelte Didi.

Schwester Rosie tat so, als hätte sie nichts gehört, und Etschs Rückkehr hinderte Didi daran, seinen Unfug auf die Spitze zu treiben. Er hatte den albernen Filzhut wieder gegen einen modernen Helm getauscht, aber er sah trotzdem mehr denn je wie ein Zwerg aus einer uralten Geschichte aus. Wenn auch ein ziemlich großer Zwerg.

»Jetzt kommt der große Moment«, sagte er. »Ich werde euch nun etwas zeigen, das vor euch erst sehr wenige Menschen zu Gesicht bekommen haben. Bedankt euch bei Hartwig. Er hat mich überredet.«

Mit einer dramatischen Geste gab er den Weg frei, und die Gruppe trat einer nach dem anderen neben ihm durch die Tür. Didi und Laurin bildeten auch jetzt wieder den Abschluss. Laurin wollte das eigentlich gar nicht, aber Didi hatte sich offenbar entschieden, ihr zu folgen wie ein treuer Dackel seinem Herrn.

Nach einer Weile blieb die Gruppe wieder stehen, und Etsch deutete auf eine Stelle, an der die Wand wie unter einem gewaltigen Hammerschlag aufgebrochen war. Dahinter war jedoch kein weiterer Fels zu sehen, sondern ein schwarzes und staubgraues Gewusel, das Laurin wie mitten im Kampf erstarrte Schlangen vorkam. Der Anblick erinnerte sie an etwas, aber sie kam nicht darauf, woran.

»Ist das da die große Überraschung?«, fragte eines der Mädchen.

Etsch schüttelte den Kopf. »Die kleine«, sagte er. »Die große folgt gleich. Aber ich finde das da auch sehenswert. Wisst ihr, was das ist?« Niemand antwortete. »Habt ihr die große Esche oben vor dem Eingang gesehen?«

»Eine Esche«, triumphierte Didi. »Sag ich doch!«

»Das sind ihre Wurzeln«, sagte Etsch.

»Wir sind hier dreißig Meter unter der Erde!«, wunderte sich Schwester Rosie. »Und so, wie diese Wurzeln aussehen, reichen sie sogar noch ein gutes Stück weiter nach unten. Dieser Baum muss mindestens tausend Jahre alt gewesen sein, als er gefällt worden ist.«

»Ein Verbrechen«, sagte Hartwig.

Niemand beachtete ihn.

»Ja, das Leben ist schon hartnäckig, nicht wahr?«, fragte Etsch. »Aber deshalb sind wir nicht hier. Kommt.«

»Und dann wird es *noch* spannender?«, nörgelte Michael. »Das halt ich nicht aus.«

Diesmal waren es wirklich nur ein paar Schritte, bis sie ihr endgültiges Ziel erreichten: eine weitere, unregelmäßig geformte Höhle mit den obligaten Stollen, an deren anderem Ende sich eine große Gittertür befand. Etsch ging hin und legte einen altmodischen Lichtschalter um, woraufhin hinter dem Gitter eine Anzahl genauso altmodischer gelber Glühbirnen aufleuchtete.

»Aha«, machte Didi, und: »Is' ja'n Ding!«, pflichtete ihm Michael bei.

»Ich weiß, es sieht unspektakulär aus, aber das hier ist wirklich eine Sensation.«

»Ein Loch im Berg«, sagte Didi.

»Oder der Eingang zu Laurins Zauberreich«, schlug Michael vor. Laurin sparte es sich, ihn böse anzufunkeln.

Hinter dem Gitter kam nichts anderes zum Vorschein als ein weiterer Gang, allerhöchstens dass er etwas niedriger und schmaler war. Neugierig trat sie näher und spähte durch die Stäbe, und nun sah sie doch etwas Außergewöhnliches: An den Wänden befanden sich krakelige Zeichnungen, die mit einiger Fantasie Tiere und jagende Menschen darstellten. »Sind das Höhlenmalereien?«

Etsch nickte, sichtlich stolz, dass wenigstens sie seinen sensationellen Fund zu würdigen wusste. »Ja. Die ältesten in ganz Tirol. Wenn nicht in den gesamten Alpen.«

»Und deshalb sind wir hier?«, nörgelte Michael. »Um uns ein paar hundert Jahre alte Kritzeleien anzugucken?«

»Eher zehntausend«, sagte Etsch lächelnd. »Mindestens. Und die Sensation sind nicht einmal die Bilder, sondern die Gänge.«

»Wieso?«, fragte Schwester Rosie.

»Die Ehre der Entdeckung gebührt leider nicht mir«, antwortete Etsch. »Das waren zwei Hobbyforscher, die eigentlich nur nach Bergkristallen gesucht haben.«

»Sie waren hier unten?«, fragte Laurin. Dieser Gang beunruhigte sie, auch wenn sie nicht sagen konnte warum.

»Nein, das war in der Steiermark, um genau zu sein.«

»Aber das ist Hunderte Kilometer entfernt!«, wandte Rosie ein.

»Und genau das ist das Erstaunliche«, sagte Etsch. Er strahlte vor Entdeckerstolz. »Dieses Höhlensystem ist gigantisch! Bisher ist erst ein ganz kleiner Teil davon erforscht, aber es müssen Hunderte von Kilometern sein, wenn nicht Tausende! Und das Erstaunlichste ist, dass es vor mindestens zehntausend Jahren angelegt worden ist, wenn nicht noch sehr viel früher.«

»Seit wann kennen Sie diesen Stollen?«, fragte Didi.

»Du meinst, wann wir diesen speziellen Gang entdeckt haben?« Etsch genoss es sichtlich, über seine Entdeckung schwadronieren zu können. »Der Durchgang war zugemauert, und wie es den Anschein hatte, schon seit langer Zeit. Er war so geschickt getarnt, dass ihn wohl jahrhundertelang niemand gesehen hat. Wir haben bei den Ausgrabungen sogar Schutzrunen gefunden.« Er sah kurz Rosie an, wich ihrem direkten Blick aber aus. »Das sind uralte germanische Schriftzeichen, die in den Fels ge…«

»Ich weiß, was heidnische Runen sind«, unterbrach ihn Rosie mit einem angedeuteten Lächeln. »Und ich habe kein Problem damit. Im Gegenteil. Ich finde es interessant, mich mit den Vorstellungen und dem Glauben alter Völker zu befassen.«

Etsch wirkte ein bisschen erleichtert. »Wer immer diesen Gang zugemauert hat, scheint große Angst vor dem gehabt zu haben, was auf der anderen Seite war«, sagte er.

»Wie gruselig«, bemerkte eines der Mädchen.

»Und deshalb haben Sie auch das Gitter eingebaut, damit die Gespenster nicht herauskommen?«, fügte ein zweites hinzu.

»Eher damit sich vorwitzige kleine Mädchen nicht verirren oder anderswie zu Schaden kommen«, antwortete Etsch amüsiert.

»Und wer hat all diese Gänge angelegt?«, fragte Rosie.

»Das weiß niemand«, antwortete Etsch. »Dieser Durchgang wurde vor fünf Jahren durch Zufall entdeckt, und seitdem verbringe ich praktisch jeden Tag hier unten. Und trotzdem habe ich das Gefühl, weniger zu wissen als am Anfang.«

»Und ich dachte, Sie seien so was wie ein Wissenschaftler«, sagte Didi.

Hartwig warf ihm einen entrüsteten Blick zu, aber Etsch schien die Bemerkung nicht übel zu nehmen. »Nicht nur so was«, antwortete er schmunzelnd. »Allerdings reicht unser Wissen nicht so weit zurück. Bei allem, was älter als drei- oder viertausend Jahre ist, kann die Wissenschaft im Grunde nur wild herumraten.«

Alle staunten angemessen.

Ausgerechnet Didi stellte die entscheidende Frage. »Wenn das von einer zehntausend Jahre alten Kultur angelegt worden ist, von der zuvor noch niemand gehört hat, dann wäre das eine Sensation!«

»Das ist es«, bestätigte Etsch. »Und es könnten durchaus zwanzig- oder dreißigtausend Jahre sein, oder noch viel mehr.«

Didi trat so dicht neben Laurin, dass es ihr beinahe unangenehm war, beugte sich neugierig vor und legte die Hände um die Gitterstäbe.

»He!«, sagte Etsch warnend. »Bitte fasst nichts an!«

Aber es war zu spät. Didi wollte vermutlich sogar gehorchen, denn er richtete sich wieder auf und stieß sich dabei leicht an den Gitterstäben ab, und das war zu viel.

So beeindruckend das große Vorhängeschloss an der Tür auch war, es zerbrach einfach in Stücke. Das Gittertor schwang mit einem Klicken auf und nach innen. Zusammen mit Didi, der irgendwie nicht auf die Idee kam, die Eisenstäbe loszulassen.

»He!«, rief Etsch.

Laurin reagierte, ohne wirklich nachzudenken, und krallte die rechte Hand in sein Hemd und die linke in Didis Gürtel, um ihn festzuhalten. Sie begriff einen Sekundenbruchteil zu spät, dass sie Didis Gewicht unter- oder ihre eigene Kraft überschätzt hatte.

Statt Didi festzuhalten, wurde sie von den Füßen und zusammen mit ihm durch die Tür gezerrt.

Etsch schrie noch einmal: »He!«, und dann brach die Welt in Stücke.

Ein gewaltiges Krachen erscholl. Der Boden, dem Didi und sie ohnehin entgegenstürzten, sprang ihnen seinerseits mit einem Ruck entgegen, und für den Bruchteil einer Sekunde hatte sie das bizarre Gefühl, durch ein unsichtbares Spinnennetz zu fallen, das unter ihrem Gewicht zerriss. Alles war Staub und Schreie und das Tosen stürzender Steine. Und dann nichts mehr.

Rotes Licht drang durch ihre geschlossenen Lider und verwandelte sich in ein unangenehm grelles Weiß, als sie die Augen öffnete.

»Entschuldige. Ich wollte dich nicht blenden.«

Das Licht schwenkte herum und stach nun nicht mehr wie mit spitzen Nadeln in ihre Augen, sondern beleuchtete ein schmutziges Gesicht. Sie erkannte Didi erst nach zwei oder drei Sekunden, denn er war voller Staub und hatte eine gerade erst im Verkrusten begriffene Platzwunde auf der Stirn. Seine Stimme klang kratzig wie die eines alten Mannes, und als Laurin sich auf die Ellbogen hochstemmte und dabei tief einatmete, wusste sie auch warum. Die Luft war so voller Staub, dass sie sich beherrschen musste, um nicht zu husten.

»Was ist passiert?«, fragte sie benommen.

»Du warst bewusstlos«, sagte Didi. »Schätze, du hast einen Stein auf den Kopf bekommen. Oder bist in Ohnmacht gefallen.«

»Stein«, entschied Laurin.

»Stein«, bestätigte Didi. Grinste er etwa insgeheim?

»Ich meinte ja auch eigentlich vorher.« Laurin sah sich vorsichtig um, aber da war nur Dunkelheit. Das Licht, mit dem Didi sie so rüde geweckt hatte, stammte vom Display seines Handys und verlor sich schon nach wenigen Schritten.

»Vielleicht ein Erdbeben«, sagte Didi.

»Ja. Oder dir ist doch der Himmel auf den Kopf gefallen«, grummelte Laurin. »Ich wusste ja, dass das passiert. Ich war nur nicht besonders scharf darauf, dabei zu sein.«

»Also ich bin eigentlich nicht der, dem ein Stein die Lichter ausgeknipst hat«, antwortete Didi grinsend, wurde aber dann umso ernster. »Was macht dein Kopf? Tut dir was weh?«

»Nein«, antwortete Laurin, was zu ihrem eigenen Erstaunen nicht einmal gelogen war. Ihr tat tatsächlich nichts weh. Sie fühlte sich leicht benommen, und als sie mit den Fingerspitzen über ihren Kopf tastete, spürte sie eingetrocknetes Blut. Sie würde eine mächtige Beule bekommen. Aber das war auch alles. Dann meldete sich ihr schlechtes Gewissen.

»Du hast mir das Leben gerettet«, sagte sie.

Statt zu antworten, streckte Didi den Arm aus und leuchtete mit dem Handy hinter sie. Das Licht verlor sich schon nach einem kurzen Stück, aber das wenige, was sie sah, reichte vollkommen, um ihr einen eisigen Schauer über den Rücken zu jagen. Der Gang war auf ganzer Breite eingestürzt. Eine Halde aus Schutt und tonnenschweren Felsbrocken grinste sie da an, wo gerade noch die Gittertür gewesen war. »Du hast mir das Leben gerettet«, sagte sie noch einmal. »Wenn mich das getroffen hätte, wäre ich tot.«

»Ich muss mich irgendwie bei dir verhakt haben«, behauptete Didi. »Hab dich wohl mitgeschleift, ohne es zu merken.«

Laurin erinnerte sich noch gut genug an seine Hände, die sie unter den Achseln gepackt und in Sicherheit gezerrt hatten. Aber aus irgendeinem Grund schien ihm das peinlich zu sein, also beließ sie es dabei.

Außerdem schaltete Didi in diesem Moment das Licht aus.

»He!«, protestierte Laurin. Die Dunkelheit schloss sich wie eine Mauer um sie, die ihr den Atem nahm.

»Der Akku ist nur halb voll«, sagte Didi. »Vielleicht brauchen wir das Licht später noch. Wer weiß, wie lange es dauert, bis uns jemand ausgräbt.«

Falls überhaupt jemand kommt, dachte Laurin bedrückt. Allmählich kamen ihre Erinnerungen zurück, aber es waren Bilder, die sie lieber nicht gesehen hätte. Nicht nur der Gang hinter dem Gitter war eingebrochen. Auch in der großen Höhle waren Steine von der Decke gestürzt. Einige der Schreie hatten nicht nur nach Schrecken geklungen, sondern eindeutig nach Schmerz. Vielleicht auch nach Schlimmerem. Aber dieses Wort wollte sie nicht einmal denken.

»Wieso hast du überhaupt ein Handy dabei?«, fragte sie. »Ich durfte mein iPhone nicht mal mit in den Urlaub nehmen!«

Didi machte ein abfälliges Geräusch. »Derjenige, der mir mein Handy wegnimmt, ist noch nicht geboren worden«, entgegnete er.

Laurin sagte vorsichtshalber nichts dazu.

»Und was tun wir jetzt?«, fragte sie stattdessen.

Dieses Mal spürte sie Didis Achselzucken sogar noch deutlicher. »Keine Ahnung«, antwortete er. »Aber ich sehe da prinzipiell zwei Möglichkeiten: Wir versuchen, uns mit den Fingernägeln durch den Fels zu graben, oder wir warten, bis sie uns holen kommen.«

Laurin schickte einen bösen Blick in die Richtung, in der sie ihn vermutete, und schluckte gerade noch die Frage herunter, wen er eigentlich mit sie gemeint hatte. Für eine ganze Weile saßen sie schweigend im Dunkeln da.

»Du hältst dich gut«, sagte er plötzlich.

»Für ein Mädchen, meinst du?«, giftete sie.

»Die meisten an deiner Stelle wären längst in Panik geraten«, sagte Didi, ohne auf ihre Antwort einzugehen. Ihre ruppigen Worte taten ihr auch schon wieder leid. »Ich übrigens auch. Ich hab Zeter und Mordio geschrien, während du deinen kleinen Schönheitsschlaf gehalten hast.«

»Was meinst du, wie lange es dauert, bis jemand kommt?«

Didi zögerte gerade lange genug, um sie begreifen zu lassen, dass er log. »Ein paar Stunden müssen wir uns schon gedulden«, sagte er. »Die anderen werden Hilfe rufen.«

Wenn sie noch leben, dachte Laurin bedrückt. Sie hatte nicht den Mut, diese Worte laut auszusprechen, aber es war schon wieder, als hätte Didi ihre Gedanken gelesen. Wahrscheinlich dachte er im Moment ohnehin dasselbe.

»Und selbst wenn nicht, fällt irgendwann jemandem auf, dass wir nicht zurück sind, und sie kommen uns suchen.«

»Irgendwann gefällt mir nicht«, sagte sie. »Das kann Stunden dauern. Oder auch Tage.«

»Hast du eine bessere Idee?«, fragte Didi.

»Nein. Aber wir können doch nicht einfach hier rumsitzen und gar nichts tun! Was ist mit deinem Handy?«

»Kein Empfang«, sagte Didi. »Wir sind in einem Berg.«

»Nein«, antwortete Laurin. Und plötzlich hatte sie doch eine Idee. Vielleicht keine gute, aber eine Idee. »Wir sind in einem Stollen.«

»Ist mir aufgefallen«, antwortete Didi.

»Einem Stollen, der von Menschen angelegt worden ist«, beharrte Laurin. »Du hast doch gehört, was Etsch erzählt hat. Und du hast die Höhlenmalereien gesehen.«

»Aber du hast auch gehört, wie alt diese Stollen sind! Viel älter als das Bergwerk.«

»Eben! Das bedeutet, sie waren schon viel früher da! Also muss es noch einen anderen Zugang geben.«

»Vor zehntausend Jahren vielleicht«, antwortete Didi. »Und wenn er nicht längst verschüttet ist.« Sie konnte hören, wie er heftig den Kopf schüttelte. »Diese Gänge können Kilometer lang sein.«

»Die Menschen hatten früher keine Taschenlampen und auch keine Handys«, erwiderte Laurin. »Wahrscheinlich nur Fackeln. So weit kann es nicht sein bis zum nächsten Ausgang.«

»Und den willst du finden, in völliger Dunkelheit?«, höhnte Didi. »Du bist ja verrückt.«

»Wir haben dein Handy«, erinnerte Laurin.

»Der Akku hält höchstens noch eine halbe Stunde«, schnaubte Didi. »Und ohne Licht haben wir keine Chance. Wir würden uns hoffnungslos verirren.«

Damit lag er vermutlich nicht falsch, dachte Laurin. Aber sie konnten doch nicht einfach nur herumsitzen und darauf warten, dass ein Wunder geschah!

Gerade wollte sie zu einer entsprechend gepfefferten Antwort ansetzen, als sie etwas hörte. Etwas raschelte in der Dunkelheit hinter Didi, und da war auch wieder dieser unheimliche

Laut, der sie an ein helles Kinderlachen erinnerte. Und obwohl sie ganz genau wusste, dass es gar nicht sein konnte, war sie zugleich vollkommen sicher, eine Bewegung in der Schwärze hinter Didi wahrzunehmen. Verlor sie gerade ein bisschen den Verstand?

»Wir können doch nicht einfach nur – «

Der Boden zitterte, ganz sacht nur, aber Laurin brach trotzdem mitten im Wort ab, und Didi ließ ein kleines, erschrockenes Japsen hören. Ein einzelnes Steinchen löste sich von der Decke und sprang klickernd davon. Weder Didi noch sie warteten, ob ihm möglicherweise ein zweiter und größerer Brocken folgte. Hastig sprangen sie auf und stürmten ein paar Schritte weit in die Dunkelheit. Sie hatten es kaum getan, da erbebte der gesamte Berg wie unter einem gewaltigen Hammerschlag. Etwas traf Laurin unsanft im Rücken, sodass sie gegen die Wand stolperte und sich den Kopf anschlug. Plötzlich war die Luft so voller bitter schmeckendem Staub, dass sie kaum noch atmen konnte und qualvoll hustete, und sie konnte spüren, wie etwas Schweres knapp an ihrer Schulter vorbeiflog und mit einem ungeheuerlichen Dröhnen auf dem Boden zerbrach.

So schnell es begonnen hatte, ebenso rasch war es auch wieder vorbei. Für eine Sekunde war noch ein heftiges Grollen zu hören, dann nur ein Laut wie eine schwielige Hand, die über Seide strich: das Geräusch von rieselndem Staub.

Didi schaltete das Handy ein. Im ersten Moment sahen sie nichts als wirbelnden Staub, dann lichteten sich die Schwaden, und ein eisiger Schauer rieselte Laurin wie Ameisenbeine über den Rücken.

Die Schutthalde war auf mindestens die doppelte Länge angewachsen. Wo Didi und sie gerade noch gesessen hatten, türmten sich Tonnen von zerbrochenem Gestein.

Didi hob das Telefon und beleuchtete die Decke. In dem vermeintlich unzerstörbaren Fels klaffte ein handbreiter gezackter Riss, der sich wie ein erstarrter Blitz so weit zog, wie das Licht reichte, und wahrscheinlich noch viel weiter. Staub rieselte in feinen Schwaden heraus, und dann und wann ein kleiner Stein.

»Du hattest recht«, murmelte Didi.

»Das habe ich prinzipiell immer«, bestätigte Laurin, »aber womit in diesem speziellen Fall?«

Didi blieb ernst. »Dass wir nicht hierbleiben können.«

Dem war nichts hinzuzufügen.

Didi kam näher und berührte sie sacht am Arm. Es war ein bisschen unheimlich, denn im schwachen Licht des Handydisplays sah sie nur das Schimmern seiner Zähne und einen blassen Lichtreflex in seinen Augen. »Der Gang wird hinten noch niedriger. Leg die Hand auf meine Schulter, dann merkst du, wenn ich mich bücke.«

»Und unsere Helme und ... alles andere?«

Didi deutete stumm auf die gewaltige Schutthalde, die sich da erhob, wo sie vor ein paar Augenblicken noch gesessen hatten. Was immer dort gelegen hatte, war für alle Zeiten verloren.

Sie konnten sitzen bleiben und Wetten abschließen, ob sie zuerst verdursteten oder erfroren, oder es versuchen.

Ohne ein weiteres Wort brachen sie auf: Am Anfang klammerte sie sich regelrecht an seine Schulter, denn Didis Warnung erwies sich als nur zu berechtigt. Ein paarmal hörte sie einen dumpfen Knall, und einmal konnte Didi ein schmerzliches Zischen nicht mehr ganz unterdrücken, als er mit dem Kopf gegen die Decke stieß. Aber die Didi-Alarmanlage funktionierte, und sie konnte sich jedes Mal rechtzeitig ducken. Nach und nach fanden sie in einen Rhythmus, der für Didi weniger schmerzhaft war, und Laurin hatte das Gefühl, dass sie gut vorankamen.

Auch wenn sie keine Ahnung hatte wohin.

Der Boden war leicht abschüssig, und unter ihren Schritten lösten sich immer wieder kleinere Steinchen, die klickend davonkollerten. Ihre Fantasie versuchte, etwas anderes aus diesen Geräuschen zu machen, aber das ließ sie nicht zu, sondern konzentrierte sich ganz darauf, einen Fuß vor den anderen zu setzen.

Nach vielleicht hundert Schritten hielt Didi an und schaltete für einen Moment sein Handy ein. Der blasse Schein verlor sich schon nach wenigen Metern und schien die Dunkelheit dahinter nur noch zu vertiefen, und verrückterweise meinte sie danach, erneut eine Bewegung in der Dunkelheit wahrzunehmen. Als hätte sich die Nacht in einen Mantel aus noch tieferer Schwärze gehüllt, der eilends davonhuschte. Wahrscheinlich spielten ihr ihre Augen einen Streich.

Tiefer und tiefer ging es in die Erde hinab. Didi blieb mehrmals stehen und machte Licht, ohne dass es etwas anderes zu sehen gab als schwarzen und grauen Fels.

Auf diese Weise verging bestimmt eine Stunde und Laurin wagte es längst nicht mehr, darüber nachzudenken, wie tief sie schon unter der Erde waren. Bald begann Erschöpfung von ihr Besitz zu ergreifen, und sie bekam Durst, der rasch quälend wurde. Und als ob das noch nicht reichte, setzten schlimme Kopfschmerzen ein.

Didi blieb stehen und schaltete das Handy ein.

Vor ihnen teilte sich der Gang.

Dreifach.

»Und jetzt?«, fragte Didi müde.

Laurin starrte die drei halbhohen Gänge an und versuchte irgendeinen Unterschied auszumachen, aber es gab keinen. Sie hob die Schultern. »Vielleicht den in der Mitte?«

Didi schüttelte den Kopf. »Wir müssen uns für eine Richtung entscheiden«, sagte er. »Immer rechts oder immer links. Falls wir umkehren müssen, finden wir so wenigstens den Rückweg.«

Laurin nickte, und das vielleicht ein bisschen zu heftig, denn ihr Kopf revanchierte sich mit einem dröhnenden Schmerz, der wie ein stacheliger Ping-Pong-Ball zwischen ihren Schläfen hin und her flog. Sie verzog das Gesicht.

»Alles in Ordnung?«, fragte Didi.

»Ja«, sagte sie. »Nein. Ich habe ekelige Kopfschmerzen.«

»Das kommt vom Durst«, sagte Didi. »Vielleicht finden wir ja irgendwo Wasser.«

»Ja, ganz bestimmt«, nörgelte Laurin. »Hoffentlich hast du auch genug Kleingeld für den Colaautomaten dabei.«

Didi zog eine Grimasse und deutete auf den linken Gang. Laurin nickte vorsichtig und nahm die rechte Abzweigung. Sie hätte mehr Wiederstand erwartet, aber zu ihrer Überraschung kapitulierte er wortlos.

Es dauerte nicht lange, bis sie auf die nächste Abzweigung trafen, und Didi ging diesmal gleich nach rechts. Ebenso an der nächsten, und auch an der danach und dann wieder der nächsten.

Endlose Stunden vergingen. Der Weg führte permanent nach unten und es wurde immer kälter. Hätte Laurin etwas sehen können, hätte sie wahrscheinlich ihren eigenen Atem als grauen Dampf vor dem Gesicht erkannt. Ihr Kopf tat so weh, als würde er im nächsten Moment zerplatzen. Irgendwo vor ihr raschelte Didi in der Dunkelheit herum, und etwas huschte auf weichen Sohlen davon und verschwand. Sie hörte einen keckernden Laut wie von einem kleinen Tier.

Didi hob sein Handy, und das blasse Licht flackerte kurz und ging wieder aus.

»He!«, rief Laurin.

»Der Akku ist tot«, antwortete er. »Tut mir leid.«

Laurin schüttelte im Dunkeln still den Kopf, und Didi tastete nach ihrer Hand, hakte sie in sein T-Shirt ein und ging ohne ein weiteres Wort weiter, das nur unnötige Kraft gekostet hätte.

Sie redeten wenig, und wenn, dann erinnerte sie sich hinterher nicht, worüber. Laurin war längst am Ende ihrer Kraft angekommen und wusste nicht, woher sie die Energie nahm, immer wieder einen Fuß vor den anderen zu setzen. Ihr Durst war so schlimm geworden, dass er ihr körperliche Schmerzen bereitete. Sie zitterte vor Kälte am ganzen Leib, aber zugleich war ihre Stirn so heiß, als hätte sie Fieber.

Didi blieb stehen. »Wieder eine Abzweigung«, sagte er. »Warte.«

Sie hörte, wie seine flache Hand über den Stein patschte, lauschte ebenfalls und vernahm etwas anderes.

Eine Stimme, dünn und piepsend wie eine Maus in einem Zeichentrickfilm, redete in einer Sprache, die sie noch nie zuvor gehört hatte. Aber es war eine Stimme, und sie sprach. Begann sie schon zu halluzinieren? Sie hatte einmal gelesen, dass so etwas passierte, wenn man verdurstete.

»Hier ist ein neuer Gang«, kam Didis Stimme von links. Die Mickymausstimme war aus der anderen Richtung gekommen.

Laurin schüttelte den Kopf, bevor ihr einfiel, dass Didi die Bewegung ja nicht sehen konnte. »Wir gehen hier lang.«

»Aber –«

Laurin hörte gar nicht mehr hin, sondern tastete sich nach rechts an der Wand entlang, bis sie die andere Abzweigung gefunden hatte. Selbstverständlich verstummte die Stimme, kaum dass sie hineingetreten war. Sie ging trotzdem noch einige Schritte weiter, bevor sie stehen blieb, um auf Didi zu warten.

»Gibt es irgendeinen Grund oder willst du einfach nur recht haben?«, beschwerte er sich.

Laurin war viel zu müde, um zu antworten, und setzte ihren Weg fort. Sie lauschte angestrengt, aber die Stimme erklang nicht wieder. Und auch sonst nichts.

Es musste eine Stunde oder mehr vergangen sein, bevor sie eine weitere Gabelung erreichten. Didi hüllte sich in beleidigtes Schweigen, und Laurin lauschte angestrengt. Sie hörte nichts und entschied sich wieder für rechts.

Aus dem anderen Gang sagte die Stimme diesmal ganz deutlich: »Das ist keine gute Idee.«

Laurin blieb wie vom Donner gerührt stehen, und Didi, der nichts sah, prallte unsanft in ihren Rücken.

»Was?«, fragte er zornig.
»Hörst du das nicht?«
»Was?«
»Na die – « Stimme? Nein. Allein seine Frage bewies, dass er nichts gehört hatte, und sie konnte sich lebhaft vorstellen, wie er reagierte, wenn sie ihm davon erzählte.

Wortlos tastete sie sich zu dem anderen Stollen.

»Und vielleicht legst du besser einen Schritt zu«, sagte die Stimme. »Ich hab schließlich nicht den ganzen Tag Zeit. Genau genommen sollte ich nicht mal hier sein.«

Ganz eindeutig: Sie hatte Halluzinationen. Aber wahrscheinlich spielte das jetzt auch schon keine Rolle mehr. Sie versuchte schneller zu gehen.

Ihrem gar nicht existierenden Führer schien es jedoch nicht zu reichen. »Es ist noch ein ganzes Stück«, fuhr die Stimme fort. »Und ich schwimme eigentlich nicht gerne so weit raus.«

Jetzt war sie sicher, zu halluzinieren. Die Stimme hatte ganz deutlich »schwimmen« gesagt.

»Ich kann nicht schneller«, sagte sie trotzdem.

»Das habe ich auch nicht erwartet«, erwiderte Didi hinter ihr.

»Das dauert mir zu lange«, fuhr die Mickymausstimme fort. »Ich muss zurück, ehrlich. Ich bin selbst schuld, mich einzumischen. Ist ja nicht so, als wär ich nicht gewarnt worden. Tut mir echt leid, aber so weit draußen ist es gefährlich. Aber ich sag dir, wo's langgeht. Ist ganz einfach: Rechts, rechts, Mitte, rechts. Merk dir das. Und viel Glück.«

Kratzende Schritte entfernten sich, dann hörte sie ein sonderbar knirschendes Platschen, und dann nichts mehr.

»Rechts, rechts, Mitte, rechts«, sagte Laurin. »Rechts, rechts, Mitte, rechts.«

»Wie?«, machte Didi verdattert.

»Nichts«, antwortete Laurin. »Merk dir das: Rechts, rechts, Mitte, rechts.«

»Geht klar«, sagte Didi in nörgelndem Tonfall. »Und bis wohin?«

Wahrscheinlich bis ins Delirium, dachte Laurin, aber wenn, war es wahrscheinlich auch schon egal.

»Rechts«, sagte sie. Und ging los.

Didi murmelte irgendetwas, das sich nicht besonders freundlich anhörte, aber immerhin folgte er ihr.

Die nächste Abzweigung ließ ewig auf sich warten. Laurins rechte Hand stieß plötzlich ins Leere, und sie hatten den nächsten Stollen gefunden.

Es dauerte eine weitere Stunde, die Wegscheide mit dem mittleren Gang zu finden, eine halbrunde Höhle, von der gleich fünf unterschiedlich hohe Stollen abzweigten, die Laurin sich mühsam (und zur Sicherheit gleich dreimal) ertastete. Natürlich war der mittlere Stollen zugleich auch der niedrigste, außerdem so schmal, dass sie nur hintereinander und gebückt gehen konnten und ihre Schultern rechts und links an hartem Fels entlangscharrten.

Danach hatten sie ausnahmsweise einmal Glück. Die nächste Gabelung war nur einige Dutzend Schritte entfernt, und Laurin trat nicht nur ohne zu zögern hindurch, sondern ging sogar schneller.

»Das wäre das letzte Rechts von rechts, rechts, Mitte, rechts«, knurrte Didi nach einer Weile. »Vielleicht verrätst du mir ja jetzt, was das soll.«

»Nichts«, antwortete Laurin. »Eine Ahnung.«

»Eine Ahnung?«, keuchte Didi. »Soll das heißen, du führst uns wegen einer Ahnung zum Mittelpunkt der Erde?« Seine Stimme klang kratzig und dünn wie die eines alten Mannes, erschöpft wie er war. Sie fragte sich, woher er überhaupt die Energie nahm, noch wütend zu werden.

»Jemand hat es mir gesagt.«

Didi schwieg geschlagene zehn Sekunden lang. »Jemand?«, fragte er dann.

»Eine Stimme«, gestand Laurin ausweichend. »Ich weiß nicht wer.«

»Eine Stimme«, wiederholte Didi. »Oh, ich verstehe. Gibt es hier unten Morlocks?«

»Morlocks? Was soll das sein?«

»Derselbe Unsinn, den du mir gerade erzählst!«, polterte Didi. »Du hast uns in diesen Rattenbau geführt, weil du eine Stimme gehört hast?! Das ... das darf doch wohl nicht wahr sein! Und jetzt –« Er sprach nicht weiter. Wahrscheinlich hatte der Zorn ihm die Sprache verschlagen.

Das Schlimme war, dachte Laurin, dass er wahrscheinlich recht hatte. »Tut mir –«, begann sie.

»Licht«, unterbrach Didi sie.

»Was?«

»Licht«, sagte Didi noch einmal. »Deine Morlocks haben die Wahrheit gesagt! Da vorn ist Licht!«

Licht war möglicherweise übertrieben. Es dauerte lange Sekunden, bis auch Laurin etwas sah. Vor ihnen schwamm ein trübgrauer Fleck in der Schwärze, so blass, dass sie ihn ohne Didis Worte wahrscheinlich nicht einmal bemerkt hätte.

»Auf deine Morlocks ist Verlass«, sagte Didi fast fröhlich. »Ich nehme alles zurück, was ich gedacht habe. Komm!«

Vom Anblick der vermeintlichen Rettung noch einmal mit neuer Kraft erfüllt, gingen sie los. Didi, der ein gutes Stück größer war als sie, stieß etliche Male unsanft gegen die niedrige Decke, und auch Laurin handelte sich ein paar neue Schrammen und Blessuren ein, aber davon ließen sie sich jetzt nicht mehr aufhalten. Fast so schnell wie im allerersten Moment eilten sie dem rettenden Licht entgegen.

Nur dass es nicht sichtbar näher kam.

Dafür wurde der Gang niedriger und schmaler.

Nach kaum hundert Schritten konnte Didi nur noch gebückt gehen, kurz darauf erging es Laurin genauso, und dann mussten sie sich schräg bewegen, um sich nicht die Schultern am rauen Fels rechts und links blutig zu schürfen. Didi stolperte ein paar Dutzend Schritte weiter und blieb schließlich stehen.

»Das hat keinen Zweck«, sagte er schwer atmend. »Wir müssen kriechen.«

Laurin ließ sich erschöpft hinter ihm auf Hände und Knie sinken. Nach einer Weile konnte Didi auch nicht mehr so weiterkommen, sondern sank ächzend auf den Bauch, und nicht lange danach hörte sie, wie sein Rücken an der Decke entlangscharrte. Nur noch ein kleines Stück, dachte sie schaudernd, und er würde einfach stecken bleiben wie ein Korken in einem zu engen Flaschenhals. Und sie mit ihm. An ein Rückwärtskriechen oder gar Umkehren war nicht zu denken.

Dann geschah genau das, wovor sie sich am meisten gefürchtet hatte. Didi hielt endgültig an und sagte: »Ich stecke fest.« Und das offenbar wortwörtlich, denn seine Stimme klang, als bekäme er kaum noch Luft. »Du glaubst nicht, was ich hier sehe. Aber es geht nicht weiter!«

»Aber du musst!«, sagte sie eindringlich. »Hast du Lust, hier zu sterben?«

»Es ... geht nicht«, krächzte er. »Ich ... schaff's nicht ... keine Luft.«

Er konnte kaum sprechen, und Laurins Verzweiflung erreichte ungeahnte Höhen.

»Versuch es«, flehte sie. »Bitte, Didi! Du musst ausatmen! Ganz tief ausatmen, dann geht es schon! Bitte! Wenn ... wenn du nicht weiterkommst, dann sterbe ich hier auch!«

Und das wirkte. Sie konnte hören, wie er das letzte bisschen kostbare Atemluft ausstieß und zugleich alle Kraft mobilisierte. Er bewegte sich weiter, drohte doch noch stecken zu bleiben – und war dann einfach verschwunden.

Laurin blinzelte in eine plötzliche Flut verschiedenfarbigen Lichts, das sie blendete, dann hörte sie einen dumpfen Aufprall und einen schmerzerfüllten Schrei.

Die Angst um Didi ließ sie alles andere vergessen. Ohne darauf zu achten, dass sie sich Schultern und Knie aufscheuerte, robbte sie weiter. Eine halbe Sekunde später schoss sie regelrecht ins Freie und stürzte gut anderthalb Meter tief, bevor sie auf Didi landete. Für eine Sekunde wurde ihr schwarz vor Augen, aber sie kämpfte die Schwäche nieder, stemmte sich in die Höhe und wurde mit einem dumpfen Stöhnen belohnt. Als sie nach unten sah, erkannte sie, dass sie sich mit der rechten Hand auf hartem Fels abstützte, und mit der linken in Didis Gesicht.

Hastig zog sie den Arm zurück. »Ist alles in Ordnung? Hab ich dir wehgetan?«

Didi setzte sich umständlich auf, zog mit der einen Hand die Unterlippe zurück und tippte mit dem Zeigefinger der anderen nacheinander gegen seine Zähne. »Sag ich dir, wenn ich fertig mit Zählen bin«, nuschelte er.

Laurin empfand eine unerwartet tiefe Erleichterung, dass ihm nichts Schlimmes passiert war, aber sie war zu erschöpft, um darüber zu lächeln. Dann sah sie sich zum ersten Mal in ihrer neuen Umgebung um und vergaß nicht nur Didi, sondern auch ihre Kopfschmerzen und sogar den quälenden Durst.

Sie waren tief auf eine Halde aus scharfkantigem Splitt und Geröll gestürzt, die in eine gewaltige kuppelförmige Höhle hinabführte, groß genug, um eine komplette Kirche darin zu verstecken. Seltsamerweise funkelten am steinernen Himmel über ihnen zahllose bunte Sterne, und vom Boden wuchs ihnen eine Mondlandschaft aus spitzen Felsnadeln und Graten entgegen.

Aber für all diese fantastische Pracht hatte Laurin kaum einen Blick übrig. Sie erstarrte für geschlagene zehn Sekunden und starrte den kleinen, kreisrunden Kratersee an, dessen kristallklares Wasser am Fuß der Geröllhalde lockte.

Einen halben Augenblick später waren Didi und sie auch schon dort und sprangen kopfüber hinein.

Noch vor zwei Tagen hätte Laurin das Ansinnen, ganz normales Wasser zu trinken, als persönliche Beleidigung aufgefasst, aber nun war genau dieses einfache klare Wasser das Köstlichste, was sie jemals getrunken hatte.

Sie tranken, bis sie beide das Gefühl hatten, gleich platzen zu müssen, plantschten im eiskalten Wasser herum und tranken wieder, bespritzten sich gegenseitig und tranken noch einmal, und danach tobten und tollten sie weiter ausgelassen wie die kleinen Kinder herum und tranken noch mehr.

Dampfend vor Kälte, am ganzen Leib zitternd und mit den Zähnen klappernd wateten sie aus dem kaum hüfthohen Wasser und lehnten sich erschöpft gegen einen der schwarzen Felsen, die wie Drachenzähne aus dem Boden wuchsen.

»Das war knapp«, sagte Didi. »Viel länger hätte ich es nicht durchgehalten.«

»Hast du aber«, sagte Laurin.

»Ohne dich hätte ich es jedenfalls nicht geschafft«, sagte er. »Du kannst ein ganz schöner Sklaventreiber sein.«

»Sklaventreiberin«, korrigierte ihn Laurin. Ihre Zähne klapperten dabei so heftig, dass sie kaum mehr als ein unverständliches Nuscheln herausbrachte und eine graue Dampfwolke, die ihre Köpfe einhüllte wie die zweier heftig diskutierender Wissenschaftler in einem Comic.

»Muss wohl an dieser Umgebung liegen«, fuhr Didi ungerührt fort. »Ich meine: Immerhin sind wir hier in Eurem Königreich, Majestät.«

»Ja, man könnte es fast glauben, nicht?« Sie sah zur Höhlendecke empor. Sie war nicht ganz so hoch, wie es ihr in der ersten Aufregung vorgekommen war, und die bunten Sterne zählten eher nach Hunderten statt nach Millionen. Es waren auch keine Sterne, sondern unzählige Kristalle, manche so groß wie eine geballte Faust, andere winzig wie Splitter. Keiner schien dieselbe Farbe zu haben wie der andere. Sie alle leuchteten wie unter einem magischen inneren Feuer, und nun erkannte Laurin, dass es nicht nur in der Höhlendecke diese leuchtenden Steine gab, sondern überall an den Wänden und auf dem Boden und in den scharfgratigen Felsen ringsum.

»Wenn man das hier sieht, dann kann man fast verstehen, woher der alte Volksglaube kommt, dass die Zwerge in einem unterirdischen Zauberreich voller Kostbarkeiten und Schätze leben«, sagte Didi. »Das muss nur einer dieser Höhlenmenschen gesehen und davon erzählt haben, und den Rest erledigen Sagen und Legenden, genau wie Schwester Tussinante es gesagt hat.«

»Es heißt, glaube ich, Rosinante«, antwortete Laurin mit einem matten Lächeln. »Rosie.«

»Ich weiß«, sagte Didi. »Aber Tussinante gefällt mir besser.«

Laurin musste gegen ihren Willen lachen, auch wenn es sicherlich ein bisschen gemein war, und Didi lachte ebenfalls, beugte sich vor und streckte den Arm aus, um einen kleinfingernagelgroßen leuchtend roten Kristall aufzuheben, der zwischen den Felsen lag. Kaum hatte er es getan, begann der Kristall sanft zu pulsieren. »Das ist toll!«, sagte er. »Hier! Schau!«

Sie streckte eine zitternde Hand aus, und Didi ließ den Kristallsplitter in ihre Handfläche fallen. Er fühlte sich seltsam an, nicht kalt und glatt, wie sie es erwartet hätte, sondern warm und beinahe lebendig. Sein Pulsieren änderte den Rhythmus und war jetzt langsamer.

Dann begriff sie es: Das rote Licht flackerte im Takt ihres Herzschlags.

»He!«, sagte Didi erstaunt. »Das ist ja krass!«

Laurin sagte nichts dazu, denn das Licht war nicht das Erstaunlichste. Viel unheimlicher war, dass sie sich plötzlich von einer spürbaren Wärme durchströmt fühlte. Es begann in ihrer Hand, die plötzlich kein schmerzender Eisklumpen mehr war, sondern prickelte und warm wurde. Rasch kroch das Gefühl ihren Arm hinauf und in die Schulter und breitete sich von dort in ihrem Körper aus. Schon nach wenigen Augenblicken hörten ihre Zähne auf zu klappern, dann zitterte sie nicht mehr am ganzen Leib, und sie fror auch kaum noch, obwohl ihr Atem weiter als grauer Dampf vor ihrem Gesicht in die Luft stieg.

»Was hast du gemacht?«, fragte Didi mit großen Augen.

»Gemacht?« Laurin verstand im allerersten Moment nicht, was er meinte, doch dann sah sie wieder auf ihre Hand hinab und zuckte heftig zusammen. Der Kristall leuchtete nicht mehr. Statt einer winzigen roten Sonne lag nun etwas auf ihrer Handfläche, das an ein Stück schwarze Kohle erinnerte.

»Mir ist ... nicht mehr kalt«, sagte Laurin ungläubig. Didi glotzte.

Und das war längst nicht alles. Nicht nur die Kälte war verschwunden. Auch Müdigkeit und Schwäche waren plötzlich wie weggezaubert, und sie fühlte sich, als könnte sie gleich aufstehen und einen Marathonlauf absolvieren, ohne auch nur ins Schwitzen zu geraten. Aber das war doch ... unmöglich.

»Was hast du?«, fragte Didi alarmiert.

Statt zu antworten, ließ Laurin das vermeintliche Stück Kohle fallen und bückte sich nach einem weiteren rot leuchtenden Kristall. Noch immer beharrlich schweigend legte sie ihn in Didis Hand und sah ihn auffordernd an. »Spürst du was?«

Didi blinzelte nur verwirrt.

»Wird dir warm oder fühlst du dich besser?«

»Warm?«, fragte Didi verstört.

»Konzentrier dich einfach«, verlangte Laurin.

Didi schloss gehorsam die Finger um den Stein und konzentrierte sich, aber sie konnte sehen, dass es nicht funktionierte. Schließlich öffnete er die Finger wieder. Der rote Kristall lag unverändert auf seiner Handfläche und pulsierte im Takt seines Herzens. »Und?«, fragte er.

Statt zu antworten, nahm Laurin seine Hand und presste sie gegen ihre Wange. Didis Augen wurden groß. »Hast du Fieber?«

»Nein. Mir ist nur nicht mehr kalt«, antwortete Laurin.
»Das ... verstehe ich nicht«, sagte Didi stockend.

Laurin noch viel weniger, aber so leicht wollte sie nicht aufgeben. Sie tauschte den roten Stein auf Didis Hand gegen einen grünen aus, dann gegen einen gelben, schließlich gegen einen weißen und noch einmal einen roten, aber es blieb dabei: Auf Didi hatten die geheimnisvollen Kristalle nicht die geringste Wirkung.

Etwas platschte, als wäre ein Stein in den See gefallen, doch als sie sich erschrocken herumdrehte, war seine Oberfläche so glatt wie ein schwarzer Spiegel. Dennoch meinte sie aus den Augenwinkeln eine zitternde Wellenbewegung wahrzunehmen, nur nicht im See, sondern auf dem schwarzen Felsboden dahinter, und das war wirklich verrückt.

Sie stand auf.

»Was machst du?«, fragte Didi.

»Ich sehe mich ein bisschen um«, antwortete Laurin. »Vielleicht finde ich ja einen Ausgang. Ruh dich aus.«

»Mach ich. Und pass auf die Morlocks auf«, stichelte Didi gutmütig. »Diese Biester sind nicht ungefährlich.«

Laurin schnitt ihm eine Grimasse und ging in die Richtung weiter, in der sie die Bewegung zu sehen geglaubt hatte.

Nach einem guten Dutzend Schritten blieb sie stehen und suchte aufmerksam den Boden ab. Der Anblick erinnerte an eine pechschwarze Mondlandschaft, aber da war rein gar nichts, was sich bewegen konnte, und erst recht nichts Lebendiges. Mit ihren Nerven stand es wirklich nicht zum Besten.

»Ist ein Morlock etwas Unanständiges?«, piepste ein wohlbekanntes Stimmchen.

Laurin fuhr erschrocken herum und hätte beinahe laut aufgeschrien, denn hinter ihr stand ein Monster.

Also, nicht wirklich ein Monster, denn es war nicht größer als eine Katze, und auch nicht hässlich oder gar abstoßend, sondern eher ... interessant.

Es war ein Käfer oder jedenfalls etwas wie ein Käfer, auch wenn sie noch nie von einem Käfer solch enormer Größe gehört hatte. Seine sechs Beine waren so dick wie Babyfinger, und sein geteilter Rückenschild schimmerte blau und violett und grün. Er hatte lange wippende Fühler, die in fedrigen Kämmen endeten, und sein Kopf erinnerte an den Helm einer mittelalterlichen Ritterrüstung. Außerdem hatte er zwei gewaltige Zangen, die ganz so aussahen, als könnte er ihr damit mühelos einen Finger abzwacken. Aber wo war der Besitzer der Stimme?

»Das ist nur so einen Unsinn, von dem Didi immer redet«, sagte sie. »Wo bist du?«

»Wenn er immer nur Unsinn redet, wieso ist er dann dein Freund?«, fuhr die Stimme fort. »Und ich stehe direkt vor dir. Hast wohl nicht so gute Augen, wie?«

Laurin glotzte den Käfer an, und ihre Gedanken bewegten sich plötzlich wie durch zähen Morast. Hatte sie gerade wirklich geglaubt, dass dieses ... Was-auch-immer mit ihr sprach?

»Oh«, machte sie.

»Oh? Ist das dein Name?«, fragte der Käfer.

»Nein, aber ... also ...«

»Ist ja auch egal«, fuhr das Käferwesen fort, richtete sich auf seine beiden hinteren Beinpaare auf und drehte das gepanzerte Gesicht ganz in ihre Richtung, um sie aus zwei großen, beunruhigend klugen Facettenaugen anzusehen. »Ich bin jedenfalls kein Morlock. Ich hab auch noch nie von einem Morlock gehört und weiß gar nicht, was das sein soll. Hier gibt's keine Morlocks. Überhaupt hat hier noch niemand – «

»Ja, schon gut«, sagte Laurin hastig. »Und wer bist du?«

»Na, derjenige, der euch gerettet hat?«, sagte der Käfer. Er klang ein bisschen eingeschnappt, fand Laurin. »Ohne mich würdet ihr immer noch durch die Gegend irren.«

Wahrscheinlich wären sie längst erfroren oder würden irgendwo in völliger Dunkelheit sitzen und auf den Tod warten, dachte Laurin. Andererseits glaubte sie gerade tatsächlich, mit einem Käfer von der Größe einer jungen Katze zu reden. Vielleicht war sie ja schon tot und das hier die Hölle. Oder man hatte sie gefunden, aber ein bisschen zu spät, und sie lag als sabberndes Wrack irgendwo im künstlichen Koma und fantasierte sich das alles zusammen. Sie konnte nicht sagen, welche Erklärung ihr lieber gewesen wäre. Wahrscheinlich keine.

Egal.

»Wie ist dein Name?«, fragte sie.

Der Käfer wackelte aufgeregt mit den Fühlern. »Warum willst du das wissen?«, fragte er misstrauisch.

»Ich muss doch wissen, wer mir das Leben gerettet hat, wenn man mich danach fragt.« Wenn sie schon in diesem verrückten Traum gefangen war, dann konnte sie genauso gut mitspielen.

»Du willst jemandem erzählen, dass ihr euch hier herumgetrieben habt?«, ächzte der Käfer.

»Aber warum denn nicht?«

»Und du würdest tatsächlich verraten, dass ich euch geholfen habe?«

»Selbstverständlich«, antwortete Laurin. Worauf wollte der Winzling eigentlich hinaus?

»Ja, das sieht einer wie dir mal wieder ähnlich!«, empörte sich das Käferwesen. »Das hat man also davon, wenn man alle gut gemeinten Ratschläge in den Wind schlägt und seine Gesundheit riskiert, um zwei Dummköpfen zu helfen, die man nicht mal kennt! Ich werd dir meinem Namen ganz bestimmt nicht verraten! Das ist ja so was von undankbar!«

»Aber ich verstehe nicht ...«, sagte Laurin verdattert. Sie zwang sich zur Ruhe und setzte noch einmal neu an. »Du vertraust mir nicht, ich verstehe. Pass auf: Ich verrate dir meinen Namen, und dann sagst du mir deinen, einverstanden?«

Soweit ein Käfer überhaupt misstrauisch gucken konnte, tat es das winzige gepanzerte Wesen. Sie hatte sogar den verrückten Eindruck, dass es die beiden vorderen Beine in die gar nicht vorhandenen Hüften stemmte.

»Also gut. Mein Freund da hinten heißt Didi, und ich bin Laurin.«

Das kleine Käferwesen stöhnte. »Also da hört doch wohl alles auf! Ich wusste ja, dass man euch nicht trauen kann, aber das schlägt dem Fass den Boden ins Gesicht! Da rettet man euch die dürren Hintern, und als Dank wird man auch noch veräppelt? Ich hätte auf meine Mutter hören und euch einfach draufgehen lassen sollen!«

»Aber das ist mein Name!«, protestierte Laurin. Allmählich verstand sie gar nichts mehr.

»Ja, klar!«, giftete der Käfer. »Red woanders so einen Müll, und du bekommst mächtig Ärger, das kann ich dir versichern! Aber so was von!«

»Und ... wie heißt du?«, sagte Laurin verdutzt.

»Morlock!«, antwortete der Käfer patzig, wackelte noch einmal empört mit den Fühlern und sprang von dem hüfthohen Fels, auf dem er hockte.

Und verschwand.

Diesmal konnte Laurin es ganz genau sehen. Auch wenn sie es nicht glaubte.

Der Käfer tauchte in den Fels ein wie in schwarzes Wasser. Für eine halbe Sekunde konnte sie noch sein hinteres Beinpaar und einen Teil des schimmernden Rückenpanzers erkennen, und sie meinte sogar etwas wie Schwimmbewegungen zu identifizieren, dann lag der schwarze Stein wieder still. Mit klopfendem Herzen ließ sich Laurin in die Hocke sinken und streckte die Hand aus. Sie musste sich arg überwinden, ehe sie es wagte, den Fels mit den Fingerspitzen zu berühren.

Es war Stein. Harter, undurchdringlicher Stein. Nichts anderes.

Und das war voll-kom-men un-mög-lich. Sie hatte sich alles nur eingebildet. Zweifellos.

Auf zitternden Beinen ging sie zu Didi zurück.

»Was gefunden?«, empfing er sie.

»Nein«, antwortete Laurin. »Bloß einen Morlock. Aber nur einen ganz kleinen.«

Didi zog eine Grimasse. »Ja, das hab ich wohl verdient. Tut mir leid, wenn ich dich genervt habe.«

»Hast du nicht«, log Laurin. »Aber was ist eigentlich ein Morlock?«

»Hast du die *Zeitmaschine* gesehen?«, fragte Didi.

»Ist das ein Fantasy-Film?« Laurin schüttelte den Kopf. »So ein Unsinn interessiert mich nicht.«

»Sollte er aber«, antwortete Didi. »Das ist ein Klassiker. Spielt tausend Jahre oder so in der Zukunft. Die Morlocks sind echt fiese Ungeheuer, die unter der Erde hausen und Menschen fressen.« Er schüttelte sich übertrieben, um seinen Worten den gebührenden Nachdruck zu verleihen.

So fies war ihr der Käfer gar nicht vorgekommen. Aber es gab ihn ja auch genauso wenig wie Didis Morlocks.

»Dafür hab ich was gefunden«, sagte Didi triumphierend.

»Und was?«

»Den Ausgang«, antwortete er. »Komm!«

Ohne ihre Antwort abzuwarten, stürmte er los. Laurin folgte ihm ein Dutzend Schritte weit, bis er stehen blieb und mit einer großspurigen Geste auf die Wand deutete. Laurins Blick tastete aufmerksam über den schwarzen Fels, aber sie konnte nichts Besonderes erkennen und blickte nur fragend. Didi strich mit der flachen Hand über den Stein.

Uralter Staub rieselte zu Boden, und darunter kam kein weiterer Fels zum Vorschein, sondern etwas, das sie heute schon zweimal gesehen hatte.

»Das ist kein Stein«, sagte Didi stolz. »Das sind Wurzeln. Dieselben wie oben.«

»Die Esche?« Laurin schüttelte ungläubig den Kopf. »Kein Baum gräbt seine Wurzeln durch hundert Meter Fels!«

»Dann muss es sich wohl um Yggdrasil handeln«, scherzte Didi.

»Yggdrawas?«

»Nicht wichtig«, antwortete Didi, griff mit beiden Händen zu und strengte sich an, um die ineinanderverdrehten Wurzeln beiseitezubiegen. Staub wirbelte auf, und sie spürten einen sachten Luftzug.

»Hilf mir«, verlangte Didi atemlos. »Dahinter muss ein Gang liegen.«

»Und woher willst du das wissen?«, fragte Laurin.

»Weil wir sonst tot sind.«

Das war ein Argument. Laurin trat neben ihn und griff beherzt zu. Sie brauchten nur wenige Minuten, um einen Durchgang zu schaffen. Kälte und ein bisschen modrig riechende Luft schlugen ihnen entgegen. Und völlige Dunkelheit.

»Wie schön«, sagte Laurin. »Ein Gang.«

»Aber er führt nach draußen«, sagte Didi.

»Woher willst du das wissen?«

»Weil wir sonst tot sind.«

Laurin schenkte ihm einen angemessen verärgerten Blick, aber dann bückte sie sich unter den Wurzeln hindurch, machte noch einmal kehrt und ging wieder in die Höhe zurück. Sie hob ein halbes Dutzend daumengroße Kristalle auf, von denen sie alle bis auf einen einsteckte, den sie dem verdutzt dreinblickenden Didi in die Hand drückte.

»Was soll ich damit?«, fragte er.

Laurin machte eine Geste in die Dunkelheit. »Sehr viel heller war dein Handy auch nicht.«

»Und wenn er unterwegs erlischt?«

»Das wird er nicht«, sagte Laurin überzeugt.

»Ach nein? Und woher willst du das wissen?«

»Weil wir sonst tot sind«, antwortete Laurin.

Der leuchtende Kristall ging nicht aus, aber sie fanden auch keinen Ausgang. Der Stein war nicht annähernd so hell wie Didis Handy, sodass sie kaum die sprichwörtliche Hand vor Augen sahen und froh sein konnten, nicht ständig gegen irgendein Hindernis zu prallen. Laurins neu gewonnene Kraft ließ sie nur zu leicht vergessen, dass es Didi nicht so erging. Schon nach kurzer Zeit verloren seine Schritte wieder an Schwung, und bald schleppte er sich genauso mühsam dahin wie am Anfang. Laurin wollte ihn nicht in Verlegenheit bringen und verbot sich jeden Kommentar, aber ihre Sorge um ihn wuchs.

»Wir sollten eine Pause machen«, schlug sie vor.

Didi blieb auch tatsächlich stehen, allerdings erst, nachdem er noch ein paar Schritte weitergeschlurft war, als hätten die Worte so lange gebraucht, um zu ihm durchzudringen. »Gern«, sagte er matt. »Aber erst, wenn ich weiß, wohin diese Leiter da führt.«

Laurin quetschte sich in dem engen Gang an ihm vorbei, doch sie musste zwei oder drei weitere Schritte tun, bevor sie es ebenfalls sah: Leiter war hoffnungslos übertrieben. Vor ihnen führte ein wackeliges Etwas aus roh mit Stricken zusammengebundenen Stöcken fast senkrecht zu einem Loch in der Decke, über dem ein blassgrauer Schein hing. Laurin ging mit klopfendem Herzen hin, und nun hörte sie auch Geräusche, weit entfernt und fremdartig und nicht zu identifizieren.

»Da oben ist jemand.«

»Oder etwas«, sagte Didi grimmig. Ehe sie es verhindern konnte, schob er sich seinerseits an ihr vorbei und begann die heftig knarzende Leiter hinaufzuklettern. Laurin folgte ihm, wenn auch erst, nachdem er am oberen Ende verschwunden war. Das wackelige Gebilde mit ihrer beider Gewicht zu belasten, wagte sie nicht.

Oben angekommen fand sie sich in einem weiteren Stollen wieder. Didi hatte sich ein paar Schritte entfernt und lehnte mit der Schulter an der Wand. Es sah aus, als wäre er eingeschlafen, aber in Wahrheit lauschte er mit geschlossenen Augen.

»Da vorne ist jemand«, sagte er. »Hörst du?«

Die Geräusche waren lauter geworden, wenn auch nicht wirklich deutlich. Sie meinte ein helles Klingen und Hämmern zu hören, und vielleicht Stimmen, obwohl die Worte immer noch unverständlich blieben. Vorsichtig gingen sie weiter.

Allmählich wurde es heller. Das Licht war jetzt nicht mehr grau, sondern dunkelgelb und rot, und nach etlichen Hundert weiteren Schritten stießen sie auf die erste Grubenlampe. Sie hing ein bisschen zu tief und sah seltsam aus, und sie stank durchdringend nach brennendem Öl oder Petroleum. Dahinter lockte ein Durchgang, der ausnahmsweise einmal nicht für Zwerge gedacht zu sein schien, sondern mindestens zwei Meter hoch und entsprechend breit war. Laurin wollte unverzüglich hindurchtreten, aber Didi hielt sie mit einer raschen Bewegung zurück.

»Was hast du?«, fragte sie.

Didi deutete ein Schulterzucken an. »Nichts«, sagte er. »Nur so eine Ahnung.«

Noch während Laurin überlegte, ob das vielleicht nur eine billige Retourkutsche für ihre eigenen Worte von vorhin war, ging er weiter, bog hinter dem Durchgang nach links ab und erstarrte dann zur Salzsäule. Vor ihm bewegten sich die Schatten, und der gewaltigste Hund trat heraus, den Laurin jemals gesehen hatte. Er war so groß wie ein Pony, pechschwarz und massig wie ein Bär und hatte unzählige Dreadlocks, die fast bis zum Boden reichten. Hätte er sich nicht bewegt, wäre es schwer gewesen zu entscheiden, was hinten und was vorne war.

Didi sog erschrocken die Luft zwischen den Zähnen ein, und auch Laurins Herz begann schneller zu schlagen, als sie das mächtige Gebiss sah, das irgendwo unter den schwarzen Locken des Ungeheuers blitzte. Der Hund ging so dicht an ihnen vorüber, dass sie nur den Arm hätten auszustrecken brauchen, um ihn zu berühren, bedachte sie aber nur mit einem kurzen Blick und trottete dann gemächlich weiter. Schon nach wenigen Augenblicken war er wieder in den Schatten am anderen Ende des Tunnels verschwunden.

»Was ... war denn das?«, murmelte Laurin. Sie bekam nur ein hilfloses Achselzucken zur Antwort, doch als Didi weiterging, tat er es noch langsamer, und Laurin war nur wenige Augenblicke später sehr froh darüber.

Sie traten auf einen schmalen steinernen Sims hinaus, unter dem sich eine Höhle erstreckte, in die locker zwei Fußballfelder gepasst hätten. Zahllose Mauern unterteilten sie in ein Labyrinth aus Straßen, Plätzen und Räumen der unterschiedlichsten Größe und Form. Überall brannten offene Feuer und Fackeln, und Laurin hatte einen allgemeinen Eindruck von Bewegung, ohne weitere Einzelheiten zu erkennen. Es war, als blickten sie aus großer Höhe auf eine ganze Stadt hinab, deren Häuser die Dächer entfernt worden waren. Andererseits: Wozu brauchte man ein Dach, wenn man unter einem Himmel aus Stein lebte, aus dem es nie regnete?

»Was ist das?«, murmelte sie verwirrt.

Didi hob wieder nur die Schultern, aber dann schrak er zusammen und steckte den leuchtenden Kristall hastig ein. Ohne ein weiteres Wort wandte er sich nach rechts und ging los. Laurin sah jetzt, dass sich der schmale Sims so weit zog, wie sie sehen konnte, und wahrscheinlich noch sehr viel weiter. Der Tunnel, durch den sie aus dem Berg gekommen waren, war nicht der einzige. Es gab zahlreiche Treppen, die in die sonderbare Stadt hinunterführten, auch wenn sie kein Geländer hatten und so steil waren, dass Laurin schon bei dem Gedanken schauderte, sie zu benutzen.

»Es ist nicht mehr kalt«, sagte Didi plötzlich und blieb stehen. »Ganz im Gegenteil.«

Es dauerte einen Moment, bis Laurin begriff, wovon er sprach. Seit ihrer wundersamen Kräftigung durch den Kristall hatte sie gar nicht mehr daran gedacht, wie bitterkalt es in den finsteren Gängen gewesen war. Aber Didi zitterte nicht mehr am ganzen Leib, und sein Atem erschien auch nicht mehr als grauer Dampf vor seinem Gesicht.

»Sei doch froh«, sagte sie.

Didi wirkte alles andere als glücklich, aber er ging kommentarlos weiter, bis sie die erste Treppe erreicht hatten. Laurin sah ihm an, wie wenig wohl ihm dabei zumute war, sie hinunterzusteigen, und als er es schließlich tat und sie ihm folgte, erging es ihr genauso. Ihre erste Erleichterung, endlich wieder auf Spuren von Menschen zu stoßen, war längst einem bangen Gefühl gewichen, das sie nur deshalb nicht als Angst bezeichnete, weil sie sich weigerte, dieses Wort zu benutzen.

Der Anblick der Höhlenstadt wurde immer unheimlicher, je weiter sie nach unten kamen. Es war tatsächlich eine Stadt, nur dass die Häuser eben keine Dächer hatten und die Wände allesamt aus denselben tonnenschweren Steinquadern bestanden, wie sie sie schon am Morgen in der Eingangshöhle gesehen hatten. Die Straßen waren so schmal, dass man wahrscheinlich die Wände berühren konnte, wenn man die Arme rechts und links ausstreckte, und es gab keine Fenster, sondern nur Türen, die ihr irgendwie alle zu niedrig vorkamen, zum Ausgleich aber auch zu breit.

Allmählich wurden die Geräusche deutlicher: Laurin identifizierte ein beständiges Hämmern und Kettenrasseln, Rufen und Klingen und Scheppern und Grollen, und in der Luft lag ein dumpfes Vibrieren, fast als befänden sie sich im Inneren einer gewaltigen, behäbig arbeitenden Maschine. Manchmal stoben Funkenschauer aus dem Inneren der dachlosen Gebäude und erloschen auf halbem Wege zur Decke.

Unten angekommen sahen sie, dass auch hier zahlreiche Tunnel tiefer in den Fels hineinführten, wie Straßen in einer richtigen Stadt, durch die man sie betreten oder verlassen konnte. In manchen flackerte rotes und gelbes Fackellicht, andere waren so finster, dass es Laurin schon bei ihrem Anblick kalt über den Rücken lief.

Als sie an einem der größeren Tunnel vorbeikamen, tauchte ein weiterer Dreadlock-Hund daraus auf. Er bedachte sie nur mit einem flüchtigen Blick und schlurfte an ihnen vorüber. Laurin fiel auf, wie erschöpft das mächtige Tier wirkte.

Noch bevor sie ihre Überraschung ganz überwunden hatte, tauchten erst ein zweiter und dann ein dritter Zottelhund auf, der womöglich noch größer war als das erste Tier und genauso müde an ihnen vorbeischlappte. Laurin und Didi tauschten einen verwunderten Blick und folgten ihnen dann, in respektvollem Abstand und jederzeit darauf gefasst, sofort die Beine in die Hand zu nehmen, sollten sich die Dreadlock-Monster daran erinnern, was sie eigentlich waren. Oder gar hungrig sein. Die Tiere trotteten jedoch nur gemächlich weiter, und als sie in die erste Straße traten, gesellte sich ein weiterer Hund hinzu, der im Schatten auf sie gewartet hatte.

Laurin beschlich ein übles Gefühl, während sie zwischen den fensterlosen schwarzen Mauern entlangging. Roter und orangefarbener Feuerschein stieg hinter den dachlosen Wänden empor, und mittlerweile war es nicht mehr nur warm, sondern heiß und stickig. Zwischen dem Hämmern und den Arbeitsgeräuschen meinte sie dann und wann einen Schrei zu hören, manchmal auch ein scharfes Knallen. Hätte sie versuchen müssen, sich so etwas wie den Vorhof der Hölle vorzustellen, dieser Ort wäre ihm sicherlich sehr nahegekommen.

Die Hunde trotteten weiter und verschwanden schließlich hinter einem breiten Torbogen, hinter dem düsterrotes Fackellicht loderte. Didi folgte ihnen, lugte vorsichtig um die Ecke und bedeutete Laurin dann, leise näher zu kommen.

Hinter dem Tor bot sich ihnen ein Anblick, der ebenso fantastisch wie seltsam war. Der Hof fiel in Terrassen zu einem gemauerten Ziehbrunnen ab. Seine Kurbel wurde von einem kleinwüchsigen Mann bedient, der anscheinend zu den Bewohnern dieser Stadt gehörte. Er war ganz in Schwarz gekleidet, trug grob genähte Stiefel und einen ebenfalls schwarzen ledernen Umhang, der bis zum Boden reichte. Seine Haut war schwarz – nicht etwa dunkel wie die Didis, sondern tatsächlich schwarz. Zwei weitere, genauso angezogene und dunkelhäutige Gestalten nahmen den gefüllten Eimer im Wechsel entgegen und gossen das Wasser in kleinere Krüge um, die ebenfalls aus Holz gemacht waren. Sie trugen seltsame Kopfbedeckungen, die an Pilotenkappen aus den Anfängen der Fliegerei erinnerten, und Laurin war fast sicher, so etwas wie kleine Schwerter an ihren Gürteln zu sehen. Vielleicht waren es auch eher große Messer. Die Männer konnten nicht viel größer als einen Meter sein, waren dafür umso breitschultriger und hatten auffallend große, gebogene Nasen. Ein bisschen wirkten sie wie zusammengestauchte, schwarzhäutige Kopien von Etsch.

Des Weiteren hielten sich mindestens zwei Dutzend Hunde in dem fensterlosen Hof auf, allesamt von derselben riesigen Rasse, was die schwarz gekleideten Männer noch kleiner erscheinen ließ. Die meisten lagen oder saßen einfach nur erschöpft da oder hechelten mit heraushängender Zunge nach Luft, doch gerade in diesem Moment schnippte einer der kleinen Männer mit den Fingern, und ein Hund erhob sich und trottete gehorsam näher. Laurin sah verwirrt zu, wie die beiden Männer ihre Wasserkrüge über ihm ausgossen, bis sich sein Fell so vollgesogen hatte, dass es ihn fast zu Boden zog. Schließlich trollte er sich durch einen anderen Ausgang davon, eine breite, glitzernde Spur hinter sich herziehend.

»Was tun die denn da?«, wunderte sich Laurin.

Statt zu antworten, zog Didi sie hastig zurück. »Nicht so laut!«, flüsterte er erschrocken.

»Aber warum?«

Sie bekam keine Antwort. Dafür ergriff Didi sie grob am Arm und zerrte sie bis zur nächsten Abzweigung.

»Was soll das?«, fragte sie scharf. »Wieso darf ich nicht –?«

»Vielleicht sehen wir uns erst noch ein bisschen um, bevor wir uns zu erkennen geben«, fiel ihr Didi ins Wort. »Ich meine:

Möglicherweise haben diese Zwerge ja einen guten Grund, sich zu verstecken und stehen nicht so auf Besuch.«
»Zwerge?«
»Fällt dir ein besseres Wort ein?«
Das tat es nicht. Laurin schwieg verdattert.
»Siehst du?« Didi nickte heftig. »Dann schauen wir uns erst mal um. Aber leise.«
Und das taten sie. Trotz des allgemeinen Lärms und dem Gefühl von Geschäftigkeit waren die schmalen Straßen so gut wie ausgestorben, sodass sie nur einmal hastig umdrehen mussten, um einer Gruppe Zwerge auszuweichen. Laurin kam sich immer noch ziemlich albern dabei vor, dieses Wort auch nur zu denken, aber das änderte nichts: Die Bezeichnung passte. Umso vorsichtiger gingen sie danach zu Werke, um einen Blick in das eine oder andere Haus zu riskieren.

Sie fanden Erstaunliches. Überall bot sich das gleiche Bild: Werkstätten, Gießereien und Schmieden, in denen Erz gebrochen und verhüttet wurde, geschmolzen und in Form gegossen oder gehämmert. Die verschiedensten Werkzeuge wurden hier gefertigt, aber auch Dinge des täglichen Bedarfs oder Waffen, die von den Zwergen auf Karren und grob gezimmerte Wagen mit eisernen Rädern geladen wurden. Laurin beobachtete fasziniert, dass sie nicht von Pferden oder Maultieren gezogen wurden, sondern von den riesigen Dreadlock-Hunden.

»Das sieht eigentlich ganz harmlos aus«, sagte Laurin schließlich. »Ich finde, wir sollten –«

Ein scharfes Knallen wie von einer Peitsche unterbrach sie, gefolgt von einem winselnden Schrei.

Die Straße mündete auf einem großen Platz im Herzen der Stadt, auf dem zahlreiche Zwerge damit beschäftigt waren, eiserne Kisten auf Wagen zu verladen. Sie mussten sehr schwer sein, denn auch wenn Laurin gerade mit eigenen Augen gesehen hatte, wie stark diese Knirpse waren, hatten sie doch ihre liebe Mühe mit ihrer Last.

Didi und sie beobachteten alles aus sicherem Abstand, indem sie vorsichtig hinter einer Hausecke hervorlugten, und Laurin musste gegen ein immer bangeres Gefühl ankämpfen. Die Zwerge schufteten, was sie nur konnten, und wurden dabei von einer Handvoll ebenfalls schwarz angezogener, aber deutlich größerer Gestalten angetrieben, die Schwerter und Schilde trugen und gewaltige mehrschwänzige Peitschen schwangen, deren geflochtenen Enden dicht über ihren Köpfen in der Luft knallten.

Laurin beugte sich weiter hinter der Mauerkante hervor, um die großen Gestalten genauer zu betrachten. Groß war natürlich relativ. Selbst der Größte war eine Handbreit kleiner als Didi, aber so breitschultrig, dass er fast quadratisch aussah. Sie waren alle in schwarzes Leder und Eisen gehüllt. Und das Verrückte – oder auch Unheimliche – war, dass ihr diese Rüstungen irgendwie bekannt vorkamen.

»Verschwinden wir von hier!«, sagte Didi.

»Und wie kommen wir raus?«, fragte Laurin. »Weißt du zufällig, wo der Ausgang ist?«

»Warum fragst du nicht einfach mich nach dem Weg, Mädchen?«, grollte eine Stimme hinter ihnen.

Laurin fuhr so erschrocken herum, dass sie um ein Haar das Gleichgewicht verloren hätte, und auch Didi sog scharf die Luft ein. Hinter ihnen war eine ganz in Schwarz gehüllte Gestalt erschienen, die Schwert und einen runden Schild und eine zusammengerollte Peitsche in der rechten Hand trug. Dazu keine Fliegerkappe, sondern einen schweren Eisenhelm, aus dem zwei gewaltige eiserne Hörner wuchsen.

Die Gestalt kam ihr bekannt vor.

»Etsch?«, murmelte sie verdattert.

Der breitschultrige Koloss legte den Kopf auf die Seite und sah sie nachdenklich an. Eigentlich musste er zu ihr hochsehen, weil er fast einen Kopf kleiner war als sie, aber irgendwie kam sie sich trotzdem wie die Kleinere vor.

»Kennen wir uns, Mädchen?«, fragte er. Er hatte sehr unangenehme, lauernde Augen. Und da war noch etwas.

»Aber du bist doch ... Etsch?«, fragte Didi zögernd.

»Das ist mein Name, ja«, bestätigte der Mann. »Woher kennst du mich?«

Das war nicht Etsch, begriff Laurin. Jedenfalls nicht der Etsch, den sie oben im Bergwerk kennengelernt hatten. Und nun, einmal darauf aufmerksam geworden, fielen ihr doch ein paar Unterschiede auf: zuallererst natürlich die Hautfarbe. Dieser Etsch war schwarz, genauso pechschwarz wie die Zwerge, die sie zuvor gesehen hatten, und er wirkte gefährlich. In seinen Augen war nicht einmal eine Spur von Freundlichkeit zu lesen. Irgendwie sah man ihm an, dass er in seinem ganzen Leben noch nicht gelächelt hatte. Er trug eine Art barbarischer Rüstung, die halb aus Leder, halb aus zerschrammtem schwarzem Eisen bestand und vor Stacheln und scharfkantigen Nieten nur so strotzte. Auf seiner Brust pendelte ein runder Anhänger an einer rostigen Eisenkette.

Der gewaltige Hörnerhelm war nicht das Einzige an ihm, das ihr auf eine vage Weise bekannt vorkam, auch wenn sie zugleich sicher war, es noch nie zuvor gesehen zu haben. Dann fiel es ihr wie Schuppen von den Augen: Sowohl Etsch als auch seine Begleiter sahen aus wie alte Wikingerkrieger.

Also gut: Abgebrochene Wikingerkrieger.

Dennoch war die Ähnlichkeit geradezu unheimlich. Was ging hier vor?

»Wer seid ihr, und viel wichtiger: Was habt ihr hier zu suchen?«, verlangte Etsch.

»Aber wir sind doch –«, begann Didi, und Laurin fiel ihm hastig ins Wort.

»Wir wollten gar nicht hier sein. Wir ... wir haben uns verirrt.«

»Verirrt?«, wiederholte Etsch. Er machte eine Bewegung mit der freien Hand, und wie aus dem Nichts erschienen zwei weitere Riesenzwerge hinter ihm. Beide waren bewaffnet, und einer sah ein bisschen aus wie Michael, fand Laurin. Eigentlich sogar mehr als nur ein bisschen.

»Oben im Bergwerk, als der Tunnel zusammengebrochen ist«, sagte Didi.

»Ihr wart im Bergwerk?«, fragte Etsch, der nicht Etsch war.

»Aber du hast doch selbst …«, begann Didi und sprach nicht weiter. Vielleicht dämmerte ihm ja allmählich, dass hier etwas nicht stimmte.

»Ihr wart im Bergwerk?«, fragte Etsch noch einmal. »Was hattet ihr dort verloren? Wo kommt ihr überhaupt her?«

»Na, von draußen«, antwortete Didi patzig.

Etsch blinzelte. »Von wo?«

Die beiden anderen Gestalten kamen näher. Der, der wie Michael aussah, ließ seine mächtige Pranke auf den Schwertgriff in seinem Gürtel klatschen.

»Von draußen«, wiederholte Didi.

Etschs ohnehin dunkles Gesicht verdüsterte sich. »Ja, das ist sehr komisch«, sagte er. »Und wer seid ihr?«

»Mein Name ist Didi«, antwortete Didi. »Eigentlich heiße ich Dietrich, aber jeder nennt mich nur Didi. Und das da ist Laurin.« Er zog eine Grimasse. »Als ob du das nicht wüsstest. Was soll der Unsinn?«

Etschs Gesichtsausdruck wurde noch finsterer. »Dietrich«, fragte er. »Und Laurin?« Während er die beiden Namen aussprach, sah er sie abwechselnd durchdringend an.

Didi hatte wohl genug von dem albernen Spiel. »Das reicht! Was soll denn der – «

Etsch bewegte sich so schnell, dass er Didi mit einer gewaltigen Pranke am Schlafittchen gepackt hatte, noch bevor Laurin es überhaupt richtig sah. »Dietrich und Laurin, wie? Und ihr kommt von draußen?«

Irgendwie brachte er das Kunststück fertig, nicht einmal die Stimme zu heben und trotzdem zu schreien. Außerdem zog er

Didi ohne sichtbare Anstrengung am ausgestreckten Arm in die Höhe und schüttelte ihn, wie es eine Katze mit einer gefangenen Ratte getan hätte.

»Du wirst mir jetzt sagen, wer ihr seid und wie ihr hierherkommt!«

So heftig, wie Didi geschüttelt wurde, hätte er gar nicht antworten können, weil seine Zähne aufeinanderschlugen, aber durch die grobe Behandlung rutschte ihm der Kristall aus der Hosentasche, schlug direkt vor Etschs Füßen auf und rollte ein Stück weit davon. Etsch riss die Augen auf, grunzte ungläubig und ließ Didi einfach fallen. Einer seiner Begleiter sprang hinzu und riss ihn grob am Arm wieder in die Höhe, während Etsch sich nach dem leuchtenden Stein bückte und ihn mit spitzen Fingern vor das Gesicht hielt.

»So, jetzt wissen wir also, was ihr hier sucht«, donnerte er. »Ihr seid nichts als gemeine Diebe! Wer hat euch geschickt? Und wer hat euch den Weg hierher verraten?«

»Wir sind keine Diebe!«, protestierte Didi. Seine Stimme zitterte, denn der andere Bursche hielt ihn so brutal am Arm, dass sich sein Gesicht vor Schmerz verzerrte. »Ich habe den Stein nur mitgenommen, um uns den Weg zu leuchten. Und Laurin hat nur –«

»Laurin?« Etsch fuhr so abrupt zu ihr herum, dass sie erschrocken zurück und gegen die Wand taumelte. »Dann habt ihr noch mehr? Gib sie mir! Wir werden euch lehren, uns zu bestehlen!«

»Aber wir haben nichts –«, begann Didi, und Etsch ohrfeigte ihn mit dem Handrücken, ohne hinzusehen und so hart, dass er wieder auf die Knie gefallen wäre, hätte der andere Kerl ihn nicht immer noch am Arm festgehalten.

»Gib mir dein Diebesgut, Mädchen!«, befahl er. »Da, wo du jetzt hingehst, brauchst du keine Edelsteine.«

»Und auch sonst nichts«, fügte der Kerl hinzu, der Didi gepackt hielt. »Ihr zwei –«

Etwas, das ziemliche Ähnlichkeit mit einem blau, dunkelgrün und violett gefärbten amerikanischen Football mit Insektenflügeln und Beißzangen hatte, flog aus der Dunkelheit heran, prallte mit einem Laut gegen seinen Helm, als hätte ein Stiefel einen leeren Zinkeimer umgeworfen, und trudelte davon. Der Michael-Zwerg verdrehte die Augen, ließ endlich Didis Arm los und fiel stocksteif aufs Gesicht.

»Haut ab!«, kreischte ein piepsiges Stimmchen.

Etsch riss ungläubig die Augen auf und machte instinktiv eine Bewegung, wie um Laurin den Weg zu vertreten, und sie reagierte ebenfalls ganz instinktiv, allerdings völlig anders, als er erwartet hatte. Statt nach rechts oder links auszuweichen, trat sie ihm kräftig mit dem Absatz auf den Fuß. Etsch stöhnte, riss die geprellten Zehen in die Höhe und begann fluchend auf dem anderen Bein herumzuhüpfen. Laurin nahm dieses Angebot dankend an und trat ihn auch noch auf den anderen Fuß.

Wäre die Situation nur ein kleines bisschen anders gewesen, hätte sich Laurin bestimmt königlich darüber amüsiert, dass Etsch nicht nur vor Schmerz und Wut aufbrüllte, sondern tatsächlich versuchte, auch noch seinen anderen Fuß mit der Hand zu umklammern. Mit dem Ergebnis natürlich, dass er schmerzhaft auf dem Hinterteil landete. Laurin half der Entwicklung nach, indem sie ihm die flachen Hände vor die Schultern stieß und ihn endgültig umwarf, und endlich erwachte auch Didi aus seiner Erstarrung und sprang hoch.

Vielleicht ein wenig zu spät, denn nun grabschte der dritte Wikingerzwerg mit beiden Händen nach ihm und hätte ihn zweifellos zu fassen bekommen, wäre der geflügelte Ball nicht in diesem Moment zum zweiten Mal herangesaust und hätte ihm eine Kopfnuss verpasst, die ihn ebenfalls von den Füßen holte.

»Worauf wartet ihr?«, kreischte das Stimmchen. »Haut endlich ab!«

Das ließ sich Laurin kein drittes Mal sagen. Noch bevor sich Didi ganz aufgerappelt hatte, stürmte sie los und hinter dem davontrudelnden Käfer her.

Im Nachhinein kam es ihr selbst wie ein kleines Wunder vor, aber sie schafften es tatsächlich, einen der großen Tunnel zu erreichen. Die drei Riesenzwerge – allen voran Etsch – schrien hinter ihnen Zeter und Mordio und setzten unverzüglich zur Verfolgung an. Ausgelöst durch den plötzlichen Lärm und das Geschrei brach in der ganzen Stadt hektische Aktivität aus. Fackeln und aufgeregter Lärm näherten sich, und noch mehr und sehr wütende Riesenzwerge tauchten auf. Aber sie waren ebenso langsam wie stark, und statt aufzuholen, fielen sie mit jedem Schritt ein Stückchen weiter zurück.

Laurin rannte so schnell, wie sie nur konnte. Erst als sie weit genug in den Stollen vorgedrungen waren, dass sie den Eingang kaum noch sehen konnte, gestattete sie sich, dem Brennen in ihrer Lunge und dem rasenden Hämmern ihres Herzens nachzugeben, das mit jedem Schlag ein wenig mehr versuchte, aus ihrer Brust herauszuspringen. So erschöpft, dass ihr übel wurde, sank sie gegen die Wand, beugte sich vor und musste die flachen Hände auf die Oberschenkel stützen, um nicht zusammenzubrechen. Didi, der neben ihr an der Mauer lehnte, erging es nicht besser. Länger als eine Minute standen sie einfach da und rangen keuchend nach Luft.

»Was … war denn … das?«, japste Didi.

»Morlock«, gab sie kurzatmig zurück.

»Hör mal, jetzt ist wirklich nicht der Moment für so – «

»Ich habe dir doch gesagt, dass ich jemanden getroffen habe«, unterbrach ihn Laurin. Die wenigen Worte brauchten nahezu ihren ganzen Atem auf.

Didi riss die Augen auf. »Und der heißt Morlock?«

»Das ist eine lange Geschichte«, antwortete Laurin mühsam. »Komm! Weiter!«

Sie setzten ihren Weg vielleicht nicht mehr ganz so schnell fort wie am Anfang, aber vermutlich immer noch schneller, als die Zwerge sich bewegen konnten. Ihre Verfolger tauchten jedenfalls nicht hinter ihnen auf, ganz egal wie oft sie sich über die Schulter zurück umsah. Wenigstens war es nicht stockfinster, weil hie und da eine an der Wand befestigte Fackel Licht spendete. So erschöpft und aufgeregt, wie sie beide waren, war es ihnen bisher gar nicht aufgefallen, aber in diesem Tunnel war es auch nicht kalt. Waren die Temperaturen anfangs noch angenehm, wurde es stetig wärmer, und dann genauso unangenehm heiß und stickig, wie sie sich ein Bergwerk tief in der Erde vorgestellt hätte.

Ein weiteres Geheimnis dieses Ortes, das sie wohl nie lüften würden.

Eine ganze Weile ging es so weiter. Dann geschah genau das, wovor Laurin sich insgeheim gefürchtet hatte: Der Tunnel endete vor einer großen Steintreppe, deren Stufen alle unterschiedlich hoch waren, und von deren oberen Ende ihnen gleich vier finstere Tunneleingänge entgegengrinsten.

»Und jetzt?«, fragte Didi. »Wieder rechts, rechts, Mitte, rechts?«

»Wenn du meinst«, gab Laurin matt zurück.

»Und wenn ihr euch unbedingt verlaufen wollt.« Der Käfer tauchte so übergangslos aus den Schatten auf, als hätte ihn der Boden ausgespien (und vielleicht hatte er es ja, dachte Laurin), trippelte auf sie zu und richtete sich auf die vier hinteren Beinchen auf.

Didi keuchte. »Was ... ist denn ... das?«

Der Käfer drehte den gepanzerten Kopf in seine Richtung, musterte ihn einige Sekunden lang aus seinen regenbogenfarbenen Facettenaugen und wandte sich dann wieder an Laurin. »Ist das der Didi?«

»Es … es … es spricht«, stammelte Didi. Seine Augen quollen ein Stück weit aus den Höhlen.

»Ja«, antwortete Laurin. »Aber eigentlich heißt er Dietrich. Gefällt mir auch viel besser.«

Didi schenkte ihr einen bösen Blick, und der Käfer drehte den ganzen Körper ein paarmal hin und her. Vielleicht war das ja seine Version eines Kopfschüttelns. »Dann ist das der Trottel, dem ich diesen bescheuerten Namen verdanke?«

»Wie bitte?«, ächzte Didi.

»Warum hast du uns geholfen?«, fragte Laurin hastig.

Der Käfer wedelte aufgeregt mit den Fühlern. »Jetzt überschlagt euch nicht gleich vor Dankbarkeit. Ein einfaches Dankeschön hätte es auch getan.«

»Danke schön«, sagte Laurin. »Und warum hast du uns nun geholfen?«

»Das … das Ding … spricht«, stammelte Didi.

»Natürlich spricht das Ding!«, giftete der Käfer, klappte seinen Rückenpanzer auseinander und erhob sich auf surrenden Insektenflügeln in die Luft, bis er direkt vor Didis Gesicht schwebte. »Und das Ding hat einen Namen, Blödi. Du hast ihn schließlich selbst ausgesucht!«

Summend näherte er sich Laurin. Seine Beißzangen klapperten. Laurin kamen sie größer vor als beim ersten Mal. »Und du? Du hast mir keine andere Wahl gelassen, als euch zwei Dummköpfe schon wieder rauszuhauen! Oder hätte ich vielleicht warten sollen, bis Etsch euch gefangen nimmt und meinen Namen aus euch rausprügelt?«

»Aber den kennen wir doch gar nicht«, sagte Laurin.

»Ach nein?«, keifte Morlock. »Willst du mich verarschen? Du hast ihn mir selbst gegeben!«

»Aber das weiß Etsch doch nicht.«

»Papperlapapp!«, fauchte der Käfer. »Wollt ihr jetzt hier rumstehen und Maulaffen feilhalten, bis sie euch wieder einsammeln, oder soll ich euch den Weg zeigen?«

»Wir nehmen den Weg«, sagte sie.

»Gute Entscheidung«, lobte Morlock, drehte sich herum und summte in wackeligen Schlangenlinien die Treppe hinauf. »Dann folgt mir!«

»Was ... wer ...«, murmelte Didi benommen.

»Das ist Morlock«, antwortete Laurin nur und sprang hinter dem Käfer die Treppe hinauf, so schnell sie nur konnte. Sehr schnell war es allerdings nicht mehr. Sie spürte selbst, dass ihre Schritte an Schwung verloren. Didi und sie waren hoffnungslos erschöpft, und bald würden sie eine längere Rast einlegen müssen, ob sie wollten oder nicht.

Morlock schien jedoch nicht geneigt, ihnen eine Pause zu gönnen, ganz im Gegenteil. Der Käfer verschwand zwar immer wieder im Halbdunkel des Stollens, kehrte aber stets in seinem komischen Torkelflug zurück und trieb sie zu noch größerer Schnelligkeit an. Aber irgendwann ging es einfach nicht mehr.

Laurin sank als Erste zu Tode erschöpft gegen die Wand. Sie hatte nicht einmal mehr die Kraft, sich auf den Beinen zu halten, sondern sackte mit heftig pochendem Herzen zu Boden. Didi stolperte noch einen einzelnen Schritt weiter und fiel dann ebenfalls auf die Knie. Laurin begriff, dass er sich wohl eher zu Tode gerannt hätte, als vor einem Mädchen aufzugeben.

Der Käfer kam zurück, beschrieb noch eine komplizierte Ehrenrunde über ihren Köpfen und ließ sich dann zwischen ihnen zu Boden sinken. Sein Rückenpanzer schloss sich mit einem schnappenden Geräusch wie eine Mausefalle.

»Das war gar nicht schlecht«, sagte er. »Also für Weicheier wie euch, meine ich natürlich.«

Laurin war zu erschöpft, um mit mehr als einem bösen Blick zu reagieren, aber Didi fragte: »Sind wir jetzt ... in Sicherheit?«

»Vor Etsch und den anderen?« Morlock beugte sich vor und zurück, was womöglich ein Nicken darstellen sollte. »Schon lange. Die trauen sich nicht so weit in den Berg hinein.«

»Was?«, stieß Didi hervor.

»Sie kommen nie hierher«, bestätigte Morlock. »Sie sind mächtig stark, aber nicht besonders gut zu Fuß. Sogar noch weniger als ihr.«

»Soll das heißen, wir haben sie abgehängt?«, fragte Didi.

»Schon längst«, bestätigte der Käfer.

»Und deshalb hetzt du uns, bis uns die Lunge rausfliegt?«

Morlock nickte zum dritten Mal auf seine eigentümliche Art. »Vorsprung hat man nie genug, oder?«

Didi wollte auffahren, doch Laurin brachte ihn mit einem raschen Blick zum Schweigen. »Die Hauptsache ist doch, wir sind in Sicherheit. Vielen Dank, dass du uns geholfen hast. Aber warum überhaupt?«

»Das frag ich mich langsam auch«, ereiferte sich Morlock, doch Laurin fuhr mit einer besänftigenden Geste fort:

»Ich meine eigentlich, warum es überhaupt nötig war. Was wollten Etsch und die anderen von uns?«

»Du stellst vielleicht Fragen! Schließlich habt ihr die Königssteine geklaut!«

»Wir haben nichts gestohlen«, antwortete Laurin. »Du warst doch dabei.« Genau genommen hatte das Käferwesen sie überhaupt erst in die Höhle geführt, in der sie die Kristalle gefunden hatten, aber das sprach sie lieber nicht aus. Einen Moment lang überlegte sie, Morlock von der fast schon magischen Wirkung zu erzählen, die der Kristall auf sie gehabt hatte, aber in diesem Moment sagte Didi:

»Wir wussten nicht, dass man die Steine nicht mitnehmen darf, ehrlich. Aber ich hatte das Gefühl, dass er schon vorher nicht gut auf uns zu sprechen war.«

»Nicht gut auf euch zu sprechen?«, ächzte Morlock. »Willst du mich verschaukeln, Jungchen? Ich schätze, ihn hat glatt der Schlag getroffen, als er euch zwei Weicheier gesehen hat. Was habt ihr überhaupt hier verloren?«

»Glaub mir, wir wären auch lieber woanders«, sagte Laurin.

»Und wo, zum Beispiel?«

»Zu Hause«, antwortete Didi an Laurins Stelle. »Oben eben. Draußen.«

»Draußen«, wiederholte Morlock. Auf sehr sonderbare Art, fand Laurin. Dann zischelte er aufgebracht: »Ja klar, draußen. Warum frag ich auch?«

Laurin kam zu dem Schluss, dass jetzt nicht der richtige Moment war, um nach dem Sinn dieser kryptischen Bemerkung zu fragen. »Kannst du uns herausbringen?«

»Heraus?«

»Zum Ausgang«, bestätigte Didi. »Zu irgendeinem, egal wo. Hauptsache, er führt nach draußen.«

»Blödsinn wird nicht besser, wenn man ihn dauernd wiederholt«, sagte Morlock wichtigtuerisch. »Lass dir was Neues einfallen. Es wird langweilig.«

»Ist ja schon gut«, sagte Laurin rasch. Offenbar mussten sie es anders angehen. Aber schließlich hatte sie nicht besonders viel Erfahrung darin, mit vorlauten Riesenkäfern zu streiten.

»Das hier ist doch ein Bergwerk, oder?«, fragte sie.

»Das ist *das* Bergwerk«, verbesserte sie Morlock.

»Und all diese Zwerge bauen Erz und Edelmetalle und Kristalle ab«, fuhr Laurin unbeeindruckt fort.

»Was soll man denn sonst in einem Bergwerk tun?«, erkundigte sich Morlock.

»Irgendwohin müssen sie das Erz und die Werkzeuge und Waffen und Edelsteine doch bringen.«

»Hinaus, natürlich«, sagte Morlock. »Wohin denn sonst?«

Laurin verdrehte die Augen, aber es gelang ihr trotzdem noch, irgendwie ruhig zu bleiben. »Dann kennst du den Weg ... hinaus?«

»Selbstverständlich.«

»Und du zeigst ihn uns?«

»Nö«, sagte Morlock.

»Wie bitte?«, begehrte Didi auf.

»Warum denn nicht?«, fragte Laurin.

»Weil ihr den nicht nehmen könnt. Es gibt keinen Weg hinaus. Nicht für Weicheier.«

»Wenn du mich noch einmal Weichei nennst ...«, sagte Didi. Morlock klappte die Flügel auseinander und flog bis unter die Tunneldecke. »Ja?«, säuselte er. »Was dann?«

»Aber die Zwerge und Etsch und seine Männer kommen doch auch raus«, sagte Laurin rasch.

»Die Zwerge nicht. Bloß Etsch und die anderen Alben. Keiner weiß, wo der geheime Eingang ist«, antwortete Morlock. »Ich auch nicht. Ich weiß nur, dass er streng bewacht wird. Und die Steine und das Werkzeug und all den anderen Krempel bringen meine Brüder und Schwestern und ich nach oben. Aber den Weg könnt ihr nicht nehmen. Wir schwimmen.«

»Ich kann ziemlich gut schwimmen«, sagte Didi.

»Nicht so«, antwortete Laurin, bevor der Käfer es tun konnte. Sie wandte sich wieder direkt an Morlock. »Und es gibt wirklich keinen anderen Weg?«

»Nein. Doch. Nein.«

»Na, was denn nun?«, fragte Didi.

Der Käfer druckste einen Moment herum. »Es gibt den Weg durch den Rosengarten«, gestand er schließlich. »Aber das traut sich keiner. Ich auch nicht, also frag erst gar nicht.«

»Was ist denn daran so gefährlich?«

»Ich hab doch gesagt, du sollst nicht fragen«, sagte Morlock. Er ließ sich wieder zu Boden sinken und klappte die Flügel ein, sodass sie nicht mehr die Köpfe in den Nacken legen mussten, um mit ihm zu reden.

»Ist in Ordnung«, sagte Laurin rasch. »Du musst nicht mitkommen. Aber du kannst uns zeigen, wie wir dorthin kommen?«

»Ihr seid ja verrückt!«

»So wie es aussieht, haben wir nicht besonders viele Optionen«, sagte Laurin.

»Wir könnten versuchen, mit diesem Etsch zu reden«, sagte

Didi. »Vielleicht können wir ihm ja klarmachen, dass wir die Steine nicht stehlen wollten.«

Morlock machte ein abfälliges Geräusch. »Pfff! Weicheier wie ihr dürfen das Bergwerk nicht betreten«, schnaubte er. »Ihr solltet nicht einmal wissen, dass es existiert. Wenn Etsch euch nicht gleich den Kopf abreißt, dann wirft er euch ins Loch.«

»Und was ist das?«

»Das willst du nicht wissen.«

»Doch«, behauptete Didi. Laurin war da nicht so sicher. »Also was ist dieses Loch?«

»Das weiß niemand«, antwortete Morlock schaudernd. Seine Fühler wippten aufgeregt. »Ich auch nicht. Keiner, den sie hineingeworfen haben, ist wieder rausgekommen, um davon zu erzählen.«

Das hatte Didi offensichtlich nicht hören wollen, aber seine Idee hätte sowieso nicht funktioniert. Laurin musste nur an Etschs Augen denken, um zu wissen, dass es unmöglich war, vernünftig mit ihm zu reden.

»Also gut«, sagte sie. »Dann zeig uns den Weg zu diesem Rosengarten.«

»Ihr werdet draufgehen«, unkte Morlock. »Wenn nicht Schlimmeres.«

Was sollte denn bitte schön noch schlimmer sein, als zu sterben?, dachte Laurin. Aber das sagte sie nicht laut. »Führ uns hin«, bat sie nur noch einmal.

»Ganz bestimmt nicht«, antwortete Morlock. »Doch ich sag euch den Weg.« Der Käfer deutete mit zwei seiner dünnen Beinchen über die Schulter zurück. »Geht einfach geradeaus.«

»Soll das heißen, wir sind schon auf dem richtigen Weg?«, empörte sich Didi. »Und die ganze Arie hier war umsonst?«

»Alle Wege führen zum Rosengarten«, belehrte ihn Morlock. »Wenn man wirklich dorthin will. Was keiner will.«

»Und wie weit ist es noch?«, fragte Laurin.

»Das kommt ganz drauf an, wie dringend man dorthin will«,

antwortete der Käfer. »Aber ihr verarscht mich, oder? Ich meine, niemand will dorthin. Es ist viel zu gefährlich. Wisst ihr denn nicht, was Laurin mit denen macht, die den Frieden seines Gartens stören?«

»Nein«, antwortete Didi. Er sah Laurin an. »Was machst du denn mit ihnen?«

»Ich werfe sie raus«, antwortete Laurin ernst. »Nach draußen.«

Morlock sah sie abwechselnd und mehrmals nacheinander an. »Ihr seid ja bekloppt«, sagte er empört, fuhr auf den beiden hinteren Beinchen herum und sprang mit einem kraftvollen Satz gegen die Wand. Genauer gesagt: hinein.

Didi schnappte nach Luft wie ein Fisch auf dem Trockenen, aber Laurin hob nur die Schultern. »Das macht er immer«, bemerkte sie.

»Das … das kann doch … doch gar nicht … sein«, stammelte Didi.

»Doch, kann es«, antwortete Laurin nur, lehnte sich mit angezogenen Knien gegen die Wand und schloss die Augen; allerdings erst, nachdem sie sich mit einem raschen Blick davon überzeugt hatte, dass Didi wenigstens halbwegs wieder zu Atem gekommen war. Wenn sie bedachte, wie erschöpft und müde sie selbst war, obwohl ihr der Stein auf magische Weise neue Kraft gegeben hatte, wie musste er sich dann erst fühlen?

Ihre Hand kroch fast ohne ihr Zutun in die Hosentasche und tastete nach den Kristallen, die sie aus der Höhle mitgebracht hatte. Es waren noch fünf, und schon die leise Berührung ihrer Fingerspitzen reichte aus, sie ein verlockendes Prickeln spüren zu lassen. Es wäre so leicht, Müdigkeit und Erschöpfung abzuschütteln und mit neuer Kraft weiterzumarschieren. Doch irgendwas sagte ihr, dass es falsch wäre, diese Energiequelle zu benutzen. Sie widerstand der Versuchung und zog die Hand wieder zurück.

Die Müdigkeit begann sie einzulullen, und ihre Glieder fühlten sich immer schwerer an. Sie war dabei einzuschlafen, aber es war ihr egal. Morlock hatte ja gesagt, dass Etsch und seine Männer niemals hierherkamen, sodass sie in Sicherheit waren. Was macht es schon, eine Stunde zu schlafen oder auch zwei, um ihren Weg dann frisch und ausgeruht fortzusetzen?

Etwas wie ein warmer und sehr nasser Waschlappen fuhr ihr quer durchs Gesicht. Laurin riss die Augen auf und hätte um ein Haar aufgeschrien, als sie in das gewaltige Raubtiergebiss sah, das direkt vor ihr blitzte und ihr übel riechenden Atem entgegenschlug. Ein tiefes, ungemein machtvolles Grollen erklang, und ein großes Augenpaar starrte sie neugierig an. Vielleicht auch nur gierig.

Seine Zunge schlabberte ein zweites Mal quer durch ihr Gesicht, und aus dem Knurren wurde ein fast freundliches Winseln. Die Zähne verschwanden unter einem Wust schwarzer Dreadlocks. Der Hund ließ es sich nicht nehmen, ihr noch einmal genüsslich das Gesicht abzuschlecken, wedelte dann aber nur mit dem Schwanz und trollte sich in die Richtung, aus der sie vorhin gekommen waren.

»Was für ein Monster!«, flüsterte Didi.

Laurin riss ihren Blick von dem Zottelhund los und sah, dass Didi sich stocksteif aufgerichtet hatte. Er zitterte am ganzen Leib und war sehr blass.

»Ja, ganz eindeutig, du Held«, sagte sie säuerlich. »Ich bin gerührt, wie tapfer du mich verteidigt hast.«

Didi sah plötzlich aus wie ein geprügelter Hund, und prompt kam sich Laurin ein bisschen gemein vor. Hätte das Ungeheuer ihr wirklich etwas antun wollen, dann hätte Didi rein gar nichts dagegen machen können. Es war nicht fair.

Aber ihr war gerade danach, ein bisschen unfair zu sein. Sie stand auf.

»Lass uns weitergehen. Wer weiß, wie weit es noch ist.«

»Ich bin mir nicht sicher, ob ich so scharf darauf bin, dorthin zu kommen«, antwortete Didi.

»Behalt das lieber für dich«, mahnte Laurin. »Du hast gehört, was Morlock gesagt hat. Je mehr man zum Rosengarten will, desto schneller geht es. Vielleicht funktioniert es ja auch umgekehrt.«

»Pfff«, machte Didi. »Du glaubst doch nicht wirklich an diesen Unsinn?«

Dieselbe Frage hatte sich Laurin auch schon selbst gestellt, und die Antwort war ganz eindeutig Ja. Egal wie verrückt es ihr vorkam. Sie streckte ihm die Hand entgegen.

Natürlich verbot es Didis Stolz, ihre Hilfe anzunehmen. Er quälte sich auf die Füße und schaffte es sogar, fast gerade zu stehen. Im nächsten Moment wäre er allerdings beinahe wieder zu Boden gegangen, weil er vor Schrecken heftig genug zusammenfuhr, um das Gleichgewicht zu verlieren, und Laurin erging es nicht sehr viel besser.

Der Hund kam zurück. Nur trottete er dieses Mal nicht gemächlich, sondern jagte heran, als hätte ihm jemand den Schwanz angezündet, und war so klatschnass, dass er eine breite Wasserspur hinter sich herzog. Er wirkte auch größer und Laurin erkannte, dass es ein anderer Hund war. So ungestüm, wie er herankam, hätte er Laurin wahrscheinlich einfach über den Haufen gerannt, wäre sie nicht im letzten Moment beiseitegesprungen. Im nächsten Augenblick war er auch schon wieder verschwunden, und sie hörten nur noch das schwere Tappen seiner nassen Pfoten.

»Was war das denn?«, murmelte Didi. Laurin konnte nur verwirrt die Schultern heben. Wortlos folgten sie dem Hund.

Der Spur seiner nassen Tatzen war deutlich zu sehen. Schon nach wenigen Dutzend Metern tauchten wieder die ersten kniehohen Stollen auf, von denen Etsch ihnen erzählt hatte, dass darin das eigentliche Erz abgebaut wurde. Die nasse Pfotenspur verschwand im dritten oder vierten Stollen, und als sie sich in die Hocke sinken ließen und hineinspähten, bot sich ihnen ein wahrhaft sonderbarer Anblick:

Der Stollen war allerhöchstens zehn oder zwölf Meter lang und vom roten Licht einer Fackel erhellt, die in einem Felsspalt steckte. Der Hund war ganz bis ans Ende gekrochen und tat irgendetwas, das sie nicht genau erkennen konnten. Sie hörten ein helles Klingen und Klopfen.

»Was macht er denn da?«, wunderte sich Laurin, eigentlich nur an sich selbst gewandt, aber sie bekam trotzdem eine Antwort.

»Sieh genau hin«, sagte Didi.

Laurin gehorchte – und riss erstaunt die Augen auf. »Er liegt auf einem Zwerg!« Und jetzt sah sie auch ein Paar kleine Hände, die sich unter dem Hund herausstreckten und das Tunnelende mit einem lächerlich kleinen Meißel und einem noch winzigeren Hämmerchen bearbeiteten.

»Davon habe ich gehört«, sagte Didi. »In dieser Tiefe kann es sehr heiß werden. Früher haben sie extra Hunde mit sehr langem Fell gezüchtet, die sie mit Wasser übergossen haben. Die haben sich dann den Bergleuten auf den Rücken gelegt, um sie zu kühlen.« Er grinste breit. »Die erste Öko-Klimaanlage sozusagen.«

Diesem Bergmann lag der Hund nicht auf dem Rücken, sondern bedeckte ihn ganz. Der Zwerg war unter dem riesigen Tier nahezu verschwunden. Und wenn es nach Laurin ging, dann blieb das auch so. Rasch stand sie wieder auf und entfernte sich ein paar Schritte weit.

»Das war echt clever von unseren Altvorderen«, sagte sie, »aber es hilft uns im Moment nicht weiter.«

»Was glaubst du denn, was euch noch weiterhelfen würde, Mädchen?«, erklang eine Stimme direkt hinter ihnen.

Laurin fuhr erschrocken herum, und dieses Mal konnte sie einen Schrei nicht unterdrücken. Etsch stand zehn Schritte hinter ihnen. Er war allein, aber mit seinen breiten Schultern blockierte er den Stollen nahezu komplett. So viel zu Morlocks Behauptung, er käme niemals hierher.

Didi überwand seine Überraschung als Erster und fuhr auf dem Absatz herum, aber er beendete nicht einmal den ersten Schritt, und Laurin musste sich auch nicht herumdrehen, um zu wissen, dass auch in dieser Richtung eine der breitschultrigen Gestalten aufgetaucht war. Wie hatte Morlock sie doch gerade noch genannt? Alben?

»Ihr habt mir wirklich eine Menge Mühe gemacht, Kinder«, fuhr Etsch fort. Seine Finger spielten mit dem schweren Anhänger auf seiner Brust, ohne dass er es zu merken schien. »Eigentlich sollte ich jetzt sehr zornig sein, aber wenn ihr versprecht, mitzukommen und keinen Ärger mehr zu machen, dann wird es nicht ganz so schlimm für euch.«

Etwas Nasses berührte Laurins Bein, und der Hund schob sich rückwärts kriechend aus dem Stollen, dicht gefolgt von dem Zwerg, der über und über mit Staub bedeckt war und sich Hammer und Meißel zwischen die Zähne geklemmt hatte wie ein Pirat sein Entermesser. Er lag bäuchlings auf einem grob zusammengezimmerten Rollbrett, das sich auf quietschenden Holzrädern bewegte. Umständlich stand er auf, legte den Kopf in den Nacken und riss ungläubig Mund und Augen auf. Hammer und Meißel schepperten zu Boden.

»Verschwinde!«, grollte Etsch.

Der Zwerg raste wie ein geölter Blitz davon, und der Hund schloss sich ihm an.

Etsch zog die buschigen Augenbrauen zusammen. »Also mir ist beides recht«, sagte er. »Wie wollt ihr es: ruhig und vernünftig oder auf die harte Tour?«

»Keins von beidem«, antwortete Didi. Dann, und alles in einer einzigen, blitzartigen Bewegung, packte er Laurin bei den Schultern, schubste sie auf das Rollbrett, warf sich selbst auf sie und stieß sich mit beiden Händen vom Boden ab. Das abenteuerliche Gefährt schoss so schnell und schnurgerade wie auf Schienen in den Tunnel hinein.

Wenn auch nicht sehr weit. Nach kaum zehn Metern prallte

es hart genug gegen die Tunneldecke, um Laurin Sterne sehen und ihr eigenes Blut schmecken zu lassen. Außerdem bekam sie kaum noch Luft, denn der Stollen war hier so niedrig, dass sie hoffnungslos zwischen dem Rollbrett und Didi unter der Tunneldecke eingeklemmt war.

»Ja, das war ... ein toller Plan«, brachte sie mühsam hervor. »Wirklich, ganz, ganz toll.«

Didi keuchte eine Antwort, die sie nicht verstand. Nachdem sie sich den Hals verrenkt hatte, um zum Eingang zurückzusehen, erkannte sie Etsch, der sich weit in die Hocke hinabgelassen hatte und mit schräg gehaltenem Kopf zu ihnen hereinsah. Er sah gleichermaßen verblüfft wie amüsiert aus. Aber er passte mit seinen breiten Schultern unmöglich in den Gang.

Was für ein Trost.

»Glückwunsch, ihr habt mich ausgetrickst«, sagte er, nachdem er sie eine Weile nachdenklich betrachtet hatte. »Was machen wir denn jetzt?« Er tat so, als müsste er angestrengt nachdenken, und kratzte sich mit den Fingern an der Schläfe. Es hörte sich an wie Kreide auf einer Schiefertafel. »Soll ich warten, bis ihr freiwillig herauskommt, oder euch ausräuchern?«

»Was?!«, keuchte Didi.

Etsch nickte. »Viel Zeit hab ich nicht«, murmelte er, drehte den Kopf zu jemandem hinter sich und fuhr lauter fort: »Bringt trockenes Reisig. Und Öl!«

»Aber das ... Das kann er nicht machen!«, entfuhr es Didi. »Er kann uns doch nicht einfach verbrennen!«

Laurin begann sich verzweifelt unter Didi zu drehen und zu winden und mit den flachen Händen gegen die Wand vor sich zu schlagen. »Wir müssen raus«, keuchte sie. »Wir –«

Ihre Hände stießen ins Leere, weil die Wand, gegen die sie geschlagen hatte, plötzlich nicht mehr da war. Ebenso wenig wie der Boden unter dem Rollbrett.

Es kippte nach vorne, schüttelte seine beiden Passagiere ab wie ein bockendes Pferd seine Reiter und verschwand. Laurin und Didi schlitterten hintereinander eine steile Böschung hinab, die unter ihnen klimperte und schepperte und knirschte wie eine Million zerbrochener Christbaumkugeln. Nach einer schieren Ewigkeit und eingehüllt in eine Wolke aus silbern funkelndem Staub kamen sie zur Ruhe.

Laurin stemmte sich hustend und mit heftig klopfendem Herzen auf Hände und Knie und musste ein paarmal mit der Linken vor dem Gesicht herumwedeln, um überhaupt etwas zu sehen. Und was sie dann erblickte …

Es war mit nichts zu vergleichen, was sie jemals zuvor gesehen oder wovon sie auch nur gehört hätte, aber sie wusste trotzdem sofort, was es war.

Vor ihnen lag der Rosengarten.

»Rosengarten« traf es nicht wirklich, denn es gab weder eine Rose noch irgendeine andere Blume, und die gewaltige Höhle hatte auch nur sehr wenig mit einem Garten gemein. Die einzige Farbe war Weiß in allen nur vorstellbaren Abstufungen. Alles, was weiter als einen halben Steinwurf entfernt war, verschwamm in hellgrauer Entfernung, und auch davor gab es kaum sichtbare Umrisse, sondern nur unzählige Schemen von Dingen, die hätten sein können, ohne es endgültig zu werden.

Der Gedanke war so verstörend, dass Laurin selbst ein bisschen davor erschrak, zumal so etwas gar nicht ihre Art war. Sie erlaubte sich nicht, ihn zu Ende zu denken, sondern stemmte sich weiter in die Höhe und blickte sich nach Didi um.

Er war ein kleines Stück hinter ihr gelandet und hatte sich ebenfalls halb aufgesetzt, aber er stierte in die andere Richtung: die, aus der sie gekommen waren.

»Sie folgen uns nicht«, sagte sie.

»Woher willst du das wissen?«

»Weil sie einen Monat bräuchten, um den Tunnel weit genug für Etsch aufzumeißeln«, antwortete Laurin.

Didi wirkte nicht wirklich überzeugt, aber er hob nur die Schultern und drehte sich herum, und nun machte sich ein Ausdruck maßloser Verblüffung auf seinem Gesicht breit.

»Aber was ist denn ... das?«

Darauf hatte Laurin ebenso wenig eine Antwort wie er. Immerhin konnte sie inzwischen etwas mehr erkennen, auch wenn sie immer noch nicht wusste, was sie da eigentlich sah: Aus dem weißen Nebel schälten sich große, sonderbar symmetrische Gebilde.

Es war Didi, der es in Worte fasste. »Das sind Kristalle!«, sagte er staunend. »Wow! Riesige Bergkristalle! Hast du eine Ahnung, was die wert sind?«

»Ziemlich viel«, vermutete Laurin.

»Ziemlich viel?«, ächzte Didi. »Millionen! Ach, was sag ich, Milliarden! Der größte Bergkristall, der jemals gefunden wurde, war etwas über einen Meter groß!« Seine Augen leuchteten. »Wir sind reich!«

»Dann such dir doch einen aus«, sagte Laurin.

Didi glotzte, und Laurin konnte gerade noch ein schadenfrohes Grinsen unterdrücken, obwohl ihr bei Didis Worten ein bisschen mulmig geworden war. Ein Meter? Die bizarren Gebilde waren fast so groß wie Häuser und selbst der kleinste musste eine Tonne wiegen.

»Und jetzt?«, murmelte sie hilflos.

Didi hob die Schultern. »Es ist Euer Königreich, Majestät.«

»Ja, sehr komisch«, maulte Laurin. »Und hilfreich.«

»Das ist wirklich fantastisch«, sagte Didi, während sie zwischen den bizarren Kristallgebilden hindurchgingen. »Kein Wunder, dass die Leute früher geglaubt haben, dass es hier unten ein verzaubertes Königreich voller magischer Wesen gibt.«

Wieso früher?, hätte Laurin um ein Haar geantwortet, verbiss es sich aber im letzten Moment. Stattdessen versuchte sie, mehr von ihrer Umgebung zu erkennen. Die gewaltigen Kristallgebilde wuchsen kreuz und quer durcheinander. Manche waren beschädigt, umgefallen und zerbrochen oder von unzähligen Sprüngen durchzogen, und in einigen meinte sie, verschwommene Umrisse zu erkennen.

»Dir ist schon klar, dass wir hier stundenlang rumirren können, oder?«, bemerkte Didi nach einer Weile.

»Hm«, machte Laurin. Der Verdacht war ihr auch schon gekommen. Sie mussten irgendwie raus. Schnell!

»Da vorn ist ein Ausgang«, sagte Didi und hob die Hand. »Glaube ich.«

Laurin fuhr auf dem Absatz herum und sah in die Richtung, in die seine ausgestreckte Hand wies. Sie war ganz sicher, noch vor einer Sekunde dort nichts als das allgegenwärtige Nebelweiß erblickt zu haben, jetzt jedoch war ein steinerner Torbogen zu erkennen, ganz ähnlich dem, durch den sie dieses unterirdische Labyrinth betreten hatten. Es war wirklich unheimlich.

Aber natürlich marschierten sie unverzüglich los.

Bei aller Erleichterung, endlich aus diesem seltsamen Albtraum zu entkommen, empfand sie doch zugleich eine Spur von Enttäuschung, diese fantastische Zauberwelt nicht näher kennenzulernen und möglicherweise ihr Geheimnis zu ergründen. Und kaum hatte sie diesen Gedanken gedacht, da war es, als begännen die Umrisse des Ausgangs zu zerfasern, wie ein Bild auf einem Fernseher, das allmählich mit dem Hintergrund verschmilzt.

»He!«, sagte Didi erschrocken.

Panik wollte Besitz von ihr ergreifen. Wenn sie den Ausgang verloren, dann fanden sie vielleicht nie aus diesem verwunschenen Labyrinth heraus! Das durfte nicht geschehen!

Der Torbogen wurde wieder deutlicher, und jetzt meinte sie sogar einen Hauch von Grün und Blau dahinter zu erkennen.

Und roch die Luft nicht ein kleines bisschen nach frisch gemähtem Gras?

Didi starrte sie aus aufgerissenen Augen an. »Was hast du gemacht?«

»Nichts«, behauptete Laurin.

Didi schnaubte. »Ja, sicher. Beeilen wir uns lieber, bevor du wieder nichts machst und wir gar nicht mehr rauskommen.«

Er gab ihr keine Gelegenheit, etwas zu erwidern, sondern ging so schnell weiter, dass Laurin sich sputen musste, um mit ihm Schritt zu halten. Ihr war nicht wohl dabei. Die Kristallgebilde wuchsen hier dicht an dicht, und es schienen immer mehr zu werden, je näher der Ausgang kam, als versuche irgendetwas hier drinnen, sie am Verlassen der Höhle zu hindern. Aber sie meinte auch zu spüren, dass es nichts Feindseliges war oder gar gefährlich. Dennoch achtete sie sorgsam darauf, keiner der prachtvollen Kristallskulpturen zu nahe zu kommen. Manche Kanten erschienen ihr scharf wie Rasiermesser, und sie sah überall gefährliche Spitzen, die nur darauf zu warten schienen, ihr die Augen auszustechen oder sich in ihr Fleisch zu bohren.

Sie war sehr erleichtert, als der Ausgang endlich vor ihnen lag. Aus dem Hauch von Blau und Grün wurde der Ausschnitt eines wolkenlosen Himmels und ein schmaler Streifen Wiese. Das allerletzte Stück war das schwerste, denn sie mussten eine kurze, sehr steile Böschung hinaufklettern, die mit scharfkantigen Kristallsplittern und -scherben nur so gespickt war. Und natürlich ging es nicht gut. Sie waren nur noch ein kurzes Stück vom Ausgang entfernt, als Didi plötzlich scharf die Luft einsog und anhielt.

»Was ist passiert?«, fragte Laurin alarmiert.

»Hmigschntn«, nuschelte Didi.

»Was?«

Didi nahm den Daumen aus dem Mund. »Ich hab mich geschnitten«, sagte er wütend. »Verdammt! Das tut weh!«

Tatsächlich prangte auf seinem Daumen ein haarfeiner Schnitt, den er missmutig betrachtete, bevor er den Finger wieder in den Mund steckte und daran herumzunuckeln begann.

»Amälihvestichs«, meinte er.

»Aha«, sagte Laurin. »Was?«

»Allmählich verstehe ich, woher die Geschichte von den ausgerissenen Armen und Beinen kommt«, sagte Didi, nachdem er freundlicherweise den Daumen wieder aus dem Mund genommen hatte. Seine Zähne waren rot. »Das ist ja lebensgefährlich hier.«

»Sind alle Arme und Beine noch dran?«, erkundigte sich Laurin. »Du solltest vorsichtshalber nachzählen.«

»Das tut weh, verdammt!«, schimpfte Didi.

»Ja, du bist schon ein Held«, sagte Laurin mitfühlend. Und mit einem breiten Grinsen.

Didi bedachte sie mit einem Blick, der genauso schneidend war wie die Kristallscherben ringsum. Er wollte antworten, machte dann jedoch ein überraschtes Gesicht und ging ein paar Schritte davon, um etwas vom Boden aufzuheben.

»Was hast du da?«, wollte Laurin wissen.

»Nichts«, antwortete Didi kurz angebunden. »Geh weiter.«

Laurin war ein bisschen verärgert, aber sie beließ es bei einem strafenden Blick und setzte ihren Weg fort; allerdings sehr vorsichtig, durch Didis Beispiel gewarnt.

Schließlich hatten sie es geschafft. Sie taumelte ins Freie und sank erschöpft vor dem Höhlenausgang zu Boden. Didi folgte ihr stolpernd und fiel mit einem glücklichen Seufzen auf die Knie. Den rechten Daumen steckte er in den Mund, in der Linken trug er etwas, was sie nicht genau erkennen konnte.

»Geschafft!«, stöhnte er erleichtert. »Wir sind raus.«

»Ja«, antwortete Laurin. Und dann zögernd: »Aber bist du auch sicher, dass wir draußen sind?«

Auf den ersten Blick hätte man meinen können, wieder an der Oberfläche und in den Alpen zu sein. Sie standen auf einer sanft abfallenden, saftigen Wiese, unter der sich ein sehr großes grün, braun und gelb gemustertes Tal ausbreitete. Sie erkannte mehrere Dörfer und Bauernhöfe und sogar etwas wie eine kleine Stadt, alles aus nicht einmal spielzeuggroßen Häusern erbaut, und sehr weit entfernt vielleicht eine Burg oder ein kleines Schloss. Ein schmaler Fluss ringelte sich wie eine Silberschlange durch das Tal, das an allen Seiten von himmelhoch aufragenden Bergen umgeben war.

Und genau das war es auch, was sie stutzig machte.

Diese Berge waren wortwörtlich himmelhoch, denn es gab keinen Himmel, sondern nur die steinerne Decke einer wahrhaft gigantischen Höhle. Sie war groß genug, dass ein Flugzeug darin bequem herumfliegen konnte, und so hoch, dass sich Wolken darin bildeten. Aus irgendeinem Grund war die Höhlendecke blau, und über ihnen schwebte sogar ein greller Lichtfleck, wie eine nahezu perfekte Imitation der Sonne.

»Oh!«, machte Didi.

»Ja«, pflichtete ihm Laurin bei. »Besser hätte ich es auch nicht ausdrücken können.«

»Aber das ... kann nicht sein«, murmelte Didi.

Laurin warf ihm ein aufforderndes Nicken zu und erhob sich mühsam. »Sehen wir uns um?«

Didi stand zwar gehorsam auf, schüttelte aber heftig den Kopf. »Ganz bestimmt nicht«, sagte er. »Wer weiß, wer oder was da wieder auf uns wartet. Wir gehen zurück! Irgendwie finden wir den Rückweg schon, und wenn wir –«

Er sprach nicht weiter, sondern gab nur ein komisches Japsen von sich, und als Laurin sich umdrehte, konnte sie ihn verstehen, aber sie war nicht wirklich überrascht. Die Höhle mit dem Rosengarten war verschwunden. Wo der Ausgang sein sollte, durch den sie gerade erst gekommen waren, erhob sich eine zerschrundene Wand aus massivem Fels, auf dem Moos und Wildblumen wuchsen.

Didi war mit einem einzigen großen Schritt bei der Wand

und schlug mit der flachen Hand darauf, dass es nur so klatschte. »Das darf doch nicht wahr sein!«

Laurin streckte ebenfalls die Hand aus, wenn auch sehr viel vorsichtiger. Halbwegs rechnete sie damit, dass ihre Finger darin verschwanden wie in schwarzem Wasser, aber sie fühlte dasselbe wie er: harten, Jahrmillionen alten Fels.

»Das ist vollkommen unmöglich«, beharrte Didi. »Ich spinn doch nicht!«

»Vielleicht haben wir uns ja alles nur eingebildet«, sagte Laurin, obwohl sie das selbst nicht glaubte.

Didi schüttelte auch prompt und mehrmals den Kopf. »Und das hier?«

Er nahm die Hand hinter dem Rücken hervor, sodass sie sehen konnte, was er aus der Höhle mitgebracht hatte: einen länglichen, unansehnlichen Gegenstand, den er mit spitzen Fingern hielt, als hätte er Angst, sich daran zu verletzen.

»Was ist das?«, fragte sie.

»Also eigentlich war es so geplant«, sagte Didi, während er einen halben Schritt rückwärts machte, auf ein Knie sank und ihr seinen Fund am ausgestreckten Arm entgegenhielt. »Eine Rose als Zeichen meiner Ergebenheit, oh holde Königin!«

»Das ist albern«, sagte Laurin. Trotzdem rührte sie die Geste auf sonderbare Art an und sie konnte gar nicht anders, als seinen Fund entgegenzunehmen. Er hatte tatsächlich eine gewisse Ähnlichkeit mit einer Rose, die grob aus milchigem Eis geschnitzt war.

»Ja, da hast du wohl recht«, sagte er und stand mit einer hastigen Bewegung auf. »Aber auf jeden Fall hab ich das Ding aus der Höhle mitgebracht. Deinem Rosengarten.«

»Laurins Rosengarten«, verbesserte ihn Laurin.

»Nenn es, wie du willst, aber es war keine Einbildung«, sagte er gröber, als vielleicht nötig gewesen wäre. Vielleicht war ihm sein kleiner Kniefall ja selbst peinlich. »Die Höhle war da, und wir waren drin.«

Laurin konnte nur nicken und die Felswand vor sich verwirrt ansehen. Wenn sie es nicht insgeheim schon längst getan hätte, dann hätte sie wohl spätestens jetzt angefangen, an die Existenz von Übernatürlichem und Zauberei zu glauben. »Dann müssen wir einen anderen Weg finden«, sagte sie lahm.

»Super Idee«, nörgelte Didi. »Am besten einen Pass über die Berge, wie?«

Laurin legte den Kopf in den Nacken, obwohl sie genau wusste, was sie sehen würde, nämlich nichts. Die vermeintlichen Berge waren ja nur die Wände der Höhle, in der sie sich befanden. Einer Höhle von ganz und gar unmöglichen Abmessungen, nebenbei bemerkt.

»Dann gehen wir ins Tal hinunter«, sagte sie. »Vielleicht treffen wir ja dort Menschen, die uns erklären können, was hier los ist.«

Sicher eine halbe Stunde gingen sie schweigend nebeneinander her, bevor sie einen schmalen Bach erreichten. An seinem anderen Ufer erstreckte sich ein Feld mit beinahe schulterhohen Sonnenblumen, und ein gutes Stück dahinter das dunkle Grün eines dichten Waldes. Ein sehr warmer, lebendiger Geruch erfüllte die Luft, und das Plätschern des Baches ließ Laurin spüren, wie durstig sie bereits wieder war. Das letzte Stück rannten sie, bevor sie nebeneinander auf die Knie fielen und ausgiebig tranken. Es schmeckte so köstlich wie das Wasser in der Kristallhöhle.

Danach schöpfte sich Laurin ein paar Händevoll Wasser ins Gesicht. Es war so kalt, dass sie am ganzen Leib schauderte, aber es tat zugleich ungemein wohl.

Überhaupt konnte sie plötzlich nicht umhin festzustellen, wie wunderschön dieser Ort war. Die Luft war so klar, als wäre sie gar nicht vorhanden, und das Wasser des schmalen Bachs reflektierte das Sonnenlicht nicht nur wie geschmolzenes Silber, sondern floss auch mit einem Geräusch wie dem Klingen einer gläsernen Harfe dahin. Die Sonnenblumen auf der anderen Seite wiegten ihre Köpfe im Wind, wie um sie willkommen zu heißen, und auch wenn sie nach dem eisigen Wasser ein wenig fröstelte, fühlte sich das Sonnenlicht wie eine wärmende Hand auf dem Gesicht an.

Nur dass es gar kein Sonnenlicht sein konnte.

Laurin legte den Kopf in den Nacken und blinzelte in den versteinerten Himmel hinauf. Echt oder nicht, das Licht am Himmel war so grell, dass sie nur einen Moment hinschauen konnte und grüne und orangefarbene Blitze vor ihren Augen tanzten, als sie wieder wegsah.

»Es ist wirklich schön hier«, sagte Didi, beinahe als hätte er ihre Gedanken gelesen.

»Ja«, stimmte sie ihm zu. »Unglaublich, dass etwas so Schönes existiert und niemand davon weiß.«

»Vielleicht existiert es ja nur noch, *weil* niemand etwas davon weiß«, meinte Didi.

Schon wieder so ein Satz, den sie von ihm zuallerletzt erwartet hätte. Dann fügte er hinzu: »Oder auch gar nicht.«

»Wie meinst du das?«

Didi hob die Schultern. »Bist du denn sicher, dass das alles hier echt ist und wir es wirklich erleben?«

Laurin maß ihn mit übertrieben geschauspielerter Strenge. »Gebt acht, wie Ihr über mein Königreich redet, Junker Dietrich.«

Didi spielte genauso übertrieben den Erschrockenen. »Verzeiht, Hoheit«, sagte er zerknirscht. »Es lag nicht in meiner Absicht, Euch oder Euer Königreich zu beleidigen. Wie kann ich das nur wiedergutmachen?« Er runzelte angestrengt die Stirn, dann nickte er und stand hastig auf.

»Ich glaube, ich weiß es!« Schnell genug, dass das Wasser bis über seinen Kopf aufspritzte, watete er durch den Bach, brach eine der Sonnenblumen auf der anderen Seite ab und kam genauso schnell wieder zurück, wobei er allerdings sorgsam darauf achtete, Laurin nicht nass zu spritzen. »Zweiter Versuch«, sagte er, während er ihr die Blume hinhielt. »Diesmal mit einer richtigen Blume, an der du dich bestimmt nicht verletzt.«

Laurin nahm die angebotene Blume dankbar entgegen. Sie fühlte sich weich wie Samt an, und viel wärmer, als sie erwartet hätte; fast als schlüge in ihrem Herzen wirklich eine winzig kleine Sonne.

»Ich danke Euch, Junker Dietrich«, sagte sie. »Euer Fehler sei Euch verziehen.«

»Junker Didi, wenn schon«, antwortete er. »Dietrich klingt doof. Niemand heißt Dietrich.«

Sie umschloss die Sonnenblume mit beiden Händen und genoss für einen Moment die Wärme, die sie verströmte. Viel mehr, als ihr normal erschien. Aber was wusste sie schon, was hier normal war?

»Wie kommst du eigentlich zu deinem Namen?«

»Mein erster Pflegevater war so ein Geschichtsfreak«, sagte er. »Und nein, frag erst gar nicht, niemand weiß, wer meine richtigen Eltern waren oder wo ich herkomme. Aber deshalb weiß ich auch das ganze Zeug über Laurin und Alberich und Zwerge und so.« Er schnaubte. »Und über Dietrich von Bern. Er hat mich nach ihm benannt. Wusstest du, dass er der Ritter war, der Laurin am Ende besiegt hat?«

Es gab sehr wenig, was sie nicht über den vermeintlichen Zwergenkönig wusste, um nicht zu sagen, gar nichts. Das blieb nicht aus, wenn man mit so einem Namen geschlagen war. »Komm nicht auf dumme Ideen«, sagte sie lachend. »Und was seltsame Namen angeht, davon kann ich auch ein Liedchen singen.«

Didi nickte mitfühlend. »Hast du deine Eltern gekannt?«

»Nö.« Was für eine Überraschung, bei einer gemischten Reisetruppe, die fast nur aus Waisenkindern bestand. »Und wieso bist du nicht bei deinen Pflegeeltern geblieben?«, fragte sie.

»Mein erster Pflegevater ist gestorben, als ich acht oder neun war«, sagte Didi. »Ein schlimmer Unfall. Er und seine Frau sind beide ums Leben gekommen. Danach war ich eine Weile im Heim und dann bei netten Leuten, die nur eine billige Arbeitskraft für ihre Gärtnerei gesucht haben. Nach einem Jahr bin ich getürmt, aber ich bin nicht sehr weit gekommen. Und seither lebe ich wieder im Heim. Ist ganz okay da. Und du?«

»Ich bin nicht getürmt.«

Didi lächelte nur und schwieg.

»Ich war immer nur im Heim«, antwortete Laurin.

»Echt? Keine Pflegeeltern? Niemand, der so ein süßes kleines Mädchen haben wollte?«

Laurin ignorierte den letzten Teil seiner Frage. »Es gab ein paar Versuche«, sagte sie. »Hat nicht geklappt. Aber ich erinnere mich kaum. Ich war noch zu klein.«

»Ja, das ist schlimm«, sagte Didi. »Aber wahrscheinlich kann jeder aus unserer kleinen Feriengruppe so eine Geschichte erzählen. Ich meine: Wer wächst denn heutzutage noch im Waisenhaus auf? Doch nur die, die wirklich keiner haben will.«

»Die Loser«, bestätigte Laurin.

»Die Nieten«, sagte Didi.

»Und die Freaks«, fügte Laurin hinzu.

Didi setzte zu einer weiteren Antwort an, doch dann legte er die Stirn in Falten und sah zu einem Punkt irgendwo hinter ihr hin. »Da kommt jemand.«

Laurin blickte in dieselbe Richtung und erkannte zwei Gestalten, die sich so rasch auf sie zubewegten, dass sie gerade noch nicht rannten. Sie waren zu weit entfernt, um ihre Gesichter zu erkennen, aber sie kamen ihr nicht besonders freundlich vor.

Didi und Laurin gingen ihnen entgegen, und je näher sie ihnen kamen, desto mehr verstärkte sich dieser Eindruck. Es waren ein Mann und eine Frau noch nicht hohen, aber fortgeschrittenen Alters, die auf altmodisch grobe Weise gekleidet waren. Der Mann war bärtig, hatte schulterlanges graues Haar und hielt einen großen Rechen mit hölzernen Zinken in der Hand. Didi und Laurin blieben im gleichen Augenblick stehen.

»Das gibt Ärger«, murmelte sie nervös.

»Wieso?«, fragte Didi. »Hast du irgendwo ein ›Betreten verboten‹-Schild gesehen?«

Die beiden Gestalten stürmten derweil unbeirrt heran und der Mann begann, kaum dass er in Hörweite war, zu brüllen: »Was habt ihr hier verloren? Wer hat euch erlaubt, hier rumzulungern?«

»Aber wir lungern gar –«, setzte Didi an, doch der Mann fuhr nur noch aufgebrachter fort:

»Was fällt euch ein, ihr elendes Pack? Niemand treibt sich auf meinem Land herum!«

»Aber wir sind bloß –«, entgegnete Laurin, kam aber ebenso wenig dazu, zu Ende zu sprechen.

»Was muss man denn noch tun, um seine Ruhe vor euch zu haben?«, schrie der Mann. »Was seid ihr, dumm oder dreist?« Er wedelte aufgebracht mit seinem Rechen. »Oder beides?«

»Aber –«, warf Didi ein, und nun war der Bärtige heran, brachte ihn mit einem wütenden Fuchteln mit seinem Rechen zum Verstummen, öffnete den Mund, um weiterzubrüllen, und starrte Laurin stattdessen eine geschlagene Sekunde lang aus aufgerissenen Augen an. Sie konnte sehen, wie er unter seiner Sonnenbräune blass wurde.

Dann fiel ihr auf, dass er nicht wirklich sie anstarrte, sondern die Sonnenblume in ihren Händen.

»Das darf doch nicht wahr sein!«, keuchte er. »Was fällt euch ein? Wer hat dir das erlaubt, du dummes Mädchen?«

»He, jetzt mal vorsichtig, Opa!«, sagte Didi. »Einen anderen Ton, klar? Wir haben gar nichts getan!«

»Und wenn, dann bestimmt nicht mit Absicht«, fügte Laurin hastig hinzu. »Wir sind fremd hier und ...«
»Ja, das weiß ich!«
»... und haben uns verirrt. Vielleicht können Sie uns ja –«
»Das denke ich mir, dass ihr euch verirrt habt!«, schrie der Bärtige. »Warum geht ihr nicht dorthin zurück, wo ihr hergekommen seid?«
»Das würden wir ja gern, aber –«
»Und wer hat euch erlaubt, hier alles kaputt zu machen und niederzureißen?«, tobte der Mann weiter, ließ seinen Rechen fallen und riss Laurin die Sonnenblume so grob aus den Händen, dass seine Fingernägel einen langen Kratzer auf ihrem Handrücken hinterließen. Laurin stolperte mit einem überraschten Keuchen zurück, und hätte der Mann auch nur eine einzige weitere Bewegung in ihre Richtung gemacht, dann hätte sich Didi möglicherweise dazu hinreißen lassen, etwas ziemlich Dummes zu tun. Der Mann drehte sich jedoch nur herum und gab die Sonnenblume seiner Frau, und ihre Reaktion war wirklich eigenartig: Sie nahm die Blume mit beiden Händen entgegen, drückte sie gegen die Brust, wie man es mit einem kranken Kind tun mochte, und bedachte Laurin mit einem sehr langen, vorwurfsvollen Blick.
»Man sollte euch windelweich prügeln und dorthin zurückjagen, wo ihr hergekommen seid!«, schrie der Mann.
»Nichts lieber als das«, erwiderte Didi herausfordernd. »Wir wollen sowieso nicht hier sein.«
Und das war offensichtlich zu viel. Ohne Vorwarnung stürzte sich der alte Mann auf ihn und versetzte ihm eine schallende Ohrfeige, die ihn zwei Schritte zurückstolpern und dann mit einem gewaltigen Platschen rücklings in den Bach fallen ließ.
Laurin war mit einem Sprung bei ihm, zog ihn auf die Füße und aus derselben Bewegung heraus auch gleich mit sich ans andere Ufer. Didi schäumte vor Wut. Er war groß und ausgesprochen stark und der andere ein alter Mann, sodass es ver-

mutlich übel ausgegangen wäre. Aber so weit ließ Laurin es nicht kommen, sondern schob ihn rasch ein paar Schritte in das Sonnenblumenfeld hinein.

Der alte Mann schrie so gellend auf, als trampelten sie gerade auf seinen edelsten Körperteilen herum. »Seid ihr wahnsinnig?«

Auch die Frau begann zu schreien. »Kommt sofort zurück!«

»Ja, ganz bestimmt«, knurrte Didi, ergriff Laurin grob an der Schulter und drehte sie herum. »Lauf!«

Sie stürmten los. Nach einem Dutzend weit ausgreifender Schritte und gut dreimal so vielen umgeknickten Sonnenblumen sah Laurin über die Schulter zurück, fest davon überzeugt, den alten Mann wütend hinter ihnen herstürmen und seinen Rechen schwingen zu sehen.

Der Alte drohte zwar mit seiner improvisierten Waffe, aber er war am anderen Ufer des Baches stehen geblieben und beschränkte sich darauf, ihnen die wüstesten Flüche und Verwünschungen hinterherzubrüllen, als wage er es nicht, das Feld zu betreten. Wahrscheinlich hatte er aber nur begriffen, dass er sowieso keine Chance hatte, sie einzuholen.

Sie rannten trotzdem, so schnell sie konnten, weiter quer durch das Sonnenblumenfeld, bis sie den Wald dahinter erreichten und in seinen Schatten untertauchten.

Sie liefen noch ein gutes Stück weiter, bis das Unterholz so dicht wurde, dass Geäst und Zweige wie dünne Fingerchen nach ihren Kleidern griffen und an ihren Haaren und Gesichtern zupften. Es wurde so dunkel, dass sie nur noch wenige Schritte weit sehen konnten, und als sie schließlich anhielten, fiel Laurin auf, wie ruhig es war. Das Geräusch ihrer Schritte und das leise Brechen der Zweige waren die einzigen Laute gewesen, und nachdem sie stehen blieben, wurde es fast unheimlich still. Nur ihre Atemzüge waren zu hören, und das rasende Pochen ihres eigenen Herzens, das Laurin so vorkam, als könnte man es noch am anderen Ende der großen Höhle vernehmen.

»Was ... war denn ... das?«, keuchte sie, nach mindestens einer Minute, die sie gebraucht hatte, um überhaupt wieder zu Atem zu kommen.

»Ein Verrückter«, antwortete Didi genauso kurzatmig. »Anscheinend mögen die Leute hier keine Fremden.«

»Ich glaube, das hatte einen anderen Grund«, antwortete Laurin, während sie sich noch immer schwer atmend zu ihm herumdrehte. Dann blinzelte sie überrascht.

Didi leuchtete.

Er stand vielleicht zwei oder drei Schritte hinter ihr und sah ein bisschen aus wie ein Gespenst, denn er war nahezu komplett von einem mattgoldenen Schein umgeben.

Überall auf seinen Kleidern, aber auch in seinem Gesicht, den Händen und Haaren leuchtete es gelb und goldfarben, und als er sich bewegte, war es, als verströmte er einen goldenen Schimmer, der die Luft rings um ihn herum erfüllte und sich langsam zu Boden senkte.

Didi riss überrascht die Augen auf, und als Laurin an sich herabsah, erkannte sie, dass sie denselben ebenso fantastischen wie unheimlichen Anblick bot. Auf ihren Kleidern und an ihren Händen funkelte es golden.

»Was ist das?«, flüsterte Didi.

Laurin hob vorsichtig die Hände ans Gesicht, aber erst, als sie an ihren Fingern roch, begriff sie es wirklich.

»Das ist Blütenstaub«, sagte sie überrascht, »von den Sonnenblumen.«

»Und der leuchtet?«, wunderte sich Didi.

»Hier schon.« Das war die einzige Antwort, die ihr einfiel, auch wenn es eigentlich keine war.

Didi machte ein missmutiges Gesicht und versuchte den

Blütenstaub wegzuwischen, wodurch er es aber nur schlimmer machte. Statt leuchtender Flecken hatte er nun leuchtende Schmierer auf den Kleidern.

»Lass es«, riet ihm Laurin. »Ich finde, es sieht doch ganz hübsch aus.«

»Ja, und auch so unauffällig«, maulte Didi, aber er hörte immerhin auf, an seinen Kleidern herumzuschubbern, und sah sie fragend an. »Und was machen wir jetzt, Hoheit?«

Wie kam er auf die Idee, dass sie das wusste? Sie konnte nur die Schultern heben.

»Zurück können wir nicht«, sagte Didi scharfsinnig. »Wir müssen Menschen finden, die uns sagen, was das alles hier überhaupt ist und wie wir wieder rauskommen.«

»Hier?«, fragte Laurin unbehaglich. Nachdem sie angehalten und sich ein paarmal herumgedreht hatten, wusste sie nicht einmal genau, aus welcher Richtung sie gekommen waren, geschweige denn, wohin sie gehen sollten.

»Wir werden uns verlaufen«, gab sie vorsichtig zu bedenken.

»Ach was«, sagte Didi überzeugt. »Ich kenne mich im Wald aus.«

»Auch in diesem?«

»Wälder sind überall gleich«, behauptete Didi und legte die flache Hand auf den Baumstamm neben sich. »Hier, sieh selbst! Das Moos wächst immer auf der ...«

»Ja?«, fragte Laurin, als er nicht weitersprach, sondern den Baum nur mit offenem Mund und einem Ausdruck wachsender Verblüffung umkreiste.

»Kein Moos«, murmelte er. »Das ist nicht möglich!« Er ging zu einem weiteren Baum, dann zu noch einem und noch einem und noch einem und schüttelte immer ungläubiger den Kopf. »Hier gibt es nirgendwo Moos!«

»Dann ist das anscheinend doch kein ganz normaler Wald«, sagte Laurin. »Was sind das für Bäume? Deine geliebten Eschen?«

»Ja, und zwar ausnahmslos«, antwortete Didi. »Das ist schon ungewöhnlich.«

Er trat näher an einen der Bäume heran und musterte ihn aufmerksam, bevor er mit den Fingerspitzen vorsichtig über den Stamm tastete. Seine Berührung hinterließ eine unregelmäßige Spur leuchtender Flecken auf der groben Borke. »Sie sind nicht in Ordnung«, sagte er schließlich.

»Die Bäume?«

»Der ganze Wald«, antwortete er, nachdem er sich noch einmal prüfend umgesehen hatte. »Er sieht gar nicht gut aus.«

Laurin folgte seinem Blick, aber ihr fiel nichts Außergewöhnliches auf. Allerdings verstand sie auch herzlich wenig von Bäumen.

»Lass uns weitergehen«, bat sie. »Allmählich wird es mir unheimlich.«

Didi schien es wohl ähnlich zu ergehen, denn er erhob keine Einwände, und obwohl er sich vielleicht doch nicht ganz so gut auskannte, wie er behauptete, überließ ihm Laurin kommentarlos die Führung. Während sie ihm in zwei Schritten Abstand folgte, sah sie sich aufmerksam um und versuchte herauszufinden, was Didi am Anblick dieses Waldes so irritiert hatte.

Er ähnelte nicht den Wäldern, die sie bisher kannte. Die Baumkronen waren so dicht, dass unten ständige Dämmerung herrschte, und anders als am Waldrand gab es hier kaum andere Pflanzen oder Unterholz, denen die Bäume das Licht stahlen. Sie kamen gut voran – auch wenn sich Laurin immer mehr fragte, wohin eigentlich. Dieser Wald mochte sich über Kilometer hinziehen. Schließlich hatten sie von oben gesehen, wie groß er war.

Didi marschierte nach wie vor wie ein leuchtendes Gespenst ein paar Schritte vor ihr. Aber das Schimmern hatte deutlich an Glanz verloren und verblasste immer weiter.

Sie sah an sich herab und entdeckte dasselbe: Viele der goldenen Flecken waren stumpf geworden oder färbten sich gar grau. Aus einem Grund, den sie selbst nicht genau benennen konnte, stimmte sie die Vorstellung traurig.

Irgendwann wurde es heller, und endlich erreichten sie den Waldrand und blieben stehen. Der leuchtende Blütenstaub war mittlerweile fast vollkommen zu einem unansehnlichen Grau geworden, der bei der geringsten Bewegung von ihnen herunterrieselte. Vor ihren lag ein weiteres, sogar noch größeres Sonnenblumenfeld, neben dem sich ein kleines Fachwerkhaus mit einem akkurat gedeckten Strohdach erhob. Dahinter war noch ein leuchtend gelbes Feld zu sehen.

»Die Leutchen hier scheinen eine Vorliebe für Studentenfutter zu haben«, sagte Didi. »Hoffentlich haben sie auch was Anständiges zu essen. Mir hängt der Magen in den Kniekehlen.«

Es hatte erst seiner Worte bedurft, aber plötzlich spürte auch Laurin, wie hungrig sie war. »Vielleicht kriegen wir hier ja was«, sagte sie.

Etwas raschelte in den Baumwipfeln über ihnen, und sie warfen beide zugleich und gerade im richtigen Moment den Kopf in den Nacken, um einen blau und grün und violett schillernden Ball zu erblicken, der auf surrenden Insektenflügeln zu ihnen herabgeflogen kam. Also eigentlich eher getorkelt.

»Das ist überhaupt keine gute Idee«, piepste Morlock, nachdem er so zwischen ihnen in der Luft angehalten hatte, dass er auf Höhe ihrer Gesichter schwebte.

»Also bei Licht betrachtet«, sagte Didi gedehnt und grinste dann breit, »bist du auch nicht hübscher.«

»Komisch, aber dasselbe wollte ich auch grad sagen«, antwortete Morlock. »Ich bin trotzdem froh, dass ihr's geschafft habt. Wie seid ihr hierhergekommen?«

»Das hast du uns doch selbst gesagt«, erwiderte Laurin.

»Was hab ich gesagt?«

»Der Rosengarten oder wie das heißt«, antwortete Didi.

»Der Rosengarten?«, rief Morlock. »Ihr seid durch den Rosengarten gegangen? Echt? Ihr wollt mich verkohlen! Niemand geht durch den Rosengarten.«

»Wir schon«, sagte Laurin. »Und jetzt sind wir hier. Kannst du uns sagen, wie wir wieder rauskommen? Nicht nur aus dieser Höhle, sondern ganz nach draußen.«

»Nach draußen«, wiederholte Morlock. »Geht das jetzt wieder los?«

»Was?«

»Der Quatsch mit dem Draußen!«

»Was ist daran Quatsch?«, wollte Didi wissen.

»Es gibt überhaupt kein Draußen!«, antwortete Morlock. Soweit das mit seiner Mickymausstimme überhaupt möglich war, klang er außerordentlich wütend.

Didi starrte den Käfer an. »Du nimmst uns auf den Arm.«

»Dazu bist du nun wirklich zu schwer«, versetzte Morlock, drehte sich auf wirbelnden Flügeln halb zu Laurin und sagte in verändertem Ton: »Nichts für ungut, aber du auch, fürchte ich.«

Didi setzte zu einer Antwort an, und bevor er alles nur noch schlimmer machen konnte, sagte Laurin rasch: »Das spielt im Moment keine Rolle. Wir brauchen was zu essen. Was ist mit den Leuten dort unten? Glaubst du, dass sie uns helfen?«

»Die?«, ächzte Morlock. »Euch? Ich wusste gar nicht, dass du so witzig bist.«

»Wieso«, fragte Didi.

»Weil sie Fremde nicht mögen«, antwortete der Käfer und schwebte nicht nur aufgeregt auf und ab, sondern wedelte auch mit allen sechs Beinchen. »Und euch schon gar nicht.«

»Wieso?«, fragte Didi noch einmal.

»Das fragst du auch noch?«, kicherte Morlock. »Sieh doch mal genau hin.«

Didi gehorchte, und Laurin trat ebenfalls gehorsam neben ihn und sah zum Haus. Auf einem der wie mit einem Lineal gezogenen schmalen Wege, die durch das Sonnenblumenfeld führten, gewahrte sie zwei Gestalten in altmodischer Kleidung:

eine Frau in fortgeschrittenem Alter und einen grauhaarigen Mann, der einen Rechen in der Hand trug.

»Oh«, sagte Didi.

»Ja, gut erkannt«, flötete Morlock. »Schätze, die sind immer noch ein bisschen stinkig wegen dem, was ihr mit ihrem Feld angestellt habt.« Er bewegte sich weiter auf und ab, aber Laurin hatte das Gefühl, dass er jedes Mal eine Winzigkeit weiter nach unten sank, und vielleicht einen Zentimeter weniger weit aufstieg.

»Ist alles in Ordnung?«, fragte sie.

»Klar«, sagte Morlock. »Nein. Doch.«

»Dann bin ich ja beruhigt«, antwortete Laurin. »Und was genau stimmt nun nicht mit dir?«

»Nichts, sag ich doch!« Morlock stieg mit ärgerlich brummenden Flügeln wieder bis auf Augenhöhe hoch und sackte dann wie ein Stein und mit einem überraschten Piepsen nach unten. Mit einem dumpfen Laut schlug er auf dem Waldboden auf, kugelte ein paar Schritte weit davon und blieb auf dem Rücken und mit heftig strampelnden Beinchen liegen.

Laurin war mit einem einzigen Schritt neben ihm und auf den Knien, während sich Didis Reaktion auf ein schadenfrohes Grinsen beschränkte.

»Hast du dich verletzt?« Ohne eine Antwort abzuwarten, beugte sie sich vor und streckte die Hände aus, doch der Käfer rollte sich blitzschnell aus eigener Kraft auf den Bauch, stemmte sich hoch und richtete sich auf die beiden hinteren Beinchen auf.

»Alles in Ordnung«, piepste er, während sich seine Beinchen mit Bewegungen an seiner gepanzerten Brust zu schaffen machten, denen Laurin kaum folgen konnte. »Das liegt an der Rüstung. Sie ist viel zu schwer für hier –« Er warf Didi einen giftigen Blick zu.

»Wie?«, machte Didi.

Morlock antwortete nicht, doch in der nächsten Sekunde erscholl ein helles Klicken, und die dünnen Käferbeinchen sanken kraftlos nach unten. Das Leben in den großen Facettenaugen erlosch, und auf Morlocks Brustpanzer erschien ein haarfeiner Spalt. Im nächsten Augenblick klappte der Chitinpanzer auseinander, und ein kleines, zartgliedriges Geschöpf mit regenbogenfarbenen Libellenflügeln kletterte umständlich heraus.

Didi schnappte nach Luft. »Aber das ... das ist ja ...«

»Ja«, flüsterte Laurin. »Das ist es.«

Sie wussten beide, was sie da sahen, aber sie wagten es nicht, das Wort laut auszusprechen.

Das Wesen war nicht ganz so groß wie Laurins Hand und von so zartem Wuchs, dass schon der kleinste Windhauch reichen mochte, um es in der Mitte durchzubrechen. Abgesehen von seiner Größe und den schillernden Libellenflügeln hätte es ein acht- oder neunjähriges Mädchen sein können. Es trug ein knielanges weißes Kleidchen ohne Ärmel und hatte sehr helle Haut, außer im Gesicht, auf dem zahllose Sommersprossen prangten. Eine umgedrehte hellviolette Blüte saß auf seinem Kopf wie ein lustiger Hut.

»Ah, endlich«, seufzte die Elfe, während sie sich genüsslich zu recken begann. »Nach so langer Zeit tut es immer wieder gut, aus dem Ding rauszukommen.«

Didi kam aus dem Staunen nicht heraus. »Du ... du bist ... Du bist eine ... eine E... E... Elfe!«

»Nö«, antwortete der Winzling. »Ich bin keine E... E... Elfe, sondern eine Elfe, Dummkopf.«

»Öh«, murmelte Didi.

»Nein, auch nicht Öh«, belehrte ihn die Elfe und stemmte die winzigen Fäuste in die Hüften. »Eine Elfe. Wie zwölf, nur eins weniger plus e.«

Didi brachte nur noch einen Laut hervor, der irgendwie wie »Hrmpf« klang, aber Laurin war froh, dass Morlock in diesem Moment mit ihm beschäftigt war. Ihre eigenen Antworten wären wohl auch nicht sehr viel intelligenter gewesen.

»Du … du hast da dringesteckt?« Didi deutete auf den offen stehenden Käferpanzer. »Die ganze Zeit?«

»Du hast es doch gesehen, oder?«, gab Morlock zurück. Didi nickte, und die winzige Elfe fuhr fort: »Warum fragst du dann?«

»Weil das alles sehr ungewohnt für uns ist«, antwortete Laurin. Sie machte eine ausholende Geste. »Wo wir herkommen, da gibt es so etwas nicht.«

»Bäume?«

Laurin deutete auf den Käferpanzer, dann auf Morlock. »So etwas.«

»Unsinn! Elfen gibt es überall.«

»Draußen nicht.«

»Ach so ja, draußen, das hatte ich vergessen.« Morlock zog eine Grimasse, was bei ihrem winzigen sommersprossigen Gesicht irgendwie süß aussah. »Und da draußen ist es anscheinend auch üblich, magische Edelsteine zu klauen, auf anderer Leute Sonnenblumen herumzutrampeln und Unsinn zu reden. Und was ist überhaupt das da?« Sie deutete auf Laurins linke Hand. »Noch was, was ihr nicht gestohlen habt?«

Laurin sah an sich herab und schrak ein bisschen zusammen, als sie erkannte, dass sie immer noch die Eisrose aus der Kristallhöhle in den Fingern hielt. Sie hatte nicht gemerkt, dass sie sie mitgebracht hatte.

»Das ist aus Laurins Rosengarten«, sagte sie.

»Aus Laurins Rosengarten?!«, wiederholte Morlock. »Seid ihr denn völlig meschugge? Wisst ihr eigentlich, was euch blüht, wenn das rauskommt?«

»Ich nehme an, nichts«, sagte Didi. Er hatte sich wieder halbwegs gefangen. »Wenn außer uns noch niemand dort war, dann weiß ja auch keiner, was das ist.«

»Humbug!«, piepste Morlock. »Was hat denn das eine mit dem –?«

»Findest du nicht, dass du jetzt erst einmal uns ein paar Antworten schuldig bist, Knirps?«, unterbrach sie Didi.

»Ich? Wie kommst du denn darauf?« Die Elfe schüttelte so heftig den Kopf, dass ihr bunter Blumenhut verrutschte. Sie rückte ihn mit beiden Händen zurecht. »Ich bin euch gar nichts schuldig!«

»Natürlich nicht«, sagte Laurin hastig. »Didi hat es nicht so gemeint –«

»Doch, hat er!«

»… aber wir sind eben ein bisschen verwirrt. Wir wussten ja nicht, dass du … also dieses Ding da … also ich meine, dass ihr … ein und dasselbe seid.«

»Bin ich nicht«, sagte Morlock.

»Dann ist das nur so eine Art Rüstung?«, fragte Didi.

»Nicht so eine Art«, antwortete Morlock. »Die beste, die es gibt. Das sieht doch ein Blinder.«

»Dann gibt es noch mehr wie dich?«, fragte Laurin.

»Ein paar«, antwortete Morlock. »Aber mach dir keine falschen Hoffnungen. Die sind nicht alle so blöd wie ich und mischen sich in Dinge ein, die sie nichts angehen.«

»Und was genau soll das jetzt wieder heißen?«, fragte Didi.

»Ich hätte euch nicht helfen sollen«, antwortete Morlock. »Warum hab ich's nicht gemacht wie die anderen und einfach in Ruhe zugesehen, wie ihr bis zum Sankt Nimmerleinstag durch die Höhlen irrt?«

»Also sind wir nicht die Ersten, die hierherkommen?«, fragte Laurin.

Die Elfe überging die Frage und erhob sich auf surrenden Flügeln in Augenhöhe, genau wie es der Käfer gerade getan hatte, nur dass es bei ihr ungleich müheloser und eleganter aussah. »Es wird bald dunkel«, sagte sie. »Nachts sollte man hier nicht sein, glaubt mir.«

»Nachts?« Laurin sah demonstrativ zum Himmel. Der leuchtende Fleck stand genau im Zenit. Es musste Mittag sein.

»Ich kann nicht bleiben, aber ich sag euch den Weg«, fuhr Morlock unbeeindruckt fort.

»Rechts, rechts, Mitte, rechts?«, vermutete Didi.

Die Elfe schenkte ihm einen bösen Blick. »Geht immer Richtung Schloss«, piepste sie. »Unterwegs kommt ihr zu einem großen Hof. Die Leute dort sind freundlich und nehmen solche wie euch auf.«

»Solche wie uns?«, fragte Laurin.

»Leute von draußen«, sagte Didi grinsend.

»Sprecht unterwegs mit niemandem«, sagte Morlock, »und hört vor allem mit diesem Draußen-Unsinn auf. Das kommt hier gar nicht gut an. Und trampelt auf keinen Sonnenblumen mehr rum.« Sie schwang sich weiter in die Höhe und surrte jetzt dicht unter den Baumwipfeln entlang. »Und auch auf sonst nichts«, flötete sie noch. Und war weg.

Laurin seufzte. Sehr tief.

Nachdem sie Felder und Haus des Sonnenblumenbauern in respektvollem Abstand umgangen hatten, marschierten sie eine gute Stunde in die Richtung, in der in der Ferne das große Gebäude sichtbar war. Die Elfe hatte es als Schloss bezeichnet, doch je näher sie kamen, desto mehr kam es Laurin vor wie eine trutzige Burg, die misstrauisch über das Tal wachte. Menschen mussten sie nicht ausweichen, denn sie begegneten keinen. Und auch, dass sie sich die Warnung der Elfe zu Herzen nahmen und sich sputeten, kam Laurin bald überflüssig vor. Die Sonne hatte im Zentrum des steinernen Himmels gestanden, als sie losgegangen waren, und das tat sie eine Stunde später immer noch und auch noch eine gute halbe Stunde danach, als der Hof endlich in Sichtweite kam.

Sehr viel länger hätte sie wohl kaum durchgehalten, und Didi schon gar nicht. Der Hunger tat mittlerweile richtiggehend weh, und sie war so müde, dass sie sich vorkam, als trüge sie einen unsichtbaren Betonklotz auf dem Rücken.

Der Hof lag am Ufer des Flusses, den sie vom Berg aus gesehen hatten, und war ebenso altmodisch wie das Haus der Sonnenblumenleute: ein weitläufiger Bauernhof, der aus einem malerischen zweistöckigen Fachwerkhaus samt geschnitztem Balkon und gleich etlichen großen Scheunen und Wirtschaftsgebäuden bestand. Auf einer großen Koppel am Flussufer grasten ein halbes Dutzend Kühe und etliche Ziegen friedlich nebeneinander. Dahinter erstreckte sich ein weitläufiges Feld, auf dem zwar keine Sonnenblumen wuchsen, das aber ebenfalls leuchtend gelb war.

»Das ist Hanf«, sagte Didi, während sie aus dem Wald traten und nebeneinander das letzte Stück Wiese hinuntergingen. »Die Leutchen sind mir jetzt schon sympathisch.«

Laurin verdrehte nur wortlos die Augen. Sie war viel zu müde für so einen Unsinn, aber sie versuchte trotzdem, schneller zu gehen – obwohl aus dem unsichtbaren Betonklotz auf ihrem Rücken mittlerweile Blei geworden war.

Niemand zeigte sich, während sie sich dem Haus näherten, doch sie hörten Stimmen, Geräusche, Schritte und ein fröhliches Kinderlachen. Irgendwo bellte ein Hund – ein tiefer, kehliger Laut, der unangenehme Erinnerungen in Laurin wecken wollte. Als sie anklopfte, hob ein regelrechtes Getöse an, als poltere eine ganze Armee in ihre Richtung. Didi machte vorsichtshalber einen halben Schritt zurück und wirkte plötzlich angespannt, und Laurin wappnete sich innerlich gegen das, was kommen mochte. Vielleicht waren sie hier ja doch nicht so willkommen, wie die Käferelfe behauptet hatte.

Als die Tür aufging, sahen sie sich einer rothaarigen Frau noch jungen Alters gegenüber. Sie war genauso altmodisch und einfach gekleidet wie die beiden vorhin. Sie hatte ein gutmütiges Gesicht mit gütigen Augen, die die Ankömmlinge aufmerksam, aber nicht unfreundlich musterten. Hinter ihr wuselte ein Dutzend Kinder herum, und Laurin meinte auch etwas Großes mit unzähligen Dreadlocks zu sehen.

»Ja?«, begann die Frau knapp.

»Wir ... ähm ... wollten nicht stören«, sagte Laurin unbeholfen. »Aber wir haben uns verirrt und ...«

»Verirrt?«, vergewisserte sich die Frau in nun eindeutig misstrauischem Tonfall. Hatte sie etwas falsch gemacht? »Und woher kommt ihr?«

»Von ...« Draußen, hätte sie um ein Haar gar geantwortet, aber dann erinnerte sie sich gerade noch rechtzeitig an das Gespräch mit der Elfe und sprach lieber nicht weiter.

»Ich verstehe«, seufzte die Frau. »Und es wird bald dunkel. Hat euch denn niemand gesagt, dass man nachts nicht draußen sein sollte?« Sie wartete ihre Antwort gar nicht erst ab, sondern machte eine müde einladende Geste. »Dann kommt erst mal rein. Für euch finden wir auch noch ein Plätzchen.«

Laurin versuchte erst gar nicht, diese Antwort zu verstehen, sondern trat an der Frau vorbei ein und wartete, bis Didi ihr gefolgt war und sich die Tür hinter ihnen geschlossen hatte. Der Dreadlock-Hund stand in einigen Schritten Abstand da und musterte sie misstrauisch, wedelte aber trotzdem mit dem Schwanz. Von dem vermuteten Dutzend Kinder blieben noch vier, die aber unterschiedlicher nicht hätten sein können: Zwei waren hellhäutig und auf die hier anscheinend übliche Art gekleidet, der dritte hatte kohlenschwarze Haut, reichte ihr kaum bis zum Bauchnabel, und steckte in Kleidern, die an die Zwerge aus dem Bergwerk erinnerten. Bei dem vierten schließlich handelte es sich um ein unglaublich feingliedriges Mädchen mit fast weißer Haut, hüftlangem goldenen Haar und viel zu großen Augen, bei dem Laurin nicht einmal ganz sicher war, ob es sich wirklich um einen Menschen handelte.

Aber eigentlich galt das ja für jeden hier.

»Ihr habt Glück gehabt, dass ihr den Hof gefunden habt«, begann die Frau, während Didi das dünne Mädchen mit offenem Mund anstarrte. Er sah aus, als würden ihm gleich die Augen aus dem Kopf fallen. »In der Nacht sollte man wirklich nicht im Wald sein, vor allem in Zeiten wie diesen. Seid ihr allein?«

Didi glotzte weiter mit aufgerissenem Mund, aber Laurin rang sich zu einem schüchternen Nicken durch.

»Und ich nehme an, ihr wart lange unterwegs und seid müde und vor allem hungrig.«

»Ein bisschen«, antwortete Laurin. Sie konnte gerade noch tief einatmen und so verhindern, dass ihr Magen zustimmend knurrte. Irgendwie schien die Frau es aber trotzdem zu hören, denn in ihren Augen blitzte es amüsiert auf. Sie sagte jedoch nichts dazu, sondern wandte sich zu den Kindern um und klatschte in die Hände. »So, Kinder, der Spaß ist vorbei. Lasst unseren neuen Besuch erst mal zur Ruhe kommen und geht zu den anderen.«

Sie schien die Rasselbande gut im Griff zu haben, denn sie trollten sich wortlos, und es gab kein Murren oder Protestieren. Nur der Hund blieb. Laurin wäre es umgekehrt beinahe lieber gewesen.

»Ich bin Rosa«, begann die Frau, während sie eine einladende Geste auf eine weitere Tür machte. »Und wer seid ihr?«

Laurin setzte sich gehorsam in Bewegung. »Laurin«, antwortete sie. »Und das ist Didi, also Dietrich.«

Rosa legte die Stirn in Falten. »Laurin und Dietrich? Haben euch eure Eltern diese Namen gegeben?«

Laurin nickte, und Rosa fuhr mit einem amüsierten Lächeln fort: »Dann nehme ich an, dass sie Humor hatten …«

Laurin verzichtete vorsichtshalber auf eine Antwort, und Rosa hatte wohl auch keine erwartet. Sie hatten das nächste Zimmer erreicht, wo ein großer Tisch mit mindestens zwei Dutzend Stühlen stand.

»Setzt euch«, sagte Rosa. »Ich gehe rasch in die Küche und hole euch etwas zu essen, und danach reden wir.«

Schweigend nahmen sie Platz. Rosa verschwand kommentarlos durch eine weitere Tür. Der Hund blieb.

»Warum reagieren hier eigentlich alle so komisch, wenn sie deinen Namen hören?«, fragte Didi.

»Unsere«, verbesserte ihn Laurin. »Und wenn das hier wirklich Laurins geheimes Königreich ist, wundert dich das dann?«

»Das hier ist ganz bestimmt nicht Laurins Königreich. Das ist bloß ein Märchen.«

Statt diese sinnlose Diskussion fortzuführen, drehte sich Laurin zum Fenster und sah hinaus, um den Sonnenuntergang zu beobachten.

Es gab keinen.

Der helle Fleck am Himmel senkte sich nicht, sondern verblasste wie eine altmodische Glühbirne, die heruntergedimmt wurde. Es dauerte kaum eine Minute, und es war eindeutig mehr als nur ein bisschen unheimlich.

Aber es wurde nicht vollkommen dunkel. Es gab keinen Mond, doch an dem gewaltigen steinernen Gewölbe leuchteten eine Million winziger Lichtpunkte. Laurin nahm an, dass es Kristalle waren, wie in der Höhle, in der sie den Bergsee gefunden hatten, nur unendlich viel mehr.

Erst dann fiel ihr auf, dass es drinnen nicht dunkel geworden war. Licht strömte aus einem guten Dutzend unterschiedlich großer Gläser, die überall im Raum verteilt waren. Es waren keine Kerzen oder Öllampen, nur ein mildes, fast weißes Leuchten, das es einem schwer machte, wegzusehen.

Auch Didi hatte es bemerkt und sah angemessen beeindruckt aus. »Jetzt bin ich wirklich überrascht«, sagte er. »Das sieht ja fast wie elektrisches Licht aus.«

»Das sind Irrlichter«, sagte Rosa, die in diesem Moment ein hölzernes Tablett mit zwei großen Schalen hereintrug, aus denen es dampfte. »Was ist elektrisches Licht?«

»Das gibt es nur da, wo wir herkommen«, sagte Didi rasch. Laurin verdrehte die Augen, aber erstaunlicherweise schien diese Antwort Rosa zu genügen. Sie stellte das Tablett auf den Tisch und schob jedem von ihnen eine dampfende Schale mit

Suppe hin, bei deren bloßem Anblick Laurin schon das Wasser im Mund zusammenlief.

»Nun, hier haben wir so etwas nicht«, sagte sie lächelnd. »Aber die Irrlichter sind auch ganz praktisch, wenn man nicht vergisst, sie regelmäßig zu füttern. Am Anfang ist mir das einmal passiert, ehrlich gesagt. Ihr hättet sehen sollen, wie die armen Kleinen das Weite gesucht haben, als mir mein Fehler endlich aufgefallen ist und ich sie freigelassen habe.«

Didi starrte sie aus aufgerissenen Augen an, doch bevor er etwas erwidern konnte, trat ihm Laurin unter dem Tisch gegen das Schienbein. Er griff stattdessen nach einem hölzernen Löffel, den Rosa ihm reichte, und begann zu essen.

Laurin tat es ihm gleich. Sie war nie ein großer Fan von Gemüsesuppe gewesen, aber mit dieser Suppe erging es ihr wie mit dem Wasser oben in der Kristallhöhle: Es kam ihr vor wie das Köstlichste, das sie jemals zu sich genommen hatte. Bestimmt lag es auch daran, dass sie beide vollkommen ausgehungert waren, aber längst nicht nur. Diese Suppe war so fantastisch, dass sie sich beherrschen musste, um nicht zu schlingen.

Rosa sah eine Weile lächelnd zu, wie sie aßen, dann ging sie wieder hinaus und kam nach ein paar Augenblicken mit einem Körbchen mit Brot und zwei Tonkrügen warmer Milch zurück. »Später bringe ich euch noch mehr«, sie zog sich einen Stuhl heran, um sich darauf niederzulassen, »aber so, wie ihr ausseht, habt ihr schon länger nichts gegessen, also geht es besser langsam an, bevor euch am Ende noch schlecht wird.«

Didi nickte zustimmend und langte nach einer der dicken Brotscheiben. »Das schmeckt alles ganz köstlich«, sagte er mit vollem Mund.

»Danke«, antwortete Rosa. Laurin sah ihr an, dass sie sich ehrlich über dieses Kompliment freute. »Ich habe es selbst gebacken.«

»Und die Suppe auch?«

»Nein, die habe ich nicht gebacken«, sagte Rosa amüsiert.

»Aber wenn du meinst, ob es von unserem Hof stammt, ja. Wir versorgen uns hier komplett selbst.«

»Ja, solange wir es noch können«, sagte eine Stimme von der Tür her. Laurin sah auf und gewahrte einen Mann ungefähr in Rosas Alter, der ebenfalls altmodisch gekleidet war, dunkles Haar und einen kurz geschnittenen Bart hatte. Außerdem besaß er eine verblüffende Ähnlichkeit mit Hartwig. Laurin war kaum noch überrascht. Sie lächelte ihm zu, aber er ignorierte sie und deutete nur nacheinander auf Didi und sie, während er sich mit finsterer Miene an Rosa wandte.

»Noch zwei?«

»Ich konnte sie schlecht draußen in der Nacht lassen, Hartwig«, sagte Rosa. »Und es sind nur zwei Kinder.«

»Ja, und wo zehn satt werden, da werden auch zwölf satt, nicht wahr?«, schnaubte Hartwig. »Und wo es für zwölf reicht, da reicht es auch für vierzehn, und wo vierzehn satt werden, da doch bestimmt auch sechzehn, oder warum nicht gleich zwanzig? Wann wirst du es endlich lernen?«

Nach dem letzten Wort fuhr er auf dem Absatz herum und stürmte davon.

Laurin sah betroffen in ihren Teller, und auch Didi hörte auf zu kauen und wirkte plötzlich ein bisschen schuldbewusst. »Also wir wollten Ihnen wirklich nichts –«, begann sie, und Rosa hob die Hand, um sie zu unterbrechen.

»Ihr esst uns nichts weg, mein Kind«, sagte sie. »Unser Hof wirft mehr als genug ab, auch für zwei hungrige Kinder. Hartwig war nur ein bisschen überrascht, das ist alles. Nicht einmal er würde euch nachts in den Wald hinausjagen.«

»Sind hier wirklich noch zehn weitere Kinder?«, fragte Didi.

»Oh, es sind schon ein paar mehr«, antwortete Rosa lächelnd, und nun glaubte Laurin auch zu verstehen, woher sie ihren Namen hatte: Im sonderbaren Schein der Irrlichter schimmerte ihr Haar in einem hellen Pink. Es sah einigermaßen irritierend aus. Aber auch irgendwie hübsch.

»Jetzt reden wir erst einmal über euch«, fuhr Rosa fort, sichtbar darum bemüht, von dem unangenehmen kleinen Zwischenfall abzulenken. »Was hast du da?«

Sie deutete auf die Eisrose, die Laurin vor sich auf den Tisch gelegt hatte.

»Das ist nichts«, sagte Didi, ehe sie antworten konnte. »Ein ... Andenken von da, wo wir herkommen, Mädchen eben.«

Rosa nahm die Eisrose behutsam hoch und drehte sie in den Fingern. Der Glanz der Irrlichter brach sich in den zarten Kristallblättern und ließ winzige Funken in Rot und Grün und Blau darin aufleuchten und wieder erlöschen.

»Das ist wunderschön«, sagte Rosa. »Du solltest nicht so abfällig darüber reden, mein Junge. Deine Schwester hat es gewiss nicht ohne Grund den ganzen Weg hierher mitgebracht.«

»Ich bin nicht –«, begann Laurin, und diesmal war es Didi, der sie unter dem Tisch hart genug gegen das Schienbein trat, um sie zum Verstummen zu bringen.

»Nicht sentimental?«, fragte Rosa und schüttelte den Kopf. »Aber das ist doch nichts, dessen man sich schämen muss. Ganz im Gegenteil.« Sie legte die Rose sehr behutsam wieder auf den Tisch. »Sind alle Dinge so schön, da, wo ihr herkommt?«

Sie schwiegen beide, und Rosa wirkte plötzlich beschämt. »Das war eine dumme Frage. Ihr wärt nicht von dort weggegangen und hättet euch auf einen so gefährlichen Weg gemacht, wenn es nicht so wäre, nicht wahr? Seid ihr allein gekommen? Was ist mit euren Eltern?«

»Sie sind tot«, antwortete Laurin.

»Das ist sehr traurig«, sagte Rosa mitfühlend. »Aber ihr seid jetzt in Sicherheit.«

»Ja, bestimmt«, sagte Didi. »Wir können trotzdem nicht hierbleiben.«

»Natürlich könnt ihr das«, erwiderte Rosa schon fast unwirsch. »Lasst euch nicht von Hartwig ins Bockshorn jagen. Er beruhigt sie schon wieder. Das tut er jedes Mal. Er ist im

Grunde ein sehr netter Mann.« Sie blinzelte Laurin fast verschwörerisch zu. »Wenn er das nicht wäre, dann wäre ich auch bestimmt nicht mit ihm verheiratet, oder?«

»Nein, wahrscheinlich nicht«, sagte Laurin schleppend. Sie verstand nichts mehr. Verlegen begann sie mit der Eisrose zu spielen und musste erfahren, dass das Kristallgebilde nicht nur wie eine Rose aussah, sondern auch Dornen wie eine solche hatte. Mindestens einer davon bohrte sich tief genug in ihren Daumen, dass sie vor Schmerz quietschte und die Wunde sofort zu bluten begann. Sie hätte den Daumen in den Mund gesteckt, hätte sie sich nicht noch zu gut daran erinnert, wie albern das heute Mittag bei Didi ausgesehen hatte.

»Oje, wie ungeschickt«, sagte Rosa. »Aber so manches, was schön ist, ist zugleich gefährlich.« Sie stand auf. »Warte, ich hole dir einen Verband.«

Sie ging, und Laurin betrachtete missmutig ihren Daumen. Die Wunde war kaum größer als ein Nadelstich, aber sie blutete heftig, und etliche Tropfen waren auf Blüten und Stiel der Eisrose gefallen. Sie wollte sie wegwischen, aber irgendetwas hielt sie davon ab. Sie konnte gar nicht genau sagen, was.

»Du solltest das hässliche Ding wegwerfen«, sagte Didi, »bevor du dich noch mehr daran verletzt. Außerdem ist es auffällig.«

Der Vorschlag empörte Laurin regelrecht, doch Rosas Rückkehr bewahrte ihn vor der Antwort, die ihr auf der Zunge lag. Sie brachte eine Schüssel mit Wasser und ein sauberes Tuch, mit dem sie ihren Daumen behutsam abtupfte. Verbinden musste sie ihn nicht, weil der Stich so winzig war.

»So, das war nun wirklich kein Beinbruch«, verkündete sie. »Und jetzt zeig ich euch euer Zimmer. Es ist bereits dunkel, und wir stehen hier sehr früh auf.«

»Wir bekommen ein eigenes Zimmer?«, wunderte sich Didi.

»Nur für heute Nacht«, dämpfte Rosa seine vermeintliche Freude. »Die anderen wohnen drüben in der Scheune, und ein paar auch im Anbau. Aber für heute könnt ihr in der Dachkammer schlafen. Morgen habt ihr dann genug Zeit, die anderen kennenzulernen.«

»Welche anderen?«

»Ein paar habt ihr schon gesehen«, antwortete Rosa. Sie deutete auf die Eisblume. »Ich stelle das für dich in eine Vase.«

»Das ist ... so etwas ... äh ... wie ein Stein«, sagte Didi gedehnt.

»Und der braucht kein Wasser, ich weiß«, antwortete Rosa amüsiert. »Aber wenn sie in einer Vase steht, sticht man sich nicht so leicht daran. Ihr könnt sie aber auch gern mit nach oben nehmen.«

Rosa nahm eine der leuchtenden Glaskugeln in die Hand und führte sie aus dem Raum und eine breite Treppe ins Obergeschoss hinauf. Der Hund folgte ihnen auf Schritt und Tritt, was Laurin allmählich nervös zu machen begann, aber natürlich verbot sie sich jede entsprechende Bemerkung. Auch dann noch, als sie eine weitere und weit steilere Treppe hinaufstiegen, die zum Dachboden führte. Er blieb erst zurück, als Rosa eine niedrige Tür aufmachte und sie in ein kleines, spärlich möbliertes Zimmer führte, in dem es nach Staub und auch ein wenig schimmelig roch.

»Da wären wir«, sagte sie, während sie die Leuchtkugel auf den Tisch legte und mit der anderen Hand eine ausholende Geste machte. »Es ist nichts Besonderes, aber es ist warm und trocken, und es gibt ein Bett, in dem ihr euch ausruhen könnt. Morgen wird ein anstrengender Tag.«

Sie nickte noch einmal, um ihre Worte zu bekräftigen, dann ließ sie sie allein. Als sie die Tür hinter sich zuzog, sah Laurin, dass der Hund ihr nicht folgte, sondern sich wie ein schwarz gefärbter Flokati vor der Tür ausgestreckt hatte.

»So, da wären wir also«, seufzte Didi. »Und jetzt?«

Laurin sah sich aufmerksam in der Dachkammer um. Der Raum maß nur ein paar Schritte in jede Richtung, und die wenigen Möbelstücke mussten älter sein als das Haus und waren wahrscheinlich schon unbequem gewesen, als man sie gebaut hatte.

»Ich schlafe auf dem Fußboden«, sagte Didi. »Es gibt nur ein Bett.«

»Du bist ja ein richtiger Gentleman«, spottete Laurin. »Aber ich glaube nicht, dass ich schlafen kann. Du?«

Didi hob hilflos die Schultern. »Ich bin auch nicht sicher, ob wir wirklich hierbleiben sollten.«

»Du willst nachts da raus?«, fragte Laurin. »Hast du nicht gehört, was Rosa gesagt hat?«

»Ich habe keine Angst«, sagte Didi verächtlich.

Laurin war sicher, wozu jeder Widerspruch führen musste, also ließ sie es gleich bleiben und trat an das schmale Dachfenster.

Es war so hoch, dass sie sich auf die Zehenspitzen stellen musste, um hinauszusehen. Der Hof lag dunkel unter ihr und im ersten Augenblick hatte sie das Gefühl, in einen Abgrund zu blicken. Dahinter erstreckte sich der Fluss wie ein breites Band aus geschmolzenem Silber, auf dem sich die künstlichen Sterne der Höhlendecke spiegelten. Nichts rührte sich, und es war fast unheimlich still. Wenn sie ihr Zeitgefühl nicht vollends narrte, dann war noch keine halbe Stunde vergangen, seit es dunkel geworden war.

»Die guten Leute hier scheinen mit den Hühnern ins Bett zu gehen«, sagte sie halb scherzhaft.

Sie konnte hören, wie Didi hinter ihr den Kopf schüttelte. »Also wenn, dann gackern sie ziemlich laut.«

Laurin drehte sich zu ihm um und sah, dass er mit halb geschlossenen Augen lauschte. Dadurch aufmerksam geworden hörte sie es nun auch: Irgendwo im Haus waren Stimmen, so leise, dass man die Worte nicht verstehen konnte, aber unüberhörbar aufgeregt. Es klang nach einem Streit.

»Anscheinend sind Rosa und ihr –« Er betonte das Wort auf

sonderbare Weise.«– Hartwig doch nicht ein Herz und eine Seele.«

Der Gedanke stimmte sie traurig, allein weil sie wusste, dass es in diesem Streit wahrscheinlich um sie ging. Vielleicht hatte Didi recht, und sie sollten nicht länger hierbleiben, schon damit diese freundliche Frau nicht ihretwegen noch mehr Ärger bekam. Aber wohin konnten sie gehen? Selbst wenn draußen keine unbekannten Gefahren auf sie warteten – es war stockdunkel, und sie würden sich nur verirren.

»Wir können auch abwechselnd schlafen«, schlug Didi vor. »Leg dich hin. Ich übernehme die erste Wache.«

»Die erste Wache?« Laurin bedachte ihn mit einem fast mitleidigen Blick. »Wir sind doch hier nicht auf feindlichem Gebiet.«

»Bist du sicher?«, gab Didi zurück, aber dann hob er rasch die Hand und bezeichnete ihr, still zu sein. Er lauschte noch einen Moment, dann schlich er auf Zehenspitzen zur Tür – und riss sie mit einem Ruck auf.

Er konnte gerade noch zur Seite springen, um nicht unter einer ganzen Lawine hereinpurzelnder Gestalten begraben zu werden, die offensichtlich die Ohren gegen die Tür gepresst und gelauscht hatten.

»Besuch«, sagte er fröhlich, während die vier noch versuchten, ihre Gliedmaßen auseinanderzuknoten und sich aufzurappeln. »Wie nett.«

Es waren die vier Kinder, die sie schon unten im Haus gesehen hatten. Alle wirkten reichlich verlegen, und vor allem das langgliedrige Mädchen schien alle Mühe zu haben, wieder auf die Beine zu kommen.

Laurin wollte ganz automatisch die Hände ausstrecken, um ihr zu helfen, doch das Mädchen prallte beinahe erschrocken zurück, und so ließ sie es.

»Ganz und gar nicht nett ist es aber«, fuhr Didi fort, »an der Tür zu lauschen. Ist das bei euch so üblich?«

»Wir haben nicht gelauscht«, behauptete einer der Jungen.

»Ach nein? Und was sonst?«

»Wir wollten nur hören, was ihr redet«, sagte der andere todernst.

»Aha«, sagte Didi. Er hatte Mühe, ein Grinsen zu unterdrücken, das entging Laurin keineswegs, aber zugleich bemühte er sich um einen möglichst finsteren Gesichtsausdruck, straffte die Schultern und richtete sich dann zu seiner ganzen beeindruckenden Größe auf. Es schien zu funktionieren.

»Wir wollten doch nur wissen, wer ihr seid und wo ihr herkommt.«

»Da geht es uns genauso«, antwortete Didi. »Wer seid ihr?«

»Ich bin Gromm«, sagte der Knirps mit der schwarzen Haut und deutete der Reihe nach auf die drei anderen. »Das sind Lif, Lifthrasil und Iridacea.«

»Lif und Lifthrasil?« Didi sah die beiden vermeintlichen Jungen nachdenklich an, und Laurin tat dasselbe. Sie hatte sie für Brüder gehalten, aber so jung und so ähnlich, wie sie sich waren, konnten sie genauso gut auch Bruder und Schwester sein.

»Lasst mich raten«, sagte Didi. »Ihr kommt aus Midgard?«

»Woher weißt du das?«, wunderte sich Lif. Vielleicht war es auch Lifthrasil, so genau konnte Laurin das nicht sagen.

»Weil ich schlau bin«, sagte Didi.

»Und du bist Iridacea?«, wandte sich Didi an das große Mädchen. Der Name schien ihn zu amüsieren. »Warte: Du bist eine Elfe.«

»Ich bin eine Fee«, erwiderte sie leicht empört. »Das sieht doch wohl jeder!«

»Und ihr?«, wollte Gromm wissen.

Laurin nannte ihre Namen, aber diesmal blieb die ungläubige Reaktion aus, die sie sonst immer erhalten hatte. Nur Gromm runzelte kurz die Stirn.

»Und wo kommt ihr her?«, fragte die Fee.

»Das ist eine lange Geschichte«, antwortete Didi. »Zuerst ihr. Das geht schneller.«

Laurin bezweifelte das, aber die Fee begann gehorsam zu erzählen: »Ich komme aus Avalon. Aber da konnten wir nicht mehr bleiben. Es ist schlimm geworden. Man kann da nicht mehr sein.«

»Was ist schlimm geworden?«, fragte Laurin.

»Alles«, antwortete Iridacea traurig. »Es gab Krieg, und alles ist zerstört.«

»Krieg?«, fragte Laurin erschrocken. »Mit wem?«

»Warum?«, wollte Didi wissen.

Die Fee hob nur noch trauriger die Schultern. »Das weiß ich nicht«, sagte sie. »Ich glaube, niemand weiß mehr, wer angefangen hat oder worum es ging. Alles ist zerstört, und wer kann, der geht weg.«

»Und ihr?«, wandte sich Didi an die Zwillinge. »Gab es bei euch auch Krieg?«

Lif – oder Lifthrasil – schüttelte den Kopf. »Der Fimbulwinter ist gekommen.«

»Was ist das?«, fragte Laurin.

»Der letzte Winter«, antwortete Didi, bevor einer der Zwillinge es tun konnte, »dem kein Frühjahr mehr folgt.«

»Das Ende der Welt?«, keuchte sie erschrocken.

»Nein«, widersprach Didi düster. »Nur das Ende des Lebens.«

Einen Moment lang kehrte betretenes Schweigen ein.

Dann und als Letzter sagte Gromm: »Unsere Goldminen sind erschöpft. Niemand findet mehr was. Viele müssen schon hungern.«

»Und wer kann, geht weg«, vermutete Didi. »Aber ist das nicht gefährlich?«

»Und wie«, bestätigte die Fee. »Viele sind schon aufgebrochen, und man hat nie wieder von ihnen gehört. Wir waren zu fünft, als wir los sind.«

»Was ist passiert?«, fragte Laurin.

Die Fee senkte nur traurig den Blick und Laurin bedauerte sofort, die Frage gestellt zu haben. Aber sie kam nicht dazu, etwas zu sagen, denn in diesem Moment wurde die Tür aufgerissen, und Hartwig trat ein.

»Hatten wir uns nicht darauf geeinigt, nach Dunkelwerden schlafen zu gehen?«, fragte der Mann, der sich gerade noch so lautstark mit seiner Frau gestritten hatte, dass man es eine Etage höher hören konnte. »Ihr gebt jetzt auf der Stelle Ruhe oder ich werde wirklich ungemütlich.«

»Das ist meine Schuld«, sagte Laurin hastig. »Sie können nichts –«

»Das weiß ich«, schnitt ihr Hartwig das Wort ab. »Darüber reden wir morgen noch. Schlaft jetzt. Und wenn ihr unsere Gastfreundschaft weiter beanspruchen wollt, dann haltet euch gefälligst auch an unsere Regeln.«

Hartwig scheuchte die vier Kinder mit unwilligen Gesten aus dem Zimmer und zog die Tür mit einem Knall hinter sich zu.

»Das war ja ein prima Einstieg«, maulte Didi, vorsichtshalber aber erst, als Hartwig auch ganz sicher außer Hörweite war.

Laurin nickte stumm. Sie hatte das Gefühl, dass das noch lange nicht alles gewesen war.

So ziemlich das Letzte, womit Laurin in einer Situation wie dieser gerechnet hätte, war einzuschlafen, und doch musste genau das geschehen sein, denn ihr nächster halbwegs klarer Eindruck war, eingerollt wie ein Baby auf einem nach altem Staub riechenden Bett zu liegen und schon wieder sehr durstig zu sein. Sie fror. Vielleicht war es die Kälte, die sie geweckt hatte. Noch nicht ganz wach, meinte sie sich im allerersten Moment in dem finsteren Stollen zu befinden, in dem sie verschüttet worden waren.

Panik ergriff sie, und sie fuhr so schnell hoch, dass ihr schwindelig wurde, und hätte wahrscheinlich auch laut aufgeschrien, hätte sie nicht ein warnendes Zischen gehört und gleich darauf Didis Stimme. »Mach keinen Lärm!«

Laurin öffnete die Augen und stellte erleichtert fest, dass sie sich nicht mehr in der klaustrophobischen Enge des zehntausend Jahre alten Bergwerkschachtes befand. Allerdings war es fast genauso finster wie dort. Das Irrlicht leuchtete noch, aber es war zu einem blassen Schimmer geworden, was daran lag, dass jemand ein Tuch über das Glas geworfen hatte.

»Was ist passiert?«, murmelte sie schlaftrunken und ein bisschen ärgerlich auf sich selbst, dass sie eingeschlafen war.

»Zweierlei«, antwortete Didi, der mit dem Rücken zu ihr am Fenster stand und auf den Hof hinabsah. Im kaum vorhandenen Licht konnte sie ihn nur als Schatten erkennen. »Erstens: Du schnarchst.«

»Tu ich nicht«, widersprach Laurin gähnend.

»Doch, tust du, aber es klingt süß«, beharrte Didi. »Und zweitens stimmt hier was nicht. Komm her.«

Laurin war zu benommen, um ihm seinen Tonfall übel zu nehmen. Aber sie nahm sich fest vor, das später nachzuholen – mit Zinsen. Sie stand auf und ging zu ihm.

Unten im Hof bewegten sich Schatten. Es schienen ziemlich viele zu sein. Obwohl sie kaum etwas sah, hatte sie einen allgemeinen Eindruck von Hektik, und sie meinte ganz schwach das Klirren von Metall zu hören.

»Wer ist das?«, fragte sie.

Didi hob nur die Schultern. »Sie sind vor ein paar Minuten gekommen. Mindestens ein Dutzend. Und ich glaube, ich habe auch einen Wagen gesehen. Das gefällt mir nicht.«

Er überlegte angestrengt einige Sekunden lang, dann trat er vom Fenster zurück und ging zur Tür. »Komm mit. Aber sei leise.«

Laurin wäre nicht überrascht gewesen, den riesigen Dreadlock-Hund noch immer vor der Tür zu finden. Der Gang war jedoch leer. Von unten meinte sie aufgeregte Stimmen zu hören.

So leise sie konnten, schlichen sie die Treppe hinab und hielten vor dem letzten Treppenabsatz inne, um zu lauschen. Laurin erkannte Rosa und Hartwig unter sich, die nebeneinander standen und lautstark mit jemandem stritten, der außerhalb ihres Sichtfeldes blieb.

»Dazu habt ihr kein Recht!«, sagte Hartwig in diesem Moment. Er klang sehr wütend. »Verschwindet sofort von meinem Hof oder ich gehe persönlich zum Schloss und beschwere mich über euch!«

»Ja, das solltest du tun«, antwortete eine raue Stimme.

Laurin tauschte einen überraschten Blick mit Didi. Es war nicht das erste Mal, dass sie diese Stimme hörten! Das war doch ...

»Aber bevor du das tust«, fuhr Etsch fort, während er aus einer Tür und damit in ihr Blickfeld trat, »solltest du dich vielleicht einmal fragen, wer uns überhaupt den Befehl gegeben hat, hierherzukommen!«

»Wovon spricht er?«, flüsterte Laurin.

Didi legte ihr warnend die Hand auf die Schulter. »Still.«

»Was für ein Unsinn!«, begehrte Rosa auf. »Das glaube ich nicht!«

»Ich habe dir schon lange prophezeit, dass es so geschehen wird«, antwortete Etsch. »Der Befehl kommt direkt vom Schloss. Wir werden deine Schützlinge an einen sicheren Ort bringen, wo gut für sie gesorgt wird.«

»Wir sorgen hier schon gut für sie«, antwortete Rosa.

»Und sie stehen unter dem Schutz der Gastfreundschaft«, fügte Hartwig hinzu.

»Ich muss sie trotzdem mitnehmen«, sagte Etsch.

»Das lasse ich nicht zu«, antwortete Hartwig und trat Etsch herausfordernd entgegen, was ziemlich tapfer war, aber auch ziemlich dumm. Von ihrem Versteck aus konnte Laurin erkennen, dass Etsch mindestens doppelt so massig war wie Hartwig; und wahrscheinlich fünfmal so stark.

Etsch lachte nur, laut und grollend. Er trug wie zuvor eine Rüstung aus Eisen und schwarzem Leder und war mit Schild, Schwert und Peitsche bewaffnet, aber Laurin war auch sehr sicher, dass er nichts davon brauchte, um Hartwig zu überwältigen.

Hartwig zeigte sich wenig beeindruckt, machte ganz im Gegenteil einen Schritt auf ihn zu und hob die Hände, wie um ihn zu packen. Etsch bewegte sich mit schier unfassbarer Schnelligkeit. Noch bevor Hartwig ihn auch nur berühren konnte, war er ihm schon ausgewichen und stieß ihn grob zurück, sodass er gegen Rosa prallte und sie beide zu Boden gingen.

Im selben Moment schoss ein riesiger Hund mit schwarzen Dreadlocks heran und sprang Etsch mit gefletschten Zähnen und solcher Wucht an, dass er jeden noch so starken Mann von den Füßen gerissen hätte. Etsch wankte nicht einmal, sondern pflückte den Hund mit beiden Händen aus der Luft und warf ihn in die Richtung zurück, aus der er gekommen war. Ein schrilles Heulen folgte, und dann das hastige Trappeln davonhumpelnder schwerer Pfoten.

»Verschwinden wir!«, zischte Didis Stimme an ihrem Ohr.

Laurin wusste, dass er recht hatte. Etsch brauchte nur den Kopf in den Nacken zu legen, dann musste er sie sehen. Aber zugleich war sie einfach unfähig, sich zu rühren. Mit heftig klopfendem Herzen sah sie zu, wie sich Rosa und Hartwig umständlich aufrappelten. Wenigstens schienen beide nicht ernsthaft verletzt zu sein.

Kaum waren sie wieder auf den Beinen, eilten auf Etschs Geheiß zwei weitere der unheimlichen Riesenzwerge herbei und hielten sie fest.

»Das war dumm von dir, Hartwig«, sagte Etsch. »Ich mag es nicht, wenn man sich meinen Befehlen widersetzt.«

»Du hast mir gar nichts zu befehlen«, sagte Hartwig. Er

konnte kaum sprechen, so fest hatte ihn Etschs Krieger gepackt.
»Ich werde dafür sorgen, dass du bestraft wirst!«

»Ja, möglicherweise«, erwiderte Etsch gleichmütig. »Aber bis dahin werde ich tun, was meine Pflicht ist, und deine Schützlinge an einen sicheren Ort bringen.«

Er drehte den Kopf, um mit jemandem zu sprechen, der wohl hinter ihm stand. Laurins Herz drohte für einen Moment vor Schrecken stehen zu bleiben, weil sie dabei das Gefühl hatte, dass er direkt in ihre Richtung sah. Aber sie musste sich getäuscht haben, denn er führte seine Bewegung ohne zu stocken zu Ende und sagte mit erhobener Stimme: »Dann bringt das ganze Gesindel in den Wagen. Und gebt acht, dass euch niemand entwischt. Durchsucht alles, auch dieses Haus!«

Laurin hatte genug gehört. Sie wollte ihr Glück nicht überstrapazieren. Lautlos stand sie auf und schlich, gefolgt von Didi, ins Obergeschoss zurück.

Erst als sie wieder vor ihrer Zimmertür angelangt waren, wagte sie es, das Schweigen zu brechen. »Das ist unsere Schuld. Sie haben nach uns gesucht und wir haben sie direkt hiergeführt!«

»Unsinn«, widersprach Didi. »Hast du nicht gehört, was dieser Klotzkopf gesagt hat? Sie sind hinter den anderen her.«

»Und warum?«

»Das weiß ich nicht«, antwortete Didi unwirsch, »und im Moment ist es mir, ehrlich gesagt, auch egal! Wir müssen hier weg! Sie werden das Haus durchsuchen.«

»Und wohin?«, fragte Laurin hilflos.

Statt zu antworten, öffnete Didi die Tür, hinter der sie geschlafen hatten, und schob sie wortlos hindurch. Laurin war so perplex, dass sie sich erst losriss, als er die Tür schon wieder geschlossen hatte.

»Hier werden sie uns doch zuallererst suchen«, wandte sie ein.

»Das will ich hoffen«, antwortete Didi. »Komm!«

Sie gingen zum Fenster. Didi öffnete es lautlos. Dicht hinter ihr kletterte er ebenfalls hinaus, hielt dann aber an, um hinter sich zu greifen und das Fenster zuzuziehen, so gut es ging. Sie ließen sich nicht zur Dachkante hinabgleiten, sondern stiegen im Gegenteil noch ein kleines Stück hinauf und kletterten schließlich nebeneinander auf die spitze Dachgaube.

»Und jetzt?«, fragte sie.

»Warten wir«, antwortete Didi knapp. »Und am besten leise.«

Laurin nahm sich diese durchaus berechtigte Warnung zu Herzen und rutschte in eine bequemere Position, von der sie hoffte, dass sie es schlimmstenfalls bis zum nächsten Morgen durchhalten würde.

So lange mussten sie nicht warten. Wahrscheinlich vergingen sogar nur Minuten, bis in dem Zimmer unter ihnen die Tür aufgerissen wurde, gefolgt von trampelnden Schritten und einem anhaltenden Krachen und Poltern, als würden Möbel umgeworfen. Dann wurde das Fenster aufgestoßen. Ein behelmter Kopf streckte sich ins Freie und blickte ein paarmal nach rechts und links. Laurin hielt vor Schrecken den Atem an, aber es ging gut. Nach einigen Augenblicken schloss sich das Fenster wieder, und kurz darauf hörten sie auch die Tür unter sich ins Schloss fallen.

Währenddessen begann sich das Bild auf dem Hof unter ihnen zu ändern. Es war immer noch zu dunkel, um Einzelheiten zu erkennen, aber das wenige, was sie sahen, reichte aus, um Laurin einen eisigen Schauer über den Rücken zu jagen. Schatten huschten hin und her, Türen schlugen, es wurde geschrien und geflucht, und ein- oder zweimal meinte sie auch, das Knallen einer Peitsche zu hören. In der großen Scheune hinter dem Haus erschien der blasse Schein der Irrlichter, und schließlich sah sie auch den Wagen, von dem Didi gesprochen hatte: Ein großes, brachial anmutendes Gefährt, das auf vier knarrenden Eisenrädern dahinrollte und nur winzige vergitterte Fenster hatte. Er sah aus wie ein Gefängniswagen, ganz egal, was Etsch vorhin behauptet hatte.

Die Bewohner der Scheune schienen das genauso zu sehen, denn nicht alle stiegen freiwillig ein. Es gab eine Menge Geschrei und Gerangel, und mindestens einmal war Laurin sicher, Peitschenknallen zu hören, das von einem schrillen Schmerzensschrei beantwortet wurde.

In dem blassen Licht, das aus der Scheune kam, beobachtete sie, wie die junge Fee von einem der Krieger gepackt und grob in den Wagen gestoßen wurde, und ihr Herz wurde schwer. Es gab absolut nichts, was sie für Iridacea tun konnte, und trotzdem kam sie sich vor, als ließe sie sie im Stich.

Schließlich wurde der Wagen geschlossen, die Peitsche knallte in der Luft, und das Gefährt setzte sich von vier starken Ochsen gezogen in Bewegung.

Sie warteten, bis es in der Nacht verschwunden war und sie das Knarren der Räder nicht mehr hören konnten. Erst dann krochen sie vorsichtig zurück. Zu ihrer Erleichterung hatte der Krieger das Fenster nur angelegt und nicht abgeschlossen, sodass sie ohne Probleme wieder ins Haus kamen.

Didi trat zum Tisch, nahm die Leuchtkugel auf und wickelte sie eng in das Tuch, mit dem er sie vorher abgedeckt hatte. Erst nachdem nicht mehr der mindeste Schimmer zu sehen war, steckte er sie ein und ging zur Tür.

»Wir müssen Rosa und ihren Mann finden«, sagte Laurin.

Didi sah nicht begeistert aus, aber er widersprach auch nicht. Auf Zehenspitzen verließen sie die Kammer und begannen das Haus Zimmer für Zimmer und Stockwerk für Stockwerk zu durchsuchen. Sie brauchten lange dazu. Als sie am Ende wieder an der großen Eingangshalle anlangten, hatte sich ihr erster Verdacht als richtig erwiesen. Das Haus war leer. Niemand war mehr da. Selbst von dem Hund fehlte jede Spur.

»Sie müssen sie mitgenommen haben«, sagte Laurin enttäuscht.

»Ja, wahrscheinlich«, antwortete Didi. »Und es gibt nichts, was wir daran ändern könnten.«

»Aber wir dürfen sie nicht einfach im Stich lassen«, protestierte Laurin.

»Und was willst du tun?«, erwiderte Didi. »Dir ein Schwert schnitzen und sie mit Gewalt raushauen?«

»Hast du eine bessere Idee?«

»Nein«, antwortete Didi gereizt. »Ich habe gar keine Idee. Wir wissen überhaupt nicht, wer diese Leute sind und was hier los ist.«

»Und deshalb willst du sie ihrem Schicksal überlassen?« Laurin konnte sehen, wie sehr diese Worte Didi trafen, und ihr schlechtes Gewissen meldete sich sofort, aber sie konnte einfach nicht anders. Rosa und Hartwig waren freundlich zu ihnen gewesen und hatten sie in ihr Haus aufgenommen, obwohl sie nichts von ihnen gewusst hatten. Es kam ihr falsch vor, sie jetzt im Stich zu lassen.

Aber natürlich hatte Didi recht: Was konnten sie schon ausrichten?

»Und jetzt?«, fragte sie.

Didi hob so hilflos die Schultern, dass eine Antwort eigentlich unnötig war.

»Weiß nicht«, gestand er. »Wir müssen erst mal rausfinden, wo wir überhaupt sind, und vor allem, wie wir hier wieder rauskommen.« Er überlegte einen Moment angestrengt. »Wir haben doch eine Stadt gesehen«, sagte er. »Vielleicht erfahren wir dort mehr.«

Sie nickte stumm und wollte sich zur Tür wenden, doch Didi schüttelte den Kopf und ging kommentarlos wieder in das Zimmer zurück, in dem sie vorhin gegessen hatten. Laurin hörte ihn einen Moment lang lautstark herumhantieren, dann kam er zurück, ein Leinensäckchen in der linken Hand und zwei dickbäuchige Lederbeutel in der rechten. Einen davon reichte er Laurin. Er war schwer und es gluckerte darin. Laurin blickte fragend.

»Wasser«, antwortete er, »und ein bisschen Proviant. Wer

weiß, wie lange wir unterwegs sind. Für dieses Abenteuer habe ich genug gehungert.«

»An dir ist ein Pfadfinder verloren gegangen«, kommentierte Laurin, lächelte aber zugleich dankbar. Sie wäre nicht auf diese Idee gekommen und hätte es vermutlich schon nach einer Stunde bedauert.

Nachdem sich Didi den Beutel über die Schulter geworfen hatte, verließen sie das Haus.

Es war unerwartet kalt und sehr viel dunkler, als sie erwartet hatte. Als im Haus und der Scheune alle Lichter erloschen waren, sahen sie kaum die Hand vor Augen, und Laurin kamen nun doch gewisse Zweifel, ob es eine gute Idee war, nachts aus dem Haus zu gehen. Sie blieb stehen.

»Worauf wartest du?«, fragte Didi. Er war schon zwei Schritte vorausgegangen und drehte sich zu ihr herum. »Du hast doch nicht –?« Er brach mitten im Wort ab und sein Unterkiefer klappte herunter. Seine Augen wurden groß.

»Nein, ich habe keine Angst«, sagte Laurin gereizt. »Aber vielleicht sollten wir hierbleiben, bis es hell wird. Es ist stockduster.«

Didi antwortete nicht, aber seine Augen wurden noch größer. Und er starrte auch nicht sie an, sondern blickte auf einen Punkt ein kleines Stück hinter ihr.

Laurin fuhr herum.

»Das ist eine gute Idee, Mädchen«, sagte Etsch mit einem breiten Grinsen, während er aus einem Schatten neben der Tür trat und mit einer beiläufigen Bewegung die Peitsche von seinem Gürtel löste. »Hat euch eure neue Freundin denn nicht gesagt, wie gefährlich es nachts draußen ist?«

Didi keuchte irgendetwas, das sie nicht verstand, und Laurin reagierte, ohne nachzudenken und eigentlich sogar ganz ohne ihr eigenes Zutun: Sie fuhr einen Schritt zurück und stieß einen erschrockenen Ruf aus.

Damit hatte Etsch gerechnet, denn er machte eine nachlässige Bewegung, um ihr den Weg zu vertreten. Womit er eindeutig nicht gerechnet hatte, war, dass sie ihm ihren Wasserbeutel ins Gesicht warf.

Auf die kurze Distanz konnte sie ihn kaum verfehlen. Der Beutel platzte wie eine faule Melone mitten in seinem Gesicht auseinander und überschüttete Etsch mit Wasser. Mehr brauchte sie nicht. Etsch brüllte vor Überraschung und Wut und geriet aus dem Tritt. Laurin tauchte blitzschnell unter seiner zupackenden Hand hindurch und raste davon. Didi tat dasselbe, und im ersten Moment sah es beinahe so aus, als könnten sie es schaffen.

Im zweiten tauchte eine weitere breitschultrige Gestalt aus der Dunkelheit auf und schnitt ihnen nicht nur den Weg ab, sondern zog ein gewaltiges Schwert und ließ es drohend durch die Luft zischen. Didi fuhr mitten in der Bewegung herum und versuchte in die andere Richtung zu laufen, aber auch von dort näherte sich ein breitschultriger Albe, der eine gewaltige mehrschwänzige Peitsche schwang.

»Hast du wirklich gedacht, ich sehe dich da oben auf der Treppe nicht, du dummes Mädchen?«, brüllte Etsch hinter ihnen.

Statt Atem für eine Antwort zu verschwenden, rannte Laurin im Zickzack weiter, sah aus den Augenwinkeln, dass es Didi irgendwie gelang, zwischen den beiden Alben hindurchzuschlüpfen, und schöpfte noch einmal neue Hoffnung.

Wahrscheinlich hatte Etsch das mit Absicht getan. Denn kaum wähnten sie sich in Sicherheit, da tauchten zwei weitere in schwarzes Leder gepanzerte Gestalten vor ihnen auf. Eine von ihnen schwang ein großes Netz, als seien sie Fische, die man nur in die Enge treiben musste, die andere einen nicht minder beeindruckenden Knüppel. Beide schienen es nicht besonders eilig zu haben. Und warum auch? Es gab ja keine Richtung mehr, in die Laurin und Didi fliehen konnten.

Bis auf eine.

Laurin reagierte ganz instinktiv, indem sie herumwirbelte, mit weit ausgreifenden Schritten losstürmte und sich mit einem Hechtsprung in den Fluss warf. Hinter ihr brüllten Etsch und seine Kumpane vor Wut laut auf, dann gingen ihre Schreie in dem gewaltigen Platschen unter, mit dem Didi neben ihr im Wasser landete und loskraulte.

Das Wasser war so kalt, dass es ihr schier den Atem verschlug und ihr Herz immer heftiger zu hämmern begann. Sie schwamm trotzdem verbissen los. Laurin war nie eine besonders starke Schwimmerin gewesen, aber sie kam gut von der Stelle und der Fluss war auch nicht sonderlich breit. Es gab keine nennenswerte Strömung, sodass sie nicht damit rechnete, in Schwierigkeiten zu geraten.

Da hatte sie sich getäuscht: Nach vielleicht einem Dutzend kräftiger Schwimmzüge schrammten ihre Knie plötzlich über Stein und Schlamm. Als sie erschrocken über die Schulter zurücksah, erblickte sie Etsch und zwei seiner Alben, die ihnen eher gemächlich folgten und dabei so breit grinsten, dass sie sich gleich in die Ohrläppchen beißen würden, wenn sie nicht achtgaben. Selbst im Schlendergang waren sie deutlich schneller als Didi und sie. Das Wasser reichte ihnen nicht einmal bis zu den Oberschenkeln. Und als wäre das nicht genug, entdeckte sie am anderen Ufer zwei feixende Alben, die wohl nur auf Didi und sie gewartet hatten.

Laurin verschluckte sich vor Schrecken, kam aus dem Takt und sank hilflos plantschend auf den Boden. Ungefähr fünfzig Zentimeter tief oder vielleicht auch ein bisschen weniger.

Sie prallte so hart auf den mit Morast und Steinen gespickten Flussboden, dass sie vor Schrecken und Schmerz aufschrie, aber natürlich keinen Laut herausbrachte, sondern nur ihren letzten kostbaren Atem als Strom silberner Luftblasen vor dem Gesicht aufsteigen sah. Hustend und nach Luft ringend stemmte sie sich auf Hände und Knie hoch und erblickte zuallererst Didi, der nur ein kleines Stück entfernt offensichtlich auf dem Flussgrund saß. Kopf und Schultern ragten mühelos aus dem ruhig dahinfließenden Wasser.

»Ihr nehmt noch ein Bad, bevor ihr um unsere Gastfreundschaft bittet«, feixte Etsch. »Das ist löblich. Aber ihr solltet es nicht übertreiben. Es ist kalt, und wir wollen doch nicht, dass ihr am Ende krank werdet.«

Didi hustete eine Antwort, die keiner von ihnen verstand, und Etsch rollte übertrieben langsam seine Peitsche zusammen, befestigte sie an seinem Gürtel und streckte eine Hand von der Größe eines Schaufelblattes nach ihr aus, wie um ihr auf die Beine zu helfen.

»Jetzt komm, Mädchen, und – «

Er sprach nicht weiter. In der Luft lag plötzlich ein Geräusch, das sie im ersten Moment nicht erkannte und nicht verorten konnte; ein hoher, gläserner Ton, der viel mehr zu fühlen als wirklich zu hören war. Unmöglich zu sagen, ob es ein einzelner Ton war oder ein ganzer Chor verlockender Engelsstimmen oder auch etwas, für das es gar kein Wort in ihrer Sprache gab.

Und so verwirrend und fremdartig dieser Laut auch war, die Wirkung auf Etsch und die anderen Riesenzwerge war noch viel verblüffender. Etsch war stehen geblieben, und aus dem Ausdruck von Schadenfreude auf seinem Gesicht war etwas geworden, das Laurin nicht deuten konnte.

Der Ton schwoll an und war nun eindeutig etwas wie Gesang. Etsch machte einen Schritt, der Schlamm und schäumendes Wasser aufwirbelte, und blieb wieder stehen.

»Was …?«, murmelte er hilflos.

Abermals nahm der Gesang an Lautstärke zu. Er wirkte auf schwer zu beschreibende Weise verlockend und trotz aller Fremdartigkeit wunderschön.

»Was zum Teufel …?«, krächzte Etsch, kam aber wieder nicht dazu weiterzusprechen, denn nun wurde der seltsame Gesang so laut, dass er die gesamte Welt zu beherrschen schien. Laurin konnte gar nicht anders, als den Kopf zu drehen und flussaufwärts und damit in die Richtung zu blicken, aus der der Gesang kam.

Gerade so weit entfernt, dass sie sie im schwachen Licht der Kristallsterne schemenhaft erkennen konnte, war eine schlanke Frauengestalt aus dem Wasser aufgetaucht. Ihre Haut war von einem hellen Blau und von einer Million winziger blitzender Schuppen bedeckt. Ihr Haar war eigentlich kein Haar, sondern wie goldener Seetang, der ihre Schultern und ihren nackten Oberkörper umgab wie etwas Lebendiges, das einem eigenen Willen gehorchte. Laurin konnte ihren Unterkörper nicht sehen, weil er im Wasser verborgen war, aber sie war ziemlich sicher, dass sie einen langen geteilten Fischschwanz erblickt hätte, wäre es anders gewesen.

»Was ... soll denn ... das?«, japste Etsch, stockend und so, als müsste er sich jedes einzelne Wort abringen. Und nicht nur die Worte. Laurin sah ihm an, dass er die Verfolgungsjagd fortsetzen wollte, doch wie ferngesteuert drehte er sich herum und starrte das seltsame Zwitterwesen an. Seine Hände begannen zu zittern. Er wollte nach einer seiner Waffen greifen, konnte es aber nicht und pflügte stattdessen mit schwerfälligen Schritten durch das Wasser und auf das fremdartige Geschöpf zu.

Seinen Begleitern erging es nicht besser. Einer nach dem anderen wateten die Alben in den Fluss hinein und dem bizarren Wesen entgegen. Auch Laurin verspürte plötzlich das immer stärker werdende Bedürfnis, aufzustehen und dorthinzugehen. Sie wusste nicht, was das für ein Wesen war, und sie musste es auch gar nicht wissen. Es war wunderschön, und sie musste einfach zu ihm, um es in die Arme zu schließen und ...

Eine Hand packte sie an der Schulter und riss sie so derb herum, dass sie ganz instinktiv den Arm hob und sie wegschlug. Die Belohnung war ein empörter Ausruf und ein lautstarkes Platschen, mit dem Didi zwei oder drei Schritte weit zurückwatete, und Laurin wurde bewusst, dass sie nicht mehr im Wasser saß, sondern ebenfalls aufgestanden und dem seltsamen Wesen entgegengegangen war.

»Das ... tut mir leid«, sagte sie stockend. »Ich – «

»Schon gut«, unterbrach sie Didi schwer atmend. »Entschuldigen kannst du dich später. Los jetzt!«

Laurin fragte sich zwar, wofür sie sich bitte schön entschuldigen sollte, griff aber trotzdem nach seiner ausgestreckten Hand und ließ es zu, dass er sie schon fast grob durch den Fluss und auf der anderen Seite das Ufer hinaufzog.

Ihr kleinwüchsiges Empfangskomitee stand nicht mehr da, sondern hatte sich Etsch und den anderen angeschlossen, die dem Lockruf der fremdartigen Stimme entgegen und den Fluss hinaufwateten.

Didi hielt nicht an und zerrte sie unverzagt hinter sich her, bis sie den Waldrand erreicht hatten. Erst in seinem Schatten und damit endgültig in vollkommener Dunkelheit untergetaucht gelang es Laurin, ihre Hand loszureißen.

»Alles in Ordnung?«, fragte Didi.

»Hm«, machte Laurin – das war das Einzige, was ihr einfiel. Hier war ganz und gar nichts in Ordnung.

»Das war knapp«, sagte Didi. »Und ich dachte immer, dass nur wir Männer darauf reinfallen.«

Wieso wir?, hätte Laurin um ein Haar geantwortet. Stattdessen fragte sie: »Worauf?«

»Sag nicht, du hast es nicht erkannt!«, antwortete Didi ungläubig.

»Nein«, sagte Laurin ehrlich, »was denn?«

»Das«, antwortete Didi mit einer Kopfbewegung zum Fluss hin, »war eine Sirene.«

Die Nacht dauerte noch mindestens drei oder vier Stunden, aber nicht einmal dessen war sich Laurin hinterher sicher. Wie sollte sie wissen, ob ihr Zeitgefühl sie hier nicht vollends im Stich ließ oder sie narrte? Sie wusste ja nicht einmal, ob es hier so etwas wie Zeit überhaupt gab.

Gleich zu Anfang hatte Didi unter sein nasses Hemd gegriffen und einen faustgroßen Gegenstand hervorgezogen, den Laurin als die Irrlicht-Kugel erkannte, die er aus Rosas Haus mitgebracht hatte.

Didi wickelte die Kugel aus, doch es wurde nicht hell. Die Irrlichter waren verschwunden.

»Hast du es kaputt gemacht?«, fragte Laurin.

»Ich habe gar nichts gemacht«, verteidigte sich Didi. »Vielleicht vertragen sie kein Wasser.«

Diese Erklärung war so gut wie jede andere. Laurin war enttäuscht, aber Jammern hatte noch nie weitergeholfen, also zuckte sie nur mit den Achseln. Dicht nebeneinander liefen sie durch den dunklen Wald.

Es war nicht nur die Finsternis, die so vollkommen war, dass sie ebenso gut durch ein völliges Nichts hätten marschieren können, wären sie nicht dann und wann gegen einen tief hängenden Ast oder gar einen Baumstamm geprallt. Viel schlimmer war, dass sie die ganze Zeit über das Gefühl hatte, beobachtet zu werden.

›Beobachtet‹ traf es nicht richtig. Es war ... grässlich, auf eine Art, die sie kaum in Worte fassen konnte. Etwas belauerte sie, auf eine heimtückische, boshafte Weise, die jede noch so winzige Bewegung registrierte und selbst vor ihren geheimsten Gedanken nicht haltmachte. Es war ein Gefühl, als hätte sie vor aller Welt etwas sehr Peinliches getan, könnte sich aber einfach nicht mehr daran erinnern, was.

Sie liefen, ohne auf die Richtung zu achten – Hauptsache, weg von Etsch und seinen Kriegern –, und wahrscheinlich verirrten sie sich in dieser Nacht ein halbes Dutzend Mal, ohne es auch nur zu merken. Schließlich erreichten sie irgendwo wieder den Waldrand und traten ins Freie. Didi drehte sich mit einem erleichterten Seufzen zu Laurin herum.

»Alles in Ordnung?«

Da er die ganze Zeit neben ihr hergegangen war, wunderte

sie sich im allerersten Moment über die Frage, doch dann wurde ihr klar, dass er es ganz genauso empfunden hatte: Die letzten Stunden waren das Unheimlichste gewesen, was sie jemals erlebt hatten.

»Ich denke schon«, log sie wenig überzeugend. Didis zweifelnden Blick erahnte sie mehr, als sie ihn sah, denn es war auch hier draußen noch immer so dunkel, dass er wenig mehr als ein Schatten war. Aber er beließ es dabei.

Sie sahen nicht sehr viel mehr als im Wald. Ohne Mond und nur mit den winzigen Kristallsternen als Lichtquelle war die Nacht so dunkel, dass sie nur wenige Schritte weit blicken konnten, und das Allerschlimmste war, dass sie nicht einmal wussten, wie lange diese unheimliche Nacht andauerte. Vielleicht wurde es ja in wenigen Augenblicken hell, vielleicht vergingen aber auch noch viele Stunden.

»Wir sollten eine Pause machen«, schlug Didi vor.

»Bist du müde?«, fragte Laurin.

Didi nickte und prompt meldete sich Laurins schlechtes Gewissen. Tatsächlich hatte sie schon ein paarmal daran gedacht, die magischen Kristalle erneut zu benutzen, um sich von ihnen neue Kraft geben zu lassen. Sie hatte dieser Versuchung jedes Mal tapfer widerstanden, aber sie war mittlerweile nicht einmal mehr sicher, ob das wirklich stimmte. Vielleicht reichte es ja schon, die Steine bei sich zu tragen.

Behutsam und mit nur zwei Fingern griff sie in die Tasche und nahm einen der winzigen Steine heraus. Sofort begann er im Takt ihres Herzschlags zu pulsieren und ein mildes, grünes Licht zu verströmen. Augenblicklich fühlte sie die Mischung aus Wärme und frischer Kraft, die in ihre Finger strömen wollte. Hastig bewegte sie die Hand, bis sie den Stein nur noch mit den Fingernägeln hielt, und der pulsierende Strom hörte auf; auch wenn sie nun ein Gefühl tiefer Enttäuschung verspürte.

»Sie helfen dir, nicht wahr?«, sagte Didi. »Irgendwie geben sie dir neue Kraft.«

Laurin schwieg verlegen, aber Didi fuhr fort: »Du benutzt sie nicht, weil du das Gefühl hast, es wäre unfair mir gegenüber, aber das ist Unsinn.«

»Nein, das ist kein Unsinn«, behauptete Laurin, was Didi schlichtweg ignorierte.

»Es hilft mir doch nicht, wenn es dir schlecht geht«, sagte er. »Ganz im Gegenteil. Meinst du nicht, dass es klüger wäre, wenn wenigstens einer von uns auf dem Damm bleibt?«

»Das ist doch gar nicht wahr«, verteidigte sie sich lahm, wobei sie sich ein bisschen albern vorkam. Didi hatte ja recht, aber das änderte nichts an ihrem schlechten Gewissen.

»Und selbst wenn die Steine mir Kraft geben«, fuhr sie unbeholfen fort, »würde uns das im Moment nichts nützen. Oder hast du eine Ahnung, wohin – «, und sprach dann nicht weiter, sondern starrte den grünen Kristall zwischen ihren Fingern an. Er hatte aufgehört im Takt ihres Herzens zu pulsieren und strahlte stattdessen in einem mildgrünen Licht, das immer heller und heller wurde. Schon nach wenigen Augenblicken konnten sie etliche Schritte weit sehen.

»He!«, sagte Didi erstaunt. »Das ist ja geil!«

Laurin hätte vielleicht ein anderes Wort gewählt, aber im Prinzip gab sie Didi recht und konnte nur ebenso staunend die Augen aufreißen wie er. Ihre Finger begannen zu kribbeln und wurden plötzlich so heiß, dass sie den Stein loslassen musste. Doch statt zu Boden zu fallen, schwebte er lautlos in die Höhe, hielt auf Armeslänge über ihnen an und glitt dann sacht wie ein Blatt im Wind nach links. In ein paar Schritten Abstand verharrte er in der Luft und schwebte prompt weiter, als sie sich ihm näherten, nur um dann gleich wieder anzuhalten und auf sie zu warten.

Und so ging es fort. Langsam, aber beharrlich führte sie das Licht weiter nach links, über eine große Lichtung und bis zum nächsten Waldrand. Laurin erinnerte sich nur zu gut an die unheimliche Dunkelheit zwischen den dicht stehenden

Eschen und wollte gewiss nicht noch einmal dorthin, aber das Licht war wohl anderer Meinung und schwebte weit in den Wald.

Laurin raffte all ihren Mut zusammen und folgte ihm. Das Licht wurde heller und verwandelte die Bäume in einen Zaun aus schwarzen Schatten, der sie in alle Richtungen umgab und mit ihnen mitwanderte. Etwas bewegte sich dahinter wie gestaltlose Dinge, die an der unsichtbaren Barriere kratzten und hineinzugelangen versuchten. Laurin musste wieder an das unheimliche Gefühl von vorhin denken, und ihr Herz begann heftig zu klopfen. Was immer sie verfolgt hatte, war noch da und belauerte sie, das spürte sie.

Aber das Licht hielt es zurück. Laurin schickte ein lautloses Stoßgebet zum Himmel, dass es nicht erlosch, solange sie noch in diesem unheimlichen Schattenwald waren. Keiner von ihnen sagte ein Wort, und auch wenn er es nie zugegeben hätte, spürte sie, dass Didi genauso viel Angst hatte wie sie. Sie bewegten sich so dicht nebeneinander, dass sich ihre Schultern berührten, und irgendwann stellte sie fest, dass sie Didis Hand ergriffen hatte und nicht einmal sagen konnte, wie lange schon.

Es vergingen Stunden oder vielleicht auch nur Minuten, die ihnen wie Stunden vorkamen, bis sie den Waldrand erreichten, und nur wenige Augenblicke später begann es hell zu werden.

Laurin war nicht überrascht, dass der Kristall im gleichen Maße verblasste, in dem die Nacht der Dämmerung wich. Es war noch nicht einmal halb hell, da schwebte er langsam zurück, senkte sich auf ihre Handfläche herab und zerfiel zu schwarzem Staub. Und so verrückt es war, sie verspürte tatsächlich ein vages Bedauern; als hätte sie sich von einem Freund verabschieden müssen, der nicht wiederkommen würde.

Das sonderbare Schauspiel am Himmel lenkte sie jedoch rasch davon ab. Es war der seltsamste Sonnenaufgang, den sie jemals erlebt hatte; und wenn man es genau nahm, dann war es überhaupt kein Sonnenaufgang, so wenig wie die Dämmerung wirklich eine Dämmerung gewesen war. Es wurde einfach nur heller. Erst ganz am Schluss erschien am steinernen Zenit über ihnen ein leuchtender Fleck, der rasch an Intensität zunahm. Irgendetwas an dem Anblick war seltsam, aber sie musste den Blick senken, weil ihr die Tränen in die Augen stiegen.

»Na dann mal: herzlich willkommen in der Twilight-Zone«, sagte Didi.

»Märchenland wäre mir irgendwie lieber«, antwortete Laurin zwar, aber sie konnte zugleich ein Lächeln nicht ganz unterdrücken. Didi und seine Vorliebe für Filme!

»Ganz wie Ihr befehlt, Euer Merkwürden«, feixte Didi.

»He!«

»Wieso he?«, beschwerte sich Didi. »Wenn schon Märchenreich, dann auch richtig. Bist du nun die Zwergenkönigin oder nicht?« Bevor sie antworten konnte, grinste er breit und fügte hinzu: »Immerhin bist du sogar größer als Etsch.«

»Jeder ist größer als Etsch«, antwortete Laurin, und nun mussten sie beide lachen.

Sie versuchte zu der seltsamen Sonne hinzusehen, verblitzte sich prompt die Augen und sah lieber nach links und rechts, wo sie allerdings nichts weiter erblickte als noch mehr dieses unheimlichen Eschenwaldes.

Didi deutete in die einzige übrig gebliebene Richtung. »Ich glaube, wir müssen da lang.«

Der Anblick war wirklich erstaunlich.

Von der Anhöhe, auf der sie sich befanden, sahen sie auf eine Stadt hinab, die ebenso mittelalterlich gebaut war wie Rosas Hof oder der des Sonnenblumenbauern: Ein paar Dutzend ein- oder zweigeschossige Fachwerk- und Holzhäuser, die sich um einen gepflasterten Marktplatz mit einem etwas größeren Rathaus und einem Brunnen gruppierten. Umschlossen wurde das Ganze von einer weiß getünchten Stadtmauer mit Zinnenkrone und einem halben Dutzend spitzer Türmchen. Als wäre das noch nicht genug, drehte sich am Ufer des nahen Flusses das

Rad einer kleinen Mühle. Es war so kitschig, dass es schon beinahe wieder schön war.

»Oh«, murmelte sie.

»Genau«, stimmte ihr Didi zu. »Wollen wir hoffen, dass die Leute dort eher nach Rosa kommen als nach Etsch.«

Es gab nur eine Möglichkeit, das herauszufinden. Sie marschierten los.

Didi übernahm stillschweigend die Führung, aber er ging nur wenige Schritte weit, bevor er abermals stehen blieb und sich umdrehte. Sein Blick tastete über den Waldrand und ein sehr nachdenklicher Ausdruck erschien auf seinem Gesicht.

»Was hast du?«, fragte Laurin.

»Wieder mal recht«, seufzte Didi. »Leider.«

Das letzte Wort hielt Laurin davon ab, mit einer flapsigen Bemerkung zu reagieren, wie sie es sonst getan hätte. »Womit?«, fragte sie nur.

Statt direkt zu antworten, ging Didi die wenigen Schritte zum Waldrand zurück und legte die flache Hand auf einen Baumstamm. »Diese Bäume sind krank«, sagte er. »Siehst du?«

»Nein«, gab Laurin zu.

»Man erkennt es nicht sofort«, bestätigte Didi. »Aber wenn du weißt, worauf du achten musst, ist es nicht zu übersehen. Schau nach oben.«

Laurin gehorchte und Didi fuhr fort: »Schau dir die Krone an. Sie hat viel zu wenige Blätter. Gerade an den Spitzen. Und sie sind zu klein.«

Wenn Laurin ganz ehrlich war, fiel ihr nichts Besonderes auf. »Du kennst dich da aus«, sagte sie.

»Ja«, seufzte Didi. »Für irgendwas müssen die zwei Jahre Sklavenarbeit in der Baumschule ja gut gewesen sein. Aber man sieht es auch hier unten. Schau.«

Er lenkte Laurins Aufmerksamkeit auf einen einzelnen Ast, der gleich neben ihnen aus dem Stamm wuchs und sich in unzählige dünnere Äste und Ästchen verzweigte. Laurin stellte sich auf die Zehenspitzen, und nun, durch Didis Worte darauf aufmerksam geworden, sah sie es auch: Der Ast hatte wenige Blätter und viel zu kleine. Gerade zur Spitze hin wurde der Bewuchs immer spärlicher, und die wenigen Blätter, die es überhaupt noch gab, wirkten kränklich und so, als reiche der sachteste Windhauch, um sie abzureißen.

»Das nennt sich Eschentriebsterben«, dozierte Didi. »Aber da sind auch noch mehr Krankheiten. Dieser ganze Wald sieht ziemlich angeschlagen aus, wenn du mich fragst. Da drüben zum Beispiel – «

Was immer er noch hatte sagen wollen, ging in einem ungläubigen Ächzen unter, und zugleich riss er erstaunt die Augen auf. Laurin hatte die Hand gehoben, um einen der kranken Triebe zu berühren, und kaum hatte sie es getan, da färbte sich das halb vertrocknete Blatt wieder saftig-grün, und die eingeschrumpelten Ränder streckten und glätteten sich.

»Was … was tust du da?«, stammelte Didi.

Laurin antwortete nicht darauf – und wie auch? –, sondern starrte den Ast mindestens ebenso fassungslos an. Sie hatte die Hand erschrocken zurückgezogen, aber der erstaunliche Effekt hielt an: immer mehr und mehr Blätter erholten sich, Äste streckten sich knisternd, und zuerst der Seitentrieb, dann die gesamte Baumkrone wurde dichter; wie in einer Zeitrafferaufnahme, in der Wochen auf Sekunden komprimiert wurden.

»Wow!«, stieß Didi hervor. »Wie hast du denn das gemacht?«

Woher sollte sie das wissen? Statt zu antworten, fragte sie ihrerseits: »Du hast gemeint, es gäbe noch andere Krankheiten?«

»Ja«, antwortete Didi verblüfft. »Der Baum da drüben zum Beispiel ist ganz eindeutig – «

Laurin trat zu einer schlanken Esche, deren Stamm sonderbar fleckig aussah, wie von grünem Ausschlag befallen, und legte die Hand darauf.

Diesmal ging es noch schneller. Der grüne Schimmel verschwand und der ganze Baum schien sich seufzend aufzurichten, wie ein Mann, der sich nach langer Krankheit das erste Mal wieder von seinem Lager erhebt und die Glieder reckt.

Didi fiel der Unterkiefer herab. »Das nenn ich mal einen grünen Daumen«, flüsterte er. »Kannst du das noch mal machen?«

Das konnte sie. Noch einmal und noch einmal und noch einmal, bis sie schließlich fast ein Dutzend Bäume berührt und geheilt hatte. Bald war es, als befänden sie sich auf einer grünen Insel in einem blassen und gelblichen Meer, das sich in erstarrten Wellen vor ihnen über die Hügel erstreckte.

»Ich wette, das könntest du mit dem gesamten Wald machen«, sagte Didi, schüttelte aber den Kopf, noch bevor sie antworten konnte. »Nur so viel Zeit haben wir nicht.«

»Wieso? Hast du was vor?«

»Es sind ein paar Millionen Bäume«, sagte Didi ernst. »Wir sterben beide an Altersschwäche, bevor du auch nur die Hälfte geschafft hast.«

Laurin nickte niedergeschlagen. Er hatte ja recht; auch wenn es ihr zutiefst widerstrebte, diesen Gedanken zu denken. Verwirrt betrachtete sie ihre Hände, an denen Schmutz von den Baumrinden klebte, setzte zu einer Antwort an und beließ es dann bei einem traurigen Nicken. Sie gingen weiter.

Vom Waldrand aus hatte es ausgesehen, als müssten sie nur die Hand ausstrecken, um die Stadtmauer beinahe schon berühren zu können. Aber dieser Eindruck täuschte gewaltig. Sie brauchten eine gute Stunde, um der Stadt auch nur nahe zu kommen, und fast genauso lang, bis das Tor in der großen Mauer tatsächlich vor ihnen aufragte.

Von Nahem betrachtet sah alles ein bisschen schäbiger aus als aus der Entfernung. Die Mauer war nicht so himmelhoch, wie sie geglaubt hatten. Die schützende Zinnenkrone war hier und da zerbröckelt, und der Putz war schon lange nicht mehr weiß, sondern schmutzig und von zahllosen Rissen durchzogen. Das Tor stand nicht nur weit auf, sondern sah auch so aus, als wäre es seit mindestens einem Menschenalter nicht mehr geschlossen worden.

Ein paar Schritte davor blieb Didi stehen und legte den Kopf in den Nacken.

»Dir fällt es also auch auf?«, fragte Laurin.

»Keine Wachen«, bestätigte Didi. »Auf den Wehrgängen nicht und auch nicht in den Türmen.«

Das hatte Laurin nicht gemeint, aber sie sagte trotzdem: »Vielleicht haben diese Leute keine Feinde.«

»Und wozu haben sie dann eine Mauer?«

Laurin kam nicht dazu, zu antworten, denn aus dem Tor rollte nun ein von zwei Ochsen gezogener Wagen. Er näherte sich ihnen zwar nicht schnell, aber so zielsicher und unaufhaltsam, dass sie schließlich hastig von der Straße springen mussten, um nicht überrollt zu werden.

Statt sich bei ihnen zu entschuldigen, bedachte der Fahrer sie nur mit einem bösen Blick.

»Steht nicht auf der Straße rum und haltet Maulaffen feil!«, schimpfte er. »Ist es da, wo ihr herkommt, üblich, anständige Menschen von der Arbeit abzuhalten?«

Didi war so perplex, dass nur ein ungläubiges Japsen über seine Lippen kam. Und auch Laurin starrte dem davonknarrenden Wagen fassungslos nach. »Er ... er hätte uns einfach ... überfahren!«, stammelte sie.

»Ja, so viel zu der guten alten Zeit, wie?«, maulte Didi. »Reizende Leute wohnen hier!«

»Sie müssen ja nicht alle so sein«, antwortete Laurin. Es klang selbst in ihren eigenen Ohren wie etwas, das sie glauben wollte, nicht wie etwas, woran sie wirklich glaubte.

Nebeneinander schritten sie durch das Tor. Es gab keine Wachen und niemand sprach sie an, aber der eine oder andere

Blick ging doch in ihre Richtung, und nicht alle davon freundlich.

Laurin wollte sich an zwei junge Männer wenden, die auf der Straße standen und den hässlichen Zwischenfall mit dem Wagen gesehen haben mussten, doch Didi schüttelte fast unmerklich den Kopf und wechselte die Richtung.

Vielleicht hatte er ja recht, dachte sie. Möglicherweise war es besser, wenn sie sich erst einmal umsahen, bevor sie mit irgendjemandem sprachen.

Der äußere Eindruck, den sie von der Stadt gewonnen hatten, setzte sich auch in ihrem Inneren fort: Es war eine mittelalterliche Stadt wie aus dem Bilderbuch: Fachwerkhäuser mit vorspringendem Obergeschoss und spitzen Dächern, kopfsteingepflasterte Straßen und schmale Gässchen, die ein wahres Labyrinth bildeten, und schließlich ein großer zentraler Platz, auf dem sich vermutlich das öffentliche Leben abspielte. Ganz ohne ihr Zutun lenkte Laurin ihre Schritte dorthin.

Offenbar war heute Markttag, denn der Platz war voller Menschen … und anderer Wesen, für die ihr nicht die richtigen Bezeichnungen einfallen wollten. Rings um den Platz herum und vor den pittoresken Häusern waren Zelte und bunte Verkaufsstände aufgebaut, und Laurin war noch keine fünf Schritte weit gegangen, da wusste sie, woher das Wort Marktschreier kam. Es gab mindestens ein Dutzend davon, die sich alle gleichzeitig und nach Kräften zu überbrüllen versuchten, um ihre Waren anzupreisen. Mit dem einzigen Ergebnis natürlich, dass keiner mehr wirklich zu verstehen war. Sie sah zahllose bunt gekleidete Gestalten und ein Durcheinander aus wuselnder Bewegung und einer Million Farben, sodass ihr fast ein bisschen schwindelig wurde.

Dasselbe galt für die Geräusche. Hundert Stimmen redeten scheinbar in ebenso vielen Sprachen durcheinander, überall wurde gelacht und gerufen, und ein halbes Dutzend Musiker und Kapellen spielte, manche davon auf Instrumenten, die sie noch nie zuvor gesehen hatte und von denen sie auch nicht sicher war, ob sie tatsächlich Musik von sich gaben. Und selbstverständlich alle zugleich.

Didi blieb plötzlich stehen und sog so scharf die Luft zwischen den Zähnen ein, dass Laurin erschrocken zu ihm herumfuhr … und dann um ein Haar ebenfalls aufgeschrien hätte.

Auf der anderen Seite des Marktplatzes war ein Pferd aufgetaucht.

Oder ein Mann.

Vielleicht auch beides.

Gleichzeitig.

»Aber das ist doch …«, flüsterte Didi.

»… ein Zentaur«, führte Laurin den Satz zu Ende.

»Aber das … ist unmöglich«, keuchte Didi. »Es gibt keine Zentauren.«

»Es gibt ja auch keine Sirenen«, antwortete Laurin.

Und so wäre es wahrscheinlich noch eine ganze Weile weitergegangen, hätte sich das unglaubliche Zwitterwesen nicht in diesem Moment herumgedreht, um in einem gemächlichen Trab auf sie zuzukommen. Vor ihm teilte sich die Menge und bildete einen respektvollen Korridor, sodass Laurin das unglaubliche Geschöpf nun in seiner ganzen Pracht erkennen konnte.

Es war ein riesiger, nachtfarbener Hengst mit gewaltigen Muskeln und einem kunstvoll geflochtenen Schweif, der gemächlich und im Takt seiner Schritte hin und her peitschte, wie um lästige Fliegen zu verscheuchen. Bis zum Hals, hieß das. Wo er sein sollte, da befanden sich Oberkörper, Kopf, Arme und Schultern eines groß gewachsenen Mannes mit nachtschwarzer Haut und langem schwarzem Haar, das glatt fast bis auf seinen Pferdeleib hinunterfiel.

»Es würde mich kaum wundern, wenn er auch noch Flügel hätte«, murmelte Didi.

»Die mit den Flügeln nennt man Pegasus«, antwortete Laurin, ohne den Blick von dem riesigen Geschöpf zu wenden, das immer noch direkt auf sie zuhielt. »Das da ist zur Hälfte ein Mann. Und ein verdammt gut aussehender dazu.«

Sie hatte geglaubt, den letzten Satz nur gedacht zu haben, aber das stimmte wohl nicht, denn Didi bedachte sie mit dem strafendsten Stirnrunzeln, das er zustande brachte. Die Ankunft des Zentauren bewahrte sie wenigstens davor, auch noch zu hören, was er dazu zu sagen hatte.

Das Fabelwesen schwenkte nun ein Stück zur Seite, als ihm klar wurde, dass sie ihm als Einzige nicht aus dem Weg gehen würden. Allerdings lag das bloß daran, dass beide vor Schrecken einfach wie erstarrt waren.

Für einen kurzen Moment trafen sich ihre Blicke, und Laurin las etwas wirklich Sonderbares in den Augen des Zwitterwesens. Sie hatte mit Ärger gerechnet, weil sie ihm nicht Platz gemacht hatten, vielleicht auch Spott, aber sie sah nur ein leises amüsiertes Funkeln in seinen dunklen Augen, und vielleicht die Andeutung eines wissenden Lächelns. Dann war er auch schon vorbei und trabte gemächlich weiter. Laurin blieb hoffnungslos verwirrt zurück.

Didi verdrehte sich fast den Hals, um dem Geschöpf nachzusehen. »Ganz eindeutig ein Hengst«, murmelte er.

Laurins Blick folgte seinem. Sie nickte. »Und was für einer«, sagte sie.

»He!«, protestierte Didi. »Jetzt reicht's aber!«

»Wieso?«, fragte Laurin harmlos, doch dann konnte sie nicht mehr an sich halten und prustete vor Lachen heraus, und da konnte Didi sich auch nicht mehr beherrschen, und sie lachten beide, laut und so ausdauernd, dass sich etliche der anderen Marktbesucher zu ihnen herumdrehten.

Vor allem zwei junge Burschen schienen sich besonders für sie zu interessieren. Laurin erkannte sie als die beiden, die sie schon am Tor gesehen hatte, und aus irgendeinem Grund beunruhigte sie diese Erkenntnis. Waren sie ihnen gefolgt?

»Was ist so komisch an diesem … Ding?«, fragte der größere der beiden.

Laurin schluckte die Antwort herunter, nach der ihr zumute war, aber Didi war weniger zurückhaltend.

»Dieses Ding ist ein Zentaur«, sagte er betont. »Und mir gefällt er.«

»Ja, das denk ich mir«, sagte der andere Bursche. »Gesindel wie ihr hält zusammen, wie?«

»Gesindel?«, fragte Didi.

Laurin warf ihm einen warnenden Blick zu. Die beiden Burschen waren auf Streit aus, das spürte sie deutlich, und schon der Kleinere war ein gutes Stück breiter als Didi und vermutlich doppelt so stark.

»Oh, Fremde meine ich natürlich«, antwortete nun wieder der andere. »Gäste, Besucher oder wie immer wir euch auch nennen sollen. Aber das ändert nichts an dem, was ihr wirklich seid.«

»Und was sind wir?«, wollte Didi wissen. Entweder war er ziemlich dumm oder ein bisschen zu sehr von sich selbst überzeugt, dachte Laurin. Ihre Sorge wuchs. Selbst wenn Didi in der Lage wäre, mit diesen beiden Raufbolden fertigzuwerden – sie waren nicht hier, um schon in der ersten Minute Aufsehen zu erregen.

Die beiden Kerle anscheinend schon. Der eine machte einen halben Schritt auf Didi zu, der andere wich um dieselbe Distanz zur Seite, um ihm den Weg zu vertreten, sollte er etwa flüchten wollen, und beide hoben kampflustig die Fäuste. Didi auch. Laurin suchte vergeblich nach einer Spur von Furcht in seinem Gesicht.

Es kam jedoch nicht zum Schlimmsten, denn plötzlich erklang eine scharfe Stimme: »Ja, das hätte ich mir eigentlich denken können, nicht wahr?«

Nicht nur die beiden jungen Burschen drehten verblüfft die Köpfe. Hinter ihnen teilte sich die Menge erneut, und eine untersetzte Frau mit grauem Haar und einem gutmütigen Gesicht trat heran. Gutmütig hieß in diesem Fall aber ganz und gar nicht freundlich – sie war wohl eher der Typ resolute Großmutter, das bewies allein das kampflustige Blitzen ihrer Augen, die die beiden jungen Burschen nacheinander und herausfordernd musterten. »Dumm und Dümmer, wie? Wo es Streit gibt, da seid ihr zwei bestimmt nicht weit. Wen habt ihr euch denn heute ausgesucht, um euch ein bisschen aufzuspielen? Oh, zwei gefährliche Kinder, ich sehe es. Das ist ausgesprochen tapfer von euch.«

»Wir haben doch gar nichts getan«, protestierte der kleinere von beiden. Wenn Laurin den Blick der Frau richtig gedeutet hatte, musste es Dumm sein.

»Ach nein, habt ihr nicht?«, vergewisserte sich die Frau.

»Wir wollen solche wie die da nicht in unserer Stadt«, fügte Dümmer trotzig hinzu.

»Ist das so?«, fragte die Frau. »Ich wusste gar nicht, dass die Stadt euch gehört.«

»Sie haben hier nichts zu suchen«, sagte Dumm, und Dümmer ergänzte: »Das sagen alle!«

»Ich nicht«, versetzte die Frau. Ein kleines und fast böses Lächeln erschien auf ihren Lippen. »Warum rufen wir nicht den Zentauren zurück und ihr erklärt ihm euren Standpunkt?«

Dumm begann auf seiner Unterlippe herumzukauen, und auch Dümmer wusste plötzlich nicht mehr, wohin mit seinem Blick, und scharrte nervös mit dem rechten Fuß.

»Nein?«, fragte die Frau. »Lieber doch nicht? Dann verschwindet jetzt, bevor ich es mir noch anders überlege.«

Das ließen sich die beiden Burschen nicht zweimal sagen. Unter dem schadenfrohen Lachen der Umstehenden trollten sie sich, aber Laurin entging nicht, dass der eine oder andere böse Blick die grauhaarige Frau traf; oder auch Didi und sie.

»Vielen Dank«, wandte sie sich an ihre Retterin.

»Die beiden sind Dummköpfe«, schimpfte die Frau. »Sie

sind eine Schande für die ganze Stadt.« Ihr Blick wurde weich. »Ist alles in Ordnung mit euch?«

»Ja«, sagte Laurin, aber Didi ließ es sich natürlich nicht nehmen, hinzuzufügen:

»Mit denen wäre ich schon fertiggeworden.«

»Ja, gewiss«, sagte die Frau amüsiert. »Ich habe mich auch nur eingemischt, weil ich in Sorge um sie war.«

Didis Lippen wurden schmal, aber er sagte nichts mehr.

Nun wandte sich die Frau direkt an Laurin. »Ihr seid gerade angekommen?«

Laurin konnte nur verblüfft nicken. Sah man es ihnen so deutlich an?

»Dann nehme ich an, dass ihr müde seid, und wahrscheinlich auch ein bisschen hungrig?«

Mehr als nur ein bisschen, dachte Laurin. Sie nickte stumm.

»Ich habe ein kleines Gasthaus, drüben auf der anderen Seite des Markts«, sagte die Frau. »Was haltet ihr davon, wenn ihr mich dorthin begleitet, und ihr bekommt erst einmal etwas Leckeres zu essen?«

Hinterher wurde Laurin klar, dass der Weg quer über den Marktplatz eine Art Spießrutenlauf gewesen war. Niemand griff sie an oder versuchte sie aufzuhalten, aber ihnen folgten zahllose ärgerliche Blicke und einiges Getuschel. Das kleine Gasthaus, von dem ihre Retterin gesprochen hatte, entpuppte sich als ausgewachsener Gasthof mit einem guten Dutzend niedriger Tische, an denen sich trotz der frühen Stunde bereits etliche Gäste aufhielten. Sämtliche Gespräche im Raum verstummten, als sie eintraten, und wahrscheinlich wäre auch jetzt wieder die eine oder andere böse Bemerkung gefallen, hätte die Frau nicht einen warnenden Blick in die Runde geworfen, dem niemand standzuhalten vermochte.

Sie gingen zu einem Tisch am anderen Ende des Gastraums und nahmen Platz. Eine sehr kleine Frau – Laurin konnte nicht sagen, ob sie eine große Zwergin oder nur ein sehr kleiner Mensch war, – trat heran und erkundigte sich nach ihren Wünschen, woraufhin ihre neue Freundin einfach nur drei Finger hob und nickte. Die Bedienung ging und Laurins Überzeugung wuchs, dass es sich bei ihrer geheimnisvollen Retterin nicht um irgendwen handelte. Ganz kurz fragte sie sich, ob sie wirklich rein zufällig genau im richtigen Moment aufgetaucht war. Aber ihr wurde sofort klar, wie unfair dieser Verdacht war, und sie schämte sich ihrer eigenen Gedanken.

»Mein Name ist Urd«, begann die Frau, als das Schweigen gerade unbehaglich zu werden drohte. »Und ihr?«

Laurin nannte Didis und ihren Namen und beobachtete ihr Gegenüber sehr aufmerksam. Urd reagierte jedoch nicht einmal mit einem Wimpernzucken.

»Wann seid ihr angekommen?«, fragte sie nur. »Und woher?«

Die Frage nach dem Woher ignorierte Laurin vorsichtshalber, die andere nicht. »Gestern«, sagte sie. »Oben in den Bergen.« War das überhaupt das richtige Wort in einer Welt, die eigentlich eine große Höhle war? Offensichtlich schon, denn Urd sah sie nur auffordernd an, und so fuhr sie fort: »Wir waren zuerst auf einem Hof. Bei netten Leuten, die uns geholfen haben, aber ...«

Didi trat sie wieder einmal unter dem Tisch gegen das Schienbein, und sie fuhr etwas anders als eigentlich beabsichtigt fort: »... wir wollten ihnen nicht zur Last fallen und sind weitergegangen.«

»Rosa und Hartwig sind wirklich sehr freundliche Leute«, sagte Didi.

Urd blinzelte. »Ihr wart auf Hartwigs Hof?«

Hatten sie etwas falsch gemacht? Laurin nickte.

»Gestern?«, vergewisserte sich Urd. Dann lächelte sie milde. »Ihr nehmt mich auf den Arm, Kinder. Es ist nicht nett, sich über eine alte Frau lustig zu machen, hat euch das noch niemand gesagt?«

»Das tun wir nicht!«, versicherte Laurin hastig. »Wir waren dort.«

»Aber gewiss nicht gestern«, beharrte Urd und schüttelte den Kopf. »Ihr müsst doch wissen, wie weit es bis dorthin ist. Selbst der schnellste Reiter braucht mindestens zwei Tage.« Sie seufzte. »Ich verstehe. Ihr wollt nicht darüber reden, was euch unterwegs widerfahren ist. Das alles muss sehr verwirrend für euch sein. Seid ihr allein gekommen?«

Laurin nickte stumm, bevor Didi die Gelegenheit ergreifen und sie zum Beispiel wieder einmal treten konnte – und zu ihrer Erleichterung kam in diesem Moment auch die Bedienung zurück und brachte Urds Bestellung. Sie war nicht nur erstaunlich schnell gewesen. Wenn sie ein Mensch war, dann der stärkste, den Laurin jemals gesehen hatte: Auf den gespreizten Fingern beider Hände trug sie gleich zwei große Tabletts, auf denen sich Schalen, Schüsseln und Tonkrüge und -becher nur so stapelten. Jedes dieser Tabletts musste einen halben Zentner wiegen. Laurin hätte sich kaum zugetraut, auch nur eines mit beiden Händen anzuheben.

Selbst Didi bekam große Augen, und Urd lächelte wissend. »Ja, Arsia ist eine starke Frau. Sie arbeitet für drei, und manchmal habe ich das Gefühl, dass es sie kaum anstrengt.«

»Dann arbeitet sie bestimmt auch gleich noch als Rausschmeißerin, wie?«, feixte Didi, erntete aber nur einen verständnislosen Blick.

»Ich weiß nicht, was das ist«, antwortete Urd. »Etwas aus eurer Heimat?«

Didi tauschte einen schweigenden Blick mit Laurin, und Urd nickte noch einmal auf dieselbe wissende Art. »Ihr wollt nicht darüber sprechen, gut. Dafür ist ja später noch genug Zeit.«

»Eigentlich nicht«, sagte Laurin unbeholfen. »Wir können nicht –«

»Und ich nehme an«, fuhr die Frau so ungerührt fort, als hätte sie gar nichts gesagt, »jetzt habt ihr tausend Fragen, auf die ihr unbedingt eine Antwort haben wollt.«

Sie schwiegen beide verdutzt.

Urd fuhr mit einem Lächeln fort, als hätte sie ganz genau diese Reaktion erwartet: »Ganz ehrlich, die wenigsten, die hierherkommen, wissen viel über die Stadt oder unser Tal. Manche kommen mit falschen Vorstellungen und sind enttäuscht, wenn sie feststellen, dass es hier nicht Gold und Manna vom Himmel regnet.«

»Das ist es nicht«, sagte Laurin. »Wir sind nur ... ein bisschen verwirrt.«

»Ehrlich gesagt wissen wir nicht so genau, wo wir sind«, fügte Didi mit einem verlegenen Lächeln hinzu, das er wahrscheinlich nicht einmal spielen musste.

»Also seid ihr einfach aufgebrochen, ohne zu wissen, wohin überhaupt«, seufzte Urd. Es klang nicht wie ein Vorwurf. »Es muss schlimm gewesen sein, da wo ihr herkommt.«

»Eigentlich nicht«, antwortete Laurin, und: »Im Gegenteil«, fügte Didi hinzu.

Urd sah sie nacheinander und sehr ernst an. »Dann lag es an euch? Ihr seid vor jemandem weggelaufen?« Das Fragezeichen dachte sich Laurin allerdings nur dazu. Es klang eindeutig wie eine Feststellung. Und ein ganz kleines bisschen auch wie ein Vorwurf.

»Ganz bestimmt nicht!«, antwortete Didi.

»Wir sind nichts Besonderes«, fügte Laurin ein wenig versöhnlicher hinzu. Sie rang sich ein schüchternes Lächeln ab. »Didi und ich sind ganz normale Menschen.«

»Menschen?« Urd blinzelte erneut. Für einen kurzen Moment meinte Laurin so etwas wie Zorn in ihren Augen aufblitzen zu sehen, aber dann warf sie den Kopf in den Nacken und lachte, schallend und so laut, dass sich etliche Gäste zu ihnen herumdrehten und sie fragend ansahen.

»Menschen«, wiederholte sie, nachdem sie sich wieder beruhigt hatte. »Ja, das war gut. Fast wäre ich darauf hereingefallen.«

»Was ist so komisch an Menschen?«, fragte Didi mit vollem Mund. Hungrig, wie er war, hatte er bereits zu essen begonnen, und der Anblick ließ Laurins Magen hörbar knurren.

»Nichts«, antwortete Urd immer noch amüsiert. »Wenn man Märchen mag. Aber das hier ist die Wirklichkeit, mein Kind. Ihr scheint sehr durcheinander zu sein.«

»Märchen?«, fragte Laurin. Wollte die alte Frau sie auf den Arm nehmen?

»Eine sehr alte Geschichte«, bestätigte Urd. »Kaum jemand kennt sie heutzutage noch. So ist es nun einmal mit Geschichten. Wenn man nur lange genug nicht mehr über sie redet, existieren sie irgendwann nicht mehr.«

»Und diese ... Menschen sind so eine alte Geschichte?«

»Ein Märchen«, verbesserte sie Urd. Dieser Unterschied schien ihr wichtig zu sein. »Ja, eine sehr alte Geschichte von einem Stamm, der es am Ende geschafft hatte, sich die ganze Welt und sogar die Kräfte der Natur untertan zu machen.«

»Das klingt wirklich nach einem Märchen«, sagte Didi spöttisch. »Cool.«

Laurin warf ihm einen warnenden Blick zu. »Und wie geht sie aus?«

»So wie es kommen musste«, antwortete Urd. »Am Ende waren sie fast so mächtig wie Götter, aber nicht einmal das hat ihnen gereicht. Da haben sie ihre Welt und sich selbst gegenseitig zerstört.«

Didi hörte auf zu kauen, und Laurin sagte: »Das ist ... eine traurige Geschichte.«

»Wie Geschichten nun einmal sind, die zur Warnung dienen«, bestätigte Urd ernst. Dann kehrte das Lächeln in ihre Augen zurück. »Ja, es ist keine schöne Geschichte. Sie ist ganz zu Recht in Vergessenheit geraten.« Sie machte eine Handbewegung, wie um das Thema beiseitezuwischen. »Aber wir wollten über euch reden.«

Das wollten wir eigentlich nicht, dachte Laurin, nickte jedoch trotzdem artig und sah ihre Gastgebein erwartungsvoll an.

»Ihr müsst einen schrecklich falschen Eindruck von uns gewonnen haben«, sagte Urd betrübt. »Glaub mir, die allermeisten von uns sind freundlich und freuen sich, dass ihr hier seid. Schließt nicht von wenigen auf viele. Ich stelle euch später ein paar Freunde vor, dann werdet ihr sehen, dass nicht alle hier so sind.«

»Wie die beiden Dummköpfe gerade?«, fragte Didi kauend. »Mit denen wär ich schon fertiggeworden.«

»Das waren nur zwei dumme Jungen«, antwortete Urd. »Wo es Ärger gibt, da sind sie nie sehr weit. Aber irgendwann werden sie erwachsen und hören mit diesem Unsinn auf.«

Laurin dachte an die beiden Burschen zurück und hatte da doch so ihre Zweifel, aber sie behielt sie für sich. Sie deutete ein Achselzucken an und wandte sich ihrem Essen zu.

Sie wusste nicht genau, was sie da aß, aber wieder schien es ihr das Köstlichste, was ihr jemals untergekommen war. Selbst das Wasser schmeckte fantastisch.

Arsia kam zurück und brachte nicht nur so viel Essen, als erwarteten sie noch ein Dutzend weiterer Gäste, sondern auch eine kunstvoll bemalte Vase mit bunten Blumen. Als sie sie abstellte, fiel ein einzelnes Blütenblatt herunter, das Laurin ganz automatisch auffing.

Sie bedauerte die Bewegung, noch bevor sie sie zu Ende gebracht hatte. Denn wie durch Zauberei und ganz ohne ihr Zutun glitt es zwischen ihren Fingern hervor und sprang regelrecht an den Blütenstamm zurück. Didi fielen fast die Augen aus dem Kopf, und Laurin zog die Hand so hastig zurück, als wäre das Blatt plötzlich glühend heiß. Zu ihrer Erleichterung sahen wenigstens Urd und ihre kleinwüchsige Gehilfin nicht in ihre Richtung. Das Ganze hatte weniger als eine Sekunde gedauert, sodass sie hoffen konnte, dass niemand etwas mitbekommen hatte.

Didi warf ihr einen fast beschwörenden Blick zu, auf den Laurin mit einem ebenso lautlos angedeuteten Nicken antwortete und dann hastig nach ihrem Löffel griff.

Eine Zeit lang aßen sie schweigend. Urd sah ihnen unübersehbar zufrieden zu und belästigte sie nicht weiter mit Fragen, auch wenn Laurin zu spüren meinte, wie schwer es ihr fiel.

Plötzlich ging die Tür auf, und Schritte polterten herein. Didi sah von seinem Teller auf, und Laurin beobachtete, wie alle Farbe aus seinem Gesicht wich. Mit klopfendem Herzen drehte sie den Kopf und erblickte zwei nicht besonders große, dafür aber umso massigere Gestalten, die sich herausfordernd in der Runde umsahen.

»Oh«, brachte Didi mühsam hervor.

»Ihr hattet also schon das Vergnügen«, sagte Urd. »Macht euch keine Sorgen. Ihr seid hier sicher.«

Laurin konnte nur hoffen, dass das stimmte. Die beiden Alben schienen gefunden zu haben, wonach sie suchten, und kamen nebeneinander herangeschlendert. Laurin kramte in ihrem Gedächtnis, konnte sich aber beim besten Willen nicht erinnern, ob sie die beiden schon einmal gesehen hatte. Mit einer Haut wie altes Leder und muskelbepackt sahen sie alle irgendwie gleich aus.

»Urd«, begann der etwas Größere. »Wie ich sehe, hast du wieder einmal neue Freunde gefunden.«

»Und das stört dich?«, erwiderte Urd in nichts anderem als freundlichem Ton.

»Jedenfalls wundert es uns nicht mehr«, sagte der Kleinere. »Es ist ja bekannt, dass du Fremde anscheinend lieber hast als deine eigenen Landsleute.«

»Das kommt immer auf genau diese Landsleute an«, antwortete Urd lächelnd. »War das alles, was du wissen wolltest, oder möchtet ihr auch noch etwas essen oder trinken? Dann sucht euch einen Tisch. Und wenn nicht, dann solltet ihr gehen. Ihr seid hier nämlich in meinem Gasthaus.«

Die beiden Alben grinsten höhnisch, aber Urd hielt ihrem Blick so gelassen stand, dass sie sich nach einer weiteren Sekunde herumdrehten und den Gasthof verließen; natürlich nicht, ohne noch ein paar böse Bemerkungen und Flüche von sich zu geben.

Etliche Gäste sahen ihnen kopfschüttelnd nach. Nur ein dunkelhaariger Mann stand auf, maß Urd mit einem verächtlichen Blick und folgte ihnen.

»Bekommen Sie jetzt unseretwegen Ärger?«, fragte Laurin.

»Nein«, antwortete Urd. »Niemand mag die Alben. Und sie tun ihr Bestes, damit das auch so bleibt.«

Didi und Laurin tauschten einen verstohlenen Blick.

»Was habt ihr heute noch vor?«, erkundigte sich Urd.

»Wir wollen zum Schloss«, antwortete Didi, bevor Laurin es verhindern konnte.

»Zum Schloss?« Urd schüttelte den Kopf. »Das ist zu weit. Heute schafft ihr das nicht mehr.«

»So weit ist es nicht«, protestierte Didi. »Man kann es von hier aus schon sehen!«

»Der Weg führt durch den Wald und dann noch ein ganzes Stück den Berg hinauf«, beharrte Urd. »Ihr müsstet in aller Frühe aufbrechen. Es sei denn, ihr wollt im Wald übernachten. Und glaubt mir, das wollt ihr ganz bestimmt nicht.«

»Aber das haben wir doch – «, begann Didi, und Laurin fiel ihm hastig ins Wort: »Was ist denn so schlimm daran?«

»Die Nachtmahre«, antwortete Urd. »Hat euch denn niemand vor ihnen gewarnt?«

Sie schüttelten gleichzeitig den Kopf, und Urd machte ein nachdenkliches Gesicht. »Das sieht Hartwig aber gar nicht ähnlich.«

»Wir waren nicht lange bei ihm«, antwortete Laurin. »Nur eine Nacht. Und wir sind früh aufgebrochen.«

»Und in ein paar Stunden hierhergelaufen, ich weiß«, sagte Urd amüsiert. »Verratet ihr mir, was ihr im Schloss wollt?«

»Eigentlich nichts«, druckste Didi herum.

»Wir haben gehört, dass es dort sehr schön sein soll«, sagte Laurin.

»Es ist ein uraltes, leer stehendes Gemäuer, in dem schon seit Urzeiten niemand mehr war«, sagte Urd. »Und ihr wollt den weiten Weg dort hinauf machen, nur um ein paar alte Steine zu sehen?«

Sie glaubte ihnen nicht, das spürte Laurin deutlich. Ihre Geschichte klang ja auch nicht gerade einleuchtend.

»Egal«, sagte Urd, als klar wurde, dass sie nicht antworten würden. »Ihr könnt heute sowieso nicht weiter. Wisst ihr schon, wo ihr unterkommt?«

Sie schüttelten beide den Kopf.

»Ihr könnt im Schuppen hinter dem Haus schlafen, wenn ihr wollt«, sagte Urd. »Er ist nicht besonders groß und ihr müsstet vielleicht ein bisschen aufräumen, aber immer noch besser als auf der Straße, oder?«

»Wir haben kein Geld«, gab Laurin verlegen zu.

»Geld?« Urd schien mit diesem Wort nichts anfangen zu können. »Was soll das sein?«

Didi blinzelte.

»Nichts, was wir Ihnen dafür geben könnten«, verbesserte sich Laurin.

Urd machte eine wegwerfende Handbewegung. »Da wird sich etwas finden«, sagte sie leichthin. »In einem so großen Haus gibt es immer etwas zu tun. Wenn ihr das möchtet, heißt das. Ihr müsst es nicht jetzt entscheiden.«

Sie stand auf und nach kurzem Zögern folgten Didi und Laurin ihr.

Sie durchquerten die Gaststube und die angrenzende, überraschend große Küche, bis sie auf einen geräumigen Innenhof hinaustraten. Im allerersten Moment fragte Laurin sich, ob das Wort Bauernhof nicht zutreffender gewesen wäre. Auf dem Boden lag Stroh, und ein paar bunte Hühner kreuzten gackernd ihren Weg. In einem Verschlag entdeckte sie eine Anzahl Schweine, die begeistert im Morast wühlten. Urd, der ihr Staunen keineswegs entging, führte sie lächelnd zu einem kleinen Schuppen, dessen Inneres nach Staub roch und anscheinend schon seit geraumer Zeit dazu genutzt wurde, ausrangierte Möbel und anderen Krimskrams aufzubewahren.

»Hier könnt ihr bleiben, so lange ihr wollt«, sagte sie. »Sucht euch raus, was ihr möchtet. Alles andere könnt ihr in die Scheune nebenan schaffen.«

»Und wenn wir nicht bleiben wollen?«, fragte Didi.

Urd lächelte unerschütterlich weiter. »Dann habe ich endlich jemanden gefunden, der hier umsonst aufräumt«, sagte sie.

Didi wartete, bis sie gegangen war und die Tür hinter sich geschlossen hatte, dann sagte er finster: »Ich glaube, das meint sie ernst.«

»Dass wir bleiben dürfen?«

»Dass sie einen Dummen sucht, der hier mal gründlich ausmistet.«

»Also ich finde, das ist nur fair«, sagte Laurin. »Wir brauchen schließlich ein Dach über dem Kopf. Oder willst du auf der Straße schlafen?«

»Ich will hier überhaupt nicht schlafen«, antwortete Didi betont. »Man könnte ja meinen, du richtest dich schon mal häuslich ein.«

»Nur weil ich ein Dach über dem Kopf haben will?«

»Wir können nicht bleiben«, beharrte er. »Bisher war das ja alles ganz aufregend und spannend, aber wir müssen irgendwie den Rückweg finden.«

»Und wenn es keinen gibt?«

»Es gibt immer einen Weg«, sagte Didi. »Wir sind reingekommen, also kommen wir auch wieder raus.«

»Für die Leute hier gibt es kein Draußen«, erwiderte Laurin

sehr ernst. »Du hast doch gehört: Sie halten die Menschen für ein Märchen!«

»Aber sie haben von ihnen gehört, sonst gäbe es dieses Märchen gar nicht«, sagte Didi in beinahe schon triumphierendem Ton. »Und bei uns kennt man Märchen von Zwergen, Feen und Zentauren. Also muss irgendwo eine Verbindung sein. Wir müssen sie nur finden.«

»Ja«, seufzte Laurin. »Aber heute nicht mehr. Komm, hilf mir aufräumen.«

Sie ließ ihren Blick über den Berg aus alten Möbeln und Gerümpel schweifen. Sie war nicht sicher, ob sie es bis morgen schaffen würden, für Ordnung zu sorgen. Oder überhaupt jemals.

Am Ende brauchten sie bloß zwei oder drei Stunden, um das größte Chaos zu beseitigen und den Schuppen in ein kleines, fast schon behaglich eingerichtetes Zimmer zu verwandeln. Sie hatten nur zwei Betten, einen Tisch samt Stühlen und eine große Truhe behalten.

Als sie fertig waren, waren beide rechtschaffen erschöpft und so verdreckt, dass Laurin froh war, in dem Gerümpel nicht auch einen Spiegel gefunden zu haben. Kaum hatte sie diesen Gedanken gedacht, da klopfte es, und Urds kleinwüchsige Gehilfin kam herein und brachte eine Schüssel mit heißem Wasser, saubere Tücher, eine Haarbürste und einen Krug mit frischer Milch, auf den sie sich beide begierig stürzten. Dann wuschen sie sich Gesichter und Hände.

»Ich glaube, ich warte dann lieber draußen«, sagte Didi, fuhr auf dem Absatz herum und hatte die Tür hinter sich geschlossen, bevor sie auch nur etwas sagen konnte. Laurin blickte ihm einen Moment lang kopfschüttelnd nach, dann beugte sie sich wieder über die Waschschüssel. Das Wasser war seltsamerweise kristallklar, obwohl sie sich beide gründlich gewaschen hatten. Auf der glatten Oberfläche konnte sie ihr Spiegelbild betrachten.

Sie starrte es missmutig an. Ihr Gesicht war halbwegs sauber, aber ihr Haar sah aus wie schmutziges Stroh, und zu Hause wären ihre Kleider jetzt eindeutig ein Fall für den Müllcontainer gewesen. Dieser Anblick überzeugte Laurin endgültig davon, dass es eine gute Idee von Didi gewesen war, draußen zu warten.

Rasch schlüpfte sie aus ihren Kleidern, klopfte und rieb sie ausdauernd, bis sie nicht mehr ganz so ruiniert aussahen, und wusch sich anschließend noch einmal und so gründlich, dass ihre Haut ganz rot war und kribbelte. Danach wusch sie auch noch das Haar und bürstete es, bis es fast wieder trocken war. Erstaunlicherweise war das Wasser in der Schüssel danach immer noch so sauber, dass man es hätte trinken können.

Erst als sie aus dem Haus trat, wurde ihr klar, dass sie bestimmt eine halbe Stunde gebraucht hatte, doch noch während sie sich den Kopf über eine Ausrede zerbrach, strahlte Didi sie regelrecht an. »Du siehst ja fast wie ein Mensch aus.«

»Und du weißt wirklich, wie man Komplimente macht«, neckte sie ihn.

Didi beließ es bei einem breiten Grinsen und verschwand hinter ihr im Haus, und da Laurin ihn mittlerweile zur Genüge kannte, stellte sie sich schon mal darauf ein, mindestens genauso lange warten zu müssen wie er gerade.

Sie war jedoch noch nicht einmal eine Minute auf dem Hof, als Urd zu ihr kam.

»Na, das nenne ich eine Veränderung«, sagte sie. »Erstaunlich, was ein wenig Hoffnung und ein bisschen Wasser doch bewirken können.« Sie machte eine Kopfbewegung auf den Schuppen hinter sich und fuhr fort: »Habt ihr über meinen Vorschlag geredet?«

»Noch nicht«, antwortete Laurin.

»Das ist schade, denn sonst hätte ich gleich einen Auftrag für euch. Nichts Schwieriges, nur einen kleinen Botengang. Aber ich bin im Moment ein bisschen knapp an Personal, und da dachte ich, dass ihr euch bei der Gelegenheit auch gleich die Stadt ansehen könnt.«

»Das ist ja wohl das Mindeste, was wir tun können«, sagte Laurin.

»Wunderbar. Dann komm mit deinem Bruder in die Küche, wenn ihr so weit seid.«

Bruder?, dachte Laurin verwirrt. Wollte Urd sie auf den Arm nehmen? Man konnte Didi und sie ja für vieles halten, aber ganz bestimmt nicht für Geschwister!

Als Didi endlich fertig war, bot er einen bemerkenswerten Anblick. Er hatte anscheinend keine Zeit darauf verschwendet, seine Kleider zu ordnen, aber sein Haar glänzte frisch gewaschen, und er sah allgemein … direkt umwerfend aus, anders konnte sie es nicht ausdrücken. Sie unterrichtete ihn rasch von Urds Anliegen, und sie gingen ins Haus, wo ihre grauhaarige Gastgeberin schon auf sie wartete und Didi ein schmales Päckchen in die Hand drückte.

»Es ist nicht weit«, sagte sie. »Nur über den Markt und dann hinter dem Brunnen links. Vor dem Haus weht eine grüne Fahne. Ihr könnt es gar nicht verfehlen. Und lasst euch Zeit. Aber sprecht nicht mit allzu vielen Leuten.«

»Und wenn wir uns verlaufen?«, fragte Didi.

»Dann müsst ihr doch jemanden ansprechen und nach mir fragen«, antwortete Urd. »Jeder in der Stadt kennt mich.«

Didi betrachtete das kleine Päckchen so intensiv, dass Laurin ihm regelrecht anzusehen meinte, wie es hinter seiner Stirn arbeitete. Er platzte schier vor Neugier.

»Seid ein wenig vorsichtig damit«, mahnte Urd. »Es ist nicht sehr wertvoll, aber wenn ihr es fallen lasst oder öffnet, dann explodiert es.«

Didi starrte sie mit offenem Mund an, und auch Laurin konnte gerade noch eine erschrockene Bemerkung unterdrücken. Man musste schon sehr genau hinsehen, um das spöttische Funkeln tief in Urds Augen zu bemerken.

Obwohl es mittlerweile bereits Nachmittag sein musste, hatte das Treiben auf dem Marktplatz eher zugenommen. Aufgeregter Lärm und ein Durcheinander aus hundert Stimmen und Sprachen schlugen ihnen entgegen. Von dem Zentauren war nichts mehr zu erblicken, aber einige der anderen Marktbesucher sahen schon irgendwie ... seltsam aus, auch wenn Laurin natürlich nicht sagen konnte, was hier schon normal war und was nicht.

Ihr fiel auf, dass einige Marktbesucher den Kopf in den Nacken gelegt hatten und mit verkniffenen Gesichtern in den Himmel hinaufblickten. Sie hatten schützend die Hände über die Augen gehoben und blinzelten zwischen den Fingern hindurch, als wäre da irgendetwas Außergewöhnliches am Himmel. Aber der Gedanke entschlüpfte ihr, bevor sie ihn zu Ende verfolgen konnte, und bald nahm das fröhlich-bunte Treiben ihre Aufmerksamkeit so sehr in Beschlag, dass sie ihn wieder vergaß. Überall wurde gehandelt, gefeilscht und geschwatzt, Ware feilgeboten, geprüft und gekauft oder unter lautstarkem Lamentieren der Händler wieder zurückgelegt. Da waren hundert verschiedene Lebensmittel und Kleider in tausend unterschiedlichen Schnitten und Farben, von denen Laurin etliche bisher nicht nur noch nie gesehen, sondern bis zu diesem Moment nicht einmal für möglich gehalten hätte. Sie hörte mindestens ein Dutzend verschiedener Sprachen, von denen ihr nur sehr wenige bekannt vorkamen, und dasselbe galt auch für die Musik.

Erstaunlicherweise schienen sie hier kaum Aufsehen zu erregen. Es gab den einen oder anderen fragenden Blick, und einmal meinte sie eine abfällige Bemerkung zu hören, die eindeutig auf sie gemünzt war, aber im Allgemeinen schien niemand von ihnen Notiz zu nehmen – abgesehen von den gefühlt tausend Händlern, die ihnen lautstark ihre Waren anzudrehen versuchten.

Ein Stand erweckte fast sofort Laurins Aufmerksamkeit. Bunte Tücher, Schmuck, Armbänder und allerlei anderer glitzernder Tand wurden hier feilgeboten. Didi machte eine spöttische Bemerkung, schloss sich ihr aber ergeben an, als sie näher an den Stand herantrat, um die glitzernden Schätze zu begutachten.

Ein Teil faszinierte sie ganz besonders: ein kunstvoll ziselierter Spiegel aus einem glänzenden Metall, das sie noch nie gesehen hatte. Die wunderschönen Muster in Griff und Rand waren so fein, als wären sie von Ameisen mit winzigen Hämmern und Meißeln gearbeitet worden (später sollte sie erfahren, dass genau das der Fall war), und das Glas schien kein Glas zu sein, sondern eine Art spiegelnder Kristall. Und was sie darin sah ...

Sie konnte Didis erstaunte Reaktion von vorhin plötzlich verstehen. Sie hatte sich nicht wirklich verändert, und dennoch erkannte sie sich selbst kaum wieder. Alles an ihr wirkte fröhlicher, frischer und irgendwie ... lebendiger, anders konnte sie es nicht ausdrücken. Und erst jetzt wurde ihr klar, dass es genau das war, was ihr vorhin auch an Didi aufgefallen war, selbst wenn sie es im ersten Moment nicht wirklich begriffen hatte. Lag es an dieser Umgebung oder vielleicht an dem Wasser, das Arsia ihnen gebracht hatte?

Oder bildete sie sich alles nur ein?

»He, das da ist interessant!« Didi deutete quer über den Platz auf einen Stand, an dem ein paar Gaukler ihre Kunststücke aufführten. Ein bunt wie ein Papagei gekleideter Junge balancierte auf einem Seil, das so dünn war, dass Laurin es kaum sah, und eine dunkelhaarige Frau tanzte zu den Klängen einer Musik, die Laurin in den Zähnen wehtat. So wie sie sich wand, dachte Laurin, ihr selbst wohl auch.

Das Auffallendste aber war ein Mann, der im Zentrum eines kleinen Kreises Neugieriger stand und mit mindestens einem Dutzend kupferner Töpfe und Pfannen jonglierte. Laurin hatte Jonglieren nie besonders gemocht. Sie hatte nichts dagegen und wusste das Geschick eines guten Jongleurs zu würdigen, aber es interessierte sie einfach nicht. Dennoch folgte sie Didi. Schließlich hatte er sich ja auch geduldig gezeigt, als sie Schmuck und bunte Tücher begutachtet hatte.

Näher heran sah sie, dass es mit diesem Jongleur wohl doch eine Besonderheit hatte. Seine Töpfe und Tiegel bewegten sich irgendwie nicht so, wie sie es sollten. Es war kein wirbelnder Flug, dem das Auge kaum zu folgen vermochte, sondern eher eine Art rhythmischer Tanz, dessen Bewegungen ihr zu langsam vorkamen.

Viel zu langsam, um genau zu sein.

Das blitzende Metall schwebte gemächlich über seinen ausgestreckten Händen, deren gespreizte Finger sich hin und her bewegten, wie um den lautlosen Tanz zu steuern.

»Das ist ja klasse!«, begeisterte sich Didi. »Das muss ich mir ansehen!«

Ungeduldig drängelte er sich durch die Zuschauermenge, bis sie in der ersten Reihe standen. Auch Laurin blickte genauer hin. Ihre Augen begannen schon zu schmerzen, aber sosehr sie sich anstrengte, sie konnte keine Fäden oder andere verborgene Hilfsmittel erkennen.

»Bemerkenswert«, sagte Didi.

»Ja, da fängt man fast an, an Zauberei zu glauben, nicht?«, fragte Laurin.

»Zauberei?« Didi wiederholte das Wort, als wäre es etwas Anstößiges. Oder sehr Dummes. »Das wollen wir doch mal sehen.«

Ehe sie ihn davon abhalten konnte, trat er auf den Jongleur zu und fragte: »Wie machen Sie das?«

»Das ist Zauberei, mein Junge«, entgegnete der Jongleur, ohne dass sich der Tanz seiner blitzenden Requisiten auch nur im Geringsten änderte. »Reine Magie.«

»Ich glaube nicht an Zauberei«, antwortete Didi. Das tadelnde Stirnrunzeln, das Laurin ihm dabei zukommen ließ, ignorierte er geflissentlich.

»Dann komm her und überzeuge dich selbst davon«, forderte ihn der vermeintliche Magier auf.

Das ließ sich Didi nicht zweimal sagen. Unter den schadenfrohen Blicken der anderen Zuschauer hob er die Hand und stupste einen der Töpfe vorsichtig mit der Fingerspitze an. Er wackelte leicht, fand aber sofort wieder in seinen alten Rhythmus zurück.

»Beeindruckend«, sagte Didi. Er klang nicht so, als wäre er es wirklich, sondern streckte die Hand noch weiter aus und fuhr diesmal mit den Fingern unter dem Topf entlang, wobei er sich den Spaß machte, Zeige- und Mittelfinger wie eine Schere zu bewegen, mit der er einen Faden durchschnitt.

Dann darüber.

Dann neben den Töpfen, hinter und vor ihnen, und schließlich führte er wilde Handkantenschläge nur um Haaresbreite an den Töpfen und Tiegeln entfernt aus.

Nichts geschah.

Der Zauberer grinste Didi an, und auch in den Reihen der Zuschauer wurde die eine oder andere spöttische Bemerkung laut. Didis Miene verfinsterte sich mit jeder Sekunde mehr. Schließlich ließ er erschöpft die Arme sinken und starrte den Jongleur zornig an.

»Wie funktioniert das?«, verlangte er zu wissen.

»Das ist Magie, mein Junge«, antwortete der Mann geduldig. »Ein einfacher Zaubertrick, aber hübsch, nicht wahr?«

»Ich glaube nicht an Zauberei«, sagte Didi. »So etwas wie Magie gibt es nicht.«

Täuschte sich Laurin oder zitterten die Töpfe und Pfannen,

einmal nur und ganz sacht, als wäre ihr Rhythmus – beinahe – durcheinandergekommen?

»Dann muss es wohl etwas anderes sein«, sagte der Jongleur belustigt.

»Das sind … irgendwelche unsichtbaren Fäden oder … oder Drähte«, beharrte Didi.

Zwei oder drei Männer hinter ihnen lachten.

Der Magier nickte betont und antwortete: »Du hast recht, mein Junge. Es sind Fäden. Man nennt sie Magie.«

Das Lachen wurde noch lauter.

Didi stampfte zwar nicht trotzig mit dem Fuß auf, aber irgendwie war es, als hätte er es getan. »Ich glaube nicht an Zauberei!«, beharrte er. »So etwas wie Magie gibt es nicht!«

Diesmal war Laurin sicher, dass der Tanz des kupfernen Kochgeschirrs für einen Moment durcheinandergeriet.

»Ja, es fällt einem schon schwer, es zu glauben, nicht wahr?«, fragte der alte Mann lächelnd.

»Und ich glaube es auch nicht«, beharrte Didi. »So etwas wie Zauberei gibt es nicht. Das ist nicht nur unlogisch, sondern naturwissenschaftlich voll-kom-men un-mög-lich!«

Eine wirbelnde Bratpfanne geriet aus dem Takt und schepperte zu Boden.

»Sag ich doch«, triumphierte Didi.

Der Zauberer ächzte, und auch seine übrigen Kochutensilien fielen unter gewaltigem Getöse zu Boden.

»Warum hast du das getan?«, rief er fassungslos.

»Ich habe Ihnen doch gesagt, dass es nicht funktionieren kann«, antwortete Didi altklug. »Und ich habe gar nichts getan!«

»Du hast den Zauber zerstört, du dummer Junge!«, antwortete der alte Mann. Er sah aus, als würde er jeden Moment in Tränen ausbrechen, und einen Moment später tat er das nicht nur tatsächlich, sondern fiel auf die Knie und begann mit zitternden Fingern seine Utensilien einzusammeln. »Du dummer

Junge«, schluchzte er. »Du hast ihn zerstört! Jetzt muss ich einen neuen Zauber weben! Wenn es mir überhaupt noch einmal gelingt!«

»Zerstört?«, wiederholte Didi verdattert. »Was soll das denn heißen?«

»Weil jeder Zauber erlischt, wenn man sein Geheimnis aufdeckt«, sagte einer der Zuschauer. »Das weiß doch jeder.«

»Ich nicht«, antwortete Didi.

»Siehst du denn nicht, dass sie nicht von hier sind?«, fragte eine andere Stimme. »Sie gehören zu denen!«

»Ja, und haben nichts Besseres zu tun, als hierherzukommen und alles kaputt zu machen!«, fügte eine dritte Stimme hinzu.

Laurin konnte regelrecht spüren, wie die Stimmung umschlug. Niemand lachte mehr. Der alte Zauberer lamentierte weiter. Sie fühlte sich nicht wirklich bedroht, meinte aber den Missmut der Männer und Frauen ringsum regelrecht mit Händen greifen zu können.

»Das ... das war nicht so gemeint«, sagte sie hastig. »Es tut mir leid. Didi hat nicht gewusst, dass – «

»Macht es das etwa besser?«, fiel ihr eine Stimme aus der Menge ins Wort.

Laurin antwortete vorsichtshalber nicht darauf, sondern ließ sich rasch neben dem Zauberer auf die Knie sinken und wollte ihm helfen, seine Töpfe einzusammeln, doch er schlug ihre Hand fast schon grob zur Seite.

»Lass das!«, fuhr er sie an. »Du machst es nur noch schlimmer!«

Laurin stand verdattert wieder auf und spürte erneut eine Veränderung. Ringsum wurde ein ärgerliches Rumoren und Raunen laut, und die kleine Menschenmenge begann anzuwachsen.

»Es tut mir wirklich leid«, sagte sie. »Wir haben das nicht mit Absicht gemacht.«

»Mein Zauber ist trotzdem zerrissen«, sagte der Jongleur.

»Was soll ich jetzt tun, kannst du mir das sagen, du dummes Mädchen?«

»Verschwindet!«, rief eine Stimme hinter ihr, und eine andere fügte hinzu: »Warum geht ihr nicht dorthin zurück, wo ihr hergekommen seid?«

Laurin setzte zu einer weiteren Entschuldigung an, entschied sich dann aber, sich einfach wortlos herumzudrehen und zu gehen. Didi folgte ihr auf dem Fuß. Er hatte zwar ein beleidigtes Gesicht aufgesetzt, sah jedoch zugleich ziemlich geknickt aus. Anders als Laurin widerstand er der Versuchung nicht, sich ein paarmal über die Schulter umzusehen. Alles, was ihnen folgte, waren ein paar böse Blicke. Aber Laurin spürte, dass nicht viel gefehlt hätte, und es wäre schlimmer gekommen.

»Wir hätten auf Urd hören und mit niemandem sprechen sollen«, sagte sie, nachdem sie sich ein gutes Stück entfernt hatten.

»Ich konnte doch nicht ahnen, dass ihn eine einfache Frage so nervös macht, dass er gleich alles fallen lässt!«, verteidigte sich Didi.

Laurins Worte waren gar nicht als Vorwurf gemeint gewesen, doch sie antwortete nicht darauf, sondern hielt nach dem Haus Ausschau, das Urd ihnen beschrieben hatte. Sie musste sich beherrschen, um nicht zu rennen.

Als sie den Brunnen passierten, fiel ihr erneut eine kleine Gruppe auf, die mit in den Nacken gelegten Köpfen dastand und in den Himmel blickte. Sie hatten schmale Streifen aus Papier in den Händen, um ihre Augen zu schützen, und als Laurin automatisch hochsah und sich abermals zwei grelle Schmerzblitze in den Augen einhandelte, wusste sie auch warum.

Einer der Männer reichte ihr wortlos einen Streifen Ölpapier, und sie versuchte es erneut. Sie sah sofort, was dort oben nicht stimmte. Es war das Licht, das hier als Sonne diente. Es war so grell, dass es sie selbst durch das dicke Papier hindurch Überwindung kostete, es anzusehen, und das auch nur ein paar Momente lang aushielt. Aber diese zwei oder drei Sekunden reichten, um sie den Schatten erkennen zu lassen, der den Lichtfleck verunzierte. Es sah aus wie ein Kratzer, den jemand in die Sonne gemacht hatte.

Schweigend reichte sie das Papier an Didi weiter und vertrieb sich die Zeit, die er brauchte, um in den Himmel hinaufzusehen, damit, die Augen zusammenzukneifen und darauf zu warten, dass die grünen Nachbilder auf ihrer Netzhaut verblassten.

Didi gab das Papier an seinen ursprünglichen Besitzer zurück und rieb sich die Augen. »Was ist das?«

Die Frage galt Laurin, aber es war einer der Männer, der sie beantwortete. »Es war heute Morgen einfach da. Niemand weiß, was es bedeutet. Es scheint nicht wegzugehen.«

Laurin sah noch einmal zum Himmel hinauf, und nun, wo sie wusste, wonach sie Ausschau zu halten hatte, sah sie den Schatten sofort. Eigentlich wirkte er ganz harmlos.

Aber der Anblick jagte ihr trotzdem einen kalten Schauer über den Rücken.

Und so blieb es die nächsten beiden Tage, sowohl was die Sonne als auch was ihren Tagesablauf anging. Obwohl sie Urds Päckchen heil abgeliefert hatten, unternahmen Laurin und Didi nach dem hässlichen Zwischenfall mit dem Zauberer keine Botengänge mehr. Sie zogen es vor, das Haus nicht mehr zu verlassen und sich in der Küche und bei anderen Gelegenheiten nützlich zu machen. Der Kratzer blieb auf der Sonne, auch wenn Laurin am Ende des zweiten Tages das Gefühl hatte, er wäre ein bisschen schmaler geworden. Sicher konnte sie nicht sein, denn sie konnte immer nur eine oder zwei Sekunden hinsehen, bis das Licht zu grell wurde.

Ein paarmal hatten sie versucht, Urd auf den kürzesten Weg zum Schloss anzusprechen, aber die Gastwirtin war ihnen immer wieder ausgewichen, sodass sie es schließlich aufgegeben hatten. Und etwas Seltsames geschah: Laurin hätte sich durch eine solche Abfuhr normalerweise nicht entmutigen lassen, sondern ganz im Gegenteil nur noch hartnäckiger nachgebohrt, und so wie sie Didi einschätzte, erwartete sie dasselbe auch von ihm. Doch Didi gab sich nicht nur ebenfalls zufrieden. Am zweiten Tag hörte er auf, entsprechende Fragen zu stellen, und hänselte sie nicht einmal mehr, weil sie sich häuslich einzurichten begann.

Laurin vertrug sich gut mit Arsia, obwohl diese nach wie vor kein Wort sprach. Vielleicht ja auch gerade deshalb. Schon im Laufe des ersten Tages brachte die kleinwüchsige Frau ihr bei, ein paar einfache Gerichte der hiesigen Küche zuzubereiten, die sich gar nicht so sehr von dem unterschied, was sie von zu Hause gewohnt war, nur dass ausnahmslos alles sehr viel besser schmeckte. Und das größte Wunder überhaupt war, dass es ihr Spaß machte. Dabei war Küchenarbeit nie ihr Ding gewesen. Sie wusste ein gutes Essen zwar zu schätzen, wäre aber freiwillig nie auf die Idee gekommen, auch nur einen Fuß in die Küche zu setzen, außer um sich eine Cola aus dem Kühlschrank zu holen. Jetzt begann es ihr mit einem Male Freude zu bereiten, Gemüse zu putzen, Obst und Feldfrüchte zu schneiden und Soßen zuzubereiten und abzuschmecken. Noch vor einer Woche hätte sie das Ansinnen empört von sich gewiesen, sich mit solchem Weiberkram zu beschäftigen, jetzt machte es ihr nicht nur nichts aus, sie konnte es kaum abwarten, immer mehr von Arsia und den anderen Frauen zu lernen.

Didi erging es auf seine Weise ganz ähnlich. Er half auf dem Hof und bei den gröberen Arbeiten, versorgte die Tiere und führte kleinere Reparaturen aus, wobei er sich als unerwartet geschickter Handwerker erwies. Er hätte es natürlich niemals laut zugegeben, aber Laurin wusste, dass er Gefallen daran fand.

Am Morgen ihres dritten Tages in der Stadt standen sie wie gewohnt mit dem ersten Licht der zerkratzten Sonne am künstlichen Himmel auf und wollten ins Gasthaus gehen, um einen Becher warme Milch zu trinken und etwas zu essen. Doch noch bevor sie die Küche betraten, wurde der Eingang des großen Gastraums aufgestoßen und schwere Schritte polterten herein.

Laurin blieb ganz instinktiv stehen und lauschte. Nach einem Moment hörte sie Urds Stimme. Sie verstand die Worte nicht, aber ihre Gastgeberin klang zornig. Dann ertönte eine andere, viel tiefere und knarrende Stimme, die sie roh unterbrach.

Nebeneinander und auf Zehenspitzen schlichen Laurin und Didi weiter, bis sie durch einen Türspalt linsen konnten. Um ein Haar wäre Laurin ein erschrockener Ruf entschlüpft.

Urd stand mit dem Rücken zu ihnen gewandt und redete hastig und mit beiden Armen gestikulierend auf eine Gestalt ein, die eine knappe Handbreit kleiner war als sie, aber annähernd doppelt so breit. Hinter dem ersten Alben standen noch zwei weitere Quadratwürfelzwerge, und zumindest der, mit dem sich Urd stritt, war ihnen nicht unbekannt.

»Ich weiß, dass sie hier sind«, sagte Etsch. »Man hat sie gesehen. Sie arbeiten für dich, also mach es mir und dir nicht unnötig schwer und sag mir, wo sie sich verstecken.«

»Du hast mir gar nichts zu sagen, Etsch«, antwortete Urd kühl. »Das hier ist mein Haus. Wage es nicht, mir in meinem eigenen Haus zu drohen!«

»Du weigerst dich also, sie mir zu übergeben?«, fragte Etsch.

»Übergeben?«, wiederholte Urd. »Diese beiden Kinder sind nicht mein Eigentum. Niemand gehört einem anderen, das solltest du wissen.«

»Übertreib es nicht, Urd!«, warnte Etsch. »Deine schönen Worte werden dir nicht immer weiterhelfen.«

»In meinem Haus spreche ich, wie mir der Schnabel gewachsen ist«, erwiderte Urd spöttisch. »Und jetzt verlass meinen Grund und Boden!«

Didi und Laurin hatten genug gehört. Sie warteten den Ausgang des Gesprächs nicht ab, sondern fuhren auf dem Absatz herum und stürmten durch die Küche auf den Hof hinaus.

Im allerersten Moment wollte sie Panik überkommen, denn der Hof kam ihnen mit einem Male winzig vor, und sie sahen überall nur verschlossene Türen und unübersteigbare Mauern. Dann flitzte etwas Winziges auf schillernden Libellenflügeln schräg vom Himmel herab und zwischen ihnen durch, und ein wohlbekanntes Stimmchen piepste: »Zu den Schweinen! Schnell!«

»Morlock!«, entfuhr es Laurin, und:

»Morlock!«, sagte Didi im gleichen Atemzug.

Die Elfe sauste so schnell und schräg dem Boden entgegen, dass Laurin schon damit rechnete, sie in einer Staubwolke auf dem Boden zerschellen zu sehen, kehrte dann im letzten Moment um und hielt auf summenden Flügeln vor ihnen in der Luft an. »Zu den Schweinen!«, piepste sie noch einmal. »Schnell! Da geht es raus!«

Ohne eine Antwort abzuwarten, fuhr sie herum und hielt auf den Schweinekoben zu. Didi und Laurin schlossen sich ihr an.

Noch bevor sie ihr Ziel erreichten, hörte Laurin, wie die Haustür eingetreten wurde und Urd aufgeregt zu keifen begann. Offenbar nutzte ihr das nicht viel, denn plötzlich waren zahlreiche polternde Schritte zu hören, die sich rasch im ganzen Haus verteilten.

Didi flankte über die Koppel, woraufhin das Borstenvieh mit protestierendem Quieken auseinanderstob. Laurin folgte ihm auf dieselbe Weise und kaum weniger schnell, was ihr einen anerkennenden Blick von Didi einbrachte. Nebeneinander jagten sie durch die davonquiekenden Schweine. Von dem versprochenen Ausgang war keine Spur zu erkennen. Dann sah Laurin genauer hin und entdeckte sie doch: eine halbhohe hölzerne Klappe, die so mit Dreck und Matsch beschmiert war, dass sie fast mit der lehmverputzten Wand verschmolz.

»Beeilt euch!«, drängelte Morlock.

Didi riss die Klappe auf, schubste Laurin reichlich unsanft hindurch und warf die verborgene Tür hinter ihr so wuchtig wieder zu, dass sie beide in eine Staub- und Schweinedreckwolke gehüllt wurden und gerade noch ein Husten zurückhalten konnten.

Mühsam nach Atem ringend blinzelte Laurin durch die Ritzen der hölzernen Klappe in den Schweinekoben hinaus – und erstarrte vor Schrecken, denn sie blickte direkt in das zerknitterte Gesicht eines Alben. Einen Moment lang war sie felsenfest davon überzeugt, dass er sie gesehen haben musste. Aber dann legte der Alb das Gesicht nur in noch mehr Falten und Runzeln, drehte sich um und verschwand mit schlurfenden Schritten in dem Schuppen, den Didi und sie sich hergerichtet hatten. Im nächsten Moment hörten sie das Krachen von zerberstenden Möbeln, und Trümmerstücke kamen aus der offen stehenden Tür geflogen.

»Dieser Mistkerl!«, grollte Didi neben ihr. Laurin legte ihm rasch und beruhigend die Hand auf den Unterarm und spürte, wie heftig er zitterte. Sie hoffte, dass er sich nicht zu einer Dummheit hinreißen ließ.

Obwohl sie ihn verstehen konnte. Auch wenn sie erst seit zwei Tagen hier waren, war das kleine und so schrecklich altmodisch eingerichtete Zimmer doch bereits zu einer Art Heimat für sie geworden, das dieser dumme Zwerg nun vollkommen grundlos zerstörte. »Warum tun sie das?«

»Weil sie nun mal so sind«, piepste Morlock. »Willst du sie fragen? Verschwindet lieber. Wenn sie euch erwischen, bekommt Urd richtig Ärger.«

Das würde wahrscheinlich sowieso passieren, dachte Laurin schmerzlich. Aber es würde nicht besser, wenn sie sich auch noch erwischen ließen.

So leise sie konnten, tasteten sie sich in der vollkommenen Dunkelheit vorwärts, bis sie eine steile Treppe erreichten, die zu einer Tür hinaufführte. Laurin schob alle Vorsicht beiseite und die Tür mit einem Ruck auf und rechnete schon damit, direkt in ein breites Albengrinsen zu blicken. Aber sie gelangten nur in einen verlassenen Hausflur, der sie nach wenigen Schritten ins Freie entließ.

Die Elfe flitzte nach links, und auch Laurin wollte sich in dieselbe Richtung wenden, doch Didi deutete mit einem heftigen Kopfschütteln nach rechts. »Ich will sehen, was da los ist«, sagte er.

»Bist du übergeschnappt?!«, kreischte Morlock. Auch Laurin hielt das nicht für eine gute Idee, aber Didi stürmte bereits los, sodass sie ihm wohl oder übel folgte. Erst zwei Schritte bevor sie den Marktplatz erreicht hätten, wurde er langsamer und spähte vorsichtig um eine Hausecke. Laurin tat es ihm gleich.

Im allerersten Moment verstand sie nicht genau, was sie da sah, aber dann erschrak sie bis ins Mark. Mindestens zwei Dutzend Albenkrieger waren vor dem Gasthaus zusammengekommen, und hinter ihnen, riesig und beinahe noch hässlicher als in jener Nacht, thronte der Gefängniswagen, in den sie Iridacea und die anderen Kinder gesteckt hatten. Dem Lärm nach zu schließen, der durch die vergitterten Fenster drang, mussten noch etliche Gefangene hinzugekommen sein.

Die Tür des Gasthauses – oder was noch von ihr übrig war – flog auf, und Etsch und zwei weitere Alben stürmten heraus, dicht gefolgt von Urd, die sie lautstark beschimpfte und die eine oder andere Drohung von sich gab, die Laurin lieber nicht hören wollte. Etsch zahlte mit gleicher Münze zurück, und Laurin wäre nicht erstaunt gewesen, wären sie im nächsten Moment aufeinander losgegangen.

Doch so weit kam es nicht. Die beiden zankten noch eine Weile lautstark, dann drehte sich Etsch mit einem Ruck herum und stapfte davon. Urd lief ihm ein paar Schritte nach und beschimpfte ihn fröhlich weiter, gab es aber dann auf und kehrte ins Haus zurück. Schließlich setzte sich auch der Wagen knarrend in Bewegung und rollte davon.

Sie warteten, bis der letzte Albenkrieger verschwunden war, und gaben dann bestimmt noch einmal fünf Minuten zu, bevor Laurin es wagte, aus ihrem Versteck herauszutreten.

Sie kam nicht ganz dazu, denn Didi legte ihr die Hand auf die Schulter und schüttelte zusätzlich den Kopf.

Laurin riss sich los. »Ich will nur sehen, ob es Urd gut geht.«

»Nach dem, was ich gerade gesehen habe, hätte ich mir eher Sorgen um Etsch gemacht«, antwortete Didi lächelnd, wurde aber dann umso ernster. »Und wenn ich Etsch wäre, dann hätte ich jemanden zurückgelassen, der das Haus im Auge behält. Wir müssen fliehen, solange wir es noch können.«

Das war ein Argument, gegen das Laurin nicht viel sagen konnte, und auch die Elfe pflichtete ihm hastig bei: »Nicht einmal Etsch würde es wagen, Hand an Urd zu legen.«

Schließlich nickte Laurin widerstrebend.

Trotz der frühen Stunde herrschte auf dem Platz reges Treiben. Sie hatten schon bald erfahren, dass hier jeden Tag Markt war, was Laurin zwar ein bisschen seltsam erschien, ihnen nun aber zugutekam. Der große Gefängniswagen und seine martialische Eskorte hatten für Unruhe und Aufsehen gesorgt, die sich aber rasch wieder legte, und schon bald stellte sich das gewohnte Gewusel und Getöse ein.

Unbehelligt erreichten sie das Haus, in dem sie Urds Päckchen abgegeben hatten, und gingen so langsam daran vorbei, wie sie konnten, obwohl ihnen eher danach zumute war, aus Leibeskräften zu rennen. Morlock flog ein Stück hinter und über ihnen. Laurin konnte nicht sagen, ob sie nun auf sie achtgab oder verhindern wollte, dass irgendjemandem auffiel, dass sie zusammengehörten. Wahrscheinlich beides.

Auch ein Stück abseits des Marktes war viel los und das, obwohl die Straße deutlich länger war, als sie erwartet hatten. Um nicht zu sagen: Sie schien gar nicht mehr aufzuhören.

Sie mussten eine halbe Stunde oder mehr unterwegs sein, als Didi es aussprach. »Sie passt gar nicht hier rein.«

Laurin sah ihn fragend an. »Was?«

»Diese Straße«, antwortete Didi mit einer ausholenden Geste. »Wir haben die Stadt doch von Weitem gesehen. Sie ist winzig. Und wir sind jetzt schon mindestens einen Kilometer gegangen, wahrscheinlich mehr. Wie geht das?«

Das wusste Laurin nicht. Sie wusste nur, dass Didi recht hatte und dass sich die Straße noch einmal mindestens genauso weit dahinzog, wenn nicht sogar weiter. Aber warum wunderte sie in dieser seltsamen Stadt überhaupt noch etwas? Gerne hätte sie die Elfe gefragt, aber der summende Winzling war außer Reichweite. Laurin tröstete sich damit, dass sie vermutlich die Umgebung nach Verfolgern absuchte.

Schweigend setzten sie ihren Weg fort. Dann und wann folgte ihnen ein neugieriger Blick, und mindestens einmal meinte sie eine wenig charmante Bemerkung aufzuschnappen, aber sie wurden nicht angesprochen oder gar belästigt.

Dann änderte sich ihre Umgebung. Die Straße wurde schmaler, und die Häuser rückten enger zusammen, wirkten schäbiger und kleiner. Es gab kein Kopfsteinpflaster mehr, sondern nur noch festgetretenen Lehm, durch den hier und da kleine Bäche aus schlecht riechendem Abwasser plätscherten. Und schließlich war der Weg vor ihnen blockiert: Jemand hatte zwei große Leiterwagen quer und so zueinander versetzt auf die Straße gestellt, dass sie sich nur hintereinander hindurchschlängeln konnten.

Dahinter wiederum erwartete sie ein abweisend aussehendes Wachhäuschen, aus dem ihnen ein grimmig dreinblickender Krieger entgegenstarrte. Er trug einen Hörnerhelm, eine schwere Wikingerrüstung aus schwarzem Leder und Eisen, Pickelhaube, Schild und Schwert und stützte sich schwer auf eine Hellebarde mit doppelter Axtklinge. Auf der Brust baumelte der gleiche klobige Anhänger, den sie auch bei Etsch und seinen Begleitern gesehen hatten. Alles in allem war er eine durchaus beeindruckende Erscheinung.

Oder wäre es gewesen, wäre er nicht nur einen knappen dreiviertel Meter groß gewesen.

»Was wollt ihr?«, raunzte er sie an. »Was habt ihr hier verloren und wo kommt ihr überhaupt her? Und wo wollt ihr hin?«

»Von dort.« Didi deutete mit dem Daumen über die Schulter zurück.

»Und wir wollen nach da«, fügte Laurin mit einer Geste nach vorne hinzu.

Der Kampfzwerg nickte so heftig, dass seine Rüstung schepperte. »Warum habt ihr das nicht gleich gesagt?«, grollte er. »Geht weiter! Seht ihr nicht, dass ich beschäftigt bin?«

»Nein«, antwortete Didi.

Der Zwerg starrte finster zu ihm hoch, und Laurin zog Didi hastig weiter, bevor er noch mehr Unsinn anrichten konnte.

Als sie nach ein paar Schritten zu dem seltsamen Wächter zurücksah, war er bereits in sein Wachhäuschen getreten und stand reglos auf seine Hellebarde gestützt da.

»Was war das denn?«, murmelte Didi verwirrt.

Darauf konnte Laurin nur mit einem hilflosen Achselzucken antworten. Sie sah sich aufmerksam um. Etwas war anders als in dem Teil der Stadt, in dem sie bisher gewesen waren, und es dauerte nicht lange, bis ihr auch auffiel, was. Die Häuser waren genauso heruntergekommen, schmutzig und alt wie bisher, aber sie wirkten zugleich ... bunter. Irgendwie lebendiger. Dasselbe galt für die Gestalten, die die Straße bevölkerten. Viele waren kunterbunt und manche sogar grotesk angezogen, und längst nicht alle hatten menschliche Gestalt. Einige hatten Flügel, Hörner oder Schwimmflossen, eine sah aus wie ein wandelnder Busch, und bei zwei oder drei schaute Laurin lieber nicht zu genau hin.

Aus manchen Häusern drang schrille Musik, hier und da

hatten sich kleine Gruppen vor den Eingängen oder in offenen Höfen versammelt, um zu schwatzen, gemeinsam Musik zu hören oder zu tanzen. Und obwohl die Straßen immer schmaler zu werden schienen, gab es viele Verkaufsstände oder auch einfach nur bunte Tücher, die auf Fensterbrettern lagen, damit die angebotenen Waren direkt aus den dahinterliegenden Zimmern verkauft werden konnten. Fremdartige Gerüche und ein Durcheinander aus Stimmen, Gelächter und Musik erfüllten die Luft, und sie wurden zum ersten Mal nicht misstrauisch beäugt oder gar angepöbelt.

Dann erreichten sie einen kleinen Platz mit einem Brunnen in der Mitte. Nebeneinander überquerten sie ihn bis zu einer weiteren Straße auf der anderen Seite, die wieder eine Art kunterbunter Basar war. Auch hier waren Stände aufgebaut, an denen gehandelt, getauscht und palavert wurde, sowie Bänke und Tische, an denen man beisammensitzen und schwatzen konnte. Laurin war das alles eine Spur zu schrill und zu laut, aber das lag möglicherweise daran, dass es so ungewohnt war.

Anderen schien es ähnlich zu ergehen, nur waren sie deutlich weniger zurückhaltend. Laurin beobachtete zwei demonstrativ bis an die Zähne bewaffnete Alben, die einen mannshohen Pfahl in den Boden rammten, an dem ein in unbekannter Schrift abgefasstes Schild angebracht war. Sie konnte den Text nicht lesen, aber sie war sehr sicher, dass er ihr nicht gefallen hätte.

Didi hatte es ebenfalls bemerkt. »Was steht da?«, fragte er.

»Das willst du nicht wissen«, piepste ein helles Stimmchen über ihnen. Morlock war zurück und zog summende Kreise dicht über ihren Köpfen. »Und starrt sie nicht so an. Das mögen sie gar nicht.«

Statt zu fragen warum, nahmen sie sich Morlocks Warnung lieber zu Herzen und setzten ihren Weg schweigend fort.

Sie kamen nur wenige Dutzend Schritte weit, denn vor ihnen bildete sich ein kleiner Stau, weil sich ein halbes Dutzend Männer mit bunt bemalten Gesichtern und vielfarbigen, langen Haaren um einen großen Kessel versammelt hatte, aus dem Flammen schlugen. Dabei wiegten sie die Oberkörper hin und her und gaben so jämmerliche Laute von sich, als litten sie große Schmerzen. Laurin nahm allerdings eher an, dass sie sangen.

»Was geht denn da vor?«, fragte Didi.

»Das sind nur ein paar Waldschrate«, sagte ein Mann aus der Zuschauerreihe, der geduldig auf das Ende der Zeremonie wartete. »Sie müssen fünfmal am Tag zu ihren Geistern beten, um ihnen zu huldigen. Aber es dauert nicht mehr lange.«

»Und wie kommen wir da jetzt vorbei?«, maulte Didi.

»Ist doch ganz einfach«, flötete die Elfe. »So.« Sie stieg summend in die Höhe und sank auf der anderen Seite der sonderbaren Gruppe wieder herab. Nach einem Moment kam sie zurück und hielt mit einem breiten Grinsen nur eine Handbreit vor Didis Gesicht in der Luft an. »Oder ihr geduldet euch.«

Didi funkelte sie an, und Laurin fragte hastig: »Und das machen die jeden Tag fünfmal?«

»Und jede Nacht«, bestätigte Morlock. »Sie sind schon ein komisches Völkchen. Aber es dauert nicht mehr lange.«

Irgendjemand hinter ihnen war da offensichtlich anderer Ansicht, denn in diesem Moment ertönte eine ärgerliche Stimme. »Vielleicht gebt ihr da vorne mal den Weg frei! Anständige Leute müssen schließlich ihre Arbeit tun.«

Laurin war nicht sehr überrascht, hinter sich zwei Alben zu erblicken.

»Das ist eine Straße, kein Gebetsplatz.« Rüde stießen sie ein paar Passanten aus dem Weg und gingen an Didi und ihr vorbei, als wären sie gar nicht da. Doch bei den tanzenden Waldschraten angekommen, gab es auch für sie kein Weiter mehr.

»Jetzt gebt schon den Weg frei, dummes Pack!«, polterte einer der Alben. »Wir sind doch hier nicht im Wald!«

»Es dauert nicht mehr lange«, sagte ein Mann aus der Menge. »Sie müssen ihre Geister anrufen, um sie wohlwollend zu stimmen.«

»Dann sollen sie das gefälligst zu Hause tun!«, polterte der andere Albe. »Das hier ist unsere Stadt! Müssen wir uns jetzt vorschreiben lassen, wann wir unsere eigenen Straßen benutzen dürfen?«

Und prompt ging er weiter, packte einen der Waldschrate am Schlafittchen und stieß ihn so derb zurück und gegen den Kessel, dass dieser umfiel und seinen brennenden Inhalt über die halbe Straße verteilte.

Die Waldschrate spritzten erschrocken auseinander und begannen lautstark zu lamentieren. Überall ringsum erhob sich unwilliges Murren und Geraune.

»Da seht ihr es!«, rief der Albe, während er bereits vorstürmte und die Flammen mit seinen schweren Stiefeln auszutreten begann. »Wir gewähren ihnen unsere Gastfreundschaft und geben ihnen Essen und Unterschlupf, und zum Dank schreiben sie uns vor, wie wir in unserer eigenen Stadt zu leben haben und zünden unsere Häuser an! Was muss denn noch passieren, damit ihr es endlich begreift?«

»Also so war es ja nun – «, begann Didi, und Morlock unterbrach ihn nicht nur mit einem erschrockenen Piepsen, sondern scheuchte sie auch beide, heftig mit ihren winzigen Ärmchen gestikulierend, in eine schmale Seitengasse.

»Es ist besser, sich nicht einzumischen«, sagte sie. »Mit diesen Alben ist nicht zu spaßen. Und sie werden immer dreister!«

»Und vielleicht ist das ja so, *weil* sich niemand einmischt!«

Die Elfe machte eine Bewegung, wie um seine Worte beiseitezufegen. »Unsinn«, sagte sie. »Was sollen wir schon tun? Uns gegen sie stellen? Die beiden Dummköpfe da hinten waren gar nichts. Hast du die richtig üblen schon mal gesehen?«

»Wir hatten das Vergnügen«, bestätigte Didi. »Schon vergessen?«

»Dann weißt du ja, dass mit den Kerlen nicht gut Kirschen essen ist«, antwortete Morlock. Sie zog eine Schnute. »Und die werden immer dreister, je größer sie werden.«

»Größer?«, vergewisserte sich Laurin. Hatte sie richtig gehört? »Soll das heißen, dass sie ... wachsen?«

»Sonst würden sie ja nicht größer, oder?«, erwiderte die Elfe patzig.

»Ihr habt Angst vor ihnen«, stellte Didi fest. »Das kann ich sogar verstehen. Aber weil ihr euch nicht wehrt, werden sie immer unverschämter, und deshalb habt ihr immer mehr Angst vor ihnen. Das klingt irgendwie nicht sehr clever.«

»Wie schön, dass du alles so genau weißt«, sagte Morlock und kniff das linke Auge zusammen. »Wie lange seid ihr jetzt schon hier?« Sie beantwortete ihre Frage praktischerweise gleich selbst. »Ach ja, drei oder vier Tage. Na, dann ist ja klar, dass ihr Schlaumeier die Lösung für alle Probleme kennt. Warum hab ich euch eigentlich nicht gleich gefragt?«

Laurin trat mit einem raschen Schritt zwischen Didi und die Elfe, bevor der alberne Zank noch weiter eskalieren konnte. Morlock glitt ein Stück zur Seite, und Didi versuchte hinter ihr dasselbe zu tun, aber nun wurde Laurin wirklich sauer.

»Hört mit dem Unsinn auf, alle beide!«, sagte sie scharf. »Meint ihr nicht, dass wir Wichtigeres zu tun haben?«

»Zum Beispiel hier den Dicken zu markieren?«, giftete die Elfe.

»Oder die Besserwisserin?«, erwiderte Didi.

Laurin verdrehte die Augen. »Bitte!«

»Ja, ist ja gut«, knurrte Didi.

»Nö, isses nicht«, schnaubte Morlock.

Laurin verdrehte lautlos die Augen. In Gedanken zählte sie bis fünf, schöpfte vorsichtig Hoffnung, dass die beiden Dummköpfe vielleicht endlich zur Vernunft gekommen waren, und setzte dazu an, die Elfe noch einmal zu fragen, was sie mit »je größer sie werden« gemeint hatte. Sie kam auch diesmal nicht dazu. Sie hatten einen weiteren Platz erreicht – vielleicht war es auch derselbe, nur aus einer anderen Richtung – und vor ihnen herrschte das reinste Chaos. Der freie Raum zwischen den heruntergekommenen Häusern platzte vor Menschen und anderen, märchenhaften Geschöpfen schier aus den Nähten. Ein heilloses Durcheinander aus Geschrei, Lärm, Geschnatter und Getöse marterte ihre Ohren, und Laurin meinte die angespannte Stimmung geradezu mit Händen greifen zu können, die von der gesamten Menge Besitz ergriffen hatte.

»Was ist denn hier los?«, wunderte sich Didi.

Laurin konnte auch jetzt wieder nur die Schultern heben, doch Morlock meldete sich zu Wort: »Das sind diese Trottel mit ihrer Siebentagesdemo. Doofes Pack!«

»Alben?«, vermutete Didi.

»Ein paar«, antwortete die Elfe. »Aber die meisten sind einfach Dummköpfe, die sich aufhetzen lassen.« Sie flog ein kleines Stück höher und gestikulierte über die Köpfe der Menschenmenge hinweg, die wie ein buntfarbenes Meer vor ihnen wogte. »Die da hinten. Sie treffen sich jeden siebten Tag, um zu protestieren. Ganz friedlich, natürlich. Sie stehen einfach nur da, halten ihre Plakate in die Höhe und protestieren stumm, die Dumpfbacken.«

»Und wogegen?«, wollte Didi wissen. Genau wie Laurin versuchte er auf Zehenspitzen über die Köpfe der Menge hinwegzusehen, und genau wie sie wahrscheinlich erfolglos.

Laurin ging zu einem Hauseingang und stieg die dreistufige Treppe hinauf. Nun konnte sie erkennen, was Morlock gemeint hatte: Auf der anderen Seite des Platzes war eine alles andere als kleine Gruppe aufmarschiert, die zwar tatsächlich zum Teil aus finster dreinblickenden Alben bestand, ganz wie Morlock es gesagt hatte, zu einem deutlich größeren aber aus Männern und Frauen aus der Stadt sowie einigen wenigen Zwergen. Etliche von ihnen hielten grob gemalte Schilder in die Höhe. Einige hatten große Spruchbänder zwischen sich aufgespannt, die mit unverständlichen Schriftzeichen bedeckt waren, die sie irgendwie an altgermanische Runen erinnerten. Für sie hätten es aber auch ebensogut Hieroglyphen sein können.

»Was steht da?«, fragte Didi, nachdem er neben sie getreten war.

»Das willst du nicht wissen«, antwortete Morlock.

Laurin schon, denn sie hatte das Gefühl, dass es irgendwie wichtig war, und kaum hatte sie diesen Gedanken gedacht, da konnte sie die Schrift lesen. Ungläubig riss sie die Augen auf.

»Und wenn doch?«, beharrte Didi.

»Das ist nur der übliche Alben-Stumpfsinn«, antwortete die Elfe.

»Wie zum Beispiel?«

»*Genug ist genug*«, las Laurin vor. »*Geht nach Hause.* Oder: *Das ist unsere Stadt, ihr*...« Das übersetzte sie nicht, denn dieses Wort wollte ihr einfach nicht über die Lippen kommen.

Didi hätte es aber wohl gar nicht gehört, denn er war voll und ganz damit beschäftigt, sie mit offenem Mund anzustarren. Genau wie Morlock, übrigens.

»Du ... kannst das lesen?«, fragte Didi erstaunt.

»Ja«, antwortete Laurin, die kaum weniger verdattert war als Didi. »Aber jetzt frag mich nicht wieso.«

»Du kannst das wirklich schon lesen?«, wunderte sich auch die Elfe. »Also, das ging schnell.«

Es dauerte bestimmt fünf Sekunden, bis Laurin begriff, was Morlock gesagt hatte. Nachdenklich sah sie zu der hin und her pendelnden Elfe hoch. »Wie meinst du das?«

»Na hör mal!«, antwortete Morlock. »Wie lange seid ihr jetzt hier? Drei oder vier Tage? So was hab ich ja noch nicht erlebt! Die meisten brauchen zehnmal so lange, bis sie auch nur die ersten Wörter buchstabieren können!«

Laurin war nicht ganz sicher, ob sie wirklich verstand. Morlock ließ ihr aber keine Gelegenheit, eine entsprechende Frage zu stellen, sondern wedelte schon wieder aufgeregt mit Armen und Flügeln gleichzeitig herum und hüpfte zugleich wie ein lebender Jo-Jo auf und ab.

»Ich wusste gleich, dass ihr was Besonderes seid!«, piepste

sie. »Schon als ich euch das erste Mal gesehen hab! Ich hatte recht!«

Didi starrte sie immer noch aus aufgerissenen Augen an und fragte wieder: »Wieso kannst du das lesen?«

Laurin hätte eine Menge darum gegeben, die Antwort auf diese Frage zu kennen. Sie betrachtete die fremdartig anmutenden Buchstaben und erkannte keinen einzigen davon, und doch wusste sie nicht nur, was da stand, sie identifizierte auch etliche dumme Rechtschreibfehler, die die Autoren dieser literarischen Ergüsse gemacht hatten. Und das war schlicht und einfach unmöglich.

»Und was wollen die?«, murmelte Didi, der wohl endlich eingesehen hatte, von ihr keine Antwort zu bekommen.

»Das musst du diese Dumpfbacken fragen«, antwortete Morlock. »Aber wollt ihr weiter rumtrödeln oder vielleicht doch lieber ein Versteck suchen? Ich kann diese Alben zwar nicht ausstehen, doch ihr solltet sie besser nicht unterschätzen. Sie sind nicht dumm und sie wissen gar nicht, was das Wort aufgeben bedeutet. Was ist denn eigentlich in euch gefahren, ausgerechnet in diese Stadt zu gehen?«

»Vielleicht weil uns niemand gesagt hat, dass wir es nicht sollen?«, schlug Didi vor.

»Aber jemandem nicht zu sagen, dass er irgendwo nicht hingehen soll, bedeutet nicht automatisch, dass er unbedingt genau dorthin gehen muss!«, protestierte Morlock. »Und habe ich euch etwa nicht geraten, euch auf den Weg zum Schloss zu machen?«

»Wollt ihr das jetzt den ganzen Tag so weitertreiben?«, fragte Laurin. Beide sahen sie gleichermaßen empört an, und Laurin fuhr mit einer hastigen Geste auf die stumm dastehenden Demonstranten fort. Unglücklicherweise konnte sie mittelweile jedes Wort, das auf den Schildern und Transparenten geschrieben stand, lesen. »Sag uns lieber, was das bedeutet.«

»Wir sind hier im Fremdenviertel«, antwortete die Elfe.

»Das ist uns aufgefallen«, sagte Didi.

»Denen da auch«, antwortete Morlock mit einem heftigen Armwedeln über den Platz. »Und sie sind der Meinung, dass es allmählich zu viele werden.«

Laurin erinnerte sich plötzlich an das Gespräch zwischen Etsch, Hartwig und Rosa, das sie belauscht hatte. Sie ahnte, wovon die Elfe sprach. »Sie glauben, dass zu viele Fremde zu euch kommen?«

»Wenn man sich hier so umsieht, könnte man fast meinen, dass das stimmt«, sagte Didi, und nun waren es Laurin und Morlock, die ihn empört ansahen.

»He, he!« Didi hob abwehrend beide Hände, als hätte er Angst, dass sie jetzt zusammen über ihn herfallen würden. Zumindest Morlocks Gesichtsausdruck nach zu schließen, war das vielleicht nicht einmal so unwahrscheinlich. »So war das nicht gemeint! Aber in diesem Teil der Stadt scheint es ja fast nur Fremde zu geben.«

»Weil Etsch und die anderen dafür sorgen, dass sie hier zusammengetrieben werden, bis es so weit ist«, bestätigte die Elfe. »Und dann beschweren sie sich und behaupten, es wären zu viele! Das ist wieder mal typisch für dieses heimtückische Albenvolk!«

»Bis was so weit ist?«, fragte Laurin alarmiert.

Morlock machte ein Gesicht, als hätte sie nun wirklich die mit Abstand dümmste Frage des Tages gestellt, wenn nicht der Woche. »Na, bis wir – ups! Wir müssen hier verschwinden, schnell!«

Didi setzte zu einer Frage an, doch Laurin war Morlocks Blick gefolgt und hatte Etsch und seine Albenkrieger entdeckt. Sie schubste Didi mit beiden Händen von der Treppe. Gleichzeitig belegte sie sich selbst in Gedanken mit der einen oder anderen Unfreundlichkeit, nicht früher daran gedacht zu haben: Genauso, wie sie von ihrer erhöhten Position aus einen guten Blick über den gesamten Platz hatten, waren sie ja auch selbst von überallher deutlich zu sehen. Wie hatte sie nur so dumm sein können?

»Nach links!«, piepste Morlock. »Dort lang! Ich zeig euch den Weg!«

Das war leichter gesagt als getan, denn auf dem Platz herrschte ein solches Gedränge, dass sie alle Mühe hatten, sich nicht aus den Augen zu verlieren, und schon nach wenigen Schritten nicht mehr wussten, in welche Richtung sie sich überhaupt bewegten. Morlock scheuchte sie nach links, nach rechts, vor und zurück, und Laurin stellte bald fest, dass man sich durchaus auch in einer Menschenmenge verirren konnte. Mehr als nur einmal prallten sie gegen andere, was ihnen böse Blicke und hin und wieder einen Ellbogenstoß einbrachte; aber die Elfe dirigierte sie jedes Mal auf den richtigen Weg zurück.

Oder auch nicht. Denn plötzlich standen sie gleich drei Alben gegenüber, die im ersten Augenblick genauso verblüfft zu sein schienen wie sie. Und das war wohl ihr Glück, denn die drei Riesenzwerge hätten nur zugreifen müssen, um sie zu packen. Aber sie waren nicht unbedingt die Schnellsten, und Didi und Laurin überwanden ihre Überraschung eine Winzigkeit eher. Noch während die Alben damit beschäftigt waren, sie anzuglotzen und Münder und Augen aufzureißen, fuhren sie auf dem Absatz herum und stürmten los. Oder versuchten es wenigstens.

Tumult brach aus, zuerst als die beiden sich hastig einen Weg durch die dicht gedrängte Menge zu bahnen versuchten und dabei gegen Köpfe und Beine, Arme und Schultern, Gesichter und Hüften stießen, und nur einen Augenblick später noch einmal und ungleich lauter, als die drei Alben mit einiger Verspätung zur Verfolgung ansetzten.

Im Gegensatz zu ihnen versuchten die Alben niemandem auszuweichen, sondern krachten wie eine dreifach geteilte Faust in die Menge und walzten einfach alles und jeden nieder, der das Pech hatte, ihnen im Weg zu sein. Eine Spur aus Verwüstung und zornigen, schmerzerfüllten Schreien folgte ihnen, und das Getöse nahm noch einmal weiter zu.

»Links!«, piepste Morlock über ihnen. »Nein, andere Richtung! Von mir aus links!« Im nächsten Moment scheuchte sie sie in die entgegengesetzte Richtung, dann wieder zurück und gleich darauf abermals herum, sodass sie schon nach kaum einem Dutzend Schritten endgültig die Orientierung verloren hätten – hätten sie sie denn jemals gehabt.

Zu ihrem Glück schien es ihren Verfolgern nicht besser zu ergehen, denn der Tumult, den sie verursachten, fiel allmählich zurück.

Laurin wagte genauso lange zu hoffen, bis Morlock über ihnen kreischte: »Da kommen noch mehr! Zurück!«

Panik und Tumult hatten sich mittlerweile über den gesamten Platz ausgebreitet, sodass sich die Menschenmenge träge hin und her zu bewegen begann und Verfolger und Verfolgte einfach mitriss wie eine schlammige Brandung das Treibholz. Zwei- oder dreimal wurden sie getrennt und fanden nur durch Glück wieder zusammen. Gerade als Laurin endgültig der Mut zu verlassen drohte, tauchte wieder eine schmale Straße vor ihnen auf.

»Hier entlang!«, rief Morlock. »Ihr müsst – oh Mist! Zurück!«

Und so ging es weiter. Zwei-, drei-, viermal schien die Rettung zum Greifen nahe vor ihnen zu liegen, und jedes Mal tauchten die Verfolger wieder auf. Ohne die Elfe, die auf wirbelnden Flügeln über ihnen schwebte und sie immer wieder im letzten Moment warnte, wären sie wahrscheinlich längst gefangen worden, aber auch so war es nur noch eine Frage der Zeit, bis sie hoffnungslos in die Enge getrieben wurden.

Auch wenn es ihnen wie Stunden vorkam, so konnten es in Wahrheit nur einige wenige Minuten sein, bis ihre Kreise immer kleiner wurden und sie immer öfter die Richtung wechseln mussten, nur um gleich darauf kehrtzumachen.

Sie waren umzingelt. Und die Schlinge zog sich unbarmherzig zu.

»Ich verstehe das nicht«, piepste die Elfe und unterstrich ihre Verwunderung mit heftigem Armwedeln. »Wie können sie wissen, wo ihr seid?«

»Keine Ahnung«, grollte Didi. Er war stehen geblieben und atmete schwer. Auch Laurins Herz klopfte und ihre Knie zitterten vor Anstrengung. »Wie haben sie uns bloß gefunden?« Die Blicke, mit denen er die Elfe dabei maß, sprühten vor Zorn.

»Woher soll ich denn das –?«, begann Morlock empört, machte dann ein verdutztes Gesicht und sah sich betreten um.

Wäre es nicht so erschreckend gewesen, hätte Laurin wahrscheinlich über ihre eigene Dummheit den Kopf geschüttelt. Etsch und seine Alben hatten einfach nur nach der Elfe Ausschau halten müssen, die deutlich sichtbar drei Meter über ihren Köpfen schwebte!

»Ich locke sie weg!«, rief Morlock, der wohl endlich auch ein Licht aufgegangen war. »Hierher! He, ihr Blödköppe! Hier bin ich!« Heftig mit Armen und Beinen wedelnd begann sie sich in taumelnden Kreisen zu entfernen.

Aber natürlich war es viel zu spät.

Wer nicht schon aus ihrer Nähe geflohen war, der zog sich spätestens durch die Worte der Elfe alarmiert hastig zurück, und dafür tauchten jetzt immer mehr Alben auf; drei, fünf, schließlich ein Dutzend bewaffneter Riesenzwerge, die aus allen Richtungen zugleich kamen und einen undurchdringlichen Kreis um sie bildeten. Laurin sah aus den Augenwinkeln, wie sich Didi anspannte und mit grimmigem Gesicht die Fäuste ballte, und schüttelte hastig den Kopf. Didi war wirklich stark und sie traute ihm durchaus zu, mit einem dieser Würfelzwerge fertigzuwerden – aber mit einem ganzen Dutzend? Kaum.

Dann erschien Etsch selbst. Er sah noch übellauniger aus als sonst, aber in seinen Augen blitzte ein gehässiger Triumph. Er machte eine herrische Geste. »Nehmt sie mit!«

Augenblicklich wurden sie ergriffen und grob davongezerrt. Im ersten Moment schien sich Didi zu wehren, aber gegen gleich zwei der muskelbepackten Alben kam er natürlich nicht an, und Laurin versuchte es erst gar nicht. Das hielt die beiden Alben nicht davon ab, fest genug zuzugreifen, um ihr die Tränen in die Augen zu treiben. Sie verbiss sich jeden Laut. Diesen Triumph würde sie Etsch ganz gewiss nicht gönnen.

Die Menge teilte sich angstvoll vor der kleinen Armee, die sie angeführt von Etsch quer über den Platz dorthin eskortierte, wo die anderen Alben mit ihren Plakaten und Transparenten warteten. Laurin sah jetzt, dass nicht nur etliche Männer und Frauen aus der Stadt unter ihnen waren, sondern auch eine überraschend große Anzahl Zwerge. Nur dass diese keine Fliegerkappen und Schweißerbrillen trugen, sondern spitze Hüte aus grauem Filz, wodurch sie wirklich ein bisschen wie alberne Gartenzwerge aussahen.

Nur kein bisschen komisch.

Rings um sie herum begann die Stimmung allmählich umzuschlagen. Die Panik, die das brutale Vorgehen der Alben ausgelöst hatte, legte sich, und nun regte sich auch der erste Protest.

»Was geht denn da vor?«, fragte ein dunkelhaariger Mann, aus dessen Stirn zwei winzige Hörner wuchsen. »Was haben diese beiden Kinder denn getan?«

»Steck deine Nase nicht in fremde Angelegenheiten!«, versetzte Etsch.

Ein weiterer Mann wollte sich ihm in den Weg stellen, doch der Albe stieß ihn so grob beiseite, dass er zu Boden fiel. Ringsum wurde ein unwilliges Murren und Getuschel laut, und statt weiter zurückzuweichen, begann sich die Menge um sie zu schließen. Selbst Morlock kam zurück und überschüttete Etsch und seine Krieger mit einer Flut wüster Beschimpfungen, auch wenn ihr dünnes Stimmchen hoffnungslos im Raunen der Menge unterging.

Mittlerweile hatten sie die Siebentagesdemonstranten erreicht, und plötzlich war es, als stünden sich zwei Heere gegenüber, die bloß auf einen Vorwand warteten, übereinander herzufallen.

»Na, Mädchen, bist du jetzt zufrieden?«, knurrte Etsch so leise, dass nur Laurin es verstand. »Alles, was nun passiert, ist ganz allein deine Schuld und die deines Freundes!«

Was sollte denn hier passieren?, dachte Laurin und bekam die Antwort auf diese Frage schneller, als ihr lieb war.

Morlock stieß im Sturzflug auf Etsch herab und summte wie eine zornige Riesenlibelle in kleiner werdenden Kreisen um seinen Kopf.

»Lass sofort meine Freunde los, du Grobian!«, keifte sie. »Sie haben dir nichts getan!«

Etsch hob etwas vom Boden auf und warf es nach der Elfe. Morlock wich mühelos – und schimpfend – aus, aber das Wurfgeschoss traf eine andere Gestalt in der Menge, die daraufhin murrend näher rückte. Fäuste wurden geschüttelt, und auch der eine oder andere Knüppel.

»Keinen Schritt weiter!« Etsch löste die Peitsche von seinem Gürtel und ließ sie kaum eine Handbreit über den Köpfen der Menge in der Luft knallen. »Kommt nicht näher!«

»Oder was?«, fragte eine Stimme aus der Menge, begleitet von zustimmendem Gemurmel.

»Lasst die Kinder los!«, verlangte eine andere Stimme und:

»Ihr habt hier gar nichts zu sagen!«, fügte eine dritte hinzu.

»Ach nein, haben wir nicht?«, fragte Etsch lauernd. »Ja, so habe ich mir das gedacht. Wir nehmen euch auf, geben euch Unterkunft und Essen und Kleider und Schutz, und zum Dank wollt ihr uns jetzt vorschreiben, wie wir uns in unserer eigenen Stadt zu benehmen haben?«

»Das ist genauso unsere Stadt wie eure«, protestierte der Mann, der sich als Erster zu Wort gemeldet hatte. Seine Hörner glühten rot vor Zorn. »Und wir –«

»Genug!«, unterbrach ihn Etsch. Seine Peitsche knallte kaum eine Handbreit vor dem Gesicht des Gehörnten in der Luft, doch der Mann zuckte nicht einmal mit den Wimpern und wich erst recht nicht zurück. Ganz im Gegenteil schloss sich die Menschenmenge nun noch enger um sie, und Gewalt lag in der Luft.

Etsch musste das ebenso spüren, auch wenn er nicht das geringste Anzeichen von Furcht zeigte. Er rollte immerhin seine Peitsche ein.

»Nicht, dass ich euch Rechenschaft schuldig wäre«, sagte er verächtlich, »aber das hier hat nichts damit zu tun, dass diese beiden Fremde sind. Ich nehme sie fest, weil sie nichts anderes als gemeine Diebe sind!«

»Hast du sie noch alle?«, entfuhr es Didi.

Etsch ignorierte die Beleidigung und streckte die Hand nach Laurin aus, um sie grob zu sich heranzuzerren. Mit der anderen griff er so derb in ihre Hosentasche, dass der Stoff ihrer Jeans zerriss und die vier bunten Edelsteine herausfielen, die sie noch darin trug.

»Da seht ihr es!«, rief er triumphierend, während er sich nach den Kristallen bückte. »Diese Steine stammen aus den Minen des Königs! Sie haben sie gestohlen und sie leugnen es nicht einmal! Und das ist längst nicht alles!«

»Na und?«, fragte der Gehörnte scheinbar uninteressiert – obwohl sich in dem Blick, mit dem er Didi und sie maß, plötzlich etwas änderte, das Laurin gar nicht gefiel. Trotzdem fuhr er fort: »Was interessieren uns die Schatztruhen eures Königs?«

»Außer dass sie eure Mägen füllen und die Dächer über euren Köpfen ermöglichen?«, fragte Etsch verächtlich. »Vielleicht unterhalten wir uns ja noch einmal über das Thema, sobald du einer von uns geworden bist. Aber das ist jetzt nicht wichtig.« Er gab einem seiner Krieger einen Wink, der sich daraufhin hastig herumdrehte und ging. »Die beiden sind nicht nur Diebe. Sie haben etwas viel Schlimmeres getan.«

»Ach, und was sollte das sein?«, fragte der Gehörnte. Er kam einen weiteren Schritt näher, und Laurin sah jetzt, dass sein linker Fuß eigentlich gar kein Fuß war, sondern eher etwas wie ein gespaltener Ziegenhuf, und sich unter seinem Rock etwas hervorkringelte, das Ähnlichkeit mit einem Teufelsschwanz hatte, wie man ihn von alten Gemälden kannte. Kein Wunder, dass er so wenig Angst vor Etsch und seinen Krieger zu haben schien.

Etsch antwortete nicht gleich, doch nach ein paar Sekunden erklangen hinter ihnen Schritte, und der Albenkrieger kehrte zurück. Er schubste ein älteres Pärchen vor sich her, das Laurin vage bekannt vorkam, aber sie konnte nicht genau sagen, woher.

»Ah, unsere Gäste«, sagte Etsch. Er deutete auf Laurin, dann auf Didi. »Sind das die beiden?«

Der Mann nickte grimmig, und noch bevor er antwortete, erinnerte sich Laurin, wo sie ihn und die Frau schon einmal gesehen hatte. Es waren die beiden Sonnenblumenbauern.

»Ja, Herr«, antwortete der Mann. »Das sind die beiden, die unser Feld zerstört haben. Zuerst hat dieses dumme Mädchen nur eine Blume abgerissen, und als ich sie zur Rede stellen wollte, da haben sie das halbe Feld niedergetrampelt!«

»He, jetzt übertreib mal nicht!«, protestierte Didi. »Es waren nur ein paar Halme.«

»Ist das wahr?«, ächzte der Gehörnte.

»Ja, aber das waren doch nur ein paar Sonnenblumen«, antwortete Didi. »Wir haben dieses dämliche Feld nicht zerstört! Es hat kaum einen Kratzer abbekommen!«

Laurin stockte schier der Atem. Sie begann die Wahrheit zu begreifen, doch noch bevor sie irgendetwas sagen konnte, packte Etsch Didis Haar und zog seinen Kopf brutal in den Nacken, sodass er in den Himmel hinaufblicken musste. Mit den Fingern der anderen Hand zwang er ihn, die Augen offen zu halten, obwohl ihm das grelle Licht sofort die Tränen hineintrieb.

»Nur einen Kratzer?«, grollte er. »So einen wie den da? Eine kleine Schramme, wie?«

»Ist das wahr?«, fragte der Gehörnte noch einmal. Er klang entsetzt. »Ihr wart das?«

»Nein!«, antwortete Laurin automatisch, schüttelte den Kopf und nickte in einer einzigen verwirrten Bewegung. »Ja, aber ich meine, wir … ich habe doch nicht gewusst, was – «

»Nicht gewusst?«, fiel ihr Etsch ins Wort. »Und das gibt euch das Recht, ungefragt alles zu zerstören und kaputt zu machen, was euch vor die Füße kommt?«

Er machte ein verächtliches Geräusch, schloss die Faust um die Kristalle, die er aufgehoben hatte, und stieß den Arm in einer triumphierenden Bewegung in die Höhe, als versuchte er, die Sonne vom Himmel zu schlagen. »Da seht ihr, was passiert, wenn jeder einfach herkommt und sich benimmt, wie es ihm gefällt. Zuerst das hier und dann das!«

Laurin fuhr so heftig zusammen, als hätte er sie getroffen. Sie verstand immer noch nicht wirklich, was passiert war, aber sie hatte plötzlich ein ausgesprochen ungutes Gefühl.

»Lass uns jetzt unsere Arbeit machen und handelt euch nicht noch mehr Ärger ein, als ihr sowieso schon habt«, grollte Etsch, an niemand Bestimmtes gewandt, aber in unüberhörbar drohendem Tonfall, dem auch keiner widersprach. »Diese beiden werden zum Schloss gebracht, wo sie sich für ihre Schandtaten verantworten werden. Und du …« Sein Zeigefinger stieß wie eine Waffe nach der Elfe, die immer noch über ihren Köpfen herumflatterte. »… kommst auch mit!«

»Das kannst du vergessen, Kurzer«, wetterte Morlock. »Ich denke ja nicht dran.«

Etsch ließ die Edelsteine fallen und schnippte mit den frei gewordenen Fingern, und noch während die Elfe erstaunt den zu Boden klimpernden Kristallen nachstarrte, hielt einer der Albenkrieger plötzlich ein großes Netz an einer langen Stange in den Händen.

»Du hast sie wohl nicht mehr alle!«, kreischte die Elfe und versuchte dem Schmetterlingsnetz auszuweichen, aber sie war zu langsam.

»Immer diese Elfen«, sagte Etsch kopfschüttelnd. »Vorlaut bis zum geht nicht mehr, aber die Schlausten sind sie nicht.«

»Das habe ich gehört!«, giftete Morlock, die wie ein zu groß geratener Schmetterling in dem Netz zappelte, sich aber nur noch immer tiefer in den engen Maschen verfing.

»Das solltest du auch«, sagte Etsch, während er bereits eine befehlende Geste zu seinen Kriegern machte. »In den Wagen mit ihnen! Alle drei!«

Hatte der Wagen schon von außen unheimlich ausgesehen, so enttarnte ihn sein Inneres endgültig als genau das, wofür Laurin ihn auf den ersten Blick gehalten hatte: ein rollendes Gefängnis. Er war in ein knappes Dutzend winziger Gitterzellen unterteilt und hatte nur sehr wenige Fenster, die zwar kaum breiter als eine Hand mit gespreizten Fingern, dennoch aber vergittert waren. Im Boden gab es sogar schwere eiserne Ringe, an denen man die Gefangenen vermutlich festketten konnte. Die drei finster dreinblickenden Alben, die sie hergebracht hatten, verzichteten zwar darauf, sie zu benutzen, aber allein ihre Anwesenheit reichte aus, um Laurin einen eisigen Schauer über den Rücken zu jagen.

Sie hatten gleich mehrmals versucht, mit ihren Kerkermeistern ins Gespräch zu kommen, um zu erfahren, wohin man sie brachte und was ihnen eigentlich vorgeworfen wurde – ganz verstanden hatte Laurin es immer noch nicht –, aber die schwarz gerüsteten Krieger hatten sich als ebenso wortkarg wie unfreundlich erwiesen und sie nur stumm in jeweils einen der vergitterten Verschläge geschubst und ihnen beschieden, still zu sein. Jedes Mal, wenn einer von ihnen auch nur einen Mucks von sich gab, wurde mit Fäusten oder Schwertgriffen gegen die Gitter gehämmert, dass der ganze Wagen dröhnte. Resigniert hatten sie sich jeder in seine Ecke gehockt und stumm der Dinge geharrt, die da kamen.

Ihre Geduld wurde auf eine harte Probe gestellt. Mindestens eine Stunde verging, in der nichts geschah, außer dass einer der Alben bei ihnen zurückblieb und jeden mit finsteren Blicken bedachte, der auch nur zu laut atmete. Aber schließlich wandte er sich mit einem drohenden Grunzen um und ließ sie allein. Das Letzte, was sie von ihm hörten, war das Scharren, mit dem ein schwerer Riegel von außen gegen die Tür gelegt wurde.

Endlich setzte sich der Wagen schaukelnd und mit einem Knarren in Bewegung, das jedem Gruselfilm zur Ehre gereicht hätte. Geräusche und ein Durcheinander aus Stimmen drangen zu ihnen herein. Die dicken Wände dämpften es zu sehr, als dass sie die Worte verstanden hätten, aber es hörte sich nach einem Streit an, wenn nicht nach Schlimmerem.

Neugierig geworden stand Laurin auf und stellte sich auf die Zehenspitzen, um durch eines der schmalen Fenster zu sehen, aber es lag zu hoch in der Wand. Sie konnte es zwar mit ausgestreckten Armen erreichen, doch ihre Kraft reichte nicht, um sich am Gitter in die Höhe zu ziehen.

»Das lohnt nicht«, sagte Didi von der benachbarten Zelle aus. »Hab ich auch schon versucht, aber man sieht nur den Himmel.«

»Immerhin kann man den Himmel noch sehen«, nörgelte Morlock von der anderen Nachbarzelle aus. Warum die Alben sie dort eingesperrt hatten, war Laurin ein Rätsel, denn die Elfe musste sich nicht einmal anstrengen, um einfach zwischen den rostigen Gitterstäben hindurchzugehen. »Zum Glück wart ihr nicht gründlich genug.«

Didi machte ein abfälliges Geräusch. »Ich gebe es ja ungern zu, aber Etsch hatte anscheinend recht.«

»Womit?«

»Was er über die Elfen gesagt hat«, antwortete Didi, indem er sich herumdrehte und Morlock einen schrägen Blick zuwarf. »Dass sie nicht die Schlauesten sind.«

»Pass bloß auf, was du sagst!«, giftete Morlock, machte sich aber nicht einmal die Mühe, zu ihm hochzusehen, sondern beschäftigte sich angelegentlich mit dem, was sie getan hatte, seit sie hereingebracht worden waren: Sie versuchte ihre zerknitterten Flügel glatt zu drücken. Mit eher mäßigem Erfolg.

»Was soll dieser Unsinn mit den Sonnenblumen und der Sonne?«, fragte Didi.

»Ihr habt sie kaputt gemacht«, antwortete Morlock.

»Aber es waren doch nur an paar olle Sonnenblumen«, erwiderte Didi.

»Und die Sonne.« Die Elfe hörte auf, mit dem winzigen Händchen über ihre verknitterten Flügel zu streichen, und sah stirnrunzelnd in sein Gesicht hoch. Äußerst vorwurfsvoll, wie Laurin fand.

»Und die Sonne?«, wiederholte Didi verwirrt. »Was soll denn das heißen?«

»Es heißt, was es heißt«, antwortete die Elfe mit gewichtiger Stimme. »Wisst ihr denn gar nichts?«

»Nein«, antwortete Laurin rasch, bevor Didi alles nur noch schlimmer machen konnte. »Wie es aussieht nicht. Also warum erklärst du es uns nicht? Was hat es mit diesen Sonnenblumen auf sich und was hat das alles mit der Sonne zu tun?«

»Aber das weiß doch jeder.« Morlock verdrehte in gespieltem Entsetzen die Augen. »Das eine kann es nicht ohne das andere geben. Die Sonne steht tagsüber am Himmel und schickt ihr Licht auf die Erde, und die Sonnenblumen sammeln es und geben es nachts über ihre Wurzeln zurück.«

Didi riss die Augen auf, und auch Laurin starrte das winzige Geschöpf einen Moment lang fassungslos an. »Und als wir die Blumen zertreten haben ...«

»Das eine kann nicht mehr abgeben, als es vom anderen bekommt«, bestätigte Morlock. »So ist nun einmal die Natur.«

»Was für ein Unsinn!«, polterte Didi.

»Na, dann sieh doch einfach nach oben«, versetzte die Elfe patzig und wandte sich wieder ihrer wichtigeren Beschäftigung zu, nämlich dem Glattstreichen ihrer Flügel.

»Was für ein Quatsch«, bekräftigte Didi. »Davon glaube ich kein Wort!«

»Dann lässt du es«, sagte Morlock eingeschnappt. »Ist mir doch egal.«

Didi setzte zu einer geharnischten Antwort an, aber Laurin brachte ihn mit einem warnenden Blick zum Verstummen und ließ sich mit angezogenen Knien an der Wand hinabsinken, dicht an den Gitterstäben zu Didis Zelle und damit so weit von der Elfe entfernt wie möglich.

»Lass sie«, flüsterte sie. »Sie kann nichts dafür.«

»Ja, da sind wir ausnahmsweise mal einer Meinung«, schnaubte Didi. »Sie kann wirklich nichts dafür. Und anscheinend hält sie uns auch für blöd!«

»Das hast *du* gesagt«, sagte Morlock.

»Und ich sag dir gleich auch noch viel mehr«, sagte Didi in drohendem Tonfall, »nämlich dass –«

Die Elfe unterbrach ihn, indem sie wütend aufsprang und mit dem Fuß aufstampfte. »Na, wenn du alles so viel besser weißt und kannst, dann braucht ihr mich ja wohl nicht mehr!«, schrie sie, schwang sich in die Höhe und verschwand torkelnd zwischen den Gitterstäben des Fensters.

»Na, toll!«, murmelte Laurin. »Das hast du ja ganz prima hingekriegt!«

»Ich?« Für einen Moment drohte sich Didis schlechte Laune auf sie zu entladen. »Ich verstehe diese Welt einfach nicht. Ist es meine Schuld, dass hier alles so seltsam ist? Woher sollte ich das mit der Sonne wissen?« Er hielt inne und zog die Stirn in Falten. »Und dann diese Geschichte mit dem Zauberer und seinen Töpfen«, fuhr er fort, nunmehr in nachdenklichem Ton. »Kommt es dir nicht irgendwie komisch vor? Ich meine: Wieso funktioniert die Magie hier nur, solange niemand beweist, dass es gar nicht möglich ist?«

Darauf wusste Laurin keine Antwort, aber Didis Worte erfüllten sie mit Unbehagen. Als enthielten sie eine Warnung vor etwas, das sie noch nicht kannten, was aber schon seinen Schatten vorauswarf.

»Und was hat das nun alles zu bedeuten?«, fragte sie nach einer Weile.

»Das weiß ich nicht«, gestand Didi. »Aber irgendwas stimmt hier nicht. Lass mich darüber nachdenken.«

Das tat er dann, indem er den Hinterkopf gegen die raue Wand des Wagens lehnte und die Augen schloss. Vielleicht schlief er auch ein.

Laurin jedenfalls hatte alle Mühe, wach zu bleiben. Der Wagen rollte langsam und knirschend weiter, und das regelmäßige Schaukeln und das schwere Knarren der hölzernen Räder begann sie fast unmerklich einzulullen. Dazu kam das Halbdunkel im Wageninneren. Sie meinte plötzlich zu spüren, wie schwer und wie viele Stunden sie in den letzten Tagen gearbeitet hatte. Doch so seltsam es ihr auch anmuten mochte: Sie fühlte sich einfach gut. Es war eine angenehme, wohltuende Müdigkeit, wie man sie nach einem langen Tag voll zufriedenstellender Arbeit empfinden mochte, wenn man sich endlich ausstrecken und die erschöpften Glieder recken konnte.

Der Wagen kam mit einem Ruck zum Stehen, der Laurin sich alarmiert aufrichten ließ und auch Didi wach rüttelte. Die Tür wurde aufgerissen, und helles Sonnenlicht strömte herein, nur um einen Augenblick später wieder von den breiten Schultern eines Alben blockiert zu werden.

»Kommt raus!«, befahl eine barsche Stimme.

Gehorsam standen sie auf. Der Krieger betrachtete die leere Zelle der Elfe einen Moment lang stirnrunzelnd, verlor aber kein Wort über ihr Verschwinden. Fast als hätte er mit nichts anderem gerechnet.

Grob, wenn auch ohne sie zu berühren, scheuchte er sie hinaus, und sie fanden sich in einem an drei Seiten von großen Mauern umgebenen Hof wieder. Die vierte Seite bildete etwas, von dem Laurin nicht sagen konnte, ob es sich um eine besonders kleine Burg oder ein außergewöhnlich trutziges Gebäude handelte. Die Wände waren grob aus schweren Felsquadern errichtet, und die Fenster glichen schmalen Schießscharten und waren zusätzlich vergittert. Es gab sogar einen kleinen Turm mit einer Zinnenkrone, hinter der ein gerüsteter Albenkrieger mit Helm und Hellebarde patrouillierte.

»Gemütlich«, kommentierte Didi knapp.

»Braucht es auch nicht sein«, sagte eine Stimme hinter ihnen, »aber es ist sicher. Wir bleiben bis morgen früh hier.«

Laurin sah automatisch nach oben, bevor ihr einfiel, dass es hier so etwas wie Sonnenauf- und -untergang gar nicht gab. Das Licht, das die Stelle der Sonne einnahm, hing scheinbar unverändert am Himmel. Der rauchige Kratzer war noch da.

»Ja, schau ruhig«, sagte Etsch. »Du kannst dir gar nicht oft genug ansehen, was ihr angerichtet habt.«

»Das haben wir nicht gewollt«, verteidigte sich Laurin. Als sie keine Antwort darauf bekam, fügte sie hinzu: »Aber das wird doch wieder, oder?«

»Sobald die Blumen nachgewachsen sind«, bestätigte Etsch. »Wenn nicht vorher ein anderer Dummkopf kommt und noch mehr Schaden anrichtet.« Er verzog verächtlich die Lippen. »Natürlich ganz ohne es zu wollen.«

»Wir wollten wirklich nicht –«, begann Laurin, und Etsch versetzte ihr einen Stoß vor die Schulter, der sie haltlos und mit rudernden Armen stolpern ließ.

»He!«, sagte Didi aufgebracht.

»Geht ins Haus«, knurrte Etsch. »Und kommt nicht auf dumme Ideen. Wir sind hier mitten im Wald.«

Begleitet von Etsch und gleich drei seiner Krieger gingen sie zum Haus, dessen Inneres sich genauso abweisend und trutzig präsentierte wie das Äußere. Alles war grob und massiv, und obwohl draußen noch heller Tag herrschte, brannten bereits zahlreiche Fackeln und Kerzen, um für Helligkeit zu sorgen. Ihr erster Eindruck schien richtig zu sein: Dieses Gebäude war eindeutig mehr Festung als Haus.

Einem kurzen, fensterlosen Flur schloss sich eine Art Gastraum mit mindestens einem Dutzend Tische an, von denen im Moment allerdings nur ein einziger besetzt war. Ein mehr als mannshoher Kamin und eine grob gezimmerte Theke komplettierten den Raum, der an eine mittelalterliche Taverne erinnerte. Selbst Didi sah eher verblüfft als beunruhigt aus und stockte mitten im Schritt, um sich umzusehen.

Natürlich lieferte er Etsch damit nur einen Vorwand, ihm einen derben Stoß zwischen die Schultern zu versetzen. »Geh weiter!«, knurrte er.

Didi wäre nicht Didi gewesen, hätte er nicht gleich zu einer ärgerlichen Antwort angesetzt, doch eine stämmige Gestalt hinter der Theke kam ihm zuvor.

»Mäßigt Euch, Meister Etsch«, grollte eine tiefe Stimme. Eine wirklich sehr tiefe Stimme, die Laurin bis in die Knochen zu spüren meinte. »Ich dulde keine Gewalt in der Zuflucht.«

Laurin sah genauer hin und verstand nicht recht, wieso sie den Mann auch nur eine Sekunde lang hatte übersehen können. Er war noch einmal deutlich breitschultriger und massiger als Etsch und mindestens doppelt so groß. Obwohl die Decke gute drei Meter hoch sein musste, stand er vornübergebeugt und schwer auf seine Theke gestützt da und schien sich zu hüten, sich zu seiner vollen Größe aufzurichten.

»Du weißt also, wer ich bin«, sagte Etsch. »Aber weißt du auch, wer diese beiden sind und was sie getan haben? Ich bringe sie zum Schloss.«

»Dann steigt in Euren Wagen und fahrt weiter«, erwiderte

der Riese. »Oder bleibt bis morgen hier und respektiert den Frieden dieses Ortes.«

Er wedelte ungeduldig mit einer Hand, von der Laurin nicht ganz sicher war, ob sie mit gespreizten Fingern durch eine Tür passte. »Setzt euch. Ich bringe euch gleich zu essen.«

Zu ihrer Überraschung nahm Etsch den groben Tonfall nicht nur klaglos hin, sondern dirigierte sie lediglich mit unwilligen Gesten zu einem der großen Tische, statt die Gelegenheit beim Schopf zu packen und sie noch ein bisschen herumzuschubsen. »Ihr wartet hier«, grummelte er und schlurfte dann zu einem Tisch in der Nähe des Ausgangs, an dem sich bereits seine Begleiter niedergelassen hatten. Nicht nur Laurin blickte ihm einigermaßen verdattert nach.

»Und er nagelt uns nicht vorsichtshalber am Tisch fest?«, wunderte sich Didi.

Laurin antwortete nicht, denn nun kam der Wirt hinter seiner Theke hervorgestampft (ein anderes Wort dafür fiel ihr beim besten Willen nicht ein) und brachte ihnen zwei Becher mit warmer Milch und ein hölzernes Tablett mit frisch gebackenem Brot, Käse und einer Auswahl Obst, das Laurin zum Großteil unbekannt war. Dennoch ließ ihr allein der Anblick das Wasser im Mund zusammenlaufen, und sie spürte plötzlich, wie hungrig sie war.

»Wohl bekomm's«, knurrte der Riese. »Wenn ihr mehr wollt, sagt Bescheid.«

Er wollte gehen, doch Laurin hielt ihn mit einer raschen Geste zurück. »Vielen Dank«, sagte sie. »Auch, dass Sie uns gegen Etsch in Schutz genommen haben.«

Der Riese machte ein verächtliches Gesicht. »Die Regeln der Zuflucht gelten für alle, auch für Alben«, sagte er. »Sie sind schon als Zwerge unerträglich. Aber seit sie angefangen haben zu wachsen, glauben sie, sich alles herausnehmen zu können.«

»Angefangen zu wachsen?«, wiederholte Laurin verständnislos. Was sollte das denn heißen?

Sie kam nicht dazu, die Frage laut auszusprechen, denn der Riese nickte nur noch einmal bekräftigend und schlurfte dann mit Schritten davon, unter denen der Boden zitterte.

»Seit sie größer werden«, murmelte Didi. Er sah sehr nachdenklich aus. »Urd hat etwas ganz Ähnliches gesagt, erinnerst du dich?«

Laurin nickte, und Didi fuhr in noch nachdenklicherem Ton fort: »Irgendwie sind mir diese Zwerge von Anfang an komisch vorgekommen.«

»Und was soll das bedeuten?«

»Weiß ich nicht«, gestand Didi. »Aber irgendwie habe ich das Gefühl, es eigentlich wissen zu müssen. Kennst du das, wenn man glaubt, die Antwort auf eine ganz wichtige Frage vor sich zu haben, und jedes Mal, wenn du danach greifen willst, ist sie verschwunden?«

»Wer kennt das nicht?«, antwortete Laurin. Sie wartete darauf, dass er weitersprach und all diese seltsamen Andeutungen erklärte, doch stattdessen seufzte Didi nur tief und begann zu essen.

Laurin tat es ihm gleich. Was sie schon mehrmals erlebt hatten, das wiederholte sich erneut: Das Essen war zwar einfach, aber trotzdem so köstlich, dass sie schon auf den ersten Bissen alles andere vergaß und sich ganz dem Genuss hingab. Dabei war es nicht einmal so, als wäre es unglaublich schmackhaft. Aber sie hatte das Gefühl, noch niemals etwas gegessen zu haben, das so ... richtig war. Es war wie in den drei Tagen, die sie bei Urd verbracht hatten: Eigentlich sollte sie doch verzweifelt sein, sich nach Hause zurücksehnen und all den Dingen und Menschen nachtrauern, die sie verloren hatte, aber die Erinnerung daran – und auch der Wunsch, den Rückweg zu finden – schienen mit jedem Moment mehr zu verblassen, und im gleichen Maße war es, als würde diese bunte und märchenhafte Welt zu ihrem Zuhause.

Kaum waren sie fertig, kam der Riese auch schon zurückgeschlurft, um den Tisch abzuräumen. »Die Zimmer sind oben«, grummelte er. »Im Moment ist nicht viel los. Sucht euch eins aus, das euch gefällt. Oder auch zwei.«

»Einfach so?«, fragte Didi mit einer Geste auf Etsch und seine Alben, die am anderen Ende des großen Gastraums saßen, und ganz gewiss nicht durch Zufall an einem Tisch gleich neben der Tür.

Der Riese machte ein Geräusch, das sich anhörte, als fielen Kieselsteine in einen Blecheimer. Laurin vermutete, dass es seine Version eines Lachens war. »Der Friede der Zuflucht gilt für alle«, sagte er. »Sogar Etsch weiß, dass er gut beraten ist, sich daran zu halten.«

»Das heißt, wir können uns hier frei bewegen?«, vergewisserte sich Didi.

Der Riese ging mit einem stummen Nicken weiter und verschwand hinter seiner Theke, und Didi stand auf und sagte: »Das probiere ich aus!«

»Bist du verrückt?«, keuchte Laurin, die an vergitterte Zellen dachte, an eiserne Ringe und an Ketten.

Es war schon zu spät. Didi hatte sich bereits herumgedreht und marschierte forschen Schrittes auf die Tür zu. Etsch und seine drei Begleiter unterbrachen auf der Stelle ihr Gespräch und starrten ihn an. Aber das Unglaubliche geschah: Keiner von ihnen versuchte ihn aufzuhalten. Unbehelligt ging Didi an ihnen vorbei und blieb unter der Tür stehen, um auf Laurin zu warten.

Nachdem sie sich mit klopfendem Herzen zu ihm gesellt hatte und beide weitergingen, erhob sich Etsch doch und folgte ihnen in einigen Schritten Abstand. Laurin ertappte sich dabei, ein paarmal nervös über die Schulter zurückzublicken, und rechnete jeden Moment damit, dass etwas Schlimmes geschah. Dennoch erreichten sie unbehelligt den Hof.

Laurin atmete unwillkürlich auf, als sie wieder ins helle Tageslicht hinaustraten. Der große Platz war nicht mehr so still wie bei ihrer Ankunft. Der Gefängniswagen stand mit offenen Türen in einer Ecke, und eine Frau von genauso stämmigem Wuchs wie der Wirt war gerade damit beschäftigt, die Zugtiere auszuspannen und zu versorgen. Eine Anzahl Männer in zerschlissenen Kleidern und mit langen, schreiend bunt gefärbten Haaren stand unter dem offen stehenden Tor und palaverte, und etwas Kleines und Glitzerndes flog über sie hinweg und war verschwunden, bevor Laurins Blick es genauer erfassen konnte.

Etsch, der hinter ihnen auf den Hof herausgetreten war, unternahm immer noch keinen Versuch, sie zurückzuhalten. Ganz im Gegenteil blieb er zwar zwei Schritte vor dem Tor stehen, machte aber dann sogar eine wedelnde Handbewegung, wie um sie zum Weitergehen aufzufordern.

»Du hast nichts dagegen?«, vergewisserte sich Didi misstrauisch.

»Warum sollte ich?«, fragte Etsch und hob die Schultern. Seine Lederrüstung knarrte. »Die Zuflucht liegt mitten im Wald und es wird bald dunkel.«

»Wir könnten weglaufen«, sagte Laurin, was ihr einen bösen Blick von Didi einbrachte und ein weiteres Achselzucken von Etsch.

»Wohin denn?«, fragte er. »Versucht es ruhig. Das spart mir den mühsamen Weg zum Schloss hinauf und eine Menge Arbeit.«

»Du hättest nichts dagegen?«, fragte Laurin noch einmal.

»Hier gibt es im Umkreis eines Tagesmarsches nur Wald«, sagte Etsch. »Es wird bald dunkel, und dann werden die Tore geschlossen. Niemand, der je nach Dunkelwerden in den Wald gegangen ist, ist wieder herausgekommen.«

»Aber wir waren schon –«, begann Didi, und Laurin fiel ihm hastig ins Wort:

» – im Wald.«

»Tagsüber, ja«, schnaubte Etsch. Er zog eine Grimasse. »Ihr wisst nicht die einfachsten Dinge über unsere Welt und unsere Art zu leben. Aber ihr kommt hierher und meint, alles besser zu wissen! Ich bin nicht euer Feind, du dummes Mädchen, auch wenn du es noch so gerne hättest. Aber ich bin nahe daran, euch einfach in euer Unglück rennen zu lassen. Ihr wollt es ja nicht anders!«

Etschs grober Ton erschreckte sie zwar, aber verrückterweise glaubte sie zu spüren, dass er es ehrlich meinte ... obwohl sie noch vor einer Minute geschworen hätte, dass sich die Worte »Etsch« und »ehrlich« gegenseitig ausschlossen.

Didi offenbar nicht, denn er machte nur ein abfälliges Geräusch. »Dann sollten wir dir vielleicht einen Gefallen tun und uns in die Büsche schlagen.«

Etsch wedelte mit den Händen zu den weit geöffneten Torflügeln. »Denkt daran: Sobald es dunkel wird, werden die Tore geschlossen und für nichts und niemanden mehr aufgemacht.«

Und damit ging er. Laurin sah ihm verstört nach, aber Didi machte schon aus Trotz einen großen Schritt aus dem Tor heraus und sah sie so auffordernd an, dass sie ganz automatisch gehorchte und ihm folgte.

Es war ein verrücktes Gefühl: Sie waren in einem Gefängniswagen und schwer bewacht wie Verbrecher hierhergebracht worden, und nun ließ man sie einfach laufen? Dafür gab es im Grunde nur zwei Erklärungen: Entweder Etsch plante eine weitere und noch viel fiesere Gemeinheit oder was er sagte, entsprach der Wahrheit. Sie wusste nicht, welcher Gedanke ihr größere Angst machte.

Dabei sah alles ganz harmlos aus, so malerisch und beinahe kitschig wie fast alles, was ihnen in diesem Land bisher begegnet war. Die Zuflucht befand sich auf einem sanften Hügel, der sich knapp über die Wipfel des umgebenden Waldes erhob und mit dichtem, saftig grünem Gras bewachsen war. Der schmale Weg, der sie hergeführt hatte, verlor sich schon nach einem kurzen Stück in einem wogenden grünen Meer, das sich in alle Richtungen erstreckte. In unerwartet großer Entfernung konnte sie die Dächer und Türmchen der Stadt ausmachen, die ihr schon wieder viel zu klein vorkam, um das riesige Labyrinth der Straßen und Gässchen zu beherbergen, durch das sie geirrt waren. In der anderen Richtung entdeckte sie ihr Ziel, das Schloss, das sonderbarerweise überhaupt nicht näher gekommen war. Ansonsten schien es hier nur wogendes Grün zu geben.

»Das ist Mist, wenn du mich fragst«, sagte Didi. »Gefährlich! Dass ich nicht lache!«

»Er ist nicht der Erste, der das sagt«, gab Laurin zu bedenken. Auch Rosa hatte ja schon fast panisch auf den bloßen Gedanken reagiert, das Haus nach Dunkelwerden zu verlassen, und Urd hatte sie ebenfalls gewarnt, vor etwas, das sie »Nachtmahre« genannt hatte.

»Unsinn!«, beharrte Didi. »Ich würde mich nicht wundern, wenn er da draußen ein paar seiner Spießgesellen postiert hat, damit sie uns auflauern und uns einen Kopf kürzer machen, sobald wir den Wald betreten.«

Laurin glaubte nicht, dass Etsch das alles nur erzählt hatte, um ihnen Angst einzujagen. Irgendetwas war dort draußen im Wald, und das wusste Didi ebenso gut wie sie. Sie hatte die Schatten und das lautlose Huschen und Lauern nicht vergessen.

»Lass uns abhauen«, sagte Didi. »Vielleicht trauen sie sich wirklich nicht, uns zu verfolgen.«

Laurin schüttelte den Kopf. »Wir wollten doch sowieso zum Schloss«, sagte sie. »Also ich fahre lieber mit dem Taxi, als das ganze Stück zu Fuß zu gehen.«

Didi blieb ernst. »Wir wissen nicht, was uns dort erwartet«, sagte er.

»Hoffentlich jemand, der weiß, was das alles hier zu bedeuten hat«, erwiderte Laurin. »Und vielleicht sogar, wie wir nach Hause kommen.«

Didi sah sie kurz und zweifelnd an, und Laurin überkam ein wirklich seltsames Gefühl: Für einen einzelnen Moment, vielleicht gerade so lange, wie sie brauchte, um diesen Gedanken zu denken, war sie gar nicht mehr sicher, ob sie überhaupt noch von hier wegwollte. Das Gefühl verging ebenso schnell, wie es gekommen war, aber Laurin schrak so heftig zusammen, dass Didi sie alarmiert anblickte. »Was?«

»Nichts«, antwortete sie hastig. Vielleicht um überhaupt etwas zu sagen, drehte sie sich halb herum und deutete auf die Fremden mit den bunten Haaren, die sich nur ein Stück weit entfernt am Waldrand versammelt und ein kleines, heftig qualmendes Feuer entzündet hatten. »Was tun die da?«

»Vielleicht den Wald anzünden, weil sie Angst davor haben?«, schlug Didi feixend vor, wurde aber sofort wieder ernst und fügte kopfschüttelnd hinzu: »Wahrscheinlich ist es an der Zeit für eines ihrer fünfundfünfzig Gebete.«

Tatsächlich handelte es sich um Waldschrate wie die, die mit ihren auffälligen Gebetszeremonien die Alben in der Stadt so aufgebracht hatten.

»Sollen wir nachsehen, was sie da verbrennen, und ein Näschen voll nehmen?«, schlug Didi vor. »Das Zeug scheint ja ganz gut reinzuziehen.«

Eingehüllt in eine immer dichter werdende Säule aus dickem weißem Rauch begannen die Waldschrate, die Oberkörper hin und her zu bewegen und ein in den Zähnen schmerzendes Geheul anzustimmen, das sie vermutlich für Gesang hielten.

»Ernsthaft?«, fragte Laurin.

»Nee.« Didi schauderte übertrieben und machte eine Kopfbewegung in die entgegengesetzte Richtung. »Komm. Wir können ja wenigstens mal einen Blick riskieren. Vielleicht sehen wir eines der gar furchtbaren Ungeheuer, vor denen Etsch solche Angst hat.«

Das taten sie nicht, aber da war etwas anderes, das Laurin beinahe genauso erschreckte, wenn auch auf eine völlig andere Art: Die Bewohner der Zuflucht hatten den Wald sorgsam gerodet, damit er ihren Mauern nicht zu nahe kam, aber an einer Stelle hatte sich eine Handvoll vorwitziger Triebe über die unsichtbare Demarkationslinie gewagt, und ein halbes Dutzend Schösslinge wuchs direkt aus dem Gras. Keiner von ihnen war größer als ein dreiviertel Meter. Wenn man es genau nahm, dachte Laurin, dann sahen sie aus wie ein paar dürre Stöcke, auf die jemand blassgrüne Flecken getupft hatte. Der Anblick erfüllte sie mit einer Mischung aus Trauer und Zorn, die sie sich gar nicht richtig erklären konnte.

»Wie ich schon sagte«, sagte Didi neben ihr. »Mit diesen Bäumen stimmt was nicht.«

»Man muss keinen Doktorhut in Pflanzenheilkunde haben, um das zu erkennen«, stimmte Laurin zu, während sie sich vor den dürren Schösslingen in die Hocke sinken ließ.

»Ja. Nur Augen im Kopf.« Didi machte eine ausholende Bewegung auf das grüne Meer aus Baumwipfeln, das sich unter ihnen erstreckte. »Es sind nicht nur die paar Schösslinge, weißt du? Man sieht es nicht auf den ersten Blick, aber glaub mir, in ein paar Jahren sieht jeder einzelne von diesen Bäumen so aus. Der ganze Wald ist krank.«

Die Worte jagten Laurin prompt einen eisigen Schauer über den Rücken. Schon um den Schrecken nicht an sich herankommen zu lassen, konzentrierte sie sich auf die dünnen Triebe vor sich, aber der Anblick war nicht unbedingt erbaulich. Die jungen Bäumchen wirken nahezu tot. Als ob ihnen etwas die Kraft gestohlen hätte, weiterzuwachsen.

Beinahe ohne ihr eigenes Zutun streckte sie die Hand aus und berührte einen der kränklichen Triebe mit den Fingerspitzen. Er färbte sich grün.

Laurin konnte regelrecht hören, wie Didi neben ihr die Augen aufriss.

Statt zu antworten, berührte Laurin einen weiteren Trieb und noch einen und noch einen, und was schon einmal in jener Nacht im Wald geschehen war, das wiederholte sich, nur ungleich stärker. Die toten Bäumchen erholten sich. Blüten sprossen aus verschrumpelten Knospen, vertrocknete Rinde glättete sich und nahm wieder eine gesunde Farbe an, und der gesamte Schössling schien mit einem Mal wie unter einer unsichtbaren inneren Kraft zu erstrahlen. Laurin meinte das Leben regelrecht zu sehen, das wieder in das fast tote Bäumchen zurückkehrte.

Und nicht nur in dieses eine. Lautlos und schnell wie in einer rückwärts abgespielten Zeitrafferaufnahme verschwanden alle Zeichen von Krankheit und Tod aus der Handvoll Schösslinge. Selbst das Gras, aus dem sie sprossen, wirkte mit einem Male grüner und lebendiger.

»Aber wie? Wie hast du das ... gemacht?«, hauchte Didi. »Das ist ja wie ... Zauberei!«

»Und das aus deinem Mund?«, antwortete Laurin matt. Sie fühlte sich plötzlich sehr müde. »Ich denke, es gibt keine Zauberei?«

Didi antwortete irgendetwas, aber Laurin hörte gar nicht mehr hin. Sie war viel zu fasziniert von dem, was sie sah ... und viel zu erschöpft, um mehr zu tun, als die Handvoll Schösslinge anzusehen, die sich vor ihren Augen immer weiter und weiter verwandelten. Es kam ihr sogar vor, es wären sie gewachsen, aber das war vermutlich nur ein Streich, den ihr die Müdigkeit spielte.

Didi sagte etwas, das sie ebenso wenig verstand, denn der Schlaf zerrte plötzlich wie mit unsichtbaren Bleigewichten an ihren Gliedern, und es kostete sie all ihre Kraft, auch nur die Augen offen zu halten. Didi wiederholte seine Frage. Sie drehte mühsam den Kopf und sah zu ihm hoch.

Es war gar nicht Didi, der sie angesprochen hatte. Die Waldschrate standen im Halbkreis um sie herum und starrten sie aus aufgerissenen Augen an. Sie wiegten die Oberkörper immer noch hin und her, als hätten sie ihr bizarres Ritual nicht unterbrochen, sondern nur hierherverlagert, und auch ihr Gesang hatte nicht wirklich aufgehört, sondern war zu einem wilden Geschnatter geworden, mit dem sie alle zugleich auf sie einredeten. Das Ganze war mehr als ein bisschen erschreckend.

»Was wollt ihr?«, fragte Didi alarmiert.

Die Waldschrate schlossen sich nur enger um sie zusammen und begannen jetzt noch wilder hin und her zu schwanken und zu gestikulieren und aufgeregter durcheinanderzuschnattern.

Laurin versuchte einen Sinn in dem chaotischen Gebrabbel zu erkennen, was ihr aber natürlich nicht gelang.

»Gubbeldabbel Gauthanih watupubma«, schnatterte einer der Waldschrate aufgeregt, und:

»Suppadukkudi Kauang Klang?«, gab ein anderer zurück und gestikulierte heftig mit beiden Armen und sogar einem Bein in ihre Richtung.

»Heda!«, sagte Didi warnend, was natürlich nichts nutzte.

»Strebbelidunga!«, behauptete der erste Waldschrat wieder, und ein dritter fügte mit einem so heftigen Nicken hinzu, dass seine Zähne klapperten: »Kauanar müssen sie sein Vang!«

Laurin blinzelte. Spielten ihr ihre Nerven jetzt endgültig einen Streich?

»Nichts da Vang!«, behauptete nun wieder der erste. »Sie müssen es glubablopra nöwigötz warten!«

»Aber wir sapönng! Doch schon so lange, und ahmtieren«, bemerkte ein anderer.

Laurins Augenlider wogen mittlerweile eine Tonne – jedes –, aber sie riss trotzdem die Augen auf und starrte die Waldschrate einen nach dem anderen an.

»Wir müssen soppokock danapack anderen sagen«, brabbelte der erste Waldschrat aufgeregt.

»Uppuzuk!«, pflichtete ihm der zweite bei.

»Aber das ... das kann doch nicht sein«, murmelte Laurin mit schwerer Zunge.

»Was kann nicht sein?«, fragte Didi. Er war aufgestanden und hatte sich schützend zwischen sie und das halbe Dutzend aufgebrachter Waldschrate gestellt, was zwar einigermaßen lächerlich gewesen wäre, hätten sie wirklich Übles im Sinne gehabt, Laurin aber warm anrührte.

»Hörst du denn nicht, was sie sagen?«, brachte sie hervor.

»Sagen?«, wiederholte Didi verwirrt. »Sie brabbeln doch nur!«

»Tsabatz Kunde zu allen anderen gottoboti tragen!«, sagte der erste Waldschrat entschlossen. »Subbuttugukkk!«

»Aber du musst doch …«, begann Laurin und brachte den Satz nicht zu Ende, denn nun versagte ihr ihre Zunge endgültig den Dienst. Die Müdigkeit schloss wie eine bleischwere warme Decke über ihr. Sie kippte zur Seite und war eingeschlafen, noch bevor Didi die Arme ausstreckte und sie auffing.

Als sie am nächsten Morgen aufwachte, saß Didi neben ihrem Bett, und sie musste ihn nicht fragen, um zu wissen, dass er das wohl die ganze Nacht getan und kein Auge zugemacht hatte. Man sah es ihm an.

»Was is' 'n passiert?«, nuschelte sie.

»Schade, das wollte ich eigentlich von dir wissen«, antwortete Didi mit einem müden Lächeln. »Eure Majestät ist mal wieder in Ohnmacht gefallen, deshalb hast du nicht einmal mitbekommen, dass ich dich heldenhaft aufgefangen und in deine Kemenate getragen habe.«

»Kemenate?« Laurin stemmte sich blinzelnd auf die Ellbogen hoch und versuchte mit wenig Erfolg, ein Gähnen zu unterdrücken. Durch das vergitterte Fenster fiel helles Tageslicht herein, was bedeutete, dass sie die ganze Nacht durchgeschlafen haben musste. Aber sie fühlte sich trotzdem noch immer so müde, wie Didi aussah.

»Kemenate«, bestätigte Didi. »So nennt man doch die Bude eine Prinzessin, oder?«

»Königin, wenn schon«, verbesserte ihn Laurin und versuchte zum zweiten Mal vergeblich, ein herzhaftes Gähnen zurückzuhalten. Wieso war sie nur so müde? Sie hatte doch die ganze

Nacht geschlafen wie ein Stein. Alles, woran sie sich erinnerte, war ein total verrückter Traum.

Lärm drang an ihre Ohren, ein aufgeregtes Geschnatter wie von zahlreichen Stimmen, die wild durcheinanderredeten und riefen und zum Teil sogar schrien.

»Das geht schon die halbe Nacht so«, sagte Didi, dem ihr fragender Blick natürlich nicht entgangen war. »Etsch und deine neuen Freunde scheinen eine kleine Meinungsverschiedenheit zu haben.«

»Worüber?«, fragte Laurin. Und was meinte er mit neue Freunde?

Bevor Didi antworten konnte, klopfte es an der Tür. Sie wurde aufgestoßen, noch ehe sie etwas sagen konnten.

Der Riese streckte Kopf und Schultern herein, wozu er sich nahezu auf die Knie herablassen musste. »Seid ihr so weit?«

»Wie weit?«, fragte Laurin. Sie war immer noch nicht ganz wach und begriff überhaupt nicht, was geschah.

»Ihr verschwindet«, grollte der Riese. »Der Wagen ist schon angespannt und wartet.«

»So schnell?«, fragte Laurin.

»Ohne Frühstück?«, fügte Didi hinzu.

»Sei froh, dass ich euch nicht schon gestern Nacht rausgeworfen habe«, schnaubte der Riese. »Aber das kann immer noch passieren, wenn ihr nicht die Beine in die Hand nehmt.«

Er zog sich wieder auf den Gang zurück und stieß die Tür dabei so wuchtig auf, dass sie gegen die Wand krachte. »Macht schon! Ein bisschen plötzlich, wenn ich bitten darf!«

»Aber wir haben doch gar nichts – «, begann Laurin, und Didi packte sie unsanft am Arm und zerrte sie ganz in die Höhe und zugleich auch in Richtung Tür.

»Wir machen lieber, was er sagt«, raunte er ihr zu. »Hier herrscht schon eine ganze Weile dicke Luft.«

Der Riese wich einen halben Schritt zurück, um sie vorbeizulassen, warf die Tür mit einem gewaltigen Rumms wieder hinter ihnen zu und folgte ihnen so dichtauf, dass sie automatisch schneller gingen, damit er ihnen nicht in die Hacken trat. Wer wollte das schon, bei einem Burschen von wahrscheinlich fünfhundert Pfund Gewicht?

Es ging eine steile Treppe hinunter, an die sich Laurin ebenso wenig erinnern konnte wie an ihr Zimmer, und durch die leere Gaststube. Hinter der Theke stand die Frau des Riesen, die eine Holzschale von der Größe einer Kinderbadewanne polierte und sie so ärgerlich anfunkelte, dass Laurin instinktiv noch rascher ausschritt. Der Gefängniswagen wartete mit offenen Türen so dicht vor dem Ausgang, dass sie gar nicht anders konnten, als sofort hineinzusteigen.

»So, und jetzt fahrt und kommt nicht wieder«, grollte der Riese hinter ihnen. »Und wenn ihr wieder einmal im Wald übernachten müsst, dann sucht euch eine andere Unterkunft!«

Im ersten Moment hatte sie gedacht, er spräche mit ihnen, doch als Laurin sich herumdrehte, sah sie, dass er mit Etsch redete.

»Die Zuflucht steht jedem offen, der Schutz braucht«, protestierte Etsch empört.

»Nicht für die, die ihren Frieden stören«, antwortete der Riese. »Ich dulde keine Gewalt und auch keine Drohungen.«

»Ich habe niemandem – «

»Und ich dulde auch nicht, dass der Geist dieses Ortes vergiftet wird«, fuhr der Riese so unbeeindruckt fort, als hätte Etsch gar nichts gesagt. War es wirklich Zufall, dass er sich genau in diesem Moment zu seiner vollen Größe aufrichtete? Laurin sah jetzt, dass sie sich nicht geirrt hatte: Aufrecht passte er nicht einmal in die Gaststube.

»Und dasselbe gilt auch für euch«, sagte er, an jemanden außerhalb ihres Blickfeldes gewandt. »Eure Riten und euer Glaube mögen euch heilig sein, aber das gibt euch nicht das Recht, sie anderen aufzuzwingen. Unsere Tore sind ab heute auch für euch verschlossen.«

Und damit und ohne ein weiteres Wort ging er. Etsch blickte ihm bebend vor Wut nach, drehte sich dann mit einem Ruck zu ihnen herum und schlug die Tür zu.

»Was ist denn dem über die Leber gelaufen?«, murmelte Laurin. Sie kramte in ihrem Gedächtnis, ob sie irgendetwas Wichtiges vergessen oder verpasst hatte, konnte sich aber nicht erinnern.

Bei geschlossenen Türen war es so finster, dass sie Didis Schulterzucken eher spürte, als sah. Er antwortete erst, nachdem sich der Wagen schwerfällig in Bewegung gesetzt hatte.

»Ich habe keine Ahnung«, sagte er. »Es gab eine Menge Geschrei und Aufregung, aber ich habe nichts verstanden. Ich kann kein Waldschratisch, weißt du?« Obwohl sie sein Gesicht nicht wirklich erkennen konnte, spürte Laurin doch, dass er sie auf eine sonderbar auffordernde Art ansah. Was sollte denn das jetzt wieder?

Sie konnten erst wenige Meter weit gefahren sein, als der Wagen mit einem plötzlichen Ruck zum Stehen kam. Draußen wurden aufgeregte Stimmen laut. Eine Peitsche knallte.

Rasch eilten sie zu einem der schmalen Fenster, und Didi bildete mit verschränkten Händen eine Räuberleiter, an der Laurin hochsteigen und sich an den Gitterstäben festhalten konnte. Erst danach ging er in die Nachbarzelle und zog sich mit einer Kraft und Leichtigkeit am Fenster hoch, die ihr einen Stich des Neids versetzten.

Der Wagen war noch nicht einmal zur Gänze aus dem Tor gerollt, doch nun ging es nicht mehr weiter, denn der Weg war von fast einem Dutzend Waldschraten blockiert, die wie wild umhersprangen und mit den Armen herumfuchtelten. Etsch war vom Wagen gestiegen, und gerade in diesem Moment gesellten sich zwei seiner Albenkrieger peitschenknallend zu ihm.

»Was fällt euch ein?«, polterte Etsch. »War ich nicht deutlich genug? Gebt den Weg frei! Hier draußen ist niemand mehr, der euch in Schutz nimmt!«

»Wir lassen euch nicht gehen!«, rief einer der Waldschrate.

»Ihr dürft sie nicht mitnehmen!«, fügte ein zweiter hinzu, und:

»Wir warten schon zu lange auf sie!«, sagte ein dritter.

»Was ist da los?«, fragte Didi von der Nachbarzelle aus.

»Ich glaube, es geht um uns«, antwortete Laurin. Die Unterhaltung war doch nun wirklich laut genug gewesen!

»Um uns?«

»Sie wollen uns anscheinend nicht weglassen«, antwortete Laurin, und einer der Waldschrate trat mutig vor und bestätigte ihren Verdacht, indem er sich breitbeinig vor dem Albenkrieger aufbaute.

»Ihr dürft sie nicht mitnehmen«, sagte er. »Diese beiden gehören zu uns! Ihr habt kein Recht, sie wegzuschaffen!«

»Wir bringen sie zum Schloss«, antwortete Etsch. »Sie haben gegen das Gesetz verstoßen und werden sich dafür verantworten.«

»Gegen *eure* Gesetze«, antwortete der Waldschrat, »nicht gegen die der Natur.«

»Du sagst es«, erwiderte Etsch verächtlich. »Gegen *unsere* Gesetze, die in *unserem* Land gelten. Also gebt den Weg frei oder ich werde ungemütlich.«

Das war keine leere Drohung, wie er gleich in der nächsten Sekunde bewies, denn er gab dem Waldschrat gar keine Gelegenheit zu antworten, sondern versetzte ihm einen derben Stoß, der ihn etliche Schritte wegstolpern und dann schwer auf den Rücken fallen ließ. Sofort rückten die anderen Waldschrate näher und begannen drohend zu murren und gestikulieren. Etsch zeigte sich nicht im Geringsten beeindruckt, sondern hob ganz im Gegenteil die Hand, woraufhin sich zwei weitere Albenkrieger zu ihm gesellten – und schon war die wüsteste Prügelei im Gange.

»Nein!«, rief Laurin erschrocken. »Hört sofort auf damit!«

Wahrscheinlich erreichte ihre Stimme über das Getöse der

Rauferei hinweg nicht einmal das improvisierte Schlachtfeld, aber Didi drehte mit einem Ruck den Kopf und starrte sie aus aufgerissenen Augen an.

Von irgendwoher kamen plötzlich noch mehr Waldschrate, sodass ihre Übermacht gegenüber den Alben wuchs. Aber das änderte nichts. Die schwarz gerüsteten Krieger machten sich nicht einmal die Mühe, ihre Peitschen zu benutzen oder gar die anderen Waffen, die sie am Gürtel trugen. Laurin war sicher, dass Etsch ganz allein mit dem guten Dutzend Angreifer fertiggeworden wäre – und dass es ihm gehörigen Spaß machte, mit seinen gewaltigen Fäusten auf seine Gegner einzuprügeln und ihnen blutige Nasen und blaue Augen zu verpassen. Schon nach wenigen Momenten lag die Hälfte der Angreifer stöhnend am Boden und hielt sich die geprellten Gliedmaßen. Der Rest befand sich wohl auf der Flucht.

»Hört doch auf!«, rief Laurin wieder. »Bitte!«

Didis Augen wurden noch größer. »Was redest du denn da?«

Laurin ignorierte ihn, schon weil es ihr mittlerweile immer schwerer fiel, sich an den rostigen Gitterstäben festzuhalten und mit den Zehenspitzen an der Wand abzustützen.

Gerade in diesem Moment packte Etsch einen seiner Gegner und schleuderte ihn so mühelos davon wie ein Erwachsener eine Stoffpuppe. Der arme Bursche schlitterte meterweit durch das Gras und kam dicht vor dem Wagen in einer gewaltigen Staubwolke zur Ruhe. Laurin meinte ihn zu erkennen: Es war eben jener Waldschrat, der gestern Abend als Erster so aufgeregt zu ihr gesprochen hatte. Und obwohl er halb benommen war und mit einer Ohnmacht kämpfte, war sie sicher, dass er sie erkannte, als sich ihre Blicke trafen.

»Hört auf!«, rief sie noch einmal. »Bitte! Ich will das nicht!«

»Aber sie dürfen Euch nicht mitnehmen!«, sagte der Waldschrat. »Ihr gehört uns!«

Laurin gehörte niemandem, schon weil sie der festen Überzeugung war, dass kein Mensch einem anderen gehören konnte, aber jetzt war nicht der Moment für philosophische Diskussionen. »Ihr müsst damit aufhören!«, rief sie. Ihre Stimme bebte und drohte umzukippen, weil sie die Anstrengung kaum noch aushielt, sich an den rostigen Stäben festzuklammern. »Bitte! Ihr müsst aufhören! Ich will nicht, dass meinetwegen jemand verletzt wird!«

»Aber sie dürfen Euch nicht mitnehmen!«, beharrte der Waldschrat mit schriller, fast weinerlicher Stimme. »Ihr seid doch die – «

»– die dir befielt, endlich mit diesem Unsinn aufzuhören!«, fiel ihm Laurin ins Wort, der Verzweiflung nahe. Sie konnte sich nur noch Sekunden halten. Soweit sie es erkennen konnte, war es bisher bei ein paar blutigen Nasen und geprellten Rippen geblieben, aber sie wagte sich gar nicht vorzustellen, was passierte, wenn die Alben erst einmal ihre ganze gewaltige Kraft einsetzten. Sie hatte nicht vergessen, wie es Didi bei seinem versuchten Angriff auf Etsch ergangen war.

»Hört sofort auf!«, wiederholte sie scharf. »Ich befehle es!«

Der Waldschrat sah sie einen Moment lang nichts anderes als fassungslos an, aber dann rappelte er sich mit umständlichen Bewegungen auf und begann irgendetwas zu keifen, das sie nicht mehr verstand. Das Letzte, was sie sah, war, wie die Waldschrate hastig davonzulaufen (oder auch zu kriechen) begannen. Dann verließen sie ihre Kräfte und sie fiel schwer zu Boden. Ihre Hände und Arme schmerzten so sehr, dass es ihr fast die Tränen in die Augen trieb.

Didi war mit ein paar raschen Schritten aus seiner Zelle heraus und bei ihr. »Ist alles in Ordnung? Hast du dir wehgetan?«

Laurin war nicht ganz sicher, schüttelte aber vorsichtshalber den Kopf.

»Was hast du denn gemacht?«, fragte Didi ungläubig. »Und wie?«

»Ich habe ihnen gesagt, dass sie aufhören sollen«, antwortete Laurin, während sie sich Grimassen schneidend aufsetzte und die schmerzenden Oberarmmuskeln massierte. Es nutzte nicht viel. »Ich glaube, sie wollten Etsch daran hindern, uns mitzunehmen.«

»Ja, aber wie hast du das gemacht?«, beharrte Didi.

»Ich habe es ihm gesagt«, antwortete Laurin gereizt. »Hast du was an den Ohren?«

»Nein«, entgegnete Didi. »Ich habe es gehört. Du hast etwas wie Kabumm Pattatzung Tschöing gebrabbelt. Oder so ähnlich.«

»Unsinn!«, schnaubte Laurin. »Ich habe – «

Sie brach ab, als die Tür aufgerissen wurde und Etsch hereinstürmte, begleitet von zwei seiner Albenkrieger.

»Na, das habt ihr ja wunderbar hingekriegt!«, polterte er. »Einer meiner Männer wurde verletzt, seid ihr jetzt zufrieden?«

»Wahrscheinlich hat er sich die Hand an einem Kinn verstaucht«, sagte Didi, vorsichtshalber aber so leise, dass Etsch es nicht hörte.

Der Albe kam wütend näher und riss die Zellentür so wuchtig auf, dass die Angeln kreischten. »Was hast du ihnen gesagt, Mädchen? Hast du sie gut aufgehetzt, ja? Aber ich sorge dafür, dass das nicht noch mal passiert, verlass dich darauf!«

Und bevor Laurin auch nur richtig begriff, wie ihr geschah, beugte er sich vor und riss sie so derb am Arm in die Höhe, dass sie vor Schmerz die Luft zwischen den Zähnen einsog. Didi schrie zornig auf und wollte hochspringen, doch Etsch versetzte ihm einen harten Stoß mit der freien Hand, der ihn zu Boden schleuderte. Zugleich zerrte er Laurin grob hinter sich her und aus der Zelle, wandte sich aber nicht zum Ausgang, sondern zum vorderen Ende des Wagens hin, wo es eine weitere, massive Holztür in der Wand gab, die Laurin überhaupt erst in diesem Moment bemerkte. Dahinter verbarg sich ein kaum größerer, fensterloser Verschlag, in dem nicht nur absolute Dunkelheit herrschte, sondern es auch erbärmlich stank.

»Was soll denn das?«, beschwerte sich Laurin. »Ich hab doch gar nichts getan!«

»Und damit das auch so bleibt, bekommst du für den Rest der Fahrt ein Zimmer ganz für dich allein«, knurrte Etsch, während er sie grob durch die Tür stieß. »Keine Angst, Mädchen. Da drinnen bist du sicher!«

Und damit knallte er die Tür so wuchtig zu, dass der ganze Wagen bebte. Laurin starrte die Dunkelheit vor sich aus aufgerissenen Augen an, bis sie zu schmerzen begannen, dann hob sie die Fäuste und hämmerte gegen das steinharte Holz.

Nachdem ihre Finger zu bluten begannen und ihre Arme schwer wie Blei wurden, versuchte sie es mit Treten und erreichte immerhin, dass ihr nun auch die Zehen wehtaten, und als sie nach ein paar weiteren Minuten aufhörte, die Dunkelheit ringsum anzuschreien, war sie zu allem Überfluss auch noch heiser, und ihr Hals tat weh.

Der Wagen setzte sich erneut in Bewegung und rollte schaukelnd los.

Erschöpft ließ sie sich an der Wand zu Boden sinken, lehnte den Hinterkopf gegen das raue Holz und schloss trotz der vollkommenen Dunkelheit die Augen.

Vielleicht hatte sie ja Glück und schlief einfach ein.

Aber natürlich hatte sie das nicht.

Die Fahrt dauerte den ganzen Tag. Es ging bergab, ein Stück weit geradeaus und dann weder bergauf über unebene Wege und durch Schlaglöcher, die den Wagen manchmal bedrohlich ins Schwanken brachten. Dann in umgekehrter Richtung und wieder zurück, und dann erneut von vorne, und wieder, und noch einmal. War ihr der Weg zur Zuflucht der Riesen schon lang vorgekommen, so schien diese zweite Etappe kein Ende zu nehmen.

Vielleicht lag es an der vollkommenen Dunkelheit der Zelle, in die Etsch sie gesperrt hatte, vielleicht war die Erschöpfung sogar noch größer, als sie selbst gespürt hatte – so oder so gesellte sich zum quälend langsamen Verstreichen der Zeit bald noch etwas weit Schlimmeres, das sie in Ermangelung einer passenderen Bezeichnung Seekrankheit nannte. Auch wenn in diesem besonderen Fall und in einer Welt ohne Meere Wagenkrankheit treffender gewesen wäre.

Man hätte auch sagen können: Ihr wurde entsetzlich übel.

Irgendwie gelang es ihr, die Kontrolle über ihren Körper zu behalten und das Allerschlimmste zu verhindern, aber das war auch schon alles. Sie konnte sich nicht erinnern, jemals zuvor einen schlimmeren Tag erlebt zu haben.

Oder einen längeren.

Irgendwann nahm das Schaukeln aber ab. Der Wagen wurde langsamer und kam dann ganz zum Stehen. Kurz darauf wurde die Tür aufgerissen.

Ein Albenkrieger scheuchte sie grob in die Höhe und aus dem Wagen. Ihr war noch immer übel, und ihre Muskeln waren vom stundenlangen Sitzen so verspannt, dass sie kaum gehen konnte. Nach der langen Dunkelheit war sie draußen im ersten Moment so gut wie blind. Sie sah nur Schatten und Licht, das so grell war, dass es in den Augen schmerzte.

Immerhin hörte sie Didis Stimme, und rennende Schritte, die sich ihr näherten und wohl zu ihm gehörten. »Ist alles in Ordnung mit dir?«, fragte er. »Haben sie dir was getan?«

»Ja«, antwortete Laurin. »Nein.«

Didi blieb dicht vor ihr stehen, und Laurins Blick klärte sich weit genug, um seine verwirrte Miene zu erkennen. »Was denn nun?«

»Beides«, antwortete sie. »Such dir die Reihenfolge aus.«

»Ich verstehe schon«, sagte Didi. »Die lange Einzelhaft hat dir zugesetzt, wie?«

Laurin war viel zu erschöpft, um auf diese Unverschämtheit angemessen zu reagieren, blinzelte nur ein paarmal angestrengt, damit sich ihre Augen wieder an das Tageslicht gewöhnten, und schaute sich danach aufmerksam um; wobei sie es allerdings peinlich vermied, nach oben zu sehen, um nicht in das grelle Licht am Himmel zu blicken.

Und vor allem den hässlichen Kratzer darauf nicht sehen zu müssen.

»Hier.« Etsch trat mit schweren Schritten neben sie und hielt ihr eine bauchige Trinkflasche aus Leder hin. »Trink das.«

Noch vor einer Stunde hätte sich Laurin wahrscheinlich eher die Hand abhacken lassen, statt irgendetwas von ihm anzunehmen, aber jetzt riss sie ihm die Flasche regelrecht aus den Fingern und trank mit großen, gierigen Schlucken, bis sie keine Luft mehr bekam und absetzen musste.

Etsch nahm ihr die Flasche wieder weg und befestigte sie an seinem Gürtel. »Das reicht«, sagte er. »Wenn wir im Schloss sind, bekommt ihr mehr, aber jetzt müssen wir uns sputen. Wir haben noch ein gutes Stück vor uns.«

Er gestikulierte an ihnen vorbei, und als Laurins Blick seiner Bewegung folgte und sie sich herumdrehte, stockte ihr fast der Atem.

Sie wusste nun, warum ihr der Weg in der Dunkelheit der Zelle so lang vorgekommen war: Er war es gewesen. Noch am Morgen hatte es ausgesehen, als wäre das Schloss mindestens eine Wochenreise entfernt, doch nun ragte es riesig und drohend über ihnen auf: ein schwarzer Koloss aus Türmen und Zinnen und Spitzen wie aus erstarrter Lava, der sich scheinbar bis in die steinerne Himmelskuppel reckte.

»Ist das Laurins Schloss?«, fragte Didi.

»Albtraum« hätte es besser getroffen, dachte Laurin schaudernd. Beim Schloss des Zwergenkönigs hatte sie gewiss nicht an ein Cinderella-Schloss aus Disneyland gedacht, aber dieses gigantische Gebilde war einfach nur erschreckend.

Etsch nickte wortlos und bedeutete ihnen mit einer unwilligen Geste weiterzugehen.

Der Wagen hatte auf einer großen Lichtung am Fuß des Schlossberges angehalten, und als Laurin gehorchte, meinte sie eine Bewegung am Waldrand wahrzunehmen, fast als zöge sich etwas rasch in den Schutz des Unterholzes zurück. Aber als sie genauer hinsah, war es verschwunden.

Dafür erblickte sie etwas, das ihr Herz schwer werden ließ: Wo sie einen Weg zur Burg hinauf erwartet hatte, begann eine gut und gerne zehn Meter breite Treppe, deren Stufen ihr zwar ungewöhnlich flach vorkamen, sich dafür aber erschreckend weit in die Höhe stapelten.

Laurin konnte gerade noch ein entsetztes Stöhnen unterdrücken. Ihre Muskeln fühlten sich immer noch an, als hätten sie sich in Pudding verwandelt, und die Treppe war so lang, dass sie ihr oberes Ende eigentlich nur erahnte, weil sich darüber der gewaltige Rundbogen eines Tores erhob. Der Anblick wollte sie an etwas erinnern, aber es gelang ihr nicht, und Etsch ließ ihr auch keine Zeit, darüber nachzudenken, sondern knallte begeistert mit seiner Peitsche, um sie zur Eile anzutreiben.

Schon die ersten Stufen bestätigten Laurins schlimmste Befürchtungen: Sie waren entschieden zu niedrig, um sie auch nur halbwegs bequem hinaufgehen zu können, und natürlich gerade hoch genug, dass sie nicht immer zwei Stufen auf einmal nehmen konnte, ohne dass es anstrengend wurde. Ihre Waden begannen schon nach dem ersten Dutzend Stufen zu schmerzen. Nach einem weiteren Dutzend gesellten sich Rückenschmerzen hinzu, und bald schien ihr ganzer Körper nur noch aus Muskeln zu bestehen, die alle auf unterschiedliche Art wehtaten.

Ohne das beständige Knallen von Etschs Peitsche hätte sie wahrscheinlich auf halber Strecke aufgegeben, aber auch so war sie nicht sicher, ob sie es bis nach oben schaffen würde. Jede Stufe fiel ihr schwerer als die davor, und hätte Didi nicht irgendwann einfach ihren Arm ergriffen und ihn sich um die Schultern gelegt, ohne auf ihren schwächlichen Protest zu achten, dann hätte sie Etschs Peitsche vorgezogen, statt auch nur einen einzigen weiteren Schritt zu tun.

Nach einer gefühlten Million Stufen erreichten sie die steinerne Plattform vor dem Tor. Etsch verschwand hinter einer niedrigen Pforte, die so geschickt in das kunstvoll geschnitzte Holz eingelassen war, dass man sie erst bemerkte, wenn sie geöffnet wurde. Didi ließ sich erschöpft gegen die gemauerte Brüstung sinken – allerdings erst, nachdem er Laurin vorsichtig losgelassen und sich davon überzeugt hatte, dass sie auch aus eigener Kraft stehen konnte.

Laurin empfand erneut ein Gefühl tiefer Dankbarkeit, aber ihr schlechtes Gewissen regte sich, als sie sah, wie schwer sein Atem ging. Seine Hände zitterten, und obwohl hier oben ein scharfer Wind wehte, klebte das Haar in nassen Strähnen an seiner Stirn.

»Danke«, brachte sie hervor. Zu mehr reichte ihr Atem nicht.

»Bedank dich nicht zu früh«, antwortete er, ebenfalls kurzatmig. »Ich bin nicht sicher, was uns hier erwartet. Vielleicht wäre der Wald sicherer gewesen.«

Gut, das hatte sie nicht hören wollen, aber ihr fiel nichts ein, um seinen Worten ihren Schrecken zu nehmen, und so lehnte sie sich erschöpft gegen die hüfthohe Wehrmauer und ließ den Blick an der zerklüfteten Flanke des Schlosses nach oben wandern.

Von Nahem betrachtet war es beinahe noch unheimlicher als aus der Entfernung. Sie fragte sich plötzlich, ob es sich um ein von Menschen- oder Zwergenhand erschaffenes Gebäude handelte oder vielmehr um einen gewaltigen Lavaberg, in dessen bizarre Formen ihre Fantasie nur hineininterpretierte, was sie zu sehen erwartete.

»Schau mal.« Didi sprach sehr leise und auch die Kopfbewegung, die er hinter sie machte, war verstohlen und kaum mehr als eine Andeutung. Etsch hatte zwei seiner Krieger ganz in ihrer Nähe zurückgelassen, die zwar nicht direkt in ihre Richtung sahen, aber gar keinen Hehl daraus machten, sie zu belauschen. So unauffällig sie konnte, drehte Laurin sich herum, stützte die

Hände auf den rauen Stein der Brüstung und ließ ihren Blick über das wogende Grün der Baumwipfel streichen. Der Anblick war ähnlich wie von der Zuflucht aus, nur ungleich fantastischer, denn nun konnten sie tatsächlich das ganze gewaltige Tal überblicken.

Oder die gesamte Höhle, verbesserte sie sich in Gedanken. Sie musste aufpassen, dass sie nicht vergaß, wo sie war.

»Mit dem Panorama könnte man zu Hause eine Menge Geld verdienen«, sagte sie.

Didi lächelte zwar matt, schüttelte aber zugleich fast unmerklich den Kopf. Er deutete nach unten. Laurin sah gehorsam in die angegebene Richtung und bedauerte es fast sofort, denn ihr wurde ein bisschen schwindelig, als sie sah, wie viele Stufen sie sich heraufgequält hatten.

»He, das sind ja kaum hunderttausend Stufen!«, sagte sie mit einem schiefen Grinsen. »Und ich hätte geschworen, es wären mindestens eine Million!«

»Siebenhundertfünfzig«, sagte Didi.

»Du hast sie gezählt?«, ächzte Laurin.

»So ungefähr wenigstens«, antwortete er mit einem weiteren, nur angedeuteten Kopfschütteln. »Aber das meine ich nicht. Am Waldrand.«

Laurin strengte die Augen an und endlich sah sie, was er meinte: Der Gefängniswagen stand wie ein winziges Spielzeug in der Mitte der Lichtung, aber direkt am Waldrand war noch eine andere Bewegung. Kleine Gestalten mit bunten Haaren huschten emsig hin und her und waren mit Dingen beschäftigt, die sie nicht erkennen konnte. Aber es waren viele.

»Die Waldschrate?«, flüsterte sie.

»Sie sind uns den ganzen Tag über gefolgt«, antwortete er ebenso leise. »Und es werden immer mehr. Vielleicht wollen sie den Laden ja stürmen.«

Das schwere Scharren von Holz und Metall hinderte sie daran, ihm zu sagen, was sie von diesem Unsinn hielt. Etsch kam zurück, und nun gingen die beiden großen Torflügel auf, indem sie sich rumpelnd nach innen falteten. Dahinter herrschte nicht nur vollkommene Dunkelheit, Laurin hatte für einen Moment das verrückte Gefühl, dass sich die Finsternis wie etwas Lebendiges bewegte und zu ihnen herauszukommen versuchte, im letzten Moment aber immer wieder vor dem hellen Tageslicht zurückschreckte.

Etsch kam nicht allein. In seiner Begleitung befanden sich zwei Alben, die Laurin bisher noch nicht gesehen hatte, und hinter ihnen wuselte mindestens ein Dutzend ihrer kleineren Brüder heraus. Zwerge, von denen die meisten schwarze Jacken und spitze graue Filzhüte trugen, ein paar aber auch knarrendes Leder, Fliegerkappen und Schweißerbrillen.

»Weiter!«, befahl Etsch barsch. »Wir haben noch ein Stück Weg vor uns. Ausruhen könnt ihr, wenn wir unser Ziel erreicht haben.«

»Ja, und wahrscheinlich für den Rest der Ewigkeit«, grollte Didi. Sehr leise.

Im allerersten Moment sahen sie gar nichts, nachdem sie durch das Tor gegangen waren. Ein Gefühl von Weite umgab sie, als hätten sie eine Kathedrale betreten, und es wurde merklich kühler. Aber Laurin war nicht sicher, ob die Kälte wirklich der Grund für die Gänsehaut war, die sie plötzlich am ganzen Leib spürte. Vielleicht war es nicht nur Dunkelheit, die sie umgab. In den Schatten schien etwas zu sein, das sie belauerte.

»Schneller!«, befahl Etsch. »Da entlang.«

Dunkel, wie es hier drinnen war, konnte Laurin ihn nur als Schatten erkennen, und selbst das bloß, wenn sie sich anstrengte. Er deutete auf einen Punkt irgendwo in der Schwärze vor ihnen, der wohl nur für ihn sichtbar war. Weder Didi noch sie reagierten auf seinen Befehl. Sie konnten kaum die Hand vor

Augen sehen. Wenn sie noch schneller gingen, liefen sie Gefahr, über ein Hindernis zu stolpern und zu stürzen oder sich zu verletzen. Oder auch beides.

Gelegenheit dazu gab es genug, denn je mehr sich ihre Augen an das schwache Licht gewöhnten, desto klarer wurde ihr, in welch erbärmlichem Zustand sich das Schloss befand. Es war genau, wie Urd gesagt hatte: kaum mehr als eine Ruine, die seit Urzeiten verlassen schien. Auch von innen war nicht wirklich zu sagen, ob es sich nun um ein natürliches Gebilde oder ein von Menschen errichtetes Bauwerk handelte. Wände und Pfeiler sahen manchmal wie natürlich gewachsen oder aus flüssiger Lava erstarrt aus, andere Teile waren eindeutig gemauert, und hier und da mit aufwendigen Steinmetzarbeiten verziert. Aber alles wirkte zugleich alt und vernachlässigt, und nur zu oft erblicken sie Spuren gewaltsamer Zerstörung. Der Boden war mit Steintrümmern und Splittern übersät. Hier und da klafften gefährlich breite Risse im Boden, über die sie vorsichtig hinwegsteigen mussten, und mehr als nur einem der mächtigen Stützpfeiler, die die Decke trugen, wäre sie lieber in großem Bogen ausgewichen, weil sie geborsten waren und schräg standen. Etsch trieb sie jedoch erbarmungslos weiter und ließ immer wieder seine Peitsche knallen, wenn sie zu langsam zu werden drohten. Ihr Weg endete vor einer weiteren, wenn auch diesmal nur aus einem Dutzend Stufen bestehenden Treppe – die dafür alle unterschiedlich hoch und breit waren –, über der sich ein gewaltiges Tor erhob, das mit kunstvollen Schnitzereien verziert war.

Kurz bevor sie die Treppe erreichten, begann sich das Tor zu öffnen: Ketten rasselten, irgendwo in der Dunkelheit über ihnen begannen sich große Zahnräder zu drehen, und sie hörten ein Zischen wie von gewaltigen Ventilen und Kolben, die schnaufend zum Leben erwachten. Flackerndes gelbes Licht schlug ihnen entgegen, und ein warmer Lufthauch, der sie die herrschende Kälte im allerersten Moment noch schmerzlicher fühlen ließ.

Sie betraten einen weiteren Raum, in dem bequem eine mittelgroße Kirche Platz gefunden hätte. Auf den ersten Blick schien er vollkommen leer zu sein, sah man von den allgegenwärtigen Trümmern ab, aber es brannten Dutzende von Fackeln und Feuerschalen, die der ganzen Szenerie etwas Infernalisches verliehen. Rotes und gelbes Licht zuckte über zerborstenen Stein und erweckte die Schatten zu huschendem Leben, und wo der flackernde Schein über die Steinmetzarbeiten in den Wänden glitt, schienen sich gemeißelte Gliedmaßen zu strecken und sich Augen aus schwarzer Lava zu öffnen, als warteten sie nur darauf, aus ihrem steinernen Gefängnis auszubrechen.

Etsch steuerte ein bizarres Gebilde in der Mitte des Saales an, von dem Laurin auch beim Näherkommen nicht sagen konnte, ob es sich um eine schwarze Lavaformation oder einen brachialen Thron handelte. Flankiert wurde er von vier kunstvoll aus Eisen geschmiedeten Feuerschalen und zwei gepanzerten Albenkriegern, die so reglos dastanden, dass man sie im ersten Moment ebenfalls für steinerne Statuen hätte halten können. Sie waren nicht nur deutlich größer als alle anderen Alben, die Laurin bisher zu Gesicht bekommen hatte, sondern wirkten auch grimmiger. Die obere Hälfte ihrer Gesichter verbarg sich hinter bizarren eisernen Masken, die Tiere oder Fabelwesen darstellten.

»Wartet hier«, knurrte Etsch. »Und fasst nichts an.«

»Schade«, murmelte Didi. »Und ich wollte gerade unauffällig eine Tonne Fels klauen.«

Laurin betrachtete den Lavathron zum ersten Mal genauer, und da die beiden stummen Wächter nichts dagegen zu haben schienen, trat sie ein paar Schritte näher. Sie war jetzt sicher, dass es sich um einen Thron handelte, auch wenn es ein Thron für Riesen zu sein schien; was in einer Festung der Zwerge ein Widerspruch an sich war. Selbst Etsch hätte sich auf der Sitzfläche bequem zum Schlafen ausstrecken können.

Er war allerdings nicht leer. Etwas lag darauf, das sie nicht richtig erkennen konnte, weil sich seine Farbe dem lichtschluckenden Schwarz der Lava anpasste, aber sie sah immerhin, dass es sich um ein Stück Stoff handelte; ein zerschlissenes Laken oder eine Decke, die grob von einem zu einem Zopf verflochtenen Strick zusammengehalten wurde. Etwas an diesem Anblick erschien ihr ungemein wichtig, als wollte er eine Erinnerung in ihr anrühren, von der sie gar nicht wusste, dass sie sie besaß, doch der Gedanke entschlüpfte ihr, bevor sie ihn richtig fassen konnte.

Aber etwas blieb zurück, ein Gefühl, das Angst hätte sein können, oder auch Ehrfurcht oder etwas, für das sie gar kein Wort fand, weil es nichts ähnelte, was sie jemals erlebt hatte. Der gewaltige Lavathron strahlte eine Aura von Macht aus, die sie fast mit Händen greifen zu können glaubte.

Und das Verrückteste war: Sie hatte das Gefühl, es zu kennen.

»Glaubst du, das ist das, von dem ich glaube, dass es es ist?«, fragte Didi neben ihr.

Laurin brauchte einen Moment, um seine Worte im Kopf zu so etwas Ähnlichem wie einer sinnvollen Frage zu sortieren.

»Laurins Thron?« Sie hob die Schultern, obwohl sie die Antwort tief in sich natürlich schon längst ahnte.

»Dann trifft Laurin ja gleich vielleicht auf Laurin«, sagte Didi grinsend.

Laurin fand das nicht komisch, aber hinter ihr sagte eine amüsierte Stimme: »Das wird wohl kaum geschehen, aber davon abgesehen hat dein kleiner Freund recht. Auf diesem Thron hat unser großer König Laurin gesessen und sein Volk regiert.«

Laurin fuhr ebenso erschrocken zusammen wie Didi, und genau wie er riss sie im nächsten Moment die Augen auf und konnte einen überraschten Ausruf nicht ganz unterdrücken. Denn nun sah sie, wer zusammen mit Etsch zu ihnen zurückgekommen war.

Sie trug jetzt einen schwarzen Kapuzenmantel, der ihr allmählich grau werdendes Haar nahezu vollkommen verbarg, und das rote Fackellicht vertiefte die Falten und Linien in ihrem Gesicht und ließ sie noch älter erscheinen. Aber es vermochte das spöttische Funkeln in ihren Augen nicht gänzlich zu verbergen.

»Urd?«, riefen Didi und Laurin wie aus einem Mund.

»Ganz recht«, antwortete die alte Gastwirtin, die nunmehr gar keinen Hehl daraus machte, wie sehr sie ihre Verblüffung genoss.

»Aber wie kann denn das …?«, stammelte Laurin. »Ich meine: Warum, also … wer…?«

»Ja, ich kann dein Erstaunen verstehen, mein Kind«, sagte Urd. »Die Dinge sind manchmal nicht so einfach, wie sie auf den ersten Blick erscheinen mögen. Ihr sollt alles erfahren, und ich werde alle eure Fragen beantworten. Doch jetzt kommt erst mal mit mir.«

Sie machte eine Bewegung, wie um sich herumzudrehen, hielt aber dann noch einmal inne und deutete auf den riesigen Lavathron.

»Du kannst ihn dir ruhig ansehen, mein Junge«, sagte sie. »Er ist unser größter Schatz. Laurins Thron. Er ist so alt wie diese Welt, und er wird noch da sein, wenn wir alle längst zu Staub zerfallen sind und selbst die Erinnerung an uns schon lange verblasst ist.«

»Und dann ist das da …?« Didi deutete auf das zusammengeschnürte Bündel.

»Laurins Zaubermantel und sein Gürtel«, bestätigte Urd. »Fass sie ruhig an.«

»Einfach so?«, wunderte sich Didi.

»Warum nicht?«, antwortete Urd. »Versuch es ruhig.«

Didi zögerte, aber dann streckte er die Hand aus und griff nach dem Stoff.

Funken sprühten. Etwas zischte, und Didi stieß einen fast

komisch klingenden Schrei aus, machte einen erstaunlich weiten Hüpfer rückwärts und schüttelte die Hand wild hin und her. Ein paar Alben lachten, und zum allerersten Mal, seit sie ihn kennengelernt hatte, meinte Laurin sogar in Etschs dunklen Augen ein amüsiertes Funkeln wahrzunehmen.

»Bitte entschuldige, mein junger Freund, wenn sich eine alte Frau einen Scherz mit dir erlaubt hat. Aber ich dachte mir, so ist es einfacher«, sagte Urd mit einer Stimme, die sich nicht wirklich schuldbewusst anhörte.

Didi hörte auf, die Hand vor dem Gesicht hin und her zu wedeln, und starrte seine Finger dann so aufmerksam an, als müsse er sich davon überzeugen, dass sie noch vollzählig waren. »Ein Scherz?«, krähte er beleidigt.

»Laurins Magie beschützt sein Erbe vor jedem, dem es nicht zusteht«, antwortete Urd. »Du hättest mir wohl kaum geglaubt. Du glaubst doch nicht an Magie, oder?«

»Magie, Blödsinn!«, nörgelte Didi. »Ich hab eine gewischt gekriegt! Das war ein astreiner Stromschlag!«

»Siehst du hier irgendwelche Kabel?«, fragte Laurin.

»Die haben sie wahrscheinlich versteckt oder es läuft mit Batterien«, behauptete Didi. »Probier es doch selbst aus. Mal sehen, ob du hinterher immer noch lachst!«

Laurin lehnte mit einem wortlosen Kopfschütteln ab. Sie hatte nicht vergessen, wie weit Didi gesprungen war und wie laut er gequietscht hatte. Außerdem wusste Didi so gut wie sie, dass es hier keinen elektrischen Strom gab. Sie war nicht einmal sicher, ob Elektrizität in dieser unterirdischen Höhlenwelt überhaupt funktionierte.

»Dann kommt«, sagte Urd. Etsch verlieh ihrer Einladung den nötigen Nachdruck, indem er zwei seiner Albenkrieger mit einer knappen Geste hinter sie dirigierte, und auch gleich die Führung übernahm.

Sie durchquerten die Halle und traten durch eine Tür, die zwar sehr breit war, aber so niedrig, dass sich sogar Etsch darunter hindurchducken musste. Dahinter erwartete sie die nächste Überraschung.

Sie hatte mit einem weiteren Raum oder auch einem Gang gerechnet, doch stattdessen traten sie auf einen halbrunden Balkon aus schwarzem Stein hinaus, der unübersehbar für Zwerge gebaut war. Die Brüstung reichte ihnen gerade bis an die Oberschenkel, und er war so klein, dass sie sich nur mit Mühe und Not zu dritt daraufquetschen konnten. Doch daran verschwendete Laurin kaum einen Gedanken, denn der Anblick verschlug ihr wortwörtlich den Atem:

Ohne es überhaupt zu merken, mussten sie noch einmal ein gutes Stück an Höhe gewonnen haben, denn Laurin konnte nun das gesamte Tal überblicken. Ganz egal, was Didi davon hielt, es musste eindeutig Magie im Spiel sein. Wohin sie auch sah, sie konnte jedes noch so kleine Detail mit schon fast unnatürlicher Klarheit erkennen: die Stadt, die Zuflucht des Riesen und Hartwigs Hof, selbst das Haus des Sonnenblumenbauern und die felsige Böschung, über der sie herausgekommen waren, nachdem sie den Rosengarten durchquert hatten. Und noch viel mehr: zahlreiche Höfe, einzeln stehende Gebäude sowie kleine Gehöfte und malerische Weiher. Seltsamerweise waren nur diejenigen Orte wirklich klar zu erkennen, an denen sie schon selbst gewesen war. Alles andere wirkte trüb und verschleiert, als betrachte sie es durch eine total verschmutzte Sonnenbrille.

Sie musste nicht fragen, um zu wissen, dass auch dies an der Magie des Ortes lag.

»Das ist wirklich – «, begann Didi, und Urd fiel ihm mit einem mütterlichen Lächeln ins Wort.

»Schön?«

Didi nickte.

»Ich muss mich bei euch entschuldigen«, begann sie, nachdem sie ihnen eine kleine Weile mit sichtlichem Wohlgefallen zugesehen hatte. »Ich hätte es euch gleich sagen müssen.«

»Was?«, fragte Didi. »Dass du die Königin hier bist?«

»Königin?« Urd schüttelte amüsiert den Kopf. »Es gibt hier keine Königin und auch keinen König. Unser Urahn Laurin hat als Letzter auf diesem Thron gesessen und es wird nie wieder ein anderer darauf Platz nehmen. Wir brauchen keinen Herrscher und niemanden, der beherrscht wird.«

»Und warum bist du dann hier?«, fragte Didi.

»Euretwegen«, antwortete Urd. »Ich hätte ehrlicher zu euch sein sollen«, gestand sie. »Etsch und ich sind nicht immer einer Meinung. Ziemlich oft sogar nicht, um offen zu sein. Aber ich dachte, es wäre leichter, ein paar Tage abzuwarten, bis ihr euch eingewöhnt habt.«

»Was genau soll das heißen?«, fragte Didi.

Urd sah ihn einen Moment lang nachdenklich an und wandte sich dann mit einem seltsamen Lächeln an Laurin. »Ich glaube, du hast es schon gemerkt, nicht wahr? Zumindest ahnst du es.«

»Ja«, antwortete Laurin.

»Was?«, fragte Didi.

»Es ist kein Zufall, dass mein Gasthaus genau an der Stelle steht, an der es steht«, sagte Urd, statt Didis Frage zu beantworten. »Fast jeder, der in die Stadt kommt, kommt auch zu mir, und wer es nicht tut, der wird früher oder später zu mir gebracht, damit ich ihm meine Hilfe anbieten kann.«

»Hilfe wobei?«, fragte Didi.

Laurin schwieg. Sie hatte plötzlich das Gefühl, nicht nur zu wissen, worauf Urd hinauswollte, sondern es eigentlich schon die ganze Zeit über geahnt zu haben. Aber der Gedanke war so erschreckend, dass sie es nicht gewagt hatte, ihn wirklich zu Ende zu denken.

»So, wie ich euch auch geholfen habe«, antwortete Urd. »Habe ich euch nicht ein Dach über dem Kopf gegeben und eine Aufgabe?«

»Natürlich, aber —«

»Dabei, uns zu Hause zu fühlen«, fiel ihm Laurin ins Wort. »Stimmt's?«

Urd nickte.

»Unsinn!«, protestierte Didi. »Wir sind hier nicht zu Hause.«

»Nein?«, fragte Laurin. »Wann hast du das letzte Mal an zu Hause gedacht? Weißt du noch, warum wir hier sind? Hier in diesem Schloss, meine ich? Wir hatten gehofft, dass uns jemand helfen kann, den Rückweg zu finden. Und wann hast du das letzte Mal daran gedacht?«

»Andauernd«, behauptete Didi. Mit wenig Überzeugung.

»Ich nicht«, gestand Laurin. »Und ich glaube, du auch nicht. Mir hat es in der Stadt gefallen. Ich fange allmählich an, mich hier zu Hause zu fühlen. Noch ein paar Tage, und das alles hier ist meine Heimat.«

Sie sah Urd an, und die alte Frau antwortete mit einem warmen Lächeln und einem Nicken. »Bei den meisten dauert es länger«, sagte sie, »aber es ist schon so, wie du sagst.«

»Was ist wie?«, fragte Didi. Er wusste genau, was sie meinte, aber er wollte es nicht wahrhaben.

»Ihr wisst sehr wenig über unser Tal«, sagte Urd, »und wie könnte es auch anders sein? Fast jeder, der hier lebt, ist als Fremder zu uns gekommen.« Etsch räusperte sich grollend und sie verbesserte sich: »Außer den Alben.«

Didi starrte sie mit offenem Mund an. »Soll das heißen, dass alle ... zugezogen sind?«

Urd nickte. »Zu Laurins Zeiten lebten hier nur Zwerge«, sagte sie und fügte mit einem neuerlichen Seitenblick zu Etsch hinzu: »Nur manchmal verirrte sich ein anderer her, eine Elfe, ein Troll oder ein Goblin. Aber die Zwerge waren schon immer da und sie werden auch immer da sein.«

»Ich wollte nicht hierher«, antwortete Didi und deutete auf Laurin. »Das wollten wir beide nicht!«

»Warum seid ihr dann gekommen?«, fragte Etsch. Seine Finger strichen über das Amulett auf seiner gepanzerten Brust.

»Bestimmt nicht freiwillig«, ereiferte sich Didi. »Wir waren im Bergwerk unterwegs –«

»In dem ihr nichts zu suchen hattet«, sagte Etsch.

»– um es uns anzusehen, und dann gab es ein Erdbeben oder so was und der Rückweg war verschüttet. Wir haben einen anderen Weg nach draußen gesucht –«

»Wohin?«, fragte Etsch.

»Zurück in unsere Welt«, sagte Laurin hastig, bevor Didi antworten konnte. »Und dabei haben wir die Grotte mit den Edelsteinen gefunden, und danach euch. Den Rest kennst du.«

»Ist das wahr?«, fragte Urd.

»Dass sie die Königssteine gestohlen haben?« Etsch nickte. »Ja. Sie geben es sogar selbst zu.«

»Das ist nicht die Frage«, sagte Urd. Sie wirkte mit einem Male sehr viel aufmerksamer als noch vor einer Sekunde. »Ihr habt euch also verirrt und wolltet gar nicht zu uns?«

»Wir wollten nirgendwohin«, antwortete Didi heftig. »Nur nach Hause.«

Urd dachte einen Moment angestrengt nach und wandte sich dann mit veränderter Miene an den Alben. »Das hättest du mir sagen müssen.«

»Dass sie uns bestohlen haben?« Etsch griff so zornig in eine der zahlreichen Taschen seiner Lederrüstung, dass Laurin erschrocken zusammenfuhr und sich Didi alarmiert kerzengerade aufrichtete. Urd machte eine besänftigende Geste in seine Richtung, ließ den Alben aber nicht aus den Augen.

Etsch streckte den Arm aus, und auf seiner schwieligen Handfläche funkelten die vier farbigen Kristalle, die er ihnen am Tag zuvor abgenommen hatte.

»Sie hatten sie noch bei sich.«

Erneut ließ Urd einen spürbaren Moment verstreichen, bevor sie antwortete, jetzt wieder an Laurin und Didi gewandt und in womöglich noch nachdenklicherem Ton.

»Warum habt ihr das getan, meine Kinder?«

»Weil –«, begann Laurin, und nun war es Didi, der sie unterbrach.

»Weil sie hübsch sind«, sagte er hastig. »Wir haben uns nichts dabei gedacht, wirklich.«

»Und wir wussten nicht, dass sie jemandem gehören«, fügte Laurin hinzu, in ungefähr genauso glaubhaftem Ton wie Didi gerade.

Urd wirkte alles andere als überzeugt, aber sie beließ es bei der Andeutung eines Achselzuckens, woraufhin Etsch die Faust wieder um die Kristalle schloss und sie in die Tasche steckte.

»Dann ist es nicht ihre Schuld«, sagte Urd. »Sie wussten es nicht besser.«

»Trotzdem haben sie verheerenden Schaden angerichtet«, beharrte Etsch. Er machte eine wedelnde Handbewegung nach oben. »Es hätte unser aller Untergang sein können!«

»Unserer, ja«, verbesserte ihn Urd sanft. »Schwerlich der Eure, Meister Etsch. Oder der Eurer Brüder.«

Laurin verstand mittlerweile gar nichts mehr, aber sie spürte sehr wohl die Spannung, die zwischen den beiden herrschte. Etsch riss sich sichtbar zusammen, um nicht noch schärfer zu antworten, aber seine Augen sprühten vor Zorn.

»Was ist denn an diesen Steinen so wichtig?«, fragte Didi schließlich. »Außer dass sie hübsch sind?«

Und über magische Kräfte verfügen, dachte Laurin, wenigstens wenn sie sie in der Hand hielt. Sie hütete sich, diesen Gedanken laut auszusprechen, aber Etsch starrte sie trotzdem so böse an, als hätte sie es getan.

»Sie sind von unermesslichem Wert für die Alben«, antwortete Urd ernst, »und das sollte uns genügen. Wir respektieren hier die Wünsche und Bedürfnisse der anderen, und das solltet ihr auch, mein junger Freund.«

Ihre Stimme klang ein wenig tadelnd, aber schon im nächsten Augenblick erschien wieder ein verzeihendes Lächeln auf ihrem Gesicht. »Ihr müsst noch viel lernen, wenn ihr hier bei uns leben wollt, mein lieber Junge. Ich werde euch dabei helfen.«

»Sie müssen für das bestraft werden, was sie getan haben«, beharrte Etsch. »Zahllose hätten zu Schaden kommen können.«

»Sie wussten es nicht besser«, sagte Urd beschwichtigend, erreichte damit aber anscheinend das Gegenteil, denn in Etschs Augen blitzte es nur noch zorniger auf.

»Eine Regel nicht zu kennen, gibt niemandem das Recht, sie zu brechen«, grollte er. »Was, wenn der Nächste kommt und einen Fehler begeht, weil er es nicht besser weiß, und eine Hungersnot ausbricht oder Schlimmeres? Wenn Hunderte ums Leben kommen oder gar Tausende?« Er schüttelte so heftig den Kopf, dass die Metallteile seiner Rüstung schepperten. »Ihr habt ein zu weiches Herz, Urd. Das ehrt Euch, aber Ihr könnt nicht das Wohl Hunderter oder gar aller aufs Spiel setzen, nur weil jemand etwas nicht weiß!«

»Mäßigt Euch, Meister Etsch«, sagte Urd tadelnd.

»Das werde ich, sobald diese beiden ihre gerechte Strafe bekommen haben!«, rief Etsch aufgebracht.

»Ihr habt sie eingefangen und wie die gemeinen Verbrecher abgeführt, Meister Etsch«, antwortete Urd ernst. »Was wollt Ihr noch tun? Sie öffentlich auspeitschen oder an den Pranger stellen, damit man sie mit Abfällen und faulem Obst bewerfen kann?« Sie schnitt Etsch mit einer entschiedenen Geste das Wort ab. »Nein, genug! Ich bin zu einem Entschluss gekommen.«

»So, seid Ihr das?«, fragte Etsch lauernd.

»Ja, Ihr werdet diese beiden mit hinauf in die Mine nehmen und ihnen den Weg zurück in ihre Heimat zeigen, solange sie ihn noch antreten können. Auf diese Weise ist uns allen gedient. Sie kommen zurück nach Hause, und Ihr könnt gewiss sein, dass sie nicht versehentlich noch mehr Schaden anrichten.«

»Zurück nach Hause?«, wiederholte Laurin verblüfft.

»Natürlich«, antwortete Urd. »Das wollt ihr doch? Ich meine: Es ist noch nicht zu spät, oder?«

»Nein«, antwortete Laurin automatisch. Sie verstand die Frage nicht wirklich, und obwohl sie ja aus keinem anderen Grund hierhergekommen waren, traf sie diese Eröffnung doch so überraschend, dass sie im ersten Moment einfach nur perplex war.

»Seid Ihr damit einverstanden, Meister Etsch?«, wandte sich Urd an den Alben.

Etschs Gesichtsausdruck beantwortete ihre Frage im Grunde schon. Seine rechte Hand lag auf dem Schwertgriff, und er mahlte so heftig mit den Kiefern, dass Laurin nicht weiter überrascht gewesen wäre, ihn im nächsten Moment abgebrochene Zähne spucken zu sehen. Aber schließlich nickte er nur abgehackt.

»Dann ist es entschieden«, sagte Urd. »Bereitet alles vor. Ich rede mit unseren beiden jungen Freunden hier, und wenn sie sich entschieden haben, kommen wir nach.«

Etsch ging ohne ein weiteres Wort, auch wenn Laurin das Gefühl hatte, dass er eine Schleppe aus unsichtbaren Gewitterwolken hinter sich herzog.

Urd blickte ihm kopfschüttelnd nach, und als sie sich wieder zu Didi und ihr herumdrehte, meinte Laurin, Sorge auf ihrem Gesicht zu erkennen.

»Also bist du doch so etwas wie die Königin hier«, sagte Didi.

»Nein«, erwiderte Urd geduldig. »Das brauchen wir nicht. Ich bin so wenig die Königin dieser Welt wie Etsch der Herr des Albenvolkes ist ... auch wenn er sich manchmal so aufführt, als wäre er es. Ich kümmere mich um die Fremden, die hierherkommen und unserer Hilfe bedürfen, und Etsch sorgt sich um die Belange des Zwergenvolks. Wir sind nicht immer einer Meinung, wie ihr gewiss schon gemerkt habt, aber er ist kein schlechter Kerl. Er wird euch zurück in die Welt der Menschen bringen, wo ihr hingehört, und zufrieden sein.«

»Hast du nicht gesagt, du glaubst nicht an die Welt der Menschen?«, erinnerte Laurin.

»Das war gelogen«, antwortete Urd schmunzelnd. »Wenigstens ein bisschen.«

»Und warum?«

»Um es euch leichter zu machen«, sagte Urd.

»Indem du uns anlügst?«, fragte Didi vorwurfsvoll.

Urd sah ihn einen langen Moment ebenso nachdenklich wie traurig an, dann schüttelte sie sacht den Kopf, drehte sich halb herum und machte eine ausholende Geste über das Tal hinweg. »Du fühlst dich hier wohl, nicht wahr?«, fragte sie. »Du möchtest hier leben. Du fühlst dich zu Hause.«

Es klang nicht wie eine Frage, sondern wie eine Feststellung. Didi nickte verblüfft. »Ja. Bis auf die – «

Laurin versetzte ihm einen Rippenstoß, der ihn mitten im Satz verstummen ließ, und Urd, die anscheinend nichts davon mitbekommen hatte, fuhr mit sanfter Stimme fort: »Es ist der Zauber dieses Ortes. Niemand kann sich ihm entziehen, ob er es will oder nicht.« Sie sah Laurin an. »Du hast es schon gemerkt, nicht wahr?« Laurin nickte. »Etsch hat mir erzählt, du kannst mit den Waldschraten sprechen?«

»Ich verstehe ein paar Brocken ihrer Sprache, aber – «

»Nach wenigen Tagen«, unterbrach sie Urd. »Das ist erstaunlich. So schnell habe ich es noch nicht erlebt. Aber du weißt, wovon ich rede.«

»Wir werden … zu einem Teil dieser Welt?«, fragte Laurin zögernd.

Urd nickte. »Das ist die Magie dieses Ortes«, bestätigte sie. »So war es schon immer. Zu Laurins Zeiten war sie eine Zuflucht für alle, die in Not waren und keinen Ort mehr hatten, an den sie gehen konnten. Aber er verlangt etwas dafür. Ihr könntet hierbleiben, wenn ihr das wollt. Dieser Ort wird euch beschützen und euch alles geben, was ihr zum Leben braucht. Ich verspreche euch, dass ihr glücklich werdet.«

»Aber wir würden vergessen, woher wir kommen und wie unser früheres Leben war«, vermutete Laurin.

Urd nickte. »Ja. Jeder, der auf Dauer hier bei uns lebt, wird zu einem von uns. Sein altes Leben hat hier keinen Platz.«

Didi starrte sie an, und Laurin konnte regelrecht sehen, wie es hinter seiner Stirn arbeitete. Vielleicht dachte er ja an das, was Urd ihn gerade gefragt hatte, und wie schwer es ihm gefallen war, sich an die Welt draußen zu erinnern.

»Und ... du?«, fragte Laurin.

Urd schüttelte den Kopf. »Ich erinnere mich nicht, woher ich komme«, sagte sie. »Und auch nicht, wer oder was ich vorher war. Es macht mir nichts aus. Ich bin glücklich hier und zufrieden mit meinem Leben, so wie es ist.« Sie sah sie nacheinander und sehr aufmerksam an. »Die Frage ist, ob ihr es wollt.«

Didi setzte zu einer Antwort an, klappte den Mund dann wieder zu und sah einfach nur hilflos aus. Auch Laurin setzte zu einer spontanen Verneinung an, aber dann schwieg sie genauso verdattert wie Didi.

Die Wahrheit war: Sie wusste es nicht. Dieses Tal und seine Bewohner (jedenfalls die meisten) war einfach nur paradiesisch. Jeder Atemzug gab einem das Gefühl, lebendiger zu sein, jeder Schluck Wasser schmeckte wie der köstlichste Wein, alle Farben erschienen ihr strahlender, und jedes noch so banale Geräusch hatte etwas von Musik.

Und zu Hause?

Schon der Klang dieses Wortes hatte plötzlich etwas Falsches, wenn sie ihn mit dem verband, was ihr Leben bisher gewesen war. Je länger sie darüber nachdachte, desto weniger verlockend erschien es ihr, in dieses Leben zurückzukehren.

»Ich weiß es nicht«, gestand sie.

»Weil du zweifelst, und das ist auch gut so«, sagte Urd. »Weil du dich fragst, ob es nicht da, wo du herkommst, nicht eines Tages doch wieder besser wird, oder es nicht ein Fehler war, alles zurückzulassen, was du gekannt und geliebt hast, um dich auf die gefährliche Reise in ein fremdes, unbekanntes Land zu machen. Glaub mir, mein Kind, den meisten ergeht es so, wenn sie hier ankommen. Was hätte euch schon geholfen, von eurer Heimat zu reden, in die ihr doch nie wieder zurückkönnt? Es hätte euch nur wehgetan. Wir reden nicht über die Vergangenheit.«

»Die ihr ja sowieso alle vergessen habt«, sagte Didi.

»Das ist wahr«, sagte Urd beinahe fröhlich.

»Aber wir sind hier nicht willkommen«, stellte Didi fest.

»Wie kommst du denn darauf?«, fragte Urd und fuhr gleich mit einem verständnisvollen Nicken fort. »Oh, ich verstehe. Wegen Etsch und seiner Alben. Mach dir keine Sorgen. Er ist ein alter Griesgram, der an allem und jedem etwas zu mäkeln hat, aber das ist auch schon alles. Die Alben mögen keine Fremden. Und sie sind der Meinung, dass einfach zu viele kommen.«

»Und?«, fragte Didi. »Haben sie recht?«

»Niemand, der in Not ist und Hilfe braucht, ist zu viel«, antwortete Urd.

Didi nickte, drehte sich wieder um und sah einen Moment aus eng zusammengekniffenen Augen zu der schattenhaft erkennbaren Felswand hin, die sich da erhob, wo eigentlich der Horizont sein sollte. »Wie groß ist das Tal?«, wollte er wissen.

»Immer gerade so groß, wie es sein muss«, antwortete Urd lächelnd. Didi zog eine Grimasse, und auch Laurin rang sich ein Lächeln ab, obwohl ihr zugleich ein kalter Schauer über den Rücken lief. Sie hatte das Gefühl, dass Urd das vollkommen ernst meinte.

»Was hat er dann gegen Fremde?«, fragte Didi.

»Etsch hat etwas gegen jeden, außer gegen Etsch«, antwortete Urd lächelnd, »und nicht einmal da bin ich ganz sicher. Also nehmt ihn nicht zu ernst. Er wird euch sicher nach Hause bringen ... wenn ihr das wollt.« Sie legte den Kopf schräg. »Also? Habt ihr euch entschieden?«

Laurin und Didi zögerten, dann nickten beide im gleichen Moment.

»Gut«, sagte Urd. Sie wirkte erleichtert und doch ein wenig enttäuscht. »Dann sollten wir jetzt gehen. Wenn man sich mit Etsch eines nicht erlauben sollte, dann ihn warten zu lassen.«

Sie wandten sich um, und Urd winkte einen Zwerg herbei, der wohl unsichtbar im Schatten auf Befehle gewartet hatte. »Ich lasse euch noch ein paar Vorräte und Wasser bringen«, sagte sie. »Der Weg durch die Minen ist lang und ich glaube nicht, dass die Küche der Zwerge euren Geschmack trifft.« Zugleich machte sie eine Bewegung zu dem Zwerg, der zwar mit einer beleidigten Grimasse reagierte, aber eilends davonwuselte; wahrscheinlich um das Gewünschte zu holen.

»Dann heißt es jetzt wohl Abschied nehmen«, sagte Laurin, während sie ihren Blick ein letztes Mal über das fantastische Panorama unter sich schweifen ließ. So wusste nicht, ob sie das wirklich wollte. Vielleicht war sie schon zu lange hier, denn allein der Gedanke wegzugehen erfüllte sie mit einer tiefen Trauer.

»Noch nicht sofort«, antwortete Urd. »Ich begleite euch ein kleines Stück.« Sie blinzelte ihr spöttisch zu. »Das mache ich immer so. Schließlich will ich sicher sein, dass der Besuch auch wirklich geht.«

Laurin rang sich ein halbherziges Lächeln ab und wandte sich dann hastig ab, um den Balkon zu verlassen. Wenn sie noch einmal auf das paradiesische, grüne Land hinabsah, dann hätte sie vielleicht nicht mehr die Kraft, tatsächlich zu gehen.

Rasch durchquerten sie den Gang und die große Halle mit dem Lavathron. Laurin hätte gerne noch einen letzten Blick darauf geworfen, doch Didi beschleunigte seine Schritte nicht nur deutlich, sondern schlug auch einen respektvollen Bogen um das schwarze Monstrum. Vielleicht war die Erinnerung an den elektrischen Schlag noch zu frisch.

Es ging durch zahllose Türen, Säle, Hallen und Räume und immer wieder über schier endlose Treppen, die ausnahmslos in halsbrecherischem Winkel nach oben führten und selbstverständlich nicht über einen überflüssigen Luxus wie ein Geländer verfügten. Gefährliche und vor allem unbequeme Treppen schienen wohl so etwas wie das geheime Markenzeichen der Zwerge zu sein. Sie wollte schon anhalten und Urd um eine längere Pause bitten, als sie das Ende erreichten; was unschwer daran zu erkennen war, dass Etsch selbst sie erwartete und sie auf seine gewohnt charmante Weise begrüßte. Laurin konnte nicht genau sagen, ob er nun sie oder Urd unfreundlicher anfunkelte. Wahrscheinlich gab es keinen Unterschied.

»Sind wir dann so weit?«, fragte er grimmig. »Wir haben noch einen langen Weg vor uns.«

Urd reagierte mit einem Lächeln, als hätte er ihr gerade ein Kompliment gemacht, und wandte sich an Didi und Laurin. Laurins Herz klopfte schon wieder zum Zerspringen und ihre Knie schienen sich in Wackelpudding verwandelt zu haben.

»Jetzt ist endgültig der Moment des Abschieds gekommen«, sagte Urd. Sie besaß die Unverschämtheit, nicht einmal außer Atem zu sein, obwohl sie aussah, als wäre sie mindestens doppelt so alt wie Didi und sie zusammen. »Ich hoffe, ihr habt keinen allzu schlechten Eindruck von uns bekommen.«

Didi sagte vorsichtshalber gar nichts, aber Laurin wollte nicht undankbar sein nach allem, was Urd für sie getan hatte.

»Wir behalten dich in guter Erinnerung«, sagte sie. »Und alles andere hier auch.«

Urd reagierte ganz anders, als sie erwartet hätte. Ihr Lächeln blieb so sanft und mütterlich wie immer, aber in ihren Augen erschien ein vager Ausdruck von Trauer, den Laurin sich im ersten Moment gar nicht erklären konnte. »Das ist sehr lieb von dir, mein Kind«, sagte sie. »Aber ich fürchte, du wirst dieses Versprechen nicht halten können. Niemand bei euch darf erfahren, dass es diese Orte und Wesen tatsächlich gibt.«

»Wir verraten niemandem etwas«, sagte Laurin beinahe schon feierlich, und Didi fügte ebenso ernst hinzu: »Versprochen.«

Urds Lächeln wurde noch wärmer. »Das glaube ich euch«,

sagte sie. »Aber so einfach …« Sie hatte mit einem Mal Mühe, ihrem Blick standzuhalten. »… ist das nicht. Das Geheimnis muss gewahrt bleiben.«

»Und was soll das heißen?«, fragte Didi alarmiert.

»Dass wir alles vergessen werden«, antwortete Laurin, bevor Urd es tun konnte. »Habe ich recht?«

Urd nickte traurig. »So unterschiedlich sind unsere beiden Welten gar nicht. Das meiste, was in der einen gilt, das gilt auch in der anderen. Niemand kann in einer Welt leben und sich an die andere erinnern.«

»Das heißt, sobald wir hier raus sind, vergessen wir alles?«, fragte Didi erschrocken.

»Nicht sofort, aber nach und nach, ja«, bestätigte Urd. »Wer immer diese und alle anderen Welten erschaffen hat, muss sehr weise gewesen sein. Niemand möchte auf immer mit der Erinnerung an ein verlorenes Paradies leben, in das er nie wieder zurückkehren kann.«

Didi wirkte im ersten Moment noch enttäuschter, doch dann erschien ein breites Grinsen auf seinem Gesicht, mit dem er sich zu Etsch herumdrehte. »Heißt das, ich kann diesen wandernden Hydranten so sehr beleidigen und so unverschämt zu ihm sein, wie ich will, und ich muss später kein schlechtes Gewissen haben, weil ich so unartig zu ihm war?«

»Übertreib es nicht, Kleiner!«, grollte Etsch.

Didi blickte auf den Alben hinab. »Kleiner?«

»Genug«, sagte Urd rasch – auch wenn sie unübersehbare Mühe hatte, ein Lächeln zurückzuhalten. »Es ist noch ein weiter Weg durch die Minen. Ihr solltet aufbrechen.«

Sie machte eine Handbewegung, und derselbe Zwerg, den sie vorher weggeschickt hatte, erschien erneut wie aus dem Nichts neben ihnen. Er trug jetzt einen braunen Jutesack auf dem Rücken, der fast so groß war wie er selbst.

Und offensichtlich auch genauso schwer. Denn als Didi nachlässig mit einer Hand danach griff, um ihm den Sack abzunehmen, stieß er ein überraschtes Keuchen aus und hätte ihn um ein Haar fallen lassen. Urd konnte ein Schmunzeln nicht unterdrücken. Etsch griff mit steinerner Miene und nur zwei Fingern zu und nahm ihm den Sack mit ebenso geringer Anstrengung ab, wie es Laurin gekostet hätte, einen Bleistift aufzuheben. Vielleicht sogar etwas weniger.

Auch Laurin machte keinen Hehl daraus, wie sehr sie der Anblick amüsierte. Doch dann bemerkte sie etwas aus den Augenwinkeln, das sie ihre Schadenfreude augenblicklich vergessen ließ. Sie konnte nicht einmal genau sagen, was. Es war irgendetwas mit dem Gesicht des Zwerges, das ihre Aufmerksamkeit erregt hatte. Fast als hätte sie das Gefühl gehabt, ihn zu … kennen?

Aber das war natürlich vollkommen unmöglich.

Urd verabschiedete sich noch einmal und in aller Ausführlichkeit, und Etsch warf sich den Sack mit beinahe schon beleidigender Leichtigkeit über die Schulter und ging los, sodass sie ihm folgen mussten, ob sie wollten oder nicht.

Laurin war nicht einmal sehr böse. Sie hatte es noch nie mit großen Abschiedsszenen gehabt. Und sie war auch ganz und gar nicht sicher, dass sie nicht auf dem Absatz kehrtmachen und zurückkehren würde, wenn sie sich die Gelegenheit dazu gab.

Sie folgten Etsch durch einen weiteren Gang und gelangten in einen gewaltigen Raum, der aber diesmal alles andere als leer war: Überall standen große Kisten und Körbe. Stein- und Lavabrocken und Erz waren zu mannsgroßen Haufen gestapelt, und eine Unzahl bemützter Zwerge wuselte emsig umher und war mit Dingen beschäftigt, deren Zweck sich nicht genau erkennen ließ. Es gab auch einige wenige Alben, die sich jedoch nicht an den Arbeiten zu beteiligen schienen, sondern die Rolle von Wächtern spielten und die Peitschen knallen ließen.

Das Auffälligste jedoch war ein mächtiger Würfel mit mindestens zehn Metern Kantenlänge, der sich grob aus daumendicken rostigen Eisenstäben gefertigt in der Mitte der Halle erhob. Eine gewaltige Kette entsprang aus seiner Oberseite und verschwand in der Dunkelheit unter der Decke.

Didi blieb stehen, als sie nahe genug heran waren, um Einzelheiten zu erkennen; was nicht unbedingt dazu beitrug, dass der Anblick vertrauenerweckender wurde. Die Konstruktion sah aus, als wäre sie Jahrhunderte alt und würde nur noch von Rost und steinhart festgebackenem Staub zusammengehalten. Es gab eine niedrige Tür mit einem dafür umso beeindruckenderen Riegel, und andere seltsam grobschlächtig anmutende Apparaturen aus Eisen, deren Sinn Laurin nicht erraten konnte.

»Was soll das?«, fragte Didi alarmiert. »Ist das eure Einzelzelle für ganz besondere Gäste?«

Etsch sah über die Schulter zu ihnen zurück. »Glaubst du wirklich, ich würde mir so große Mühe machen, nur um euch einzusperren, du Dummkopf?«, fragte er. »Ihr wollt zur Mine? Das ist der einzige Weg. Aber ihr könnt auch hierbleiben, wenn ihr wollt.«

Zögernd gingen sie weiter, zumindest Laurin mit immer heftiger klopfendem Herzen und zitternden Knien. Die Zwerge machten ihnen respektvoll Platz oder begafften sie neugierig, während die Alben sie größtenteils ignorierten oder misstrauisch beäugten.

Etsch öffnete die Tür des Käfigs, trat hindurch, warf den Sack mit den Vorräten auf den mit schmutzigem Stroh bestreuten Boden und machte dann eine ruppige Geste, ihm zu folgen. Didi und sie gehorchten auch diesmal, und mit noch bangerem Gefühl. Vor allem, als Etsch die Tür schloss und einer seiner Alben von außen herantrat und den Riegel vorlegte. Laurin sah, dass der Riegel so angebracht war, dass man nicht von innen durch die Gitterstäbe greifen und ihn aufmachen konnte.

Didi blieb das ebenfalls nicht verborgen. »Gibt es einen bestimmten Grund, warum du dich mit uns hier drinnen einschließen lässt?«, fragte er.

Laurin rechnete nicht mit einer Antwort und bekam sie auch nicht. Stattdessen machte Etsch eine weitere befehlende Geste, woraufhin gut zwei Dutzend Zwerge aus allen Richtungen herbeigeschlurft kamen und sich hinter dem Käfig versammelten. Laurin bemerkte, dass sich dort eine weitere gewaltige Konstruktion aus rostfarbenem Eisen erhob, die ein wenig an ein zu groß geratenes Hamsterrad mit einer Unzahl Zahnräder, Hebel und Stangen erinnerte. Die meisten Zwerge verschwanden im Inneren des Hamsterrades, das sich daraufhin scheppernd zu drehen begann. Die anderen nahmen Positionen an den Hebeln und Stangen ein.

Die Peitsche knallte, und die Zwerge traten rascher im Inneren des großen Rades aus. Ketten klirrten, und der Käfig erzitterte und ächzte in allen Verbindungen.

»Was um Himmels willen ist das?«, fragte Laurin.

»Eine Tretmühle«, antwortete Didi, und noch bevor Laurin die nächste Frage stellen konnte – nämlich, was denn nun wieder eine Tretmühle war –, spannte sich die Kette über ihren Köpfen mit einem Knall, und der gesamte Käfig hob sich quietschend vom Boden.

»Das ist ein … ein Aufzug«, hauchte Laurin verblüfft.

»Wolltet ihr lieber zur Mine hinaufsteigen?«, fragte Etsch. »Es sind sehr viele Stufen.«

Es dauerte einen Moment, bis Laurin begriff, was er gesagt hatte. Aber dann warf sie mit einem Ruck den Kopf in den Nacken und riss ungläubig die Augen auf. Der Käfig – die Liftkabine, um genau zu sein – hatte sich bereits ein gutes Stück vom Boden entfernt und stieg knarrend und ächzend rasch weiter in die Höhe, während unter ihnen die Peitsche knallte und die Zwerge in der Tretmühle zu größerer Eile antrieb. Als sie ein Stück aufgestiegen waren, sah Laurin eine rechteckige Öffnung in der Decke, die genau den Abmessungen des Aufzugkäfigs entsprach und in der die Kette verschwand.

»Eure Mine ist dort ... oben?«, stieß Didi fassungslos hervor.

»Wo denn sonst?«, fragte Etsch.

»Oben«, murmelte Didi. Dann seufzte er. »Willkommen in der Twilight-Zone.«

Etsch holte Luft zu einer weiteren und vermutlich noch abschätzigeren Bemerkung und landete stattdessen unsanft auf seinem in schwarzes Eisen gepanzerten Hinterteil. Der Käfig war mit einem schmetternden Krach angehalten, der auch Didi und Laurin so hart gegen die Gitterstäbe warf, dass Laurin Sterne sah. Ein weiteres Krachen erscholl, noch lauter sogar, dann meinte sie, etwas wie eine Explosion zu hören, und plötzlich war alles voller Rauch. Stimmen schrien durcheinander, Schritte und noch mehr Getöse, und mit einem Mal stach ein Geruch wie nach glühendem Eisen in ihre Nase.

Hinter ihr begann Etsch in einer Sprache zu fluchen, die sie nicht verstand, und Didi schrie etwas, das sie sehr wohl verstand, aber gar nicht verstehen wollte. Sie konzentrierte sich lieber darauf, die bunten Lichtflecke vor ihren Augen wegzublinzeln. Mit Erfolg. Trotzdem konnte sie im ersten Moment nicht viel erkennen.

Es blitzte rot und orange auf. Dichter Rauch erfüllte die Halle und reizte sie zum Husten. Tränen schossen ihr in die Augen und für einen Moment bekam sie kaum Luft. Erschrockene, ängstliche und schmerzerfüllte Schreie waren zu hören und ein Geräusch wie prasselnder Hagel kam auf. Dann sauste der Käfig in die Tiefe.

Etwas zupfte an ihrer Schulter. Etsch unterbrach seine Schimpftirade für einen Moment – genauso lange, wie er brauchte, um ein schmerzliches Grunzen auszustoßen – und die Liftkabine zitterte noch einmal und kam dann knapp vor dem Boden mit einem Ruck zur Ruhe.

»Was ist denn jetzt –?«, ächzte Didi. Bevor er den Satz zu

Ende bringen konnte, rollte ein fast mannsgroßes zerbrochenes Zahnrad aus dem Rauch auf sie zu, prallte gegen den Käfig, beulte die Gitterstäbe ein und krachte dann mit einem gewaltigen Scheppern auf die Seite. Etsch brüllte schon wieder vor Wut, als die neuerliche Erschütterung die Tür aufsprengte, an der er gerüttelt hatte, sodass er prompt auf die Nase fiel. Das unheimliche Hagelgeräusch hielt immer noch an.

Nur dass es keine Hagelkörner waren, sondern winzige glühende Eisen- und Steinsplitter, die rings um sie herum zu Boden prasselten, Didi und Laurin aber wie durch ein Wunder verfehlten.

Seinem immer hysterischer werdenden Gebrüll nach zu urteilen, hatte Etsch wohl weniger Glück.

»Raus hier!«, hustete Didi, wartete ihre Antwort gar nicht ab, sondern packte ihr Handgelenk und zerrte sie so grob hinter sich her, dass sie beinahe das Gleichgewicht verloren hätte. Wie um seiner Warnung den nötigen Nachdruck zu verleihen, prallte ein diesmal fast faustgroßer Brocken so dicht neben Laurins Gesicht von den Gitterstäben ab, dass sie die Hitze des rot glühenden Eisens spüren konnte. Eine weitere Aufforderung brauchte sie nicht.

Gemeinsam stürmten sie los, sprangen kurzerhand über den fluchenden Albenfürsten hinweg und rannten weiter. Oder versuchten es wenigstens.

Etsch war anderer Meinung.

Seine Hand schoss vor und umklammerte Laurins Knöchel mit solcher Gewalt, dass sie das Gleichgewicht verlor und gefallen wäre, hätte Didi sie nicht zugleich weitergezerrt, bis sie in absurder Schräglage zwischen ihnen hing und sich ernsthaft fragte, wer ihr wohl zuerst einen Arm oder ein Bein ausreißen würde.

So albern dieser Gedanke war, er wollte sie an etwas erinnern, aber sie kam nicht dazu, ihn zu Ende zu denken, denn der Schmerz in ihrem Hüft- und Schultergelenk wurde jäh so schlimm, dass er ihr die Tränen in die Augen trieb, und an der Vorstellung war plötzlich gar nichts Komisches mehr.

Gottlob erwies sich Didi ausnahmsweise einmal als der Klügere und ließ ihren Arm los, sodass sie unsanft auf Händen und Knien landete.

Ihr wurde übel vor Schmerz, und sie musste sich mit aller Kraft zusammenreißen, um nicht in Ohnmacht zu fallen. Als sie wieder halbwegs klar sehen konnte, bemerkte sie aus allen Richtungen Albenkrieger auf sich zulaufen. Etsch hatte ihr Bein losgelassen und packte sie nun mit solcher Kraft am Oberarm, dass sie ein paar hübsche blaue Flecken als Erinnerung zurückbehalten würde. Mit der anderen Hand hielt er Didi am Schlafittchen mühelos auf Abstand und drückte ihn so weit in die Höhe, dass er kaum Luft bekam und nur noch auf den Zehenspitzen balancierte.

»Ihr bleibt hier!«, blaffte er. »Pass auf sie auf!«

Die letzten Worte galten einem der heranstürmenden Albenkrieger, der ihm seinen nach Luft japsenden Gefangenen unverzüglich mit nur einer Hand abnahm und mit der anderen nach Laurin grabschte.

»Untersteh dich!«, zischte sie und funkelte ihn so wütend an, dass er es nicht wagte, die Bewegung zu Ende zu führen, sondern seinen Herren hilflos ansah.

»Also gut«, brummelte Etsch. Er ließ endlich auch ihren Arm los und winkte aus derselben Bewegung heraus einen weiteren Alben herbei, der mit grimmiger Miene hinter ihr Aufstellung nahm und die Hand auf den Schwertgriff in seinem Gürtel klatschen ließ. Dass er Laurin mit Helm nur knapp bis zur Brust reichte, milderte den Eindruck nur unwesentlich.

»Ihr wartet hier«, blaffte Etsch noch einmal, fuhr auf dem Absatz herum und verschwand in der brodelnden Rauchwolke.

»Was ist passiert?«, fragte Laurin verwirrt. Ihr Arm tat immer noch weh, wo Etsch sie gepackt hatte. »Warum behandelt er uns wieder wie Gefangene?«

»Anscheinend ist ihr famoses Maschinchen explodiert«, antwortete Didi mit einer Geste auf die immer dichter werdende Rauchwolke. Seinem Bewacher schien das nicht zu gefallen, denn er schüttelte ihn so heftig, dass seine Zähne aufeinanderschlugen. Didi schenkte ihm einen giftigen Blick, fuhr aber trotzdem in abfälligem Ton fort: »Wundert mich kein bisschen. So wie sie ausgesehen hat, konnte sie gar nicht funktionieren. Und ich wette, das ist überhaupt nicht der Weg nach draußen.«

»Ihr sollt still sein!«, grollte der Krieger hinter ihr. »Unser Herr hat gesagt – «

Was immer Etsch auch angeblich gesagt haben sollte, Laurin erfuhr es nie. Denn in diesem Moment kam ein schwarzer Ball aus dem Rauch geflogen und traf den Helm von Didis Bewacher mit solcher Wucht, dass er stocksteif auf die Seite fiel. Der Ball trudelte mit einem erschrockenen Piepsen davon, und noch während Laurin zu verstehen versuchte, was sie da überhaupt sah, ertönte hinter ihr ein hohles Scheppern. Sie fuhr gerade noch rechtzeitig herum, um auch den zweiten Alben die Augen verdrehen und wie einen nassen Sack zu Boden fallen zu sehen.

Dann zuckte sie heftig zusammen.

Hinter den Alben war ein Zwerg aus dem Rauch getreten. Sein Gesicht war unter einer weit nach vorne gezogenen Kapuze verborgen und in beiden Händen hielt er einen Knüppel, der fast so groß war wie er selbst.

»Aber was …?«, begann Laurin noch einmal, und der schwarze Ball kam torkelnd zurück und piepste mit einer wohlbekannten Mickymausstimme: »Nichts wie weg!«

Ringsum und überall zugleich brach das Chaos aus. Stimmen schrien durcheinander, zahllose Schritte polterten. Etwas explodierte, und wieder regneten Trümmerstücke und brennender Stoff rings um sie herum zu Boden. Didi griff erneut nach ihrem Arm und zerrte sie reichlich unsanft mit sich, und Morlock, die wieder ihre Rüstung trug, raste mit schillernden

Käferflügeln im Zickzack vor ihnen her, noch bevor Laurin auch nur einen klaren Gedanken fassen konnte.

»Schneller!«, kreischte die Käferelfe. »Sie sind gleich da!«

Morlock hatte recht: Aus allen Richtungen rasten Alben und Zwerge auf sie zu, etliche davon Waffen schwingend und die meisten unübersehbar zornig. Laurin sah hastig über die Schulter zurück, und als wären ihre Blicke eine Provokation gewesen, auf die er nur gewartet hatte, tauchte Etsch in genau diesem Moment hinter ihnen aus der Rauchwolke auf.

Mühelos überbrüllte er das allgemeine Chaos. »Haltet sie auf! Sie dürfen nicht entkommen!«

Augenblicklich stürmte er selbst los, und das in einem Tempo, dass er sie wahrscheinlich schon auf halber Strecke eingeholt hätte, hätte sich nicht ein halbes Dutzend Zwerge entschieden, seiner Aufforderung zu folgen. Unglückseligerweise liefen sie ihm dabei genau in den Weg.

Das Ergebnis war ein Gewirr aus durch- und übereinanderstürzenden Körpern, wirbelnden Gliedmaßen und fallenden Leibern und einem hundertstimmigen Chor aus Schmerzens-, Schreckens- und Wutschreien, in dem für einen Moment sogar Etschs Wutgebrüll unterging.

Wäre die Situation nur ein bisschen anders gewesen, hätte Laurin wahrscheinlich ihre helle Freude daran gehabt. So spornte es sie nur zu noch größerer Eile an. Dennoch registrierte sie, dass ihnen der Zwerg mit dem riesigen Knüppel nicht nur folgte, sondern sogar aufholte.

»Nach links!«, kreischte Morlock, schlug einen jähen Haken in die bezeichnete Richtung und verfehlte um Haaresbreite das Gesicht eines besonders vorwitzigen Alben, der dumm genug war, ihnen den Weg vertreten zu wollen. Erschrocken zog er den Kopf ein, und Didi nutzte seine Überraschung, um ihn einfach über den Haufen zu rennen. Dann hatten sie die Tür erreicht, hinter der die schimpfende Käferelfe verschwunden war, und stürmten Hand in Hand hinterher.

Wie alles hier war auch der Gang für Zwerge gemacht, sodass sie sich allein auf den ersten Schritten schon ein halbes Dutzend Mal die Köpfe anstießen. Sie folgten Morlock an mehreren Abzweigungen und Kreuzungen vorbei und endlich hatten sie den Gang hinter sich.

Sie waren wieder in der riesigen Thronhalle. Die Elfe attackierte im Sturzflug einen weiteren Albenkrieger, der ihnen verdutzt entgegensah und dann scheppernd auf dem Rücken landete, als die gepanzerte Elfe wie eine Kanonenkugel gegen seine Brust knallte. Didi sprang mit einem Satz über ihn hinweg, und Laurin folgte ihm auf dieselbe Weise, wenn auch deutlich weniger elegant.

Dann wurde alles anders, als Etsch nicht nur zusammen mit einem halben Dutzend weiterer Krieger hinter ihnen aus der Tür polterte, sondern auch sofort wie ein angestochener Stier zu brüllen begann und plötzlich aus allen Richtungen weitere Alben auf sie zustürmten.

Didi blieb so abrupt stehen, dass Laurin gegen ihn prallte, und fluchte lautstark. Sie konnte ihn nur zu gut verstehen. Sie waren eingekreist. Der lebendige Ring zog sich in Windeseile zusammen.

»Hierher!«, kreischte Morlock mit sich überschlagender Stimme. »Schnell!«

Laurin gehorchte, bevor sie begriff, dass die Käferelfe direkt über dem gewaltigen Lavathron schwebte, und noch ehe sie ihren Fehler berichtigen konnte, stolperte sie auch schon über eine Stufe und fiel der Länge nach gegen den Thron.

Es tat nicht einmal besonders weh, aber sie stürzte benommen auf die Seite. Blut lief ihr über das Gesicht und sie musste gegen eine verlockende Dunkelheit ankämpfen, die ihre Gedanken einlullen wollte. Blind tastete sie um sich, bekam etwas Weiches zu fassen und versuchte sich daran hochzuziehen, riss es aber ganz im Gegenteil nur zu sich herunter, während sie halb ohnmächtig auf die Seite rollte.

»Wo ist sie?«, hörte sie Etsch brüllen. »Was ist das schon wieder für ein mieser Trick? Sucht dieses Balg!«

Laurin verstand nicht, was das bedeutete, und war auch viel zu benommen, um darüber nachzudenken. Sie schmeckte ihr eigenes Blut und hinter ihrer Stirn erwachte ein pochender Schmerz. Sie hatte wohl mehr abbekommen, als es im ersten Moment den Anschein gehabt hatte.

Stampfende Schritte näherten sich, und sie sah einen Schatten aus den Augenwinkeln; ein Albenkrieger, der kam, um sie zu ergreifen und zu seinem Herren zu bringen.

Einen halben Atemzug bevor er die Hand nach ihr ausstrecken konnte, zischte es wie Wasser auf einer heißen Herdplatte. Funken stoben, und der Krieger wurde wie von einer unsichtbaren Kraft gepackt und in hohem Bogen davongeschleudert.

Laurin richtete sich verwirrt auf, blinzelte ein paarmal und sah frisches Blut, als sie sich mit dem Handrücken über die Stirn fuhr. Alles drehte sich um sie, und die Kopfschmerzen waren mittlerweile so schlimm, dass ihr die Tränen in die Augen schossen. Trotzdem stemmte sie sich weiter hoch …

… und fragte sich im nächsten Augenblick, ob sie vielleicht tatsächlich das Bewusstsein verloren hatte und sich das alles nur zusammenfantasierte.

Der Krieger, den es davongeschleudert hatte, krümmte sich in etlichen Schritten Entfernung. Didi war von gleich zwei Alben gepackt und brutal in die Knie gezwungen worden. Ein dritter war gerade dabei, ihm die Hände auf dem Rücken zusammenzubinden, und Etsch hatte sein Schwert gezogen und fuchtelte wild damit herum.

»Ihr sollt dieses verdammte Mädchen suchen!«, brüllte er. »Findet sie oder ihr landet allesamt im Loch!«

Aber ich bin doch hier, hätte Laurin um ein Haar geantwortet. Dann starrte sie verwirrt das Tuch in ihren Händen an. Es war kaum mehr als ein uralter fadenscheiniger Fetzen, aber wenn man genau hinsah und mit einiger Fantasie … hätte es auch ein Mantel sein können.

»Ihr sollt sie suchen!«, brüllte Etsch noch einmal. Seine Stimme überschlug sich fast vor Zorn.

Tatsächlich wuselten seine Krieger eilfertig in alle Richtungen und begannen jeden Stein umzudrehen, obwohl keiner davon groß genug war, um auch nur eine Katze zu verbergen. Etliche kamen dem Thron so nahe, wie sie es konnten, ohne unliebsame Bekanntschaft mit dem Schutzzauber zu machen, und mindestens einer blickte ihr direkt in die Augen.

Aber er sah sie nicht.

Laurin musste an alles denken, was sie über den mythischen Zwergenkönig gehört hatte, und ein eisiger Schauer lief ihr über den Rücken. Der vermeintliche Lumpen, den sie in Händen hielt, war nichts anderes als Laurins Zaubermantel, der seinen Träger unsichtbar machte!

Obwohl sie sich dabei ein bisschen albern vorkam, schlang sie sich den Mantel um die Schultern und wartete darauf, dass irgendetwas Außergewöhnliches geschah. Aber das Einzige, was sie spürte, war der muffige Geruch des uralten Stoffs.

Bei ihrer Größe war der Mantel zwar eher ein Cape, aber er tat eindeutig seinen Dienst. Keiner der Alben bemerkte sie. Und wenn das wirklich Laurins Zaubermantel war und er unsichtbar machte, wie die Legende behauptete, dann war ja der vermeintliche Strick …

Sie würde es wohl ausprobieren müssen.

Zögernd griff sie nach dem geflochtenen Gürtel, band ihn sich um und trat mit klopfendem Herzen an einen Lavabrocken neben dem Thron heran, der ihr bis an die Waden reichte und mindestens hundert Kilo wiegen musste. Sie stupste mit zwei Fingern dagegen. Er wackelte. Ein Albe, der in der Nähe stand, runzelte fragend die Stirn und kam zögernd heran, und Laurin richtete sich vorsichtig wieder auf und trat zur Seite, damit er sie nicht anrempelte.

So leise sie konnte, wich sie ein paar Schritte zurück in den Schutz des Throns und sah sich aufmerksam um. Es gab mindestens ein Dutzend Ein- und Ausgänge, und aufgeregt, wie sie war, hatte sie vergessen, durch welchen sie hereingekommen waren; ganz zu schweigen davon, dass sie Didi nicht im Stich lassen würde.

Einen kurzen Moment lang spielte sie mit der Idee, sich die Kraft des magischen Gürtels zunutze zu machen und ihn gewaltsam zu befreien, verwarf diesen Gedanken aber sofort wieder als so lächerlich, wie er war. Sie hatte noch nie etwas von Gewalt gehalten, und selbst wenn es anders gewesen wäre: Etschs kleine Armee war mittlerweile auf vierzig oder fünfzig Krieger angewachsen, gegen die sie auch mit allen Zaubergürteln der Welt nicht ankommen würde.

Hinter ihr ertönte ein Keuchen, und als sie erschrocken herumfuhr, wurde ihr klar, dass sie etwas Wichtiges vergessen hatte.

Einer der Alben hatte den Zwerg gepackt, der ihnen geholfen hatte, und riss ihn mit einer Hand in die Höhe. Die andere hatte er zur Faust geballt und drosch damit so begeistert auf sein strampelndes Opfer ein, als würde er nach der Anzahl der Schläge bezahlt, die er austeilte.

»Mädchen!«, brüllte Etsch. »Ich weiß, was du getan hast, und auch dass du mich hörst! Also zeig dich, und wir reden über alles! Ihr kommt hier sowieso nicht raus!«

Womit er wahrscheinlich recht hatte. Etsch mochte ein Ekelpaket und Widerling sein, aber er war nicht dumm. Er schickte die Hälfte seiner Krieger, damit sie breitbeinig vor jedem Ausgang Aufstellung nahmen. Unsichtbar oder nicht, dort kam sie bestimmt nicht mehr hinaus.

»Hörst du mich, Mädchen?«, polterte Etsch weiter. »Gib auf und wir vergessen das alles hier einfach!«

Statt an diesen Unsinn auch nur einen Gedanken zu verschwenden, bewegte sich Laurin auf Zehenspitzen und mit angehaltenem Atem zwischen den Kriegern hindurch und in

Didis Richtung. Zwei seiner drei Bewacher hatten sich bereits getrollt und auch der dritte war viel mehr damit beschäftigt, Etschs Zorn nicht noch weiter herauszufordern, als wirklich auf seinen Gefangenen zu achten. Didi selbst saß mit auf dem Rücken zusammengebundenen Händen da und beschränkte sich darauf, finster zu blicken … Und was hätte er auch sonst tun sollen?

So leise, wie es nur ging, schlich sie im Slalom zwischen den Kriegern, bis sie es wagte, hinter ihm in die Hocke zu gehen und sich vorzubeugen.

»Erschrick jetzt nicht«, flüsterte sie ihm ins Ohr, woraufhin er natürlich so erschrocken zusammenfuhr, dass sich sein Bewacher zu ihm herumdrehte und Laurin direkt ins Gesicht blickte.

»Gib Ruhe!«, knurrte er. »Sonst bekommst du noch mehr Ärger!«

Didi erstarrte gehorsam zur Salzsäule – wenn auch vermutlich eher, weil er sich fragte, ob er gerade den Verstand verloren hatte –, und der Krieger schickte noch ein warnendes Grunzen hinterher und drehte sich dann mit einem Ruck weg. Hinter ihnen amüsierte sich Etsch weiterhin damit, den leeren Thron anzubrüllen, in dessen Schutz er Laurin anscheinend vermutete, und auch der gefangene Zwerg schrie noch immer aus Leibeskräften.

»Sei still«, fuhr sie fort. »Tu nichts, bevor ich dir nicht das Zeichen dazu gebe.«

Didi deutete ein Nicken an. »Was für ein Zeichen?«, flüsterte er, ohne die Lippen zu bewegen.

Darauf antwortete Laurin nicht – schon weil sie die Antwort gar nicht wusste –, sondern griff nach dem kleinfingerdicken Strick, der seine Handgelenke zusammenhielt, und zerriss ihn mit nur zwei Fingern und beinahe ohne es auch nur zu merken. Didi fuhr erneut überrascht zusammen, sodass der Albenkrieger ihm einen bösen Blick zuwarf, aber er war geistesgegenwärtig genug, die Arme zu lassen, wo sie waren.

Laurin löste behutsam den Gürtel von ihrer Taille, griff mit beiden Armen um ihn herum und band Didi den Gürtel um. Er blinzelte verdutzt, als sie die Arme zurückzog und der schmale Gürtel wie hingezaubert über seinem T-Shirt erschien.

»Und spar dir die Bemerkung, dass es gar nicht funktionieren kann, denn dann klappt es vielleicht auch nicht«, raunte sie. »Halt dich bereit.«

Lautlos stand sie auf und musste einen gehörigen Zickzack-Umweg in Kauf nehmen, um wieder zu dem gefangenen Zwerg zurückzugehen. Der Albenkrieger hatte wenigstens aufgehört, auf ihn einzuschlagen, aber der arme Kerl hing halb bewusstlos in seinen Armen. Der Anblick bohrte sich wie ein dünner Messerstich in ihre Brust, denn dem Zwerg war all das nur widerfahren, weil er ihnen geholfen hatte.

Unsichtbar schlich sie um den Alben herum, nahm Maß und trat ihm so wuchtig in die Kniekehlen, dass er mit einem erschrockenen Keuchen nach vorne stolperte und seinen Gefangenen losließ.

»Didi!«, schrie sie. »Jetzt!« Gleichzeitig sprang sie vor und fing den Zwerg auf, bevor er zu Boden fallen und sich womöglich noch schlimmer verletzen konnte. Überrascht stellte sie fest, wie leicht er war. Deutlich unter einem Meter groß, hatte sie nicht mit einem Schwergewicht gerechnet, aber der Knirps schien so gut wie gar nichts zu wiegen. Kurzerhand warf sie ihn sich über die Schulter und fuhr gerade rechtzeitig auf dem Absatz herum, um zu sehen, wie Didi in die Höhe federte und seinem Bewacher die flachen Hände vor die Brust stieß.

Vielleicht hätte sie ihm doch sagen sollen, welche Bewandtnis es mit dem vermeintlichen Strick hatte, denn der bedauernswerte Krieger wurde von den Füßen gehoben, flog etliche Meter weit durch die Luft und schlitterte dann noch um ein Mehrfaches dieser Strecke auf dem Rücken weiter. Bevor er zur Ruhe kam, war Didi schon losgerannt und steuerte den nächstgelegenen Ausgang an.

»Nicht da lang!«, piepste Morlock. »Nach links! Mir nach!« Damit schlug sie einen blitzartigen Haken nach rechts.

Didi tat dasselbe und fand sich einem Krieger gegenüber, der ihm den Weg vertreten wollte.

Zu seinem Pech gelang es ihm sogar.

Didi rannte ihn in Grund und Boden. Er hatte offenbar begriffen, was los war, denn den nächsten Alben versuchte er gar nicht erst auszuweichen, sondern hielt im Gegenteil direkt auf sie zu und rannte sie über den Haufen. Laurin konnte sich einer gewissen Schadenfreude nicht erwehren, aber an dem Anblick war auch etwas, das sie ungemein erschreckte, selbst wenn sie nicht sagen konnte, was.

»Schneller!«, schrie Morlock. »Da kommen noch mehr!«

Didi beschleunigte seine Schritte und auch Laurin griff kräftiger aus, obwohl sie das Gewicht des Zwerges auf ihrer Schulter allmählich doch zu spüren begann.

Didi rannte den Krieger vor dem Ausgang mit sichtlichem Vergnügen nieder, machte dann mitten in der Bewegung kehrt und gestikulierte aufgeregt mit beiden Armen in ihre Richtung.

»Schneller!«, rief er. »Beeil dich! Ich halte sie auf!«

Hinter ihr begann Etsch immer lauter zu brüllen, und sie konnte hören, wie noch mehr Krieger zu ihrer Verfolgung ansetzten. Eine riesige Hand grabschte ungeschickt in ihre Richtung, verfehlte sie zwar, hätte ihr aber um ein Haar den Mantel von der Schulter gerissen. Sie schlug einen Haken, wich einem weiteren Alben mit Mühe und Not aus und raste so dicht neben Didi durch die Tür, dass der Zwerg von ihrer Schulter gefegt wurde und schwer auf dem Steinboden aufschlug.

Während sie erschöpft gegen die Wand sank und sich zusammenreißen musste, um sich überhaupt auf den Beinen zu halten, stürmten zwei weitere Alben hinter ihr in den Gang. Didi empfing den ersten mit einer schallenden Ohrfeige, die ihn einen kompletten Salto rückwärts schlagen ließ. Den zweiten packte er mit beiden Händen und funktionierte ihn kurzerhand zum lebenden Wurfgeschoss um, mit dem er gleich ein halbes Dutzend seiner herbeieilenden Kameraden von den Füßen holte.

»Das macht Spaß«, stieß er hervor. »Daran könnte ich mich gewöhnen.«

Laurin holte Luft zu einer geharnischten Antwort, doch Morlock kam ihr zuvor. »Wenn ihr fertig mit Spielen seid, können wir dann weiter?«

»Kennst du den Weg hier raus?«, fragte Didi.

»Nein«, antwortete Morlock. »Ich dachte, wir warten einfach auf Etsch und seine Jungs und fragen sie.«

Damit verschwand sie im Halbdunkel des Ganges. Auch Didi drehte sich endlich herum und nickte in die ungefähre Richtung, in der er Laurin vermutete.

Der Zwerg rappelte sich umständlich wieder auf, warf einen raschen Blick über die Schulter zurück und hatte es dann plötzlich umso eiliger, den Mantel zurückzuschlagen und loszurennen. Etschs Wutgebrüll war weithin zu hören.

Zu ihrer Erleichterung war der Weg nicht mehr weit. Schon nach ein paar Schritten gelangten sie in die große Eingangshalle, und Laurins schlimmste Befürchtungen erfüllten sich nicht: Statt von einer ganzen Armee wurden sie nur von einer Handvoll Alben erwartet, die auch eher verdutzt als entschlossen aussahen. Ein Krieger war dumm genug, sich Didi in den Weg zu stellen, und bereute es augenblicklich, die anderen spritzten erschrocken auseinander, sodass der Weg zum Tor frei war.

Hinter ihnen brach wieder Tumult aus, und sie musste nicht zurückblicken, um zu wissen, dass Etsch und seine Krieger hereingestürmt kamen.

Doch sie hatten es fast geschafft. Noch ein oder zwei Dutzend Schritte, und sie hatten das Tor erreicht. Laurin zweifelte nicht daran, dass sie den Alben auf freier Strecke mühelos davonlaufen konnten.

Da begann der Boden unter ihren Füßen zu zittern. Ein gewaltiges Rumpeln und Rumoren erklang. Staub und winzige

Lavasplitter regneten von der Decke, und das riesige Eisentor begann sich auf dieselbe gespenstische Weise wie bei ihrer Ankunft auseinanderzufalten und sich dabei zu schließen.

Nur sehr, sehr viel schneller.

Etsch heulte triumphierend auf. Morlock verwandelte sich in eine schwarze Kanonenkugel, die durch den rasch enger werdenden Spalt verschwand, und auch Didi, Laurin und der Zwerg legten an Tempo zu.

Sie schafften es, aber so knapp, wie es überhaupt nur ging. Laurins Schultern schrammten an rostigem Eisen entlang, als sie durch den Spalt und wieder hinaus auf die steinerne Plattform raste, und nur einen Sekundenbruchteil nachdem der Zwerg als Letzter hinter ihr herausgesprungen war, schlugen die beiden Torhälften mit einem Dröhnen zu, bei dem die größte Kirchenglocke der Welt vor Neid blass geworden wäre.

Sie waren draußen, aber noch nicht in Sicherheit.

Bei all der Aufregung hatte sie nicht mehr daran gedacht, dass vor dem Schloss ein halbes Dutzend Albenkrieger Wache stand, dem Etsch ganz offensichtlich sehr eindeutige Befehle erteilt hatte, denn sie zögerten keinen Augenblick, sich mit gezogenen Waffen auf sie zu stürzen.

Morlock schickte einen von ihnen mit einer hallenden Kopfnuss zu Boden. Ein zweiter versuchte den Zwerg zu ergreifen, der Haken schlagend davonflitzte, die anderen warfen sich grimmig auf Didi.

Didi boxte einen nach dem anderen um, und das so schnell, dass Laurin gar nicht richtig mitbekam, was geschah, bis es auch schon wieder vorbei war. Noch bevor der letzte Albenkrieger ganz zu Boden gesunken war, wirbelte er auf dem Absatz herum und folgte demjenigen, der noch immer vergeblich versuchte, den Zwerg einzufangen.

Sein Übermut wäre ihm beinahe zum Verhängnis geworden. Der schwarz gepanzerte Krieger ließ nicht nur unverzüglich von seiner Beute ab, sondern fuhr seinerseits mitten in der Bewegung herum und zog gleich zwei Schwerter, die sich in seinen Händen in silbern flirrende Schemen verwandelten. Didi lachte höhnisch, duckte sich unter einem blitzartig geführten Hieb weg und schlug ihm eines der Schwerter aus der Hand, sodass es in hohem Bogen über die Brüstung flog und in der Tiefe verschwand.

Das andere aber traf Didis Brust, zerschlitzte sein T-Shirt und hinterließ einen hässlichen Schnitt in der Haut darunter. Didi schrie auf, fiel auf den Rücken und presste die Hände gegen die blutende Brust. Der Krieger ergriff sein verbliebenes Schwert mit beiden Händen und schwang es hoch über den Kopf zum entscheidenden Hieb.

Laurin hörte einen gellenden Schrei und begriff erst hinterher, dass er über ihre eigenen Lippen gekommen war. Das Geräusch lenkte den Krieger für einen Moment ab. Vielleicht war es nur der Bruchteil einer Sekunde, aber die Winzigkeit reichte Didi, um sich herumzuwerfen, sodass die tödliche Klinge einen Fingerbreit neben seinem Gesicht Funken aus dem Stein schlug.

Brüllend vor Angst und Schmerz versetzte Didi dem anderen einen Tritt vor das Knie, der den kleinwüchsigen Angreifer zurück und auf den Rücken stürzen ließ.

Didi und er sprangen im gleichen Augenblick wieder in die Höhe. Der Albe hielt sein Schwert jetzt nur noch mit einer Hand und löste mit der anderen eine zusammengerollte Peitsche von seinem Gürtel.

Er kam nicht dazu, sie zu entrollen. Didi war nicht nur verletzt und wütend, er trug auch Laurins Gürtel, der ihm die Kraft von zwölf Männern verlieh. Praktisch mühelos und mit nur einer Hand schlug er beide Waffen zur Seite, packte den Alben und warf ihn gegen die Brüstung. Der Krieger stieß ein erschrockenes Kreischen aus, kippte mit wirbelnden Armen nach hinten – und verschwand in der Tiefe!

Laurin schrie abermals auf, und auch Didi fuhr entsetzt zurück und schlug die Hand vor das Gesicht. Hinter ihnen erbebte das Tor wie unter dem Hammerschlag eines unsichtbaren Riesen. Aus den Augenwinkeln sah sie, dass der Zwerg zurückkam und Didi anstarrte.

»Was ... was hast du getan?«, stammelte sie. »Du hast ihn ...«

Didi hob mit einem Ruck den Kopf und starrte sie an; oder doch wenigstens in die ungefähre Richtung, aus der ihre Stimme erklang.

Laurin kam endlich auf die Idee, den Zaubermantel abzulegen. Dann erst sprach sie weiter: »Du hast ihn –«

»Das wollte ich nicht!«, fiel ihr Didi ins Wort. »Ich ... ich wollte doch nur –« Er streckte ihr anklagend die Hände entgegen, die rot waren; genau wie sein Gesicht, das er sich mit seinem eigenen Blut besudelt hatte. Zusammen mit der Mischung aus Angst und Zorn, die in seinen Augen loderte, sah es aus wie eine böse Clownsmaske aus einem Horrorfilm.

Dann wurden seine Augen groß. Hinter Laurin erscholl ein angestrengtes Brummen und Morlock tauchte über der Brüstung auf. Sie flog ein bisschen wackelig, was daran liegen mochte, dass sie mit allen sechs dünnen Käferbeinchen den bewusstlosen Albenkrieger gepackt hatte und mit sichtlicher Anstrengung über die Brüstung hievte, um ihn dann wie einen nassen Sack vor Didis Füße fallen zu lassen.

»Jetzt wollen wir aber mal nicht übertreiben«, sagte sie streng. »Du hast dem Kerl die Tracht Prügel seines Lebens verabreicht. Das sollte reichen.«

Der Albe rollte sich mit einem Stöhnen auf den Rücken. Seine Hand tastete nach dem halbrunden Amulett, das er an einer Kette auf der Brust trug, führte die Bewegung aber nicht zu Ende.

»Du ... du hast ihn ... du ... du hast ...«, stammelte Didi, während er abwechselnd die winzige Elfe und den reglos daliegenden Alben ansah, der mindestens doppelt so viel wiegen musste wie ein erwachsener Mann.

»Ja, hab ich.« Morlock ließ sich erschöpft auf die steinerne Brüstung sinken. Ihre Fühler zitterten vor Anstrengung, aber ihre Stimme klang patzig und vorlaut wie immer. »Zu unserem Glück war ja keiner da, der mir gesagt hat, dass ich das eigentlich gar nicht kann.«

Ein dumpfer Schlag ließ das gewaltige Eisentor hinter ihnen erbeben, wie um ihren Worten den gehörigen Nachdruck zu verleihen. Laurin erwartete, dass sich die riesigen Torflügel wieder auf dieselbe sinnverwirrende Weise in den Turm zurückfalteten, und tatsächlich zitterten sie einen Moment, als würden unsichtbare Hände daran zerren. Aber dann erfolgte ein ungesundes, mahlendes Knirschen und die angefangene Bewegung stoppte.

»Du bist verletzt!« Laurin war mit einem einzigen Schritt ganz bei Didi und streckte die Hände aus, aber er winkte großspurig ab.

»Das ist nichts«, behauptete er. »Ein Kratzer.« Dass seine Stimme dabei wackelte und der Kratzer unter seinem Hemd immer noch heftig blutete, verlieh seinen Worten nicht unbedingt mehr Glauben.

»Dann können wir uns ja auch später darum kümmern«, zwitscherte Morlock. »Das Tor hält bestimmt nicht mehr sehr lange.«

»Ich habe das Schloss sabotiert«, mischte sich der Zwerg ein. Bei der Aufregung der letzten Minuten hatte Laurin ihn fast vergessen, doch nun gestikulierte er heftig zu den geschlossenen Torhälften hinter sich hinauf. Mit der anderen Hand schlug er die Kapuze seines schwarzen Mantels zurück, und nicht nur Didi riss erstaunt die Augen auf und schien für einen Moment sogar die blutende Wunde in seiner Brust zu vergessen.

Es war nicht das erste Mal, dass sie diesen Zwerg sahen. Es

war dasselbe Gesicht, das ihr schon so seltsam bekannt vorgekommen war, als er auf Urds Geheiß den Beutel mit Lebensmitteln gebracht hatte. Und nicht nur dort. Es war ...

»Gromm?«

Didi sprach den Namen im gleichen Sekundenbruchteil aus, in dem Laurin sich erinnerte. Der Zwerg war nicht irgendein Zwerg, sondern Gromm, den sie zusammen mit den anderen Kindern in der ersten Nacht auf Hartwigs Hof kennengelernt hatte. Er war vielleicht nicht wirklich ein Kind, aber aufgrund seiner Größe hatte sie ihn damals dafür gehalten.

»Gromm?«, fragte sie nun auch.

»Einmal reicht völlig«, antwortete der Zwerg miesepetrig. »Aber nett, dass ihr euch noch an meinen Namen erinnert ... also, wo ich gerade meinen Hals riskiert habe, um euren zu retten.«

»Danke«, antwortete Laurin automatisch.

»Aber warum?«, fügte Didi hinzu.

»Wenn es euch nicht gefällt, könnt ihr gern hier warten«, sagte Gromm schnippisch. »Es kommt bestimmt gleich jemand, der euch alle eure Fragen beantwortet.«

Ein weiterer, noch gewaltigerer Schlag traf das Tor. Sie hörten ein schweres Mahlen und Knirschen wie von einem riesigen Schlüssel, der in einem noch riesigeren Schloss gedreht wurde. Rost wehte in trägen Schleiern aus den hausgroßen Scharnieren, und der Boden unter ihren Füßen zitterte, als sprängen irgendwo tief in der Erde gewaltige, uralte Maschinen an. Und obwohl Laurin wusste, wie vollkommen unmöglich das war, meinte sie Etschs zorniges Gebrüll selbst durch das meterdicke Eisen hindurchzuhören.

»Der Knirps hat recht«, sagte Didi. »Verschwinden wir.«

»Knirps?«, fragte Gromm lauernd.

»Na, du bist ja nun wirklich nicht der Aller...«, begann Didi, und das Tor erbebte zum dritten Mal ... und fiel auseinander.

Wenigstens zum Teil.

Laurin erinnerte sich zu spät daran, dass es da ja eine kleine Schutztür in einem der gewaltigen Torflügel gab; genauer gesagt in dem Moment, in dem eben jene Tür aus den Angeln geprügelt wurde und wie die Zugbrücke einer mittelalterlichen Burg und mit solcher Gewalt auf den Boden krachte, dass der gesamte Berg unter ihren Füßen zu erbeben schien. Vielleicht zitterte er aber auch unter Etschs stampfenden Schritten, als der Albenfürst vor Wut brüllend zu ihnen herausgerannt kam, eine bösartige Peitsche schwingend und gefolgt von Dutzenden seiner Krieger, die aus der Tür quollen wie zornige Hornissen aus ihrem Nest.

»Weg!«, kreischte Morlock und schoss mit einem Geräusch wie ein durchgeknallter Spielzeughelikopter nach oben und davon. Auch Gromm war von einem Lidschlag auf den nächsten einfach verschwunden. Didi griff blitzartig nach Laurins Arm, wirbelte auf dem Absatz herum und zerrte sie derb mit sich.

Hinter Etsch stürmten immer mehr und mehr Albenkrieger ins Freie, ein, zwei, vielleicht drei oder sogar noch mehr Dutzend, die wie ein wütender Ameisenschwarm in ihre Richtung wuselten und sie in Windeseile einzukreisen begannen. Didi legte noch einmal an Tempo zu, und für einen einzelnen Augenblick sah es sogar so aus, als könnten sie es schaffen.

Dann tauchten auch vor ihnen schwarz gerüstete Krieger auf.

Didi ließ einen Fluch hören, bei dem Laurin selbst unter diesen extremen Umständen rote Ohren bekam, fuhr schon wieder mitten im Schritt herum und rannte aus derselben Bewegung heraus gleich zwei Alben über den Haufen. Einem dritten verpasste er mit der freien Hand eine Maulschelle, die ihn hart genug zu Boden schleuderte, dass er so schnell nicht wieder aufstehen würde. Aber Laurin machte sich nichts vor. Der magische Gürtel verlieh ihm vielleicht übermenschliche Kraft, doch er machte ihn weder unbesiegbar noch unverwundbar, wie das helle Rot auf seinem zerrissenen Hemd bewies.

Sie übrigens auch nicht, denn als wäre dieser Gedanke ein

Stichwort gewesen, traf sie ein so harter Schlag in die Seite, dass sie aus Didis Griff gerissen und gegen die Brüstung geschleudert wurde.

Laurin wusste nicht, ob es Zufall war oder die einzig richtige Entscheidung, die ein winziger, noch zu klarem Denken fähiger Teil in ihr traf: Plötzlich lag der Zaubermantel wieder um ihre Schultern, und sie hörte ein überraschtes Keuchen, als sie offensichtlich direkt vor den Augen der Alben verschwand.

Hastig schob sie sich ein Stück zur Seite, und die Faust des Kriegers prallte genau da gegen den Stein, wo Laurin einen Moment vorher noch gestanden hatte. Didi vergalt es dem Angreifer, indem er ihm eine Kopfnuss verpasste, die ihn trotz seines eisernen Helms auf der Stelle zu Boden schickte, und dann nahm die Katastrophe ihren Lauf.

Plötzlich war Etsch heran, und er hatte wohl aus den Fehlern seiner Krieger gelernt, denn er versuchte erst gar nicht, Didi zu ergreifen oder sich auf einen fairen Kampf einzulassen, sondern rannte wie ein wütender Stier auf ihn zu und senkte im letzten Moment die Schultern, um ihm den behelmten Schädel in den Bauch zu rammen. Laurin konnte nicht sagen, ob das dumpfe Knirschen von Etschs Helm oder Didis Rippen stammte, aber das Ergebnis war auf jeden Fall dramatisch: Didi wurde nicht nur unmittelbar neben ihr gegen die Brüstung geworfen, sondern verlor auch den Boden unter den Füßen, kippte nach hinten und vollführte einen grotesken halben Salto in der Luft ...

... und stürzte ab!

Laurin reagierte, ohne nachzudenken. Unsichtbar, wie sie neben ihm stand, warf sie sich blitzartig herum und streckte die Arme aus, um Didi zu packen.

Zu ihrem Pech gelang es ihr sogar.

Sie begriff ihren Fehler, noch während sie ihn beging, aber da war es schon viel zu spät: Statt Didis Sturz aufzufangen, wurde sie von seinem Gewicht so hart nach vorne gegen den Stein gerissen, dass ihr die Luft in einem pfeifenden Schrei entwich. Sie konnte sich nur lange genug halten, um zu begreifen, dass unter Didis wild strampelnden Beinen ein mindestens fünfzig Meter tiefer Abgrund lauerte. Dann verlor sie ebenfalls den Boden unter den Füßen, schrammte schmerzhaft über die steinerne Brüstung und stürzte zusammen mit ihm in die Tiefe.

༄

Der Sturz konnte unmöglich länger als eine Sekunde dauern, aber er nahm einfach kein Ende. Der Boden sprang ihnen entgegen wie ein gieriges Raubtier mit tausend Zähnen aus schwarzer Lava. Didis Stimme gellte mit ihrer eigenen in ihren Ohren um die Wette, und ihre Fingernägel krallten sich so tief in seine Handgelenke, dass warmes Blut hervorquoll. Sie hätten längst aufprallen müssen, aber da schien ein kleiner boshafter Teil in ihr zu sein, der die Zeit dehnte und dafür sorgte, dass ihr nicht das winzigste grässliche Detail dieser allerletzten Sekunde ihres Lebens entging. Der Boden raste ihnen immer weiter und immer schneller entgegen, und ihr letzter Gedanke war die absurde Frage, ob es wohl wehtun oder so schnell gehen würde, dass sie gar nichts spürte, und dann …

… krallte sich eine unsichtbare Hand in ihre Schulter und fing sie auf.

Es war, als würde sie bei lebendigem Leib in Stücke gerissen. Vor ihren Augen versank alles in einem roten Nebel aus purem Schmerz, und für einen zeitlos-unendlichen Moment drohte sie in eine ewige Ohnmacht zu sinken. Doch gerade als es so weit schien, schlugen Didi und sie nebeneinander auf.

Die Welt brach in Stücke. So, wie es sich anfühlte, jeder einzelne Knochen in ihrem Leib auch. Sie hatte das Gefühl, zuerst ein gutes Stück in den Erdboden hinein und dann auf die halbe Größe eines Zwerges gestaucht zu werden. Endlich prallte sie mit der Schläfe gegen eine harte Lavafaust, was zwar ekelhaft wehtat, aber praktisch sofort mit einer gnädigen Bewusstlosigkeit belohnt wurde.

Sie konnte allerdings nur wenige Momente gedauert haben, denn als sie die Augen wieder aufschlug, rann warmes Blut aus einer Platzwunde in ihrer Schläfe über ihr Gesicht, hatte ihr Kinn aber noch nicht erreicht.

Sie hörte ein leises Wimmern. Im ersten Moment glaubte sie, dass es von ihr selbst kam. Dann fiel ihr wieder ein, dass sie nicht allein in den Abgrund gestürzt war, und sie fuhr mit einem so plötzlichen Ruck hoch, dass ihr prompt schwindelig wurde und der pochende Schmerz in ihrer Schläfe unerträglich anschwoll.

Trotzdem zwang sie sich, aus tränenden Augen nach Didi Ausschau zu halten. Sie entdeckte ihn kaum einen Meter neben sich. Er lag zusammengerollt auf der Seite und rührte sich nicht.

Vielleicht war er tot.

Laurin erschrak dermaßen über ihren Gedanken, dass sie mit einer einzigen Bewegung bei und neben ihm war. Behutsam rollte sie ihn auf den Rücken.

»Didi!«, rief sie. »Didi! Bist du verletzt? Lebst du noch?«

Didi öffnete mühsam die Augen, aber sein Blick blieb trüb. »Nein«, nuschelte er. »Wenigstens nicht mehr lange, wenn du so weitermachst.«

Laurin sah ihn eine halbe Sekunde lang verständnislos an, blickte dann an sich herab und stellte fest, dass sie mit beiden Knien auf seiner Brust hockte. Umso eiliger hatte sie es, von ihm herunterzurutschen.

Didi rang keuchend nach Luft, aber das Wimmern war noch immer zu hören. Verwirrt sah Laurin sich um und entdeckte seinen Ursprung: ein zerbeulter schwarzer Fußball, der ein paar Meter entfernt im Gras lag und sich zitternd bewegte.

Morlock.

Laurins Herz machte einen erschrockenen Sprung in ihrer

Brust, als sie den klaffenden Riss im Panzer der Käferelfe sah. Zwei ihrer vielfach segmentierten Beinchen waren abgerissen, und die anderen verdreht und zerbrochen.

Und endlich begriff sie.

»Du ... warst das?«, fragte sie stockend. »Du hast uns aufgefangen?«

»Grmpf«, antwortete Morlock. Oder so ähnlich.

»Ist dir was passiert?«, fragte Laurin. »Ich meine: Bist du verletzt?« Was angesichts des Anblicks, den die Käferelfe bot, eine ziemlich dämliche Frage war.

Morlock antwortete trotzdem: »Nein.« Ein mahlendes Klappern und Knirschen hob an, als sie sich in die Höhe zu stemmen versuchte. Es misslang kläglich, weil eines ihrer Beinchen mit einem trockenen Knacken abbrach. Aus dem Riss in ihrem Panzer kräuselte sich dünner, grauer Rauch.

Laurin streckte die Hände aus, um ihr zu helfen, doch Morlock wehrte mit hektischem Wedeln ihrer verbliebenen Beinchen ab und wälzte sich unbeholfen auf den Rücken. Noch mehr Rauch und ein Sturzbach aus winzigen Metallsplittern und kaum größeren Zahnrädchen, Hebeln und Kolben rieselten heraus, als der Panzer ganz aufklappte und sie auf zitternden Beinchen herausstieg.

»Das war knapp«, sagte sie. »Sag mal, gibt es da, wo ihr herkommt, nicht etwas, das sich Diät oder so ähnlich nennt?«

Didi machte ein übertrieben ärgerliches Gesicht, und Laurin tat so, als hätte sie die Frage gar nicht gehört.

»Danke«, sagte sie. »Du hast uns das Leben gerettet.«

»Ich schreib's auf die Liste«, sagte Morlock.

»Und dir ist auch wirklich nichts passiert?«, vergewisserte sich Laurin. »Deine Rüstung ist kaputt.«

»Dafür sind Rüstungen da«, belehrte sie die Elfe. »Damit sie kaputtgehen und nicht der, der drinsteckt.«

Sie betrachtete missmutig die traurigen Überreste ihres Käferpanzers und versetzte ihm einen Tritt, dass die zerbrochenen

Zahnrädchen wie silberner Schnee davonwirbelten. »Aber es ist trotzdem schade drum. Die Zwerge werden mich sauber über den Tisch ziehen, wenn ich eine neue haben will, die genauso gut ist!«

»Soll das heißen, die Zwerge haben deine Rüstung geschmiedet?«, fragte Didi.

»Wer denn sonst?«, entgegnete Morlock. »Oder glaubst du vielleicht, sie wachsen auf Bäumen?«

»Apropos Zwerge«, warf Laurin hastig ein. »Ich habe ein schlechtes Gewissen, weil wir Gromm im Stich gelassen haben.«

»Dem passiert schon nichts«, antwortete Morlock. »Zwerge sind zäh. Und nicht einmal Etsch würde ihm etwas tun. Aber wir müssen weg. Etsch wird den ganzen Wald durchkämmen, um euch wieder einzufangen.«

Fernes Hundegebell ertönte, und dann ein Laut wie ein hoffnungslos verstimmtes Alphorn. Laurin musste nicht fragen, um zu wissen, dass es ein Alarmsignal war. Die Elfe hatte recht. Sie mussten weiter.

Sie ging zu Didi zurück und streckte die Hand aus, um ihm hochzuhelfen, aber natürlich war er viel zu stolz und stemmte sich aus eigener Kraft auf die Füße. Er hatte sich jedoch nicht gut genug in der Gewalt, um ein schmerzhaftes Zucken seiner Mundwinkel ganz zu unterdrücken.

Laurin sah genauer hin und konnte ihn gut verstehen. Der hässliche Schnitt auf seiner Brust hatte aufgehört zu bluten, aber es war ganz eindeutig mehr als der Kratzer, von dem er gesprochen hatte.

»Zuerst müssen wir dich verarzten«, sagte sie bestimmt, »und danach verschwinden wir.«

»Hast du so was schon mal gemacht?«, fragte Didi misstrauisch.

»Nein«, antwortete Laurin, »aber ich kenne jemanden, der jemanden kennt, der schon einmal ein Buch darüber bei Amazon gesehen hat.«

»Na, da bin ich ja beruhigt«, sagte Didi.

Wenigstens einer. Laurin bezweifelte, ob sie die Nerven hatte, sich so cool zu benehmen, wie sie sich gab. Eigentlich konnte sie nämlich kein Blut sehen. Ihre Finger zitterten, als sie nach den kläglichen Überresten von Didis T-Shirt griff und es in Streifen zu reißen begann. Didis Gesicht wurde immer länger, aber er ließ die ganze Prozedur klaglos über sich ergehen, obwohl Laurin ziemlich sicher war, ihm dabei wehzutun. Das Ergebnis ihrer Bemühungen sah alles andere als professionell aus, aber dafür verwegen.

»So, fertig.«

Didi rührte sich nicht, sondern blickte demonstrativ an sich herab. »Kann es sein, dass du gerade mein einziges Hemd zerrissen hast?«, fragte er miesepetrig.

»Es war kein anderes da«, antwortete Laurin. »Oder wäre dir meins lieber gewesen?«

»Warum nicht?« Didi grinste.

Wenn sie ihn nicht gerade erst mühsam zusammengeflickt hätte, hätte Laurin ihm wahrscheinlich einen freundschaftlichen Knuff in die Rippen verpasst, aber sie konnte sich gerade noch zurückhalten.

»Wenn ihr beiden Turteltäubchen fertig seid, können wir dann los?«, fragte Morlock. Sie hüpfte ein paarmal auf der Stelle und bewegte die Flügel, aber es gelang ihr nicht so recht, abzuheben. Didi war ganz offenbar nicht der Einzige, dem es schwerfiel zuzugeben, dass er nicht unkaputtbar war.

»Und wohin?«, fragte Didi.

Bevor jemand antworten konnte, erklang das Hundegebell erneut. Laurin hob den Zaubermantel vom Boden auf, legte den Kopf in den Nacken, sah zum Schloss hinauf und korrigierte ihre Einschätzung, was die Höhe der Klippe anging, um gut das Doppelte nach oben.

»Egal«, antwortete sie.

»Dahin, wo man uns hilft«, ergänzte Morlock in patzigem Ton.

Unverzüglich erhob sie sich auf schwirrenden Libellenflügeln in die Luft, torkelte nach rechts und links und wieder zurück und wäre abgestürzt, hätte Didi sie nicht im letzten Moment aufgefangen.

»Ups«, sagte sie. »Ich muss ein bisschen üben. Bin das Fliegen ohne Rüstung nicht mehr so gewohnt.«

»Ja, ist klar«, entgegnete Didi. Ohne viel Federlesens warf er sich die Elfe über die Schulter. Er wurde mit einer Flut wüster Beschimpfungen belohnt.

»Wohin?«, fragte Didi.

Morlock antwortete erst, nachdem sie sich aus seinem Griff befreit und es sich mit baumelnden Beinen auf seiner Schulter bequem gemacht hatte. »Erst mal den Weg zurück, den ihr gekommen seid«, sagte sie. »Aber haltet die Augen offen. Hier wimmelt es vor Alben.«

Ein Hund bellte und das war Antrieb genug.

»Nicht da lang«, kommandierte Morlock und gestikulierte heftig nach rechts. »Da suchen sie uns zuerst. Nach links!«

Als Laurin ihrem Blick folgte, entdeckte sie einen schmalen Trampelpfad, der von Unterholz und wucherndem Gestrüpp so zugewachsen war, dass man ihn nur sah, wenn man ganz genau wusste, wonach man suchte. Didi schwenkte mit einem so plötzlichen Ruck in die angegebene Richtung, dass die Elfe beinahe den Halt auf seiner Schulter verloren hätte, wenn sie sich nicht mit ihren winzigen Händchen in sein schulterlanges Haar gekrallt hätte.

»He!« Didi zog eine Grimasse. »Pass doch auf!«

»Pass du auf!«, pampte Morlock. »Das war doch Absicht!«

»Stimmt«, gestand Didi feixend.

Morlock grummelte irgendetwas Unfreundliches und zog sich nicht nur weiter an seinen Haaren in die Höhe, sondern schwang auch ein Bein auf seine andere Schulter, sodass sie nun in seinem Nacken saß. »Hü!«, rief sie und zupfte ihn am Ohrläppchen.

Irgendwie gelang es Laurin sogar, nicht laut loszulachen.

Bevor Didi etwas erwidern und so noch mehr Öl ins Feuer gießen konnte, bellte hinter ihnen schon wieder ein Hund. Es kam ihr näher vor als bisher, sodass sie sich alarmiert umdrehte. Der Anblick ließ ihr schier das Blut in den Adern gefrieren. Hinter ihnen jagten nicht nur ein, sondern mindestens ein halbes Dutzend der riesigen schwarzen Dreadlock-Hunde heran, auf deren Rücken bewaffnete Albenkrieger saßen. Etsch selbst, der einen besonders großen und bösartig aussehenden Hund ritt, führte die Wilde Jagd an und ließ seine Peitsche knallen.

»Ach du Sch…«, begann Morlock, dann kreischte sie: »Hü! Ich meine: Lauft!«

Weder Didi noch Laurin hätten dieser Aufforderung bedurft. Sie rannten los, bevor die Elfe auch nur das letzte Wort ausgesprochen hatte.

Für die Hunde war das bloß das Zeichen, noch schneller auszugreifen. Aus dem vereinzelten Bellen wurde das Kläffen einer ganzen Meute. Bis zum Waldrand waren es vielleicht hundert Schritte, aber Laurin war ganz und gar nicht sicher, dass sie es schaffen konnten.

~

Es gelang ihnen, den schmalen Trampelpfad unter den Bäumen zu erreichen, aber das nutzte nichts. Zweige und dürre Ästchen peitschten ihnen entgegen, zerkratzten ihnen die Haut auf Gesichtern, Händen und Armen und hätten Morlock vermutlich schon auf den ersten Schritten von Didis Schultern gefegt, hätte sie sich nicht hinter seinen Kopf geduckt und sich an seinen Ohren festgehalten.

Ihre Verfolger hatten da weniger Schwierigkeiten. Etsch brach auf dem Rücken seines Hundes rücksichtslos durch das Gestrüpp, und hinter ihm walzte eine ganze Armee weiterer Reiter durch das Unterholz. Etschs Peitsche war auf dem schmalen Waldweg nutzlos. Aber was brauchte er eine Peitsche oder überhaupt eine Waffe?

Didi schien das genauso zu sehen, denn er legte zwar einen raschen Zwischenspurt ein, besann sich dann aber plötzlich eines Besseren und fuhr mitten in der Bewegung und so jäh auf dem Absatz herum, dass Morlock den Halt auf seinen Schultern verlor und mit einem erschrockenen Piepsen im Gebüsch landete. Laurin stolperte ein paar Schritte weiter, bevor sie die Hand nach einem Baumstamm ausstreckte, um daran abzubremsen.

Schon war Etsch heran und zielte mit einer Faust auf Didi. Zugleich schnappte der Hund mit einem Gebiss nach ihm, bei dessen Anblick jeder Bullenhai die Flucht ergriffen hätte. Laurins Herz machte einen erschrockenen Satz in ihrer Brust. Sie war so gelähmt vor Angst, dass sie nicht einmal schreien konnte.

Aber vielleicht hätte sie sich ja besser um Etsch sorgen sollen.

Didi gab dem Hund mit der flachen Hand so wuchtig eins auf die Nase, dass seine Kiefer mit einem hörbaren Knall aufeinanderschlugen. Mit der anderen Hand fing er Etschs Faust nicht nur ohne die geringste Mühe ab, sondern katapultierte ihn regelrecht aus dem Sattel. Etsch schlug einen kompletten Salto in der Luft, flog in hohem Bogen über ihn hinweg und landete meterweit entfernt im Gebüsch.

Noch während sich das Geräusch splitternder Zweige in sein Wutgeheul mischte und es schließlich zum Verstummen brachte, war Didi bereits auf dem Absatz herumgefahren und schickte zwei weitere Alben ins Land der Träume, indem er sie aus den Sätteln riss und hart mit den Köpfen aneinanderschlug. Einer der Hunde versuchte nach ihm zu schnappen und landete als jaulendes Fellbündel auf Etsch, der sich gerade in diesem Moment fluchend wieder in die Höhe arbeitete. Der andere war wesentlich klüger und sauste mit eingezogenem Schwanz davon.

Doch schon waren die nächsten Hundekrieger heran und sie

hatten aus den Fehlern ihrer Kameraden gelernt. Sogar noch schneller werdend, indem sie den Schwung ihres Absprungs dem Tempo der Hunde noch hinzufügten, flankten sie aus den Sätteln und griffen Didi gleichzeitig und aus vier verschiedenen Richtungen an. Einer von ihnen landete bewusstlos auf der Nase, noch bevor er überhaupt begriff, wie ihm geschah, aber die drei anderen stocherten und stießen so ungestüm mit ihren Schwertern in seine Richtung, dass er plötzlich alle Hände voll damit zu tun hatte, nicht getroffen zu werden.

Und das waren nur die ersten. Selbst wenn er diese drei Alben besiegte, ohne zu Gyros zerhäckselt zu werden, preschten kaum einen Steinwurf entfernt mindestens zwanzig weitere Hundekrieger heran. Wenn sie etwas tun wollte, dann schnell.

Also warf Laurin sich den Zaubermantel wieder um die Schultern, trat unsichtbar hinter einen der wild herumhüpfenden Alben und ihm dann so wuchtig in die Kniekehlen, dass er eigentlich auf der Stelle hätte zu Boden gehen müssen.

Unglückseligerweise tat er es nicht.

Stattdessen wirbelte er auf dem Absatz herum und drosch ungestüm mit seinem Schwert in ihre Richtung. Sie konnte den Luftzug der Klinge spüren, als sie buchstäblich um Haaresbreite an ihrer Kehle vorbeizischte.

Hastig zog sie sich um etliche Schritte zurück und entschied, dass es vielleicht doch klüger war, die Handgreiflichkeiten den anderen zu überlassen.

Leider war Etsch da wohl anderer Meinung.

Laurin hatte nicht gemerkt, dass der Albenfürst wieder aufgestanden und hinter sie getreten war. Nun packte er sie so grob am Arm, dass sie vor Schmerz aufschrie, zerrte sie brutal in die Höhe und riss ihr mit der anderen Hand den Umhang von den Schultern. Während er ihn achtlos fallen ließ, schubste er sie mit der anderen Hand gegen einen Baum. Laurin sah plötzlich Sterne und sackte hilflos mit dem Rücken an der rauen Borke entlang zu Boden.

Nur noch wie durch einen trübroten Nebel hindurch beobachtete sie, dass Didi zwar einen weiteren Krieger auf die Bretter geschickt hatte, von den beiden anderen aber dafür umso mehr in die Enge getrieben wurde.

»So«, sagte Etsch schadenfroh, »jetzt haben wir aber genug – «

Der Rest seiner Worte ging in einem satten Klatschen unter, mit dem die Blätter eines dicken Eschenzweigs wuchtig genug in seinem Gesicht landeten, um ihn zwei ungelenke Schritte nach hinten stolpern zu lassen. Dank seiner enormen Stärke gelang es ihm, auf den Beinen zu bleiben, aber nur so lange, bis ein zweiter Ast womöglich noch heftiger in seinem Rücken landete.

Etsch sank mit einem überraschten Grunzen auf die Knie, und plötzlich schlängelte sich ein dünner Ast wie eine Peitschenschnur um sein Handgelenk und riss seinen Arm in die Höhe. Dasselbe geschah in der nächsten Sekunde auch mit seinem anderen Arm, dann wurden auch seine Beine von gleich einem Dutzend biegsamer Ranken gefesselt und als Letztes schlang sich ein Ast mit Dutzenden grünen Blättern um sein Gesicht, um ihn zu knebeln. Das alles dauerte nur wenige Augenblicke und war eigentlich schon vorbei, noch bevor Laurin richtig begriff, was überhaupt geschah.

Benommen blinzelte sie die roten Schleier vor ihren Augen weg, stemmte sich hoch und ging dann noch einmal in die Hocke, um ihren Umhang aufzuheben. Sie verzichtete darauf, ihn anzulegen, rollte ihn aber sorgsam zusammen und schob ihn unter den Bund ihrer Jeans, ehe sie sich nach Didi umsah.

Der Anblick war mindestens ebenso ungewöhnlich wie das, was ihr gerade widerfahren war. Sämtliche Albenkrieger lagen zu grünen Paketen verschnürt am Boden. Selbst einen der Hunde hatte es erwischt, weil er nicht schnell genug weggelaufen war.

»Aber was … war denn das?«, murmelte Didi benommen.

Laurin konnte nur hilflos die Schultern heben. Außerdem war es noch nicht vorbei.

Hinter Didi begann es emsig zu rascheln und knistern, als plötzlich von rechts und links Wurzelstränge wie lebendige grüne Ranken auf den Weg wuchsen und binnen Sekunden eine nahezu undurchdringliche dornige Mauer schufen. Die grüne Wand war schon nach wenigen Augenblicken so hoch und dicht, dass sie nicht mehr hindurchsehen konnte. Dafür wurde das Wutgebrüll ihrer Verfolger und das gereizte Kläffen der Hunde auf der anderen Seite immer lauter.

»Hast ... hast *du* das gemacht?«, fragte Didi und starrte sie aus ungläubig aufgerissenen Augen an.

Laurin hätte gerne geantwortet – irgendetwas –, aber sie konnte es nicht. Noch vor einer Stunde hätte sie ja auch schallend gelacht, hätte man ihr erzählt, dass sie sich unsichtbar machen und Didi mit der Kraft eines Dutzend Männer kämpfen würde. Sie war noch nicht einmal sicher, ob sie sich das gewünscht hätte, denn Stärke allein war kein Allheilmittel, um ihre Probleme zu lösen.

Didi hatte einen hohen Preis dafür bezahlt: Die Wunde in seiner Brust war wieder aufgebrochen und der improvisierte Verband leuchtete in einem bedrohlich hellen Rot. Er hatte auch eine ganze Reihe weiterer Schrammen und Blessuren davongetragen und humpelte sichtbar. Zaubergürtel hin oder her: Noch einen solchen Kampf würde er bestimmt nicht durchstehen.

»Ich habe gar nichts gemacht«, antwortete sie mit gehöriger Verspätung.

Etwas raschelte, und eine reichlich zerrupft aussehende Elfe trat aus dem Gebüsch und sah sie abwechselnd an. »Was ist?«, fragte sie herausfordernd und stemmte die winzigen Fäuste in die Hüften. »Wollt ihr noch ein bisschen klugscheißen oder verschwinden wir, bevor eure Freunde da draußen auf die Idee kommen, ihre Äxte zu wetzen?«

»Und wohin?«, fragte Laurin traurig. Die anfängliche Euphorie, gewonnen zu haben, verflog schnell, und sie begann zu begreifen, dass sie rein gar nichts erreicht hatten, außer vielleicht, Etsch noch ein bisschen wütender zu machen.

»Erst mal weg hier«, sagte Didi. »Der Knirps hat recht. Wir sollten besser nicht mehr hier sein, wenn Etschs Prügelknaben eintreffen.«

Laurin machte ein paar Schritte in die Richtung, in die sie ohnehin gegangen waren, und blieb wieder stehen. Früher oder später würden die anderen Alben das Hindernis überwinden und nicht nur Etsch und ihre Kameraden befreien, sondern die Verfolgung wieder aufnehmen. Sie hatten ja gesehen, wie schnell die Hunde waren.

»Wir brauchen einen Plan«, sagte sie.

»Sicher«, antwortete Didi, blinzelte ein paarmal und fragte dann: »Wozu?«

»Es ist ziemlich sinnlos, einfach blind loszurennen«, erwiderte Laurin. »Hast du eine Idee, wo wir hingehen sollen?«

Didi tat so, als würde er einen Moment lang angestrengt nachdenken, aber dann verfinsterte sich seine Miene und er deutete anklagend mit dem Zeigefinger auf die Elfe. »Warum fragst du nicht diesen vorlauten Giftzwerg?«

Morlock riss die Augen auf und wurde blass vor Zorn, und Laurin sagte hastig: »Fragen? Wonach denn?«

»Ja, das würde mich auch interessieren«, zischte Morlock.

»Zum Beispiel, warum wir überhaupt vor Etsch davonlaufen?«, fragte Didi.

»Um am Leben zu bleiben?«, schlug Morlock vor.

»Also wenn ich da nicht etwas gründlich missverstanden habe, dann waren wir eigentlich schon auf dem Weg nach draußen«, sagte Didi. Sein ausgestreckter Zeigefinger deutete jetzt in den steinernen Himmel hinauf.

»Es gibt überhaupt kein Draußen«, flötete Morlock. »Wie oft soll ich euch das noch sagen?«

»Das war vor weniger als einer Stunde«, fuhr Didi unbeeindruckt fort. »Und jetzt sind wir auf der Flucht und können von Glück sagen, dass wir überhaupt noch am Leben sind, und ob wir das morgen früh noch sein werden, das weiß ich nicht. Ganz zu schweigen davon, dass ich fast in Stücke gehackt worden wäre und Laurin übel verprügelt worden ist!« Er legte den Kopf schräg. »Hab ich was vergessen? Ach ja, warte! Wir kommen wahrscheinlich nie wieder hier raus.«

»Niemand kommt hier wieder raus«, antwortete Morlock.

»Weil niemand es will«, sagte Laurin rasch. Auf der anderen Seite der grünen Mauer waren Geräusche zu hören, die ihr gar nicht gefielen. Es klang, als würden Äxte und Schwerter gezogen. »Urd hat es uns erklärt. Aber bei uns ist das ... ein bisschen anders. Urd hat uns versprochen, dass Etsch uns den Weg nach Hause zeigt.«

»Und selbstverständlich glaubst du ihm, weil ja jedermann weiß, wie vertrauenswürdig er ist, nicht wahr?«, fragte Morlock spöttisch. »Ihr wärt im Loch gelandet, wenn ich euch nicht rausgeholt hätte, das wärt ihr!«

»Warum sollte Etsch sein Wort nicht halten?«, fragte Didi.

»Weil er Angst vor euch hat.«

Es war nicht Morlock, die das sagte. Hinter ihnen raschelte es im Gebüsch, dann trat eine kleinwüchsige Gestalt in einem schwarzen Mantel auf den Weg heraus und hob beide Hände, um die Kapuze zurückzuschlagen. Das Gesicht, das darunter zum Vorschein kam, war rabenschwarz und hatte die typische Hakennase aller Zwerge. Über dem linken Auge prangte eine mächtige Beule.

»Gromm«, sagte Didi misstrauisch. »Wie bist du hergekommen?«

»Ja, ich weiß es zu schätzen, dass du dich darüber freust«, nörgelte der Zwerg.

»Und ich wüsste eine Antwort zu schätzen«, sagte Didi.

»Es gibt Wege, die nur wir Zwerge gehen können«, antwortete Gromm. Er maß die Elfe mit einem schrägen Blick. »Und die da.«

Morlock streckte ihm die Zunge heraus, und Laurin fragte rasch: »Was soll das heißen, Etsch hat Angst vor uns?«

»Das hatte er vom ersten Moment an«, antwortete Gromm. »Er hat Angst, dass ihr sein Geheimnis entdeckt habt.« Er legte die Stirn in Falten. »Habt ihr?«

»Woher sollen wir das wissen?«, fragte Didi, und:

»Welches Geheimnis?«, fügte Laurin hinzu. Eigentlich hatte sie das Gefühl, es zu wissen. Sie konnte den Gedanken nur noch nicht so recht fassen.

Ohne ihre Fragen zu beantworten, aber mit einer Kopfbewegung auf den zusammengerollten Mantel in ihrem Hosenbund fuhr der Zwerg fort: »Und wie es aussieht, ist seine Sorge nicht unbegründet. Wer von euch ist es?«

»Wer ist was?«, fragte Didi.

Auf der anderen Seite der dornigen Hecke krachte und splitterte es. Die Hunde kläfften aufgeregt.

»Warum unterhalten wir uns darüber nicht später?«, mischte sich Morlock ein. Brummend stieg sie bis auf Höhe der Baumwipfel, zog einen wackeligen Kreis und kam zurück. »Sie brauchen bestimmt nicht lange, um sich durch die Hecke zu hacken.«

Der Zwerg nickte wortlos. Während hinter ihnen eine Axtklinge splitternd durch Holz und Blätter fuhr, drehte Gromm sich schweigend um und marschierte los. Laurin und Didi folgten ihm, doch als sie an dem gefesselten Albenfürsten vorbeikamen, blieb Didi stehen und ging in die Hocke. Durch die lebendigen Fesseln greifend löste er Etschs schweren Ledergürtel mit der Schwertscheide und stand wieder auf.

»Hältst du das für eine gute Idee?«, fragte Laurin.

»Nein«, antwortete Didi und band sich den Schwertgurt um. Dann marschierten sie los.

∼

Gromm legte ein Tempo vor, das nicht nur für einen Zwerg ganz erstaunlich war, und sie kamen gut voran. Das Splittern von Axtklingen und Schwertern auf Holz blieb bald hinter ihnen zurück, und Morlock flog immer wieder ein Stück voraus, damit sie nicht in einen Hinterhalt gerieten.

Sie war gerade von einem weiteren Erkundungsflug zurückgekehrt und hatte ein »Alles klar!« gepiepst, als es dicht vor ihnen im Unterholz raschelte und eine zerlumpte Gestalt mit schreiend buntem Haar auf den Weg heraustrat. Didis Hand landete mit einem hörbaren Klatschen auf dem Schwertgriff, und Laurin konnte gerade noch eine besänftigende Geste machen, bevor er die Waffe zog.

»Ich tue euch nichts«, sagte der Waldschrat.

Didi fiel die Kinnlade herunter. »He!«, rief er überrascht. »Ich kann diesen Wicht verstehen!«

Der Waldschrat beachtete ihn nicht. Er war sehr nervös, und aus irgendeinem Grund gelang es ihm nicht, ihrem Blick standzuhalten. Sein Blick irrte über Laurins Gesicht und wandte sich hastig wieder ab, ganz kurz bevor er ihren Augen begegnen konnte. »Ich weiß, wer Ihr seid.«

Laurin meinte regelrecht hören zu können, dass er das Wort mit einem großen »I« aussprach, und während sie diesen Gedanken dachte, setzte der Waldschrat zu einer Bewegung an, die sie gerade noch mit einem erschrockenen Winken unterdrücken konnte. »Komm gar nicht erst auf die Idee!«

Der Waldschrat erstarrte und schluckte hörbar, und Didi fragte: »Auf welche Idee?«

»Vor mir auf die Knie zu fallen«, sagte Laurin, ohne ihr bunthaariges Gegenüber dabei eine Sekunde lang aus den Augen zu lassen.

»Vor dir was?«, ächzte Didi.

»Ganz wie Ihr be…«, begann der Waldschrat und sprach dann nicht zu Ende, weil sich Laurins Gesichtsausdruck noch einmal verfinsterte.

»Hattest du vorhin etwas damit zu tun, was die Bäume gemacht haben?«, fragte sie stattdessen.

»Das waren wir nicht«, sagte der Waldschrat. Er klang fast entrüstet.

»Wer war es dann?«

»Der Wald selbst«, antwortete er sehr ernst. »Ihr seid eine Freundin der Bäume. Ihr habt sie geheilt, und nun stehen sie in Eurer Schuld. Sie haben gespürt, dass Ihr in Gefahr seid, und Euch verteidigt.«

Laurin wurde rot. »Kannst du uns zur nächsten Zuflucht führen?«, fragte sie rasch.

Der Waldschrat nickte. »Es gibt einen Unterschlupf, aber er ist weit weg«, sagte er. »Bestimmt eine Stunde. Und es wird bald dunkel.«

»Worauf warten wir dann noch?«, fragte Didi.

Ihr bunthaariger Führer wandte sich wortlos um und verschwand hinter demselben Gebüsch, aus dem er gerade aufgetaucht war. Sie folgten ihm – auch wenn Laurin zu spüren meinte, wie wenig wohl alle sich dabei in ihrer Haut fühlten.

Und eigentlich sollte es ihr doch genauso ergehen, denn sie erinnerte sich nur zu gut und voller Schrecken an ihre eigene erste Nacht im Wald. Aber das genaue Gegenteil war der Fall: Mit jedem Schritt, den sie tiefer in den Eschenwald eindrangen, fühlte sie sich geborgener. Es war ein bisschen, wie nach Hause zu kommen, wenn auch in ein Zuhause, das sie nie kennengelernt hatte.

Sie überlegte, ob sie vielleicht genau das spürte, wovor Urd sie gewarnt hatte. Und wenn ja, was eigentlich schlimm daran war.

Sie war genau da, wo sie sein wollte, das war die simple Wahrheit. Jeder Moment, den sie hier verbrachte, machte sie glücklicher als alles, woran sie sich in ihrem ganzen Leben zuvor erinnern konnte. Jeder Atemzug erschien ihr als das Köstlichste, was sie jemals geschmeckt hatte, jedes Geräusch klang wie die süßeste Musik in ihren Ohren, und sie hätte die Aufzählung noch beliebig lange fortsetzen können. Sie wollte hier nicht weg, nicht einmal, wenn sie sich für den Rest ihrer Tage vor Etsch und seinen Häschern verstecken musste. Der Zauber dieser Welt hatte sie längst in seinen Bann geschlagen, und selbst wenn sie gewusst hätte, wie, hätte sie sich wohl gar nicht dagegen wehren wollen.

»Also, jetzt mal raus mit der Sprache«, begann Didi, nachdem sie eine geraume Zeit schweigend durch den Wald marschiert waren. »Was genau hast du damit gemeint: ›Wer von euch ist es‹?« Die Frage galt Gromm, der allerdings weiter standhaft schwieg. Wenigstens so lange, bis Didi ihn am Kragen ergriff und so schwungvoll in die Höhe lupfte, dass aus seinem nächsten Schritt ein unfreiwillig weiter Sprung wurde.

»He!« Der Zwerg machte sich wütend los und sah zornig in Didis Gesicht hoch. »Ist das eine Art, mir dafür zu danken, dass ich euch den Hals gerettet habe?«

»Du solltest erst mal die sehen, die ich nicht leiden kann«, sagte Didi.

Laurin bedachte ihn mit einem tadelnden Blick. Didi fand womöglich ein bisschen zu viel Gefallen an seiner neuen Stärke. Aber dann wandte sie sich an den Zwerg. »Ich würde es auch gerne wissen: Was hast du vorhin gemeint?«

Statt zu antworten, stellte Gromm seinerseits eine Frage. »Das ist Laurins Mantel, nicht wahr? Und sein Gürtel. Ihr habt ihn vom Thron genommen.«

»Und wenn?«, fragte Didi.

»Laurin selbst hat diese Dinge dort zurückgelassen und mit einem mächtigen Schutzzauber belegt«, antwortete der Zwerg. »Es heißt, wenn unsere Welt in größter Gefahr ist, dann würde jemand kommen, der seines Blutes ist, und sich ihrer bedienen, um uns alle zu retten.«

Laurin blieb stehen. »Hast du's nicht zufällig eine Nummer kleiner?«

»Es heißt, dass nur der, in dessen Adern Laurins Blut fließt, diesen Zauber brechen kann«, fuhr Gromm unbeeindruckt fort. »Die Alben haben es versucht, glaub mir.«

»Moment mal«, sagte Laurin. »Ich heiße vielleicht Laurin, aber ich bin ganz bestimmt nicht – «

»Und woher willst du das wissen?«, fiel ihr jemand ins Wort. Es war nicht Gromm. Sie wünschte sich nur so sehr, dass es ihr für einen Moment wirklich so vorkam, als wäre es Gromm gewesen.

»Unsinn«, sagte sie zu Didi gewandt – eindeutig heftiger, als angemessen war.

»Was weißt du denn über deine Familie?«, fragte Didi. »Ungefähr so viel wie ich über meine, stimmt's? Du bist eine Waise, genau wie ich.«

»Und was beweist das?«

»Nichts«, antwortete Didi. »Aber es beweist nicht, dass – «

»Dass ich nicht die Ur-ur-ur-ur-Enkelin irgendeines mythischen Almöhis bin?«, fiel ihm Laurin gereizt ins Wort.

»Dann muss ich es wohl sein«, sagte Didi feixend. »Ein afrikanischer Almöhi zwar, aber trotzdem.«

Laurin holte Luft zu einer noch schärferen Antwort, doch in diesem Moment kam Morlock zurück.

»Hört mit dem Unsinn auf und beeilt euch lieber!«, piepste sie. »Sie haben uns fast eingeholt!«

Laurin blickte über die Schulter zurück, sah nichts als Bäume und schloss die Augen. Tatsächlich meinte sie ein fernes Geräusch zu hören, wie brechende Äste und gedämpfte Stimmen und stampfende Schritte. Aber vielleicht spielten ihr auch nur ihre eigenen Nerven einen Streich.

»Wollt ihr warten, bis sie uns eingeholt haben, und sie dann fragen, wie es ihnen gelungen ist, so schnell unsere Spur aufzunehmen?«, fragte Morlock.

»Wie weit ist es noch?«, wandte sich Laurin an ihren bunthaarigen Führer, während sie weiterliefen.

»Nicht mehr sehr weit«, antwortete der Waldschrat. »Der Unterschlupf liegt gleich hinter der nächsten Anhöhe. Aber wir müssen uns beeilen. Es wird bald dunkel.«

»Und nach Dunkelwerden will niemand mehr im Wald sein, ich weiß«, seufzte Didi und zog eine Grimasse. Was ihn allerdings nicht daran hinderte, schneller auszugreifen.

Das mit dem Schnellerwerden gestaltete sich allerdings schwierig. Der Wald war nicht einmal besonders dicht, aber der Boden war mit einem Gewirr aus Wurzeln und sonderbaren Schlingpflanzen bedeckt, die ihr Möglichstes taten, um sie ins Stolpern zu bringen oder wenigstens abzubremsen. Von der Anhöhe, von der der Waldschrat gesprochen hatte, war nichts zu sehen.

Dafür wurden die Geräusche ihrer Verfolger immer lauter. Laurin konnte jetzt die Stimmen von mindestens drei Alben unterscheiden, und eine davon gehörte Etsch.

Und dann wurde es dunkel.

Wenn es etwas in dieser fantastischen Welt gab, woran sie sich wohl nie gewöhnen würde, dann war es die fehlende Dämmerung. Im einen Moment eilten sie noch durch das Zwielicht des Waldes, im nächsten erlosch das zerkratzte Licht über ihnen, und völlige Dunkelheit schloss sich wie ein erstickender Mantel um sie. Didi sog erschrocken die Luft zwischen den Zähnen ein, Gromm japste entsetzt, Morlock piepste irgendetwas, das sie nicht verstand, und der Waldschrat schrie: »Lauft! Sie sind gleich da!«

Laurin konnte kaum die Hand vor Augen sehen, geschweige denn sein Gesicht erkennen, aber sie war plötzlich ganz und gar nicht sicher, dass seine Panik nur den Alben hinter ihnen galt.

Trotz der Gefahr, im Dunkeln gegen einen Baum zu prallen oder sich an einem Zweig die Augen auszustechen, stürmten sie los, und – ausnahmsweise – war das Glück auf ihrer Seite. Schon nach wenigen Schritten und mit nichts Schlimmerem als ein paar neuen Kratzern und Schrammen brachen sie durch das letzte Unterholz und erreichten eine sanft abfallende Lichtung, an deren anderem Rand sich ein geduckter schwarzer Umriss erhob, der ebenso gut ein Haus, eine Burgruine oder ein lauerndes Ungeheuer sein konnte, das nur auf ein paar Dummköpfe wartete, die ihm freiwillig in den Rachen liefen.

Sie rannten, so schnell sie nur konnten, und sie hatte noch nicht einmal den ersten Schritt getan, als die Angst wieder da war; das Gefühl belauert und auf heimtückische Weise taxiert zu werden, begleitet von einer körperlosen Furcht, die keinen Grund hatte und auch keinen brauchte. Es war wie in der ersten Nacht, die sie allein im Wald verbracht hatten, nur gab es jetzt keinen magischen Kristall mehr, der sie beschützte: Ihr Herz begann zu hämmern, und sie hatte das grässliche Gefühl, von tausend unsichtbaren Augen und aus ebenso vielen Richtungen zugleich angestarrt zu werden; Augen, die bis in die verborgensten Winkel ihrer Seele blickten und ihre düstersten Geheimnisse und schlimmsten Ängste ergründeten und gegen sie wendeten.

»Schneller!«, keuchte der Waldschrat. »Rennt um euer Leben!«

In seiner Stimme war eine Furcht zu hören, die mindestens so groß war wie die Laurins, wenn nicht größer, weil er wusste, was sie erwartete, und er jagte mit einem Tempo dahin, das sie seiner ausgemergelten Gestalt niemals zugetraut hätte. Sie waren vielleicht noch vierzig oder fünfzig Schritte von der rettenden Zuflucht entfernt, und sie konnte sich nicht erinnern, jemals so schnell gerannt zu sein. Und dennoch wusste sie einfach, dass sie es nicht schaffen würden. Wer konnte schon vor seiner eigenen Angst davonlaufen?

Dann erscholl hinter ihr ein spitzer Schrei, unmittelbar gefolgt vom Geräusch eines stürzenden Körpers, und als sie im Laufen über die Schulter zurücksah, erblickte sie Gromm, der wohl über seine eigenen Füße gestolpert war und wie ein schwarzer Ball durch das Gras kugelte.

Er musste sich verletzt haben, denn es gelang ihm zwar, seinen Sturz in so etwas wie die Zwergenversion einer Judorolle umzuwandeln und wieder hochzuspringen, doch er schrie praktisch sofort vor Schmerz auf und schlug der Länge nach hin. Und als wäre das noch nicht schlimm genug, brach in diesem Moment mindestens ein Dutzend Hundereiter hinter ihnen aus dem Unterholz und preschte auf die Lichtung heraus!

Laurin hatte den rettenden Schatten fast erreicht, den sie nun als die Ruine eines einst sicher beeindruckenden Gebäudes identifizierte. Kaum ein Dutzend Schritte vor ihr verschmolz der Waldschrat mit dem schwarzen Umriss, und sie hörte ein Geräusch wie das Knarren uralter rostiger Angeln. Noch eine letzte verzweifelte Anstrengung, und sie wäre in Sicherheit.

Aber das hieße auch, Gromm im Stich zu lassen.

Laurin machte zwei weitere, weit ausgreifende Sätze, dann fuhr sie auf dem Absatz herum und rannte mit noch größeren Schritten zu dem Zwerg zurück. Hinter ihr kreischte nicht nur Didi auf, als wäre er in eine gespannte Bärenfalle getreten, auch ihre eigene Furcht explodierte zu etwas, für das sie nicht einmal ein Wort hatte. Sie jagte trotzdem weiter, riss den Zwerg in vollem Lauf in die Höhe und warf ihn sich in derselben Bewegung über die Schulter, in der sie abermals herumwirbelte und wieder auf den rettenden Schatten zusprintete. Gromm schrie wie am Spieß und schlug mit Armen und Beinen um sich, und da war noch eine andere Stimme, die wie besessen schrie und von der sie in diesem Moment nicht einmal begriff, dass es ihre eigene war. Hinter ihr wurden das Gebrüll der Alben und das Kläffen ihrer gewaltigen Hunde immer lauter, aber etwas stimmte nicht damit.

Laurin verschwendete keinen Gedanken darauf, denn die Furcht drohte ihr schier den Verstand zu nehmen. Zu allem Überfluss trafen sie Gromms Fäuste gleich mehrmals hintereinander und so hart im Gesicht, dass ihre Nase knackte und warmes Blut über ihr Kinn lief. Denken war unmöglich, und es war wohl bloßes Glück, dass sie in die richtige Richtung stürmte. Ein winziges Stückchen weiter nach rechts oder nach links, und sie wäre einfach gegen die Wand gelaufen, oder ganz an dem Gebäude vorbei und wieder in den Wald dahinter.

Doch dann griffen starke Hände nach ihr und zerrten sie durch die Tür, und die Furcht fiel von ihr ab wie ein getragenes Kleidungsstück.

Genau wie ihre Kraft.

Sie schwand nicht etwa, sondern war von einem Sekundenbruchteil auf den anderen einfach nicht mehr da. Gromm rutschte von ihrer Schulter und klatschte mit einem schmerzerfüllten Schrei auf den Boden, und nur einen Sekundenbruchteil danach gesellte sich Laurin zu ihm. Die Angst war wie abgeschaltet, aber ihr Herz klopfte so wild, als versuche es aus ihrer Brust herauszuspringen. Sie bekam kaum noch Luft, zitterte wie Espenlaub, und jeder einzelne Muskel in ihrem Körper war so verkrampft, dass sie vor Schmerz mit den Zähnen knirschte.

Es dauerte lange, bis sie sich weit genug erholt hatte, um sich aufzusetzen und mit dem Handrücken die Tränen aus den Augen zu wischen. Ihr Puls raste noch immer, aber sie bekam wenigstens wieder Luft – selbst wenn allein die Erinnerung an das Erlebte ausreichte, ihr schon wieder einen eisigen Schauer über den Rücken zu jagen.

»Wo ist Morlock?«, murmelte sie benommen. »Ist sie in Sicherheit?« Die Elfe war nicht mit hereingekommen, und eigentlich hatte sie sie schon nicht mehr gesehen, seit sie den Wald verlassen hatten.

»Sie ist in Sicherheit«, antwortete ihr Führer. »Sie tun ihr nichts zuleide.«

»Wer?«, fragte Didi.

»Die Nachtmahre«, antwortete der Waldschrat. Er war noch blasser, als es bei seiner Art ohnehin üblich war, und seine Stimme zitterte.

»Nachtmahre?«, fragte Didi.

»Ihnen gehört die Nacht hier draußen im Wald«, antwortete der Waldschrat.

»Die Nacht?«, wiederholte Didi. Auch seine Stimme zitterte, und als Laurin in seine Richtung sah, wich er ihrem Blick aus. »So eine Art Raubtiere, die nachts jagen?«

Der Waldschrat schüttelte den Kopf, sodass sein buntes Haar raschelte. »Sie haben keine Körper, und keine Krallen. Sie leben von der Furcht der Lebendigen, und sie verstehen es, auf den Grund unserer Seelen zu blicken und unsere schlimmsten Ängste und Albträume wahr werden zu lassen, um sich daran zu laben.«

»Nachtmahre«, sagte Laurin schaudernd. »Ja, das passt. Bei uns zu Hause ist das ein anderes Wort für Albtraum. Und das ist der Grund, warum niemand nach Dunkelwerden in den Wald geht? Ihr auch nicht?«

»Unsere Gebete gewähren uns einen gewissen Schutz«, erwiderte der Waldschrat. Irgendwie spürte Laurin, dass das nicht die ganze Wahrheit war.

»Schutz«, wiederholte Didi in fast höhnischem Tonfall. »Davon hab ich gerade nicht viel gemerkt.«

Er versuchte aufzustehen, aber er zitterte noch immer am ganzen Leib, sodass er drei Anläufe brauchte, um sich an der Wand in die Höhe zu schieben. Laurin sah, dass er in Schweiß gebadet war.

»Sie sind zornig«, antwortete der Bunthaarige. »Sie schätzen es nicht, wenn wir Fremde mit in ihr Reich bringen.«

»Ihr Reich? Ich dachte, diese Wälder gehören niemandem«, knurrte Didi.

»Niemandem und allen«, erwiderte der Schrat. »Am Tage. Nach Dunkelwerden gehören sie den Nachtmahren. Alle respektieren das.«

»Also das Gefühl hatte ich gerade nicht, Waldemar«, sagte Didi säuerlich, während er mit den Fingerspitzen über sein Gesicht tastete, als müsste er sich davon überzeugen, dass auch noch alles an Ort und Stelle war.

»Mein Name ist Wandaranabapuralomkstragolitionervig«, verbesserte ihn der Waldschrat pikiert.

Didi blinzelte. »Wie?«

»Wandaranabapuralomkstragolitionervig«, wiederholte der Bunthaarige.

»Sag ich doch«, feixte Didi. »Waldemar.«

»Ich sagte Wandaran…«, begann der Waldschrat ärgerlich, und Laurin unterbrach ihn mit einer besänftigenden Handbewegung.

»Das ist für uns wirklich schwer auszusprechen«, sagte sie vorsichtig. Ganz davon abgesehen, dass sie gar nicht genug Zeit hätten, seinen Namen mehr als dreimal am Tag auszusprechen. »Dürfen wir dich Waldemar nennen?«

»Ganz wie Ihr wünscht, Er…«, begann der Waldschrat, und Laurin unterbrach ihn rasch:

»›Laurin‹ genügt völlig.«

»Laurin«, wiederholte Waldemar. Er sah dabei ungefähr so glücklich aus, als hätte sie von ihm verlangt, einen Seeigel zu schlucken.

Didi hatte sich inzwischen ganz aufgerichtet und humpelte zur Tür, und auch Gromm hörte allmählich auf zu zittern und verwandelte sich von einem zusammengerollten schwarzen Ball wieder in einen sitzenden Zwerg. Seine Augen schienen doppelt so groß zu sein wie zuvor.

»Du … du hast mich gerettet«, hauchte er. »Du bist … du bist zurückgekommen und … und hast mir geholfen, obwohl du schon fast in … in Sicherheit warst.«

»Das war ja wohl das Mindeste, was ich dir schuldig bin«, antwortete Laurin.

»Du hast dich den Nachtmahren gestellt«, beharrte der Zwerg, und nun war eindeutig so etwas wie Ehrfurcht in seiner Stimme zu hören.

Die Wahrheit war, dass sie gar nicht darüber nachgedacht hatte, aber das behielt Laurin vorsichtshalber für sich. Sie hatte ohnehin das Gefühl, dass es vollkommen egal war, was sie jetzt sagte.

Stattdessen stand sie auf und ging zur Tür. Didi hatte sie inzwischen einen Spaltbreit geöffnet und spähte hinaus, auch wenn es dort eigentlich nichts zu sehen gab. Es war fast vollkommen dunkel. Der Waldrand erhob sich wie eine unüberwindliche Mauer aus noch tieferer Schwärze auf der anderen Seite der Lichtung, und das Gras erinnerte an eine Ebene aus geschmolzenem Teer. Sie meinte die Furcht spüren zu können, die unsichtbar dort draußen herumschlich und nur darauf wartete, ihre Krallen wieder in ihre Seele zu schlagen.

»Also wegen grade«, begann Didi unbeholfen und ohne sie dabei anzusehen. »Ich meine, es … es tut mir leid, dass ich dir nicht geholfen habe. Ich wollte es ja, aber … aber es ging einfach nicht. Und als ich dann gesehen hab, wie du den Zwerg gerettet hast …« Er sah sie nun doch an, wich ihren Augen aber weiter aus. »Ich glaube fast, der Zwerg hat recht, und du bist etwas ganz Besonderes.«

»Wieso fast?«, fragte sie spöttisch. Um ein Haar hätte sie hinzugefügt, dass sie gar nicht darüber nachgedacht hatte, aber sie begriff im letzten Moment, dass sie es damit noch schlimmer machen würde.

»Wo sind die Alben?«, fragte sie, eigentlich nur um das peinliche Schweigen zu beenden, das sich zwischen ihnen auszubreiten drohte.

Didi hob die Schultern und sah wieder nach draußen. »Sie sind abgehauen«, sagte er. »Ich hab nur noch einen gesehen, zusammen mit seinem Köter. Sind gerannt, als wäre der Teufel persönlich hinter ihnen her. Diese Nachtschrate haben's drauf, wie?«

»Nachtmahre«, verbesserte ihn Laurin. Sie konnte ein amüsiertes Lächeln nicht ganz unterdrücken, wurde aber sofort wieder ernst. »Das war entsetzlich. So was möchte ich nie wieder erleben.«

»Ja, das Paradies hat ein paar Risse bekommen, wie?«, fragte Didi.

Währenddessen verschwand der Waldschrat mit schlurfenden Schritten in den pechschwarzen Schatten, die einen Großteil ihrer Umgebung ausmachte. Eine Zeit lang hörten sie ihn hantieren und herumraschlen, dann glomm ein Funke auf und wuchs rasch zu einer prasselnden Fackel heran, deren Licht über Wände aus schwarzem Lavagestein und uraltes Mobiliar huschte, das zum Großteil unter einer knöcheldicken Schicht aus verklumptem Staub verborgen war. Etwas Kleines mit ziemlich vielen Beinen, das Laurin gar nicht so genau erkennen wollte, floh erschrocken vor dem plötzlichen Licht. Von der Decke hingen staubige Spinnweben wie zerrissene Laken, die zischend in Tausenden roten Funken verbrannten, wo die Flamme sie streifte. Es roch nach Moder, altem Stein und Staub.

»Gemütlich«, sagte Didi. »Was ist das hier?«

Waldemar platzierte die Fackel in einem geschmiedeten Halter an der Wand und rieb sich die Hände an seinem zerschlissenen Hemd sauber, bevor er antwortete.

»Eine alte Albenfestung, noch aus der Zeit König Laurins«, sagte er. »Es gibt viele solcher Orte im Tal. Die Nachtmahre meiden sie, sodass wir dort Zuflucht finden, wenn uns die Dunkelheit überrascht.«

»Dann hatten es die Alben schon früher nicht so mit den Nachtschraten?«, vermutete Didi.

Waldemar tat so, als hätte er das letzte Wort nicht gehört, und schüttelte den Kopf. »Es heißt, sie waren die Schutzgeister des Waldes, die niemandem etwas zuleide taten, solange er dem Wald nicht schadet.«

»Wie lange ist das her?«, fragte Laurin.

»Das weiß niemand mehr«, erwiderte Waldemar traurig. »Es ist so lange her, dass sich niemand mehr erinnert, wie lange.«

»Und was ist passiert, dass sie so … anders geworden sind?«, fragte Laurin.

»Auch das weiß niemand mehr«, antwortete Waldemar. Laurin war beinahe sicher, dass er sie anlog, aber sie meinte auch zu spüren, dass er einen guten Grund dafür hatte, und wollte ihn nicht in Verlegenheit bringen. Außerdem fühlte sie sich unglaublich müde. Es war ein langer Tag gewesen, und in jeglicher Hinsicht anstrengend.

Didi wollte eine weitere Frage stellen, doch Laurin kam ihm zuvor und bedachte ihn zugleich mit einem fast beschwörenden Blick. »Wir haben morgen noch genug Zeit zum Reden«, sagte sie, an Waldemar gewandt, »und jetzt sollten wir wirklich schlafen. Müssen wir eine Wache aufstellen?«

»Ich werde wachen«, sagte Waldemar, was sie kein bisschen überraschte. »Auch wenn es nicht nötig ist. Sie kommen nicht zurück. Keiner, den die Nachtmahre berührt haben, will diese Erfahrung wiederholen.«

»Uns haben sie damals nichts getan«, sagte sie.

»Weil du bist, wer du bist«, sagte der Waldschrat. Jetzt solltet ihr wirklich ausruhen. Sucht euch einen Platz zum Schlafen.«

Das war leichter gesagt als getan, dachte Laurin missmutig. Selbst im schwachen Fackellicht war zu erkennen, in was für einem schlimmen Zustand sich der große Raum befand. Alles war so verdreckt und heruntergekommen, als wären tatsächlich Jahrhunderte vergangen, seit das letzte Mal ein Mensch seinen Fuß hier hereingesetzt hatte. Ein Teil der Decke war eingestürzt, und schwarze Lavatrümmer hatten einen Gutteil des Mobiliars unter sich begraben. Was davon übrig war, lag unter einer so dicken Staubschicht, dass seine Umrisse eher zu erahnen als wirklich zu erkennen waren.

Aber etwas fiel ihr trotzdem auf.

Und offensichtlich nicht nur ihr, denn Didi sprach es aus, noch bevor sie es konnte. »Das alles hier ist doch viel zu klein.«

»Zu klein für was?«, fragte Gromm. »Erwartest du noch Besuch?«

Statt auf diesen Unsinn zu reagieren, trat Didi an einen der grauen Hügel heran und beugte sich vor, um den Staub wegzupusten.

Nachdem er aufgehört hatte zu husten und Laurin ihn wieder halbwegs sehen konnte, wiederholte er das zweimal, und schließlich kamen unter all dem Staub ein winziger Tisch und ein paar dazu passende Stühle zum Vorschein. Wie alles hier drinnen waren sie schwarz und zugleich filigran wie auch fast grobschlächtig gearbeitet – anders ließ sich dieses seltsame Zwergendesign einfach nicht beschreiben. Es sah aus wie die Einrichtung einer reichlich schrägen Puppenstube.

»Hast du nicht behauptet, das hier wäre eine alte Albenfestung?«, wandte sich Didi an den Waldschrat.

»Das ist sie auch«, antwortete Gromm an Waldemars Stelle. »Eine der ersten sogar. Laurin selbst hat damals mitgeholfen, sie zu bauen.«

»Sicher«, sagte Didi. »Tust du mir einen Gefallen?« Er machte eine Kopfbewegung auf den winzigen Stuhl. »Setzt du dich mal kurz?«

Gromm gehorchte wortlos. Das uralte Möbelstück knarrte und ächzte, als wollte es nach all den Jahrhunderten endlich in Stücke brechen, hielt aber dann doch. »Und?«, fragte er.

»Passt wie angegossen, nicht?« Didi machte eine ausholende Geste, die den ganzen Raum einschloss. »So wie alles hier. Wie für dich gemacht.«

»Das ist es auch«, erwiderte Gromm.

»Du hast behauptet, das alles hier wäre für Alben gebaut.«

»Das stimmt«, antwortete Gromm. »Und ich bin ein Albe.«

»Du bist ein Zwerg«, sagte Didi.

»Das stimmt«, sagte Gromm noch einmal.

»Jetzt hör endlich auf, mich zu ver…«, begehrte Didi auf, und Laurin fiel ihm ins Wort:

»Weil Albe nur ein anderes Wort für Zwerg ist?«

»Nein«, sagte Gromm beleidigt. »Zwerg ist ein anderes Wort für Albe. Und keines, das wir gerne hören.«

Das kam ihr im ersten Moment seltsam vor, aber dann erinnerte sie sich wieder, dass Gromm sich ihnen damals auf Rosas Hof auch als Albe vorgestellt hatte. Sie hatte sich nichts Besonderes dabei gedacht, aber vielleicht war dieser Unterschied ja wichtig.

»Ihr seid viel kleiner«, erinnerte Didi.

Gromm schüttelte sogar noch heftiger den Kopf. »Nein«, antwortete er bestimmt. »Sie sind größer.«

»Aber das waren sie nicht immer«, vermutete Laurin. Noch konnte sie das Bild nicht in seiner Gänze erkennen, aber sie meinte regelrecht das Klicken zu hören, mit dem die einzelnen Puzzleteile an ihren Platz rutschten.

Didi sah sie plötzlich auf sehr sonderbare Weise an. Es war fast unheimlich, wie ähnlich sich ihre Gedanken in letzter Zeit waren. Er sprach die nächste Frage aus, gerade als sie ihr auf der Zunge lag. »Wann hat das angefangen?«

»Was?«, fragte der Zwerg. Er wich seinem Blick aus und begann zugleich, unbehaglich auf dem Stuhl hin und her zu rutschen, sodass das betagte Möbelstück erneut protestierend ächzte.

»Das, was du schon ein paarmal angedeutet hast«, sagte Didi ernst. »Dass sie größer werden.«

Gromm sah weiter überallhin, nur nicht in seine und Laurins Richtung.

»Seit fünf Ernten«, antwortete Waldemar schließlich an seiner Stelle. Im allerersten Moment fand Laurin diese Formulierung etwas seltsam, aber dann wurde ihr klar, dass es in einer Welt ohne echte Sonne und Jahreszeiten vermutlich auch das Wort Jahr nicht gab.

»Also vor fünf Jahren«, sagte Didi, dessen Gedanken sich auch jetzt wieder auf denselben Pfaden wie ihre zu bewegen schienen. Zugleich sah er sie auf eine Art an, als wäre diese Erkenntnis von ganz besonderer Bedeutung, aber Laurin konnte nur hilflos mit den Schultern zucken. Sie hatte das Gefühl, es eigentlich wissen zu müssen, aber der Gedanke entschlüpfte ihr, bevor sie ihn greifen konnte.

»Was ist passiert?«, fragte Didi noch einmal. »Wenn du sagst, Etsch und die anderen waren einmal wie ihr, dann muss doch irgendetwas vorgefallen sein.«

»Das weiß ich nicht«, behauptete Gromm, spürte wohl selbst, wie wenig glaubhaft sich das anhörte, und fuhr ohne sie anzusehen und mit veränderter Stimme fort: »Es heißt, es hätte ein Unglück gegeben.«

»Was für ein Unglück?«, bohrte Didi nach.

»So etwas kommt vor«, erwiderte Gromm, noch immer ohne ihn dabei anzusehen. »Ein Stollen ist eingestürzt, und viele wurden verschüttet. Viele meiner Brüder wurden verletzt, und etliche sind ums Leben gekommen.«

»Und Etsch war dabei«, vermutete Laurin. Langsam, ganz allmählich nur, begann alles einen Sinn zu ergeben. Sie wusste noch nicht welchen, aber sie hatte das Gefühl, der Auflösung dieses Rätsels ganz nahe zu sein.

»Alle dachten, er wäre tot«, bestätigte Gromm. »Aber dann ist er wieder aufgetaucht. Niemand hat je erfahren, was mit ihm geschehen ist in all der Zeit, in der er unter der Erde verschüttet war. Aber er war nicht mehr derselbe. Irgendetwas ist ihm zugestoßen, das ihn verändert hat.«

»Er war größer?«, vermutete Didi.

»Nicht am Anfang«, widersprach Gromm, nickte aber trotzdem. »Doch bald darauf ja. Er hat etwas aus der Tiefe mitgebracht, und es war nichts Gutes.«

Die Worte jagten nicht nur Laurin ein Frösteln über den Rücken. Auch Didi schauderte sichtbar, als er sich an den Waldschrat wandte. »Lass mich raten: Und das ist genau die Zeit, seit der die Nachtschrate richtig fies geworden sind.«

»Nacht*mahre*«, knurrte Waldemar. »Ja. Sie waren auch vorher schon schlimm, aber nicht so.«

»Vor fünf Jahren«, sagte Didi noch einmal nachdenklich. »Das ist interessant.« Er überlegte einen Moment, dann drehte er mit einem so plötzlichen Ruck den Kopf, dass Gromm auf seinem Stuhl einen erschrockenen Hüpfer machte und dieser nicht nur laut knackte, sondern hinterher auch deutlich Schlagseite aufwies. »Und seit wann steckt Etsch seine Feinde ins Loch? Seit fünf … Ernten?«

»Woher weißt du das?«, fragte Gromm.

»Och, nur so einer Vermutung«, antwortete Didi. »Und ich habe sogar noch eine. Aber die verrate ich dir erst morgen, wenn wir weitergehen.«

Auch wenn sie selbst es zuallerletzt für möglich gehalten hätte, schlief Laurin doch binnen kürzester Zeit ein und erwachte am nächsten Morgen nicht nur erstaunlich ausgeruht, sondern auch ohne die winzigste Erinnerung an einen Albtraum. Nicht einmal Rückenschmerzen hatte sie, obwohl sie zusammengerollt wie ein Fragezeichen auf dem harten Steinboden eingeschlafen war. Ungefähr eine Million spitzer Steine hatten sie in den Rücken gepikst und an Stellen ihres Körpers, von denen sie gar nicht gewusst hatte, dass es sie gab. Und dennoch, und noch bevor sie auch nur die Augen aufschlug, hatte sie das Gefühl, nie zuvor eine angenehmere Nacht verbracht zu haben und genau da aufzuwachen, wo sie sein wollte.

Laurin dachte vorsichtshalber nicht allzu intensiv über diesen Umstand nach, sondern gähnte nur einmal ausgiebig und bückte sich dann unter der niedrigen Tür nach draußen. Im ersten Moment konnte sie weder Didi noch die anderen sehen, doch dann hörte sie ihre Stimmen und entdeckte sie am anderen Ende der Lichtung am Waldrand.

Forschen Schrittes machte sie sich auf den Weg und merkte erst auf halber Strecke, dass sie nicht mehr allein waren: Hinter Waldemar waren zwei weitere Waldschrate aus dem Unterholz getreten, die ihm glichen wie ein Ei dem anderen. Didi hatte sich gerade nach einem gut armdicken Ast gebückt, den der rüde Ansturm der Hundereiter am vergangenen Abend abgerissen hatte, hob ihn auf und bedeutete den beiden neu hinzugekommenen Waldschraten, jeweils ein Ende zu ergreifen und gut festzuhalten. Kaum hatten sie es getan, da holte er warnungslos aus und zertrümmerte ihn mit einem Handkantenschlag schneller, als es so mancher andere mit einer Axt gekonnt hätte. Einer der Waldschrate schrie auf und sprang drei Schritte zurück, der andere starrte den gesplitterten Stumpf in seinen Händen aus hervorquellenden Augen an.

»So«, sagte Didi triumphierend, »und wenn ihr immer noch meint, dass ihr Angst vor Etsch und seiner verflohten Bande haben müsst, dann kann ich euch auch nicht mehr helfen.«

»Aber wir sind keine Krieger«, wandte Waldemar ein. »Keiner von uns weiß, wie man kämpft.«

»Da befindet ihr euch ja in guter Gesellschaft«, sagte Laurin, die sich der kleinen Gruppe unbemerkt genähert hatte. »Wir wissen es nämlich auch nicht.«

Didi fuhr abrupt auf dem Absatz herum, während die drei Waldschrate unisono erstarrten und die Augen aufrissen. Laurin hoffte inständig, dass sie es nicht tun würden, aber sie konnte ihnen ansehen, wie schwer es ihnen fiel, nicht vor ihr auf die Knie zu fallen.

Didi bemühte sich nach Kräften, Laurin in Grund und Boden zu starren. Wenn auch ohne Erfolg.

»Und was hat die geehrte Prinzessin stattdessen vor?«, fragte er bissig.

»Vielleicht zuallererst einmal damit aufhören, uns vor unseren Freunden zu streiten?«, schlug Laurin vor.

Didi schien eher noch zorniger zu werden, aber immerhin

sprach er ein bisschen leiser, als er fortfuhr: »Ich weiß ja nicht, was deine größenwahnsinnige Stubenfliege erzählt hat –«

»Wer, bitte schön?«, piepste ein entrüstetes Stimmchen über ihnen und Laurin stellte zu ihrer Freude fest, dass Morlock sich wieder zu ihnen gesellt hatte.

»– aber wir haben im Grunde nur ein paar Stunden gewonnen. Und nicht einmal besonders viele. Etsch und seine Flohbande sind zwar gerannt wie die Hasen, aber sie sind garantiert schon wieder auf dem Weg hierher.«

»Und du willst gegen ihn kämpfen?«, fragte Laurin. »Weil du einen Zaubergürtel hast?«

»Hast du mich nicht kämpfen gesehen?«, maulte Didi.

Das hatte sie. Aber sie hatte auch etwas anderes beobachtet, das Didi anscheinend nicht wahrhaben wollte. Sie griff nach der Hand, mit der er gerade den Ast durchgeschlagen hatte, und drehte sie so herum, dass die beiden langen Splitter sichtbar wurden, die sich in sein Fleisch gebohrt hatten. Seine Hand begann bereits anzuschwellen. Es musste gehörig wehtun, auch wenn er sich nichts anmerken ließ. Selbst dann nicht, als sie die beiden Splitter wenig sanft herauszog.

»Und der Gürtel macht dich auch unverwundbar, nehme ich an?«, fragte sie lächelnd.

»Natürlich nicht«, antwortete Didi gereizt und riss seine Hand los. »Ich habe niemals gesagt, dass ich ihn ganz allein besiegen kann, oder?«

»Du willst eine Armee aufstellen?«

»Die ist schon längst da«, schnaubte Didi trotzig. »Und Etsch hat sie ganz allein aufgestellt, keine Sorge.«

Was sollte denn das jetzt wieder heißen?, dachte Laurin. Sie wollte auffahren, aber sie beherrschte sich. »Wir müssen weiter«, sagte sie stattdessen. »Noch hat uns Etsch nicht eingeholt.«

Sie brachen unverzüglich auf. Bei Tageslicht hatte der Wald seinen Schrecken verloren und sie kamen gut voran.

»Hier könnte ich alt werden«, bemerkte Didi nach einer Weile. Seine Stimmung hatte sich etwas gebessert. »Wenn Etsch und seine Flohbande nicht wären, dann wäre das hier glatt das Paradies.«

»Schönes Paradies«, konnte Laurin sich nicht verkneifen, obwohl sie ganz ähnliche Gedanken gehabt hatte. »Du siehst aus, als hättest du Streit mit einem Rasenmäher gehabt. Und den Kürzeren gezogen.«

»Dann solltest du erst einmal den Rasenmäher sehen«, frotzelte Didi.

Laurin reagierte zwar mit einem artigen Lächeln, aber ihre Augen blieben ernst, und auch Didis Grinsen erlosch nach und nach. Didi sah wirklich mitgenommen aus. Der gestrige Tag hatte Spuren in seinem Gesicht und auf seinem Körper hinterlassen, und ein paar davon hatten eine wirklich üble Färbung.

»Ja, und um ein Haar hättest du den Alben umgebracht«, sagte Laurin. »Wenn Morlock ihn nicht aufgefangen hätte, wäre er jetzt tot! Wie würdest du dich dann fühlen?«

»Genau wie jetzt«, antwortete Didi.

»Er hätte sterben können.«

Didi schüttelte heftig den Kopf. »Hätte er nicht. Er hätte allerhöchstens mächtige Kopfschmerzen gehabt. Alben sterben nicht.«

»Vielleicht solltest du nicht jeden Quatsch glauben, den Etsch erzählt«, antwortete Laurin, doch Didi schnitt ihr sofort das Wort ab.

»In diesem Fall schon«, behauptete er. »Während du heute Nacht versucht hast, den halben Wald abzusägen, habe ich mich ein bisschen mit Gromm unterhalten, weißt du? Das war nicht nur Angeberei von Etsch. Zwerge altern nicht und sie sterben auch nicht. Und Alben genauso wenig.«

Es fiel Laurin schwer, das zu glauben, aber Didi schien davon überzeugt zu sein – und für das, was sie ihm zu sagen hatte, spielte es ohnehin kaum eine Rolle. »Selbst wenn das stimmt, gilt das nicht für dich«, sagte sie. »Dich kann man verletzen. Die Kerle haben Schwerter und Keulen und noch viel böseres Spielzeug.«

»Und wir haben das.« Didis Hand klatschte auf den Gürtel und mit der anderen deutete er auf den zusammengerollten Mantel unter ihrem Hosenbund. »Und das.«

»Vergiss es«, sagte Laurin überzeugt. »Ich werde mich ganz bestimmt nicht wie ein Krieger aufführen.«

»Das verlangt niemand«, antwortete Didi. »Leih mir das Ding einfach. Den Rest erledige ich schon. Du hast völlig recht. Sie haben Schwerter und Peitschen und noch hässlicheres Spielzeug. Aber gegen einen Gegner, den sie nicht sehen können, nutzt ihnen auch die beste Waffe nichts.«

Laurin starrte ihn einen Moment lang fassungslos an. Hatte er denn gar nichts verstanden? Oder waren Jungen einfach so, dass sie gar nicht anders konnten, als zum Aushilfs-Conan zu mutieren, sobald sie sich stark genug fühlten?

»Vergiss es«, sagte sie nur noch einmal und schritt ein bisschen schneller aus, damit es Didi nicht ganz so einfach hatte, zu ihr aufzuschließen.

Es war nicht nur so, dass sie sich über ihn geärgert hatte – was ja nun wirklich nicht zum ersten Mal geschah –, sie waren kurz davor gewesen, sich ernsthaft zu streiten, und das wollte sie auf keinen Fall. Auch wenn sie selbst nicht einmal genau sagen konnte, warum.

Eine lange Zeit marschierten sie stumm und in deutlich größerem Abstand als notwendig durch den Wald. Mindestens ein halbes Dutzend Mal war sie nahe daran, Didi aufschließen zu lassen, um ihn anzusprechen und sich – ja, möglicherweise sogar das – nötigenfalls bei ihm zu entschuldigen, damit die schlechte Stimmung nicht noch schlechter wurde. Aber letzten Endes war sie dazu dann doch zu stolz.

Es musste Mittag sein – zumindest behauptete das ihr knurrender Magen –, als einer ihrer bunthaarigen Führer verkündete, es wäre Zeit für eine Rast. Er führte sie auf eine Lichtung hinaus, die gerade groß genug war, um sie alle aufzunehmen. Die Wipfel der dicht stehenden Eschen neigten sich über ihren Köpfen gegeneinander und bildeten ein fast geschlossenes Blätterdach, das kaum Licht hindurchließ, sodass sie sich wie in einer großen, grünen Hülle vorkam. Überall auf dem mit weichem Laub bedeckten Boden wuchsen Pilze mit zum Teil schreiend bunten Hüten. Laurin nahm gleich am Rande der Lichtung Platz und lehnte sich gegen einen der uralten Bäume, während Didi beleidigt an ihr vorbeistapfte und sich so weit entfernt von ihr hinsetzte, wie es überhaupt ging. Er benahm sich albern.

Beinahe genauso albern wie sie selbst.

Laurin war nicht wirklich überrascht, als sich die drei Waldschrate zu ihm gesellten, aber doch ein bisschen eingeschnappt, als Gromm ihrem Beispiel folgte und mit Didi zu tuscheln begann; wobei Didi es auch nicht unterließ, so auffällig immer wieder in ihre Richtung zu blicken, dass sie es gar nicht übersehen konnte.

Immerhin setzte sich wenigstens Morlock zu ihr, auch wenn sie sie auf eine Art ansah, die ihr nicht wirklich gefiel.

»Was?«, fragte Laurin unfreundlich.

»Euer erster?«, fragte die Elfe.

»Unser erster was?«

»Euer erster Streit?«, erwiderte Morlock und beantwortete ihre Frage auch gleich mit einem heftigen Nicken.

»Quatsch!«, fauchte Laurin. »Wir haben keinen Streit!«

»Nein, natürlich nicht«, erwiderte die Elfe spöttisch. »Deswegen starrst du ihn ja auch ununterbrochen an. Ach ja – und dir wachsen gleich Fledermausohren, weil dich ja überhaupt nicht interessiert, was er so redet.«

»Genau«, sagte Laurin.

»Würde dir sowieso nicht gefallen«, meinte Morlock.

»Kannst du etwa verstehen, was sie sagen?«, fragte Laurin erstaunt.

Morlock tippte sich mit einem winzigen Finger an ein noch viel kleineres Ohr. »Größe ist nicht alles.«

Laurin starrte sie geschlagene zehn Sekunden lang an, aber schließlich verdrehte sie die Augen und seufzte: »Also gut. Worüber reden sie?«

»Ich denke, das interessiert dich nicht?«

»Morlock!«

»Ja, schon gut«, sagte die Elfe hastig. »Er erzählt von etwas, das er ... Guerillataktik nennt ... was ist denn das?«

»Nichts, was du wissen musst«, antwortete Laurin gereizt, »oder überhaupt irgendjemand hier.« Trotzdem warf sie Didi einen ärgerlichen Blick zu, auf den dieser mit einem ebenso finsteren Stirnrunzeln reagierte.

»Du machst dir Sorgen um ihn«, stellte Morlock fest.

Laurin hob wortlos die Schultern. Dann schüttelte sie heftig den Kopf. »Ja.«

»Nur keine Angst«, sagte Morlock. »Ich passe schon auf ihn auf.«

Aus dem Mund eines gerade einmal zwanzig Zentimeter großen Winzlings klang es einigermaßen komisch, fand Laurin. Aber auch irgendwie rührend.

»So kenne ich ihn gar nicht«, sagte Laurin. »Ich meine: Okay, er ist ein Junge und die fuchteln ja alle gerne mit Schwertern herum und spielen den Supermann, aber jetzt versucht er hier ...«

»Uns zu helfen?«, fragte Morlock.

»... einen Krieg vom Zaun zu brechen«, schloss Laurin. »So was passt gar nicht zu ihm!«

»Das ist der Gürtel«, sagte die Elfe. »Magie ist eine seltsame Sache, musst du wissen. Manchmal weckt sie das Beste in einem, aber manchmal auch Seiten, die man gar nicht kennen will.«

»Quatsch!«, sagte Laurin überzeugt. »Nicht Didi!«

»Ich sag ja auch gar nicht, dass er eigentlich ein Böser ist«, antwortete Morlock. »Er will uns nur helfen. Und jetzt, wo er sich für unbesiegbar hält, glaubt er, es auch zu können.«

»Ja, das glaubt er«, sagte sie. »Aber er ist es nicht! Gestern hat er einfach nur Glück gehabt. Wenn er Etsch und seinen Alben in die Hände fällt, dann will ich gar nicht wissen, was sie mit ihm machen.«

»Sie werfen ihn ins Loch«, sagte die Elfe. »Aber das tun sie sowieso, wenn sie euch kriegen.« Sie schüttelte so heftig den Kopf, dass ihre Flügel zitterten. »Werden sie aber nicht, keine Angst. Bevor es das nächste Mal hell wird, seid ihr schon auf dem Weg nach Hause.«

Da sie spürte, wie ernst die Elfe diese Worte meinte, hätte es sie eigentlich beruhigen sollen, aber das tat es nicht. Auch wenn sie Didis Weg falsch fand, so konnte sie ihn doch verstehen. Ihr widerstrebte es zutiefst, einfach wegzulaufen und alle im Stich zu lassen. Sie wäre sich wie ein Feigling vorgekommen. Aber hier einen Krieg anfangen ... nein!

»Es muss doch einen anderen Weg geben«, murmelte sie, mehr zu sich als an Morlock gewandt.

»Das hier ist nicht euer Kampf«, gab die Elfe zu bedenken. »Es ehrt dich, dass du uns helfen willst, aber ihr seid uns nichts schuldig.«

»Wenn du uns nicht geholfen hättest, dann wären wir in der Mine verdurstet«, erinnerte Laurin.

»Das hatten wir schon, oder?« Morlock machte eine wegwerfende Handbewegung. »Außerdem: Wer sagt dir denn, dass ihr nicht auch alleine einen anderen Weg gefunden hättet? Dann wär ich ja sogar schuld an allem, was euch hier zugestoßen ist.«

»Du willst es mir nur leichter machen«, vermutete Laurin und schüttelte zugleich den Kopf. »Das funktioniert nicht. Und selbst wenn es so wäre: Man lässt seine Freunde nicht im Stich.«

Morlock sah mit undeutbarem Ausdruck zu ihr hoch. »Sind wir das denn?«, fragte sie. »Freunde?«

»Natürlich«, antwortete Laurin, ohne auch nur darüber nachzudenken.

»Warum?«, fragte die Elfe.

Laurin hob die Schultern. »Dafür braucht man keinen Grund. Entweder jemand ist dein Freund oder er ist es nicht. So ist das.«

»Das ist ein seltsamer Gedanke«, sagte Morlock. »Aber irgendwie hübsch.«

In diesem Moment kam einer der Waldschrate, um ihnen Wasser zu bringen. Laurin nahm den prallen Lederschlauch dankbar entgegen und leerte ihn mit großen Schlucken fast zur Hälfte, bevor sie ihn seinem Besitzer mit einem schlechten Gewissen zurückgab. Ihr Wohltäter nahm ihn jedoch nicht nur mit einem so strahlenden Lächeln entgegen, als hätte sie ihm durch den bloßen Umstand, ihm sein Wasser weggetrunken zu haben, den Ritterschlag erteilt, sondern bückte sich auch nach einem der quietschbunten Pilze, um ihn ihr mit einem noch strahlenderen Lächeln hinzuhalten.

»Das schmeckt köstlich«, sagte er, »und es gibt Euch Kraft. Wir haben noch einen weiten Weg vor uns.«

Zumindest eine dieser Behauptungen glaubte ihm Laurin unbesehen, aber sie betrachtete den Pilz trotzdem misstrauisch. Sie hatte so etwas noch nie gesehen. Er sah nicht aus wie etwas, das man essen konnte; auch wenn Barbie wahrscheinlich ihre helle Freude daran gehabt hätte.

»Und du bist sicher, dass er genießbar ist?«, fragte sie.

»Es schmeckt gut«, antwortete der Waldschrat.

»Ja, das glaube ich gern ... und ist er auch bestimmt nicht giftig?«

»Giftig?«, wiederholte er verwirrt. »Was meint Ihr?«

»Na, dass man ...« Laurin sprach nicht weiter, sondern tauschte nur einen irritierten Blick mit Morlock, die aber genauso verständnislos aussah. Konnte es sein, dass es hier keine giftigen Pilze gab – oder vielleicht überhaupt nichts Giftiges? Das klang ein bisschen verrückt. Aber andererseits war das hier schließlich so etwas wie das Paradies, und in einem solchen hatte Gift nichts verloren.

»Dasselbe habe ich mich auch gefragt.«

Laurin war so sehr auf den Pilz konzentriert, dass sie nicht gemerkt hatte, wie Didi aufstand und näher kam.

»Was?«

»Ob das Zeug so giftig ist, wie es aussieht«, antwortete Didi mampfend. »Aber ich hab schon drei Stück gegessen und lebe immer noch. Ich weiß doch, was der königliche Vorkoster seiner Majestät schuldig ist.«

Laurin fand das nicht besonders komisch, aber sie vermutete, dass das seine Art eines Friedensangebots war. Außerdem hatte sie Hunger. Zögerlich griff sie nach dem angebotenen Pilz und begann daran zu knabbern – wenn auch nur im allerersten Moment. Dann musste sie sich beherrschen, um nicht zu schlingen. Unnötig zu sagen, dass es das Köstlichste war, was sie jemals probiert hatte. Sie vertilgte den Pilz bis auf das letzte Fitzelchen, aß noch einen zweiten und sogar noch den Großteil eines dritten und fühlte sich hinterher so rundum satt und zufrieden, dass sie sich am liebsten auf dem weichen Laub ausgestreckt hätte, um eine Weile zu schlafen. Aber natürlich ging das nicht.

»Was war das eigentlich gestern für ein großes Geheimnis, das du uns erst heute verraten wolltest?«, fragte sie.

»Kein Geheimnis«, verbesserte sie Didi. »Ich war noch nicht sicher. Aber ich habe ein bisschen mit Waldi und seinen Freunden geredet, weißt du?« Er machte eine Geste zu den Baumwipfeln hinauf. »Es sind nicht nur die paar Bäume, die wir am Anfang gesehen haben. Der ganze Wald ist krank. Und jetzt darfst du mal raten, wann das angefangen hat.«

»Vor fünf Jahren?«

»Seit Etsch begonnen hat, Riesenzwerge zu züchten«, bestätigte Didi.

»Und was schließen Sie daraus, Sherlock?«

»Das weiß ich noch nicht, mein lieber Watson«, gestand Didi. »Aber es ist bestimmt kein Zufall.«

Laurin wartete darauf, dass er weitersprach, aber Didi nickte nur ein paarmal mit wichtigtuerischem Gesicht. Ihre bunthaarigen Führer drängten diskret, aber bestimmt zum Aufbruch, und sie setzten ihren Weg fort.

Weiter ging es durch einen Wald, der mal dichter war, mal weniger dicht, und dann wieder so unwegsam, dass es kaum ein Durchkommen zu geben schien. Einmal zog Didi sogar das Schwert, das er dem Alben weggenommen hatte, und holte aus, um sich den Weg frei zu hacken, wagte es aber nicht, die Bewegung zu Ende zu führen, weil er sich plötzlich von gleich drei Waldschraten so vorwurfsvoll angestarrt sah, als wollten sie im nächsten Moment in Tränen ausbrechen.

Morlock flog immer öfter und für immer längere Zeit voraus, um den Weg zu erkunden. Weder sie noch ihre bunthaarigen Führer und nicht einmal Gromm machten eine entsprechende Andeutung, aber es wurde deutlich, dass etwas nicht stimmte. Sie gingen immer schneller, und wo es der Weg erlaubte, da rannten sie sogar.

Dann kam die Elfe wieder einmal von einem ihrer Erkundungsflüge zurück und kreiste aufgeregt mit Armen und Beinen gestikulierend über ihnen.

»Sie sind da!«, piepste sie. »Beeilt euch! Sie haben sie gefunden.«

Laurin verstand nicht einmal ansatzweise, wovon sie da sprach, aber die drei Waldschrate rasten wie die geölten Blitze los, und selbst der Zwerg rannte, so schnell es seine kurzen Beine zuließen.

Was blieb ihr also schon anderes übrig, als dasselbe zu tun?

Nach kaum zwei oder drei Dutzend Schritten hörte sie in der

Ferne Lärm: Schreie, Gebrüll und trampelnde Schritte, Hundegebell, das Klirren von Metall und ganz allgemeines Getöse, das immer lauter und bedrohlicher wurde, sodass sie ihre Schritte weiter beschleunigte.

Mit dem Ergebnis, dass Laurin um ein Haar gegen Waldemar geprallt wäre, der zusammen mit seinen beiden Brüdern am Waldrand stehen geblieben war und schreckensbleich auf das Bild starrte, das sich ihnen bot.

Sie hatten einen See erreicht. Unter ihnen fiel der Boden sacht zu einem weit geschwungenen Strand ab, hinter dem sich eine mehr als mannshohe Mauer aus blühendem Schilfrohr erhob. Dutzende von Hütten und Zelten bildeten eine regelrechte kleine Stadt zwischen Waldrand und See, und dazwischen tobte das reine Chaos.

Laurin entdeckte bestimmt ein Dutzend Alben auf riesigen Dreadlock-Hunden, die rücksichtslos durch eine panische Menge pflügten und Keulen- und Peitschenhiebe in alle Richtungen verteilten. Zahlreiche Gestalten lagen schmerzverkrümmt oder regungslos am Boden. Andere zappelten in großen Netzen, die die Alben fröhlich nach ihnen schleuderten.

Zwischen all den flüchtenden Männern, Frauen und Kindern gewahrte sie ein paar wahrhaft riesige Gestalten, die ganz so aussahen, als könnten sie die Albenkrieger samt ihren struppigen Reittieren mühelos mit nur einer Hand niederringen. Doch niemand versuchte es.

»Was tun die denn da?«, keuchte Didi fassungslos. Heftig gestikulierend deutete er auf eine Gruppe aus Waldschraten, die in einem Netz gefangen war, während gleich zwei Alben dabei waren, es zu einem handlichen Paket zu verschnüren. Mit der anderen Hand packte er Waldemar an der Schulter und riss ihn grob herum. »Ihr könnt doch nicht einfach so zusehen!«, schrie er. »Ihr müsst ihnen helfen!«

»Helfen?« Waldemar starrte ihn an, als hätte er Chinesisch gesprochen.

»Aber ihr könnt doch nicht –«, ereiferte sich Didi, brach dann mitten im Satz ab und war mit wenigen, weit ausgreifenden Schritten bei den beiden Alben. Bevor Laurin begriff, was er vorhatte, hatte er schon den ersten erreicht, packte ihn und sein struppiges Reittier mit jeweils einer Hand und schleuderte sie in hohem Bogen und unterschiedliche Richtungen davon. Der zweite Krieger fuhr im Sattel herum und wollte nach seinem Schwert greifen, doch da war Didi auch schon bei ihm und versetzte ihm eine Backpfeife, die ihn einen doppelten Salto rücklings aus dem Sattel schlagen ließ.

Der Hund schoss mit einem erschrockenen Jaulen davon, und Didi bückte sich nach dem Netz und riss es ohne die geringste Anstrengung entzwei. Ein halbes Dutzend reichlich zerrupft aussehender Schrate rappelte sich perplex vom Boden auf. Die meisten waren klug genug, nach einem Augenblick das Weite zu suchen, aber einer stand einfach nur da und glotzte.

Didi packte ihn kurzerhand bei den Schultern und schubste ihn so grob in Waldemars Arme, dass sie um ein Haar beide zu Boden gegangen wären. »Das habe ich mit helfen gemeint«, sagte er wütend. »Was seid ihr nur für Leute? Habt ihr denn niemals gelernt, euch zu wehren?«

»Aber das … können wir nicht«, sagte Waldemar verwirrt. »Wir können nicht kämpfen.«

»Dann solltet ihr es lernen«, erwiderte Didi.

»Ja, und zwar schnell«, fügte Morlock hinzu. »Am besten gleich!«

Didis Rettungsaktion war nicht unbemerkt geblieben. Von überallher näherten sich ihnen plötzlich weitere Alben – drei, fünf, schließlich mehr als ein halbes Dutzend, die nicht nur laut brüllend ihre Waffen schwangen, sondern auch ausgesprochen mies gelaunt aussahen.

»Haut ab!«, sagte Didi. »Gromm, du passt auf sie auf!« Zugleich versetzte er Laurin einen Stoß, der sie wieder zurück in den Wald und zwischen die Büsche stolpern ließ. Mehr verwirrt als wirklich erschrocken fand sie an einem Baumstamm Halt und warf ihm einen empörten Blick zu – oder versuchte es wenigstens.

Didi war verschwunden.

Genau wie der zusammengerollte Mantel, den sie unter ihrem Hosenbund getragen hatte.

»Aber das kann doch nicht ...«

Sowohl Waldemar als auch seine Begleiter glitten neben ihr raschelnd zwischen die Bäume und verschmolzen regelrecht mit den Farben des Waldes. Gromm postierte sich mit grimmiger Miene neben ihr, anscheinend wild entschlossen, auf sie aufzupassen, wie Didi es ihm aufgetragen hatte.

Dass er ihr kaum bis zum Bauchnabel reichte, machte es irgendwie rührend.

Nur einen Moment später bekam sie eine Vorstellung davon, wo Didi gerade war, denn einer der Hunde verlor plötzlich den Boden unter den Füßen und verwandelte sich in eine jaulende Fellkugel, die in einer gewaltigen Staubwolke davonrollte. Sein Reiter wurde aus dem Sattel katapultiert, flog durch die Luft und knallte nur ein kleines Stück neben Laurin gegen einen Baumstamm, an dem er reglos hinabrutschte.

Einem zweiten Dreadlock-Hund und seinem Reiter erging es ganz ähnlich, und ein dritter Hund quietschte erschrocken auf, als sein Reiter mit einem Mal nicht mehr da war. Er hing in gut anderthalb Metern Höhe in der Luft und strampelte mit den Beinen, bis etwas seinen Helm mit solcher Wucht traf, dass eine gehörige Beule darin zurückblieb. Noch während er wie ein nasser Sack zu Boden fiel, kippte ein weiterer Reiter wie von einem unsichtbaren Stoß getroffen auf die Seite und blieb reglos liegen.

Und damit hörte Didis Glückssträhne auf.

Die Hundereiter konnten ihn ebenso wenig sehen wie Laurin, doch sie bemerkten, was er tat, und das allein hätte beinahe gereicht, um ihm den Garaus zu machen. Ein paar Speere und sogar eine Keule flogen in seine Richtung, dann folgte ein Netz, dessen Enden mit Steinen beschwert waren. Es fegte wie ein schwabbeliger Diskus durch die Luft und klatschte dann ebenso nutzlos auf dem Boden wie alles andere.

Aber das nächste traf.

Der Anblick war auf eine absurde Art fast komisch oder wäre es doch gewesen, hätte er Laurin nicht zugleich mit einem Schrecken erfüllt, der ihr schier den Atem nahm. Das Netz flatterte zu Boden und beulte sich über einem unsichtbaren Hindernis, das wild hin und her zappelte und sich herumzuwerfen begann. Die Alben johlten triumphierend und ein ganzer Regen weiterer Wurfgeschosse ging auf das Netz und seinen unsichtbaren Gefangenen nieder. Die allermeisten schlugen fehl oder verfingen sich in den dichten Maschen, aber zumindest eines schien zu treffen. Laurins Herz machte einen weiteren erschrockenen Satz in ihrer Brust, als sie einen gedämpften Schmerzenslaut hörte und sich das Netz samt seinem unsichtbaren Inhalt zur Seite neigte. Zwei, drei, schließlich vier Hundereiter schwangen sich aus den Sätteln und rannten mit hoch erhobenen Keulen und Schwertern auf das Netz zu.

Dann zerriss die erste Masche, unmittelbar gefolgt von einer zweiten und dritten, bis sich das gesamte Netz zu teilen begann, wie ein Strickpullover, dessen Maschen aufgezogen wurden.

Das Ganze dauerte kaum eine Sekunde, und noch bevor die zweite vorüber war, fiel einer der Alben stocksteif auf den Rücken, einen zweiten traf etwas Unsichtbares mit solcher Macht, dass sein Helm in die eine Richtung und er selbst in die andere flog. Jeden menschlichen Gegner hätte bei diesem unheimlichen Anblick die Angst gepackt und er wäre schreiend davongelaufen, aber die verbliebenen Alben griffen nur noch entschlossener an. Eine Peitsche knallte. Ihr Ende wickelte sich um ein unsichtbares Hindernis und zog sich stramm.

Statt seine Beute damit niederzureißen, verlor der Krieger jedoch plötzlich den Boden unter den Füßen, plumpste auf die

Nase und schlitterte auf sein Opfer zu, wobei er mit dem Gesicht eine breite Furche ins Gras pflügte.

Die Peitschenschnur ringelte sich nutzlos am Boden und ein weiterer Albenkrieger wurde von einem unsichtbaren Wirbelwind gepackt und bis in die Baumwipfel hinaufgeschleudert.

Und plötzlich kippte die Stimmung. Mit einem Mal waren es eher die Alben, die mit mehr oder weniger Erfolg versuchten, ihre Haut zu retten. Statt in kopfloser Flucht davon und nur zu oft direkt in die Arme ihrer Verfolger zu stürzen, begannen die Waldschrate sich zu wehren, zwar zumeist ohne viel Talent oder gar Erfolg, aber sie versuchten es immerhin. Und damit hatten die gepanzerten Angreifer offensichtlich zuallerletzt gerechnet.

Hier und da wurde es sogar richtig übel für die Alben. Der Riese wütete regelrecht unter den Hundereitern, und am anderen Ende des Schlachtfeldes entdeckte Laurin eine fast ebenso große Gestalt, die bis zu den Schultern die eines muskulösen Mannes war, aber den Kopf eines Stieres hatte und sich im Jonglieren mit Alben übte. Selbst da, wo Didi nicht unsichtbar unter ihnen tobte, sah es plötzlich gar nicht mehr gut für die Alben aus. Laurin konnte nicht genau erkennen, was geschah, doch plötzlich ließen die Alben einer nach dem anderen ihre Waffen sinken und stiegen aus den Sätteln. Zögernd, so als wüssten sie selbst nicht so genau, was sie eigentlich taten, formierten sie sich zu einer Zweierreihe, wandten sich um und marschierten den Strand hinab und direkt in die lebendige Wand aus Schilf hinein. Als sich die Halme teilten, meinte Laurin kurz eine schlanke Frauengestalt mit langem goldenem Haar zu sehen, die ein gutes Stück weit vom Ufer entfernt im Wasser stand und die Lippen bewegte, als sänge sie ein unhörbares Lied. Sie verschwand jedoch, bevor sie ganz sicher sein konnte. Nur einen Moment später galt dasselbe auch für die Alben.

Das Schilf schloss sich hinter ihnen. Sie waren so spurlos verschwunden, als hätte es sie nie gegeben.

»Laurin?«

In der Stimme, die ihren Namen rief, klang etwas mit, das sie alarmierte, aber sie war viel zu erschöpft, erleichtert und aufgewühlt zugleich, um darüber nachdenken zu können. Verwirrt drehte sie sich um, hielt nach dem Besitzer der Stimme Ausschau und hörte den Ruf gerade in dem Moment ein zweites Mal, in dem sie ein Paar mittleren Alters auf sich zukommen sah. Beide trugen die einfachen und zweckmäßigen Kleider von Bauern.

Rosas volles rotes Haar hätte Laurin wahrscheinlich unter Hunderten wiedererkannt, und als sie den wuchtigen Knüppel in Hartwigs Hand erblickte, erinnerte sie sich im Nachhinein auch, ihn vorhin als einen von wenigen gesehen zu haben, die sich zu wehren versuchten.

»Laurin! Du bist es wirklich!« Rosa legte das letzte Stück im Laufschritt zurück, blieb dann abrupt wieder stehen und schien kurz davor, sich vor ihr auf die Knie fallen zu lassen. Hartwig starrte sie ebenfalls aus aufgerissenen Augen an, aber mit einem gänzlich anderen Ausdruck, den sie nicht deuten konnte.

»Du bist wirklich gekommen!«, sagte Rosa noch einmal. Eigentlich hauchte sie es, und dann sank sie doch vor ihr auf ein Knie und senkte demütig das Haupt. »Herrin!«

Herrin?, dachte Laurin verwirrt. Was sollte denn dieser Unsinn? Und wieso –

Ihr wurde schwarz vor Augen, und sie wäre gestürzt, wäre Hartwig nicht im letzten Moment hinzugesprungen und hätte sie aufgefangen.

Aber das merkte sie schon nicht mehr.

Das Nächste, was sie wieder bewusst wahrnahm, war, in einem kleinen Zelt und an einem dafür umso größeren Tisch zu sitzen und beide Hände um eine hölzerne Schale mit dampfender

Suppe zu schmiegen, als wäre sie das Einzige, was sie noch bei klarem Verstand oder wenigstens am Leben hielt. Wenn das überhaupt ein Unterschied war.

»Geht es dir besser?«

Es dauerte einen Moment, bis sie Didis Stimme erkannte, und noch einmal länger, bis sich die Schatten vor ihren Augen zu seinem Gesicht zusammenfügten. Sie hatte Kopfschmerzen, aber vielleicht war es auch nur ein Gefühl der Leere. Hatte sie sich das nur eingebildet oder war Rosa tatsächlich vor ihr auf die Knie gefallen? Und nicht nur sie.

»Ich weiß nicht«, antwortete sie mit einiger Verspätung und schleppender Stimme. »Was ist passiert?«

»Ihre Hoheit haben sich wieder einmal Ihre Ohnmacht genommen«, spöttelte Didi, was ihm nicht nur einen verwirrten Blick Laurins einbrachte, sondern ein strafendes Stirnrunzeln von Rosa. Außer ihr war auch noch Hartwig anwesend. Gromm und die Elfe saßen mit untergeschlagenen Beinen nicht an, sondern auf dem Tisch. Eine weitere Person stand hinter Laurin, sodass sie nicht erkennen konnte, wer es war.

»Jetzt lass sie doch erst einmal zur Ruhe kommen«, sagte Rosa streng. »Nach allem, was ihr gerade widerfahren ist, müssen wir ihr schon ein klein wenig Zeit für sich selbst gönnen.«

»Selbstverständlich«, antwortete Hartwig an Didis Stelle. Dann räusperte er sich unecht und fügte hinzu: »Nur ist Zeit im Moment leider das, wovon wir am allerwenigsten haben.«

Laurin sah zum Ausgang hin. Er war geschlossen, aber durch den Stoff drang helles Tageslicht, und sie konnte zwei Umrisse erkennen, die offensichtlich davor Wache standen.

Hartwig räusperte sich erneut und sagte: »Wir haben Etschs Leute zwar für den Moment vertrieben, aber sie werden wiederkommen.«

»Wir müssen die Verteidigung organisieren«, fügte Didi hinzu.

Laurin nickte und streckte fordernd die Hand über den Tisch aus. »Dann fangen wir doch gleich damit an«, sagte sie. »Gib mir meinen Mantel zurück.«

Didi starrte sie finster an und einen Moment lang las sie ganz deutlich in seinen Augen, dass er sich ihrer Bitte widersetzen wollte, doch dann nahm ein beinahe kindlicher Trotz die Stelle dieses Ausdrucks ein. Er knüllte den Mantel zu einem Ball zusammen und warf ihn ihr wütend über den Tisch hinweg zu.

Laurin fing ihn auf und hätte ihn um ein Haar wie selbstverständlich um die Schultern geschlungen. Stattdessen legte sie ihn neben sich auf einen freien Stuhl. Sie wollte noch eine spitze Bemerkung hinterherschieben, die er sich mit seiner Frechheit ja redlich verdient hatte, doch dann fiel ihr etwas auf, und Erschrecken und Sorge nahmen den Platz ihres Ärgers ein.

»Du bist verletzt!«, rief sie erschrocken aus. Mit hässlichen roten Flecken verunzierte Verbände spannten sich um Didis Oberarme und der Schatten unter seinem rechten Auge würde sich allerspätestens morgen zu einem prachtvollen Veilchen mausern.

»Ach, das ist nichts«, erklärte er ungerührt.

»Wir sind froh, dass Ihr hier seid, Herrin«, sagte Rosa.

»Es heißt Laurin, nicht Herrin«, antwortete Laurin gereizt.

Rosa sah ein bisschen verwirrt aus und Didi machte eine Kopfbewegung auf die Gestalt hinter ihr.

»Frag Waldi«, feixte er. »Er kann es dir erklären.«

»Waren wir nicht heute Nachmittag noch bei Waldemar?«, erkundigte sich Wandaranabapuralomkstragolitionervig missmutig, kam aber gehorsam um den Tisch herum und fuhr mit ernstem Gesicht und an Rosa gewandt fort: »Die Erha... – Laurin – möchte nur mit ihrem Namen angesprochen werden.«

Rosa wirkte beinahe enttäuscht, aber schließlich nickte sie und sagte mit leicht belegter Stimme: »Ganz wie Ihr es wünscht.«

»Du«, sagte Laurin mit einer Schärfe, die sie nicht so beabsichtigt hatte. »Ich bin nichts Besonderes. Und ich will es auch nicht sein.«

Rosa war anzusehen, wie wenig ihr das gefiel, aber sie wagte es nicht, noch einmal zu widersprechen, und Laurin ertappte sich prompt bei dem Gedanken, dass es manchmal doch ganz praktisch war, wenn niemand Widerworte gab.

Nach ein paar Augenblicken unbehaglichen Schweigens räusperte sich Hartwig zum dritten Mal und sagte an Rosa gewandt: »Du musst es ihr zeigen.«

»Was zeigen?« Laurin setzte sich alarmiert kerzengerade auf.

Anstelle einer Antwort stand Rosa auf, ging in den hinteren Teil des Zeltes und machte sich an einer kleinen hölzernen Truhe zu schaffen. Nachdem sie einen in ein sauberes Leinentuch eingeschlagenen Gegenstand herausgenommen und den Deckel wieder geschlossen hatte, kam sie deutlich langsamer als nötig zurück und legte ihren Schatz behutsam auf den Tisch. Morlock rutschte so auf der Tischplatte herum, dass sie es genauer betrachten konnte, und auch Gromm stemmte sich auf seinem Stuhl in die Höhe, um über die Tischplatte zu spähen.

»Vielleicht ist es meine Schuld«, begann Rosa. Ihre Hand strich über das Tuch, wie um es zu beschützen, und Laurin hatte das Gefühl, gleich von Neugier platzen zu müssen.

»Was?«, fragte Didi.

Rosa antwortete gehorsam, aber sie sah Laurin dabei an. »Ich habe euch nicht geglaubt«, sagte sie. »Und als uns klar geworden ist, dass ihr die Wahrheit sagt, da wart ihr schon weg.«

»Welche Wahrheit?«, fragte Laurin.

»Wer ihr seid, wo ihr herkommt«, antwortete Rosa.

»Nachdem die Alben die Kinder eingefangen hatten und abgefahren waren, waren wir sehr aufgeregt und wütend«, mischte sich Hartwig ein, ganz offensichtlich darum bemüht, seine Frau zu verteidigen. »Es hat leider noch bis zum Morgen gedauert, bis es uns aufgefallen ist. Wir haben euch gesucht, aber nicht mehr gefunden.«

»Was?«, fragte Didi noch einmal. Er klang ein bisschen unwirsch.

»Du erinnerst dich an das, was du angeblich aus dem Rosengarten mitgebracht hast?«

Rosa schlug das Tuch zurück. Darunter kam die Kristallrose zum Vorschein, die Laurin und Didi aus dem Rosengarten mitgebracht hatten.

Nur bestand sie nicht mehr aus Kristall, sondern war zu einer echten, lebendigen Blume geworden. Blätter und Stiel waren von einem kräftigen, gesunden Grün und das Rot der Blütenblätter schien im Zwielicht des Zeltes regelrecht zu leuchten. Man meinte das Leben sehen zu können, das die Blume durchströmte. Laurin erinnerte sich jetzt wieder, sich an einem der spitzen Dornen gestochen zu haben, und auch, wie seltsam die Kristallrose reagiert hatte, als ihr Blut sie benetzte.

Und das war längst nicht alles. Als hätte der Anblick einen unsichtbaren Damm gebrochen, erinnerte sie sich plötzlich wieder an das, was in Urds Gasthaus geschehen war, als sie die Blütenblätter berührt hatte, und auch an ihre Wirkung auf die kranken Eschen.

»Aber das ist doch ... ich meine ... das kann gar nicht sein«, stammelte Laurin. Sie streckte die Hand nach der Rose aus, aber sie wagte es nicht, sie zu berühren. Ihr Herz klopfte.

»Die Waldleute haben uns erzählt, was ihr für ihre Bäume getan habt«, fuhr Rosa fort im Unterton einer geduldigen Mutter, die ihrem Kind etwas ungemein Wichtiges für das Leben zu erklären versuchte. »Dass du die Kraft hast, die Bäume zu heilen.«

»Einen Baum«, verbesserte sie Didi. »Und es hätte sie beinahe umgebracht.«

Laurin warf ihm einen bösen Blick zu und Didi korrigierte sich: »Also gut, ganz so schlimm war es vielleicht nicht. Aber es hat sie überaus angestrengt, und wenn sie versuchen würde, eine Million Bäume zu heilen, dann würde es sie umbringen.«

»Das erwartet auch niemand«, antwortete Rosa. »Aber Laurins Schutzzauber hat dir gestattet, seinen Mantel und den Gürtel zu nehmen.«

»Du bist die, auf die wir gewartet haben«, ergänzte Hartwig.

»Ach ja? Und wer soll das sein?«

»Es heißt –«, begann Hartwig, und Didi fiel ihm in höhnischem Tonfall ins Wort:

»Dass in dem Moment, in dem die Not am größten ist, Laurin selbst zurückkehrt und euch rettet?« Er schüttelte heftig den Kopf. »Ja, davon habe ich gehört. Aber weißt du was? Diese Märchen gibt es bei fast jedem Volk. Schon mal was von König Artus gehört? Nein? Macht nichts. Denn mehr ist es auch nicht als nur eine Legende.«

Niemand antwortete, und eine Art betretenes Schweigen machte sich breit, in das hinein Didi weitersprach: »Wir sind nichts Besonderes. Weder Laurin noch ich. Und schon gar nicht sind wir die Ururenkel irgendwelcher Zwergenknirpse!«

»Von dir hat ja auch keiner gesprochen«, giftete Gromm.

Didi ignorierte ihn. »Aber das heißt nicht, dass wir euch nicht helfen«, fuhr er ungerührt fort. »Ich kann es nämlich nicht ausstehen, wenn sich jemand aufspielt, nur weil er zufällig ein bisschen größer ist als die anderen.« Er wandte sich direkt an Hartwig. »Du glaubst, sie kommen wieder?«

»Nein«, antwortete Hartwig und schüttelte den Kopf. »Ich weiß es.« Er deutete auf Morlock. »Sie hat sie gesehen.«

»Etsch und noch mehr Alben?«, wollte Didi wissen. »Wo sind sie? Und wie viele?«

»Nicht mehr sehr weit«, antwortete Morlock. »Sie waren den ganzen Tag über dicht hinter uns.«

»Und wie viele?«

»Sehr viele«, antwortete Morlock betrübt. »Ich weiß nicht genau, wie viele.« Sie begann unruhig auf der Stelle hin und her zu rutschen, bevor sie leise und verlegen hinzufügte: »Ich kann nur bis hundert zählen.«

»Und es waren mehr als hundert?«, fragte Didi erschrocken. Morlock nickte und sah jetzt überallhin, nur nicht mehr in seine Richtung.

»Und wie oft ... hast du bis hundert ... gezählt?«, fragte Laurin stockend, unsicher, ob sie die Antwort überhaupt hören wollte.

»Fast drei Mal«, gestand Morlock betrübt.

»Fast drei Mal?«, vergewisserte sich Didi. »Und wie viel ist fast dreimal hundert?«

Morlock überlegte einen Moment angestrengt und antwortete dann: »Mittwoch?«

Niemand lachte, und auch Didi behielt die bissige Antwort für sich, mit der Laurin fest gerechnet hatte. »Fast dreihundert«, murmelte er betroffen. »Das sind nicht viel weniger, als ihr hier seid!«

»Nein«, bestätigte Hartwig. Auch er wirkte erschüttert.

»Und wenn sie so dicht hinter uns waren, dann heißt das, dass sie sich schon wieder zum nächsten Angriff formieren«, sagte Didi, doch diesmal schüttelte Hartwig genauso überzeugt den Kopf.

»Es wird bald dunkel«, antwortete er. »Hier am Strand sind wir sicher vor den Geistern des Waldes, und nicht sehr weit entfernt gibt es eine alte Zuflucht, in der die Alben die Nacht verbringen werden. Aber sobald es wieder hell wird ...«

Er führte den Satz nicht zu Ende und das war auch nicht nötig. Wieder kehrte für eine kurze, aber schlimme Zeit ein unangenehmes Schweigen in dem kleinen Zelt ein.

»Aber warum nur?«, fragte Laurin schließlich. »Ich meine, warum ... warum tun Etsch und seine Leute das? Was habt ihr ihnen denn getan?«

»Nichts«, antwortete Hartwig. »Jedenfalls auch nicht mehr als alle anderen, die sie eingefangen und weggebracht haben.«

»Einfach nur, weil sie Fremde sind«, sagte Laurin.

Rosa nickte traurig.

Didi wischte das Thema mit einer entschiedenen Handbewegung vom Tisch und fuhr an Hartwig gewandt fort: »Das ändert jetzt auch nichts. Wir können uns später den Kopf darüber zerbrechen, warum sie das tun. Überlegen wir uns erst einmal, wie wir ihnen am besten in die Suppe spucken.«

»Das würde sie überhaupt nicht stören«, sagte die Elfe ernsthaft. »Alben essen keine Suppe.«

»Genau genommen essen sie gar nicht«, fügte Gromm genauso ernst hinzu.

Didi verdrehte mit einem lautlosen Seufzen die Augen und wandte sich erneut an Hartwig. »Warum habt ihr euch nicht gewehrt?«

»Das haben wir doch!«, protestierte Hartwig.

»Du und noch ein paar andere«, sagte Didi. »Aber die meisten sind einfach nur gerannt wie die Hasen.«

»Wir sind keine Krieger«, erwiderte Rosa. »Wir lösen unsere Probleme nicht mit Waffen.«

»Ja, weil ihr es bis jetzt noch nie gemusst habt!« Didi schlug nicht wirklich mit der Faust auf den Tisch, aber Laurin konnte ihm ansehen, wie gerne er es getan hätte. »Ich glaube euch gern, dass ihr bisher in Frieden leben konntet, aber wie es aussieht, hat sich das gerade geändert! Du meinst also nicht, dass das Schicksal oder meinetwegen auch Laurin persönlich uns hergeschickt hat, um euch zu helfen?«

Rosa legte nur die Hand auf die Rose, als wäre das Antwort genug.

»Und wie genau sollen wir das tun, wenn ihr euch nicht wehren wollt?«, fragte Didi. »Ich kann nicht ganz allein gegen ...« Er sah kurz auf Morlock hinab. »... fast mittwochhundert Alben kämpfen. Und selbst wenn ich es könnte, würde es nicht viel nutzen. Sie stehen ja immer wieder auf.«

»Das tun sie auch, wenn wir sie schlagen«, sagte Rosa. Laurin sah ihr an, dass es ihr schon unangenehm war, diese Worte auch nur auszusprechen.

»Ja, möglich«, sagte Didi. »Aber wenn sie sich oft genug eine blutige Nase geholt haben, dann kommen sie vielleicht zu dem Schluss, dass es sich nicht lohnt.«

»Kampf ist nicht unser Weg«, sagte Rosa noch einmal. Kam es Laurin nur so vor oder klang sie schon ein kleines bisschen weniger fest als noch vor einem Augenblick?

»Den Eindruck hatte ich vorhin nicht«, widersprach Didi.

»Selbst wenn wir es könnten, würden wir es nicht tun«, antwortete der Waldschrat. »Wir sind Hüter, keine Krieger.«

Didi wollte auffahren, beherrschte sich aber im letzten Moment. »Und wie lange wollt ihr das noch bleiben?«, fragte er stattdessen. »So lange, bis Etsch euch alle eingefangen hat und wegbringt?«

»Wir können uns vor ihm verbergen«, antwortete Waldemar. »Die Wälder sind groß.«

»Und ihr wollt euch für den Rest eures Lebens verstecken?« Didi beantwortete seine eigene Frage mit einem heftigen Kopfschütteln. »Du weißt, dass das nicht funktioniert, mein Freund. Ich glaube gern, dass ihr keine Krieger seid. Aber vielleicht müsst ihr lernen, es zu werden. Ich könnte es euch beibringen.«

»Ja, vermutlich könntet Ihr das«, sagte Waldemar traurig. »Aber dann hätten sie auch gewonnen, denn dann wären wir nicht mehr wir.«

Und damit ging er, wenn auch nicht, ohne Laurin noch einen langen, fast vorwurfsvollen Blick zuzuwerfen, der sie mit dem Gefühl zurückließ, etwas falsch gemacht zu haben. Sie wusste nur nicht, was.

Didi wartete, bis sich die Zeltplane hinter ihm geschlossen hatte, ehe er mit einem tiefen Seufzen den Kopf schüttelte und demonstrativ die Stirn in Falten legte. »Ich beginne zu verstehen, was du meinst«, sagte er, an Hartwig gewandt.

»Aber es stimmt«, sagte Rosa. »Wenn wir zu den Waffen greifen, was unterscheidet uns dann noch von Etsch?«

»Der Umstand, dass er euch angreift und ihr euch nur verteidigt?«, fragte Didi.

»Das macht es nicht besser«, beharrte Rosa. Sie warf Laurin einen Hilfe suchenden Blick zu, auf den sie aber nur auf dieselbe Art antworten konnte. Tief in sich spürte sie, dass Rosa die Wahrheit sprach, aber zugleich fühlte sie sich so hilflos, dass es fast körperlich wehtat.

»Ich fürchte, er hat recht«, sagte Hartwig.

Rosa nickte. »Die Waldleute sind – «

»Nicht er«, fiel ihr Hartwig ins Wort. »Didi. Wir müssen lernen, uns zu verteidigen. Wir können nirgendwohin flüchten. Wenn es das nächste Mal hell wird, dann werden sie hier sein.«

»Dann lass sie kommen«, antwortete Rosa. »Ich werde mit Etsch reden. Gewalt darf keine Lösung sein.«

Niemand sagte etwas.

Ein Gefühl der Verzweiflung machte sich in Laurin breit. Sie waren doch nicht hergekommen, um diesen Leuten das Kriegführen beizubringen!

Hartwig sah seine Frau sehr lange und sehr traurig an, aber dann seufzte er tief und schüttelte abermals den Kopf. »Wir müssen uns verteidigen«, sagte er und fügte an Didi gewandt hinzu: »Wirst du uns helfen?«

»Habe ich das nicht schon?«, fragte Didi.

Hartwig drehte sich zu Laurin um. »Und du?«

Beinahe hätte sie geantwortet: Ich bin keine Kriegerin, aber das hätte zu sehr danach geklungen, als plappere sie nur die Worte des Waldschrates nach. So zog sie es vor, gar nichts zu sagen.

»Ich brauche deinen Mantel«, sagte Didi, der ihr Schweigen anscheinend ganz selbstverständlich als Zustimmung wertete.

»Bestimmt nicht!«, erwiderte sie scharf.

»Weil du nichts von Gewalt und Krieg und all diesen Dingen hältst«, sagte Didi. »Das ehrt dich und das meine ich ernst. Aber manchmal geht es eben nicht anders.«

»Es gibt immer einen anderen Weg«, antwortete Laurin. Es hörte sich sogar in ihren eigenen Ohren nicht nach etwas an, woran sie selbst glaubte.

»Wenn du eine bessere Lösung weißt, dann sind wir alle ganz gespannt darauf«, sagte Didi. »Aber solange du es nicht besser weißt ...«

»Nein, das tue ich nicht«, schnaubte Laurin. »Und? Ich muss ja auch nicht kochen können, um festzustellen, dass das Essen nicht schmeckt.«

»Gut«, entgegnete er kühl. »Vielleicht gehe ich in der Zwischenzeit zusammen mit Hartwig nach draußen und suche nach ein paar Leuten, die richtig zupacken können.«

Mit einem Ruck stand er auf und verließ das Zelt. Hartwig schien noch etwas sagen zu wollen, doch als er Rosas Blick begegnete, presste er die Lippen zu einem trotzigen schmalen Strich zusammen und ging ebenfalls. Und schließlich erhob sich auch Rosa und folgte ihm.

Nicht zum ersten Mal an diesem Abend kehrte eine ungute Stille in dem kleinen Zelt ein, und ebenfalls nicht zum ersten Mal hatte sie eine neue, düstere Qualität.

Morlock amüsierte sich damit, ihre Flügel mit den Händen glatt zu streichen, als wäre es das Wichtigste überhaupt auf der Welt, und Gromm saß so still auf seinem Stuhl, dass sie ihn beinahe vergaß.

Laurin fühlte sich einsam und hilflos wie noch nie zuvor in ihrem Leben. Sie war enttäuscht von Didi, aber auch von sich selbst. Es konnte doch nicht sein, dass sie den ganzen weiten Weg hierher und all diese Gefahren überstanden hatte, nur um jetzt hilflos zusehen zu müssen, wie alles in die Brüche ging!

Irgendwann hielt sie es nicht mehr aus, still auf ihrem Stuhl zu sitzen, und erhob sich. Als sie den Ausgang vorsichtig aufschlug und hinausspähte, stellte sie fest, dass tatsächlich zwei Wachen rechts und links davon postiert waren. Und sie folgten offenbar Didis Wunsch, denn sie stützten sich auf lange Speere, die wie hastig zusammenimprovisiert aussahen, und jeder trug auch ein kurzes Schwert im Gürtel. Da Laurin zuvor noch nie Waffen bei den Waldschraten gesehen hatte, nahm sie an, dass sie sie von den Alben erbeutet hatten.

Kaum hatten sie das Geräusch der Zeltklappe gehört, da drehten sie sich nicht nur synchron zu ihr herum, sondern fielen auch beide auf die Knie und beugten demütig die Köpfe. Und sie waren nicht die Einzigen. Mindestens ein Dutzend Gesichter wandten sich in ihre Richtung, und zugleich hob ein allgemeines Raunen und Rumoren an, das sich wie eine Welle auf dem Strand fortsetzte, als sich mehr und mehr Männer und Frauen auf die Knie sinken ließen.

Bevor sie auch noch anfangen konnten, ihren Namen zu skandieren, wich Laurin rasch wieder ins schützende Halbdunkel des Zeltes zurück und schloss die Plane.

»Die meisten sind deinetwegen hier«, sagte Gromm.

»Meinetwegen?«

»Rosa und ihr Mann haben überall nach dir gesucht«, antwortete der Zwerg. »Sie haben allen erzählt, wo ihr herkommt und was du getan hast. Mit der Blume aus dem Rosengarten und auch mit den kranken Bäumen im Wald.«

»Ich habe gar nichts getan«, sagte Laurin.

»Vielleicht hat es ja schon gereicht, dass ihr hier seid«, antwortete Gromm.

»Aber nicht einmal das war freiwillig!«

»Manchmal fragt einen das Schicksal nicht, was man will«, sagte Gromm.

Laurin lächelte matt, schon weil sie sich nicht entscheiden konnte, ob das nun ein Satz von großer Weisheit war oder nur Blabla, das er sich ausgedacht hatte, um sie zu beruhigen.

Vor dem Zelt erlosch das Licht so schnell, wie es hier üblich war. Aber Laurin ließ noch eine ganze Weile verstreichen, bis sie zum Tisch zurückging und den zusammengerollten Mantel von dem Stuhl nahm, auf den sie ihn platziert hatte. Nachdem sie Gromm wortlos zugenickt hatte, legte sie ihn um, und der Zwerg sprang von seinem Stuhl und schlug den Eingang so eilfertig zurück, dass die Plane einen der Wächter traf, worauf er mit einem wenig freundlichen Fluch reagierte.

Gromm stolzierte aus dem Zelt und fing augenblicklich einen lautstarken Streit mit dem Mann an. Schon im nächsten Moment flog auch Morlock summend aus dem Ausgang und begann den total verdutzten zweiten Wächter mit einer vollkommen grundlosen Flut der wüstesten Beschimpfungen einzudecken. Natürlich ließ sich der Mann das nicht gefallen und so brach augenblicklich ein lautstarker Streit aus, der wohl noch am anderen Ende des Lagers zu hören sein musste.

Und der natürlich die allgemeine Aufmerksamkeit auf sich zog. Nun fiel es Laurin nicht schwer, das Zelt im Schutze des Mantels zu verlassen und rasch ein paar Schritte zur Seite zu treten, damit sie nicht versehentlich angerempelt wurde.

Unsichtbar und sehr vorsichtig begann sie das Lager zu erkunden. Es war größer, als sie erwartet hatte, und musste mindestens fünfhundert Flüchtlinge beherbergen, wenn nicht mehr. Obwohl man sich große Mühe gegeben hatte, herrschten doch zum Teil katastrophale Zustände. Einige hatten nicht einmal mehr Platz in einem Zelt gefunden und sich auf dem nackten Boden eingerichtet oder hockten gegen die Kälte aneinandergelehnt an kleinen Feuern, die kaum der Dunkelheit Einhalt zu gebieten vermochten, geschweige denn dem feuchten Eishauch, der vom See heraufwehte.

Didis großer Sieg war teuer erkauft. Es gab eine Menge Verletzte, die blutige Verbände oder sichtbare Schürf- und Schnittwunden trugen, und für mindestens einen von ihnen sah es nicht gut aus. Laurin fragte sich, ob Didi das wohl auch gesehen hatte, bevor er zu ihnen ins Zelt gekommen war und seine Brandrede gehalten hatte.

Dann fand sie etwas, das sie besonders erschreckte: zwei gefangene Alben, die mit groben Stricken aneinander und zusätzlich an einen großen Stein gebunden waren, der mindestens eine Tonne wiegen musste. Trotzdem wurden sie von gleich vier kräftigen Männern bewacht, die selbst gemachte Speere und kurze Knüppel neben sich ins Gras gelegt hatten. Laurin meinte die Feindseligkeit förmlich zu spüren, die den beiden Gefangenen entgegenschlug.

Und sie konnte sie auch hören.

Trotz der Gefahr, entdeckt zu werden, ging sie dicht genug an die Gefangenen und ihre Bewacher heran, um zu sehen, wie einer der Männer seinen Speer benutzte, um einen der Alben mit dem angespitzten Ende zu piksen. Nicht schlimm genug, um ihn zu verletzen oder ihm gar wehzutun, aber der Anblick empörte Laurin trotzdem so sehr, dass sie um ein Haar ihre Tarnung aufgegeben hätte, um das grausame Spiel zu beenden.

Einer der Männer nahm ihr die Mühe ab. »Lass das!«, maßregelte er den Burschen in scharfem Ton. »Wir sollen auf sie aufpassen, nicht sie quälen.«

»Der Kerl hat meinen Bruder verletzt«, antwortete der Mann zornig, ließ seinen Speer aber trotzdem gehorsam sinken. »Ich erkenne ihn genau wieder! Wir sind hierhergekommen, weil in unserer Heimat Hunger und Krieg herrschen und weil wir uns ein besseres Leben erhofft haben, und jetzt ist es hier schlimmer als dort! Sie behandeln uns wie Feinde, obwohl wir ihnen nichts getan und ihnen nichts weggenommen haben!«

»Das ist kein Grund, sich genau wie sie zu benehmen«, beschied ihm der andere. »Wenn wir auf Dummheit immer nur mit eigener Dummheit und Gewalt reagieren, dann wird sich nie etwas bessern.«

Laurin hatte genug gehört, ganz abgesehen davon, dass einer der beiden gefesselten Alben so unverwandt in ihre Richtung starrte, als würde er sie sehen. Das war natürlich vollkommen unmöglich, aber vielleicht konnte der zu groß geratene Zwerg ihre Nähe ja irgendwie spüren. Besser, sie ging kein unnötiges Risiko ein.

So leise sie konnte, entfernte sie sich und wollte eigentlich nach Didi suchen, um ihm noch einmal ins Gewissen zu reden – auch wenn sie zu ahnen glaubte, wie das ausging –, fand sich aber stattdessen am Strand wieder, direkt vor der Stelle, an der die Alben ins Wasser marschiert waren. Sie erkannte sie wieder, weil eine Menge Halme geknickt und niedergetrampelt waren.

»Mach dir keine Sorgen«, sagte eine Stimme hinter ihr.

Laurin fuhr erschrocken zusammen und herum und entdeckte die Elfe nur ein kleines Stück hinter sich. Ihre Flügel funktionierten zwar, erzeugten aber ein nerviges Brummen, und sie konnte immer noch nicht ruhig auf einer Stelle schweben. Nicht, dass sie das jemals gekonnt hätte.

»Kannst du mich etwa sehen?«, fragte Laurin erschrocken.

»Wegen deinem Zaubermantel? So ein Firlefanz funktioniert bei mir nicht.«

»Und meine Gedanken liest du zufällig auch?«, fragte Laurin misstrauisch; was zwar reichlich albern klang, aber dieser Verdacht kam ihr nicht zum ersten Mal.

»Klar«, flötete die Elfe. »Wenigstens dann, wenn sie in Leuchtschrift auf deiner Stirn geschrieben stehen.«

»Du machst dir Sorgen um die Alben«, sagte eine andere Stimme. Gromm sah nicht direkt in ihr Gesicht herauf, aber doch ziemlich genau in ihre Richtung.

»Und bei dir?«, fragte Laurin missmutig. »Funktioniert der Firlefanz bei dir auch nicht?«

»Doch«, antwortete Gromm. »Aber ich bin nicht blind.«

Laurin sah eine Sekunde lang ihn an und dann an sich hinab. Natürlich war da nichts, denn sie war ja unsichtbar – doch ihre Fußspuren im weichen Sand waren dafür umso deutlicher zu erkennen, zumal sie sich rasch mit Wasser füllten, auf dem sich das Licht der Lagerfeuer brach, sodass sie am Ende einer zerbrochenen Spur aus blitzenden Spiegelscherben stand.

»Komm, ich zeige dir was!« Die Elfe summte los, doch statt in der lebendigen Wand zu verschwinden, wie Laurin erwartet hatte, teilte sich das Schilf vor ihr. Vor ihr lag der See ruhig und schwarz da.

Nach kurzem Zögern folgte sie der unausgesprochenen Einladung, bis ihr auffiel, dass der Zwerg nur einen einzelnen Schritt gemacht hatte und dann stehen geblieben war.

»Wasserscheu«, höhnte Morlock. Sie hatte Glück, dass sie mittlerweile fast ganz mit dem schwarzen Nachthimmel verschmolzen war, denn sonst hätten Gromms Blicke sie wahrscheinlich in Stücke geschnitten. Laurin ging weiter.

Mit der Unsichtbarkeit war es spätestens vorbei, als sie ins Wasser zu waten begann und das Schilfrohr weiter zur Seite drückte, und sie sah aus dem Augenwinkel, wie sich das eine oder andere Gesicht neugierig in ihre Richtung drehte. Aber sie blieb erst stehen, als ihr das Wasser bis zu den Hüften reichte. Es war kalt, eisig sogar, aber sonderbarerweise machte ihr die Kälte überhaupt nichts aus.

»Dort drüben.«

Als ihr Blick der erahnten Bewegung folgte, sah sie eine Anzahl winziger funkelnder Sterne am Horizont. Nur dass es hier natürlich weder einen Horizont noch Sterne gab.

»Die Zuflucht?«, fragte sie.

Morlock hüpfte wie ein Jo-Jo auf und ab, um ein Nicken anzudeuten. »Es ist nicht sehr weit«, sagte sie. »Sie brauchen keine halbe Stunde, um hier zu sein.«

»Und sobald es hell wird, brechen sie auf«, vermutete Laurin.

Morlock hüpfte noch hektischer auf und ab. »Ja«, bestätigte sie zusätzlich. »Und es sind mehr, als ich gedacht habe. Aber ihr habt eine gute Chance.«

»Ach?«, fragte Laurin einsilbig.

»Etschs Leute haben nicht damit gerechnet, dass die anderen sich überhaupt wehren«, erklärte die Elfe. »Sie waren überrascht. Dein Freund ist wirklich gut darin, Leute zu motivieren. Mit ein bisschen Glück gewinnt ihr sogar.«

»Etsch wird siegen«, sagte Laurin düster. »Waldemar hat

recht, weißt du? Wenn wir Krieg gegen ihn führen, dann hat er gewonnen, sogar wenn er verliert.«

Für eine ganze Weile wurde es still, dann spürte sie eine sachte Berührung an der Schulter und drehte den Kopf. Es sah schon ein bisschen seltsam aus, wie Morlock neben ihr auf einer Schulter saß, die sie selbst nicht einmal sehen konnte.

»Dann hast du ein Problem«, seufzte die Elfe. »Es gibt vielleicht einen Weg, ihn noch aufzuhalten ... aber möglicherweise musst du dafür einen hohen Preis bezahlen.«

»Wie meinst du das?«, fragte Laurin.

»Wenn du das nächste Mal aufwachst, dann wirst du vergessen haben, dass es jemals etwas anderes als diese Welt gegeben hat. Du könntest nie wieder zurück nach Hause.«

Aber war sie das denn nicht schon längst – zu Hause? Laurin wagte es nicht, über diese Frage nachzudenken, schon weil sie Angst hatte, sie bejahen zu müssen.

Was sollte sie tun?

Sie wünschte sich, Didi wäre hier, auch wenn sie seine Antwort bereits zu kennen glaubte.

»Und du glaubst, ich kann Etsch wirklich noch aufhalten?«, fragte sie, während sie die fernen Lichter am Horizont betrachtete, die sie mit kalter Feindseligkeit anzublinzeln schienen.

»Vielleicht«, antwortete Morlock. »Ich kann es dir nicht versprechen. Und es ist gefährlich. Sehr gefährlich.«

Was auch sonst?

»Was muss ich tun?«, fragte Laurin.

Die Elfe sagte es ihr.

Selbst unsichtbar war es beinahe unmöglich, die alte Albenfestung zu betreten. Etsch hatte nicht nur Wachen an jedem Eingang und jedem Fenster postiert, das ohne Flügel zu erreichen gewesen wäre. Viel schlimmer waren die Hunde, die schon laut zu kläffen begannen, bevor sie sich dem Gebäude auch nur auf zwanzig Schritte nähern konnte. Keines der Tiere und erst recht kein Krieger wagte es, die Zuflucht zu verlassen, aber hinter den hell erleuchteten Fenstern erschienen sofort schwarze Silhouetten und Laurin meinte die misstrauischen Blicke regelrecht zu spüren, die den Strand und den nahen Waldrand absuchten. Sie musste wieder an die nassen Fußabdrücke denken, die sie vorhin im weichen Sand hinterlassen hatte, und wie deutlich sie sichtbar gewesen waren. Dazu kam jetzt noch, dass sie klatschnass war und auf dem schwarzen Stein im Inneren der Lavafestung eine noch viel deutlichere Spur hinterlassen würde.

Ohne Morlock hätte sie es vermutlich nicht geschafft. Die Elfe war ihr im seichten Wasser hinter der Schilfmauer gefolgt und nur ein paarmal vorausgeflogen, um sich davon zu überzeugen, dass die Luft rein war. Solange sie sich hinter dem Schilf hielt und den Strand nicht betrat, konnten ihr die Nachtmahre nichts anhaben. Doch die alte Albenfestung lag auf halber Strecke zwischen Waldrand und See, und auch wenn es nur wenige Schritte bis dorthin sein mochten, hatte sie doch entsetzliche Angst, einen Fuß aufs Trockene zu setzen. Sie meinte die Nähe der unsichtbaren Geister bereits zu spüren, die nur darauf warteten, ihre schlimmsten Ängste zum Leben zu erwecken, und zögerte.

Da summte etwas Winziges und Dunkles wie ein ganzer Bienenschwarm über sie hinweg, begann plötzlich zu taumeln und stieß ein helles, angsterfülltes Piepsen aus, aus dem innerhalb einer einzigen Sekunde ein schrilles Kreischen wurde, das Laurin bis ins Mark erschütterte. Dennoch torkelte die Elfe weiter auf die Zuflucht zu und verschwand schließlich hinter dem hell erleuchteten Eingang. Ein zorniges Bellen erklang, dann Schreie und ein sich entferndes Getrappel und Getöse. Jetzt hatte sie keine Wahl mehr. Morlock hatte das Schlimmste auf sich genommen, um die Alben abzulenken. Laurin sprintete los.

Kaum war sie losgerannt, erwachte die Furcht in ihr, wurde binnen Sekunden zu nackter Angst, dann zu Panik und schließlich zu etwas anderem, für das sie kein Wort hatte. Die Nachtmahre erforschten ihre Seele und ihre geheimsten Gedanken, kehrten das Unterste zuoberst und konfrontierten sie mit einem unermesslichen, nicht enden wollenden Schrecken.

Wahrscheinlich war es pures Glück, dass sie nicht einfach an der Zuflucht vorbei und in den dahinterliegenden Wald rannte, wo sie vor Angst möglicherweise gestorben wäre oder den Verstand verloren hätte. Stattdessen stolperte sie eine kurze Treppe hinauf und durch ein Tor in eine leere Halle, wo sie erschöpft auf beide Knie fiel. Der böse Einfluss der Nachtmahre blieb hinter ihr zurück, aber ihr Herz klopfte immer noch wie verrückt, und allein die Erinnerung an die letzten, furchtbaren Augenblicke reichte aus, sie fast vollkommen zu lähmen. Wäre in diesem Augenblick einer der Albenkrieger hereingekommen, hätte sie nicht einmal mehr weglaufen können, geschweige denn, sich wehren.

Aber sie hatte Glück. Niemand kam, und nach einer Weile stellte ihr Herz seine Versuche ein, aus ihrer Brust herauszuspringen zu wollen. Sie konnte sogar wieder halbwegs klar denken. Sie stand auf und lauschte. Bellen, zornig durcheinanderschallende Stimmen, polternde Schritte und ein wohlbekanntes, herausforderndes Keifen waren zu hören. Offensichtlich hielt Morlock die Wachen immer noch gehörig auf Trab.

Darin, einem auf die Nerven zu gehen, war sie ja schon immer gut gewesen.

Laurin fragte sich, wie sie Etsch eigentlich finden sollte. Sie war ganz selbstverständlich davon ausgegangen, dass die Elfe ihr den Weg zeigen würde, aber Morlock war voll und ganz damit beschäftigt, ihr die Alben und die Hunde vom Hals zu halten, und sie konnte ja schlecht jemanden fragen. Also war Suchen angesagt.

Die Albenfestung erinnerte an Laurins Schloss, nur dass sie

deutlich kleiner war – aber kleiner bedeutete keineswegs klein. Der geräumigen Eingangshalle schloss sich ein wahres Labyrinth aus Treppen und Fluren und Räumen und Hallen an, in dem sie schon nach wenigen Augenblicken hoffnungslos die Orientierung verlor.

Und natürlich dauerte es nicht lange, bis sie auf die ersten Alben stieß.

Die allererste Begegnung verlief noch harmlos, denn die beiden schwarz gerüsteten Krieger, die ihr entgegenkamen, schnatterten so aufgeregt durcheinander, dass Laurin sie schon von Weitem hörte und sich in eine Nische in der Lavawand drücken konnte. Sie marschierten einfach an ihr vorüber, denn sie war ja nach wie vor unsichtbar.

Dafür wurde es im nächsten Moment umso gefährlicher. Gleich drei Alben kamen ihr entgegen, bis an die Zähne bewaffnet und mit Rüstung, Helm und denselben, halbrunden Anhängern auf der Brust, wie ihn auch Etsch und die anderen Krieger trugen. Sie hatten einen der riesigen Dreadlock-Hunde bei sich, der prompt zu schnüffeln und schon in der nächsten Sekunde leise zu knurren begann.

Rasch presste Laurin sich mit dem Rücken in eine weitere Nische und schickte gleichzeitig ein Stoßgebet zum Himmel, doch diesmal wurde sie nicht erhört. Vielleicht wären die Alben ja sogar an ihr vorbeimarschiert, hätte der Hund nicht noch lauter geknurrt und das Fell gesträubt. Zu ihrem blanken Entsetzen blieb er kaum einen Schritt vor ihr stehen. Und natürlich hielten auch die Alben an und sahen sich misstrauisch um. Laurins Herz stockte, als einer der zu groß geratenen Zwerge sein Helmvisier hochklappte und ihr dabei direkt ins Gesicht blickte. Sie hielt nicht nur die Luft an, ihr Herz schien einen Schlag zu überspringen und dann so laut weiterzuhämmern, dass die Alben es einfach hören mussten.

Der Hund zog knurrend die Lefzen zurück, sodass sie sein Ehrfurcht gebietendes Gebiss sehen konnte, und als sich seine

Augen ebenfalls auf ihr Gesicht richteten, las sie eindeutig Erkennen in seinem Blick. Allzu weit schien es mit ihrer famosen Unsichtbarkeit wohl nicht her zu sein. Sie merkte, wie er zu einem verräterischen Kläffen ansetzte.

Laurin tat etwas, das sie selbst mit Entsetzen erfüllte, noch bevor sie die Bewegung auch nur ganz zu Ende geführt hatte: Sie streckte den Arm aus und legte die Hand zwischen die Ohren des schwarzen Tiers.

Der Hund fiepte überrascht, und statt sie anzuspringen, begann er mit dem Schwanz zu wedeln. Eine halbe Sekunde lang war sie tatsächlich erleichtert, doch dann begriff sie, dass sie es nicht unbedingt zum Besseren gewendet hatte, denn der Hund wedelte nicht nur immer heftiger mit dem Schwanz, sondern drehte auch den Kopf und machte Anstalten, ihre Hand abzulecken.

Einer der Alben riss ihn mit einem so brutalen Ruck zurück, dass er erschrocken aufjaulte, und versetzte ihm einem wütenden Tritt. Der Hund schnappte nach seiner Hand, verfehlte sie und schoss davon. Ein Albe rannte fluchend hinterher, doch die beiden übrigen sahen sich neugierig um. Schließlich hob einer die Hand und tastete in die Nische, in die Laurin sich geflüchtet hatte.

Laurin hielt vor Schrecken abermals die Luft an und verdrehte sich, so sehr es nur ging. Die gespreizten Finger des Alben verfehlten ihr Gesicht so knapp, dass sie den Geruch seiner Lederhandschuhe wahrnahm, und klatschten neben ihr gegen die Wand. Einen einzigen Zentimeter weiter nach links und ...

Stattdessen zog er den Arm zurück, drehte sich auf dem Absatz herum und schlug das Helmvisier wieder nach unten. Er wechselte ein paar Worte mit dem zweiten Krieger, auf die dieser mit einem rauen Lachen und in einer Sprache antwortete, die sie nicht verstand. Dann trollten sich beide mit schnellen Schritten, und Laurins Herz wagte es endlich, weiterzuschlagen.

Das war knapp gewesen! Wenn die Krieger sie erwischt hätten ...

Nein, sie dachte den Gedanken lieber gar nicht erst zu Ende. Sie war zwar hergekommen, um mit Etsch zu reden, aber bestimmt nicht als Gefangene, die in Ketten vor ihm stand. Alles ging mit einem Male vollkommen schief. Und war da nicht noch etwas, das sie vergessen hatte, etwas ziemlich Wichtiges?

Ach ja.

Atmen.

Laurin japste so laut nach Luft, dass sie nicht überrascht gewesen wäre, sich allein dadurch schon wieder zu verraten. Doch niemand kam. Kein Hund begann zu bellen und es heulte auch keine Alarmsirene los. Vor Erleichterung musste sie lachen und da sie gleichzeitig noch immer nach Luft schnappte, begann sie prompt zu husten, was sogar noch lauter war. Ihre Gedanken klärten sich allmählich. Bisher hatte sie – trotz allem – Glück gehabt, denn sie war in Freiheit und am Leben. Noch.

Laurin gestattete sich einige Augenblicke, um sich zu sammeln, bevor sie weiterschlich. Zwar begegneten ihr etliche weitere Krieger, doch keine Hunde mehr, sodass sie ihnen ohne große Mühe ausweichen konnte. Bestimmt eine Stunde lang strich sie unsichtbar durch das schwarze Labyrinth und suchte nach dem Albenfürsten, doch Etsch und ein Großteil seiner Armee waren nicht aufzufinden. Sie wusste nicht, was es bedeutete, aber es konnte gewiss nichts Gutes sein.

Wenn doch wenigstens Morlock zurückgekommen wäre, um mit ihr zu reden! Sie hatte die Elfe ein paarmal in der Ferne keifen gehört, aber es wurde weniger und es wurde leiser, und bald vernahm sie sie gar nicht mehr.

Eine weitere Stunde verstrich und vielleicht sogar noch mehr. Sie war schon beinahe bereit, sich zum Ausgang zurückzuschleichen und auf den Tagesanbruch zu warten, da hörte sie auf einmal neue Geräusche: Stimmen und Schritte und eine allgemeine Unruhe, und natürlich das unvermeidliche Hundegebell. Sie machte sich auf den Weg in die entsprechende Richtung.

Lärm und Aufregung führten sie zum Eingang zurück, aber auch daran vorbei und in einen schmalen Seitentunnel, den sie bisher nicht erkundet hatte. Eine Wendeltreppe schraubte sich in so steilem Winkel in die Tiefe, dass sie sich überwinden musste, um sie hinabzusteigen. Flackerndes düsterrotes Fackellicht und ein anhaltendes Murmeln und Raunen zeigten ihr, dass sie wohl auf dem richtigen Weg war.

Die Treppe endete in einem riesigen, unterirdischen Raum, in dem sich zahllose Krieger und Hunde drängten. Etliche unterschiedlich große Tunnel mündeten aus verschiedenen Richtungen in der Höhle und die schier endlose Kolonne, die aus einem davon marschierte, ließ Laurin schon wieder den Atem stocken.

Es waren Krieger. Etsch selbst, der auf dem größten Dreadlock-Hund saß, den sie jemals gesehen hatte, führte die Kolonne an. Jeder einzelne der Alben zerrte einen Gefangenen an einem groben Strick hinter sich her. Männer, Frauen, Waldschrate und Feen, und in einem großen Netz zappelte etwas, das einer schlanken jungen Frau mit goldenem Haar glich, die sonderbarerweise einen Fischschwanz zu haben schien. Voller Schrecken erkannte sie auch Rosa und Hartwig unter den Gefangenen und begriff spätestens in diesem Moment, dass es die gesamte Rebellenarmee war, die niedergeschlagen und in Fesseln hereingebracht wurde.

Dann sah sie etwas, das sie Rosa und die anderen vergessen ließ.

Didi. Er wurde von gleich zwei Hundereitern an Stricken hinter sich hergezerrt, die sie um seine zusammengebundenen Handgelenke und seinen Hals geschlungen hatten. Sein Gesicht wies eine ganze Sammlung neuer blauer Flecken, Prellungen und Schrammen auf, und seine Knöchel waren aufgeplatzt und blutig. Er hatte sich wohl wacker gewehrt, aber er stolperte mehr dahin, als dass er ging. Seine Augen waren blutunterlaufen und trüb, und es schien ihr wie ein kleines Wunder, dass seine Beine ihn überhaupt noch tragen konnten.

Der Anblick war beinahe mehr, als sie ertrug.

»Tu jetzt nichts Dummes«, sagte ein helles Mickymausstimmchen.

Laurin drehte sich erschrocken herum und suchte die Treppe ab, sah aber nichts.

Die Stimme fuhr fort: »Du kannst nämlich nichts ausrichten, weißt du?«

Morlock schwebte so hoch unter der Decke, dass man schon sehr genau hinsehen musste, um sie zu erkennen. Ihre Flügel bewegten sich wie rasende Schatten, aber das enervierende Summen war erstaunlicherweise nicht mehr zu hören.

»Aber wie kann denn das sein?«, entschlüpfte es Laurin. Einer der Alben gleich vor ihr drehte den Kopf und sah stirnrunzelnd in ihre Richtung. Laurin zog sich hastig ein paar Schritte weit zurück und senkte die Stimme zu einem Flüstern. »Wie ist das möglich? So lange war ich doch gar nicht hier! Draußen kann es nicht schon wieder hell sein!«

»Hell?« Morlock war ihr lautlos in den Schatten gefolgt. »Oh, du meinst wegen der Nachtmahre? Nein, vor denen müssen sich die Alben nicht fürchten.«

»Wieso?«, fragte Laurin erschrocken. »Sind sie etwa auf ihrer Seite?« Ganz automatisch suchte ihr Blick wieder den Albenfürsten.

Etsch war von seinem Hund gestiegen, aber er überragte die anderen Alben immer noch um ein gutes Stück. War er etwa ... größer geworden? Dann entdeckte sie etwas, das sie bis ins Mark erschreckte: Über seiner schwarzen Eisenrüstung trug Etsch einen dünnen, aus mehreren unscheinbaren Lederschnüren geflochtenen Gürtel.

Laurins Gürtel.

»Das hier ist eine alte Festung der Alben«, sagte Morlock.

»Und die Alben sind Meister des Bergbaus. Sie haben einen Tunnel gegraben. Rosa und die anderen hätten es eigentlich wissen müssen.«

»In einer halben Nacht?«, stieß Laurin fassungslos hervor.

Morlock schwebte auf und ab, ihre Art eines Nickens. »Sie sind gut.«

»Und du ... du hast das gewusst?«, murmelte Laurin stockend. Sie bekam keine Antwort. Es dauerte einen Moment, doch dann begriff sie. »Du hast es geahnt!«, flüsterte sie fassungslos. »Du hast geahnt, dass sie das Lager noch in der Nacht überfallen werden. Und du hast mich absichtlich hierhergeschickt, damit sie mich nicht finden.«

»Ich konnte nicht riskieren, dass du gefangen genommen wirst«, antwortete die Elfe. »Dann wäre alles umsonst gewesen.«

»Und es gibt nichts, worüber ich mit Etsch verhandeln könnte, nicht wahr?«, fragte Laurin bitter. »Du hast mir bloß erzählt, er würde aufgeben, wenn ich mich stelle, damit ich herkomme.«

»Etsch verhandelt nicht«, sagte Morlock. »Mit niemandem. Und über nichts.«

Hinter ihnen kam Unruhe auf und Laurin drehte sich alarmiert herum. Die Kolonne war mittlerweile zur Gänze hereingekommen, und die Alben begannen ihre Gefangenen nun ebenso schnell wie grob in Gruppen von jeweils fünf oder sechs aufzuteilen und ihnen die Fesseln abzunehmen – wenn auch nur, um sie gleich darauf und diesmal mit schweren eisernen Ketten aneinanderzubinden. Die Peitsche knallte emsig, und den gelegentlichen Schreien nach zu schließen nicht nur als Warnung.

»Wohin bringen sie sie?«, fragte Laurin erschrocken.

»Dahin, wo Etsch alle seine Gefangenen hinbringt«, antwortete die Elfe. Sie schwieg einen Moment, um ihre Worte gebührend wirken zu lassen, und fuhr dann in leicht verändertem

Ton fort: »Aber keine Angst. Ich bringe dich heraus, so wie ich es versprochen habe.«

»Und Didi?«

Diesmal dauerte es, bis Morlock antwortete, und zwar deutlich länger, als Laurin lieb war. Sie klang auch nicht wirklich überzeugt. »Ja, den auch. Obwohl es dieser Klotzkopf nicht verdient hat, wenn du mich fragst.«

Das hatte Laurin nicht vor. »Ich hätte ihm doch meinen Mantel geben sollen«, sagte sie traurig.

»Ja, prima Idee«, flötete Morlock. »Sie hätten ihn trotzdem besiegt, aber vorher hätte er noch einem Dutzend mehr von ihnen die Nasen zu Brei geschlagen, und dann hätten sie ihm noch übler mitgespielt. Ich bin sowieso erstaunt, dass er so glimpflich davongekommen ist.«

Glimpflich davongekommen? Laurin hätte um ein Haar laut gelacht. Didi konnte sich kaum noch auf den Beinen halten.

»Wir müssen ihn befreien«, sagte Laurin. Angesichts von weit über hundert bewaffneten Alben, die vor ihr standen, kam sie sich dabei selbst ein bisschen albern vor.

»Nicht wir«, antwortete Morlock. »*Ich* mache das. Wird eine Weile dauern, und ich weiß ehrlich gesagt noch nicht wie, aber mir wird schon was einfallen.«

»Kannst du dich auch unsichtbar machen?«, fragte Laurin.

»Weil ich keinen schicken Zaubermantel habe wie du?«, gab Morlock zurück. »Keine Angst. So einen Plunder brauche ich nicht. Wenn ich nicht will, dass mich einer sieht, dann sieht mich auch keiner. Pass auf!«

Und noch bevor Laurin es verhindern konnte – was sie ohnehin nicht gekonnt hätte –, kreiste die Elfe zweimal unter der Höhlendecke, um Schwung zu holen, stieß auf den ersten Albenkrieger hinab und drehte sich im letzten Moment, sodass ihre winzigen Füße gegen die Rückseite seines Helms prallten. Ohne ihre Eisenrüstung gelang es ihr natürlich nicht, den Krieger umzuwerfen, aber der Schlag reichte immerhin, um dem

Alben den Helm nach vorne und aufs Gesicht zu schubsen, wo die Kante unsanft von seiner Nase aufgehalten wurde.

Der Albe quietschte, und sein Nebenmann begann schallend zu lachen, was ihm einen giftigen Blick des Getroffenen einbrachte.

Der Albe setzte seinen Helm wieder auf. Morlock wartete, bis sich seine Aufmerksamkeit wieder auf Etsch und die Gefangenen richtete, holte erneut Schwung und kickte ihm den Helm ein zweites Mal ins Gesicht.

Diesmal lachte der andere Krieger noch lauter. Der unglückselige Albe schob seinen Helm zurück, nahm sich sogar die Zeit, ihn gerade zu rücken und diesmal den Kinnriemen festzuziehen, bevor er sich herumdrehte und dem anderen so hart auf die Nase boxte, dass er aufs Hinterteil plumpste. Allerdings nicht, ohne den Angreifer mit einem kräftigen Tritt von den Füßen zu holen. Er fiel nach hinten und kippte gegen einen weiteren Krieger, der auf die typisch streitlustige Art seines Volkes auf diese grobe Behandlung reagierte. Schon war eine wüste Rauferei im Gange, die sich in Windeseile in alle Richtungen ausbreitete.

Laurin wich vorsichtshalber ein paar Schritte zurück, bis sie mit dem Rücken gegen die Wand stieß, und Morlock verzog sich in die Schatten unter der Decke.

Die Prügelei breitete sich immer schneller aus und hätte vermutlich von der gesamten Menge Besitz ergriffen, hätte Etsch nicht ein warnendes Bellen ausgestoßen. Daraufhin knallten die Peitschen, und der Streit kam ebenso rasch wieder zum Erliegen, wie er ausgebrochen war.

»War das dein großartiger Plan?«, fragte Laurin.

»Beinahe«, antwortete Morlock kleinlaut. »Hätte ja klappen können. Aber es nutzt uns vielleicht trotzdem. Komm!«

Die Elfe sauste in taumelnden Kreisen unter der Höhlendecke davon und verschmolz irgendwo über Etsch mit den Schatten. Eigentlich war das Licht dort oben ganz gut, aber sie war trotzdem nicht mehr zu sehen. Irgendwann, dachte Laurin, musste sie ihr diesen Trick verraten.

Fieberhaft suchte sie nach einer Lücke in der lebendigen Mauer vor sich, um der Elfe zu folgen. Es schien aussichtslos, doch plötzlich entdeckte sie Morlock wieder, die wild mit beiden Armen in eine bestimmte Richtung gestikulierte. Tatsächlich gewahrte sie dort eine schmale Gasse in der Menge ... die geradewegs zu Etsch und seinen größten Kriegern führte. Mit ein wenig Geschick und ein bisschen Glück konnte sie es schaffen.

Die Gasse begann sich bereits wieder zu schließen, kaum dass Laurin sie erreicht hatte, und sie wurde etliche Male angerempelt, von schmerzhaften Zehentramplern, Ellenbogenstößen, Knüffen und Kniestößen ganz zu schweigen. Doch schließlich hatte sie die Menge durchquert und befand sich gleich neben dem Tross zusammengebundener Gefangener; Etsch nicht allzu weit vor ihr.

Er war wieder auf seinen riesigen Hund gestiegen und genoss sichtlich den Moment des Triumphs, doch zugleich tastete sein Blick unübersehbar misstrauisch über die Menge der jubelnden Krieger, als suche er etwas. Oder jemanden.

Sie, zum Beispiel.

Etsch war nicht dumm. Laurin war nicht unter den Gefangenen, und selbstverständlich wusste er, dass sie sich unsichtbar machen konnte. Sie musste wohl noch mehr auf der Hut sein, als sie es ohnehin schon war.

Was für ein famoser Plan. Aber leider der einzige, den sie hatte.

Nach kurzem Suchen sah sie auch Didi wieder. Er hatte sich ein wenig erholt und stand schon wieder aufrecht da, aber das war auch schon die einzige gute Nachricht, denn sie hatten ihn ganz nach vorne und somit in Etschs unmittelbare Nähe gebracht. Was hatte sie denn erwartet?

Vorsichtig und in einem geradezu irrwitzigen Zickzackkurs

schlängelte Laurin sich zwischen den Gefangenen und den Alben hindurch. Bald war sie nur noch ein kleines Stück von Didi entfernt. Als sie sein Gesicht aus der Nähe sah, brach es ihr schier das Herz. Es war grün und blau geschlagen, seine Augen so angeschwollen, dass sie sich wunderte, wie er überhaupt noch etwas sehen konnte, und er humpelte. Selbst wenn es ihr gelang, ihn zu befreien, war an ein Wegrennen in seinem Zustand gar nicht zu denken.

Aber darüber konnte sie sich den Kopf zerbrechen, wenn es so weit war. Der Strick um Didis Handgelenke war inzwischen einem schweren eisernen Ring gewichen, der nicht nur mit einer stabilen Kette an Etschs Sattel gebunden war; der Albenfürst hatte das Ende zusätzlich um seine Hand gewickelt und zupfte ab und zu nur so zum Spaß daran, was Didi jedes Mal aus dem Gleichgewicht brachte. Der Anblick machte Laurin so zornig, dass sie sich beherrschen musste, um nichts Dummes zu tun, was sie verraten würde.

Etsch ließ seine Peitsche knallen und die ganze Kolonne setzte sich in Bewegung. Laurin konnte gerade noch einen Schritt zur Seite machen, als ihr einer der Alben in die Hacken zu treten drohte.

Die Kolonne verließ die Höhle durch einen breiten Gang, der in allmählich zunehmendem Gefälle ein ganzes Stück tiefer in die Erde hinabführte. Der felsige Boden war von unzähligen Füßen glatt geschliffen, und hier und da zweigten kniehohe Seitenstollen ab, wo die Zwerge erzhaltiges Gestein abgebaut hatten. Laurin entdeckte Rosa wieder und Hartwig, Waldemar und das eine oder andere Gesicht, das ihr aus dem Rebellenlager bekannt vorkam. Nur eines fehlte, wie sie mit einem Gefühl vorsichtiger Erleichterung feststellte. Wie es aussah, war wenigstens Gromm entkommen.

In sicherem Abstand folgte sie der Kolonne. Sie versuchte ihre Schritte zu zählen, um wenigstens eine ungefähre Ahnung davon zu haben, wie weit sie gingen, kam aber schon bald durcheinander, setzte neu an und verhaspelte sich wieder, sodass sie es schließlich aufgab.

Sie begann allmählich die Müdigkeit zu spüren. Sie war jetzt einen ganzen Tag und den Großteil der Nacht auf den Beinen, und es waren ein sehr anstrengender Tag und eine sehr aufregende Nacht gewesen. Wenn die Mattigkeit obsiegte, bevor sie Didi befreit und Morlock sie hinausgebracht hatte, dann würde sie nicht nur vergessen, dass sie von hier weggewollt hatte, sondern auch, jemals von einer anderen Welt als dieser gewusst zu haben.

Sie fragte sich, ob sie sogar Didi vergessen würde und wie sie ihn kennengelernt hatte. Damals hatte sie geglaubt, sich über ihn zu ärgern, und sich eingeredet, ihn eigentlich nicht leiden zu können, aber ihr war längst klar geworden, dass das nicht stimmte. Obwohl sie sich so unähnlich waren, wie es eigentlich nur ging, gab es tief in ihnen etwas, das sie miteinander verband.

Endlich wurde die Kolonne langsamer und hielt schließlich an. Die Stimmen wurden lauter und ganz leise meinte sie, ein fernes Hämmern und Klopfen zu hören.

»Wir sind fast da.« Morlock erschien wie aus den Nichts aus den Schatten über ihr und wedelte aufgeregt mit den Ärmchen. »Bist du bereit?«

Bereit wozu?, dachte Laurin unbehaglich und nickte. »Ja.«

»Dann komm. Aber sei vorsichtig. Und tu genau, was ich dir sage, selbst wenn es dir verrückt vorkommt.«

Laurin nickte zum Zeichen, verstanden zu haben. Morlock flog unverzüglich voraus und winkte ihr, ihr zu folgen.

Die Kolonne hatte sich ein kleines Stück weiterbewegt, war wieder stehen geblieben und rückte jetzt erneut sehr langsam und stockend vor. Die Stimmen klangen erregt, wenn auch eher streitlustig als kämpferisch. Behutsam und manchmal mit dem Rücken an der Wand entlangscharrend schob Laurin sich an der Kolonne vorbei und atmete erleichtert auf, als sie endlich Didi sah, der immer noch an Etschs Sattel festgekettet war. So unglaublich es schien, hatte er sich schon wieder erholt. Sein Gesicht sah noch immer aus wie ein Flickenteppich, aber er stand jetzt aufrecht und ohne zu wanken, und seine Augen wirkten klar.

Zumindest das, was davon zu sehen war.

Die Kolonne rückte ein Stück weiter und an Didi und Etsch vorbei, bevor sie erneut anhielt. Laurin beobachtete, wie eine Gruppe Gefangener losgekettet und vorgeführt wurde, wo ein sicherlich zwei Meter messendes, kreisrundes Loch im Boden gähnte. Ein besonders kräftiger Mann versuchte sich zu wehren, wurde aber von gleich drei Alben gepackt. Über dem Schacht war eine Art grobschlächtiger Flaschenzug angebracht, an dem eine rostige Kette baumelte. Rasch banden die Alben ihren Gefangenen an die Kette und ließen ihn dann ohne viel Federlesens mit dem Flaschenzug nach unten. Aufgeregte Stimmen drangen aus der Tiefe herauf, und sie identifizierte den Schacht jetzt auch als Quelle des Hämmerns. Laurin wäre gerne dorthin gegangen, um einen Blick nach unten zu werfen, aber selbst unsichtbar war das unmöglich. Das Gedränge war einfach zu groß.

Außerdem sah sie in diesem Moment Morlock wieder. Die Elfe glitt unter der Tunneldecke entlang, jetzt eher an einen großen Vogel mit ausgebreiteten Schwingen als an eine Libelle erinnernd. Nicht auffälliger als ein Schatten, der im flackernden roten Licht der Fackeln tanzte, jagte sie über den Albenfürsten hinweg und zwischen ihm und der Felswand nach unten, bis sie schließlich auf einem seiner gepanzerten Oberschenkel landete, und das so sanft wie ein fallendes Blatt, dass er es nicht einmal merkte.

Laurin riss ungläubig die Augen auf, als sie sah, was sie als Nächstes tat: Lautlos beugte sie sich vor, griff mit ihren winzigen Fingerchen nach dem Zaubergürtel. Mit unglaublichem Geschick begann sie den Knoten zu lockern. Etsch war viel zu sehr damit beschäftigt, sich über die hilflos zappelnden Gefangenen zu amüsieren, die einer nach dem anderen an der Kette in die Tiefe gelassen wurden, um es zu merken.

Und beinahe wäre es sogar gut gegangen.

Morlock hatte den Knoten gelöst und machte sich gerade an den schwierigsten Teil, nämlich, den Gürtel unauffällig ganz abzunehmen, als Etsch plötzlich die Stirn runzelte und dann mit einem erstaunten Grunzen den Kopf senkte und sie ansah.

So überrascht er auch war, so schnell reagierte er. Seine Hand schnappte wie eine angreifende Kobra nach Morlock und die kräftigen Finger schlossen sich, ehe Laurin die Bewegung überhaupt wahrnahm.

Morlock war trotzdem flinker.

Irgendwie gelang es ihr nicht nur, wie Quecksilber zwischen seinen Fingern hindurchzuschlüpfen, sondern auch das Ende des Gürtels festzuhalten. Indem sie zweimal mit wild wirbelnden Flügeln um ihn herumflitzte, wickelte sie den Gürtel ab und sauste dann ungefähr zwei Millimeter über seinen zuschnappenden Fingern davon. Etsch brüllte vor Wut und schlug mit seiner Peitsche nach ihr, verfehlte sie und traf stattdessen einen seiner eigenen Krieger, der mit einem spitzen Schrei rücklings aus dem Sattel fiel.

»Ergreift sie!«, brüllte Etsch. »Schnappt euch die Elfe! Wer sie entwischen lässt, den werfe ich persönlich ins Loch!«

Prompt stürmten gut ein halbes Dutzend Krieger aus allen Richtungen zugleich auf die Elfe los. Morlock schlug blitzschnelle Haken nach rechts und links, schoss in die Höhe und wieder nach unten und entwischte ihnen immer im letzten Moment, doch es waren einfach zu viele. Der Ring schloss sich immer dichter, und schließlich gab es keinen Fluchtweg mehr.

»Packt sie!«, schrie Etsch noch einmal. »Wer sie fängt, bekommt eine dreifache Ration!«

Für gleich drei Alben war das offensichtlich Ansporn genug, nebeneinander auf die Elfe loszustürmen. Morlock quietschte erschrocken, schlug einen weiteren Haken und raste geradewegs auf die Wand zu – und hinein. Ihre Verfolger versuchten dasselbe Kunststück, rammten sich in vollem Lauf die Gesichter an der Wand platt, fielen alle drei stocksteif nebeneinander auf den Rücken und rührten sich nicht mehr.

Etsch verdrehte in stummer Verzweiflung die Augen. »Lasst sie«, fauchte er. »Um die kleine Kröte kümmern wir uns später. Jetzt werft die anderen ins Loch und dann suchen wir dieses verdammte Mädchen!«

»Hat der gerade Kröte gesagt?« Morlock tauchte neben Laurins rechter Schulter aus der Wand auf und glitt geschickt in den Schatten. »Darüber werden wir noch ein Wörtchen reden, verlass dich drauf.«

»Ich verstehe«, sagte Laurin spöttisch. »Das war jetzt dein famoser Plan.«

»Nein«, antwortete die Elfe und flog zwei blitzartige Kreise um sie herum, wobei sie den dünnen Ledergürtel wie eine Peitsche hinter sich herzog. Als sie ihre zweite Umdrehung beendet hatte, war er verschwunden. »Das ist mein famoser Plan.«

»Das meinst du nicht ernst!«, japste Laurin.

»Willst du hier raus oder nicht?«, entgegnete Morlock. »Dann mach deinen Freund los. Ich kann das nämlich nicht. Sogar zwölfmal so stark kann eine Elfe kein Eisen zerbrechen.«

»Und was soll ich tun?«

»Das Richtige«, antwortete Morlock und sauste auch schon wieder los, um einem Albenkrieger den Helm vom Kopf zu schubsen, einen anderen kräftig an den Ohren zu ziehen und einem dritten mit wirbelnden Flügeln eine so saftige Ohrfeige zu verpassen, dass er vor lauter Schrecken aus dem Sattel fiel.

Genau die Ablenkung, die Laurin brauchte.

Laurin knotete den Gürtel fest um ihre Taille, stürmte los und nahm diesmal auch nicht besonders viel Rücksicht darauf, ob sie einen Alben berührte oder nicht. Konkret rannte sie den ersten einfach über den Haufen und rempelte einen anderen so derb mit der Schulter an, dass er einen unfreiwilligen halben Salto rücklings aus dem Sattel machte. Dann hatte sie Didi und Etsch auch schon erreicht.

Blitzschnell griff sie mit beiden Händen zu und brach die eisernen Ringe um Didis Handgelenk so mühelos in Stücke, als wären sie aus hauchdünnem Glas gemacht. Didi streifte seine Fesseln ab und riss gleichzeitig so hart an der Kette, dass Etsch beinahe aus dem Sattel gezerrt worden wäre. Didi half der Entwicklung noch ein bisschen nach, indem er dem Hund einen derben Stoß mit beiden Händen versetzte, sodass er seinen Reiter unter sich begrub. Ein Albe sprang hinzu, um seinem Herren zu helfen, und Laurin schubste ihn hart zurück und in die Menge der anderen, wo er fast ein Dutzend seiner Brüder mit von den Füßen riss. Ringsum brach ein gewaltiger Tumult aus.

»Hierher!«, kreischte Morlock unmittelbar hinter ihr. Laurin drehte sich ganz automatisch herum, fegte einen weiteren Angreifer von den Füßen und erschrak heftig, als sie sah, dass sie geradewegs auf das Loch im Boden zusteuerte. Sie stürmte dennoch weiter – welche Wahl hatte sie schon? –, rannte zwei Krieger über den Haufen und schlug ein Schwert zur Seite, das nach ihrem Gesicht stocherte. Aus den Augenwinkeln sah sie, dass Didi ihr zu folgen versuchte, was alles andere als leicht war, da sie immer noch unsichtbar war.

Laurin handelte, ohne nachzudenken. Mit der einen Hand riss sie sich den Mantel von den Schultern, mit der anderen löste sie den Gürtel von ihren Hüften und schwang ihn wie eine Peitsche hinter sich. Didi fing ihn auf, wickelte ihn sich aus derselben Bewegung heraus um, und er hatte es noch nicht ganz getan, da war seine Schwäche wie weggeblasen. Seine Bewegungen wurden schneller und flüssiger, und er holte sie nicht nur mit zwei gewaltigen Sätzen ein, sondern schlang auch blitzschnell den Arm um ihre Hüfte, hob sie in die Höhe und stieß sich mit einem kraftvollen Satz ab.

Laurins Herz machte einen entsetzten Sprung in ihrer Brust, als Didi von der Kraft des Zaubergürtels erfüllt nicht nur drei weitere Alben niedermähte, sondern geradewegs in das Loch im Boden hineinsprang!

Im Fall schloss sich seine andere Hand um die Kette und sie schlitterten raschelnd in die Tiefe. Über ihnen versank alles im Chaos, das von Etschs Wutgebrüll übertönt wurde. Die Schachtwände rasten nur so an ihnen vorüber, zehn, fünfzehn, zwanzig Meter und mehr, und sie schienen immer schneller zu werden. Hatte Didi vergessen, dass ihn der Gürtel zwar unglaublich stark machte, aber keineswegs unverwundbar?

Gerade als sie damit rechnete, einfach in den Boden gerammt zu werden, packte Didi fester zu, und ihr rasender Sturz verlangsamte sich. Es roch ein bisschen nach heißem Metall und versengter Haut. Sie kamen immer noch hart genug auf, um ihr die Luft aus der Lunge und die Tränen in die Augen zu treiben, aber immerhin blieb ihr der unerfreuliche Anblick erspart, wie sich ihre Hüftgelenke durch die Schultern bohrten.

Auch wenn es sich durchaus so anfühlte.

Es tat so weh, dass sie kaum registrierte, dass hier unten gleich vier bewaffnete Krieger auf sie warteten – die allerdings von ihrem Auftauchen mindestens genauso überrascht waren wie sie umgekehrt von ihrer Anwesenheit. Und als sich der rote Nebel vor Laurins Augen wieder lichtete, stand auch keiner von ihnen mehr auf den Beinen.

»Ist alles in Ordnung?«, fragte Didi.

Laurin versuchte zu nicken.

Didi wartete nicht auf eine Antwort, sondern griff nach ihrem Arm und zog sie so unsanft in die Höhe, dass ihre Zähne aufeinanderschlugen.

»Das war übrigens echt clever«, sagte er. »So viel Kaltblütigkeit hätte ich dir gar nicht zugetraut.«

»War ja auch nicht ihre Idee«, kam Morlock Laurin zuvor. Sie trudelte mit wirbelnden Flügeln aus dem Schacht herab und zog zwei langsamer werdende Kreise über ihnen. »Und wenn ihr endlich aufhört, Süßholz zu raspeln, dann verrate ich euch auch, dass es hier noch eine ganze Menge mehr böser Jungs gibt. Und dass sie schon auf dem Weg hierher sind.«

Laurin wurde sich erst jetzt der Tatsache bewusst, dass sie den zusammengeknüllten Mantel in der Hand trug, wollte ihn sich um die Schultern legen und besann sich im letzten Moment eines Besseren, als Didi die Stirn in tiefe Falten legte.

»Ich bin ja froh, dass dir nichts passiert ist«, sagte er. »Aber trotzdem ... wo warst du? Ich hatte Angst, sie hätten dich geschnappt!«

»Das war ihre Idee«, sagte Laurin mit einer Kopfbewegung auf Morlock. »Sie hat behauptet, dass Etsch nur hinter mir und dem Mantel her ist und dass er die anderen in Ruhe lässt, wenn ich mich ergebe. Und ich war dumm genug, es zu glauben.«

Zu ihrem Erstaunen akzeptierte Didi diese Antwort, ohne noch einmal nachzufragen. »Kannst du uns hier rausbringen?«, wandte er sich an Morlock.

»Klar. Folgt mir«, sagte Morlock.

Morlock sauste davon, hielt aber in einem Dutzend Schritten Abstand wieder an und wartete darauf, dass sie nachkamen. Das taten sie auch, aber erst, nachdem sich Didi gebückt und das Schwert eines der bewusstlosen Alben an sich genommen und unter den Gürtel geschoben hatte. Der Anblick gefiel Laurin nicht. Gewalt war ihr immer noch zutiefst zuwider, und sie spürte einfach, dass es niemals eine Lösung sein konnte.

Nur was, wenn es keine andere gab?

Diesen Gedanken wollte sie nicht einmal denken.

Stattdessen rollte sie den Mantel zusammen und schob ihn unter den Hosenbund, wobei sie sich bemühte, die gierigen Blicke zu ignorieren, mit denen Didi ihre Bewegung begleitete.

Als sie der Elfe folgten, fiel ihr erneut ein anhaltendes Klingen und Hämmern auf, das durch den Tunnel zu ihnen herarnwehte. Er war viel zu lang, um mehr als Dunkelheit und vage Schatten am anderen Ende zu erkennen, aber dort konnte nichts Gutes auf sie warten, das spürte sie.

Es war Didi, der das aussprach, was ihr schon die ganze Zeit auf der Zunge lag: »Wo sind wir hier überhaupt?«

»Ich weiß nicht, wie die hier unten es nennen«, antwortete Morlock, und hinter ihnen fügte eine andere Stimme hinzu:

»Etsch nennt es einfach nur ›das Loch‹.«

Beinahe hätte sie erschrocken aufgeschrien. Hinter ihnen war eine Gestalt aufgetaucht, die eine Rüstung aus zerschrammtem schwarzen Leder und gleichfarbigem Eisen trug, dazu eine Fliegerkappe und eine ziemlich alberne Schweißerbrille. Davon abgesehen – und wenn sie etwas größer gewesen wäre – wäre sie gut als Albenkrieger durchgegangen. Aber es war …

»Gromm! Gott sei Dank! Du hast es geschafft!«, sagte Laurin.

»Ja, und du hattest sogar noch Zeit, shoppen zu gehen und dich neu einzukleiden«, fügte Didi hinzu. Er klang misstrauisch und nahm die Hand nicht vom Griff des erbeuteten Schwertes.

»Jeder verkleidet sich, so gut er kann«, antwortete der Zwerg. »Und ihr werdet noch froh sein, dass ich diese Kleider gefunden habe. Wartet.«

Damit ging er zurück zu dem Wust aus bewusstlosen Alben unter dem Loch in der Höhlendecke. Ein helles Krachen erscholl, und Laurin staunte nicht schlecht, als sie sah, wie er ein gut zwei oder vielleicht auch drei Meter langes Stück der Kette abwickelte und ohne sonderliche Mühe abriss.

Gromm warf Didi die zusammengerollte Kette zu und bückte sich, um einem der Alben Helm, Mantel und Schwert abzunehmen. Und zu Laurins Unbehagen auch die Peitsche, die er sich zusammengerollt an den Gürtel hängte.

»Ist einfacher, wenn ich es euch zeige«, antwortete Gromm, ging mit raschen Schritten an ihnen vorbei und bedeutete ihnen ungeduldig mitzukommen. Bald näherten sie sich einem halbrunden Tunnelausgang, hinter dem das rote und gelbe Flackern von Fackeln zu erkennen war. Auch die Geräusche wurden klarer. Laurin identifizierte sie als das Klingen von Spitzhacken, Hämmern und Äxten, die auf harten Fels schlugen, manchmal von einem schweren Keuchen oder Schnauben unterbrochen, und mindestens einmal auch vom Knallen einer Peitsche. Vor ihnen lag eine Mine.

Bevor sie den Ausgang erreichten, hieß Gromm ihnen mit einer Geste anzuhalten und nickte Laurin zu. »Zieh den Mantel an«, befahl er.

Laurin war zwar ein wenig verwundert über seinen barschen Ton, gehorchte aber. Der Zwerg wartete, bis sie vor seinen Augen verschwunden war, und wandte sich dann mit einem auffordernden Nicken an Didi.

»Die Kette«, sagte er. »Leg sie dir um.«

Didi starrte ihn fassungslos an, dann schüttelte er entschieden den Kopf. »Das werde ich ganz bestimmt nicht tun.«

Anstelle einer Antwort löste Gromm die zusammengerollte Peitsche von seinem Gürtel.

Didi legte den Kopf auf die Seite und grinste breit. »Echt jetzt?«

»Hört mit dem Unsinn auf!«, mischte sich Morlock ein. Sie schüttelte so heftig den Kopf, dass ihre Flügel aus dem Takt kamen und sie hin und her torkelte. »Das darf doch wohl nicht wahr sein! Männer!« Zornig stieß sie auf Gromm herab. »Spiel dich nicht so auf, nur weil du ein bisschen Erwachsenenspielzeug gefunden hast! Und du!« Sie wirbelte zu Didi herum, der erschrocken einen halben Schritt zurückwich. »Wir können euch entweder rausbringen, indem du so tust, als seist du sein Gefangener, oder du wartest auf Etsch und der legt dich wirklich in Ketten!«

In Didis Augen blitzte es zornig auf, aber er schürzte nur trotzig die Lippen, wickelte das Ende der Kette um sein Handgelenk und hakte die Daumen in die rostigen Glieder. Zumindest auf den ersten Blick sah es tatsächlich so aus, als wäre er gefesselt.

»Sag jetzt nichts mehr«, befahl Gromm und ließ seine Peitsche knallen. »Du bist mein Gefangener und Gefangene reden nicht. Wenn wir auffallen, dann sind wir erledigt.«

Er ergriff das Ende der Kette mit einer Hand. Didi ließ prompt Kopf und Schultern sinken und nahm eine mutlose Haltung an, wie man sie von einem Kettensklaven erwarten mochte. Aber er ruckte auch an der Kette, einmal und nur ganz kurz, dennoch so hart, dass Gromm um ein Haar das Gleichgewicht verloren hätte. Der Zwerg funkelte ihn an, worauf Didi lediglich breit grinste.

»Ich wollte bloß was klarstellen«, sagte er. Gromm reagierte klugerweise gar nicht darauf, aber Laurin dachte kurz daran, wie mühelos er die Kette zerrissen hatte, und fragte sich, ob Didi den Zwerg nicht unterschätzte. Oder sich überschätzte.

Morlock flog voraus und schien nach einer Sekunde mit dem roten Licht auf der anderen Seite zu verschmelzen. Didi folgte ihr mit hängenden Schultern und kleinen, schlurfenden Schritten, während Gromm hinter ihnen herging, das Ende der Kette in einer Hand und dann und wann mit seiner Peitsche knallend. Laurin bildete unsichtbar den Abschluss.

Hintereinander traten sie auf eine schmale Galerie hinaus, von der aus sie auf ein Labyrinth aus Stollen und Gräben hinabblickten. Manche waren kaum so breit wie eine Hand, andere so gewaltig, dass sie die Bezeichnung Schlucht verdient hätten. Tief an ihrem Grund, zu dem ein Gewirr aus Leitern und an Flaschenzügen hängenden Körben hinabführte, loderten zahllose Fackeln und an einigen Stellen flimmerte die Luft vor Hitze. Ein Gewirr eiserner Schienenstränge führte zwischen den unterschiedlichen Gruben und Schächten entlang, und eine kleine Armee zerlumpter Gestalten war unentwegt damit beschäftigt, plumpe Loren mit Erz und Abraum zu füllen, die dann von jeweils zwei Dreadlock-Hunden weggezogen wurden. Es war wie eine ins Riesenhafte vergrößerte, höllische Version der Zwergenmine. Nur dass es hier kaum Zwerge gab. Die meisten waren menschlicher Gestalt (und ein paar weder das eine noch das andere) und sie lagen in Ketten oder waren sonst wie gebunden. Viele wirkten krank und etliche schienen sich kaum noch auf den Beinen halten zu können.

»Das sind keine Bergleute«, sagte Laurin entsetzt. »Das sind Sklaven!«

»Das ist das Loch«, antwortete Gromm. »Aber das soll nicht euer Problem sein. Wir bringen euch hier raus. Dazu müssen wir auf die andere Seite.« Er machte eine entsprechende Geste und Laurin bemerkte gleich mehrere vergitterte Ausgänge, neben denen bewaffnete Alben Wache standen. »Glaubt ihr, dass ihr das schafft?«

»Kein Problem«, sagte Didi großspurig. Laurin nickte, auch wenn sie sich plötzlich sehr schwach fühlte.

Der Sims führte noch kurz an der Wand der Höhle entlang, bevor er zu einer steilen Treppe wurde. Sie war nicht lang, aber die Stufen waren uneben und glatt getreten. Mehr als einmal wäre Laurin fast ausgerutscht und konnte sich erst im letzten Moment auffangen. Am unteren Ende der Treppe angelangt dirigierte Gromm seinen vermeintlichen Gefangenen auf den mittleren von drei großen, mit daumendicken rostigen Gitterstäben verschlossenen Ausgängen zu und begann mit einem der Wächter zu palavern.

Laurin trat währenddessen näher an einen der breiteren Schächte heran, beugte sich vor und ließ sich rasch auf Hände und Knie sinken, bevor sie es wagte, nach unten zu spähen. Es gab nämlich kein Geländer, und sie hatte sich den wahrscheinlich schlechtmöglichsten Zeitpunkt ausgesucht, um zu der Erkenntnis zu gelangen, doch nicht ganz so schwindelfrei zu sein, wie sie sich bisher eingebildet hatte.

Der Schacht war so tief, dass eine Leiter allein nicht ausreichte, um seinen Grund zu erreichen, sondern nur bis zu einem Sims hinabführte, von dem eine zweite Leiter zu einem nächsten Sims führte, und darunter noch eine und möglicherweise noch eine oder sogar zwei weitere. Die Gestalten am Boden des Schachts kamen ihr so winzig vor wie Ameisen.

»Wonach suchen sie da unten?«, fragte sie.

»Ich dachte, das hättest du schon erraten.«

»Die Kristalle«, vermutete Laurin.

»Die Königssteine, ja«, bestätigte Morlock. »Früher gab es sie überall, aber in letzter Zeit müssen sie immer tiefer graben, um genügend zu finden.«

»Genügend wofür?«

»Das musst du schon Etsch fragen«, antwortete Morlock. »Er verlangt immer mehr und mehr.«

»Und deshalb braucht er auch immer mehr Sklaven, die in seiner Mine schuften«, vermutete Laurin. »Aber warum lässt er nicht die Zwerge graben? Sie sind doch bestimmt viel besser als diese … Sklaven.« Schon das Wort kam ihr irgendwie unanständig vor, und sie musste sich überwinden, es überhaupt auszusprechen.

»Das weiß ich nicht«, antwortete Morlock. »Niemand weiß genau, was hier geschieht, und warum. Aber du erfährst es bestimmt, wenn wir noch lange hierbleiben, glaub mir. Bist du gut im Steine-aus-dem-Boden-Brechen?«

Widerstrebend richtete Laurin sich auf und machte einen Schritt von der Schlucht zurück und in diesem Moment fiel ihr Blick auf zwei Gefangene, die sie voll Schrecken erkannte. Hartwig begann ungelenk eine Leiter hinabzusteigen, wobei er sich zu wehren schien und von einem schimpfenden Albenkrieger und seiner Peitsche angetrieben wurde. Rosa stand nur ein kleines Stück hinter ihm und beobachtete mit steinernem Gesicht, was geschah. Für einen Moment war es Laurin, als schnüre ihr eine unsichtbare Hand die Kehle zu. Ihre Blicke trafen sich, und obwohl Laurin wusste, dass es vollkommen unmöglich war, schien Rosa sie zu sehen, und sie las einen stummen Vorwurf in Rosas Augen, der beinahe mehr war, als sie ertrug.

Hatte sie recht?, dachte Laurin. War das alles nur passiert, weil sie hier waren?

Rosas Blick war wie die Berührung einer unsichtbaren glühenden Hand zwischen den Schulterblättern, während sie zu Gromm und dem Albenwächter zurückging. Die beiden waren in eine hitzige Diskussion verstrickt, der ein zweiter Krieger aus der Entfernung sehr aufmerksam folgte. Laurin war besorgt. Gromm gab sich optimistisch und fordernd, aber es schien nicht so zu laufen, wie er es sich vorgestellt hatte.

Sie schob sich in respektvollem Abstand an den beiden vorbei auf den vergitterten Ausgang zu. Er war zusätzlich mit einem gewaltigen Vorhängeschloss gesichert und der dazugehörige ebenso überdimensionierte Schlüssel hing deutlich sichtbar am Gürtel des zweiten Wächters. Laurin musterte sowohl ihn als auch die Gitterstäbe aufmerksam. Der Krieger war fast so groß wie ein normal gewachsener Mann, aber deutlich muskulöser als ein solcher und bis an die Zähne bewaffnet. Sie traute Didi durchaus zu, ihn zu überwältigen – selbst ohne den magischen Gürtel war er alles andere als ein Schwächling –, aber der Krieger war schließlich nicht allein. Wenn sie sich ihren Weg aus der Mine mit Gewalt bahnen mussten, dann würde es haarig werden.

Glücklicherweise kam es anders. Plötzlich gab der Albe seinen Widerstand auf und bedeutete seinem Kameraden am Tor, das Schloss zu öffnen. Er tat es mit großem Brimborium und Laurins ungutes Gefühl nahm zu, als sie sah, wie mühelos die beiden Alben das zentnerschwere Gitter öffneten, um Gromm und seinen Gefangenen passieren zu lassen.

Unbehaglich blickte sie sich noch einmal um. Die Wächter an den anderen Toren nahmen keinerlei Notiz von ihnen und auch sonst niemand. Das Treiben in der gewaltigen Höhle ging unverändert weiter. Es kam ihr fast ein bisschen zu einfach vor.

Sie weigerte sich zu glauben, dass Etsch sie so leicht entkommen ließ.

Während sie darauf wartete, dass Gromm und Didi vorangingen, näherte sie sich zum zweiten Mal der Leiter und wäre um ein Haar mit einer in Lumpen gehüllten Frau zusammengeprallt, die sich unter dem Gewicht eines geflochtenen Korbes die Leiter heraufquälte. Er war schwer mit kantigen Erzbrocken und Abraum gefüllt. Die Frau sah krank aus und war so geschwächt, dass sie oben angekommen auf die Knie fiel. Der Korb rutschte ihr von der Schulter und sein Inhalt ergoss sich scheppernd und kollernd über den Boden. Laurin konnte gerade noch zur Seite springen, um nicht von einem faustgroßen Erzklumpen getroffen zu werden. Einer der Alben auf der anderen Seite der Spalte stieß eine wüste Beschimpfung aus und ließ seine Peitsche knallen. Er war zu weit entfernt, um zu treffen, aber die Frau duckte sich trotzdem und riss mit einem angsterfüllten Wimmern die Arme über den Kopf. Ganz offensichtlich wusste sie, wie sich die Berührung der Peitschenschnur anfühlte.

Unwillkürlich und ohne nachzudenken tat Laurin etwas eigentlich sehr Dummes: Sie ließ sich neben der gestürzten Frau auf die Knie sinken, streckte die Hand aus und half ihr behutsam auf die Füße.

Die Augen der Frau wurden groß, und sie setzte sichtbar dazu an, etwas zu sagen, beließ es aber zu Laurins Erleichterung bei einem erstaunten Blick. Die Peitsche knallte ein weiteres Mal.

Diesmal hätte sie getroffen, hätte Laurin die Frau nicht im letzten Moment zur Seite gerissen und gleichzeitig festgehalten, damit sie nicht schon wieder fiel.

Der Zwerg legte mit einem Stirnrunzeln den Kopf auf die Seite und sah einen Moment lang sehr misstrauisch aus, schien dann aber zu dem Schluss zu kommen, dass sein Opfer nur gestolpert war, und drehte sich mit einem Ruck weg; vermutlich auf der Suche nach jemand anderem, den er drangsalieren konnte.

Laurin überzeugte sich davon, dass die Frau aus eigener Kraft stehen konnte, und trat dann kurz entschlossen an die Leiter heran. Sie war frei, also wagte sie es, die zwei Dutzend Sprossen zum ersten Absatz hinunterzusteigen. Die ganze abenteuerliche Konstruktion ächzte und wackelte unter ihrem Gewicht, was bei dem herrschenden Lärm und der allgemeinen Hektik aber niemandem auffiel.

Hoffte sie.

Über ihr flatterte es, und Laurin zog ganz instinktiv den Kopf ein, als etwas Winziges und Geflügeltes knapp über ihr hinwegzischte. »Kannst du mir mal verraten, was dieser Unsinn soll?«, empörte sich Morlock. »Warum wirfst du nicht gleich deinen Mantel weg und rufst nach Etsch?«

»Wenn du noch ein bisschen lauter schreist«, antwortete Laurin patzig, »dann hat sich das sowieso erledigt.«

Kaum eine Sekunde später erschien Gromm über ihr. Er starrte eine Sekunde lang ebenso zornig wie wortlos zu ihr herab und zerrte dann unsanft an seiner Kette. Didi am anderen Ende hätte um ein Haar die Balance verloren.

»Pass doch auf, du Tölpel!«, polterte Gromm. »Und das habe ich auch schon schneller gesehen!«

Er folgte Didi so dicht, dass er ihm beinahe auf die Finger getreten wäre. Didi war die Leiter noch nicht halb herunter, als der Krieger über ihnen auftauchte, mit dem der Zwerg gerade am Tor palavert hatte. Er pflanzte das Ende seines Speeres in den Boden, fläzte sich gemächlich darauf und starrte misstrauisch zu ihnen herab.

Laurin postierte sich unsichtbar am Fuße der Leiter und wartete, bis Gromm den Absatz erreicht hatte. »Was tut ihr hier?«, fragte sie dann. »Du solltest Didi in Sicherheit bringen!«

»Seltsam, aber haargenau dasselbe wollte ich dich auch gerade fragen«, knurrte Didi, indem er in die ungefähre Richtung sah, aus der ihre Stimme kam. »Bis auf den Teil mit mir, heißt das.«

»Rosa und Hartwig sind hier«, entgegnete Laurin, »und alle anderen aus dem Lager auch. Ich kann sie nicht im Stich lassen.«

»Und was genau willst du tun?«, fragte Didi.

Die ehrliche Antwort war, dass sie keine Ahnung hatte. Sie wusste nur, dass sie ihre Freunde nicht zurücklassen und so tun konnte, als ginge sie das alles nichts an.

»Was treibt ihr da unten?«, rief der Albenkrieger über ihnen. »Mit wem redet ihr da?«

»Der Kerl ist faul«, knurrte Gromm und riss noch derber an der Kette, was ihm einen wütenden Blick Didis einbrachte. »Aber mit dem werd ich schon fertig, keine Sorge.«

»Bleib, wo du bist!«, befahl der Krieger. »Ich komme zu dir.«

Gromm schrak ein bisschen zusammen und wollte etwas sagen, aber Didi kam ihm zuvor, indem er fast unmerklich den Kopf schüttelte. »Lass ihn«, zischte er. »Ist vielleicht gar nicht das Schlechteste.«

Gromm widersprach nicht. Es hätte sowieso nichts genutzt. Der Albe hatte sich bereits den Speer über die Schulter gelegt und turnte mit affenartigem Geschick und unfassbar schnell die Leiter herunter. Bei ihnen angekommen, versetzte er Didi einen harten Stoß mit dem stumpfen Ende seiner Waffe und polterte los: »So, du meinst also, du wärst auf Erholung hier, statt zum Arbeiten, wie?«

Didi biss die Zähne zusammen, um einen Schmerzenslaut zu unterdrücken. Gerade als der Albe zu einem weiteren Stoß ansetzte, schlug Laurin den Mantel zurück und sagte mit einem strahlenden Lächeln: »Hallo! Wie geht es denn so?«

Der Albe ächzte. Seine Augen wurden groß. Sein Unterkiefer klappte herunter und dann gleich wieder nach oben, als Didi die Kette fallen ließ und ihm einen herzhaften Kinnhaken verpasste – woraufhin er stocksteif nach hinten fiel.

»War das jetzt klug?«, erkundigte sich Morlock.

»Keine Ahnung«, antwortete Didi. »Aber es hat Spaß gemacht.«

Gromm grinste und auch Morlock gab ein amüsiertes Kichern von sich. Nur Laurin fand die Bemerkung nicht besonders komisch. Ganz im Gegenteil: Ihre Sorge um Didi wuchs. Er hatte sich deutlich verändert. Der Gürtel tat ihm nicht gut, davon war sie inzwischen überzeugt.

»Also gut, jetzt können wir ja nicht mehr anders«, sagte Didi. Er ließ sich neben dem bewusstlosen Albenkrieger in die Hocke sinken, rupfte ihm reichlich unsanft den Helm vom Kopf und begann ihn dann zu Laurins nicht geringem Erstaunen aus seiner Rüstung zu schälen. Als er fertig war, fesselte er ihn mit der Kette, die er bisher zum Schein selbst getragen hatte, und verpasste ihm auch noch einen Knebel; ebenfalls mit einem gut halbmeterlangen Ende, das er ohne die geringste sichtbare Mühe von der Kette abriss.

»Was wird das?«, erkundigte sich Gromm.

»Arbeitskleidung«, antwortete Didi.

Rings um sie herum wurde gewerkelt und geschrien. Es glich einem kleinen Wunder, dass noch niemand auf sie aufmerksam geworden war. Vorsichtshalber machte Laurin sich wieder unsichtbar, während sie dabei zusah, wie Didi den gefesselten Krieger in einen Schatten zerrte, wo er zumindest auf den ersten Blick nicht sofort auffallen würde. Dann zwängte Didi sich in die Rüstung des Kriegers, so gut es ging.

Es ging nicht sehr gut, und das Ergebnis sah einigermaßen lächerlich aus.

In diesem Moment kam auch schon Morlock zurück und zog aufgeregte Kreise über ihnen.

»Ich hab sie gefunden!«, piepste sie.

»Rosa und Hartwig?«, fragte Didi.

»Und ein paar von den anderen«, bestätigte Morlock. »Sie sind noch gar nicht weit. Aber sie werden gut bewacht. Wir müssen auf die unterste Ebene. Trödelt nicht unnötig rum. Wir haben nicht mehr viel Zeit.«

»Bis die Sonne aufgeht?«, witzelte Didi.

»Bis ihr müde werdet und einschlaft«, antwortete Morlock – und sauste davon.

Didi sah ihr kopfschüttelnd nach und Gromm feixte. Allerdings nur so lange, bis Didi von irgendwoher ein weiteres Stück Kette zauberte und ihm das Ende um das rechte Handgelenk schlang.

»He!«, protestierte der Zwerg.

»Wir brauchen schließlich einen Grund, um da runterzugehen«, antwortete Didi treuherzig. »Außerdem bist du jetzt an der Reihe. Und keine Angst, ich bin auch ganz lieb.«

Laurin war niemals sehr religiös gewesen; nicht in dem Sinne, dass sie tatsächlich an einen real existierenden Himmel oder gar eine Hölle geglaubt hatte. Wäre sie es gewesen, dann wäre sie sicher gewesen, direkt in den inneren Kreis der Hölle zu gelangen.

Sie stiegen eine Leiter hinab, eine weitere und noch eine und noch eine, und nach einer gefühlten Ewigkeit erreichten sie die unterste Sohle des Bergwerks. Didis Verkleidung funktionierte, obwohl er wirklich komisch aussah. Der Helm war so klein, dass er ihn nicht überstreifen, sondern nur wie eine alberne Eisenmütze auf den Kopf setzen konnte. Er wirkte wie ein Erwachsener, der die Theaterrüstung eines Vorschulkinds angezogen hatte. Aber niemand lachte, was vielleicht daran lag, dass es keiner wagte, ihn auch nur anzusehen.

Vielleicht war seine schwarze Rüstung schuld, vielleicht seine Größe, die auch die größten Albenkrieger ohne Probleme in den Schatten stellte, vielleicht sein nachtschwarzes Gesicht, auf das er den dazu passenden, grimmigen Ausdruck zauberte, oder alles gemeinsam. Gleichwie: Zwerge und Gefangene, die ihnen begegneten, senkten hastig den Blick und hatten es sehr eilig, ihnen Platz zu machen. Selbst die wenigen Alben, auf die sie trafen, würdigten ihn kaum eines Blickes; und schon gar keines zweiten.

Womöglich lag es aber auch an diesem Ort. Mit jeder Leitersprosse, die sie weiter nach unten stiegen, wurde die Luft heißer und stickiger, und in das unentwegte Geräusch von Hämmern und Spitzhacken, die sich tiefer in den Berg wühlten, mischte sich bald ein immer lauter werdendes Seufzen und Wehklagen, als stöhne die Erde selbst unter dem Leid, das ihr zugefügt wurde.

Nur dass es nicht die Erde war, sondern die Sklaven, die aneinandergekettet oder allein in schmalen Seitengängen schuften mussten, um Erzbrocken und Splitter aus dem Fels zu brechen. Laurin beobachtete mehr als einmal, wie einen Sklaven die Kräfte verließen und er von einem Alben mit wüsten Beschimpfungen oder mit der Peitsche zum Weiterarbeiten gezwungen wurde. Sie musste sich sehr beherrschen, um nicht einzugreifen und etwas zu tun, was sie womöglich alle in Gefahr gebracht hätte.

Also, in noch größere Gefahr.

Didi schien es ähnlich zu gehen. Laurin lief dicht genug neben ihm her, um seine gemurmelten Worte zu verstehen.

»Warum lassen sie sich das gefallen?«, grollte er. »Sie sind in der Überzahl! Hunderte gegen ein paar Dutzend, wenn überhaupt!«

Das mochte zwar sein, dachte Laurin, aber es war nicht der Punkt. Das Problem war das, was Rosa gesagt hatte: All diese Leute hier waren keine Krieger. Sie hatten niemals zu kämpfen gelernt, und das mussten sie auch nicht, in einer Welt, die so paradiesisch und friedlich war wie ihre.

Laurin war nicht einmal sicher, ob sie das Recht hatten, daran etwas zu ändern. Es schien nur logisch und selbstverständlich, dass man Menschen half, die in Gefahr waren, und ihnen zeigte, wie man sich zur Wehr setzte … und doch fragte sie sich, ob es den Preis wert war, eine ganze Welt ihrer Unschuld zu berauben. Etsch mochte eine Schreckensherrschaft ausüben und sich zum Tyrannen aufschwingen, aber irgendwann, und sei es in hundert Jahren, würden Etsch und seine Alben nicht mehr da sein und in dieser Welt würden wieder Frieden und Gerechtigkeit einkehren.

Wenn sie nicht vorher das Kriegführen lernten.

Da war etwas, das an ihren Gedanken kratzte, wie eine ebenso lautlose wie hartnäckige Stimme, die sie an etwas ungemein Wichtiges erinnern wollte. Und bevor sie den Gedanken greifen und zu seinem Ursprung zurückverfolgen konnte, kam Morlock herbei und wedelte aufgeregt mit Armen und Flügeln.

»Beeilt euch!«, rief sie aufgeregt. »Sie sind gleich da vorne! Aber sie werden streng bewacht! Und ich glaube, Etsch ist auch in der Nähe!«

Didi wollte unverzüglich loseilen, doch die Elfe verstellte ihm den Weg. »Das geht nicht! Etsch würde dich sofort erkennen.«

Laurin ging rasch an ihm vorbei. »Wartet hier!«, flüsterte sie über die Schulter zurück. Dann rannte sie los, bevor sie am Ende der Mut verließ und sie es sich doch noch anders überlegte.

Es war nicht mehr weit. Schon nach einem Dutzend Schritten hörte sie vor sich aufgeregte Stimmen und identifizierte eine davon als die Hartwigs. Sie legte noch einen Zahn zu.

Und lief um ein Haar geradewegs in ihr Verderben.

»So warte doch, um Himmels willen!«, piepste Morlock aufgeregt hinter ihr. »Du kannst dort nicht –« Dann brach sie mitten im Satz ab, sauste an Laurin vorbei und hielt so abrupt in der Luft an, dass sie ihr um ein Haar ins Gesicht geklatscht wäre. » – langgehen«, schloss sie schwer atmend.

Laurin blieb die zornige Bemerkung im Halse stecken, als sie sah, was die Elfe offensichtlich meinte: Hinter Morlock, weniger als eine Handbreit entfernt, spannte sich ein haardünner Faden quer durch den Gang.

»Oh«, murmelte sie.

»Ja, besser hätte ich es auch nicht ausdrücken können«, ätzte Morlock. »Aber du weißt, was denen passiert ist, die Laurins Zauberfaden zerrissen haben?«

Nein, das wusste sie nicht. Doch dann erinnerte sie sich, was Schwester Rosinante über den Rosengarten des mythischen Zwergenkönigs erzählt hatte. Da war irgendetwas gewesen, etwas mit ausgerissenen Armen oder Beinen. Oder beidem.

»Oh«, sagte sie noch einmal. »Du meinst also, das ist ... eine Falle?«

»Schnellmerker«, sagte Morlock.

»Das heißt ...« Laurin brauchte noch einen Moment, um den Gedanken zu seinem logischen Ende zu denken. »... sie wissen, dass wir kommen?«

»Nein. Etsch ist so mächtig geworden, weil er dämlich und leichtsinnig ist«, antwortete Morlock spöttisch. »Pass auf, und sag jetzt lieber gar nichts mehr.«

Laurin bückte sich gehorsam und schweigend unter dem Faden hindurch, und dann unter einem zweiten, einem dritten und einem vierten, die den Gang in unterschiedlichen Winkeln kreuzten. Schließlich erreichten sie eine Abzweigung, hinter der Hartwigs aufgeregte Stimme noch lauter zu hören war. Hier musste sie für einen Moment ganz anhalten, denn ein regelrechtes Spinnennetz nahezu unsichtbarer Fäden verwehrte ihr den Weg. Nur mit Morlocks Hilfe und indem sie sich auf schon fast groteske Weise verdrehte und verbog, gelang es ihr, den Stollen zu betreten, ohne die Alarmfäden zu berühren. Sie zitterte vor Anstrengung. Hatte sie wirklich geglaubt, jemanden wie Etsch schnell und leicht übertölpeln zu können?

»Flieg zurück und warne Didi und Gromm«, sagte sie. »Ich sehe mich hier unten um.«

»Aber du – «

»Ich passe auf und tue nichts Dummes«, fügte Laurin rasch hinzu.

Morlock sah alles andere als überzeugt aus, doch sie beließ es bei einem Schulterzucken und sauste davon.

Vor Laurin lag jetzt ein niedriger, von flackerndem roten Fackelschein erhellter Gang, in dem zahlreiche Gefangene mit Hämmern, Spitzhacken und Meißeln den Wänden zu Leibe rückten. Ein halbes Dutzend Albenkrieger und mindestens noch einmal so viele bewaffnete Zwerge bewachten die schuftenden Sklaven. Gleich drei ausgesucht große Krieger waren damit beschäftigt, einen einzelnen, randalierenden Gefangenen zu bändigen. Laurin wusste sofort, dass es Hartwig war.

»Niemand arbeitet schneller, wenn ihr ihn schlagt!«, sagte er gerade. Eigentlich schrie er es. »Ganz im Gegenteil. Habt ihr keine Angst, dass eines Tages jemand zurückschlagen könnte?« Und damit ließ er seine Spitzhacke mit solcher Vehemenz in die Wand krachen, dass der Fels nahezu auf ganzer Höhe riss.

»Warum versuchst du es nicht?«, fragte einer seiner Bewacher herausfordernd. Seine Hand lag auf dem Schwertgriff.

Hartwig funkelte ihn an, als wollte er ganz genau das tun. Bevor er etwas erwidern konnte, wurde eine weitere Gestalt derb neben ihn gegen die Wand geschubst. Sie strauchelte und wäre gestürzt, hätte Hartwig nicht schnell seine Spitzhacke fallen gelassen, um sie aufzufangen.

Es war Rosa. Ihrem Gesicht nach zu urteilen, war diese grobe Behandlung nicht die erste, und als Hartwig sie nach einem Augenblick vorsichtig loszulassen versuchte, brach sie sofort wieder in die Knie, sodass er unverzüglich wieder zugreifen musste, um sie zu stützen. »Wenn ihr ihr noch einmal wehtut ...!«, schrie er.

Halb verborgen im roten Zwielicht des Stollens fiel ihm ein wohlbekanntes Grollen ins Wort: »Dann wirst du nichts dagegen tun können, mein Freund.«

Laurin war so erschrocken, dass sie sich um ein Haar verraten hätte. Niemand anderes als Etsch selbst trat aus den Schatten und maß Hartwig mit einem verächtlichen Blick von Kopf bis Fuß. »Aber das wird nicht geschehen, keine Sorge. Solange ihr eure Arbeit tut, werdet ihr gut behandelt.« In deutlich schärferem Ton wandte er sich an die drei Krieger. »Und das gilt auch für euch. Ihr rührt sie nicht an, solange sie arbeiten.«

Selbstverständlich wagte es keiner der Alben, Etsch zu widersprechen, aber Laurin brauchte keine Gedanken lesen können, um zu sehen, wie wenig ihnen seine Worte gefielen.

Er fuhr jedoch schon fort: »Haltet die Augen auf. Ich bin sicher, dass das Mädchen herkommt, um seiner Freundin zu helfen.«

»Aber wenn sie doch unsichtbar ist!«, gab einer der Krieger zu bedenken.

»Dann müsst ihr eben besonders gut hinsehen!«, bellte Etsch. Er machte eine herrische Geste. »Gebt acht, bis ich zurück bin. Wenn das Mädchen auftaucht und euch noch einmal entwischt, dann findet ihr heraus, wie es sich anfühlt, hier unten Erz zu brechen.«

Auch darauf antwortete keiner der Krieger, doch Laurin hatte das Gefühl, dass sie es plötzlich sehr eilig hatten, überallhin zu sehen, nur nicht in Richtung ihres Herrn und Meisters. Etsch drehte sich herum und ging mit raschen Schritten davon. Laurin zögerte nur einen kurzen Moment, ehe sie sich vorsichtig an Hartwig und seinen Bewachern vorbeischob und ihm im Schutze der Unsichtbarkeit folgte – was sich als gar nicht so einfach erwies, denn der Gang wurde schmaler und war so vollgestopft mit arbeitenden Sklaven und ihren Bewachern, dass es ihr nahezu unmöglich war, nicht ständig mit jemandem zusammenzustoßen. Tatsächlich geschah das etliche Male, aber Etsch pflügte so rücksichtslos durch die Menge, dass es wohl nicht mehr auffiel, wenn auch sie den einen oder anderen hinter ihm anrempelte.

Die Anzahl der versklavten Bergarbeiter erschreckte sie. Es mussten fünfzig, sechzig oder mehr sein, allein hier unten, und sie hatte etliche dieser tiefen Schächte in der großen Höhle gesehen.

Etsch blieb ein paarmal stehen und sah aufmerksam über die Schulter zurück, und einmal drehte er sich sogar mit einem so plötzlichen Ruck herum, dass Laurin gerade noch anhalten konnte, um nicht in ihn hineinzulaufen. Keine Armeslänge von ihm entfernt blieb sie stehen. Ihr Herz klopfte so laut, dass er es eigentlich hören musste. Konnte es sein, dass er ihre Nähe irgendwie spürte, so wie Morlock es ja auch vermochte?

Etsch beantwortete diese Frage, indem er sich mit einem abermaligen Ruck wieder herumdrehte und seinen Weg fortsetzte, der gottlob nicht mehr allzu weit war. Der Stollen endete vor einer aus wuchtigen Balken gezimmerten und zusätzlich mit schweren Eisenbändern verstärkten Tür, die seltsam deplatziert erschien und weder einen Riegel noch eine Klinke oder ein Schloss hatte. Laurin wäre nicht überrascht gewesen, hätte er im nächsten Moment einen Zauberspruch aufgesagt, einen Indianertanz vollführt oder etwas noch Absurderes getan. Stattdessen hämmerte er ganz banal mit der Faust gegen die Tür, die daraufhin von der anderen Seite aus geöffnet wurde. Laurin erhaschte einen flüchtigen Blick auf einen gepanzerten Albenkrieger, der eine Grubenlampe in der Hand hielt, dann trat Etsch an ihm vorbei, und die Tür wurde mit einem lauten Knall geschlossen. Schon im nächsten Moment war Laurin heran und versuchte sie verzweifelt wieder aufzuziehen, doch es gab keinen Griff oder irgendeine andere Möglichkeit, sie zu öffnen.

»Ein Königreich für einen Dietrich, wie?«, flötete eine spöttische Stimme über ihr. Morlock tauchte wieder einmal wie aus dem Nichts aus den Schatten auf.

Laurin starrte die geschlossene Tür finster an. »Wohin ist er gegangen?«

»Das weiß ich nicht«, behauptete Morlock. »Ich war noch niemals dort unten.«

Aber dort unten, hinter dieser verschlossenen Türen, warteten möglicherweise die Antworten auf alle Fragen, die sie sich bisher gestellt hatte, dachte Laurin. Nur war sie plötzlich gar nicht mehr so sicher, ob sie sie überhaupt hören wollte.

»Du willst da wirklich durch?«, fragte Morlock.

Natürlich nicht. Aber seit wann interessierte sich das Schicksal für das, was sie wollte? Sie hob nur die Schultern.

Morlock sah sie durchdringend an, dann flog sie ohne ein weiteres Wort auf die Wand direkt neben der Tür zu und tauchte in den schwarzen Stein, der hinter ihr Wellen schlug und dann wieder erstarrte. Einen Atemzug später hörte Laurin ein Klicken. Die Tür zitterte und schwang dann einen haarfeinen Spaltbreit auf. Irgendwie brachte sie das Kunststück fertig, die Fingerspitzen hineinzuschieben, ohne sich sämtliche Nägel abzubrechen, und den Spalt zu verbreitern.

Sie wurde mit einem Bild belohnt, das unter den meisten Umständen ziemlich komisch gewesen wäre: Morlock klammerte sich mit beiden Händchen an einen Riegel, der eindeutig größer und vermutlich zehnmal so schwer war wie sie selbst, hatte die Füße gegen das raue Holz gestemmt und flatterte wild mit den Flügeln, doch ihre Kraft reichte dennoch kaum, um die störrische Konstruktion zu bewegen.

Laurin zog die Tür auf und schlüpfte rasch hindurch. Kaum hatte sie es getan, da schloss sie sich wie von Geisterhand bewegt wieder hinter ihr, und eine so vollkommene Dunkelheit hüllte sie ein, dass sie im ersten Moment das Gefühl hatte, kaum noch atmen zu können.

»Bist du ... noch da?«, fragte sie mit klopfendem Herzen.

Es dauerte einen Moment, bis die Elfe antwortete, und das Zittern ihrer Stimme verriet mehr von ihren wahren Gefühlen, als Laurin lieb war. »Ja. Noch. Aber ich will ... hier lieber nicht bleiben.«

Laurin verzichtete auf eine Antwort, streckte tastend die Hände aus und konnte sich gerade noch am rauen Fels der Wand festhalten, als ihr Fuß ins Leere stieß, wo sie eigentlich festen Boden erwartet hatte.

»Gleich vor dir ist eine Treppe«, flötete Morlock.

»Gut, dass du es mir sagst«, maulte Laurin. Viel mehr würde sie allerdings interessieren, wohin diese Treppe führte.

»Warte einen Moment«, fuhr die Elfe fort. »Ich bin gleich zurück.« Ein sonderbares Gluckern und Platschen erklang wie zäher Schlamm, der in einem steinernen Becken schwappte. Noch bevor der Laut endgültig verklungen war, kam die Elfe schon zurück. Sie hielt einen intensiv leuchtenden, gelben Kristall in der Hand, den sie Laurin freudestrahlend reichte.

»Nimm das, bevor du dir noch die Ohren brichst«, sagte sie. »Beeil dich. Wir kommen auf einem anderen Weg nach.« Sprach's und verschwand mit einem Kopfsprung im schwarzen Fels.

Laurin starrte die Wand noch so lange an, bis sich das Zittern und Wogen beruhigt hatte und der Stein wieder zu Stein geworden war. Dann gab es keine Ausrede mehr, nicht weiterzugehen.

Selbst mit dem leuchtenden Kristall in der Hand war es lebensgefährlich, die Treppe hinabzusteigen. Die Stufen waren nicht nur alle unterschiedlich hoch und breit, sondern wanden sich auch in einer halsbrecherisch steilen Spirale in die Tiefe und waren zu allem Überfluss spiegelglatt, sodass sie sich mit der linken Hand an der Wand abstützte und jede Stufe nur mit klopfendem Herzen in Angriff nahm. Ihre Zahl schien kein Ende zu nehmen. Laurin kam es vor, als wären Stunden vergangen, als sie endlich wieder auf ebenem Boden stand. Ihr Atem brannte in der Kehle und ihre Knie zitterten so stark, dass sie kurz gegen die Wand gelehnt innehalten musste: Immerhin bestand nicht die Gefahr, dass sie Etschs Spur verlor, denn der Gang führte nur in eine Richtung. Unmöglich zu sagen, wie lang er war, denn der blasse Schein des leuchtenden Kristalls verlor sich schon nach wenigen Schritten in einer so vollkommenen Finsternis, als wäre sie an einem Ort, in den seit Anbeginn der Zeit noch nie ein Lichtstrahl gelangt war.

Sie lauschte angestrengt und tatsächlich meinte sie, ganz leise und weit entfernt das Geräusch gedämpfter Stimmen zu vernehmen. Etsch war nicht allein hier unten.

Vorsichtig ging sie los, und auch dieses Mal war es ihr, als wären Stunden vergangen, und zugleich gar keine Zeit. Sie war nicht sicher, dass das nur an ihrer Furcht und ihren bis zum Zerreißen angespannten Nerven lag. Vielleicht gehorchte die Zeit hier unten ja nicht mehr denselben Gesetzen wie denen, die sie kannte. Schließlich war sie hier in einem Land der Magie und Zauberei.

Irgendwann wurden die Stimmen lauter, und wenig später nahm sie weit vor sich einen blassen, flackernden roten Schein wahr. Schließlich stand sie unter dem Eingang zu einer weitläufigen Höhle, deren Decke von einem ganzen Wald mannsdicker steinerner Säulen getragen wurde. Zahllose Fackeln, Essen und offene Feuerstellen sorgten für eine flackernde düstere Beleuchtung, und in der Luft lag ein so durchdringender Geruch nach heißem Metall und brennender Kohle, dass sie sich beherrschen musste, um nicht zu husten und sich so möglicherweise zu verraten.

Die Gefahr bestand durchaus, denn die Höhle war alles andere als leer. An mindestens einem Dutzend Stellen wurde eifrig gehämmert und gearbeitet. Funken flogen, Hämmer und rot glühendes Metall wurden geschwungen, und manchmal zischten gewaltige graue Dampfwolken auf, wenn ein glühendes Werkstück in Wasser oder Öl getaucht wurde, um es abzukühlen. Große Loren mit gebrochenem Erz wurden herangebracht und entladen, Blasebälge zischten und in regelmäßigen Abständen stiegen brodelnde Feuersäulen aus den Essen und schwärzten die steinerne Decke darüber.

Arbeitende Zwerge und auf Hochtouren laufende Schmieden kannte sie bereits aus der unterirdischen Stadt, in der Didi und sie gleich am ersten Tag gewesen waren. Hier standen jedoch keine Zwerge an den Ambossen, sondern ihre größeren gemeinen Brüder. Auch wenn sie ihre barbarischen Rüstungen abgelegt hatten und in der drückenden Hitze der zahlreichen Feuer nur lederne Lendenschurze trugen, gaben sie sich auf eine Art, die Laurin irgendwie an Kriegführen erinnerte: brutal und effizient und so, als wäre jedes einzelne Werkstück ein persönlicher Feind, den es niederzuringen galt. Was genau sie taten, konnte sie nicht erkennen, nur dass sie irgendetwas herstellten, und sie wagte es selbst unsichtbar nicht, die Schmiedehöhle zu betreten, denn dort herrschten zu großes Gedränge und Betriebsamkeit, und sie wäre unweigerlich mit jemandem zusammengestoßen und hätte sich verraten.

Aber wo war Etsch? Trotz der unbestreitbaren Größe der Alben hätte er jeden einzelnen hier drinnen um eine gute Haupteslänge überragt, sodass sie ihn eigentlich hätte sehen müssen, und so gewaltig und düster die Höhle auch war, konnte sie trotzdem erkennen, dass es keinen zweiten Ausgang gab. Hatte Morlock sie in die Irre geführt? Das konnte sie sich nicht vorstellen.

Dann entdeckte sie ihn doch, und zwar an einer Stelle gar nicht einmal weit entfernt. Er war wie aus dem Nichts vor einer rußgeschwärzten Felswand aufgetaucht, straffte die Schultern und klappte das Visier seines schwarzen Eisenhelms hoch. Zufrieden ließ er den Blick über die Ansammlung seiner arbeitenden Leute schweifen.

Laurins Herz machte einen erschrockenen Satz in ihrer Brust, als er den Kopf drehte und plötzlich genau in ihre Richtung sah. Für eine Sekunde war sie felsenfest davon überzeugt, dass er sie erkennen musste, unsichtbar machender Mantel hin oder her. Und war da nicht ein triumphierendes Funkeln in seinen kohleschwarzen Augen?

Wahrscheinlich war es nur ihre eigene Nervosität, die ihr einen bösen Streich spielte, denn Etsch führte seine Bewegung ungerührt zu Ende und wandte sich in rüdem Ton an einen seiner Männer, der daraufhin eilig davonhastete und einen Moment später mit einer großen, eisenbeschlagenen Kiste in beiden Armen zurückkam. Ohne sich an ihrem unübersehbaren Gewicht zu stören, nahm Etsch sie gelassen entgegen und drehte sich abermals herum. Wieder war es Laurin, als verharrte sein Blick gerade eine Winzigkeit länger auf ihr als normal.

Dann geschah etwas wirklich Unheimliches: Etsch machte einen Schritt auf die Wand zu und verschwand in der schwarzen Lava, genau wie sie es schon ein paarmal bei Morlock gesehen hatte!

Laurin dachte nicht nach. Ganz im Gegenteil – beinahe entsetzt registrierte sie, wie sich ihre Beine in Bewegung setzten und sie losrannte.

Im Zickzack jagte sie zwischen Schmiedestellen und arbeitenden Riesenzwergen hindurch und hinter dem Albenfürsten her. Aus ihrem Schrecken wurde pures Entsetzen, als sie sich selbst dabei beobachtete, wie sie noch einmal an Tempo zuzulegte. Der für Gehässigkeit zuständige Teil ihres Verstandes wollte ihr weismachen, dass sie sich im nächsten Moment unweigerlich den Schädel an der Felswand einrennen würde.

Stattdessen lief sie einfach hindurch.

Sie spürte gar nichts. Von einem Sekundenbruchteil auf den nächsten umgab sie vollkommene Dunkelheit, nur unterbrochen von einem blassen, regenbogenfarbenen Flirren unter ihren Füßen. Sie hatte große Angst, denn sie wusste instinktiv, dass ihr etwas unvorstellbar Schreckliches zustoßen würde, wenn sie das leuchtende Band verlor und in der Dunkelheit strandete. Irgendwo vor sich – unendlich weit und viel mehr zu erahnen als noch zu erkennen – meinte sie eine gedrungene Gestalt auszumachen, bei der es sich nur um Etsch handeln konnte. Und ebenso sicher, wie sie um die Gefahr wusste, für alle Zeiten und einen Tag in dieser allumfassenden Weltenfinsternis stecken zu bleiben, war ihr klar, dass genau das geschah, wenn sie den Anschluss an ihn verlor.

Sie rannte noch schneller, und mit jedem Schritt, den sie zu Etsch aufholte, leuchteten die Farben unter ihren Füßen um eine Winzigkeit heller, und schien die sphärische Brücke ein bisschen massiver zu werden, bis es schließlich war, als schritte sie über einen Regenbogen, der das Nichts zwischen den Welten überspannte.

Gerade als sie den Albenfürsten fast eingeholt hatte, verschwand er plötzlich von einem Lidschlag auf den nächsten wie weggezaubert. Kaum war das geschehen, da begann auch die Regenbogenbrücke unter ihr zu verblassen und sich aufzulösen. Die letzten Schritte rannte sie aus Leibeskräften. Für eine grässliche halbe Sekunde hatte sie das Gefühl, ins Leere zu treten, dann stolperte sie so abrupt in ein weißes Licht hinaus, dass sie das Gleichgewicht verlor und mit einem dumpfen Schmerzenslaut auf Hände und Knie fiel.

Keine zehn Meter vor ihr blieb Etsch mitten im Schritt stehen, drehte sich um und legte mit fragendem Gesichtsausdruck den Kopf auf die Seite. Laurin erstarrte und wagte nicht einmal mehr zu atmen. Zum dritten Mal war es ihr, als sehe er ihr direkt in die Augen, unsichtbar hin oder her.

Er führte die Bewegung auch jetzt wortlos zu Ende und ging schließlich weiter, scheinbar ohne Notiz von ihr zu nehmen. Trotzdem war sie beinahe sicher, dass er von ihrer Anwesenheit wusste. Aber warum tat er dann nichts? Laurin war jedoch viel zu überrascht von ihrer Umgebung, um den Gedanken weiterzuverfolgen.

Alles um sie herum war weiß und so strahlend hell, dass ihre Augen einen Moment brauchten, um sich an die Lichtverhältnisse zu gewöhnen. Rings um sie ragten gewaltige Säulen aus halb durchsichtigem Kristall auf, riesige Skulpturen und Konstrukte, die zu bizarr schienen, um sie mit Worten zu beschreiben, aber auch filigrane Gebilde, die an zarte Blüten, komplizierte Eiskristalle und Schneeflocken erinnerten. Viele davon waren zerstört, umgestürzt und in Stücke gebrochen, und als sie aufstand und einen ersten vorsichtigen Schritt machte, knisterte und klirrte es unter ihr wie eine Million zerbrochene Eisnadeln.

Sie war wieder in Laurins Rosengarten.

Das Klingen und Klirren unter ihren Schritten gewann an Lautstärke und breitete sich aus. Aus den Augenwinkeln meinte sie, eine huschende und zitternde Bewegung wahrzunehmen. Sonderbare Gefüge wuchsen wie vom Klang gläserner Harfensaiten begleitet aus dem Meer der Kristallsplitter, zerborstene Säulen schoben sich zusammen und richteten sich zitternd und behäbig wieder auf. Zersplitterte Blumen aus funkelndem Glas entrollten ihre Blätter und fantastische Objekte von unglaublicher Zerbrechlichkeit erschienen, wo das Auge zuvor nur scharfkantiges Chaos gesehen hatte. Dahinter und in der Welt des Unsichtbaren tat sich noch etwas, das unmöglich in Worte zu kleiden war. Etwas erwachte. Etwas Uraltes, von dem sie nicht wusste, was es war und ob es freundlich oder feindselig war.

Sie beschleunigte ihre Schritte, um nicht den Anschluss an Etsch zu verlieren, und achtete streng darauf, kein verräterisches Geräusch zu verursachen. Es gelang ihr nicht, aber das war nicht weiter schlimm, denn jeglicher Laut ging in dem Getöse unter, mit dem Etsch rücksichtslos durch das Meer aus zerborstenem Kristall pflügte. Die unheimliche Veränderung ihrer Umgebung hielt weiter an, doch wenn Etsch davon überhaupt Notiz nahm, dann schien es ihn nicht zu interessieren. So schnell, dass sie sich sputen musste, um nicht abgehängt zu werden, eilte er zwischen den zerborstenen Kristallgebilden hindurch, und das mit einer traumwandlerischen Sicherheit, die ihr klarmachte, dass er nicht zum ersten Mal hier unten war.

Laurin dachte vorsichtshalber nicht darüber nach, wie sie den Rückweg aus diesem unterirdischen Glaslabyrinth finden sollte, sondern konzentrierte sich ganz darauf, den Albenfürsten nicht aus den Augen zu verlieren – was ihr zunehmend schwerer fiel.

Gerade als sie sich ernsthaft zu fragen begann, ob die magische Welt aus Glas und Scherben vielleicht gar kein Ende mehr nehmen würde, erreichte Etsch sein Ziel: eine runde Lichtung im Herzen des erstarrten Waldes, in deren Mitte sich ein quadratischer Block aus gesprungenem Kristall gleich einem verzauberten Altar erhob. Ein sonderbares Licht erfüllte ihn, und Laurin meinte eine geisterhafte Bewegung unter der gesprungenen Oberfläche wahrzunehmen, die sich dem Auge aber immer wieder entzog.

Etsch lud seine Last auf dem Kristallaltar ab und ließ seinen Blick langsam über die gesamte Lichtung tasten. Wieder hatte Laurin das unheimliche Gefühl, dass er eine Winzigkeit länger auf ihr haften blieb, als normal gewesen wäre. Dann klappte Etsch den Deckel der Kiste, die er mitgebracht hatte, auf.

Auf den ersten Blick erinnerte ihr Inhalt an ein gutes Dutzend knorriger Kartoffeln, jede so groß wie eine geballte Faust, schmutzig und mit winzigen Steinsplittern übersät und gespickt. Auf den zweiten Blick erkannte Laurin, worum es sich wirklich handelte: Es waren die Erzbrocken, die die Gefangenen in Etschs Loch aus den Felsen gebrochen hatten. Einen nach dem anderen und so behutsam, als handele es sich um einen ebenso kostbaren wie zerbrechlichen Schatz, nahm der Albenfürst die Steine heraus und legte sie in einer ordentlichen Reihe nebeneinander auf den leuchtenden Altar. Seine Lippen bewegten sich, aber Laurin hörte nichts, weshalb sie behutsam näher trat. Diesmal gelang es ihr tatsächlich lautlos, denn hier war der Boden frei von Scherben.

Sie konnte immer noch nicht verstehen, was er sagte, aber sie sah jetzt, dass die Kiste nicht leer war. Unter den Steinen waren weitere, runde Gegenstände zum Vorschein gekommen, die Etsch jetzt in einer zweiten, ebenso ordentlichen Reihe unter den Steinen platzierte. Aber erst, als er mit einer geschickten Bewegung einen davon öffnete, erkannte Laurin, worum es sich handelte: runde Amulette, wie jeder der Albenkrieger eines trug. Etsch drehte das aufgeklappte Schmuckstück herum, und eine dünne Staubfahne rieselte heraus und schien sich in Nichts aufzulösen, bevor sie die Oberfläche des Kristallaltars erreichte.

Unheimlicherweise hatte Laurin das vage Gefühl, so etwas schon einmal erlebt zu haben, auch wenn sie nicht wusste, wann und in welchem Zusammenhang. Etsch öffnete ein Amulett nach dem anderen, bis er sie schließlich alle geleert und aufgeklappt unter jeweils eine der Erzknollen gelegt hatte. Dann nahm er einen Brocken in die Hand und schloss die Finger darum. Laurin konnte sehen, wie sich die mächtigen Muskeln unter seiner schwarzen Haut spannten, als versuche er, den Stein zu zerquetschen; was ihr einigermaßen lächerlich vorkam.

Wenigstens so lange, bis der Stein mit einem hellen Knacken zersprang und seine Einzelteile zu Boden fielen. Darunter kam ein intensiv grün leuchtender Kristall zum Vorschein.

Etliche Sekunden lang hielt der Albenfürst ihn auf seiner ausgestreckten Handfläche und sah ihn bewundernd an, dann legte er ihn vorsichtig in einen der geöffneten Anhänger, klappte den Deckel zu und schloss die Faust darum, bis ein helles Klicken zu hören war. Behutsam legte er das Schmuckstück in die Kiste zurück und verfuhr auf dieselbe Weise mit allen anderen Erzbrocken und Anhängern, bis nur noch ein einziger Stein übrig war sowie das Amulett, das er selbst auf der Brust trug. Laurin erwartete, dass er es abnehmen und ebenfalls aufklappen würde, doch stattdessen hob er den Kopf, sah ihr direkt ins Gesicht und sagte: »Es wäre schneller gegangen, wenn du mir geholfen hättest, Mädchen.«

Laurin fuhr erschrocken zusammen. Ein schmales Lächeln erschien auf Etschs Gesicht und verschwand beinahe augenblicklich wieder.

»Du kannst mich sehen?«, entfuhr es ihr.

»Das muss ich nicht, mein Kind«, sagte Etsch amüsiert. »Wir sind im Herzen meines Königreichs. Glaubst du, ich lasse mich von meiner eigenen Magie täuschen?« Er machte eine Kopfbewegung nach unten, und als Laurins Blick der Geste folgte, sah sie, dass es so war wie vorhin am Strand: Sie war unsichtbar, aber auf dem Boden lag eine feine Schicht aus staubfein zermahlenem Kristall, in dem ihre Schuhe deutlich sichtbare Spuren hinterlassen hatten.

Es dauerte einen Moment, bis Laurin begriff, was er damit gesagt hatte. »Dann bist du ... Laurin?«

»Ich bin der legitime Erbe seines Reiches. Hast du das immer noch nicht begriffen, du dummes Mädchen?« Etsch streckte fordernd die freie Hand aus. »Gib mir den Mantel!«

Laurin ertappte sich dabei, ganz automatisch die Hände zu heben und den Mantel abzustreifen, doch dann zögerte sie und trat einen Schritt zurück, und gleich noch einen.

»Gib mir den Mantel!«, verlangte Etsch erneut. »Er gehört mir! So wie alles andere hier!«

»Nein, er gehört dir nicht und du wirst ihn auch nicht bekommen. Du bist auch nicht der Erbe dieser Welt, sondern allenfalls ihr Zerstörer! Wie konntest du uns alle nur so belügen?«

Es war nicht Laurin, die das sagte. Die Stimme erklang hinter ihr, und es war nicht das erste Mal, dass sie sie hörte. Trotzdem riss sie überrascht die Augen auf, als sie auf dem Absatz herumfuhr und die schmale Frauengestalt erkannte, die hinter ihr zwischen den geborstenen Kristallskulpturen aufgetaucht war.

»Urd?«, murmelte sie ungläubig. Das lag nicht nur daran, dass die alte Schankwirtin so überraschend hinter ihr erschienen war. Es war ganz eindeutig Urd, und zugleich doch wieder nicht, so als betrachte sie zwei unterschiedliche Seiten ein- und derselben Frau, die eine jung und von strahlender Schönheit, die andere vom Alter gebeugt, aber immer noch voller Kraft.

»Urd«, grollte nun auch Etsch. Seine Hand legte die letzte Erzknolle auf den Altar zurück und sank stattdessen auf den Schwertgriff, der aus seinem Gürtel ragte.

»Was tust du hier?«, stieß er hervor. »Woher weißt du von diesem Ort und wie kommst du hierher?«

»Ich bin Urd«, sagte sie, als wäre das schon Antwort genug auf seine Frage. Sie kam näher und für einen Moment schien ihre Gestalt zu flackern, als wäre da noch eine dritte oder sogar vierte oder fünfte oder sechste Erscheinung, die wahr werden wollte. »Ich wusste, dass du der Versuchung nicht widerstehen würdest, Laurin und den Mantel in deine Gewalt zu bringen. Du hast den Bifröst offen gelassen, um sie hierher zu locken. Ein Fehler.«

»Ja, vielleicht«, antwortete Etsch. »Aber vielleicht habe ich ja auch gehofft, dass du der Versuchung genauso wenig widerstehen kannst.« Er zog sein Schwert, ein scharrender Laut, der von den Kristallsäulen ringsum widerhallte und dabei zu etwas anderem und Gefährlichem zu werden schien.

»Das wagst nicht einmal du, *Nidhögger*«, sagte Urd, während sie das Schwert in seiner Hand ohne die geringste Spur von Furcht oder auch nur Beunruhigung betrachtete.

Etsch – wieso hatte Urd ihn Nidhögger genannt? – hob das Schwert noch ein bisschen höher, aber dann grinste er nur böse und rammte es wieder in die schwarze Lederscheide an seinem Gürtel zurück. »Da habt Ihr recht, ich würde niemals die Hand gegen Euch erheben, Urd«, gestand er, schüttelte bekräftigend den Kopf und wandte sich wieder an Laurin. »Gib mir den Mantel!«

»Nein, das wird sie nicht tun.«

Hinter Urd trat eine weitere Gestalt aus dem weißen Licht des Rosengartens, ganz in Eisen und schwarzes Leder gehüllt und mit einer Haut von derselben Farbe. Didi hatte das erbeutete Schwert gezogen, doch obwohl er sich um einen grimmigen Gesichtsausdruck bemühte und fast einen Kopf größer war als der Albenfürst, sah es bei ihm irgendwie albern aus.

Etsch grinste auch nur böse, ließ die Hand wieder auf den Schwertgriff klatschen, zog die Waffe aber dann doch nicht. »Das trifft sich gut«, sagte er fast fröhlich. »Nach dir hätte ich sowieso gesucht, Jungchen. Du hast etwas, das mir gehört.«

Er deutete auf den geflochtenen Ledergürtel, den Didi über der gestohlenen Rüstung trug. »Gib ihn mir, und deine kleine Freundin und du könnt gehen.«

»Kein Problem«, feixte Didi – und sprang ihn mit hochgerissenem Schwert an.

Laurin schlug entsetzt die Hand vor den Mund und auch Urd sog erschrocken die Luft zwischen den Zähnen ein. Hatte er den Verstand verloren?

Etsch lachte bellend, als hätte Didi einen besonders guten Witz zum Besten gegeben, und sprang ihm seinerseits entgegen. Er machte sich nicht die Mühe, seine Waffe zu ziehen, sondern drückte sich elegant unter Didis Klinge hindurch, steppte an ihm vorbei und schlug ihm aus derselben Bewegung heraus das Schwert aus der Hand. Die Klinge wirbelte in einem silbernen Blitz davon, und Didi hatte plötzlich seine liebe Mühe, überhaupt auf den Beinen zu bleiben. Irgendwie gelang es ihm mit einem ungelenken Hüpfer nicht nur, sein Gleichgewicht zu halten, sondern auch herumzufahren und sich mit bloßen Händen auf den Albenfürsten zu stürzen. Zornig und mit der ganzen Kraft des Zaubergürtels packte er Etsch und riss ihn hoch. Doch der Albe sprengte seinen Griff ohne die geringste sichtbare Mühe, packte ihn seinerseits und warf ihn so wuchtig gegen eine Kristallsäule, dass sein Helm davonflog und seine Rüstung schepperte.

Diesmal schrie Laurin vor Schrecken auf. Auch Urd machte einen halben Schritt in seine Richtung und blieb wieder stehen.

»Hört auf!«, sagte sie streng. »Beide! Keine Gewalt an diesem Ort!«

Tatsächlich verharrte Etsch einen halben Atemzug mitten in der Bewegung, ging aber dann doch weiter, bückte sich nach Didi und riss ihm mit einem groben Ruck den Gürtel von der Hüfte. Didi versuchte sich mit fahrigen Gesten zu wehren, aber er war viel zu benommen – oder vielleicht doch verletzt?, dachte Laurin schaudernd –, um etwas zu erreichen.

Der Albenfürst stieß ihn mit einer verächtlichen Bewegung zu Boden und trat dann erstaunlicherweise zur Seite, als Laurin um den Altar herumeilte, um Didi zu helfen.

Sie fiel hastig neben Didi auf die Knie und streckte die Hände nach seinem Gesicht aus. Es war voller Blut, und er sah sie zwar an, schien sie aber nicht wirklich zu erkennen.

»Bist du verletzt?«, fragte sie erschrocken. »Didi! Was ist mit dir?«

Didi nuschelte etwas, das sie nicht verstand, doch Etsch grollte: »Hat diesem dummen Kind denn niemand gesagt, dass er gegen mich nicht ankommt?«

»Nein«, presste Didi mühsam hervor und versuchte sich hochzustemmen. Er brauchte drei Anläufe dazu, aber sein Blick klärte sich bereits wieder. »Ich war trotzdem vorsichtig und bin nicht allein gekommen.«

Etschs Augen wurden schmal. »Was soll das heißen?«

Statt zu antworten, machte Didi eine trotzige Kopfbewegung. Laurin sah zwei Gestalten, die wie Geister aus dem weißen Licht heraustraten. Im ersten Moment hielt sie sie für Albenkrieger, denn auch sie trugen schwere Rüstungen, runde Schilde und große, hörnergekrönte Helme. Aber die Gesichter darunter waren nicht schwarz. Laurins Augen weiteten sich, als sie sie erkannten.

Es waren Lif und Lifthrasil, die beiden Zwillinge, die sie auf Hartwigs Hof kennengelernt hatte. Und zugleich auch wieder nicht. Ganz wie Urd schienen auch sie in beständiger Verwandlung zu sein, waren mal das fröhliche Kinderpaar, das sie kannte, und mal große, stolze Krieger, die eine Aura von Stärke und Weisheit umgab. Hinter ihnen begannen noch weitere Schemen Gestalt anzunehmen: eine zartgliedrige Mädchengestalt mit schillernden Libellenflügeln, deren Spitzen sich im weißen Licht das Zaubergartens verloren, als beständen sie in Wahrheit aus nichts anderem, ein gebeugter Mann mit kunterbuntem Haar und abgerissenen Kleidern und schließlich auch noch Hartwig und Rosa, die beide ebenso eingeschüchtert und verängstigt wie grimmig entschlossen aussahen. Den Abschluss schließlich bildete eine kaum halb so große – dafür aber genauso breite – Gestalt, über deren Schulter etwas Winziges flatterte.

»Wie gesagt.« Didi stemmte sich ächzend hoch und musste sich mit einer Hand an einer Kristallsäule abstützen, um nicht gleich wieder zu fallen. »Ich bin nicht allein.«

»Wie putzig«, sagte Etsch. »Da haben wir ja alle beisammen. Das macht es umso einfacher. Nun muss ich euch nicht einen nach dem anderen suchen.« Er zog erneut sein Schwert und warf es spielerisch von einer Hand in die andere.

»Gib auf, Nidhögger«, sagte Lif – vielleicht war es auch Lifthrasil – und zog gleichzeitig ein Schwert, das beinahe so lang wie Etsch groß war. Lifthrasil (oder vielleicht auch Lif) tat es ihm gleich und fügte noch hinzu: »Dein Plan wurde enthüllt, verruchte Schlange!«

Laurin konnte nicht anders, als über diese seltsame Art zu reden die Stirn zu runzeln, und auch Didi sah verdutzt aus, aber Etsch zog nur eine verächtliche Grimasse und ergriff sein Schwert mit beiden Händen.

»Ich beschwöre euch, hört auf!«, flehte Urd. »Alle! Ihr entweiht diesen heiligen Ort!« Unbeschadet ihrer eigenen Worte hielt aber auch sie plötzlich ein Schwert mit einer sehr schmalen, silberfarbenen Klinge in der Hand, und an ihrem linken Arm prangte ein runder Schild, der mit komplizierten Runen übersät war. Ihr Haar, das mit einem Mal voll und dicht in goldfarbenen Locken bis weit über die Schultern fiel, war zum Teil unter einem goldenen Helm mit zwei großen Flügeln anstelle von Hörnern verborgen, und sie trug auch kein einfaches Gewand mehr, sondern ein blitzendes Kettenhemd unter einer verzierten Rüstung. Aus der gütigen alten Schankwirtin, als die Laurin sie kennengelernt hatte, war eine stolze Walküre geworden, die Etsch um gleich zwei Hauptenlängen überragte. Wann hatte sie sich eigentlich so verändert?

Und nicht nur sie.

Es dauerte – wortwörtlich – nur einen Augenblick, und doch war es das mit Abstand Unheimlichste, was Laurin jemals gesehen hatte: Auch Etsch war für einen Moment nicht mehr nur Etsch, und nicht einmal das stimmte wirklich, denn der schwarzgesichtige Albenfürst blieb genau der knorrige Koloss, der er die ganze Zeit über gewesen war. Aber für einen einzelnen Wimpernschlag veränderte sich sein Schatten und war nicht mehr der eines zu groß geratenen Wikingerzwerges, sondern etwas Schlängelndes, sich Windendes mit rot glühenden Augen, die sie voll uralter, unstillbarer Bosheit anstarrten. Laurin blinzelte, und Etschs Schatten war wieder Etschs Schatten.

Der Spuk war vorbei, aber etwas war zurückgeblieben wie das Echo eines uralten Kampfes, der schon so lange tobte, wie es Menschen gab, und der andauern würde, solange es Menschen gab. Laurin verspürte ein eisiges Frösteln, als sie diesen Gedanken dachte, denn es war nicht nur so, dass diese Art von Gedanken so gar nicht zu ihr passen wollte; sie meinte ihn regelrecht zu hören, wie ein lautloses Flüstern, das tief vom Grunde ihrer Seele heraufwehte.

Mit einiger Mühe gelang es ihr, ihn abzuschütteln und sich in ein nervöses Lächeln zu retten, das aber nur gerade so lange anhielt, bis sie sich zu Didi herumdrehte und denselben, abgrundtiefen Schrecken in seinen Augen las. Sie musste nicht fragen, um zu wissen, dass er dasselbe Entsetzen verspürte wie sie, und vielleicht sogar dasselbe dachte.

Die kurze Zeit, die sie abgelenkt gewesen war, hatte Urd und den anderen gereicht, um Etsch einzukreisen. Abgesehen von Rosa waren nun alle bewaffnet, selbst der Waldschrat, auch wenn er den schweren Knüppel ungelenk in den Händen hielt. Er sah äußerst unglücklich dabei aus, fand Laurin.

»Ich beschwöre dich, hör auf, Nidhögger!«, sagte Urd. »Du kannst nicht gewinnen, aber du entweihst diesen heiligen Ort!«

»Das hat er doch längst getan«, sagte Gromm verächtlich. Er richtete sein Schwert anklagend auf den Albenfürsten. »War das von Anfang an dein Plan oder bist du erst auf die Idee gekommen, nachdem du das Geheimnis der Steine entdeckt hast?«

»Spielt das eine Rolle?«, schnaubte Hartwig. »Wir sollten ihn in Ketten legen und zurück in die Stadt bringen, damit jeder sieht, was er getan hat!«

»Das würde mir nicht gefallen«, sagte Etsch.

Niemand beachtete ihn.

»Leg das Schwert weg!«, befahl Urd.

»Und das würde mir noch sehr viel weniger gefallen«, sagte Etsch fröhlich. »Deshalb kann ich es auch nicht zulassen.« Damit stieß er sein Schwert mit einer so überraschenden Bewegung nach vorne, dass Urd erschrocken zurückprallte und um ein Haar das Gleichgewicht verloren hätte. Sogleich warfen sich Lif und Lifthrasil vor und versuchten ihn aus zwei Richtungen zu attackieren, doch der Albenfürst bewegte sich mit einem Male unglaublich schnell. Metall klirrte, Funken flogen und die Schwerter der beiden Zwillinge sausten in hohem Bogen davon, nur einen Sekundenbruchteil später gefolgt von ihren beiden Besitzern, die gegen die kristallenen Wände prallten und benommen auf die Knie sanken. Lifs Helm rollte davon, und ein Teil von Lifthrasils Harnisch war in Stücke gebrochen und fiel zu Boden. Zu Laurins unendlicher Erleichterung floss kein Blut, aber sie war zugleich auch sehr sicher, dass das nur nicht geschah, weil Etsch es nicht gewollt hatte.

Etsch sprang mit hochgerissenem Schwert vor. Und nicht

nur er. Auch sein Schatten bewegte sich, wurde zu einem wirbelnden Schemen und verschmolz gleichermaßen mit dem Albenfürsten, bis nicht mehr zu erkennen war, ob sie einem Zwerg oder einer riesigen glutäugigen Schlange gegenüberstanden. Blitzartig raste Etsch auf Urd zu, und diesmal zielte seine Schwertspitze auf ihr Herz.

Sie hätte getroffen, wäre da nicht plötzlich eine weitere Gestalt wie aus dem Nichts zwischen ihm und Urd aufgetaucht: ein schlankes Mädchen mit wehendem Haar und riesigen bunt schillernden Libellenflügeln, das gleich zwei Schwerter schwang und Etschs Klinge damit nicht nur mühelos blockierte, sondern ihn gleichzeitig zurück und so hart gegen eine der großen Kristallsäulen schleuderte, dass er beinahe gefallen wäre.

»Gib auf, Etsch«, sagte Iridacea.

Etsch rappelte sich mühsam hoch und betrachtete verwirrt zuerst das Schwert in seiner Hand, dann die beiden schlanken silbernen Klingen, die die Fee trug. Laurin konnte ihm ansehen, dass er nicht so recht verstand, was überhaupt passiert war, und wenn sie ehrlich war, dann erging es ihr ganz genauso.

Die beiden Schwerter waren nicht das Einzige, was sich an Iridacea verändert hatte. Ihr kunterbuntes Kleid glich einem schillernden Kettenhemd, und aus ihrem Gürtel ragten die verzierten Griffe weiterer Waffen, Schwerter und Dolche und anderer Dinge mit Klingen und Schneiden, die vorher ganz bestimmt nicht dagewesen waren.

»Was ... fällt dir denn ein, du dummes Kind?«, bemerkte er lahm.

»Das ist sie nicht«, murmelte Didi. Er war noch immer so benommen, dass Laurin ihn vorsichtshalber stützte und er sich nicht einmal dagegen wehrte.

»Was?«, fragte Laurin.

»Ein dummes Kind«, antwortete Didi. »Sie ist eine Blumenfee. Etsch sollte das eigentlich wissen.« Er lachte, aber er tat es auf eine Art, die Laurin nicht gefiel. »Iridacea.«

»Und?«, fragte sie verständnislos.

»Das heißt übersetzt Schwertlilie«, antwortete Didi feixend. Und genau das war das zarte Mädchen auch. Etsch knurrte wütend und stocherte mit seinem Schwert in ihre Richtung, doch sie schlug die Klinge so mühelos beiseite, dass er es nicht noch einmal versuchte, sondern bei einem bösen Blick beließ.

»Ich bitte dich, nimm Vernunft an, Etsch«, sagte Urd. »Es ist nicht zu spät.«

»Unser Land denen zurückzugeben, denen es von Rechts wegen gehört?«, schrie Etsch. Er schüttelte zornig den Kopf. »Nein, dazu ist es nicht zu spät.«

»Warum tust du das?«, lamentierte der Waldschrat. Er deutete anklagend auf die zerbrochenen Überreste der vermeintlichen Erzknollen, aus denen Etsch die Kristalle genommen hatte. »Diese Kraft ist nicht für dich bestimmt, Etsch! Es ist die Lebenskraft unserer Welt, die du stiehlst!«

»Ich stehle nicht«, erwiderte Etsch verächtlich. »Ich nehme nur, was mir zusteht. Und jetzt geht aus dem Weg!«

Der Waldschrat schlotterte inzwischen vor Angst am ganzen Leib, doch er wich keinen Schritt vor dem Albenfürsten zurück. »Diese Steine sind das Herz der Bäume«, sagte er. »Wenn du sie ihnen weiter wegnimmst, tötest du den Wald. Und wenn du den Wald tötest, tötest du uns!«

»Verstehst du denn nicht, dass das genau das ist, was er will?«, fragte Gromm. »Das ist nicht mehr Etsch. Etwas ist mit ihm passiert, als er damals in der Mine verschüttet wurde.« Herausfordernd trat er neben den Waldschrat. »Deshalb konntest du auch als Einziger überleben, nicht wahr? Du hast gelernt, die Kraft der Weltenesche für dich selbst zu nutzen. Wann bist du zu Nidhögger geworden? Oder warst du es immer schon?«

»Zu was?«, fragte Didi.

»Die Schlange Nidhögger, die an Yggdrasils Wurzeln nagt, um die Welt zu zerstören«, antwortete Lif an Gromms Stelle.

Vielleicht war es auch Lifthrasil. Mühsam stemmte er sich in die Höhe und bückte sich dann, um sein Schwert aufzuheben. Sein Bruder (oder seine Schwester) tat es ihm (oder ihr) gleich, und Etsch schien nicht einmal etwas dagegen zu haben. Allerdings war es gerade das, was Laurin beunruhigte. Er fühlte sich offenbar sehr sicher.

»Aber das ist doch nur ... nur eine alte Legende«, murmelte Didi verwirrt. »Nichts als ein Märchen!«

»Du meinst eine Legende wie die von Laurins unterirdischem Königreich?«, fragte Laurin.

»Gebt auf, und ich lasse euch gehen«, sagte Etsch. Er maß sowohl den Zwerg als auch den Waldschrat mit einem abfälligen Blick, wandte sich dann zu Laurin um und streckte fordernd die Hand aus. »Gib mir den Mantel!«

Laurin rührte sich nicht. »Nur über meine Leiche«, sagte sie trotzig.

»Wenn du darauf bestehst«, erwiderte Etsch böse.

»Hör auf, Nidhögger!«, riefen Lif und Lifthrasil wie aus einem Mund. »Eher zerstören wir diesen Ort, als dass wir zulassen, dass er in deine Gewalt gerät.«

»Und mit ihm all seine Magie?« Etsch lachte verächtlich. »Das wagt nicht einmal ihr.«

»Aber ich«, sagte Urd. »Der Rosengarten mag zerstört werden, aber er wird sich erholen, irgendwann. Wenn wir zulassen, dass du den Wald vernichtest, dann sterben wir alle.«

»Ich nicht«, erwiderte Etsch beinahe fröhlich. »Und auch keiner von denen, die auf meiner Seite stehen.« Er funkelte Gromm an. »Ausgerechnet du solltest es besser wissen! Diese Welt hat einmal uns gehört, uns allein und sonst niemandem! Wir waren allein, aber wir waren zufrieden. Doch dann sind die anderen gekommen. Zuerst nur einige wenige, die da, wo sie herkamen, nicht mehr leben wollten – «

»Oder konnten«, sagte Laurin.

» – und haben uns um Hilfe gebeten. Wir waren dumm genug und haben sie ihnen gewährt. Aber sie sind nicht zurückgegangen, sondern geblieben, und es sind immer mehr und mehr gekommen. Sie haben angefangen, unsere Welt zu verändern, mit ihren Städten und Feldern und Bäumen. Irgendwann erkennen wir unsere eigene Heimat nicht wieder, und nicht viel später werden wir die Fremden in unserem eigenen Land sein!«

»Und deshalb willst du uns alle umbringen?«, fragte Gromm fassungslos.

»Niemand muss sterben, der sich mir anschließt«, antwortete Etsch. »Und wer das nicht will, der kann ja wieder dorthin zurückgehen, wo er hergekommen ist! Ich halte niemanden auf!«

»Hört nicht auf ihn«, sagte Lif (oder Lifthrasil) grimmig. »Es ist die Schlange Nidhögger, die aus ihm spricht!«

Etsch maß ihn mit einem langen Blick von Kopf bis Fuß. Schließlich nickte er. »Du bist ein tapferer Mann, Lif«, sagte er. »Genau wie deine Schwester eine tapfere Frau ist. Krieger wie euch könnte ich gebrauchen.«

»Niemals!«, schnaubte Lif. Auch seine Schwester hatte ihr Schwert wieder aufgehoben und war neben ihn getreten. Nun gesellten sich auch Urd und Iridacea zu ihnen. Sogar Rosa und Hartwig und als Letzte auch Didi und Laurin stellten sich dem Albenfürsten entgegen ... was Etsch aber nicht im Mindesten zu beeindrucken schien. Und wo war überhaupt Morlock?

»Gib auf, Etsch«, sagte Urd noch einmal. »Leg deine Waffe weg und komm mit uns. Wir finden eine Lösung.«

»Aber das habe ich doch schon«, sagte Etsch böse. »Dummköpfe! Habt ihr wirklich geglaubt, ihr könntet mich besiegen? Zieht eure Waffen an diesem Ort, und ihr habt schon verloren, sogar wenn ihr siegt.«

Und auch damit hatte er recht, dachte Laurin bitter. Plötzlich wurde ihr klar, dass alles ganz genau so gekommen war, wie es Etsch vom ersten Moment an geplant hatte.

Und dass es rein gar nichts gab, was sie dagegen tun konnten.

In der allerersten Sekunde geschah nichts, außer dass alle den Albenfürsten anstarrten, dann meinte Laurin ein leises Klingen zu hören, einen Laut wie von einer gläsernen Harfe, so zart, als hätte ein Engel sie berührt. Nur einen Moment später gesellte sich ein schrillerer Ton hinzu, dann noch einer und noch einer, bis der gesamte unterirdische Kristallpalast von einem gewaltigen gläsernen Dröhnen erfüllt zu sein schien. Etwas geschah mit dem Licht, das sie nicht genau erfassen konnte, und noch einmal und nur ganz kurz veränderte sich Etschs Schatten und schien zu dem einer gewaltigen feueräugigen Schlange zu werden. Für die Dauer eines oder zweier Atemzüge versank die gesamte Kristallhöhle in einem Wirbelsturm aus blitzendem Eis, umherwirbelnden messerscharfen Scherben und kreischendem Lärm.

Laurin hob schützend die Hand vor die Augen und zog den Kopf zwischen die Schultern, um nicht von dem Orkan scharfkantiger Kristallscherben getroffen zu werden, die wie gläserne Messerklingen durch die Luft schossen. Etwas biss wie eine zornige Hornisse in ihren Handrücken, und ein dünner Speer aus Glas bohrte sich in ihren Unterarm. Mit einem Schmerzensschrei riss sie ihn heraus und presste die Hand auf die Wunde, die höllisch wehtat. Blut quoll zwischen ihren Fingern hervor und tropfte auf den Boden. Dann und von einem Atemzug auf den nächsten war es vorbei, und hinter Etsch erschienen die Krieger.

Vielleicht war »erschienen« nicht das richtige Wort, denn etliche traten einfach aus den Wänden oder formten sich aus den auf dem Boden liegenden Splittern. Andere erwachten im Herzen der großen Kristallgebilde und gelangten begleitet von einem klirrenden Scherbenregen ins Freie. Mindestens ein Dutzend oder mehr, bewaffnet mit blitzenden Schwertern, Schilden und Spießen aus gesprungenem Kristall, und manche anderthalbmal so groß wie ein Mann.

Didi und die Zwillinge reagierten gleichzeitig und versuchten ihre Waffen zu heben, aber keiner von ihnen brachte seine Bewegung zu Ende. Die Kristallriesen mochten schwerfällig und plump aussehen, aber sie waren weder das eine noch das andere. Schwerter aus milchig-gesprungenem Kristall bewegten sich schneller, als das Auge ihnen zu folgen vermochte, und zersprangen in Millionen Scherben, wo sie auf die eisernen Waffen ihrer Gegner prallten. Doch in den Hieben der weißen Giganten steckte eine so enorme Kraft, dass die eisernen Klingen ihren Besitzern dabei aus den Händen geschleudert wurden, und noch bevor das Klirren der zersplitternden Kristallwaffen ganz verklungen war, wuchsen sie auch schon nach und richteten sich erneut drohend auf ihre Gegner.

Didi sank mit einem Stöhnen auf die Knie und presste seine geprellte Hand gegen den Leib, und auch einer der Zwillinge torkelte zurück und wäre gestürzt, hätte Urd ihn nicht im letzten Moment festgehalten.

»So viel dazu, dass es an diesem Ort keine Gewalt geben darf«, höhnte Etsch. »Legt eure Waffen nieder oder ich sorge dafür, dass ihr es tut.« Gleichzeitig traten zwei besonders große Kristallriesen an seine Seite und hoben ihre Schwerter.

Zumindest einer der Zwillinge hatte sein Schwert wieder mit grimmigem Gesicht und beiden Händen gepackt, und auch Iridacea drehte ihre beiden Klingen so schnell, dass sie zu blitzenden Silberrädern wurden.

»Hört auf!«, sagte Urd scharf. »Ich bitte euch, nicht hier. Nicht an diesem Ort!«

»Wo denn sonst?«, knurrte Didi. Er wollte sich nach seinem Schwert bücken, doch einer der Kristallriesen machte eine drohende Bewegung, sodass er von dieser Idee wieder abließ und sich stattdessen zu Laurin herumdrehte. Sie sah jetzt, dass er aus einer üblen Platzwunde auf der Stirn blutete. Und er war nicht der Einzige, der vom Scherbenregen gezeichnet war. Auch Rosa blutete aus einem hässlichen Schnitt in der Wange, und in einem von Iridaceas zarten Libellenflügeln klaffte ein langer Riss.

»Er darf nicht gewinnen!«, protestierte Didi. »Wenn wir jetzt klein beigeben, dann war alles umsonst.«

»Das ist es auch, wenn wir ihn gewaltsam besiegen«, sagte Urd traurig. Didi schürzte zwar abfällig die Lippen, aber erwiderte nichts, sondern funkelte Etsch nur herausfordernd an.

Der Albenfürst hielt seinem Blick ruhig stand. Dann runzelte er die Stirn, als wäre ihm plötzlich etwas aufgefallen, und kam um den Kristallaltar herum auf ihn zu, begleitet von einem seiner blitzenden Eisriesen, unter dessen Schritten die ganze Höhle zu erzittern schien. Und noch etwas anderes schien ihm zu folgen wie ein unsichtbarer Schatten, der sich zwischen den Fingern hindurchschlängelte und alles mit einer körperlosen Kälte erfüllte, die die Seele erschauern ließ.

Etsch kam näher, musterte Didi einen Moment lang wortlos aus seinen kalten Augen – und stieß ihm dann so hart die flache Hand vor die Brust, dass er mit einem überraschten Japsen nach hinten stolperte und auf dem eisernen Hosenboden landete.

»Sehr mutig«, ächzte Didi. »Wirklich, ganz genau so habe ich mir immer einen tapferen König vorgestellt.«

Etsch verzog verächtlich die Lippen, beugte sich zu ihm herab und riss ihm den Anhänger von der Brust. »Den brauchst du jetzt nicht mehr«, sagte er, während er seine Beute zurück zum Tisch trug und in die Truhe legte.

Didi rappelte sich mühsam auf und massierte Grimassen schneidend die schmerzende Brust. Wo ihn Etschs Hand getroffen hatte, war das schwarze Eisen seiner Rüstung sichtbar eingedellt. »Traust du dich das auch ohne den, du Held?«, fragte er mit einer Kopfbewegung auf den riesigen Krieger. Laurin meinte den Zorn zu spüren, der in ihm brodelte, eine so unbezwingbare Wut, als stünde er kurz davor, sich einfach auf den Albenfürsten zu stürzen, ganz egal wie viele magische Krieger er auch zu seinem Schutz bei sich haben mochte.

Aber nur für einen einzigen Augenblick. Dann breitete sich ein Ausdruck von Verwirrung auf seinem Gesicht aus, und er sah erneut an sich herab. Im ersten Moment dachte Laurin, dass ihm die Brust immer noch wehtat. Didis Fingerspitzen strichen über den verbeulten Harnisch; aber vielleicht war es auch die Stelle, an der er bisher das Amulett getragen hatte …

Etsch ließ sich nicht dazu herab, auf Didis herausfordernde Worte zu reagieren, sondern klappte die Truhe mit einem Knall wieder zu und nahm dann seinen eigenen Anhänger ab, um ihn zu öffnen. Ein wenig leuchtender Staub rieselte heraus und verwehte, bevor er den Boden erreichen konnte, und Etsch legte den aufgeklappten Anhänger neben der letzten Erzknolle auf den Kristalltisch, ballte die Faust und ließ sie mit aller Kraft auf den vermeintlichen Stein krachen. Es splitterte und unter der schwarz zusammengebackenen Schale kam ein babyfaustgroßer, gelb leuchtender Kristall zum Vorschein.

Hinter dem Albenfürsten und seinen Kriegern bewegten sich die Schatten, und Laurin hatte erneut das Gefühl, aus unsichtbaren Augen voll uraltem kalten Feuer angestarrt zu werden.

»Ich beschwöre dich, Etsch, tu das nicht!«, flehte Urd.

Etsch ignorierte sie, nahm den Kristall mit spitzen Fingern auf und setzte ihn behutsam in den Anhänger, den er daraufhin mit der anderen Hand schloss.

Gerade als er die Kette umlegen wollte, tauchte ein stacheliger schwarzer Ball aus der Kristallwand hinter ihm auf, stieß in einer rasend schnellen Spirale auf ihn herab und prallte mit solcher Wucht gegen seinen Hinterkopf, dass Funken flogen und der Helm nach vorne und in sein Gesicht rutschte. Etsch fluchte und der Kristallriese hinter ihm grabschte blitzschnell nach dem vorwitzigen Angreifer.

Irgendwie und obwohl es vollkommen unmöglich schien, gelang es dem geflügelten Winzling, sich zwischen den zuschnappenden Fingern hindurchzumogeln, wobei die eisernen Stacheln auf seinem Rücken gleich noch zwei von ihnen kappten. Die Eisfinger wuchsen zwar sofort nach, aber da war der Eisenkäfer schon aus seiner Reichweite und setzte zu einem neuen Sturzflug an, der diesmal auf Etschs gepanzerte Stirn zielte.

Dieses Mal flogen keine Funken, denn der gepanzerte Käfer traf ihn mitten auf der Stirn.

Etsch quietschte wie ein angestochenes Schwein, verdrehte die Augen und fiel stocksteif und mit einem gewaltigen Scheppern auf den Rücken. Der gepanzerte Käfer trudelte mit einem erschrockenen Piepsen davon (wobei er ganz nebenbei auch noch den Kopf eines Kristallkriegers in Stücke schlug – der allerdings augenblicklich wieder nachwuchs), machte eine Drehung und sauste erneut auf den gefallenen Albenfürsten herab. Diesmal aber nicht, um ihn endgültig ins Reich der Träume zu schicken, sondern um ihm die Kette mit dem Anhänger aus den Händen zu reißen.

Benommen oder nicht, war Etsch dennoch geistesgegenwärtig genug, die Kette festzuhalten. Der Käfer erwies sich nicht nur als unerwartet kräftig, indem er trotzdem weiterflog, sondern Etsch auch als unerwartet begriffsstutzig, denn er ließ nicht nur nicht los, als er herum- und auf den Bauch geworfen wurde, sondern klammerte sich auch noch weiter an die Kette, sodass er einfach mitgezerrt wurde und mit dem Gesicht durch die Kristallscherben pflügte. Laurins Mitleid hielt sich allerdings in Grenzen.

»Morlock?«, murmelte Didi. »Ist das ... Morlock?«

Laurin konnte die groteske Szene nur weiter anstarren. Der Stachelkäfer sah ein wenig anders aus als Morlock bei ihrer ersten Begegnung, aber sie kannte kein einziges anderes Wesen, dem sie eine solche Dreistigkeit zugetraut hätte.

»Verdammt, packt sie!«, brüllte Etsch, und nicht nur alle seine Krieger stürzten vor, um die Käferelfe zu ergreifen, auch Gromm und einer der Wikingerzwillinge warfen sich unverzüglich ins Getümmel, sodass die Höhle für einen Moment zu einem einzigen weißen Chaos wurde, in dem rein gar nichts mehr zu erkennen war.

Und etwas ... rührte sich. Etwas Uraltes und unsagbar Böses, das seit Anbeginn der Welt in den Schatten der Zeit lauerte und auf seine Chance wartete, alles Helle und Gute und Schöne zu verderben. Unsichtbare Augen voll kaltem Feuer starrten sie an, und etwas unvorstellbar Böses kroch durch die Schatten heran, griff nach ihrem Herzen, drückte es zusammen und schnürte ihr den Atem ab. Ein Teil ihrer Seele erstarrte zu Eis, so lautlos und schnell, dass ihr nicht einmal Zeit blieb, zu erschrecken oder gar Angst zu haben. Alle Farben verschwanden, und alles Gute verkehrte sich ins Gegenteil. Der Schatten verdichtete sich weiter und wurde zu etwas Gewaltigem und sich Schlängelndem, ein schuppiger Gigant mit Zähnen und Klauen und einer Seele aus Dunkelheit, deren bloße Existenz wie ein Pesthauch über die Welt strich und nichts als versengte Ödnis zurücklassen konnte.

Der Drache war erwacht.

Nidhögger war da und bäumte sich in seiner gesamten Ehrfurcht gebietenden Hässlichkeit über ihr auf. Die lodernden Schlangenaugen blickten mühelos bis auf den Grund ihrer Seele, erkundeten Geheimnisse und Abgründe, von deren Existenz sie bislang nichts ahnte, und begann tief in ihren Gedanken zu flüstern und zu locken.

Dann und genauso schnell, wie die Vision gekommen war, war sie auch schon wieder verschwunden. Laurin sah gerade noch, wie Gromm von einem der schimmernden Kristallriesen gepackt und so wuchtig gegen die Wand geworfen wurde, dass er halb besinnungslos daran zu Boden sank. Auch die restlichen Eiskrieger schlugen den verzweifelten Angriff der anderen mühelos zurück, als hätten sie es mit Kindern zu tun, nicht mit den tapfersten Kriegern, die Laurin jemals getroffen hatte.

Einzig Etsch hatte noch Schwierigkeiten. Morlock musste viel stärker sein, als Laurin gedacht hatte, denn sie schraubte sich mit wirbelnden Flügelschlägen immer weiter in die Höhe, ohne die Kette mit dem magischen Amulett loszulassen.

Etsch allerdings auch nicht.

Mit dem Ergebnis, dass er sich mehr und mehr recken musste und schließlich nur noch auf den Zehenspitzen balancierte. Zweifellos hätte Morlock ihn auch noch weitergezogen, doch dafür reichten ihre Kräfte nun doch nicht. Das Ergebnis dieser gegenteiligen Anstrengungen hätte vielleicht einigermaßen komisch ausgesehen, hätten in diesem Moment nicht gleich zwei Kristallriesen bemerkt, in welch misslicher Lage sich ihr Herr befand, und wären ihm beigesprungen. Groß wie sie waren mussten sie sich nicht einmal sonderlich strecken, um nach der Käferelfe zu greifen. Morlock entwischte ihren plumpen Händen zwar immer wieder, doch ihre verzweifelten Sätze und Schlenker kosteten sie ebenso viel Konzentration wie Kraft, und nun drohte Etsch die Oberhand zu gewinnen. Er stand schon wieder mit beiden Füßen fest auf dem Boden und begann die Kette – zusammen mit Morlock – Hand über Hand zu sich herabzuziehen. Die grabschenden Finger der beiden weißen Krieger kamen der verzweifelt strampelnden Elfe immer näher. Noch ein oder zwei Herzschläge, und sie mussten sie erwischen.

Aber so weit würde Laurin es nicht kommen lassen.

Beinahe ohne selbst so genau zu wissen, was sie da tat, löste Laurin den Mantel von ihren Schultern und warf ihn wie ein kreiselndes Fischernetz in die Höhe. Etsch riss erstaunt die Augen auf, als sich der Zaubermantel zielsicher über die gepanzerte Elfe senkte –

... und sie verschwand.

Laurin sollte nie erfahren, ob der Zaubermantel der Elfe zusätzliche Kraft verlieh oder Etsch einfach nur so maßlos verblüfft war –, so oder so wurde ihm die Kette aus den Händen gerissen, verschwand nach oben und dann ganz, als Morlock sie vollends unter den Mantel zog. Etsch verlor vor lauter Überraschung die Balance und landete mit Getöse auf dem Boden, sprang aber sofort wieder auf und stürmte auf Laurin los.

»Du törichtes Kind!«, schrie er. »Was hast du getan? Weißt du überhaupt, was du da angerichtet hast?«

Um ehrlich zu sein, wusste Laurin das nicht, aber er hätte ihre Antwort wohl auch gar nicht gehört, denn er stürmte einfach weiter und stieß sie so derb gegen den Kristallaltar, dass sie einen Aufschrei nicht unterdrücken konnte.

»He!«, protestierte Didi. »Was fällt dir ein, du – ?«

Etsch versetzte ihm einen Faustschlag auf die Stirn, und Didi fiel mit einem japsenden Schrei auf die Knie und schlug beide Hände vor das Gesicht.

»Du dummes, unvernünftiges Kind!«, brüllte Etsch weiter. »Du machst dir ja keine Vorstellung, was – «

Er blinzelte, und seine Faust, diesmal zu etwas Schlimmerem als nur zu einem groben Stoß vor ihre Brust geballt, hielt mitten in der Bewegung inne.

»Was …?«, fragte er noch einmal. Er klang plötzlich viel mehr verwirrt als zornig, und er sah abwechselnd sie, seine zum Schlag erhobene Faust und dann wieder sie an, als wäre er sich nicht im Klaren darüber, was ihm seine Augen da zeigten.

»Was geht hier vor?«, murmelte er schließlich.

Laurin wusste nicht, wovon er sprach, aber sie dachte auch nicht weiter darüber nach, sondern sank neben Didi auf die Knie und versuchte seine Hände herunterzudrücken. Sein Gesicht sah schlimm aus, aber sie meinte zu erkennen, dass er nicht ernsthaft verletzt war. Dafür sehr wütend.

Zornig riss er seine Hand los und sprang auf. »Du widerlicher kleiner – «, begann er aufgebracht, nur um dann genauso verblüfft abzubrechen wie Etsch zuvor; und auch fast genauso verwirrt auszusehen.

Etsch starrte noch immer seine geballte Faust an. Er sah jetzt regelrecht hilflos aus. »Was … was ist denn … passiert?«, murmelte er. »Was habe ich … getan?«

Laurin tauschte einen fassungslosen Blick mit Didi, wollte etwas antworten, von dem sie selbst nicht so genau wusste was, und hob stattdessen den Blick, um sich in der Kristallhöhle umzusehen.

Etsch war nicht der Einzige, der sich ... sonderbar verhielt. Abgesehen von Rosa vielleicht sahen alle aus, als wären sie mitten in einem wütenden Handgemenge erstarrt, wie in einer bizarren Momentaufnahme. Noch vor einer Sekunde hatte rings um sie herum eine regelrechte Schlacht getobt, aber nun war es vorbei. Die beiden Zwillinge rappelten sich mühsam auf. Gromm saß mit bedröppeltem Gesicht auf dem Boden und tastete an sich hinab, wie um sich davon zu überzeugen, dass auch noch alles da war, wo es sein sollte. Am schlimmsten hatte es wohl Hartwig erwischt, den einer der Riesenkrieger am Arm gepackt und so weit in die Höhe gezogen hatte, dass er auf den Zehenspitzen balancieren musste, und dann in der Bewegung festgefroren war. Er zerrte und riss mit aller Kraft, um sich freizumachen, aber es gelang ihm nicht.

Stattdessen brach der Arm des Kriegers ab.

Hartwig stolperte zwei ungeschickte Schritte zurück, kämpfte um sein Gleichgewicht und fiel schließlich auf den Rücken. Der abgebrochene Arm, der noch immer sein Handgelenk umklammerte, zerbarst in eine Million Splitter, und nur einen Moment später neigte sich auch der Rest des Kristallgiganten ächzend zur Seite und zerschellte auf dem Boden.

Die anderen Krieger folgten seinem Beispiel. Manche fielen einfach um und zerbrachen, andere rieselten in einem Scherbenregen zu Boden und wieder andere schienen zu verwehen, wie große Statuen aus Schnee, über die der Sturm herfällt. Nach nicht einmal einer Minute waren die gigantischen Krieger so spurlos verschwunden wie ein Spuk.

Didi blinzelte verwirrt in die Runde und ballte dann grimmig die Fäuste, um sich auf Etsch zu stürzen.

»Nicht«, sagte Laurin leise.

Didi fiel nun wohl auch der verdutzte Gesichtsausdruck des Alben auf, und er führte die Bewegung nicht zu Ende. Aber er blieb misstrauisch, und als Laurin näher treten wollte, schüttelte er entschieden den Kopf und stellte sich schützend vor sie. Laurin wusste sehr wohl, wie stark der Albe war, und dass es so gut wie nichts gab, was Didi im Zweifelsfall tun konnte, aber allein der Versuch berührte sie auf wohltuende Art.

»Was ist hier los?«, fragte Didi scharf an Etsch gewandt. »Was hast du jetzt schon wieder angestellt?«

Etsch antwortete nicht. Er sah ebenso verwirrt wie erschrocken aus.

Aber eine andere Stimme sagte: »Es ist vorbei, Etsch. Leg deine Waffen ab.«

Urd, immer noch in der Gestalt einer strahlend schönen jungen Frau mit schulterlangem Lockenhaar, nun aber weder Schild noch Schwert tragend noch den geflügelten Helm, trat heran, schob Didi kurzerhand aus dem Weg und sah auf Etsch hinab; sonderbarerweise nicht nur mit einem Lächeln, sondern auch ohne eine Spur von Zorn oder Groll.

»Es ist vorbei«, sagte sie noch einmal.

Etsch starrte sie vier, fünf geschlagene Sekunden lang wortlos an. Dann nahm er den Schwertgürtel ab, legte ihn auf den Altar, griff mit beiden Händen nach oben, um den Helm zu lösen, und platzierte ihn daneben.

Didis Augen wurden groß, und auch Laurin verstand nichts mehr.

Sie war auch ganz und gar nicht sicher, ob Urd recht hatte. Die Kristallkrieger mochten verschwunden sein, und aus irgendeinem Grund schien Etsch aufgegeben zu haben, doch die Dunkelheit war geblieben, ein beständiges Schleichen und Lauern in den Schatten, das geduldig auf eine Gelegenheit wartete, wieder hervorzubrechen. Der Drache war noch da. Er würde immer da sein.

Etsch entledigte sich seiner Waffen, legte auch die schwarze Rüstung und als Allerletztes die zusammengerollte Peitsche ab, und als er – noch immer hoffnungslos verwirrt aussehend – damit fertig war, wandte sich Urd zu Didi um und sagte: »Du auch. Waffen haben an diesem Ort nichts verloren.«

Didi legte zwar gehorsam die Hand auf die Gürtelschnalle, zog sie aber dann doch wieder zurück und deutete anklagend auf Etsch. »Ich traue ihm nicht«, sagte er. »Was wenn es nur ein Trick ist?«

»Das ist es nicht«, sagte Urd. »Es war nicht Etsch, gegen den wir gekämpft haben, sondern der Drache.«

Didi schnitt eine Grimasse. »Also allerhöchstens ein Drächelchen«, sagte er und maß den Alben mit einem langen Blick von Kopf bis Fuß.

»Die Schlange ist besiegt«, mischte sich nun Lif ein; vielleicht war es auch Lifthrasil. Es gelang Laurin noch immer nicht, die beiden auseinanderzuhalten, doch sie bemerkte, dass beide weder Waffen noch Rüstung mehr trugen. Und als sie wieder auf den Kristallaltar hinabsah, da waren nicht nur Etschs Schwert und Rüstungsteile verschwunden, sondern auch die Truhe mit den Anhängern.

Ebenso wie Didis Waffen, obwohl er sie nicht abgelegt hatte. Und das war noch längst nicht alles.

Laurin konnte nicht sagen, ob es erst jetzt begann oder ob es ihr zuvor nicht aufgefallen war, doch mit einem Male vernahm sie ein leises Knistern und Rascheln, das sich rasch zu einem Vibrieren steigerte, bis es schließlich wie das Lied einer gigantischen gläsernen Orgel klang – ganz ähnlich wie vorhin, als Etsch die Krieger gerufen hatte. Nur dass es diesmal nicht erschreckend, gewalttätig oder gar bedrohlich war, sondern wie eine Himmelsharfe von betörender Schönheit.

Didi sah sich erschrocken um, und auch Rosa und Hartwig wirkten alarmiert. Das Licht veränderte sich. Es schien aus dem Nichts und zugleich von überallher zu kommen, war nun aber milder und heller als alles, was sie jemals erlebt hatte.

Und das war erst der Anfang. Überall rings um sie herum hob plötzlich huschende und klingende Bewegung an, ein allgemeines Regen und Bewegen, das immer dann zu verschwinden schien, wenn sie genauer hinzusehen versuchte. Etwas Großes und sehr Gutes geschah. Urd deutete mit einem sonderbaren Lächeln auf den Altar.

Die Veränderung hatte dort begonnen, auf der Oberfläche des Kristallaltares. Genau da, wo Laurins Blut hingetropft war. Ausgehend von dem halben Dutzend runder Tropfen begannen winzige leuchtende Funken durch den Kristall zu laufen, noch heller als das strahlende Licht ringsum und sanft wie im Takt eines unsichtbar schlagenden Herzens pulsierend. Es vergingen nur wenige Augenblicke, bis sie den gesamten Kristallaltar ausfüllten. Risse und Sprünge verschwanden, all die alten Wunden und Beschädigungen heilten, die sie bei ihrem ersten Besuch hier so sehr erschreckt und traurig gestimmt hatten, und aus dem barbarischen Opferaltar wurde ein funkelnder Diamant, dessen bloßer Anblick ihr schier den Atem nahm.

»Was ... geschieht denn hier?«, murmelte sie verdattert.

Statt zu antworten, schenkte Urd ihr nur ein wissendes Lächeln und machte eine deutende Geste in die Runde. Das Licht kroch weiter durch den Boden, bildete ein immer dichter werdendes Netz aus pulsierenden Funken. Überall, wo es eine geborstene Skulptur berührte, eine umgestürzte Säule oder eine zerbrochene Form, wiederholte sich das Unglaubliche. Die Wunden, die Zeit und rohe Gewalt geschlagen hatten, heilten.

»Wir müssen gehen«, sagte Urd sanft. »Dieser Ort ist nicht für uns bestimmt. Wir sollten hier nicht sein.« Sie zwinkerte Laurin zu. »Außer du natürlich.«

»Ich?«, fragte Laurin, und:

»Du?«, fügte Didi mindestens genauso erstaunt hinzu.

»Kommt.« Urd legte Didi und ihr jeweils eine Hand auf die Schulter und führte sie aus der Kristallhöhle. Auch hier draußen war das Klingen wie von einer gläsernen Engelsharfe zu hören und die Veränderung setzte sich fort. Statt durch ein Labyrinth aus geborstenem Kristall bewegten sie sich bald durch einen gewaltigen Palast aus Diamant, leuchtendem Edelstein und Rosen. Hunderten, Tausenden, Millionen von Rosen in allen nur vorstellbaren Größen und Farben. Gewaltige, funkelnde Statuen säumten ihren Weg, die Zwerge, Helden und die sonderbarsten Fabelwesen zeigten, und tausend andere Dinge, die Laurin nicht mit Worten hätte beschreiben können.

Schließlich erreichten sie die Stelle, an der sie den Rosengarten betreten hatte. Auch sie war nicht wiederzuerkennen. Vor ihnen erhob sich nun ein gewaltiges Portal aus schimmerndem Diamant, das in eine himmelhohe Wand aus Rosenblüten, grünen Blättern und dornigen Ranken eingebettet war.

Urd hob die Hand. Das Tor schwang lautlos und wie von Geisterhand bewegt auf. Dahinter kam ein schwarzes Nichts zum Vorschein, als täte sich die Ewigkeit vor ihnen auf, doch als Urd einen weiteren Schritt machte, da spannte sich plötzlich eine gewaltige Brücke aus regenbogenfarbenem Licht über den Abgrund.

»Was ist das?«, fragte Didi unbehaglich.

»Der Bifröst«, antwortete Urd. »Die Regenbogenbrücke zwischen den Welten. Keine Angst. Du bist sie schon einmal gegangen.«

»Ja, aber das … war etwas … ähm … anderes«, sagte Didi verlegen.

»Ich weiß«, sagte Urd mit einem mütterlichen Lächeln. »Weil du dich mehr um Laurin als dein eigenes Schicksal gesorgt hast. Keine Angst. Der Zauber des Rosengartens ist wieder zu seiner ganzen Stärke erwacht. Dieser Weg ist sicher.«

Sie wandte sich an die Zwillinge. »Ihr solltet gehen.«

»Einfach so?« Didi deutete anklagend auf Etsch, der zwar zwischen den Zwillingen stand, aber weder gefesselt noch auf irgendeine andere Weise an einer möglichen Flucht gehindert war. »Was ist, wenn er wegläuft und alles von vorne losgeht?«

»Das wird er nicht«, versicherte Lif. Oder auch Lifthrasil. »Nicht Etsch war es, gegen den wir gefochten haben, sondern der verruchte Drache.«

Didi sah verdutzt aus, was aber vielleicht an Lifs altmodischer Art zu reden lag. Er warf dem Alben einen Blick zu, in dem sich Zorn und Verachtung mischten und der ihn noch vor einer Viertelstunde wahrscheinlich den Kopf gekostet hätte. Jetzt senkte Etsch jedoch nicht nur die Augen, sondern begann unbehaglich mit den Füßen zu scharren. Beinahe tat er Laurin sogar ein bisschen leid. Beinahe.

»Bringt ihn nach oben«, sagte Urd. Sie wandte sich an Rosa, Hartwig und Iridacea. »Geht jetzt. Es ist fast so weit.«

»Wie weit?«, fragte Didi nervös.

»Dieser Ort ist nicht für Menschen gedacht, mein Freund«, wiederholte Urd. »Kommt.«

Didi und Laurin folgten ihr auf den leuchtenden Regenbogen, und kaum hatten sie es getan, da erschien hinter ihnen ein haarfeiner, schimmernder Faden, zart wie Spinnenseide.

Sie gingen in einigem Abstand hinter den anderen her, der sich rasch vergrößerte, weil Urd deutlich langsamer lief, als Laurin angemessen schien. Als sie endlich das jenseitige Ende des Abgrunds erreichten und wieder in die Zwergenschmiede hinaustraten, sah sie gerade noch einen bunt schillernden Libellenflügel in einem anderen Gang verschwinden.

Didi wollte unverzüglich losrennen, doch Urd hielt ihn mit einem raschen Kopfschütteln zurück.

»Wir gehen dort nicht entlang«, sagte sie.

»Aber die anderen – «, protestierte Didi und sprach dann nicht weiter, als Gromm die Tür mit einem lauten Knall hinter ihnen zuschlug.

» – gehen zurück in ihre Heimat«, führte Urd den Satz an seiner Stelle zu Ende. Sie lächelte traurig. »Du weißt, was passiert, wenn ihr ihnen folgt.«

»Wir könnten nie wieder nach Hause«, sagte Didi.

»Überlegt es euch gut. Ihr wärt hier bei uns willkommen. Beide«, erwiderte Urd. »Wollt ihr zurück in eine Welt, in der ihr niemanden habt?«

Didi dachte einen Moment lang nach. »Wer sagt denn, dass ich niemanden habe?«, fragte er schließlich und schaute Laurin an.

Urds Blick wanderte ein paarmal zwischen ihm und Laurin hin und her, und ihr Lächeln wurde wärmer. »Ganz wie ihr es wollt«, sagte sie. »Wir sind euch zu großem Dank verpflichtet. Mehr, als ihr jemals ermessen könnt.«

»Aber wir haben doch gar nichts getan!«, widersprach Laurin.

»Du hast dich Etsch entgegengestellt, obwohl du es nicht gemusst hättest«, sagte Urd. »Ihr habt euer eigenes Leben riskiert, um Menschen zu helfen, die ihr kaum kennt. Und das Allerwichtigste ist: Ihr habt allen gezeigt, was man erreichen kann, wenn man zusammenarbeitet.«

»Das war doch gar nichts«, wehrte Laurin ab.

»Keiner von uns hätte Etsch allein besiegen können«, sagte Urd. »Wir alle gemeinsam schon, weil ein jeder von uns seine eigenen Fähigkeiten und Stärken hat. Ihr habt uns gezeigt, dass es keine Rolle spielt, wo jemand geboren ist und wo er herkommt und wie er aussieht. Was zählt, ist einzig, was er tut. Wir haben diese Lektion gelernt. Dank euch.«

»Vergesst ihr da nicht jemanden?«, piepste da eine Stimme.

Laurin warf mit einem Ruck den Kopf in den Nacken. Im ersten Moment sah sie nichts, doch dann erschien die gepanzerte Elfe wie aus dem Nichts über ihnen, und etwas plumpste neben ihr zu Boden.

»Morlock?«, fragte Didi.

»Kennst du vielleicht noch jemanden, der Kopf und Kragen riskieren würde, um deinen Hals zu retten?«, keifte ein wohlbekanntes Stimmchen. Der stachelige Käfer senkte sich torkelnd zu Boden, richtete sich auf die beiden hinteren Beinchen auf, klappte auf dieselbe Weise auseinander, wie sie es schon einmal erlebt hatten, und Morlock trat mit einem großen Schritt heraus.

»Neue Rüstung?«, fragte Didi spöttisch. »Schick.«

»Man muss nehmen, was man kriegt«, sagte Morlock. »Auf die Schnelle war nichts Besseres aufzutreiben. Ist gar nicht so einfach, einen guten Schmied zu finden.«

»He!«, protestierte Gromm. Morlock schnitt ihm eine Grimasse, und Laurin bückte sich rasch und hob nicht nur den Zaubermantel auf, sondern tat es auch so, dass Gromm und die Elfe sich nicht mehr direkt ansehen und weiterzanken konnten.

»Das war sehr unhöflich von dir«, sagte Urd streng.

»Ist doch wahr«, maulte Morlock. »Da macht man die ganze Arbeit, und was bekommt man dafür? Undank und Hohn und Spott!«

»Ja, du warst tapfer«, seufzte Urd. »Wir alle danken dir. Wenn du Etsch nicht das Amulett weggenommen hättest – «

» – dann hättet ihr ganz schön in der Klemme gesteckt«, schloss Morlock patzig. »Aber so was von!«

Didi setzte zu einer vermutlich wenig diplomatischen Antwort an, doch Laurin kam ihm zuvor. »Wir haben es alle gemeinsam geschafft«, sagte sie. »Aber es stimmt schon: Ohne dich wäre es eng geworden.«

»Sag ich doch«, maulte die Elfe.

»Wo ist der Anhänger überhaupt?«, fragte Didi.

»An einem sicheren Ort«, antwortete Morlock. »Gut verborgen. Wo ihn ganz bestimmt niemand mehr findet.«

»Und wo soll das sein?«, erkundigte sich Didi.

Morlock flatterte wieder auf Laurins Schulter hinauf, bevor sie antwortete: »Das könnte ich dir sagen, Langer. Aber dann müsste ich dich töten.«

Urd seufzte.

»Und ... Nidhögger?«, fragte Laurin zögernd. Wenn sie ehrlich war, hatte sie ein bisschen Angst vor der Antwort. »Ich meine: Ist er ... weg?«

»Nein«, antwortete Urd. »Das Böse wird niemals ganz verschwinden. Es wartet stets darauf, dass unsere Wachsamkeit nachlässt und es unsere Seelen vergiften kann.« Sie lächelte milde. »Aber nun, wo seine Macht über Etsch gebrochen ist, kann er uns nichts mehr anhaben. Wenigstens für eine Weile, und wenn wir gut achtgeben.«

»Und nicht noch endlos hier herumstehen und Zeit vergeuden«, mischte sich Gromm mit einem unechten Räuspern ein. »Ich mein ja nur ...«

Morlock schenkte ihm einen bösen Blick, aber Urd nickte. »Gromm hat recht«, sagte sie. »Der Weg nach draußen ist weit, und ihr müsst unser Reich verlassen, bevor ihr das nächste Mal schlaft. Geht jetzt. Oder bleibt für immer hier.«

Sie klang nicht unbedingt so, als wäre sie sehr unglücklich über diese Möglichkeit.

Laurin wandte sich mit einem fragenden Blick an die Elfe, die sich auf ihre Schulter gesetzt hatte und die Beine baumeln ließ. »Du weißt, wie wir nach Hause kommen?«

»Ich weiß alles«, behauptete Morlock. »Also jedenfalls alles, was wichtig ist.«

»Hast du nicht behauptet, es gäbe gar kein Draußen?«, fragte Didi.

»Stimmt«, sagte Morlock patzig. »Und du glaubst auch jeden Blödsinn, den man dir erzählt, wie?«

Didi sah ganz so aus, als würde ihn gleich der Schlag treffen, aber Laurin konnte nun nicht mehr anders, als herzhaft zu lachen ...

... und erwachte, weil jemand so derb an ihrer Schulter rüttelte, bis ihr Kopf schmerzhaft über den harten Steinboden rollte. Eine Stimme rief etwas – ihren Namen, aber da war sie nicht ganz sicher – und irgendwo in dem Durcheinander in ihren

Gedanken war die Erinnerung an sehr verrückte und auch ein bisschen gefährliche Dinge.

Das Rütteln und Rufen nahm noch einmal zu, und jetzt war sie sicher, dass jemand ihren Namen rief, und da war auch ein deutlicher Anteil von Sorge in dieser Stimme. Etwas berührte alles andere als sanft ihre Wange, und aus irgendeinem Grund erreichte das dazugehörige Klatschen der Ohrfeige ihr Bewusstsein erst mit einer geschlagenen Sekunde Verspätung. Es tat nicht einmal wirklich weh, doch allein die Empörung ob dieser groben Behandlung war so groß, dass sie mit einem Ruck die Augen aufschlug und sich aufsetzte.

Das war keine gute Idee, denn ihr wurde prompt so schwindelig, dass sie sich um ein Haar übergeben hätte, was nicht nur unangenehm, sondern auch im höchsten Maße peinlich gewesen wäre. Was sie sah, als sich die roten Schlieren vor ihren Augen klärten, gab ihr allerdings gewissermaßen den Rest, denn sie blickte direkt in Etschs Gesicht.

Panik wollte sich in ihr breitmachen. Sie versuchte etwas zu sagen, und das war eine noch schlechtere Idee, denn sie verschluckte sich prompt an der Mischung aus Spucke und Blut in ihrem Mund und begann qualvoll zu husten und nach Luft zu japsen. Anscheinend hatte sie sich auf die Zunge gebissen.

Mühsam schluckte sie ein paarmal. Laurin kratzte all ihre Willenskraft zusammen, um in Etschs Gesicht zu sehen. Vergeblich fragte sie sich, was geschehen sein mochte. Hatte er alle anderen am Ende doch noch überlistet und gewonnen? Sie erinnerte sich nicht.

»Verstehst du mich?«, grollte Etsch und schüttelte sie so derb, dass ihre Zähne aufeinanderschlugen, was ziemlich wehtat. »Kennst du deinen Namen? Sag ihn mir!«

»Laurin«, murmelte Laurin, schon damit er mit der groben Behandlung aufhörte. Was sollte der Unsinn? Etsch wusste doch nur zu gut, wie sie hieß!

Etsch hob den Kopf, um mit jemandem zu sprechen, der

hinter ihr stand. »Immerhin erinnert sie sich. Es scheint nicht allzu schlimm zu sein.«

»Das beurteilt wohl besser jemand, der dafür qualifiziert ist«, antwortete eine andere Stimme. Sie war scharf und mehr als nur ein bisschen beunruhigt, doch sie kam Laurin vage bekannt vor. Sie wollte den Kopf drehen, um nach ihrem Besitzer zu sehen, doch ihr Nacken tat so weh, dass sie es bleiben ließ und sich stattdessen zwang, Etsch noch einmal genauer anzusehen. Etwas stimmte nicht mit seinem Gesicht, aber es vergingen noch einmal zwei oder drei Sekunden, bis sie begriff, was.

Es war nicht mehr schwarz.

Etschs Gesicht war so voller Staub und Schmutz, dass es beinahe aussah, als hätte er sich mit Tarnfarbe angemalt, doch die Haut darunter war hell und allerhöchstens ein bisschen ungepflegt und faltig, nicht mehr das Rabenschwarz des selbst ernannten Albenfürsten. Er trug auch keine zerschrammte Eisenrüstung, sondern die grobe Arbeitsjacke, in der sie ihn kennengelernt hatte, und als er die Hand hob, um sich damit über das Kinn zu fahren, sah sie, dass seine Knöchel blutig aufgeschürft waren. Und jetzt, einmal darauf aufmerksam geworden, fiel ihr noch mehr auf: Die Luft war so voller Staub, dass sie im Hals kratzte und sie schon wieder husten musste. Das Licht war nicht mehr das flackernde Rot von Fackeln, sondern ein gleichmäßiger gelber Schein, und auch die besorgte Stimme war nicht allein, sondern Teil eines aufgeregten Hintergrundmurmelns, das wie ferne Meeresbrandung klang, die eine Sturmflut ankündigte.

Dann schien es hörbar Klick hinter ihrer Stirn zu machen, und sie setzte sich mit einem so plötzlichen Ruck kerzengerade auf, dass ihr endgültig schwindelig wurde. Sie wusste jetzt, was nicht stimmte.

»Etsch?«, murmelte sie. »Was ... was ist passiert?«

»Nicht annähernd so viel, wie hätte passieren können, du dummes Kind«, polterte Etsch. Irgendwie meinte sie ihm anzusehen, dass er trotz allem erleichtert war, aber er hatte schon eine komische Art, das zu zeigen. »Was ist denn an den Worten *Macht diese Tür nicht auf* so schwer zu verstehen? Ihr hättet beide schwer verletzt werden können oder gar getötet!«

Laurin verstand nicht wirklich, wovon er sprach. Alles drehte sich, und hinter ihrer Stirn purzelten die Gedanken nur so durcheinander. Sie waren im Rosengarten gewesen, und Morlock hatte versprochen, sie zurückzubringen, und dann …

»Didi«, murmelte sie benommen. »Was ist mit Didi?«

»Didi?« Etsch legte die Stirn in Falten. »Ach so, du meinst deinen leichtsinnigen kleinen Freund. Es geht ihm gut. Anscheinend ist sein Schädel genauso hart wie hohl.«

Statt über diese sonderbare Mitleidsbekundung nachzudenken, sah sich Laurin vorsichtig um und stellte fest, dass sie wieder zurück in dem Bergwerk waren, das sie besichtigt hatten. Aber der große Raum hatte sich verändert, und nicht zum Besten: Überall auf dem Boden lagen Felstrümmer, Schutt und Steine, und die Luft war so voller Staub, dass es wie Nebel aussah. Ein Teil der nackten Glühbirnen unter der Decke war zerbrochen, sodass manche Bereiche des großen Raumes zu Inseln der Finsternis geworden waren, in denen sich gestaltlose Schrecken verbargen. Die anderen Kinder standen wie gelähmt vor Schrecken da oder hatten sich um Schwester Rosie und Hartwig geschart, die sich ihrerseits um eine Gestalt kümmerten, die auf dem Boden hockte und das Gesicht in beiden Händen verborgen hatte.

Laurin war mit einem Satz auf den Beinen und so schnell bei ihnen, dass sie zwei der anderen Mädchen grob aus dem Weg stieß, ohne es zu merken. Rosie (Schwester Rosinante, wie sie erstaunt registrierte, eindeutig nicht mehr Rosa aus dem Sonnenblumental!) schrak heftig zusammen, während Hartwig sichtbar verärgert dazu ansetzte, etwas zu sagen. Doch dann klappte er den Mund wieder zu, als Laurin neben Didi auf die Knie fiel und nach seinen Händen griff.

Sie erwartete Schlimmes, denn ihr war das helle Blut nicht entgangen, das zwischen seinen Fingern hervorsickerte, doch sein Gesicht sah vor allem benommen aus. Das viele Blut stammte aus einem hässlichen Schnitt auf seiner Stirn, der nicht besonders tief war, das aber wohl dadurch wettzumachen versuchte, wie alle Kopfwunden besonders heftig zu bluten.

»Was ist mit dir?«, fragte sie mit einer Stimme, die vor Angst fast zu brechen drohte.

Didi blinzelte. »Laurin?«, murmelte er benommen. »Was ist passiert? Wo sind wir? Und wo ...« Er sah sich verwirrt um. »Wo ist Morlock?«

»Morlock?«, wiederholte Hartwig. »Was meint er?«

»Es ist alles in Ordnung«, sagte Laurin hastig. »Wir sind wieder zurück.«

»Zurück von wo?« Etsch war ihr nachgekommen und sah auf eine Art auf sie herab, die man durchaus als drohend hätte bezeichnen können.

»Na, von –«, begann Laurin und sprach dann nicht weiter, als sie den Kopf drehte und in Richtung der Gittertür blickte, durch die Didi und sie Laurins unterirdisches Reich betreten hatten.

Oder wenigstens dorthin, wo sie gewesen war.

Sie war verschwunden, genau wie der Gang dahinter. Wo er eigentlich beginnen sollte, türmten sich jetzt Tonnen von zerbrochenem Fels, die den Stollen zur Gänze blockierten. Von der massiven Gittertür ragten nur noch ein paar verdrehte Stangen aus dem Schuttberg, und noch immer rieselten kleinere Steine und Staub von der Decke, wie um auch die allerletzten Ritzen zu versiegeln.

»Du machst dir keine Vorstellung davon, was für ein Glück ihr hattet«, grollte Etsch, nachdem er ihr Zeit gegeben hatte, den Anblick zu studieren. »Ein einziger Schritt weiter, und ihr beide würdet jetzt da drunterliegen.«

»Wir waren ... nicht im Stollen?«, vergewisserte sie sich.

»Wenn, dann wärt ihr jetzt tot«, antwortete Etsch. »Bedankt euch bei Schwester Rosie. Hätte sie euch nicht zurückgerissen und dabei ihr eigenes Leben riskiert ...«

Laurin sah mit klopfendem Herzen zu Rosie hoch und bemerkte erst jetzt, dass sie nicht ganz ungeschoren davongekommen war. Ihr Kleid war zerrissen, und sie hatte eine hässliche Schramme auf der Wange, die ganz so aussah, als könnte sie zu einer bleibenden Narbe werden. Ihr schlechtes Gewissen meldete sich; und das Gefühl einer Erinnerung. Wenn auch die Erinnerung an etwas, das sie möglicherweise niemals erlebt hatte. Das war ziemlich verrückt.

»Du bist verletzt«, sagte sie. »Das tut mir leid.«

Rosie sah sie verwirrt an, fuhr mit den Fingerspitzen über ihre Wange und sah ein bisschen erstaunt aus, als sie das frische Blut darauf entdeckte. Dann machte sie eine wegwerfende Geste und wischte sich die blutenden Finger an ihrem Kleid ab. »Das macht nichts«, sagte sie. »Nur ein Kratzer.«

»Das ist bestimmt nicht euer Verdienst«, polterte Etsch weiter, und an Didi und sie gemeinsam gewandt: »Sie könnte jetzt ebenfalls tot sein! Ihr habt nicht nur euer eigenes Leben in Gefahr gebracht, sondern auch ihres! Vielleicht sogar die von uns allen!«

»Jetzt mach mal halblang«, mischte sich Hartwig ein. »Niemand konnte ahnen, dass die halbe Höhle zusammenbricht, nur weil jemand eine Tür aufmacht.«

»Es war nicht *irgendeine* Tür«, beschied ihm Etsch. »Und es hatte einen Grund, warum ich gesagt habe, dass niemand sie aufmachen soll!« In seinen Augen blitzte es kampflustig, als er offensichtlich ein neues Opfer für seinen Zorn ausgemacht hatte. »Und über dein Versprechen, dass du alles im Griff hast und hier nichts passieren kann, unterhalten wir uns noch, wenn du mich das nächste Mal um einen *kleinen Gefallen* bittest!«

»Aber ich konnte doch nicht ahnen –«, begann Hartwig.

Etsch unterbrach ihn in noch schärferem Ton: »Und von allem anderen mal abgesehen, kostet es mich meinen Job, wenn irgendjemand erfährt, was hier passiert ist.«

Hartwig antwortete etwas, das nicht viel freundlicher klang, aber Laurin hörte gar nicht mehr hin, sondern wandte sich wieder an Didi und versuchte seinen Blick einzufangen. In seinen Augen las sie dieselbe Verwirrung, die auch sie selbst empfand, und begriff, dass er sich das kein bisschen besser erklären konnte als sie.

»Du ... erinnerst dich?«, flüsterte sie stockend.

»Woran?« Didi blinzelte sie verständnislos an, drehte dann den Kopf und zog scharf die Luft ein. Seine Augen wurden groß, als er wohl zum ersten Mal ebenfalls den verschütteten Gang sah. »Aber das ... aber das ist doch ...!«

»Also das war das Coolste, was ich je gesehen habe«, mischte sich eine weitere Stimme ein. »Meine Fresse, war das supercool!« Michael drängelte sich rücksichtslos durch die anderen Zuschauer und deutete mit Daumen und Zeigefinger einen halben Zentimeter an, um zu verdeutlichen, wie knapp es gewesen war. »Wenn Schwester Ich-bin-ja-so-fromm euch nicht zurückgerissen hätte, dann wärt ihr jetzt platt!«

Laurin runzelte die Stirn. Auch wenn für ihn und die anderen möglicherweise nur wenige Augenblicke vergangen sein mochten, so war für sie so viel geschehen, dass sie Michael nicht nur schon beinahe vergessen hatte, sondern sogar Mühe hatte, sich an seinen Namen zu erinnern.

Didi schien es ganz ähnlich zu ergehen, denn er sah Michael ärgerlich und zugleich fast verständnislos an. »Jetzt nicht«, sagte er nur knapp.

»Aber ...«, begann Michael, schluckte den Rest seines Widerspruchs mit einem hörbaren Laut herunter und trollte sich. Und aus irgendeinem Grund taten es ihm alle anderen gleich: Rosie hatte sich ein Stück entfernt und versuchte mit wenig Erfolg, den drohenden Streit zwischen Hartwig und Etsch zu schlichten, und auch die anderen Jugendlichen zogen sich wie auf ein lautloses Kommando etliche Schritte weit zurück. Als hätte allein ihr Wunsch, wenigstens für einen Moment mit Didi allein zu sein, das bewirkt, dachte Laurin schaudernd. Es war wirklich unheimlich.

»Was ist unheimlich?«, fragte Didi. Anscheinend hatte sie ihren letzten Gedanken laut ausgesprochen. Und vielleicht nicht nur den.

»Nichts«, sagte sie hastig. »Dass wir so ein riesiges Glück gehabt haben.«

»Glück?« Didi zog eine Grimasse, tastete mit spitzen Fingern über seine aufgeplatzte Stirn und verzog die Lippen. »Also ich fühle mich, als wäre mir der Himmel auf den Kopf gefallen.« Nach einem missmutigen Blick in den eingestürzten Tunnel verbesserte er sich: »Oder ein ganzer Berg.«

»Viel hätte auch nicht gefehlt«, sagte Laurin.

»Und ich hatte einen vollkommen verrückten Traum«, fuhr Didi fort, während er seine blutigen Fingerspitzen auf haargenau dieselbe vorwurfsvoll-verwirrte Art musterte, wie Rosie es gerade getan hatte.

»Einen Traum?« Laurins Herz klopfte.

»Ja, vollkommen verrücktes Zeug«, antwortete er und versuchte zu lachen, ohne dass es ihm gelang. »Von Zwergen, die tief unter der Erde nach magischen Edelsteinen graben, und einem komischen Käfer, der durch Wände gehen kann und sich in eine Elfe verwandelt hat. Albern, was man sich so zusammenfantasiert, wenn man eins auf den Schädel kriegt, nicht wahr?«

»Ja«, bestätigte Laurin. »Fast so verrückt wie die Vorstellung einer ganzen unterirdischen Welt voller Zentauren, Sirenen und anderer Fabelwesen.«

Didi riss die Augen auf.

»Und einer schwarzen Festung und einem Mantel, der unsichtbar macht«, fuhr sie mit leiser Stimme fort. »Von einem tyrannischen Albenkönig und einem Gürtel, der dir die Kraft von gleich zwölf Männern verleiht, ganz zu schweigen.«

Didi schluckte. »Du ... du hattest denselben Traum?«

»Wenn darin auch Sonnenblumen vorkommen, von denen die Sonne ihre Kraft bezieht, und lustige grüne Männer, die sich die Wächter der Bäume nennen, ja«, antwortete Laurin. »Und natürlich Yggdrasil und den Drachen Nidhögger nicht zu vergessen.«

Didi sah eigentlich nicht mehr fassungslos aus. Für das, was sie auf seinem Gesicht las, musste sie schon ein neues Wort erfinden. »Aber das ist doch unmöglich!«, rief er schließlich aus.

»Dass es da unten Zwerge gibt?« Laurin warf einen bezeichnenden Blick zu Etsch hinüber, der sich immer noch begeistert mit Hartwig zankte.

»Dass wir beide denselben Traum gehabt haben«, antwortete Didi.

Wenn es ein Traum gewesen ist, dachte Laurin. Diesmal achtete sie streng darauf, das auch ganz bestimmt nicht laut auszusprechen. Schon der Gedanke kam ihr so verrückt vor, dass sie sich fast schämte, ihn überhaupt gedacht zu haben. Mit immer heftiger klopfendem Herzen sah sie wieder in den verschütteten Tunnel. Der Durchgang war von zahlreichen Tonnen Felsgestein verschüttet. Kein Lüftchen kam dort heraus. Es war vollkommen unmöglich, dass sie auf der anderen Seite gewesen sein sollten. Davon abgesehen, dass die Katastrophe keine fünf Minuten her sein konnte. Die Luft war noch immer voller Staub.

»So etwas gibt es gar nicht!«, wiederholte Didi. »Dass zwei Leute denselben Traum haben, und noch dazu ganz genau dasselbe verrückte Zeug! Davon habe ich noch nie gehört!«

Laurin zog es vor, gar nichts zu sagen. Sie stand mit einer raschen Bewegung auf und gab Didi die Hand, um ihm auf die Beine zu helfen. Natürlich war er viel zu stolz, doch als er sich aus eigener Kraft hochstemmen wollte, tat er es wohl ein wenig zu schwungvoll, kam prompt ins Straucheln, sodass sie abermals die Hand ausstreckte, um ihn aufzufangen.

Diesmal griff er danach, und Laurin hätte beinahe vor Schmerz aufgeschrien, als sie spürte, wie hart sein Griff war.

Didi zog erschrocken die Hand zurück. »Hab ich dir wehgetan?«, fragte er bestürzt.

»Nein«, log Laurin, während sie ihre pochende Hand betrachtete. Sie sah zumindest nicht gebrochen aus, aber sie fühlte sich eindeutig so an. Ihr schossen die Tränen in die Augen. »Du hast mir nicht gesagt, dass du mit dem Hulk verwandt bist.«

»Bin ich auch nicht«, antwortete Didi verdattert. Er schien noch mehr sagen zu wollen, runzelte aber dann nur die Stirn und sah sehr nachdenklich in den zusammengestürzten Tunnel. Und war in den Schatten nicht plötzlich eine Bewegung, wo keine sein sollte?

Um ein Haar hätte sie eine entsprechende Bemerkung gemacht, doch in diesem Moment kam Schwester Rosinante zurück und maß sie nacheinander und sehr lange mit ebenso erleichterten wie besorgten Blicken. »Geht es euch wieder besser?«

Laurins Kopf tat immer noch weh, sodass sie sich hütete zu nicken, aber Didi tat es, und Rosie warf ihnen ein aufmunterndes Lächeln zu.

»Übertreibt es nicht«, sagte sie. »Ihr wart bewusstlos. Zwar nur einen Moment, aber ihr könnt eine Gehirnerschütterung haben. Sobald wir zurück im Kloster sind, lasse ich einen Arzt kommen, der euch gründlich untersucht. Aber bis dahin sollten wir übervorsichtig sein.« Sie machte eine Geste hinter sich. »Traut ihr euch den Weg nach oben zu? Es sind ziemlich viele Stufen.«

»Mehr als auf dem Weg hier runter?«, fragte Didi.

»Nein, aber – «

»Dann hätte ich doch lieber einen Aufzug«, sagte Didi.

Rosie blinzelte verwirrt, aber dann lachte sie. »Deinen Humor hast du jedenfalls nicht verloren.« Sie wurde wieder ernst.

»Aber ich verlasse mich darauf, dass ihr sofort Bescheid sagt, wenn ihr irgendetwas spürt, Kopfschmerzen, Übelkeit, Schwindel.«

»Bescheid«, sagte Didi.

Rosie blieb ernst. »Mit einer Gehirnerschütterung ist nicht zu spaßen. Also spielt bitte nicht die Helden. Habe ich euer Ehrenwort?«

»Großes Wikingerehrenwort«, sagte Didi.

Rosie blinzelte verwirrt. »Heißt es denn nicht eigentlich – «, begann sie, zuckte aber dann nur die Achseln und drehte sich um, um die anderen zusammenzuscheuchen und vielleicht auch dafür zu sorgen, dass sich Hartwig und Etsch nicht gegenseitig die Augen auskratzten.

»Das mit dem Arzt ist keine gute Idee«, sagte Didi.

»Damit du den Helden spielen kannst?«, fragte Laurin.

»Wieso spielen?«, erkundigte sich Didi ernst, schüttelte aber auch sofort den Kopf. »Du hast gehört, was Etsch gesagt hat. Er bekommt richtig Ärger, wenn man erfährt, was hier passiert ist. Wahrscheinlich verliert er nicht nur seinen Job.«

»Ausgerechnet du sorgst dich um Etsch?«, wunderte sich Laurin.

»Warum nicht?«, fragte Didi und sah erneut zu dem eingestürzten Tunnel. »Meinst du nicht, dass er schon genug verloren hat?«

Das überraschte Laurin beinahe noch mehr, aber nur im ersten Moment, dann fragte sie erstaunt: »Du glaubst also auch nicht, dass es nur ein Traum wahr?«

»Was soll es denn sonst gewesen sein?«, erwiderte Didi mit einem seltsamen Lächeln. Bevor sie jedoch etwas darauf antworten konnte, hatte er sich bereits herumgedreht.

Schwester Rosie hatte den Rest der kleinen Gruppe am Ausgang zusammengetrieben wie eine achtsame Schäferin ihre Herde. Sie gesellten sich zu ihnen. Alle machten ihnen Platz, und Laurin meinte, den einen oder anderen bewundernden

Blick zu spüren; als wäre es etwas Besonderes, um ein Haar von einem Berg erschlagen zu werden.

»So, und jetzt stellt euch in einer Reihe auf und geht diszipliniert zur Treppe«, sagte Rosie mit einer plötzlichen Autorität, die ihr wohl nicht nur Laurin niemals zugetraut hätte. »Ich weiß, ihr seid keine kleinen Kinder mehr und findet es wahrscheinlich uncool, aber wir müssen schnellstens raus und ich möchte nicht, dass noch ein Unglück geschieht.«

Zu Laurins Erstaunen erhob sich kein Protest. Ganz im Gegenteil nahm die ganze Gruppe brav wie Erstklässler in zwei Reihen nebeneinander Aufstellung. Laurin war sich sicher, dass sich zumindest Iris und die beiden Zwillinge einen Blick zuwarfen, den man mit ein bisschen Fantasie durchaus verschwörerisch nennen konnte.

War es wirklich möglich …?, dachte Laurin noch einmal, kam zu einem nicht ganz eindeutigen Nein als Antwort und schüttelte heftig genug den Kopf, um sich selbst zu überzeugen. Beinahe, jedenfalls.

Didi räusperte sich unecht, doch als sie ihn fragend ansah, grinste er nur so breit, dass seine Zähne aufblitzten. Laurins Blick folgte dem seinen und sie bemerkte, dass ihre Kleidung so unversehrt war wie am Anfang. Oder wenigstens, bevor der halbe Berg über ihr zusammengebrochen war. Aber etwas war anders: Unter ihrem Hosenbund steckte ein zusammengerollter Stofffetzen, der so fadenscheinig aussah, dass sie es kaum wagte, ihn hervorzuziehen.

»Was …?«, murmelte sie

Didi feixte nur noch breiter und machte eine auffordernde Geste. Ohne selbst genau zu wissen warum, faltete Laurin den Stofffetzen nicht nur auseinander, sondern legte ihn sich auch um die Schultern.

Nichts geschah.

Natürlich geschah nichts – was hatte sie denn erwartet? Gerade als sie den Mantel wieder abnehmen wollte, kam Rosie zurück, blieb nicht einmal einen Schritt vor ihr stehen und klatschte in die Hände. »So, dann wollen wir –« Sie unterbrach sich, runzelte die Stirn und sah sich dann aufmerksam in alle Richtungen um.

»Laurin?«, fragte sie. »Wo ist sie denn? Hat jemand Laurin gesehen?«